मय्यादास की माड़ी

भीष्म साहनी

जन्म : 8 अगस्त, 1915, रावलपिंडी (पाकिस्तान) में।

शिक्षा : हिन्दी-संस्कृत की प्रारम्भिक शिक्षा घर में। स्कूल में उर्दू और अंग्रेजी। गवर्नमेंट कॉलेज, लाहौर, से अंग्रेजी साहित्य में एम.ए., फिर पंजाब विश्वविद्यालय से पी-एच.डी.।

बँटवारे से पूर्व थोड़ा व्यापार, साथ-ही-साथ मानद (ऑनरेरी) अध्यापन। बँटवारे के बाद पत्रकारिता, इप्टा नाटक मंडली में काम, मुम्बई में बेकारी। फिर अम्बाला में एक कॉलेज में तथा खालसा कॉलेज, अमृतसर में अध्यापन। तत्पश्चात् स्थायी रूप से दिल्ली विश्वविद्यालय के ज़ाकिर हुसैन कॉलेज में साहित्य का प्राध्यापन। इस बीच लगभग सात वर्ष 'विदेशी भाषा प्रकाशन गृह', मॉस्को में अनुवादक के रूप में कार्य। अपने इस प्रवासकाल में उन्होंने रूसी भाषा का यथेष्ट अध्ययन और लगभग दो दर्जन रूसी पुस्तकों का अनुवाद किया। करीब ढाई साल 'नई कहानियाँ' का सौजन्य-सम्पादन। प्रगतिशील लेखक संघ तथा अफ्रो-एशियाई लेखक संघ से भी सम्बद्ध रहे।

प्रकाशित पुस्तकें : *भाग्यरेखा, पहला पाठ, भटकती राख, पटरियाँ, वाङ्चू, शोभायात्रा, निशाचर, पाली, डायन* (कहानी-संग्रह); *झरोखे, कड़ियाँ, तमस, बसंती, मय्यादास की माड़ी, कुंतो, नीलू नीलिमा नीलोफ़र* (उपन्यास); *माधवी, हानूश, कबिरा खड़ा बजार में, मुआवजे* (नाटक); *आज के अतीत* (आत्मकथा); *गुलेल का खेल* (बालोपयोगी कहानियाँ)।

सम्मान : *तमस* के लिए साहित्य अकादमी पुरस्कार तथा हिन्दी अकादमी, दिल्ली का शलाका सम्मान। साहित्य अकादमी की महत्तर सदस्यता।

निधन : 11 जुलाई, 2003

मय्यादास की माड़ी

भीष्म साहनी

राजकमल पेपरबैक्स

पहला पुस्तकालय संस्करण
राजकमल प्रकाशन प्राइवेट लिमिटेड द्वारा
1988 में प्रकाशित

राजकमल पेपरबैक्स में
पहला संस्करण : 2008
चौथा संस्करण : 2018

राजकमल पेपरबैक्स : उत्कृष्ट साहित्य के जनसुलभ संस्करण

प्रकाशक : राजकमल प्रकाशन प्रा. लि.
1-बी, नेताजी सुभाष मार्ग, दरियागंज
नई दिल्ली-110 002

शाखाएँ : अशोक राजपथ, साइंस कॉलेज के सामने, पटना-800 006
पहली मंजिल, दरबारी बिल्डिंग, महात्मा गांधी मार्ग, इलाहाबाद-211 001
36 ए, शेक्सपियर सरणी, कोलकाता-700 017

वेबसाइट : www.rajkamalprakashan.com
ई-मेल : info@rajkamalprakashan.com

मुद्रक : बी.के. ऑफसेट
नवीन शाहदरा, दिल्ली-110 032

मूल्य : ₹ 350

MAIYADAS KI MADI
Novel by Bhishma Sahni

ISBN : 978-81-267-1450-6

दिवंगत माता-पिता
के चरणों में

खंड–1

'माड़ी' के बाहर चबूतरे पर, बड़े मेहराबदार फाटक के बाईं ओर 'माड़ी' का मालिक दीवान धनपतराय आरामकुर्सी पर दोनों टाँगें ऊपर चढ़ाए बैठा था, और हाथ में गुड़गुड़ी उठाए हल्के-हल्के कश ले रहा था, जबकि चबूतरे के सामने गली में, बिरादरी का बूढ़ा पुरोहित दीवान जी की हाँ-में-हाँ मिलाता हुआ, 'सत बचन, सत बचन महाराज' कहे जा रहा था।

''यह काम तुम्हें करना ही है, रामदास! भूल नहीं जाना।''

रामदास ने पहले से भी अधिक कृतज्ञता व्यक्त करते हुए कहा, ''सत बचन, महाराज, राम भली करेंगे।''

दीवान धनपतराय की छोटी-छोटी नुकीली आँखें घनी भौंहों के बीच पुरोहित के चेहरे पर लगी थीं, मानो उसे तौल रही हों कि पुरोहित का विश्वास कहाँ तक किया जा सकता है। उधर 'सत बचन, सत बचन' के रटे-रटाए वाक्य के पीछे पुरोहित की आज्ञाकारिता कितनी थी और चापलूसी कितनी, इसका भी अंदाज़ लगा पाना कठिन था। दोनों ही व्यक्ति जीवन के ऐसे चरण में पहुँच चुके थे जब चेहरे को देखकर मन के भाव का अंदाज़ लगा पाना इतना आसान नहीं रह जाता।

सुबह का वक्त था। कस्बे के इक्का-दुक्का लोग नदी पर से नहाकर लौट रहे थे। कुछ लोग अपनी दूकानें खोलने जा रहे थे। कुछ नौजवान डंड पेलने और कुश्ती करने के बाद अखाड़ों पर से लौट रहे थे। हवा में हल्की-सी ठंडक थी।

दीवान धनपत ने फिर से गुड़गुड़ी को मुँह से लगाया और उसे दोनों हाथों से पकड़े, बड़ी एकाग्रता से सिर टेढ़ा किए कुछ देर तक कश लगाता और धुआँ छोड़ता रहा, मानो किसी गहरी सोच में डूबा हो।

दीवान धनपत जिस ढंग से कुर्सी पर दोनों पाँव चढ़ाकर बैठा था, उसी से उसके बड़प्पन का अंदाज़ हो जाना चाहिए। कस्बे में दीवान धनपत अपने सनकी स्वभाव के लिए मशहूर था। अब तो वह बूढ़ा हो चला था, पर जब जवान था तभी से उसका नाम कस्बेवालों ने 'सनकी दीवान' डाल रखा था। दीवानों की बिरादरी मे यही एक आदमी था जो आज भी पीले रंग का अँगरखा पहनता था, और सिर पर केसरी रंग की पगड़ी, जबकि अँगरखे का चलन कस्बे में अंग्रेज़ों की अमलदारी कायम होने के साथ ख़त्म हो गया था और केसरी रंग की पगड़ी केवल ब्याह-शादी

के वक्त सिर पर बाँधी जाती थी।

वह भी ज़माना था जब कस्बे में हर कोई इससे ठिठोली किया करता था। जब यह पीला अँगरखा पहने, छोटे-से मरियल टट्टू पर सवार, आँखों में सुरमे की लकीर खींचे और कानों में बालियाँ लटकाए, कस्बे की गलियों में घूमता था तो लोग तरह-तरह के फ़िकरे कसा करते थे। लोगों ने इसके तरह-तरह के नाम डाल रखे थे : 'चाचा', 'सनकी दीवान', 'दुमकटा दीवान' और न जाने क्या-क्या। तब भी यह अपना रुतबा जताने के लिए ही ऐसा बाना पहना करता था, हालाँकि तब यह नाम मात्र का ही दीवान था, ज़मीन-जायदाद इसके पल्ले कुछ नहीं थी। पर अब तो यह सचमुच दीवान बन चुका था, और जिस 'माड़ी' के चबूतरे पर बैठा यह गुड़गुड़ी के कश लगा रहा था, वह इसकी अपनी मिल्कियत थी, जबकि एक ज़माना था जब इसे इसी माड़ी में से निकाला गया था और इसका सामान बाहर गली में फिंकवा दिया गया था। ज़िंदगी के टेढ़े-मेढ़े रास्तों पर बरसों तक चलते रहने के बाद धनपतराय यहाँ तक पहुँचा था—यहाँ तक का मतलब, उस स्थिति तक, जहाँ वह चैन से आरामकुर्सी पर दोनों टाँगें चढ़ाए बैठा गुड़गुड़ी के कश ले सके और जब यह जान पड़े कि यह आदमी अंदर से तृप्त है, मनचाहा व्यवहार कर सकता है, उसे किसी की परवाह नहीं।

हर पाँचवें-दसवें दिन वह दाढ़ी-मूँछों पर मेहँदी लगाकर इसी तरह चबूतरे पर बैठ जाता, राह जाते लोग झुक-झुककर 'जयरामजी की !' 'पा लागूँ दीवान जी !' कहते हुए पास से गुज़रते। कभी-कभी शाम को इसी चबूतरे पर ऊपर-नीचे टहलता और बादाम की गिरियाँ और पिस्ते के दाने मुँह में डालता रहता। कस्बे में जब भी निकलता तो सजी-धजी पालकी पर बैठकर, पूरे दीवानी ठाठ के साथ निकलता था—अँगरखा और केसरी पगड़ी के अतिरिक्त गले में मोतियों के हार होते, और जब महीने में एक दिन, हुज़ूर डिप्टी कमिश्नर साहिब से मिलने जाता तो हारों की जगह नेकटाई लगाकर जाता था। चार कहार उसकी पालकी उठाते थे, और अपनी सनक में कहो या अपने दीवानी ठाठ में, इसने कहारों के गले में घंटियाँ लगवा रखी थीं।

कस्बे की सँकरी गलियों में से गुज़रती हुई पालकी छन-छन करती जाती, लोगों को घंटियों की आवाज़ से ही पता चल जाता कि दीवान जी की सवारी आ रही है। यही नहीं, पालकी के पीछे-पीछे एक कहार मूढ़ा उठाए दौड़ता चला आता था, ताकि जहाँ कहीं पालकी रुके और दीवान जी उसमें से उतरकर कहीं बैठना चाहें तो मूढ़ा पहले से तैयार हो।

दीवान धनपत ने अधमुँदी आँखों को तनिक खोला और पुरोहित की ओर देखते हुए अपनी गहरी, खरज आवाज़ में बोला, "और कोई कस्बे की ख़ैर-ख़बर सुना पुरोहित, तू तो बिल्ली की तरह घर-घर में झाँकता है।"

बूढ़े पुरोहित ने हाथ बाँध दिए, "आपको तो सब मालूम है, दीवान जी, आपसे

क्या छिपा है।" पर फिर यह सोचकर कि कुछ तो कहना बनता है, वह बोला, "सुना है लेखराज कस्बे में लौट रहा है।"

लेखराज का नाम सुनकर दीवान धनपत की अधमुँदी आँखें खुल गईं।

"तुझे किसने बताया है?"

"उड़ती-उड़ती ख़बर सुनी है महाराज, ठीक-ठीक तो किसी को मालूम नहीं।"

"क्या सुना है?"

"मलिक सुंदरदास का बड़ा भाई कल ही बाहर से लौटा है। वह सुना रहा था कि किसी ने लेखराज को हुजूरपुर में देखा है। उसी के मुँह से उसने सुना कि लेखराज जल्दी ही कस्बे में लौट आएगा।"

एक क्षीण, रहस्यपूर्ण मुस्कान धनपत के होंठों पर थिरकने लगी। लेखराज अब कस्बे में लौटकर आए, नहीं आए, कोई फ़र्क़ नहीं पड़नेवाला है। आए भी तो फिर ठोकरें खा-खाकर वापिस लौट जाएगा। दीवान ने कुर्सी पर बैठे-बैठे करवट बदली और आश्वस्त हो गया।

"और? और क्या सुना है? मंसाराम आढ़ती का क्या समाचार है?"

"उसके पौ-बारह हैं, महाराज! माल इधर से आता है, उधर बिक जाता है। सुना है रामजवाया को उसने अपना गुमाश्ता बना लिया है। जब से रेलगाड़ी चली है, उसके वारे-न्यारे हो गए हैं।"

दीवान की आँखें पुरोहित के चेहरे पर लगी थीं। पुरोहित भी बूढ़ा हो चला है। उसके घिसे-पिटे, झुर्रियों-भरे चेहरे को देखते हुए दीवान सोच रहा था कि इस आदमी का कुछ पता नहीं चलता। जितना ज़मीन के ऊपर है, उससे दुगना ज़मीन के नीचे है। दीवान अपनी पैनी आँखों से देर तक उसके चेहरे को पढ़ पाने की कोशिश करता रहा, फिर मुस्करा दिया, "कुछ और पता चले तो बताना, रामदास!"

"हाँ, ग़रीबनवाज़, यह तो उड़ती-उड़ती ख़बर ही सुनी है।"

"तू तो उड़ते पंछी को भी हाथ बढ़ाकर पकड़ लेता है, पुरोहित, तेरे लिए क्या मुश्किल है।"

"ग़रीबनवाज़..." पुरोहित के मुँह में से निकला, "जुग-जुग जियो, महाराज, लाखों पर कलम हो।" वह बुदबुदाया।

पुरोहित चलने को हुआ तो दाईं ओर की गली में से एक अधेड़ उम्र का आदमी, हाथ में पीतल का लोटा उठाए, धीरे-धीरे चलता हुआ पास से गुज़रा। पतली, अढ़ाई-गज़ी धोती पहने और कान पर ये यज्ञोपवीत लटकाए वह नदी पर से नहाकर लौट रहा था।

"पा लागूँ, दीवान जी," उसने पास से गुज़रते हुए कहा, "राम, राम, पुरोहित जी!" और धीरे-धीरे आगे बढ़ गया।

पुरोहित ने तनिक ठिठककर उसकी ओर देखा। कुछ देर तक उसकी गदली, छोटी-छोटी आँखें उस आदमी पर लगी रहीं।

''क्या बात है, रामदास ?'' दीवान धनपत ने पूछा, ''इतना घूर-घूरकर क्या देख रहा है ?''

''कुछ नहीं, महाराज !''

''कुछ तो है, तू इतने ध्यान से उसकी ओर देख रहा था।''

''यह मनीराम है महाराज, आप ही की प्रजा है। इधर, गली के मोड़ पर ही रहता है।''

दीवान ने सिर हिलाया, ''जानता हूँ।''

पुरोहित कुछ देर तक चुपचाप खड़ा रहा, फिर बुदबुदाती हुई-सी आवाज़ में बोला, ''मनीराम का वक्त आ गया है, ग़रीबनवाज़ !''

''क्या मतलब ?''

''उसका धागा इतना ही लंबा था, बस।''

''शुभ-शुभ बोल, पुरोहिता, सुबह-सवेरे ऐसे शब्द मुँह में से निकाल रहा है। वह तो भला-चंगा है।''

''नहीं महाराज, उसका वक्त आ गया है !''

''तू सठिया गया है पुरोहित,'' धनपत ने कहा, ''मनीराम भला-चंगा है, नदी पर से नहाकर लौट रहा है, आधा कोस पैदल चलकर आया है, और तू कह रहा है कि उसका वक़्त आ गया है।'' पर दीवान धनपत की आँखें पुरोहित के चेहरे पर लगी रहीं। पुरोहित ने अकारण ही ऐसी बात नहीं कही होगी।

दूर जाता मनीराम अब गली का मोड़ मुड़ गया था और आँखों से ओझल हो चुका था।

''तूने ही कोई जादू-टूणा कर दिया हो तो बात दूसरी है। तेरा क्या भरोसा।''

''उसका वक्त आ गया है, महाराज !'' पुरोहित फिर बुदबुदाया।

पुरोहित के चेहरे की ओर देखते हुए धनपत के मन में वितृष्णा-सी उठी और शरीर में सिहरन-जैसी भी दौड़ गई। पुरोहित का घिसा-पिटा चेहरा, चिकना-चिकना, और चेहरे पर एक-दूसरी को काटती असंख्य झुर्रियाँ, जिनमें पुरोहित की दो आँखें खो-सी गई थीं। धनपत को लगा जैसे वह किसी खंडहर को देख रहा है।

''तूने अपना 'प्रिश्न' लगाया है, क्या ?''

''नहीं, ग़रीबनवाज़, इसमें प्रिश्न लगाने की ज़रूरत ही नहीं है।''

रामदास, बिरादरी का पुरोहित होने के अलावा, 'प्रिश्न' भी लगाता था। पूछे जाने पर वह हाथ की उँगलियों पर 'प्रिश्न' निकालता था। सदा की भाँति बुदबुदाता हुआ, छोटी उँगली के नीचे अँगूठा रखकर, उसे साथवाली उँगलियों पर चलाता हुआ, किन्हीं नक्षत्रों का हिसाब लगाता था, फिर उसी तरह बुदबुदाता हुआ

भविष्यवाणी कर देता था। यदि भविष्यवाणा सुखद होती तो कहता, 'राम भली करेंगे!' और यदि कोई अशुभ घटना घटनेवाली होती तो बुदबुदाकर कहता, 'साहा भारी है।' और आँखें मींचकर सिर हिला देता था।

दीवान धनपत अभी भी रामदास के चेहरे की ओर देखे जा रहा था। अंदर को धँसी हुई रामदास की छोटी-छोटी आँखें, लगता जैसे किसी कंदरा में से झाँक रही हों। बुदबुदाते होंठों के पीछे उसके दाँत घिस-घिसकर छोटे हो गए थे, और अब उनके केवल ठूँठ ही बचे थे। ठिगने कद का पुरोहित चीकट मैले कपड़े पहनता। उसे देखते ही मन वितृष्णा से भर उठता था। दीवान धनपत ने सुन रखा था कि पुरोहितों-ब्राह्मणों के चेहरे की ओर ध्यान से नहीं देखना चाहिए, क्योंकि उनके चेहरों पर सारा वक्त शगुन-अपशगुन के साए डोलते रहते हैं।

पुरोहित चबूतरे के नीचे खड़ा अभी भी बुदबुदा रहा था कि कहीं दूर से रोने-विलाप करने की आवाज़ें आने लगीं और जिस ओर मनीराम गया था, उधर से एक लड़का भागता हुआ इस ओर आया।

पुरोहित ने जो कुछ कहा था, वह सही निकला था।

''चाचा जी चलाणा कर गए!'' लड़के ने भागते हुए बताया और बिना रुके, सँकरी गली की ओर घूम गया। दीवान धनपत को झटका-सा लगा। क्षण-भर के लिए तो उसे लगा जैसे पुरोहित ने ही मनीराम पर कोई मंत्र फूँका हो, और वह सिहर-सा गया। पर पुरोहित अभो भी पहले की ही तरह चुपचाप खड़ा था। उसके चेहरे के भाव में कोई अंतर नहीं आया था, पहले-जैसा ही निश्चेष्ट, निर्लिप्त। उसके चेहरे पर न तो भविष्यवाणी के सही साबित होने का संतोष था, न किसी के मर जाने का खेद।

''रामदास,'' दीवान धनपत ने उद्विग्न होकर पूछा, ''तुम्हें कैसे पता चल गया था कि मनीराम का वक्त आ गया है?''

''उसका धागा ही इतना था,'' पुरोहित ने फिर वही उत्तर दिया।

''पर तूने कैसे जाना?''

''महाराज, उसके प्राण उस लोटे में थे जिसे वह हाथ में उठाए हुए था।''

''पर तुम्हें कैसे मालूम हुआ?''

धनपत को पुरोहित का उत्तर और भी अधिक रहस्यपूर्ण लगा। उसे खटका होने लगा कि रामदास ने ही उसे अपनी नज़र का निशाना बनाया है, उस पर कोई जादू-टूणा किया है।

''ग़रीबनवाज़, इसमें जानने की क्या बात है!'' पुरोहित धैर्य से बोला, ''आपने उसके माथे पर लगा तिलक देखा था?''

धनपत हैरान-सा पुरोहित के चेहरे की ओर देखे जा रहा था।

''आधा कोस चल चुकने के बाद भी उसके माथे का तिलक सूखा नहीं था। वह अभी भी गीला था। ग़रीबनवाज़, इतना चलने के बाद भी तिलक नहीं सूखे तो

इसका मतलब है. उसका सरीर अंदर से ठंडा पड़ चुका है । हाथ में पीतल का लोटा उसे बचाए हुए था ।''

धनपत चुप रहा पर उसकी आँखें अभी भी पुरोहित के चेहरे पर लगी थीं ।

''अब चलूँगा, मालिक !'' पुरोहित ने कहा और अपनी आदत के मुताबिक दोनों हाथों की उँगलियाँ नचाता हुआ और 'जुग-जुग जियो महाराज' बुदबुदाता हुआ वहाँ से चलने को हुआ ।

''मेरा काम करना नहीं भूलना । और जल्दी ही आकर ख़बर देना ।''

''सत बचन महाराज, राम भली करेंगे !''

ठिगने कद का पुरोहित, कंधे पर गमछा डाले धीरे-धीरे माड़ी से हटकर, दाएँ हाथ की गली में आगे बढ़ने लगा ।

पुरोहित धीरे-धीरे पाँव घसीटता दाएँ हाथ की सँकरी गली में आ गया था, जहाँ एक ओर माड़ी की ऊँची दीवार थी और दूसरी ओर बिरादरी के ही कुछेक लोगों के पुराने घर थे । पुरोहित एक-एक घर को जानता था । इनमें से एक घर किसी दीवान रामलभाया के मौसेरे भाई का रहा था । लगभग सौ साल पुराने इस घर के दरवाज़े अभी भी कायम थे । ऊपर, साँकल के साथ, लोहे का बड़ा ताला चढ़ा था, पर नीचे से साँकल टूटकर लटक रही थी । कपाटों पर पुरानी तर्ज़ की बहुत बढ़िया नक्काशी की गई थी, पर कपाट अब करीब-करीब काले पड़ चुके थे और दरवाज़ों के पीछे मकान मलबे का ढेर बन चुका था ।

बरसों पहले, इसी घर के सामने से गुज़रते हुए पुरोहित रामदास ठिठककर खड़ा हो गया था। उसे भास हुआ था जैसे मकान की छत पर गली की ओर खुलनेवाली बरसाती के ऊपर उल्लू बैठा है । भूरे रंग का, बड़ी-बड़ी आँखोंवाला उल्लू, दिन-दहाड़े बैठा है । और लोगों ने उसे देखा या नहीं, पर पुरोहित की आँखों ने ज़रूर उसे देख लिया था, या उसके अंदर से फुरनी फुरी थी । तब यह घर भरा-पूरा था, तीन भाइयों के परिवार इसमें बसे हुए थे, दीवारें मजबूत थीं, छज्जे पर हरा रंग पुता हुआ था । पर पुरोहित का कहना था कि उसने सचमुच बरसाती पर उल्लू को बैठे देखा था । इसके कुछ ही वक्त बाद भाइयों के बीच ऐसी कलह उठी कि घर की ईंट-से-ईंट बज गई । देखते-ही-देखते पहले घर का बँटवारा हुआ, फिर घर नीलाम हो गया और एक-एक करके तीनों भाइयों के परिवार उसे छोड़ गए । और अब घर के दरवाज़े तो सही-सलामत थे, पर अंदर से घर मलबे का ढेर बन चुका था । देखते-ही-देखते, लोगों की आँखों के सामने रसे-बसे घर के पिंजर निकल आए थे ।

अब यह पूर्वाभास था या पुरोहित की अंतर्दृष्टि थी, कौन जाने, पर लोगों के दिलों में यह बात घर कर चुकी थी कि पुरोहित की नज़र बुरी है । या तो यह कोई मंत्र फूँकता है, या इसकी नज़र में ही कुछ है कि खड़े घर भुरभुराकर गिर जाते हैं । फिर भी पुरोहित की कस्बे में बड़ी माँग थी । बिरादरी ही में नहीं, हर जात के लोगों

में, हर मुहल्ले में। किसी को सायत निकलवानी होती, किसी पर ग्रह का कोप होता, किसी को साँप-बिच्छू काट जाता, सब पहले पुरोहित को ही याद करते थे और फिर तीज-त्योहार, सगाई-रिश्ता, मुंडन-ब्याह तो रोज़ ही चलते रहते थे।

विधवा गोमा की मृत्यु के बारे में भी ऐसा ही हुआ था। उस दिन भी पुरोहित विधवा की कोठरी के सामने से गुज़र रहा था जब उसे खटाक से भास हुआ था कि विधवा गोमा अंदर मरी पड़ी है, और किसी ने उसकी देह को नीचे फ़र्श पर नहीं लिटाया, न ही उसके सिर के पास धूप जलाई है, न ही मुँह में गंगाजल डाला है। वह ठिठका खड़ा रहा। फिर कोठरी के किवाड़ को धकेलकर अंदर झाँका—गोमा सचमुच मरी पड़ी थी। तब पुरोहित ही घर-घर जाकर बिरादरी को बुलाता रहा था, संस्कार का सारा काम उसी ने किया था और जब तक देह उठ नहीं गई, उसके पास बैठा पाठ भी करता रहा था। पर फिर भी जब गोमा की कोठरी में चूल्हे के पीछे खुदा हुआ गड्ढा नज़र आया, जहाँ गोमा ने एक हाँडी में अपनी छोटी-मोटी पूँजी दबा रखी थी तो सभी को सबसे पहले पुरोहित पर ही संदेह हुआ था। मुआ ब्राह्मण, अब पाठ करता फिरता है; विधवा गोमा की हाँडी निकालकर सबकुछ हज़म कर गया है। पर उसकी पीठ-पीछे उसे बुरा-भला कहने के बावजूद, उसके मुँह पर किसी ने कुछ नहीं कहा। क्या मालूम मुआ ब्राह्मण 'सराप' ही दे डाले।

ठिगने कद का पुरोहित तीन पत्नियों को अगले जहान पहुँचा चुका था और अब उसकी चौथी पत्नी का भी रंग पीला पड़ने लगा था। सिर पर चिगेर रखे वह बिरादरी के घर-घर 'हंदा' उगाहने जाती थी, जबकि पुरोहित पुरोहिताई करता फिरता था। प्रथानुसार, बिरादरी के हर घर में उसका 'हंदा' बँधा हुआ था, हर तीज-त्योहार पर भी छोटी-मोटी दक्षिणा मिल जाती। इस 'हंदे' में से कुछ रोटियाँ तो पति-पत्नी खा लेते थे—चार पत्नियों के बावजूद पुरोहित का बच्चा-बाला नहीं हुआ था। पुरोहित साठ साल का हो चला था, जबकि चौथी पत्नी परमेशरी की उम्र यही सत्ताईस-अट्ठाईस की रही होगी, ऊँचे-लंबे, छरहरे शरीर की स्त्री, जो गोरी-चिट्टी तो थी पर जिसकी देह सूखती जा रही थी और दाँत आगे को निकलते आ रहे थे—शेष रोटियाँ वे सुखा लेते थे, और सूखी रोटियाँ गाय-भैंस के काम आ जातीं। पुरोहित की अपनी कोठरी के बाहर एक सलोनी-सी गाय बँधी थी जिसकी वह तन-मन से सेवा करता था। सूखी रोटियों का 'चोकर' भी बन जाता, जो मंडी में बिक जाता था।

रामदास का निवास कस्बे के एक छोर पर एक छोटी-सी अँधेरी कोठरी में था। वहीं कोठरी के बाहर सलोनी गाय बँधी रहती और अंदर, अँधेरी कोठरी में दो-एक पीतल के चमचमाते बर्तन, कोठरी के आर-पार लगी अलगनी पर टँगे मैले-कुचैले कपड़े और उसी अँधेरे में डोलती उसकी चौथी पत्नी, यही कुछ पुरोहित की मिल्कियत थी। हाँ, अगर इसी कोठरी के किसी कोने में उसने ज़मीन में धन गाड़ रखा हो तो उसकी भगवान जाने।

माड़ी की ऊँची दीवार के साथ-साथ चलते हुए रामदास थोड़ी दूर ही गया था कि बाईं ओर की एक सँकरी गली में से मौसी भागसुद्धी निकलकर सामने आ गई। प्रोहित उसे देखकर सँभल गया। ऊँची-लंबी भागसुद्धी पुरोहित को देखकर रुक गई।

''क्यों ब्राह्मणा, किसका 'प्रिश्न' लगाकर आ रहा है?''

ब्राह्मण अपनी असंख्य झुर्रियों में मुस्कराया और तनिक झेंपता, हाथों की उँगलियाँ नचाता हुआ बोला, ''इधर से ही, ज़रा दीवान जी के पास गया था।''

''पुरोहिता, पापिया, कोई बुरा काम नहीं करना; नहीं तो नरकों में जाएगा, देह में कीड़े पड़ेंगे।''

पुरोहित की गदली आँखें भागसुद्धी की ओर न देखकर, दाएँ-बाएँ देख रही थीं। उसके चेहरे पर कोई भाव नहीं था। पता ही नहीं चलता था कि मौसी भागसुद्धी की बात सुनकर वह चौंका है, या क्षुब्ध हुआ है, या उसकी कोई और प्रतिक्रिया हुई है। वह पहले की ही भाँति बुदबुदाता रहा और बुस-बुस करता गली में आगे बढ़ने लगा।

''तेरे भेजे में साँप लोटते हैं, ब्राह्मणा!'' भागसुद्धी ने कहा पर फिर आवाज़ धीमी करके बोली, ''माड़ीवालों को भी अच्छी मत देना, उन्हें कुराह नहीं डालना। तेरी उम्र अब लोगों को कुराह डालने की नहीं है।''

और मौसी भागसुद्धी एक ओर को हटकर पुरोहित से बचकर निकलती हुई-सी, अपने रास्ते जाने लगी, मानो बच रही हो कि कोई अपशगुन उसका रास्ता न काट जाए।

सँकरी गली के आगे, माड़ी की ऊँची दीवार दूर तक चली गई थी। इसी गली में माड़ी का दूसरा फाटक खुलता था। इसी तरह आगे चलकर फिर माड़ी की दीवार दाएँ हाथ को घूम जाती थी। माड़ी एक चौकोर में बनी थी। चबूतरेवाले सदर दरवाज़े को छोड़कर तीन गलियों में खुलनेवाले दरवाज़े बड़े तो थे, पर सदर दरवाज़े जितने ऊँचे नहीं थे।

फाटक के पास पहुँचते ही पुरोहित के पाँव फिर ठिठक गए। फाटक के सामने ही तीन-चार मनचले युवक, गली के बीचों-बीच, आमने-सामने बिछी दो खाटों पर बैठे बतिया रहे थे। पुरोहित ने दूर से ही पहचान लिया कि ये माड़ी के ही बरखुरदारों के दोस्त-यार हैं, जो गली में चौकड़ी जमाए बैठे हैं। उसका मन हुआ इन्हीं क़दमों लौट जाए, इधर से आना भूल थी, लौंडे-लपाड़े इस वक्त मस्ती में हैं, ज़रूर ऊल-जलूल बोलेंगे। उसे इस बात का भी भास हुआ जैसे कुछ देर पहले वहाँ कोई हंगामा हुआ है, क्योंकि खाटों के निकट ही एक ओर, एक खोमचेवाले का खोमचा ज़मीन पर औंधा पड़ा था और खोमचेवाला, जिसकी पगड़ी खुलकर गले में आ गई थी, ज़मीन पर झुका हुआ अपना बिखरा सामान बटोर रहा था। पुरोहित को समझने में देर नहीं लगी कि माड़ी के मनचलों ने आज फिर किसी खोमचेवाले से

सौदा लेकर खा लिया है, और पैसे माँगने पर उसे पीट-पाट दिया है और खोमचे को उलट दिया है । वरना और क्या बात हो सकती थी कि खोमचेवाला ज़मीन पर से अपना सामान यों उठा रहा हो ।

पुरोहित, नज़र नीची किए, धीरे-धीरे चलता हुआ, खाटों के पास से सरकता हुआ, आगे बढ़ रहा था जब पीछे से आवाज़ आई, ''पुरोहिता, आज पुरोहितायन नहीं आई ?''

इस पर बाकी युवक हँस दिए ।

''नहीं, छोटे दीवान जी, आज वह नहीं आई ।''

और वह उँगलियाँ नचाता, बुस-बुस करता आगे बढ़ने लगा ।

राह चलते पुरोहित ने कनखियों से खोमचेवाले की ओर देखा । पंद्रह-एक साल का युवक था और उसके एक गाल पर उँगलियों के निशान थे ।

''पुरोहिता, दीवान जी की रेखा पढ़ आया है ?''

पुरोहित ने बचकर निकल जाने की चेष्टा की जिस पर 'मझले' ने उठकर पुरोहित का रास्ता रोक लिया ।

''पहले बताओ, माड़ी में क्या करने गया था ?''

इस पर खाट पर बैठा एक युवक बोला, ''तुम्हें पुरोहितायन की सौगंध, सच-सच बताना ।''

फिर से ठहाका हुआ । पुरोहित अंदर से घाघ था, पर बाहर से मुस्कराता हुआ, सिर हिलाता, हाथों की उँगलियाँ नचाता, होंठों-ही-होंठों में बुदबुदाता रहा, ''वाह, वाह, दीवान जी, आपके सिर-सदके, ह···ह···! छोटे दीवान जी···!'' कहते हुए उसने फिर से आगे बढ़ने की कोशिश की ।

''जा कहाँ रहे हो, बैठ जाओ इधर !''

धनपत के मँझले बेटे ने बैठे-बैठे ही हाथ बढ़ाकर पुरोहित को आस्तीन से पकड़कर अपनी ओर खींच लिया ।

''अब बोल, बेटा ! कैसे जाएगा ?'' सभी मनचले हँसने लगे ।

''बताओ, आज पुरोहितायन क्यों नहीं आई ?''

इसका उत्तर देते हुए एक लड़का बोला, ''उसका पैर भारी है, इसलिए नहीं आई ।''

''क्या सच, पुरोहित ?''

इस पर पुरोहित मुस्कराने की चेष्टा करता, आँखें मिचमिचाता हुआ बोला, ''छोटे दीवान जी, मसखरियाँ करते हो, वाह-वाह···!''

इस पर एक और मनचला बोला, ''मँझले, दिखा अपनी हस्तरेखा पुरोहित जी को ।''

मँझले ने झट-से अपना हाथ आगे बढ़ा दिया ।

''देख पुरोहिता इसकी हस्तरेखा, और बता इसका ब्याह कब होगा ।''

पुरोहित फिर मुस्कराता हुआ बुदबुदाया, ''ओ दीवान जी, शाबाशे दीवान जी. ह···ह···मसखरियाँ करते हो !···''

''देख, देख, हस्तरेखा देख।''

''गलत बताया तो तेरी पंडताइन को कोठरी में से उठा लाऊँगा।''

''ओ दीवान जी, हो···हो, दीवान जी !···''

''देख, हस्तरेखा क्या कहती है।''

बूढ़े पुरोहित ने मँझले की हथेली पर अपनी गर्दन झुका ली, फिर अपनी उँगलियों के पपोटों पर अँगूठा फेरता हुआ अपना हिसाब लगाने लगा, और कुछ देर तक बुदबुदाते रहने के बाद बोला, ''राम भली करेंगे। सुखी वसो, छोटे दीवान जी, राम भली करेंगे।''

''क्या देखा है ? कब होगा मेरे लाडले का ब्याह ?'' एक स्थूलकाय युवक मँझले के सिर पर हाथ फेरते हुए बोला।

''जल्दी होगा, दीवान जी, राम भली करेंगे।''

''लड़की गोरी है या काली ?'' एक ने पूछा।

''ऊँची है या 'मद्‌धरी' ?'' दूसरे ने जोड़ा।

''मीठी है या नमकीन ?''

इस पर ठहाका हुआ। पुरोहित पिंड छुड़ाने के लिए उठने की कोशिश करने लगा।

''बैठा रह, बैठा रह।''

अबकी बार मँझले के एक दोस्त ने पुरोहित के कंधे पर से गमछा खींच लिया। फिर फाटक के अंदर ड्योढ़ी में, मूढ़े पर बैठे एक युवक को आवाज़ लगाई, ''तू भी आ जा कल्ले। तू भी अपनी रेखा पढ़वा ले। आ जा, आ जा।''

मूढ़े पर बैठे युवक ने सिर हिला दिया।

''आ जा, आ जा।'' फिर एक लड़के को संबोधन करके बोला, ''तू जा, कल्ले को ले आ।''

इस पर लड़का उठकर ड्योढ़ी की ओर गया, और मूढ़े पर बैठे कल्ले को खींचता हुआ अपने साथ ले आया। कल्ला अस्वस्थ जान पड़ता था, चलता तो दाएँ-बाएँ झूलता हुआ-सा।

''दिखा हाथ पुरोहित को।'' और युवक की हथेली पुरोहित की ओर बढ़ा दी, 'बता, पुरोहिता !''

रामदास फिर बुदबुदाया। मुस्कराने की चेष्टा करते हुए उसने फिर हाथ की उँगलियों पर अपना अँगूठा फेरा, फिर कुछ देर तक हिसाब लगाता बुदबुदाता रहा, फिर उँगलियाँ नचाता हुआ बोला, ''राम भली करेंगे। सब कारज ठीक होगा, महाराज, राम भली करेंगे।''

इस पर पुरोहित को वही गरदान सुनने को मिली, ''हमारी भावज गोरी होगी

या काली ?"

"मोटी होगी या पतली ?"

"मीठी होगी या नमकीन ?"

इस पर स्थूलकाय युवक ने कल्ले की पीठ थपथपाते हुए सुझाव दिया, "चलो, इसी पर एक-एक समोसा और हो जाए ।" और उसने घूमकर खोमचेवाले को पुकारा, जो अब सिर पर साफ़ा बाँध रहा था । उसने खोमचा सीधा कर लिया था, जिसमें एक ओर छोटी-सी चिंगेर में समोसे रखे थे । युवक के गाल पर अभी तक चपत का निशान साफ़ नज़र आ रहा था ।

लड़के समोसे खाने में उलझ गए तो रामदास धीरे-से उठा, अँगोछा खाट पर से उठाकर कंधे पर रखा, और चुपचाप चलता हुआ गली में आगे बढ़ने लगा । लड़कों ने उसकी ओर कोई ध्यान नहीं दिया ।

गली के सिरे पर पहुँचकर उसने रास्ता बदल लिया और तेली मुहल्ले की ओर चल पड़ा । कुछ ही देर में वह कस्बे की गलियों के लंबे-चौड़े जाल में वैसे ही फिर से चलने लगा था, जैसे मकड़ी अपने जाल में घूमती है ।

घर की ओर सीधा जाने के बजाय पुरोहित सराफों की गली की ओर जाने लगा, जहाँ हरनारायण रहता था । हरनारायण का पुश्तैनी घर सराफों की चौड़ी गली लाँघ चुकने पर, दाईं ओर को मुड़नेवाली एक सँकरी गली में पड़ता था । जितनी ज़्यादा आमद-रफ़्त सराफोंवाली गली में रहती थी उतना ही ज़्यादा सूनापन इस सँकरी गली में पाया जाता था । सराफों की गली तो कस्बे के एकमात्र बाज़ार से जा मिलती थी, और कस्बे की गलियों में प्रवेश करने का एक रास्ता यह भी था, इसलिए सराफों की गली में लोग दिन-भर आते-जाते रहते । पर यह सँकरी गली मोड़ मुड़ने के कुछ कदम बाद ही बंद हो जाती थी । गली के सिरे पर ऊँचा मेहराबदार फाटक था, जो किसी ज़माने में किसी हवेली का फाटक रहा होगा । वहीं पर थोड़ा आगे, हरनारायण का घर पड़ता था । घर क्या था, बालिश्त-भर जगह में छोटे-से चबूतरे के पीछे दो छोटी-छोटी कोठरियाँ नीचे और एक कोठरी ऊपर बनी थी । घर में हरनारायाण, उसकी विधवा बेटी और बारह-तेरह साल की उसकी दोहती रहते थे ।

गली में सुबह की धूप अभी पहुँची ही थी और हरनारायण, चबूतरे पर, धूप के छोटे-से चिकत्ते में मूढ़े पर बैठा अपनी ठिठुरती देह को गरमा रहा था, जब पुरोहित उसके सामने आ खड़ा हुआ ।

"आओ रामदास, सुबह-सवेरे कैसे आना हुआ ?"

पुरोहित आराम से, दोनों घुटनों पर हाथ रखकर चबूतरे पर बैठ गया ।

"परसन्न हो, दीवान जी ?"

हरनारायण ने सिर हिलाया, और पुरोहित के झुर्रियों-भरे चेहरे और गदली

आँखों में उसके आने का आशय ढूँढ़ने लगा।

''मंडी की तरफ़ जा रहा था। मैंने सोचा, दीवान जी के दर्शन करता चलूँ। सब सुख-सांद है ना?''

''किरपा है मालिक की। मंडी में क्या काम है, सुबह-सुबह?''

''मंडी में इस बार अनाज फिर कम आ रहा है। माड़ीवाले दीवान जी ने कहा था, पता लगाना कुछ बोरे शायद मंडी से खरीदने पड़ें।''

''क्यों, दीवान धनपत के तो कोठे अनाज से भरे रहते हैं। उसे मंडी से क्यों खरीदना पड़ेगा?''

''ब्याह-शादी की बात चल रही है, ज़रूरत पड़ सकती है।...सरकार के आदमी सीधे गाँवों में पहुँच गए हैं और वहीं से सीधा बटाई का गल्ला उठवा रहे हैं। इसीलिए मंडी में तोड़ा है।''

''किसके ब्याह की बात चल रही है?'' हरनारायण ने मूढ़े पर से टाँगें उतारते हुए पूछा।

''दीवान धनपत के बेटे का साक मलिक मंसाराम के घर होने जा रहा है।''

हरनारायण को तनिक अचंभा हुआ।

''अच्छा?...बड़े आदमियों के बड़े लेखे। तुमने साक करवाया है पुरोहिता?''

''नहीं महाराज, सभी साक मालिक की दरगाह में होते हैं।''

''पतरी तो तूने ही मिलाई होगी?''

रामदास के झुर्रियों-भरे चेहरे पर हल्की-सी मुस्कान दौड़ गई, ''वह तो मैंने ही मिलाई थी। पर अभी केवल बात चल रही है।''

पिछली कोठरी में बैठी हरनारायण की विधवा बेटी वीराँवाली के कान भी इसी तरफ़ लगे थे। शादी-ब्याह की बात सुनकर दुपट्टे से हाथ पोंछती बाहर निकल आई।

''हो गया साक पक्का, पुरोहित जी?''

''हो जाएगा, हो जाएगा। लगन अच्छे हैं।''

''कब होगा विवाह?''

''बस हुआ ही समझो। बात पक्की हो गई तो विसाख महीने की सायत निकलती है।''

''शादी करेंगे तो बड़ी धूमधाम से करेंगे,'' वीराँवाली बोली, ''दोनों परिवार बड़े चढ़े-पीड़े परिवार हैं।'' फिर स्वयं ही मुस्कराकर कहने लगी, ''पुरानी अदावतें अब कहाँ रहती हैं। पुरानी बातें गई-आई हो गईं।...''

वीराँवाली कोठरी की ओर लौटनेवाली थी जब उसने पूछा, ''आज परमेशराँ नहीं आएगी, पुरोहित जी, आप आए हो, हंदा लेने?''

''नहीं-नहीं, परमेशराँ ही आएगी। मैं तो यों ही दीवान जी के दर्शन करने चला आया।''

वीराँवाली कोठरी की ओर लौट गई—दुबले-पतले शरीर की चालीसेक साल की स्त्री। सिर पर विधवाओं का मैला दुपट्टा ओढ़े हुए थी।

फिर पुरोहित हरनारायण की ओर देखकर बोला, "सुना है लेखराज लौटनेवाला है।"

"अच्छा!" हरनारायण ने चौंककर पूछा, "क्या सच? तुम्हें किसने बताया?"

बहुत दिन बाद हरनारायण की आवाज़ में उछाह और उत्सुकता की गूँज सुनाई दी।

"उड़ती-उड़ती ख़बर सुनी है दीवान जी, पर लेखराज का क्या भरोसा। उसके लौटने की ख़बर तो बरसों से सुन रहे हैं।"

"कहाँ पर है, इस वक्त?"

"सुना है हुज़ूरपुर में है।"

हरनारायण ने सिर हिलाया। आँखों के सामने बीसियों वर्ष पहले के लड़कपन के दिन घूम गए, जब लेखराज की बाँह में बाँह डालकर कस्बे के चक्कर लगाया करता था। कुछ ऐसे लोग भी आँखों के सामने आ गए जो अब नहीं रहे थे।

"बड़ी अच्छी ख़बर लाए हो, रामदास!" हरनारायण ने बड़े चाव से कहा, पर फिर अपने उभरते उत्साह पर अंकुश लगा लिया। किसी भी बात के लिए अधिक उत्साह नहीं दिखाना चाहिए। बहुत उत्साह दिखाओ तो ऊपर बैठे भाग्य-देवता को अच्छा नहीं लगता।

बरसों पहले जब दीवान धनपत को मुरब्बे मिले थे तो उसे किसी ऐसे आदमी की तलाश थी जिस पर वह विश्वास कर सकता हो और जो नियमानुसार ज़मीनों पर जाकर लगान वसूल करने तथा मुजारों पर नज़र रखने का काम कर सकता हो। और इस काम के लिए उसने हरनारायण को चुना था। हरनारायण दूर-पार का रिश्तेदार था। इसके अलावा हाथ का साफ़ और ज़रूरतमंद आदमी था। उन्हीं दिनों उसकी बेटी विधवा हो गई थी और हरनारायण उसे और उसकी नन्हीं-सी बेटी को अपने इस पुश्तैनी, टूटे-फूटे घर में ले आया था। पर बात बनी नहीं। हरनारायण हिसाब-किताब तो रख लेता था, पर मुजारों को काबू में रखना उसके बस का नहीं था। लगान-वसूली के समय कोई मुजारा हाथ-पाँव पकड़ता, तो हरनारायण पसीज जाता था, सख्ती से लगान वसूल नहीं कर पाता था। यह काम हरनारायण-जैसे ग़रीब तबह, भगवान से डरनेवाले आदमी का नहीं था। कुछ मुजारे उसकी सद्भावना का नाजायज़ फायदा उठाने लगे थे। दो-एक साल ही उसने काम किया होगा कि दीवान धनपत ने उसे बरतरफ़ कर दिया। उसे धक्का तो लगा, क्योंकि इस मुलाज़मत से उसके घर का खान-पान चलने लगा था, पर उसने अपनी स्थिति को स्वीकार कर लिया, और उसके अनुरूप ही अपने को ढालता चला गया। धीरे-धीरे उसके विचारों में भी एक प्रकार का वैराग्य-सा आ

गया। ज़मीन-ज़ायदाद उसे मोह-माया का पंक नज़र आने लगी। रोटी देनेवाला तो भगवान है, मनुष्य तो उसके हाथों निमित्त मात्र है। एक छोटा-सा पुश्तैनी ज़मीन का टुकड़ा उसके पास भी था। हर फ़सल के बाद तीन-चार बोरे अनाज वहाँ से आ जाता था और उसी के सहारे हरनारायण सुख-संतोष के साथ रहने और भगवद्‌भजन में अपना समय बिताने लगा था। उसे विश्वास था कि यदि इतना अनाज आना भी बंद हो गया तो भगवान कोई और जुगाड़ कर देंगे। और यदि कोई दीवान, कोई संबंधी इन दो कोठरियों का बँटवारा करने पहुँच भी गया—क्योंकि दीवानों की बिरादरी में पीढ़ी-दर-पीढ़ी ज़मीन-जायदाद के बँटवारे होते रहते थे, घरों के अंदर दीवारें खिंच जाती थीं—तो एक कोठरी में जैसे-तैसे उम्र काट लेंगे। धीरे-धीरे हरनारायण ने मन की रही-सही तृष्णा पर भी काबू पा लिया था। जो जीवन में नहीं मिला, जो मिल नहीं सकता, उसके लिए जी तरसाने से क्या लाभ? हरनारायण, सुबह के वक्त नदी पर स्नान करने जाता, लौटकर गीता सहस्रनाम का पाठ करता, फिर कुछ देर घर के बाहर डोलता, और जब धूप तेज़ होने लगती तो कुब्रड़े हलवाई की दूकान के चबूतरे पर जा बैठता। वहाँ रोज़ 'चौसर' की बैठक जमती थी। वह स्वयं 'चौसर' नहीं खेलता था। इसे वह व्यसन मानता था, पर कुछ इस कारण भी कि वह ऊँचे खानदान का था, और गली में बैठकर 'चौसर' खेलना उसे अशोभनीय लगता था। पर वहाँ पर वह बैठता ज़रूर था। गली-मुहल्ले, जात-बिरादरी से मेल-मिलाप बनाए रखने का यही एक साधन था। बिरादरी में जीना-मरना तो लगा ही रहता है, किसी के घर 'सोग' होता तो तेरह दिन तक हर शाम वहाँ हाज़री देता, श्रीमद्‌भागवत अथवा गरुड़ पुराण की कथा का अमृतपान करता। दाल-रोटी का जुगाड़ भी कभी-कभी वहीं पर हो जाता था। इस तरह हरनारायण जो मिले उससे संतुष्ट रहनेवाला, भीरु स्वभाव, थोड़े में गुज़र कर लेनेवाला और सद्‌भावना से ओत-प्रोत व्यक्ति था।

"बड़े दीवान जी आपके बारे में पूछ रहे थे।" पुरोहित ने कहा।

हरनारायण ने पुरोहित की ओर देखा, धीरे-से सिर हिलाया पर कुछ बोला नहीं।

"लेखराज की बात चली तो वह भी बड़े हैरान हुए कि लेखराज लौट रहा है...तभी आपके बारे में पूछने लगे।"

हरनारायण ने फिर से सिर हिलाया, पर बोला कुछ नहीं।

"गेहूँ के कुछेक बोरे भेजने की बात कर रहे थे।"

"किसे?" हरनारायण मानो तंद्रा से जागा हो।

"आपको, दीवान जी! अबकी बार अनाज का तोड़ा है। मुझसे पूछने लगे कि हरनारायण तंगी में तो नहीं रहता? मैंने कहा—आप तो जानते हैं, दीवान हरनारायण किसी के सामने अपना हाथ नहीं फैलाते। पर उनकी हालत किसी से छिपी नहीं। इस पर वह मुझे डाँटने लगे कि तुमने पहले कभी क्यों नहीं

बताया। ...खून तो, दीवान जी, कुछ भी कहो, एक ही है ना!''

तभी नन्हीं रुक्मो, हरनारायण की बारह-तेरह साल की दोहती, गली में से भागती हुई आई पर चबूतरे पर पुरोहित को बैठे देखकर ठिठक गई, और फिर कन्नी काटती हुई-सी उछलकर चबूतरे पर चढ़ गई और भागकर अपनी माँ के पास कोठरी में चली गई।

''कुड़ी सियानी हो गई है। अब मुझसे भी शरमाने लगी है।'' पुरोहित ने कहा।

अंदर बैठी रुक्मो की माँ बोली, ''शरमाती नहीं, तुमसे अभी भी डरती है।'' वीराँवाली ने फिर हँसकर कहा, ''याद नहीं, जब छोटी-सी थी तो तुम्हारे आने पर खाट के नीचे छिप जाती थी। तुम्हें 'बाबा' समझती थी, जो उसे अपने झोले में डालकर ले जाएगा।''

पुरोहित सदा की भाँति सिर हिलाते हुए बुदबुदाया, ''जीती रहे, सुखी वसे!''

फिर उसी आवाज़ में, अपनी छोटी-छोटी गदली आँखें हरनारायण के चेहरे पर डालते हुए बोला, ''बच्ची के हाथ कब पीले करोगे दीवान जी, अब तो रुक्मो सुखनाल, रोठी हो गई है।''

''भगवान की जब इच्छा होगी तो इसके हाथ भी पीले हो जाएँगे।'' हरनारायण ने स्वभावानुसार बैरागियों की तरह जवाब दिया।

''कहीं पर बात चलाई है? इसे भी तो आप ही ने ठिकाने लगाना है।''

इस पर हरनारायण मुस्कराया, ''बिरादरी का पुरोहित बैठा है तो हम चिंता क्यों करें?''

''सत बचन, पर आप ही इसके कर्णधार हो। आप ही को इसकी नौका पार लगानी है।''

''ऊपर मालिक बैठा है, पुरोहित, वही सबकी नौका पार लगाता है।''

पर हरनारायण को अच्छा लगा कि पुरोहित ने बच्ची की सुधि ली है।

''तुम ही कहीं बात चलाओ, पुरोहित जी, हमारे सिर पर से भी बोझ उतरे।''

''बोझ तो है ही, दीवान जी, लड़कियाँ सदा महँगी पड़ती हैं। आप ही का जिगरा है जो इसे अब तक घर में बैठाए हुए हो। रुक्मो बारह-तेरह की तो हो गई होगी?''

''तेरहवाँ लगा है।''

अंदर बैठी वीराँवाली के कान भी इसी तरफ़ लगे थे। अभी से नहीं, जब से रुक्मणी ने बारहवें में पैर रखा था, वह इसकी चिंताओं का केंद्र बन गई थी। उसे अपने पिता से इस बात की अधिक आशा नहीं थी कि वह बच्ची को ठिकाने लगाने के लिए हाथ-पैर हिलाएगा। इसलिए पुरोहित कम-से-कम दो-चार घरों में बात तो उठाएगा।

''कहाँ इसका ब्याह रचाते फिरोगे, दीवान जी, लड़की को मुझे दे दो!''

पुरोहित ने मुस्कराकर कहा।

हरनारायण की विधवा बेटी, जो अभी तक कान लगाए इन दोनों की बातें सुन रही थी, तनिक चौंकी, पर फिर वह भी मुस्करा दी। सच ही तो कहता है, बापू से लड़की कहाँ ब्याही जाएगी। पहले मन से हारे हुए थे, अब शरीर से भी हार रहे हैं। कौन दहेज जुटाएगा, यह टूटा-फूटा घर बेच भी दें तो भी बारात को दो जून का खाना नहीं जुटा पाएँगे।

पुरोहित रामदास की यही विशिष्टता थी। ऐसी जगह पर चोट करता था कि आदमी न हाँ करने योग्य रहता, न ना करने योग्य। उसकी बात में सम्मान भी छिपा रहता और अनादर भी, प्रशंसा भी और हेठी भी। उसकी बात सुनकर मन में संशय भी उठता और उत्सुकता भी। पुरोहित के इस वाक्य ने वास्तविक स्थिति से उनका फिर साक्षात करवा दिया था। बेटी विधवा, पिता बूढ़ा और घर के नाम पर ले-देकर दो कोठरियाँ और साल-भर में चार-पाँच बोरे गेहूँ, वे भी आज हैं तो कल की भगवान जाने। अंदर बैठी वीराँवाली के दिल में हूक-सी उठी। पर साथ-ही-साथ एक विचित्र भावना भी घुमड़ने लगी। क्या मालूम पुरोहित हमारी बच्ची के भाग्य का निमित्त बनकर ही आया हो। लड़की के विवाह-कारज का बीड़ा उठा रहा है, भला हो इसका!

"आपने बहुत पुण्य कमाया है दीवान जी, आप जैसा कोई करके तो दिखाए।' पुरोहित कहे जा रहा था।

हरनारायण को यह वाक्य अच्छा लगा। कभी-कभी जो यह भावना दिल को कचोटने लगती थी कि जीवन में कुछ किया-कराया नहीं, अपना कोई भी दायित्व नहीं निभाया, जवानी में ही हार मानकर बैठ गया था, पुरोहित के इस छोटे-से वाक्य ने उसे आत्म-प्रताड़ना के इस गर्त में से निकाल दिया था। कोई तो है जिसकी नज़र मेरे पुण्य कर्मों की ओर भी जाती है, मेरे पूजा-पाठ की ओर, मेरे सात्विक जीवन की ओर। मोह-माया के पंक में से मैंने अपने को उबार लिया है।

"तुम्हारी बच्ची है रामदास, तुम बिरादरी के पुरोहित हो। चार-चार पीढ़ियाँ तार चुके हो, तुमसे ज़्यादा बच्ची का भला कौन चेत सकता है।"

पुरोहित अभी भी मुस्करा रहा था और उसकी छोटी-छोटी गदली आँखें हरनारायण के चेहरे पर लगी थीं।

उधर कोठरी के अंदर बैठी वीराँवाली समझ नहीं पा रही थी कि पुरोहित की मंशा क्या है। उसने यों ही चलते-चलते बात की है या सचमुच उसके ध्यान में कोई लड़का है। जीवन के कितने ही साल वैधव्य की यातना में बिता देने के बाद, वीराँवाली का मन किसी बात पर भी ज़्यादा देर तक टिक नहीं पाता था।

अपने-अपने कर्म हैं, कौन जाने भाग्य में क्या लिखा है। भला नहीं करेगा तो बुरा भी क्या करेगा, वह सोचने लगी। और फिर कोई साक लाएगा तो देख-परखकर ही ब्याह करेंगे।

लगता था पुरोहित ने भी चलते-चलते ही बात की थी, क्योंकि अब पुरोहित इस बात को आगे नहीं बढ़ा रहा था, बल्कि हरनारायण के यह पूछने पर कि 'है तुम्हारी नज़र में कोई लड़का ?' पुरोहित ने सिर हिला दिया था, "जो महाराज को मंजूर होगा दीवान जी ! बड़ी करमाँवाली लड़की है, जिस घर में जाएगी, लछमी बनकर रहेगी।"

और फिर वह जात-बिरादरी की बातें करने लगा था—सुना है, नरसिंगदास सराफ़ ने अपने बेटे को पारखत्ती दे दी है। और थोड़ी देर बाद, कि जेहलम शहर से एक पादरी आया है जो यहाँ गिरजा बनाएगा। छोटे-छोटे बच्चों को बताशे बाँटता फिरता है। और दोनों देर तक आपस में खुस-फुस करने के बाद इस नतीजे पर पहुँचे थे कि 'कलियुग' आ गया है, पहलेवाली बात अब नहीं रह गई है। और कुछ देर बाद, दो बोरे गेहूँ डलवाने की बात कहकर पुरोहित उठ खड़ा हुआ था और फिर से अपनी उँगलियाँ नचाता और 'राम भली करेंगे' बुदबुदाता गली में से निकल गया था।

2

बारात को अँधेरा पड़ने के कुछ ही देर बाद पहुँच जाना चाहिए था, पर अभी तक बारात के कोई आसार नज़र नहीं आ रहे थे। रात गहराने लगी थी और अभी तक बारात अपने ठिकाने से रवाना तक नहीं हुई थी। शामियाने के नीचे बैठे 'मांजी'—दुल्हन की ओर के नाती-रिश्तेदार—थकने लगे थे, कुछेक चुपचाप मलिक मंसाराम से आँख चुराकर सरक भी गए थे। कौन रात-भर बैठा यहाँ बारात की राह देखता रहे। जब बाजे-गाजे की आवाज़ आएगी तो घर से चले आएँगे। शामियाने के पीछे हलवाई बैठे-बैठे ऊँघने लगे थे। सभी व्यंजन ठंडे हो चुके थे। झूरों ने बड़े-बड़े चूल्हों में से लकड़ियाँ खींच दी थीं। जब बारात का ढोल सुनाई पड़ेगा तो चूल्हों के नीचे आग जला लेंगे। मलिक मंसाराम अपने मित्र-संबंधियों के साथ, पंडाल के ही एक कोने में, कालीन पर चुपचाप मुँह लटकाए बैठा था। अगर अभी यह हाल है तो आगे क्या होगा। अब बारात खाना किस वक्त खाएगी और 'लावाँ-फेरे' कब होंगे ? थोड़ी भी देर और हो गई तो सायत निकल जाएगी। पास में मलिक परिवार के दो बुजुर्ग—लखमीदास और लछमीदास—सिर से अपनी पगड़ी उतारकर गोद में रखे, स्थिति पर विचार कर रहे थे।

''टीले पर बारात जुटाने का मतलब ही क्या था ? बारात 'माड़ी' में से ही सजकर क्यों नहीं आ सकती थी ?'' लाला लखमीदास ने कहा।

''किसी को भेजो जी, मांजी सरकते जा रहे हैं।''

''ब्याह का सारा उत्साह ठंडा पड़ता जा रहा है।'' दूसरे बुज़ुर्ग, लाला लछमीदास ने लड़की के पिता से कहा।

इस पर मलिक मंसाराम—दुल्हन का बाप—तुनककर बोला, ''तीन बार भेज चुका हूँ। हर बार यही जवाब मिलता है कि बस, अभी चलने लगे हैं; बस, अभी रवाना हुए कि हुए…।''

मलिक मंसाराम अपना धैर्य खोता जा रहा था।

लाला लखमीदास ने पंडाल के बीचों-बीच खड़े रामजवाया को हाथ का इशारा करके अपने पास बुलाया। रामजवाया तोंद खुजलाता पहुँच गया।

''क्या हुक्म है, लाला जी ?''

''कुछ बारात की सुध लो भाई, देख क्या रहे हो ? यहाँ तोंद खुजलाने से काम नहीं चलेगा।''

''क्या हुक्म है ?''

''किसी को भेजकर पता लगाओ कि बारात कब पहुँचेगी। सारी रात हमें यहाँ बैठाए रखेंगे।''

''पुरोहित को पता लगाने के लिए भेजा था, पर वह वहाँ जाकर बैठ ही गया है।''

इस पर मलिक मंसाराम फिर तुनककर बोला, ''देर से आए तो खाक 'मिलनी' होगी।''

''शुभ-शुभ बोलो, मंसाराम, ऐसे कामों में देर-सवेर हो ही जाती है। सारा कारज सुभीते से हो जाएगा। चिंता की कोई बात नहीं।'' पग्गड़धारी लखमीदास ने कहा।

कहीं मलिक मंसाराम की आवाज़ हलवाइयों के पास खड़ी मलिक मंसाराम की पत्नी के कान में पड़ गई, और वह सुनते ही पंडाल के अंदर आ गई, ''मत भेजो जी किसी को ! लड़केवालों से भी कभी कोई जल्दी करने को कहता है ? जहाँ इतनी देर तक राह देखी है, वहाँ कुछ देर और सही। बारात कहीं भागी तो नहीं जा रही है। उसे आना तो यहीं पर है।''

''तू अपना काम देख, भली मानस ! उधर सायत निकलती जा रही है, मांजी घरों को जाने लगे हैं। रामजवाया उनके साथ लड़ने तो नहीं जा रहा है। उनकी मिन्नत-समाजत ही करेगा।''

''कोई ज़रूरत नहीं जी, किसी को मत भेजो। दीवानों की बारात आ रही है, वे सब कायदे-कानून जानते हैं।''

अभी ईशरादेई के मुँह से शब्द निकले ही थे कि दूर कहीं से गोला फटने की

आवाज़ सुनाई पड़ी। आवाज़ क्या सुनाई पड़ी, सारा वातावरण जाग उठा।

जैसे मुल्ला की अज़ान सुनने पर लोग रोज़ा खोलने के लिए उठ खड़े होते हैं, कुछ-कुछ वैसे ही पंडाल के नीचे हलचल मच गई। ईशरादेई भी खड़ी-की-खड़ी रह गई, उसका चेहरा खिल उठा और उसने दोनों हाथ जोड़ दिए। बच्चों की किलकारियों से सारा आँगन गूँजने लगा। पंडाल में बैठे सभी लोग उठ खड़े हुए। लड़कीवालों के घर में गहमा-गहमी फिर से शुरू हो गई। लछमीदास-लखमीदास ने पग्गड़ सिर पर रख लिए। पंडाल के पीछे बैठे हलवाई भी जाग उठे। शादी का समा फिर से बँधने लगा।

गंजमंडी के बड़े मैदान में ही, जहाँ मलिक मंसाराम ने नया दो-मंजिला घर बनवाया था और जिस पर से अभी तक नज़रबट्टू उतारा नहीं गया था, पंडाल सजाया गया था। पंडाल के आरपार झंडियाँ-ही-झंडियाँ लगी थीं। केले के पत्तों से फ़ाटक सजा था—ऊपर बंदनवार और फूलों के गजरे। पूरे पंडाल में क़ालीन और दरियाँ बिछी थीं।

पंडाल मांजियों से फिर भरने लगा। यों भी सारा कस्बा इस ब्याह को देख पाने को उतावला हो रहा था। दीवान धनपत के बेटे का विवाह मलिक मंसाराम की बेटी के साथ हो रहा था। कस्बे के दो सबसे ज़्यादा चढ़े-पीढ़े परिवार एक-दूसरे के समधी बनने जा रहे थे, अपने में यह बहुत बड़ी घटना थी; विशेषकर तब, जब किसी ज़माने में दोनों के बीच मनमुटाव रह चुका था।

टीले पर से उतरकर बारात, सीधा गंजमंडी की ओर मुड़ने के बजाय, या काबुली दरवाज़े के रास्ते कस्बे में दाखिल होने के बजाय, दाएँ हाथ को मुड़ गई और कस्बे की प्रदक्षिणा-सी करती हुई तेली मुहल्ले की ओर बढ़ने लगी। जलती मशालों की रोशनी में सभी बारातियों के सिर पर केसरी रंग की पगड़ियाँ खूब फब रही थीं। बाजे-गाजे की आवाज़ सुनकर घरों की छतों पर स्त्रियों के जमघट लग गए थे। नीचे, चबूतरों पर, गली में, कई मर्द, बच्चे-बूढ़े, हर गली के मोड़ पर खड़ी भीड़, बारात की राह देख रही थी।

बारात के आगे-आगे काठ के रंग-बिरंगे घोड़े को कमर से बाँधे, उसे नचाता हुआ, कस्बे के मीरासी का बेटा आगे-पीछे कूद रहा था। कस्बे के बच्चे, जगह-जगह से उठ-उठकर भागते चले आए थे, और काठ के घोड़े पर बैठे सवार की कूद-फाँद देखकर किलकारियाँ भरते, तालियाँ बजाते उसके पीछे-पीछे चले जा रहे थे।

कूदते काठ के घोड़े के पीछे बाजे-गाजेवाले थे—ढोल, मजीरा, तुरही, अंग्रेजी 'तूतनी' जिन्हें तीन आदमी फूले गालों के साथ, एक साथ बजा रहे थे और इनके पीछे बारातियों की भीड़ थी। केसरी रंग की पगड़ियाँ सबके सिर पर थीं। यह दीवानों के बाने का अंग थीं। कुछेक ने बदन पर केसरी रंग का ही अँगरखा पहन रखा था। कुछेक ने काश्मीरी क़सीदाकारीवाले अँगरखे पहन रखे थे। अँगरखों का

दौर यों तो अमलदारी बदल जाने पर ख़त्म हो चुका था, लेकिन शादी-ब्याह के मौकों पर अभी भी उन्हें पुराने बक्सों में से निकालकर पहन लिया जाता था। पर केसरी पगड़ी सभी के सिर पर थी। बारात को देखकर लगता था जैसे कोई लश्कर किला फ़तह करने निकला हो। बारातियों की सजधज, उनका डील-डौल, बड़ी-बड़ी ऐंठी हुई मूँछें, आँखों में सुरमा, कानों में बालियाँ, नीचे छोटी-सी तोंद—सभी-कुछ दीवानों के रुतबे के अनुरूप ही था और वे इस पर इठलाते थकते भी नहीं थे।

यों ऐसी सजधज केवल बारात के समय ही देखने को मिलती थी। शादी-ब्याह हो जाने के बाद, केसरी बाना फिर संदूक में लौट जाता। तेज़ उस्तरे से बनाई हुई दाढ़ी पर धीरे-धीरे बाल उगने लगते—जिनके बारे में कहा जाता कि चपाती पर चींटियाँ रेंगने लगी हैं। मैला पाजामा और उजला कुर्ता, या उजला पाजामा और मैला कुर्ता, जो कस्बेवालों की सामान्य पोशाक थी, फिर बदन पर आ जाते। पर इस वक्त तो दीवानों की बारात का बड़ा ठाठ था।

दीवान शब्द से रुतबे का बोध होता है, बड़प्पन का, आभिजात्य का। यों किसी जमाने में राजा के मंत्री को दीवान कहा जाता था। इस बिरादरी के कुछ लोग भी सिक्खों के राज्यकाल में ऊँचे ओहदों पर रह चुके थे। दीवान मोहकमचंद, दीवान मोतीराम, दीवान गंगाराम आदि-आदि। या तो वे दीवान बिरादरी के थे और ऊँचे ओहदों पर रहे थे, या ऊँचे पदों पर रखे जाने के कारण दीवान कहलाए। कुछ भी रहा हो, इस समय बिरादरी के सभी सदस्य अपने को दीवान कहते थे।

यों तो दीवान अपना संबंध सिकंदर और पोरस के साथ भी जोड़ते थे। उनका कहना था कि पोरस उन्हीं की बिरादरी का था। इतना ही नहीं, वे यह भी कहते थे कि सिकंदर, पोरस के 'पौरुश' से इतना प्रभावित हुआ था कि अपने देश लौटते समय वह अपने साथ पाँच युवा दीवान भी ले गया था, जिन्हें बाद में उसने अपनी फ़ौज़ की कमान सौंपी थी। कस्बे के दीवानों का यह भी कहना है कि उन दीवानों के वंशज अभी भी यूनान में रहते हैं। कुछ दीवान तो अपना रिश्ता परशुराम से भी जोड़ते हैं।

अतीत का गौरव, कस्बे के लगभग सभी लोगों पर छिटका हुआ था। कुछ लोग दीवान कहलाते थे तो कुछ मलिक, कुछ रायज़ादे। ये सब अतीत से प्राप्त उनके बड़प्पन की निशानियाँ थीं। इस समय भी कस्बे की सँकरी गलियों में से चलते हुए उनके हाव-भाव से ही लगता था जैसे कह रहे हों—तुम जानते नहीं हो कि हम कौन हैं, हम दीवान हैं!

बारात के आगे-आगे दीवान कुंदनलाल चल रहा था—बड़े दीवान जी का मुख़्तार, जो उनके मुरब्बों की देख-रेख करता था और ज़मीन-जायदाद के सब काम सरंजाम देता था। ऊँचा-लंबा दीवान कुंदनलाल बड़े ठाठ में था। केसरी पगड़ी, घुटनों तक लंबा नए चलन का कोट। आँखें चपल और छोटी-छोटी।

अपनी ऊँचाई से जब नीचे की ओर देखता तो लगता जैसे कोई उकाब अपने शिकार पर आँखें गाड़े हुए है। दीवान धनपत का मुख़्तार बनने से पहले कुछ बरस तक वह नायब तहसीलदार रह चुका था। घोड़े की पीठ पर बैठकर गाँवों का दौरा किया करता था। पर उसके रहते गाँवों में इतनी दहशत फैल गई थी कि सरकार ने उसे नौकरी से बरतरफ कर दिया और वह दीवान धनपत का 'मुख़्तार' बन गया था। हाथ में छोटी-सी थैली उठाए, आगे-पीछे चलता हुआ वह इस तरह बारात का संचालन कर रहा था, मानो फ़ौज की टुकड़ी का संचालन कर रहा हो।

बारातियों की टोली में बांशी भी था—कस्बे का अकेला आदमी जो ताश के पत्तों के साथ तरह-तरह के खेल करना जानता था, जिसकी सारी जवानी कुबड़े हलवाई की दूकान की बगल में अपने कुछ साथियों के साथ चौसर खेलने में बीत गई थी, जो किसी ज़माने में दीवान धनपत की सबसे ज़्यादा ठिठोली किया करता था, पर अब ढलती उम्र में उसी धनपत की चाकरी करने लगा था। दीवान धनपत ने उसे लगान-वसूली के काम पर लगा रखा था। ढीली-ढाली बलगमी देह। उसके लिए भी दीवानों की बारात में शामिल होना बड़े गर्व की बात थी।

बारात में अनेक पेशेवर बाराती भी थे। कस्बे की खास उपज, जिनके लिए शादी-ब्याह निर्वाह का साधन थे। अपने सामान्य जीवन में वे केवल धूप सेंकते थे, चौसर खेलते थे या दूकानों के बाहर बिछे मूढ़ों पर बैठकर चिलम पीते और गप्पें हाँकते थे। कस्बे में होनेवाली हर शादी की इन्हें खबर रहती थी। जात-बिरादरी के बीच लेन-देन के बारे में इनकी जानकारी अद्‌भुत थी। कुछ लोग भले ही इन्हें निखट्टू और निठल्ला कहें, पर अपनी नज़र में ये दीवान थे। इनकी दिलचस्पियाँ कुछ-कुछ औरतों की दिलचस्पियों-जैसी थीं। जब शादी-ब्याह के बाद घरों में मिठाई बाँटी जाती तो ये अपने हिस्से की मिठाई के लिए औरतों की तरह हाथ पसारकर, उलाहने देते हुए 'रिश्ते के मुताबिक मेरा हिस्सा डेढ़ सेर बनता है, मैं एक सेर क्यों लूँ? सुखलाल पिछले ब्याह में मुझे…' और लड़-झगड़कर अपना हिस्सा तुलवा ले जाते थे। एक साहे में बिरादरी में तीन शादियाँ हो जाएँ या दो ब्याह और एक मुंडन हो जाए, या एक ब्याह, एक मुंडन और एक बूढ़े का मरना हो जाए तो घर में इतने शक्करपारे और पकवान-सेवियाँ आ जाते थे कि महीनों की गुज़र चल जाती थी। थोड़ा भोर-भोरकर खाते रहो, तो महीनों निकल जाते थे। बारात में अनेक चढ़े-पीड़े दीवान भी थे, ज़मीन-जायदादवाले, ऊँचे रुतबे और हैसियतवाले। कोई साहूकारा करता और कोई आढ़त करता, गंजमंडी में जिनकी 'पैड़ियाँ' थीं, कोई सराफा करता।

इन्हीं के सजे-धजे घोड़ों के आगे-आगे दीवान धनपत की पालकी थी। यह कस्बे में 'ढुकनेवाली' पहली बारात थी, जिसमें दूल्हे का बाप स्वयं पालकी में बैठकर बारात के साथ जा रहा था। पीले रंग का रेशमी अँगरखा, सिर पर केसरी पग्गड़, मेहँदी में रँगी हुई खस-खस छोटी-सी दाढ़ी, हाथ में पीतल के ढक्कनवाली

गुड़गुड़ी जिस पर वह बराबर कश लगाए जा रहा था और गले में सफ़ेद दुपट्टा भी था। घनी भौंहों के नीचे उसकी छोटी-छोटी आँखें बड़ी चपल और सचेत थीं। इस अँधेरे में भी लगता, जैसे भौहों के नीचे सारा वक्त कुछ हिल रहा है। तंबाकू का अमल करते रहने के कारण रहा हो या उसके सनकी, गर्म मिज़ाज के कारण, उसकी आँखों में लाल डोरे सारा वक्त खिचे रहते थे।

दूल्हे की सफेद घोड़ी की पीठ पर लाल और सुनहरे रंग का 'चारजामा' बिछा था। दूल्हे के सिर पर भी केसरी पगड़ी, और उस पगड़ी पर से लटकता चम्बेली के सफ़ेद गजरों से बना सेहरा उसके चेहरे को ढके हुए था और दूल्हे के साथ-साथ उसके मनचले साथियों की टोली भी थी—एक-दूसरे को छेड़ते, हुल्लड़ मचाते हुए। दूल्हे की घोड़ी के थोड़ा पीछे दूल्हे का बड़ा भाई भी इन्हीं के साथ चलता आ रहा था—दुबला-पतला। चलते-चलते बार-बार झोल खा जाता, जिस पर कोई-न-कोई बाराती उसे थाम लेता था। वह अस्वस्थ था, उसे मिरगी के दौरे पड़ते थे और वह थोड़ा तुतलाकर बोलता था। कुछ लोगों का ख़्याल था कि उसके दिमाग में भी हल्की-सी सनक है।

सँकरी गलियों में से चलती हुई बारात की रफ़्तार धीमी पड़ गई थी। जिस बारात को सूरज डूबने पर समधियों के घर पहुँचना था, वह अब आधी रात पड़ने से कुछ ही देर पहले पहुँच पाएगी। पर वह बारात क्या जो वक्त पर पहुँचे। और फिर बड़े घर की बारात। रवाना होने से पहले सभी बारातियों को 'टीले' पर जुटना था। कस्बे के बाहर, गंजमंडी से थोड़ी दूरी पर शेखों के बाग़ के निकट यह टीला पाया जाता था, जो कस्बे के जीवन का अभिन्न अंग बन चुका था। यहीं पर कई बार बारातें सजतीं, किसी दूसरे कस्बे से आनेवाली बारात, यहीं पर तैयार होकर कस्बे में उतरती और लौटते हुए नववधु की पालकी पहले यहीं पर लाई जाती, यहीं पर अनेक रस्में निभाई जातीं। अनेक रमते साधु भी इसी टीले पर आकर धूनी रमाते थे। दूल्हे की सेहराबंदी यहीं पर हुई थी।

मशालों की रोशनी में बारात धीरे-धीरे आगे बढ़ती जा रही थी। छतों पर खड़ी स्त्रियाँ और युवतियाँ आँखें गाड़े, नीचे दूर तक फैली केसरी पगड़ियों के इस सैलाब को देखे जा रही थीं। ऐसी बारात बहुत दिन बाद कस्बे में देखने को मिली थी। मशालों की अस्थिर रोशनी आसपास के घरों पर पड़ती, तो दीवारों पर नाचते सायों के बीच किसी घर की टूटी हुई दीवार, या दौ सौ बरस पुराने दरवाज़े पर की गई बढ़िया नक्काशी, या कहीं मलबे का ढेर, या अधटूटे घर की छत पर से झाँकते चेहरे झिलमिला-से उठते। काठ के घोड़े पर झूलते मीरासी के बेटे के पीछे-पीछे, दीवानों की बारात बड़ी आन-बान के साथ, इस प्राचीन, टूटे-फूटे कस्बे की गलियाँ लाँघती जा रही थी।

काठ के घोड़े पर झूलता मीरासी का बेटा सेठियों की गली के सिरे पर पहुँचकर रुक गया। दाएँ हाथ को जानेवाली गली चंदोकों के मुहल्ले की ओर जाती थी,

जबकि बाएँ हाथवाली गली पहले सीधे रुख़ और फिर लंबा मोड़ मुड़कर काबुली दरवाज़े में जाकर खुलती थी जो गंजमंडी के निकट पड़ता था। मीरासी के खड़े हो जाने पर, पीछे-पीछे आनेवाले मशालची और साज़िंदे भी आकर खड़े हो गए। दीवान कुंदनलाल आगे बढ़ आए, यह फ़ैसला करने के लिए कि बारात को अब किस रास्ते से जाना होगा।

उन्होंने लंबे रास्ते से जाना ही तय किया।

बारात जब फिर से सरकने लगी तो बाएँ हाथ एक छोटे चबूतरे पर, कुंदनलाल को भागसुद्धी बैठी नज़र आई। भागसुद्धी अपनी कोठरी के बाहर खाट पर बैठी थी। आँखों में जाला उतर आने के कारण, सिर उठाकर बहुत ध्यान से देखने पर भी चेहरों को पहचान नहीं पा रही थी। पर दीवान धनपत के बेटे की बारात को देखने के लिए वह भी कोठरी के बाहर आ बैठी थी।

''पैरी पौना, मौसी !'' कुंदनलाल ने कहा।

भागसुद्धी ने आवाज़ पहचान ली। हाथ ऊँचा उठाकर दीवान कुंदनलाल के चेहरे को पहचान पाने की कोशिश करते हुए बुदबुदाई—

''बड़ी देर से बारात ले जा रहे हो, कुंदनलाल ! बेटीवालों का पानी उतारने जा रहे हो, क्या ?''

दीवान कुंदनलाल चौंका। बुढ़िया मुँहफट्ट थी। कस्बे में सभी जानते थे—बात-बात का भेद रखती है, अपनी ग़रीबी में दिन काटते हुए भी किसी से ख़म नहीं खाती, जो मन में आता है, बोल देती है।

''पानी उतारनेवाली बात ही हुई ना, कुंदनलाल ! चालीस बाराती लाने को कहा था, और यहाँ पूरा लश्कर उठा लाए हो। यह पानी उतारना नहीं तो क्या हुआ ! बेटियाँ सबकी साँझी होती हैं।''

दीवान कुंदनलाल ठिठका। क्या जवाब दे। बात तो बुढ़िया ठीक कह रही थी।

''बिरादरी बड़ी है, मौसी ! किसे ले जाएँ, किसे नहीं ले जाएँ, बड़ा मुश्किल होता है।''

''आधी रात के वक्त इतनी बड़ी बारात खाने पर बैठेगी ?''

''समधी हमसे भी ज़्यादा चढ़े-पीड़े हैं, मौसी ! अगर उनके घर डेढ़ सौ की जगह तीन सौ जांजी भी ले जाएँ तो कोई फ़र्क़ पड़नेवाला नहीं है।''

मौसी भागसुद्धी क्षण-भर के लिए चुप रही, फिर वाणी का तीर-सा छोड़ती हुई बोली, ''बेटियाँ हर घर में हैं कुंदनलाल, हर बाप को बेटी ब्याहनी होती है।''

''सबके कारज हो जाते हैं, मौसी, अनब्याहा कोई नहीं रहता।'' फिर तुनककर बोला, ''अनाप-शनाप नहीं बोलती रहा करो मौसी, कोई वेला-वक्त भी देखा करो।'' और अपनी थैली सँभालता आगे बढ़ गया।

बारातियों की संख्या डेढ़ सौ से कम नहीं होगी, यह ख़बर शीघ्र ही मलिक मंसाराम के घर में पहुँच चुकी थी और घर के बड़े-बूढ़े फिर से सिर जोड़कर विचार

करने लगे थे कि इस नई समस्या से कैसे पार पाया जाए। पचास-साठ बारातियों को तो निभा लेते, डेढ़ सौ बारातियों को कैसे खाना खिलाएँगे

''दाल बनवा दो। जल्दी बन जाएगी।'' एक युवक ने सुझाव दिया। इस पर लाला लछमीदास तुनककर बोला, ''नाक कटवाओगे? बारात को दाल कौन खिलाता है?''

इस पर एक और सुझाव आया, ''हलवा बहुत-सा और बनवा लो। खूब घी डालकर। शुरू में ही दो-दो बार हलवा परोसो। इनकी भूख कुछ तो कम होगी।''

''भूख कम कहाँ होगी? आधी रात को यहाँ पहुँच रहे हैं। भूखे भेड़ियों की तरह भोजन पर टूट पड़ेंगे।''

''दही के कुछ 'कूँडे' और मँगवा लो। मट्ठे को और पतला बना दो। मट्ठा बाराती बहुत माँगते हैं। खूब मट्ठा पिलाओ इन्हें।''

''आधी रात को तुम्हें दही के और कूँडे कहाँ मिलेंगे?

बड़ी टेढ़ी समस्या उठ खड़ी हुई थी। दीवान धनपत जो न करे सो कम है। मांजी भोजन का प्रबंध करने के लिए इधर-उधर भागने लगे। जहाँ से जो मिलता है, लाने के लिए लोग दौड़ाए गए। रसद की बोरियाँ खोली जाने लगीं। बारात अब कोहलियों के मुहल्ले के बड़े आँगन में पहुँच चुकी थी। ईंटों से चुना हुआ बड़ा आँगन। दीवान धनपत ने पालकी में बैठे-बैठे पहली बार मुड़कर देखा—गली में से निकल-निकलकर बाराती खुले आँगन में आ रहे थे। बारात सचमुच लश्कर-जैसी लग रही थी, बीच-बीच में जगह-जगह जलती-लहराती मशालें! बारात का सचमुच बड़ा ठाठ था। बड़ी आन-बान के साथ समधियों के घर के सामने जाकर जुटेगी। दीवान धनपत को बड़ी तृप्ति का भास हुआ।

खुले आँगन में पहुँचकर बाजेवाले पूरे जोर से अपने साज़ों पर एक इश्किया टप्पे की धुन बजाए जा रहे थे.

''तेरे दंद गुलूबंद नी,
हे जमालो!
तेरे दंद गुलूबंद नी
हे जमालो!''

तभी अपनी थैली उठाए कुंदनलाल, दूल्हे की घोड़ी के पीछे आ गया। थैली में हाथ डालकर उसने मुट्ठी-भर सिक्के निकाले और दूल्हे के निकट जाकर सिर-वारना करने का उपक्रम करते हुए सिक्कों को हवा में उछाल दिया। छन-छन करते सिक्के ज़मीन पर पड़े। कस्बे के बच्चे जो अभी तक काठ के घोड़े पर नाचते मीरासी के बेटे के पीछे चले जा रहे थे, फ़र्श पर गिरते सिक्कों की खनकार सुनकर भागते हुए लौट आए और लपक-लपककर ज़मीन पर से सिक्के उठाने लगे।

दीवान कुंदनलाल की थैली में कौड़ियाँ, पाइयाँ, पैसे और अधन्नियाँ सब मिली हुई थीं। आमतौर पर शादियों में कौड़ियाँ और पाइयाँ वारी जाती थीं, पर दीवानों की बारात में पहली बार पैसे और अधन्नियाँ भी वारी जा रही थीं जो, कस्बे के लिए अनहोनी बात थी।

बारात फिर आगे बढ़ने लगी और दो ही मोड़ काटकर समधियों के शामियाने के सामने जा पहुँची।

फूल-पत्तों के बंदनवार से सजे फाटक के एक ओर दुल्हन के पिता, मलिक मंसाराम, हाथ में फूलों का गजरा उठाए अपने अनेक संबंधियों के साथ खड़ा था। प्रत्येक के हाथ में फूलों के हार थे। कौन किसके गले में हार डालेगा और बग़लगीर होकर कितने रुपए उसकी मुट्ठी में रखेगा, सब पहले से तय था।

फाटक के दूसरी ओर बारातियों का जमाव था। दीवान धनपत पालकी में से उतर आए थे और अपने सगे-संबंधियों की मंडली के आगे-आगे खड़े थे।

फाटक के ऐन नीचे, पुरोहित रामदास झूलता-सा लंबा लबादा पहने और गले में सफ़ेद दुपट्टा डाले—उसके सिर पर भी केसरी रंग का पग्गड़ था—दोनों समधियों की मिलनी की रस्म शास्त्र-सम्मत ढंग से पूरी करने के लिए मुस्तैदी से खड़ा था।

तभी किनारी-गोटे के कपड़ों से छम-छम करती लडकियों की टोली गीत गाती हुई आई और फाटक के एक ओर आकर खडा हा गई।

इतना बड़ा जमावड़ा कस्बे में बहुत दिन बाद हो रहा था। कस्बे-भर में इस शादी की धूम थी। केवल इस कारण ही नहीं कि कस्बे के दो सबसे धनी परिवारों के बीच—एक मुरब्बों का मालिक और दूसरा जाना-माना ठेकेदार-व्यापारी—संबंध जुड़ रहे थे, बल्कि कुछ इसलिए भी कि बरसों पहले धनपत और मंसाराम के बीच बड़ा मनमुटाव रहा था, जब माड़ी से जुड़ती हवेली की नीलामी हुई थी। पर यह वह ज़माना था जब कस्बे में दोनों का सितारा लगभग एक साथ ही चमकने लगा था और लगा था कि दोनों के बीच एक प्रकार की होड़-सी लग गई है। कस्बे के दोनों रईस अब एक-दूसरे के समधी बनने जा रहे थे, इस कारण इस विवाह का आकर्षण कस्बेवालों के लिए और भी ज्यादा बढ़ गया था।

थोड़ी देर तक तो खूब शोर हुआ। बाजेवाले सप्तम में अपनी धुनें बजाते रहे। दूल्हे के मित्र अपनी जगह नाचते, हो-हो करते रहे। पर फिर सब शांत हो गया। बूढ़ा पुरोहित फाटक के बीचों-बीच खड़ा विधिवत मंत्र बोलने लगा, और तदनंतर, इधर से दीवान धनपत और उधर से मलिक मंसाराम धीरे-धीरे क़दम बढ़ाते एक-दूसरे की ओर बढ़ने लगे।

दोनों बग़लगीर हुए। मंसाराम ने धनपत के गले में हार डाला। फिर से दोनों बग़लगीर हुए। दोनों के चेहरों पर मुस्कान खिल उठी थी। मलिक मंसाराम ने हाथ जोड़े और फिर धनपत के साथ हाथ मिलाते हुए सोने की पाँच अशरफ़ियाँ दीवान धनपत की मुट्ठी में रख दीं।

इसके बाद सगे-संबंधियों की मिलनी होने लगी—लड़की के चाचा की लड़के के चाचा के साथ, लड़की के मामा की लड़के के मामा के साथ और रिश्ते के महत्त्व के अनुरूप ही किसी के हाथ में दो तो किसी के हाथ में एक-एक अशरफ़ी पकड़ाई जाने लगी।

पर मिलनी के दौरान उस समय तनिक खिंचाव पैदा हो गया जब दीवान कुंदनलाल तीन-तीन पीढ़ी दूर के संबंधियों को भी मिलनी-भेंट दिलवाने पर इसरार करने लगा, जहाँ हक़ नहीं बनता था वहाँ पर भी मिलनी का आग्रह करने लगा। यहाँ तक कि दूर-पार के यार-दोस्त भी मिलनी करने के लिए आगे बढ़ने लगे।

पर जब इसकी ख़बर अंदर बैठी दुल्हन की माँ तक पहुँची तो उसने हाथ बाँधकर अपने पति को कहला भेजा, "अपना हाथ नहीं खींचना, बारातियों की एक भी बात नहीं मोड़ना। बेशक सारा घर लूट ले जाएँ, वे हमारे समधी हैं। बच्ची को उनके घर में ज़िंदगी बितानी है।"

मलिक मंसाराम दीवानों के इस व्यवहार से क्षुब्ध तो हुआ था, पर वह अपना क्षोभ दबाए हुए था, और उसने हिदायत कर रखी थी कि दीवान जो माँगते हैं देते जाओ, अपना हाथ नहीं खींचो।

पर जब मिलनी लंबी खिंचती चली गई, यहाँ तक कि फाटक के नीचे खड़े पुरोहित को भी अटपटा लगने लगा तो उसने ऊँची आवाज़ में मंत्र पढ़ते हुए दोनों बाँहें फैला दीं और बारातियों को पंडाल के अंदर चलने का न्यौता देने लगा।

मिलनी के बाद बारात अलग-अलग हिस्सों में बँट गई। फाटक के एक ओर खड़ी लड़कियाँ भागती हुई घर की ओर लपकीं, जहाँ कुछ ही देर में दूल्हे का स्वागत किया जानेवाला था। दूल्हे की मित्रमंडली दूल्हे को छोड़कर पंडाल के अंदर आ गई। पुरोहित ने 'खारों' की ओर मुँह कर दिया जहाँ विवाह-संस्कार संपन्न किया जाना था। कुछ बाराती कालीनों पर जाकर बैठ गए। भोजन के लिए पंडाल में बैठने का इंतजार किया जाने लगा। 'मांजी' भोजन की व्यवस्था करने पंडाल के पीछे चले गए, कुछेक बारातियों के साथ उनकी आवभगत पूछने के लिए उन्हीं के साथ बैठ गए।

पर भोजन के समय बात बिगड़ गई, और कुछ ऐसी बिगड़ी कि सँभल नहीं पाई।

दूल्हा जब पंडाल में खाना खाने आया तब बारात की दो पंगतें खाना खाकर उठ चुकी थीं। पहली पंगत में चालीस आदमी बैठे थे। बड़ी मुस्तैदी से खाना परोसा गया था। जहाँ हलवाई बैठे थे, वहाँ से लेकर पंगत की दोनों पाँतों के अंत तक, थोड़ी-थोड़ी दूरी पर बहुत-से मांजी खड़े हो गए थे। पहले थालियाँ आईं। एक-एक मांजी थाली ले-लेकर आगे बढ़ता जाता। सबके सामने थालियाँ लग गईं। फिर गिलास आए, एक-एक के सामने गिलास रखे गए। पानी भरनेवाले

उनमें पानी भर गए। फिर गरम-गरम हलवा आया, फिर भाजी-पूरियाँ। किसी चीज़ को पहुँचाने में देरी नहीं हुई। मांजियों ने बारात के खास-खास आदमियों को पहचान रखा था, उनकी विशेष आग्रह के साथ सेवा की जाने लगी। जहाँ थाली में एक पूरी बच रहती, वहाँ दो-दो पूरियाँ और परोस दी जातीं, सभी गर्म, सभी खस्ता। बारातियों को किसी बात की कोई शिकायत नहीं थी।

पहली पंगत आराम से निबट गई। भोजन के अंत पर बारातियों में एक-एक रेशमी रूमाल भी बाँटा गया। घरवालों को पसीना पोंछने की फुर्सत नहीं थी। लग रहा था कि दूसरी पंगत भी आराम से निबट जाएगी। अगर घरवालों के लिए खाना नहीं भी बचा तो कोई बात नहीं, मांजी यों भी लड़की के घर में खाना नहीं खाते। इस वक्त तो मलिक मंसाराम और सारी बिरादरी की इज्जत का सवाल था।

दूसरी पंगत में भी लगभग चालीस आदमी ही थे। इस पंगत को भी बड़ी चुस्ती और तत्परता से खाना खिलाया जाने लगा। बेशक, दो-एक बारातियों ने नाक-भौं चढ़ाए। एक ने गिलास के अंदर अँगुली फेरकर उसमें जमी सुहागे की मैल निकालकर दिखा दी। पर परोसनेवाले ने झट-से गिलास बदल दिया और बात वहीं ख़त्म हो गई। दो-एक ने शिकायत की कि पूरियाँ ठंडी हो गई हैं। उन्हें झट-से ताजा पूरियाँ मँगवा दी गईं। बाराती खाने में जट रहे।

दूसरी पंगत भी भुगत गई। तीसरी पगत के बैठते न बैठते सेवादारों में तनिक शिथिलता आ गई होगी या शायद उन्हें इस बात का विश्वास हो गया था कि अब कोई दिक्कत पेश नहीं आएगी, सब काम सुभीते से निबट जाएगा।

तीसरी पंगत को खाना परोसा जा रहा था, जिसमें दूल्हा और उसके संगी-साथी जगह-जगह बैठे थे। तभी कभी एक पाँत में से तो कभी दूसरी पाँत में से सालन माँगने की आवाज़ें आने लगीं। कोई तरकारी माँग रहा था, कोई दही का मट्ठा। लड़कीवाले लपक-लपककर सालन जुटा रहे थे।

बीचवाली पाँत के बीचों-बीच दूल्हा अपने कुछेक दोस्तों के साथ बैठा भोजन कर रहा था। सहसा अपना दायाँ हाथ उठाकर वह ज़ोर से चिल्लाया : ''पापड़... ! पाापड़!''

वह इतनी ऊँची आवाज़ में चिल्लाया था कि चारों ओर चुप्पी छा गई। सचमुच सकता-सा छा गया। दो-तीन मांजी लपककर उसके पास पहुँचे। जिस आदमी के पास पापड़ों की चिंगेर थी, उसे बार-बार बुलाया जाने लगा।

दूल्हे की बग़ल में बैठा उसका दोस्त रोशनलाल मुस्कराए जा रहा था। वह शरारत उसी की थी। वह बड़ी देर से दूल्हे को उकसाए जा रहा था कि मांजी उसकी ओर कोई ध्यान नहीं दे रहे हैं, कि दूल्हा होते हुए भी उसकी अवहेलना की जा रही है। एक बार जब पापड़ों से भरी चिंगेर उठाए, दुल्हन का मामा पापड़ बाँटने आया तो वह पाँत में जल्दी-जल्दी पूछता हुआ आगे बढ़ गया। वह इससे पहले भी एक बार पापड़ पूछने आया था, पर बारातियों की लगभग सभी थालियों

में अभी पापड़ रखे थे। भोजन लगभग समाप्ति पर था और भरे पेट पापड़ खाने की किसी को विशेष इच्छा नहीं थी।

"अरे, तुम्हें पापड़ नहीं मिला? वाह जी, अच्छा खाना खिला रहे हैं, दूल्हे को ही कोई नहीं पूछ रहा है तो और किसे पूछेंगे। तुमसे उन्होंने पूछा तक नहीं!"

इस पर दूल्हे को मुस्कराते देखकर रोशनलाल ने ऊँची आवाज़ में कहा, "मैंने देखा है तुम्हें कोई नहीं पूछता। तुम यहाँ यतीमों की तरह बैठे हो। जो आदमी पापड़ बाँटने आया था उसने तुम्हारी ओर आँख उठाकर देखा तक नहीं।"

दूल्हा थोड़ी देर तक तो बुझा-बुझा बैठा रहा, खिसियाई-सी हँसी हँसता रहा, फिर सहसा उसे तैश आ गया। बात काँटे की तरह उसके दिल में चुभ गई थी और वह वहीं बैठे-बैठे चिल्लाया था: "पापड़...! पा।।पड़!"

दीवान कुंदनलाल ने दूल्हे को यों चिल्लाते देखा तो पहले तो उसे बड़ा अशोभनीय लगा कि हम सबकी नाक कटवा रहा है और वह उसे समझाने के लिए उसकी ओर जाने लगा। पर इस बीच दूल्हा उठकर खड़ा हो गया था और 'पापड़! पापड़!' चिल्लाए जा रहा था।

उस वक्त तक कितने ही मांजी भाग-भागकर दूल्हे के पास पहुँच चुके थे। उसकी थाली में एक नहीं, तीन-तीन पापड़ डाल दिए गए थे, पर दूल्हा था कि अभी भी चिल्लाए जा रहा था। अपने मित्र द्वारा उकसाए जाने पर उसे यक़ीन हो गया था कि सचमुच, जान-बूझकर उसकी अवहेलना की जा रही है, और वह प्रमाणित करना चाहता था कि आखिर वह दूल्हा है, और अपनी अवहेलना नहीं होने देगा।

उधर दीवान धनपत का ख़ून खौलने लगा था। बेटा आख़िर बेटा ही होता है। अगर बेटा इस तरह से खड़ा होकर पापड़ माँगेगा तो बाप को भी बुरा लगेगा। उन्होंने छूटते ही पास खड़े मलिक मंसाराम से कहा, "यह क्या हो रहा है, मलिक जी! घर बुलाकर हमारी पगड़ी उतार रहे हो!"

मंसाराम भी अंदर से क्षुब्ध हो रहा था, पर धनपत के सामने उसने हाथ जोड़ दिए, "महाराज, कुछ भी नहीं हुआ है। बच्चों का खिलवाड़ है। बरखुरदार ने पापड़ माँगा है, पापड़ की चिंगेर हाज़िर कर दी गई है।"

इस बीच, दूसरी पाँत में बैठे दूल्हे के ही एक मित्र ने हाथ ऊँचा उठाया और ऊँची आवाज़ में कहा, "मट्ठा!"

और फिर अपना खाली ठूठा उठाकर हाथ ऊँचा करके उल्टा कर दिया, यह दिखाने के लिए कि उसमें मट्ठा नहीं है।

उसकी आवाज़ सुनकर कुछेक मनचले हँस दिए। इस पर एक और नौजवान बाराती ने झट-से अपना ठूठा उठाकर मुँह को लगाया और एक ही घूँट में उसे गटककर हवा में उलटा करते हुए चिल्लाया—"मट्ठा!"

दो-तीन और नौजवानों ने भी मट्ठे के घूँट भरे और कुल्हड़ उल्टे करके दिखाते हुए 'मट्ठा! मट्ठा!' चिल्लाने लगे। मांजी भाग-भागकर उनमें मट्ठा भरने लगे।

इधर मट्ठा मिलता, उधर बाराती उसे 'शूड़क' कर कुल्हड़ खाली कर देते और मट्ठा, मट्ठा चिल्लाने लगते।

पर इसी बीच एक बाराती और एक मांजी के बीच तू-तू मैं-मैं हो गई। मांजी तुनककर बोला, ''इतना बावेला क्यों मचाते हो ? कभी मट्ठा नहीं पिया है क्या ?''

''नहीं, तुम्हारे ही घर पर आकर पहली बार पी रहे हैं !''

मांजी भी दिन-भर के थके हुए थे। इधर नौजवान बाराती हुड़दंग मचाने के लिए मूँछों पर ताव देकर आए जान पड़ते थे।

''अराट निकाल देंगे। उन्होंने समझा क्या है।''

पंगत में बैठे लोग बिफर उठे। वह युवक जो अभी-अभी मांजी के साथ उलझ रहा था, लपककर उठ खड़ा हुआ–

''मुझे दीवान जी का लिहाज़ है, नहीं तो तुम्हें छठी का दूध याद करा देता।''

इस पर मांजी को गुस्सा आ गया, ''ब्याह का मौका है, इसलिए चुप हूँ, नहीं तो एक ही झाँपड़ मुँह पर देता, बत्तीसी बाहर निकल आती।''

दूसरे ने आव देखा न ताव, मांजी को गले से पकड़ लिया–

''दे झाँपड़, माँ का दूध पिया है तो दे झाँपड़ !''

हंगामा मच गया। कुछ लोग भागकर गली की ओर गए। कुछ मांजी भी भड़क उठे और ऊँचा-नीचा बोलने लगे। सारी-की-सारी पंगत बिना भोजन समाप्त किए उठ गई।

मलिक मंसाराम बेहद क्षुब्ध हो उठा था, पर वक्त की नज़ाकत को देखते हुए उसने दीवान धनपत के सामने हाथ बाँध दिए–

''दीवान जी, आप बड़े हो, मैं छोटा हूँ। हमसे ख़ता हो गई है। इस मामले को यहीं ख़त्म कर दें।''

पर दीवान धनपत गुड़गुड़ी उठाए, धीरे-धीरे चलता हुआ पंडाल की ओर जाने लगा।

तभी पुरोहित रामदास बाँहें झुलाता हुआ आया और सभी से आग्रह करने लगा कि खारों की ओर चलें, विवाह-कारज का वक्त हुआ जा रहा है, देर कर दी तो सायत निकल जाएगी। और मामले को तूल न देते हुए दोनों पक्षों के निकट संबंधी, सजे-सजाए 'खारों' की ओर बढ़ने लगे।

3

बारात जा चुकी थी। बेटी 'डोली' में बैठकर विदा हो चुकी थी। घर के अंदर ईशरादेई को बड़ा ख़ाली-ख़ाली लगने लगा था। एक बोझिल-सी महक घर के कमरों में छाई थी, कुम्हलाए फूलों की महक, मिठाइयों की महक, मेहँदी, केवड़ा और गुलाब की महक, घर की स्त्रियों के सरसराते कपड़ों, उनके साँस और शरीर की गंध। वातावरण बोझिल हो रहा था, धीरे-धीरे महक बासी होती जा रही थी, और उसमें एक तरह का कसैलापन भरने लगा था। पर यही महक अज्ञात रूप से ईशरादेई के दिल को मथ रही थी। वह अकेली अनमनी-सी, एक कोठरी से दूसरी कोठरी में आ-जा रही थी, अपने उखड़े मन को किसी भाँति घर की चीज़-वस्त सँभालने में लगा रही थी। बहुत कुछ ठिकाने लगाया जा चुका था, बहुत कुछ अभी भी बिखरा पड़ा था। पर ईशरादेई का गला बार-बार रुँध-रुँध जाता। कलेजा ख़ाली-ख़ाली हो रहा था। किसी काम में मन नहीं लगता था। बेटी गले लगकर विदा हो गई थी, पर अपने मासूम शरीर की सारी गरमाइश, सारी स्निग्धता पीछे छोड़ गई थी। विवाह की चीज़-वस्त उठाती हुई वह बार-बार बैठ जाती। कभी आँखें पोंछती, कभी हाथ जोड़ती। बड़ी तत्परता से काम में जुटने की कोशिश करती, पर फिर बेटी को याद करके मन जाने कैसा हो उठता था।

बाहर आँगन में एक ओर, हलवाई बर्तन माँज रहे थे। उनके नज़दीक ही कस्बे-भर के कुत्ते पत्तलें चाटने पहुँचे हुए थे। एक ओर को गरीब-गुरबा भीड़ लगाए बैठे थे, दरवाज़े पर नाई, मोची, कुर्मी आदि की मंडली बैठी थी। हिजड़ों की टोली तालियाँ बजाती, नाचती आवाज़ें कसती शोर मचा रही थी।

छत पर किनारीदार चुन्नियाँ ओढ़े, चमचम करते ब्याह के कपड़ों में लिपटीं, अपनी खनकती चूड़ियों और सजधज में मगन दुल्हन की सहेलियाँ देर तक झरोखों के पीछे खड़ी दूर जाती अपनी सहेली की पालकी को देखती रही थीं—तब तक, जब तक कि पालकी और उसे उठानेवाले चारों कहारों और साथ में चलते हुए दूल्हे और पीछे-पीछे चलते बारातियों की मंडली आँखों से ओझल नहीं हो गई।

घर के बाहर 'खारों' के पास, जहाँ रात को विवाह की रस्म हुई थी, घर के मर्दों के बीच गर्मागर्म बहस चल रही थी। बिरादरी के दोनों बुज़ुर्ग लछमीदास और लखमीदास, जिनके परामर्श के बिना बिरादरी की कोई बात आगे नहीं बढ़ती थी, अपने-अपने पग्गड़ उतारकर गोद में रखे मंडली के बीचों-बीच बैठे थे।

लड़की का मामा अभी भी बौखलाया हुआ था—

''मुझे मलिक जी का लिहाज नहीं होता तो मैं उस रोशनलाल को उठाकर बाहर पटक देता।''

''बस, बस, चुप रह! ज़्यादा नहीं बोलते!'' दुल्हन का चाचा उसका मिज़ाज

ठडा करने की कोशिश कर रहा था, पर जवान लोग अभी भी बड़े उत्तेजित थे--

''हमारे घर में आकर हमारी बेइज्जती कर गए हैं। क्या हम चुप बैठे रहेंगे ? वह मेघराज, मलिक जी के साथ उलझ रहा था। मेरा मन चाहा, एक थप्पड़ उसके मुँह पर दूँ और उसका दिमाग दुरुस्त कर दूँ!''

इस पर एक और नौजवान बौखला उठा–

''चाचा जी तो उनके सामने हाथ जोड़ रहे हैं, माफ़ियाँ माँग रहे हैं, और बारातियों के दिमाग सातवें आसमान पर पहुँचे हुए हैं। खाना अभी ख़त्म नहीं हुआ था कि सारी-की-सारी पंगत उठकर चली गई। हम जितने ज़्यादा झुकते रहे, उतने ही ज़्यादा वे सिर पर चढ़ते गए।''

''यह सारी शरारत जान-बूझकर की गई है, हमें नीचा दिखाने के लिए, हमारा पानी उतारने के लिए।''

''पर तुझे क्या पड़ी थी बहस करने की ? चुपचाप सुन लेता। बारातियों के साथ भी कोई उलझता है ?'' दुल्हन का चाचा फिर से समझाने लगा था।

ईशरादेई किसी काम से बाहर आई थी। उसके कानों में इस वार्तालाप के कुछ अंश पड़े तो वह ठिठक गई।

''यह क्या कह रहे हो जी ? रब्ब दा वास्ता ने, ऐसी कोई बात नहीं करना जिससे कोई बखेड़ा उठ खड़ा हो, बच्ची अभी-अभी घर से विदा हुई है।'' कहते-कहते ईशरादेई की आँखें फिर से भर आईं और गला रुँध गया।

''तुम जाओ मौसी, अंदर जाओ। मर्दों की बातों में तुम्हारा क्या काम।''

''वे नेकबख़्तो, तुम्हारी बात सुनकर मेरे दिल में हौल पड़ता है। मैं तुम्हारे सामने हाथ जोड़ती हूँ, कोई ऊँची-नीची बात नहीं करना। हम यहाँ अपने घर में बैठे हैं। बच्ची अभी-अभी दूसरे घर में गई है। उसे रस-बस जाने दो। बाराती हमेशा ज़्यादतियाँ करते आए हैं, कौन नहीं जानता। पर लड़कीवालों को जिगरा करना पड़ता है। मैं तुमसे हाथ बाँधकर बेनती करती हूँ।''

''क्या हम अपनी बेइज़्ज़ती करवा लें ? सारे कस्बे के सामने हमारी नाक काट गए हैं। हमारी जग-हँसाई हो रही है।''

''बस, बस, बात को यहीं ख़त्म कर दो। जो हो गया, सो हो गया, लड़कीवाल बराबरी नहीं कर सकते। अब भगवान से यही माँगो कि लड़की सुखी रहे।''

''अच्छा-अच्छा सुन लिया मौसी, अब जाओ अंदर!''

ईशरादेई बार-बार अनुरोध करने के बाद अंदर जाने लगी। दरवाज़े के पास पहुँचकर, फिर एक बार मुड़कर बोली, ''मेरा गड़ा मुर्दा देखोगे अगर कोई ऐसी-वैसी बात करोगे तो!''

पर बात वहाँ ख़त्म नहीं हुई। ईशरादेई के चले जाने के बाद कुछ देर तक चुप्पी छाई रही। फिर दुल्हन का मामा, ईशरादेई का छोटा भाई, बोला–

''अगर बाराती इस तरह की बदतमीज़ी करने लगेंगे तो लड़कीवालों की क्या

रह जाएगी ? हम चुप रहे तो वे और भी ज़्यादा सिर पर चढ़ेंगे।"

"यह पैसे की अकड़ है, और क्या। मुरब्बे क्या मिले हैं, दीवान के पैर ज़मीन पर नहीं टिकते।"

"बस-बस, हो गया जो होना था। अब इसे भूल जाओ।" दुल्हन का बाप बोला।

"कैसे भूल जाएँ, चाचा जी···!"

मन सभी के खिन्न और उत्तेजित थे पर किसी को सूझ नहीं रहा था कि किया क्या जाए। चुपचाप इस बदतमीज़ी को सह लेने का मतलब था कि कस्बे में लड़केवाले हर बार बदतमीज़ी करेंगे।

इस पर दोनों पग्गड़धारी बुज़ुर्गों में से एक बुज़ुर्ग—लछमीदास—देर तक सिर हिलाते रहने के बाद बोला, "अब तो कुछ भी करने-धरने से लाभ नहीं होगा। पर एक बात गाँठ बाँध लो कि आगे से दीवानों के घर लड़की नहीं देंगे। और सब ठीक है, पर लड़की का रिश्ता नहीं करेंगे। अपने-आप सीधे रास्ते पर आ जाएँगे।"

यह एक सुझाव था, भले ही फौरन कोई कदम उठानेवाली बात इसमें नहीं थी।

दूसरे बुज़ुर्ग—लखमीदास—गोद में दोनों हाथ बाँधे कनखियों से लछमीदास की ओर देखते रहे, फिर धीमे-से बोले, "ऐसी बात कहो लछमीदास, जो निभ सकती हो।"

"बिरादरी फैसला कर दे तो सभी को निभानी पड़ेगी। हर घर में लड़कियाँ हैं। सब इज़्ज़तदार आदमी हैं।" लड़की का मामा बोला।

"जो बिरादरी का फ़ैसला होगा, सिर-आँखों पर।" एक और संबंधी बोला।

लाला लखमीदास अभी भी दूसरे लाला के चेहरे की ओर देखे जा रहा था। सभी लोग चुप हो गए थे।

"क्यों भाई, मंजूर है ?" लाला लछमीदास ने सभी से पूछा। लोग एक-दूसरे के चेहरे की ओर देखने लगे। इस तरह का वचन देना आसान नहीं था। पर जिस तरह समधी बारात में आकर हुड़दंग मचाते रहे थे और घरवालों की बेइज़्ज़ती कर गए थे, उसे देखकर चुप बैठ जाना भी सही नहीं था। आज इनका अपमान हुआ है, कल किसी दूसरे का भी हो सकता है।

"कोई वेला-वक्त देखा कर लछमीदास !" कहते-कहते लाला लखमीदास उत्तेजित हो उठा, "बाल सफ़ेद हो जाने से ही कोई अक्लमंद नहीं हो जाता। तू समझता है कि सिर पर पग्गड़ रख लिया और गले में दुपट्टा डाल लिया तो तू दानिशमंद बन गया !"

इस पर कुछ नौजवान हँस दिए। दोनों बूढ़ों में नोंक-झोंक चलती रहती थी, दोनों एक-दूसरे से मज़ाक करते और फ़बतियाँ कसते रहते थे। शायद जान-बूझकर ही लाला इस ढंग से बात करने लगा था।

तनाव कुछ ढीला पड़ गया। बहस आगे नहीं बढ़ी। हालाँकि लड़की का मामा, जो सबसे अधिक उत्तेजित हुआ था, फिर से बोला—

''लाला जी ने ठीक कहा है। कुछ तो करना ही चाहिए। कुछ नहीं किया तो बारातियों को और ज़्यादा शह मिलेगी, और वे लडकीवालों को जूतों में पानी पिलाया करेंगे।''

''बस अब चुप हो जाओ,'' लाला लछमीदास फिर बोला, ''अंदर-ही-अंदर फैसला कर लो कि इन्हें लड़की नहीं देंगे। इनकी लड़की ले भले ही लें, पर देंगे नहीं। तभी इन दीवानों को अक्ल आएगी।''

ईशरादेई किसी काम से घर के बाहर आती नज़र आई। अपने भाई और पति को संबोधन करके बोली, ''अब और बातों की ओर भी ध्यान दो, घरवालो, ढेरों काम पड़ा है। जहाँ-जहाँ मिठाई भेजना है, उसका प्रबंध करो। उठो। गुरु महाराज की कृपा से लड़की अपने घर चली गई है। वह भी सुखी रहे और महाराज सबके घरों में सुख-शांति दें। उठो।''

पर सभी को चुप देखकर ईशरादेई ठिठकी, ''यह कोई नई बात नहीं हुई। बाराती सदा ऊधम मचाते आए हैं। वह तो सहना ही पड़ता है। लड़केवालों के साथ बराबरी थोड़े ही की जाती है।'' फिर पुरोहित से बोली, ''उठो ब्राह्मण देवता, समधियों को दाज (दहेज) भेजना है। मैंने संदूक, टोकरे, सब तैयार कर दिए हैं। आओ और मिठाई भी तुलवाओ, किस-किस घर में कितनी मिठाई भिजवाना है। आओ, चलो।''

पर लोगों को इस तरह गुम-सुम देखकर ईशरादेई फिर से खड़ी हो गई, ''तुम्हें इस तरह देखकर मेरा दिल डोल-डोल जाता है। तुम मर्द लोग बड़े अड़ियल होते हो जी, नहीं मालूम किस वक्त क्या कर बैठो। मालिक से एक ही बात माँगो कि सबकी बेटियाँ अपने-अपने घरों में इज़्ज़त-आबरू के साथ रहें। हमें और कुछ नहीं चाहिए। अब उठो नेकबख्तो, मेरे साथ काम करो!''

और मुड़कर घर के अंदर चली गई।

दोपहर होने को आई थी और बारात अभी भी टीले पर विराजमान थी। बारात को सीधा माड़ी में जाना चाहिए था, वहाँ घर की स्त्रियाँ उत्सुकता से 'डोली' की राह देख रही थीं। पर कुछ नौजवान बारातियों ने, जो अभी भी मस्ती में थे, माड़ी में जाने से पहले 'डोली' को टीले पर ले जाने का फ़ैसला कर लिया था। वहाँ कुछ देर तक मौज-मेला करेंगे। फिर 'डोली' को घर ले चलेंगे। बड़े दीवान जी ने भी मंजूरी में सिर हिला दिया था, जिससे उत्साहित होकर लड़के और भी ज्यादा हो-हल्ला मचाने लगे थे।

यों टीले पर से होते हुए घर जाने में कोई अनहोनी बात नहीं थी। अक्सर ऐसा होता रहा था। टीला कस्बे का पुण्यस्थल माना जाता था। तीज-त्योहार के दिन

लोग यहाँ आते। कस्बे में जिस किसी को कोई 'रीत' करनी होती, या मनौती मनानी होती, वह भी टीले पर पहुँच जाया करता। आता-जाता साधु भी कुछ दिन के लिए टीले पर ही अपनी धूनी रमाता था। बच्चे खेलने आते, कौड़ियाँ चुनने आते और कुछ ही मुद्दत पहले तक, जब अभी रेलगाड़ी नहीं चली थी और एक जगह से दूसरी जगह तक काफ़िले चला करते थे, तब अक्सर काफ़िले में जानेवाले लोगों का जमाव भी इसी टीले पर हुआ करता था। तीर्थयात्रा भी यहीं से शुरू हुआ करती थी।

टीले पर के छोटे-से मैदान में दरियाँ बिछ गई थीं। बड़ के विशालकाय पेड़ के नीचे, गोलाकार चबूतरे पर बड़े दीवान जी ने आसन जमा लिया था। दरी पर पालथी मारकर बैठे वे अपनी गुड़गुड़ी के कश लगा रहे थे। दूल्हे की मित्र-मंडली अपनी जगह जम गई थी। सभी इठला रहे थे और समधियों के घर में होनेवाले हंगामे को लेकर अपनी-अपनी हाँक रहे थे।

"मैंने कहा, पापड़ माँगो। इनकी ऐसी-की-तैसी, पापड़ माँगो!" रोशनलाल अपनी पेशकदमी पर ऐंठ रहा था, "यह अच्छा रहा जब हमारा बरखुरदार, दूल्हा खुद उठ खड़ा हुआ और 'पापड़! पापड़!' चिल्लाने लगा!"

"लड़की के मामा की सूरत देखनेवाली थी, जैसे सौ जूते पड़े हों!"

हर वाक्य पर ठहाका उठ रहा था।

"यार, मज़ा तो तब आया जब हमारी सारी टोली एक साथ मट्ठे के लिए चिल्लाने लगी—'मट्ठा! मट्ठा!' समधियों की बोलती बंद हो गई!'

"इस पर दही के कूँडे लाने के लिए उन्होंने तीन आदमी दौड़ाए। मैंने लड़की के चाचा को भागकर जाते हुए देखा। मोटा थुलथुल बुरी तरह हाँफ रहा था!" इस पर फिर जोरदार ठहाका हुआ।

"धीरे बाल, हमारी नइ नवली भाभी सुन रही होगी।"

बड़े चबूतरे पर ही, बरगद के पेड़ की ओट में, दुल्हन की बंद पालकी रखी थी। पालकी के अंदर बाहर की आवाज़ें सुनते हुए भी उसकी समझ में कुछ नहीं आ रहा था और वह भौंचक-सी, चुपचाप, गठरी-सी बनी घुटनों पर ठुड्डी टिकाए बैठी थी। सिर भारी हो रहा था, और आँखें बार-बार मुँद-मुँद जाती थीं। पहली बार गोटा-किनारी से जड़े कपड़ों में लिपटी, जो उससे सँभाले नहीं सँभलते थे, वह बड़ा अटपटा महसूस कर रही थी। कलाइयों तक चूड़ा और ढेर सारे खनखनाते जेवरों से लदी वह बेसुध-सी बैठी थी। उसे कुछ मालूम नहीं था कि वह कहाँ पर है, कि चलती पालकी क्यों रुक गई है, कि पालकी के बाहर क्या हो रहा है। कभी-कभी बोझिल-सा महसूस करने के कारण उसकी आँख लग जाती, पर वह फिर चौंककर उठ बैठती, इस डर से कि कहीं सो जाने पर ससुरालवालों को पता चल जाए कि वह सो रही थी। माँ ने अच्छी तरह से सिखाकर भेजा था। किसी-किसी वक्त पालकी के पर्दे को हटाकर कोई हाथ अंदर आता, जिसकी कलाई पर मौली बँधी थी और

उसे शरबत का गिलास पकड़ा जाता। दुल्हन चुपचाप उस गिलास को ले लेती। कलाई पर बँधी मौली को देखकर बड़ा धूमिल-सा विचार उसके मन में उठता कि यह उसके 'घरवाले' का ही हाथ होगा। पर कोई विशेष भावना उसके अंदर नहीं उठती थी। हल्का-सा पर्दा उठने पर उसे बाहर के लहलहाते पौधों की झलक मिलती थी, और वह मन-ही-मन जानती थी कि यह 'टीला' ही होगा जहाँ वह कुछ दिन पहले तक अपनी सहेलियों के साथ खेलने और कौडियाँ चुनने आया करती थी।

बैसाख का महीना था और बाहर हल्की-हल्की हवा बह रही थी। वातावरण में शगूफे की महक थी, जंगली फूलों की, शहतूत की, नई-नई घास और फूलों की। मौसम अलसाया-अलसाया-सा था, नशीली-सी हवा बह रही थी, जिसके स्पर्श मात्र से दिल में हिलोर-सी उठती थी और इच्छाएँ अँगड़ाइयाँ लेने लगती थीं। पर्दा उठने पर हवा का झोंका उसे भी अपना शीतल स्पर्श दे जाता, जिससे दुल्हन तनिक सचेत होती; कभी अपना लाल चूड़ा निहारने लगती, कभी हाथ की चूड़ियाँ गिनने लगती। एक बार उसका मन हुआ कि पालकी के पर्दे के बाहर हाथ निकालकर वह पाँच छोटे-छोटे कंकड़ चुन ले और उनके साथ पालकी के अंदर बैठी 'गीटियाँ' खेले। पर माँ ने हर बात समझदारी से करने की सीख दी थी और कहा था—अब तू बच्ची नहीं है, दीवानों की बहू बनने जा रही है। हर काम बड़ों की तरह समझदारी से करना। ...माँ को निश्चय ही मेरा गीटियाँ खेलना समझदारी नहीं लगेगा।

बड़े दीवान के हुक्म से पानी लाने के लिए पासवाले ढोक के कुएँ की ओर आदमी दौड़ा दिए गए थे। संदल के शर्बत की दो दर्जन बोतलें और कुएँ पर से ठंडे पानी के घड़े गधों पर लादकर लाए गए थे। पालकी उठानेवाले चारों कहार पंखा करने पर लगा दिए गए थे, जो बड़े-बड़े पंखे हाथ में लिए बारातियों के बीच जगह-जगह घूमते हुए पंखा झले जा रहे थे।

धूप की गर्मी अभी बढ़ने ही लगी थी, जब समधियों की ओर से दहेज के संदूक और फलों-मिठाइयों के टोकरे और साज-सामान उठाए कहारों की पाँत-की-पाँत टीले पर चढ़ती नज़र आई। आगे-आगे पुरोहित था और साथ में लड़की का मामा। समधियों के घर के दो-तीन और व्यक्ति भी थे। कहार आ-आकर सामान को चबूतरे पर रखते चले जा रहे थे। एक ही नज़र में बड़े दीवान साहिब ने दहेज की कीमत का अंदाज लगा लिया था।

बड़े दीवान साहिब का बड़ा दबदबा था। उनके रहते लगता जैसे पुरखे और पितर दीवान जी के रूप में अवतरित हुए हैं और सारे कुनबे को अपनी छत्रछाया में लिए हुए हैं। हर काम उनकी आज्ञा और आशीर्वाद से होता था। हर मौके पर, हर आड़े समय में, उनकी खरज, बोझिल किंतु अधिकारपूर्ण आवाज़ सभी को रास्ता सुझाती थी। यों वह ज़्यादा वक्त चुपचाप नीचे की ओर देखते हुए अपनी गुड़गुड़ी में

मस्त रहते थे।

दहेज का सामान रख चुकने पर वे लोग थोड़ी देर के लिए बड़े दीवान जी के पास आकर बैठ गए। पुरोहित ने ज़ेवरों की छोटी-सी बक्सी अलग से बड़े दीवान साहिब के सामने रख दी थी। दीवान साहिब ने गुड़गुड़ी मुँह में रखे-रखे ही सिर हिलाया था, पर हाथ बढ़ाकर उसे छुआ या खोला नहीं।

"बेटी ने बड़े अच्छे कर्म किए थे जो आपको घर में इसका साक हुआ।" लड़की के मामा ने हाथ बाँधे-बाँधे ही कहा।

बड़े दीवान जी ने पलकें उठाकर उसकी ओर देखा, फिर बिना कुछ कहे पलकें झुका लीं।

फिर लड़की के मामा ने जवानों की मंडली को एक ओर बैठे, ठहाके लगाते देखा तो हँसकर बोला—

"रात को बच्चों ने खूब दिल्लगी की, खूब रौनक लगाई। उम्र-उम्र की बात है। हम भी छोटे थे तो यही कुछ करते थे। इन्हीं बातों से तो शादी का समा बँधता है।"

बड़े दीवान साहिब ने फिर से अपनी पलकें उठाकर दुल्हन के मामा की ओर देखा और कुछ देर तक देखते रहे। फिर गुड़गुड़ी में से छोटा-सा कश लिया और उसी तरह, टेढ़ी आँखों से उसकी ओर देखते हुए बोले. "इसीलिए फ़ैसला किया है कि दीवानों के घर अब लड़की नहीं देंगे?"

लड़की के मामा का चेहरा पीला पड़ गया। बदन में काटो तो खून नहीं। बड़े दीवान को इस बात की ख़बर कैसे पहुँच गई! वह हड़बड़ा गया। इस पर दुल्हन का चाचा अस्फुट-से स्वर में सफ़ाई देने लगा, "थोड़ी गर्म-मिज़ाजी हो गई, यहाँ भी, वहाँ भी। लड़के तो लड़के ही होते हैं, थोड़ी कहा-सुनी हो गई...।"

"पर यह फ़ैसला तो बड़ों ने किया है, लौंडों-लपाड़ों ने तो नहीं किया।"

मामा की तो अब बोलती बंद हो गई। बैठे-बैठे हकलाने लगा। पुरोहित भी बैठा-बैठा अपनी झेंप मिटाने के लिए, पहलू बदलने लगा।

बड़ी देर तक खामोशी छाई रही, यहाँ तक कि लड़की के मामा के लिए बैठना दूभर हो गया। फिर बड़े दीवान ने पुरोहित को संबोधन करके कहा, "ब्राह्मण, तुमने यह साक करवाया है। हमारे साक की यह कद्र समधियों ने की है?"

बड़े दीवान की छोटी-छोटी आँखें पहले से भी ज़्यादा लाल हो रही थीं। गुड़गुड़ी पर उसने फिर एक छोटा-सा कश खींचा और बोला, "हम समधियों के लायक नहीं रह गए हैं। लछमीदास ने ऐसा ही कहा था ना?"

लड़की के मामा ने देखा कि मामला बिगड़ जाएगा। बड़ा दीवान मगरूर आदमी ही नहीं, मन में बुग़ज़ रखनेवाला आदमी भी है। दसियों साल तक दिल में बात रखता है, और मौका मिलने पर बुरी तरह से डंक मारता है। हाथ बाँधकर गिड़गिड़ाते हुए बोला—

"भूल-चूक माफ़ हो, लाला जी, ऐसी कोई बात नहीं है। कोई किसी का मुँह तो बंद नहीं कर सकता ना। लाला लछमीदास पर किसी लौंडे-लपाड़े ने मज़ाक किया था, इसलिए तैश में आकर उसके मुँह से कुछ ऐसा-वैसा निकल गया। पर लछमीदास घर का बड़ा तो नहीं है ना, बल्कि उसे लाला लखमीदास ने अच्छी तरह डाँट-फटकार भी दिया है। आपको ग़लत ख़बर मिली है, ऐसी कोई बात नहीं हुई।" फिर मुस्कराने की कोशिश करते हुए, हाथ बढ़ाकर बड़े दीवान साहिब के घुटनों पर रखते हुए बोला—

"साक-मेल तो सभी भगवान के घर में होते हैं दीवान जी, हम सब तो निमित्त हैं। भगवान की किरपा से यह कारज...।"

कहते-कहते वह रुक गया। उसे लगा जैसे दीवान की छोटी-छोटी आँखों में एक तरह का नुकीलापन आ गया है। दीवान, गुड़गुड़ी की नली मुँह में रखे लड़की के मामा की तरफ़ देखता रहा और धीरे-धीरे सिर हिलाता रहा। फिर पुरोहित की ओर मुड़कर बोला—

"पुरोहित जी, दुल्हन की पालकी वापिस ले जाओ। कहार यहीं पर मौजूद हैं। वे उठाकर ले जाएँगे।"

दुल्हन के संबंधियों पर तो जैसे गाज गिरी। दुल्हन के चाचा का चेहरा पीला पड़ गया और माथे पर पसीने की बूँदें छलक आईं।

"यह क्या कह रहे हैं आप, दीवान जी? ऐसे भी कभी हुआ है?"

"दुल्हन अभी हमारे घर में नहीं गई है। घर में पहुँचेगी तो हमारी होगी। इसे वापिस ले जाओ।"

"लावाँ-फेरे हो चुके हैं, लाला जी, यह आप क्या कह रहे हैं?"

"हाँ, हो चुके हैं। हम भी जानते हैं। हम कब कह रहे हैं कि नहीं हुए हैं।"

लड़की के मामा की टाँगों में पानी भर गया था। कभी ऐसा भी हो सकता है, इसका तो उसे ख़्वाब में भी खयाल नहीं आ सकता था। मैं कौन-सा मुँह लेकर घर जाऊँगा और घरवालों से क्या कहूँगा। उल्टे लेने-के-देने पड़ गए हैं। उसका मन चाहा कि दीवान के पैर पकड़ ले, पर इस भयंकर आदमी के सामने बैठते हुए उसे उसके पैर पकड़ने का भी साहस नहीं हो रहा था। वह फिर हाथ बाँधकर बोला—

"शादी-ब्याह के मौकों पर तंगी-तुरशी हो जाती है, दीवान जी! आप बड़े हो, हम छोटे हैं। आपका दिल समंदर है, आपके लिए बख़्श देना कोई मुश्किल नहीं। बात आई-गई हो गई। भूल-चूक माफ़ कर दें। अब आपके साथ तो हमारा जनम-जनम का साथ है, अब तो हम एक ही परिवार हैं।"

बड़े दीवान की आँखें फिर से मामा के चेहरे पर टिकी थीं, और मन-ही-मन कह रहा था, 'आ गया सीधे रास्ते पर। कल रात यही सबसे ज़्यादा बढ़-बढ़कर बातें कर रहा था।'

"बुलाओ कुदनलाल को।" बड़े दीवान ने कहा।

कुंदनलाल बड़े दीवान जी का मुख्तार था। अब तो बड़ी उम्र का आदमी हो चला था, पर बड़े दीवान साहिब के पीछे साए की तरह घूमता था। बात-बात पर दीवान का मुँह जोहता था। वह दहेज़ के सामान का निरीक्षण कर रहा था। दीवान साहिब का आदेश पाकर फ़ौरन पहुँच गया।

''समधी माफी माँग रहे हैं। कह रहे हैं, हमने ऐसा कोई फैसला नहीं किया।''

कुंदनलाल दीवान के चेहरे की ओर देखते लगा, ताकि उनके हाव-भाव से ही वह समझ ले कि क्या उत्तर देना चाहिए। दीवान के चढ़े हुए तेवर देखे तो बोला—

''उन्होंने माफ़ी माँग ली और हम समझ लें कि बात ख़त्म हो गई। वाह जी, पहले हमारे नाम पर कालिख पोत दी और फिर माफ़ी माँग ली। यही ना?'' और कह चुकने के बाद प्रतिक्रिया के लिए फिर से दीवान के चेहरे की ओर देखने लगा।

''कुंदनलाल,'' बड़े दीवान जी बोले, ''मैंने पुरोहित से कहा है कि दुल्हन को पालकी में वापिस ले जाए।''

''जी?'' कुंदनलाल ने हैरान होकर पूछा।

''सुन। पुरोहित खुद साथ जाए, और हमारी तरफ़ से समधियों से कहे कि हमने लड़की के मामा की बात मान ली और बात आई-गई हो गई। अब हमारे दिल में कोई मैल नहीं। पर लड़की को हम वापिस भेज रहे हैं।...''

अबकी बार बड़े दीवान साहिब ऊँची आवाज़ में बोल रहे थे। नौजवानों की मंडली तक भी उनकी आवाज़ पहुँच गई थी और वे भी कहकहे लगाना छोड़, उठ-उठकर चबूतरे की ओर आने लगे थे।

बड़े दीवान पुरोहित से कह रहे थे—

''समधियों से कहना, तुम्हारी बेटी हमारे घर में तभी पाँव रखेगी जब तुम्हारे घर-बिरादरी की एक और लड़की हमारे किसी लड़के के साथ आज ही ब्याहकर, हमारे साथ आएगी। अगर मंजूर है तो बोलो, हम आज ही शाम दूसरी बारात लेकर तुम्हारे घर पर पहुँच जाएँगे। इसी सायत में दोनों ब्याह हो जाएँगे। हम दूसरी बहू को भी पूरी मान-मर्यादा के साथ अपने घर ले जाएँगे। पर अगर मंजूर नहीं है, तो तुम्हारी बेटी तुम्हारे घर, और हमारा बेटा हमारे घर!''

कहते-कहते बड़े दीवान साहिब के होंठ हल्की-सी मुस्कान में फड़क उठे। बड़े विजयोल्लास में उन्होंने यह वाक्य कहा था।

कुंदनलाल अभी भी हत्प्रभ-सा दीवान के चेहरे की ओर देख रहा था। उनकी कड़ाई को देखकर उसे धक्का तो लगा था, पर बुज़ुर्ग लोगों की इस दृढ़ता से ही वह सबसे अधिक प्रभावित भी होता था। एक बात कह दें तो पत्थर की लकीर होती है। मन में एक बात धार लें तो दुनिया इधर से उधर हो जाए, अपना कहा नहीं मोड़ते! इसी में तो बड़ों का बड़प्पन है।

नौजवान मंडली की समझ में कुछ नहीं आया कि क्या बात हो रही है। पर लाला जी कुछ ऐसी बात कह रहे हैं जिससे समधियों की हेठी होगी, उनसे कोई शर्त

मनवाने की बात कह रहे हैं। सो ठीक ही है। वे कुंदनलाल के, फिर लाला जी के, फिर एक-एक करके सभी चेहरों की ओर देखकर इस बात का अंदाज़ लगाने लगे कि बात क्या हुई है।

"समझ गए ना, ब्राह्मण ?" बड़े दीवान ने तनिक विनोद के लहजे में कहा, "वहाँ जाकर कोई घरबल नहीं मारना, अंट-संट नहीं बोलना। सीधी बात कहना, कि आज रात हम फिर बारात लेकर आएँगे। अगर तुमने ऐसा कोई फ़ैसला नहीं किया तो एक और लड़की हमारे घर में ब्याह दो। बस, यही। समझे ? हम दूसरे पहर तक इंतज़ार करेंगे। अब कहारों को बुलाओ और पालकी उठवाकर ले जाओ।"

थोड़ी देर के लिए सकता-सा छा गया। नौजवानों के दिलों में गदगुदी-सी हुई। बात अनोखी थी। एक ही दिन में दो-दो ब्याह, पर समधियों को सबक सिखाने के लिए ही ऐसा किया जा रहा होगा।

"सतबचन महाराज, मैं आपका संदेश समधियों तक पहुँचा दूँगा।" पुरोहित ने धीमी आवाज़ में कहा और उठने को हुआ।

"और हमें खबर करना। उनका उत्तर हमें मिलेगा तब बारात सजेगी। कान खोलकर सुन ले। अगर मंज़ूर नहीं है तो यह ब्याह जैसा हुआ, न हुआ, एक बराबर।"

थोड़ी देर तक फिर चुप्पी छाई रही। इस पर बड़े दीवान साहिब खीज उठे, "अब मेरा मुँह क्या देख रहे हो। जाओ, और उठवा ले जाओ, पालकी। अभी पता चल जाएगा कि समधी कितने पानी में हैं।"

और बड़े दीवान साहिब ने पुरोहित और लड़की के मामा-चाचा से मुँह फेर लिया और गुड़गुड़ी के अधजले कोयलों को लोहे की नन्हीं-सी सलाख़ के साथ कुरेदने और फूकें मार-मारकर सुलगाने लगे।

नन्हीं दुल्हन को कुछ भी मालूम नहीं था कि बाहर क्या बातें हो रही हैं। वह पालकी में बैठी-बैठी थकने-ऊबने लगी थी। उसने पालकी के एक पर्दे को हौले-से उठाकर, अपना मनबहलाव करने के लिए छोटे-छोटे कंकड़ चुनने को हाथ बाहर निकाला ही था कि पालकी ज़मीन से उठ गई और टीले की ढलान उतरने लगी।

नौजवान मंडली, पालकी को ढलान से उतरता देखती रही। सभी चुप थे। पालकी के आगे-आगे पुरोहित चला जा रहा था। छोटे क़द का पुरोहित-चौड़ा, ठिगना, बोझिल कपड़ों से लदा, नीचे चीकट मैला कुर्ता, ऊपर लहराता लबादा, सिर पर केसरी पगड़ी और गले में दुपट्टा—जैसे अभी भी ब्याह की रस्म निभा रहा था। पालकी के पीछे लड़की का मामा और चाचा सिर झुकाए, और पीठ-पीछे दोनों हाथ बाँधे यों चले जा रहे थे, मानो सूली चढ़ने जा रहे हों।

पालकी के आँखों से ओझल हो जाने पर भी नौजवान मंडली कुछ देर तक उसी

ओर देखती रही। दिल में धुकधुकी भी लगी थी कि यह क्या हो रहा है, और गर्मजोशी भी थी कि समधियों की ऐंठ तोड़ी जा रही है।

टीले के नीचे कस्बा बिछा था। छोटी-छोटी गलियाँ। इकहरे, कच्चे, जीर्ण-जीर्ण मकान। इन्हीं मकानों के झुरमुट के पीछे समधियों के घर की झलक भी मिल रही थी—हरे, पीले, लाल रंग की झंडियाँ तंग गली के आर-पार लगी थीं। इन्हीं के नीचे से होकर कल रात बारात समधियों के घर गई थी। समधियों के घर के आस-पास अभी भी गहमागहमी थी। छत पर छोटी-छोटी लड़कियाँ, जो दुल्हन की ही सहेलियाँ रही होंगी, शादी के चटकीले कपड़े पहने इधर-उधर दौड़ रही थीं। सभी नौजवान इस इंतज़ार में थे कि टीले पर के नीचे पहुँचने के बाद, कब दुल्हन की पालकी कस्बे की ओर बढ़ती नज़र आएगी। कस्बे के इस ओर, जो टीले पर से नज़र आता था, पुराना टूटा-फूटा काबुली दरवाज़ा था जिसे पार करने पर एक चौड़ी-सी गली, जो बाद में सँकरी गली में बदल जाती थी, समधियों के घर की ओर चली गई थी।

कस्बे की दिनचर्या रोज की तरह चल रही थी। कहीं-कहीं पर स्त्रियाँ घरों की दीवारों पर गोबर की थापियाँ लगा रही थीं, कहीं पर खेतों की ओर से मलियारनें, सिर पर साग-सब्जी की टोकरियाँ रखे कस्बे की ओर बढ़ रही थीं। भूसे से लदी बैलगाड़ियाँ, एक के पीछे एक धीरे-धीरे चलती हुई, अनाज मंडी में प्रवेश कर रही थीं। कस्बे के बाहर काबुली फाटक से कुछ दूर, बरसात के पानी के ताल में, जो गर्मी-सर्दी कभी नहीं सूखता था, कुछ भैंसें लोट रही थीं। कुछेक भैंसों की पीठ पर बच्चे बैठे एक-दूसरे पर पानी उछाल रहे थे। दोपहर के लंबे होते साए जगह-जगह नज़र आने लगे थे। दूर से लगता, मानो कस्बा अलस दोपहरी में सोया हुआ है।

तभी ताल के पास पालकी पहुँच गई। पहले ठिगना पुरोहित नमूदार हुआ था, रामलीला के हनुमान-जैसा, फिर पीछे पालकी। और उसके पीछे दुल्हन के मामा और चाचा।

ताल के किनारे-किनारे चलते हुए कहार काबुली दरवाज़े के अंदर घुसे और फिर पालकी आँखों से ओझल हो गई।

"यह हुई न बात!" रोशनलाल ने दूल्हे की पीठ पर हाथ मारते हुए कहा, "वाह, मान लिया! बुजुर्गों में अभी भी बड़ा दम है। एक दिन में सीधे रास्ते पर ले आए।" फिर दूल्हे के साथ मसख़री करते हुए बोला, "रोता क्यों है, तेरी दुल्हन लौट आएगी। लो जी, अभी मुँह-दिखाई भी नहीं हुई और हमारा दूल्हा बिसूरने लगा! अगर इतना ही छोटा दिल था तो पापड़ नहीं माँगना था!"

इस पर ठहाका हुआ और मंडली फिर से अपनी दरी की ओर बढने लगी, जिस पर वे लोग सुबह से बैठे हुए थे।

"अगर यह नहीं लौटी तो कोई और मिल जाएगी। तुम्हें लड़कियों की क्या

कती है।"

नौजवान दूल्हे को लेकर बैठ गए और हँसी-मज़ाक होने लगा। रोशन उसे वशीकरण के नुस्खे बताने लगा। बालमुकद, जिसका विवाह छः महीने पहले हुआ था, बहू की दो-तीन चूड़ियाँ तोड़ने का गुर बताने लगा—

"कलाई पकड़कर दबा देना, बस, दो-तीन चूड़ियाँ टूट जाएँगी। फिर सारी उम्र वह तेरी गुलाम रहेगी।"

तभी रोशनलाल को जाने क्या सूझी, हाथ उठाकर ऊँची आवाज़ में बोला, "दुंबा मारा! चलो, दंबा मारें!"

इस पर बालमुकद ने ताईद की, "चलो, मारो दुंबा! पहले यह रीत नहीं की, अब कर लेते हैं।"

"यह हमारी रीत नहीं है। यह तो मोह्यालों की रीत है।"

"तो क्या हुआ। रीत कोई भी कर सकता है।"

शादी के मौके पर दुंबा मारना रीत भी थी और मनचले बारातियों के लिए खेल भी था। उधर वक्त काटने का बहाना भी चाहिए था। झट-से सभी तैयार हो गए।

थोडी देर बाद दीवान कंदनलाल, बड़े दीवान साहिब के सामने खड़ा था—

"लड़के दुंबा मारने को कह रहे हैं। मन तो इनसे कहा है कि यह हमारी रीत नहीं है मोह्यालों की रीत है, पर वे नहीं मानते।"

बड़े दीवान साहिब ने गुड़गुड़ी पर से सिर उठाया और तुनककर बोले, "मोह्याल क्या पट्टा लिखवाकर लाए हैं कि वही दुंबा मार सकते हैं? अगर लड़के दुंबा मारने की रीत करना चाहते हैं तो क्यों न करें? शादी-ब्याह के मौके पर लड़के मौज-मेला नहीं करेंगे तो कब करेंगे? मारने दो दुंबा।"

बड़े दीवान जी का निर्णय सुनकर नौजवान उछलने लगे। दूल्हे और उसके भाई कल्ले को तो उन्होंने कंधों पर उठा लिया और नाचते हुए टीले के मैदान का पूरा चक्कर काट आए।

कुछ ही देर बाद दीवान कुंदनलाल टीले के पिछवाड़े बसी ढोल में से एक दुंबे को खींचता हुआ चला आ रहा था। दर्मियाने कद-बुत्त का दुंबा था। न बहुत ऊँचा, न छोटा, पर मजबूत पट्ठोंवाला जान पड़ता था।

"दुंबा मँगवा तो लिया है, मगर नानी याद आ जाएगी।" बालमुकंद बुदबुदाया।

"दुंबे से निबटना खाला जी का घर नहीं है। सीधा छाती में सिर मारता है!"

थोड़ी ही देर बाद दूल्हा और उसके दोस्त—बीरा, बालमुकंद, रोशन, लछमन, चमनलाल सभी गोलाकार बनाते हुए, घुटनों के बल ज़मीन पर बैठ गए और आस्तीनें चढ़ा लीं।

"कल्ले को भी बुला लो। उसे भी हवस न रह जाए।" बालमुकंद ने हँसकर

कहा।

"हाँ, बुला लो, वह भी रीत कर ले।" रोशन ने जोड़ा।

"बुला लो, बुला लो।"

"छोड़ो यार, कल्ले को। यह उसके बस का काम नहीं है। दुंबा उसी पर कूद पड़ा तो और मुसीबत आ जाएगी।"

कल्ला, दूल्हे का बड़ा भाई था, मिरगी का रोगी था और दिमाग से थोड़ा हल्का। उसे कभी उलेल आती तो उठ खड़ा होता और सिर टेढ़ा करके 'ओह! ओह!' करता हुआ नाचने लगता, पैंतरे बदलने लगता। लहर में होता तो अपनी तुतलाती आवाज़ में कवित्त बना-बनाकर बोलने लगता। पर ज्यादा वक्त गुमसुम बैठा रहता था। जीभ भी उसकी तनिक छोटी थी, अपनी बात तो कह लेता लेकिन थोड़ा तुतलाकर, जैसे कल्ले बोलते हैं। इसी के कारण उसे सभी कल्ला कहकर पुकारते थे। जब कभी उसे दौरा पड़ता तो बदन ऐंठने से पहले वह बेकाबू हो जाता, इधर-उधर हाथ-पाँव पटकता, सिर झटकता, फिर हाँफता हुआ गिर पड़ता। और कई बार तो गिरने के बाद भी ज़मीन पर पड़ा-पड़ा छटपटाता रहता। कोई आदमी उसे जूता सुँघाता और सभी उसे अकेला छोड़ देते। धीरे-धीरे वह होश में आ जाता और सिर थामकर एक ओर को बैठ जाता।

कल्ला भी ठाठ से बाराती बनकर आया था। लंबा, कामदार रेशमी कुर्ता, नीचे उजला पाजामा, जरी की चमचमाती जूती। अपनी लाठी को, जिसे वह सदा अपने पास रखता था और नाचते, पैंतरे बदलते वक्त उसे हवा में लहराता रहता था, इस समय पेड़ के तने के साथ टिकाए, एक ओर को बैठा सुस्ता रहा था। बालमुकंद उसे हाथ से पकड़कर गोल दायरे में ले आया और सभी के साथ बैठा दिया।

गोल दायरे में सभी नौजवान जमकर बैठ गए और आस्तीनें चढ़ा लीं।

"यही सबसे पहले रीत करेगा।"

"दुंबे को लाओ।"

तभी कुंदनलाल दुंबे को, गले में बँधी रस्सी से खींचता हुआ गोल दायरे में ले आया। दुंबा क़द का छोटा था, पर उसका शरीर बड़ा गठा हुआ था। छोटे-छोटे सींग, बड़ी-बड़ी चकित-सी बिल्लौरी आँखें, जिनमें हल्के रंग की छाईं पड़ती थी। दुंबे के दायरे में लाए जाने की देर थी कि सभी चौकस हो गए। यह रीत बड़े जोखिम का काम थी और इसके लिए बड़ी ताकत की जरूरत थी और यह इन लोगों की बिरादरी की रस्म भी नहीं थी। बारातियों में कोई भी इसका जानकार नहीं था, सिवाय दूल्हे के एक मोह्याल मित्र के। अगर दुंबा बिगड़ जाए तो किसी के भी पेट में, या छाती में अपने सींग गाड़ सकता था, पाँव पटक-पटककर ऊधम मचा सकता था। इसी के प्रति सतर्क रहते हुए, दीवान कुंदनलाल ने एक कहार को लाठी देकर दायरे के एक ओर खड़ा कर दिया था।

बाराती उठ-उठकर लड़कों के आस-पास आकर खड़े होने लगे। केवल बड़े

दीवान जी, चबूतरे पर बैठे अपनी गुड़गुड़ी के कश लेते रहे।

"दुंबे के गले में से रस्सी खोल दो।"

"अगर भाग निकला तो?"

"क्यों भाग जाएगा? तुम सब किसलिए बैठे हो?" बालमुकंद ने कहा। छोटी-छोटी मूँछों और मजबूत पट्ठोंवाला बालमुकंद इस खेल में पेश-पेश था। उसे देखकर ही सभी ने आस्तीनें चढ़ा ली थीं और तनकर बैठ गए थे।

कहार ने आगे बढ़कर दुंबे के गले में से रस्सी खोल दी। दुंबा ज्यों-का-त्यों खड़ा रहा, पर केवल पल-भर के लिए। फिर वह सिर नीचा किए मानो किसी को टक्कर मारेगा, सरपट बाहर की ओर जाने लगा। कहार ने लपककर उसे पकड़ लिया और फिर से गोल दायरे के बीच ले आया।

"दायरा बंद करो। इसे बाहर नहीं निकलने दो।" फिर कल्ले को संबोधन करते हुए बालमुकंद बोला, "पहला घूँसा कल्ला मारेगा। कल्ले, पहले तू रीत कर।"

बालमुकंद ने दुंबे को नीचे से हाथ देकर उठा लिया और कल्ले के सामने खड़ा कर दिया।

"ले, मार घूँसा।"

कल्ला पहले तो बालमुकंद की ओर देखता रहा, फिर पागलों की तरह हँसने लगा। इस रीत की उसे कोई जानकारी नहीं थी। हँसते हुए उसके होंठों के कोनों में से लार बहने लगी। कल्ले की छाती उघड़ी हुई थी, ज़र्द पीली-सी छाती, जिसमें से पतली-पतली हड्डियाँ झाँक रही थीं।

"मार, मार, घूँसा मार!"

कल्ला, फिर पागलों की तरह हँसने लगा।

"छोड़ो यार, यह नहीं मारेगा।"

"मारेगा, मारेगा, रीत तो करेगा।"

कल्ला अभी भी पागलों की तरह गुढ़के जा रहा था। फिर उसने हाथ उठाया और दुंबे की पीठ सहलाने लगा।

"यह पागल ही रहेगा यार, किसे पकड़ लाए हो।" रोशनलाल ने खीजकर कहा। फिर कल्ले की ओर देखकर बोला, "इसे मारने के लिए लाए हैं, कल्ले, पुचकारने के लिए नहीं।"

"चलो, हो गई रीत, इसे छू दिया। बस, और क्या। अब हटाओ कल्ले को यहाँ से।"

कल्ला अभी भी हँसे जा रहा था और दंबे की पीठ सहलाए जा रहा था।

"अब दूल्हे की बारी है। चल, मँझले।" रोशनलाल ने कहा।

दूल्हे को सभी मँझला कहकर पुकारते थे। दीवान धनपत के बेटों में यह दूसरे नंबर पर था। पिछली रात इसी का विवाह हुआ था। तीसरा, छोटा बेटा

हुकूमतराय, कस्बे में नहीं था। उसे दीवान साहिब ने, अंग्रेज डिप्टी कमिश्नर की मदद से विलायत में बैरिस्ट्री पढ़ने के लिए भेज दिया था। कुछ ही मुद्दत पहले वह बंबई के रास्ते, जहाज़ में सवार होकर लंदन जा पहुँचा था। दूल्हा पास ही में घुटनों के बल बैठा था। दाएँ हाथ की आस्तीन समेटते हुए उसने घूँसा ताना और सीधा दुंबे की गर्दन पर दे मारा। पर घूँसा गर्दन पर लगने के बजाय दुंबे की दाईं कनपटी के पास जा लगा। नीचे सींग होने के कारण दूल्हे का हाथ झन्ना उठा।

"अभी नौसिखुवा हो!" बालमुकंद ने जोड़ा और घूँसा तानकर सीधा दुंबे की पसलियों में दे मारा।

कनपटी के पास घूँसा पड़ने पर दुंबे ने अपना सिर झटक दिया था, और अपने-आप एक कदम आगे बढ़ आया था। पर पसलियों में घूँसा पड़ने से वह ठिठक गया और खड़े-खड़े सामने की ओर देखने लगा।

बड़ी नाज़ुक घड़ी थी। दुंबा बिगड़ सकता था, किसी पर हमला कर सकता था। पर चमनलाल पहले से घूँसा ताने बैठा था, छूटते ही उसने भी दुंबे की पसलियों में घूँसा दे मारा। दुंबे के शरीर में कँपकँपी की लहर दौड़ गई। उसने फिर से सिर झुका लिया और सामने बैठे रोशन की ओर बढ़ने ही लगा था, जब बालमुकंद की बगल में बैठे लछमन ने घूँसे का वार किया, जो दुंबे के बाएँ कंधे पर लगा।

सभी सतर्क हो गए। अगर दुंबे पर बराबर घूँसे नहीं पड़ते गए तो वह बिगड़ सकता था और बिगड़ते ही किसी पर हमला कर सकता था। तनाव बढ़ने लगा। कहार फिर से लाठी सँभाले तैनात खड़ा था कि अगर दुंबा किसी पर झपट पड़ा तो वह सीधा उस पर लाठी से वार करेगा।

सभी नौजवान दिल-ही-दिल में डर रहे थे कि कहीं दुंबा झपट नहीं पड़े। इसी डर के कारण बिशना और बीरा ने, जो साथ-साथ बैठे थे, एक साथ दुंबे पर घूँसे चला दिए। बीरे का घूँसा, ऊपर-ही-ऊपर उसकी पीठ पर पड़ा, जबकि बिशने का घूँसा उसकी गर्दन पर।

"बारी-बारी से, ऐसे रीत नहीं करते।" बालमुकंद ने फिर चेतावनी दी।

दुंबा अबकी बार सचमुच गर्दन झुकाकर लछमन पर झपट पड़ा था। पर उसी क्षण तीन घूँसे एक साथ उस पर पड़े, जिससे वह लड़खड़ा गया। वह हत्बुद्धि-सा दायरे के बीचों-बीच खड़ा था। उसकी बिल्लौरी आँखें तनिक गदला गई थीं। सहसा उसने सिर झुकाया और दूल्हे की ओर झपटा। पर चमनलाल पहले से तैयार बैठा था, उसने दुंबे की पीठ पर घूँसा मारा। एक घूँसा फिर बालमुकंद की ओर से आया, जो दुंबे की पसलियों में लगा। इस घूँसे से दुंबे को अंदर कहीं चोट पहुँची थी और वह फिर खडा-का-खडा रह गया। उसके शरीर पर बार-बार लहरिए उठ रहे थ। लगता था बालमुकंद को दुंब के शरीर का अच्छा ज्ञान था, क्योंकि उसका घूँसा कारगर साबित हुआ था। दुंबा लड़खड़ा गया और उसके पाँव उखड़-से गए

और वह झोल खाकर फिर से खड़ा रह पाने की कोशिश करने लगा।

और अब दुंबा स्वयं रीत के नियम निबाहता-सा जान पड़ने लगा। बालमुकंद का घूँसा खाकर वह अपने-आप ही थोड़ा आगे की ओर सरक गया था, जिससे रोशन ने उसकी गर्दन पर घूँसा मारा। अब तो प्रत्येक युवक दुंबे के शरीर पर, स्वयं कोई जगह चुनकर घूँसा मार सकता था, कोई हड़बड़ी नहीं रह गई थी। हाथ अपने-आप सध गए थे। दुंबा स्वयं, मानो लड़कों के साथ मिलकर अपनी मौत का खेल खेलने लगा था।

''बड़ा दुंबा लाते तो मज़ा रहता, चाचा जी, यह क्या मेमना उठा लाए हो। इसका तो दो घूँसों में ही काम-तमाम हआ चाहता है।'' बालमुकंद विजयोल्लास में बोला।

फिर भी दुंबे को निढाल करना एक बात थी, पर उसे चित करना बिल्कुल दूसरी बात।

अब दुंबे ने सरकना छोड़ दिया था। उसकी आँखें खड़े-खड़े ही जैसे मुँदने लगी थीं। यह दर्द के कारण भी हो सकता था और त्रास के कारण भी। शरीर में अभी भी बराबर लहरिए उठ रहे थे।

लड़के बराबर, बारी-बारी से, हँस-हँसकर घूँसे चला रहे थे। देखते-ही-देखते दुंबा, बच्चे से जैसे बूढ़ा हो गया था। तभी उसने दायरे के बीचों-बीच टट्टी कर दी!

''अरे, यह क्या!'' दूल्हे ने चिल्लाकर कहा।

''छीः-छीः, यह किसे उठा लाए हो, चाचा जी!''

''दुंबे को शौच करवाकर लाना था!'' चमनलाल ने हँसकर कहा और एक घूँसा दुंबे के पेट के नीचे जड़ दिया।

''बस, अब और ज़्यादा देर नहीं लगेगी।'' बालमुकंद अपनी धीर-गंभीर, अनुभवी आवाज़ में बोला।

''आख़िरी वार कौन करेगा?'' रोशनलाल ने कहा।

''आख़िरी वार दूल्हा करेगा। चल दूल्हे, अपनी मरदानगी दिखा दे।''

पर अभी दूल्हे ने अपना मरदाना घूँसा चलाया नहीं था, कि कल्ले ने बैठे-बैठे कै कर दी।

''अरे, देखो, कल्ला क्या कर रहा है?''

''इसे सँभालो यार, नहीं तो लाला जी बहुत नाराज़ होंगे।''

इस पर कुंदनलाल ने आगे बढ़कर कल्ले का हाथ पकड़ लिया और उसे उठाकर दायरे के बाहर ले गया।

तभी दूल्हा घुटनों के बल तनकर बैठ गया और अपनी सारी ताकत के साथ दुंबे की पसलियों में घूँसा दे मारा।

दुंबे की पिछली टाँगें लचक गईं। टाँगों पर किसी ने प्रहार नहीं किया था। दूल्हे

का घूँसा सचमुच मर्दाना घूँसा था, मरदाना और निर्णायक। दुंबा ठिठका-सा गोल दायरे के बीचों-बीच खड़ा था। शरीर पर लहरिए उठने बंद हो गए थे। आँखें, जो कुछ देर पहले मुँदने लगी थीं, फिर से खुल गई थीं, और वह काठ के पुतले-सा गोल दायरे में खड़ा था, पर फिर सहसा, तड़ाक से अपने बाएँ बाजू गिर गया। दुंबा एक ओर को यों गिरा जैसे कोई दीवार भुरभुराकर गिर जाती है। उसका मुँह खुल गया, जिससे नीचे के दाँत नज़र आने लगे। हाँफना बंद हो गया। एक बार खुरों के पास पिछली टाँगों में ज़ोर का कंपन हुआ और फिर टाँगें ऐंठने लगीं। उसका पेट जो पहले धौंकनी की तरह चल रहा था, फूल-सिकुड़ रहा था, अब बिल्कुल स्थिर हो गया था।

"हो गई रीत, हो गई रीत।" सभी एक साथ चिल्लाए।

"तू तो छिपा रुस्तम है, ओए!" बालमुकंद ने दूल्हे की पीठ थपथपाते हुए कहा, "तेरे में सचमुच बड़ा दम है। घरवाली को काबू में रखेगा।"

सभी दोस्त उठ खड़े हुए थे और हाथ ऊपर उठा-उठाकर नाचने लगे थे और बार-बार दूल्हे की पीठ थपथपाने लगे थे। दूल्हा स्वयं अपने शौर्य पर इठलाने लगा था। उसे यकीन था कि उसी के पहले घूँसे से दुंबे को चोट पहुँची थी और उसी के अंतिम घूँसे से वह चित हो गया है।

तभी दूर कस्बे की ओर से पुरोहित आता दिखाई दिया। झूलता-झूमता चला आ रहा था। कुंदनलाल की नज़र उस पर सबसे पहले पड़ी थी और उसे देखते ही सभी का ध्यान दुंबे से हटकर पुरोहित की ओर चला गया था। जाने क्या खबर लाया है। नौजवानों की उत्सुकता उत्तरोत्तर बढ़ने लगी।

कहार दुंबे की लाश को घसीटकर चबूतरे के पीछे, झाड़ियों की ओर ले गया।

शाम हो रही थी जब टीले पर मशालें जलाइ जाने लगी थीं। सजी-सजाई घोड़ी चबूतरे के पास खड़ी थी। दो डोम, दुंबा बख़्शीश में पाकर उसे उठाए लिए जा रहे थे। शगुन अच्छा हुआ था, बारात फिर से सजने लगी थी। शहनाई बजने लगी थी। केसरी बाने फिर से अपनी छटा दिखाने लगे थे। बारात नई 'मुहिम' के लिए तैयार हो रही थी। कस्बे की ओर से बच्चे भाग-भागकर टीले की ओर दौड़े आ रहे थे। शादी का समाँ फिर से बँधने लगा था। छोटे-बड़े सभी बाराती उठ-उठकर हाथ-मुँह धो रहे थे और फिर से बारातियों के पहनावे में सजने लगे थे। पेड़ों पर जगह-जगह केसरी रंग की पगड़ियाँ टँगी थीं, तह किए हुए अँगरखे फिर से खोले जा रहे थे। जो बाराती सुबह अपने-अपने घर लौट गए थे, वे भी सज-धजकर फिर टीले की ओर कदम बढ़ा रहे थे। चबूतरे पर, एक ओर बहुत-से बुजुर्ग बड़े दीवान साहिब के आसपास बैठे थे, गहरे सोच-विचार में डूबे हुए। नौजवान लोग अबकी बार बुज़ुर्गों का सिक्का मान गए थे। नौजवान तो केवल हो-हल्ला ही मचा सकते हैं, अगर सचमुच किसी के दाँत खट्टे करना हो तो यह काम तो सधे हुए बुजुर्ग ही

कर सकते हैं। ऐसा चित करो कि फिर बरसों तक उठ नहीं सके।

कस्बे के इतिहास में एक और पन्ना खुलने जा रहा था।

4

ढलती दोपहर तक ईशरादेई शादी का साज़-सामान, सहेजते, दहेज का सामान भिजवाने में व्यस्त रही थी। एक कोठरी से दूसरी कोठरी में जाती रही थी। सारा वक्त मन में धुकधुकी-सी लगी रही थी—न जाने इस वक्त बेटी कहाँ होगी, ससुरालवालों ने उसकी कैसी आव-भगत की होगी।

जिस वक्त ईशरादेई मिठाई तुलवा रही थी, उसी वक्त रामजवाया मिठाई में अपना हिस्सा लेने पहुँच गया था। उसे देखकर ही थकी-हारी ईशरादेई को खीज उठने लगी थी। रामजवाया पिछली रात को बारात के साथ बाराती बनकर आया था, और आज लड़कीवालों की ओर से अपने हिस्से की मिठाई लेने भी पहुँच गया था। इसका दोनों ओर से, दूर-पार का रिश्ता बनता था। केवल इसी घर में नहीं, कस्बे में होनेवाले हर दूसरे-तीसरे ब्याह में यह दोनों ओर से आ धमकता था। निखट्टू, न काम, न काज, ब्याहों पर से मिलनेवाली 'भाजी' को ही भोर-भोरकर साल-भर खाता रहता था। ऐन तब, जब किसी ब्याहवाले घर में 'भाजी' बाँटी जा रही होती तो कोई-न-कोई रिश्ता निकालकर वहाँ पहुँच जाता, और उस वक्त तक उठता नहीं था, जब तक अपने हिस्से से दुगना हिस्सा न बटोर ले।

अंदर आते ही ईशरादेई से बोला था, ''भाभी, बेटी को अपने घर पहुँच तो जाने देती, फिर दहेज के संदूक भेजती रहती। तुम्हें ऐसी जल्दी क्या पड़ी थी?''

ईशरादेई शक्करपारे चिंगेर में डाल रही थी, उसके हाथ रुक गए।

''क्यों? क्या बारात अभी भी टीले पर ही जमी है?''

''और क्या।''

रामजवाया ने कनखियों से ईशरादेई की ओर देखा और समझ गया कि ईशरादेई को कुछ भी मालूम नहीं हुआ है।

''बेटी को अपने घर में पहुँच जाने देती।''

''शुभ-शुभ बोल रामजवाया! तू, जो मुँह में आता है, बक देता है।'' कहते-कहते ईशरादेई की खीज बढ़ गई।

''कल तो तू बारातियों के साथ आया था। वे लोग हमारी बेइज्जती कर गए, तू बोला तक नहीं।''

"मैं क्या कहता। लौंडे-लपाड़े पहले से मता-पकाकर आए थे।"

ईशरादेई ठिठक गई।

"मता-पकाकर आए थे? मता कैसा? तू क्या कह रहा है?"

"और नहीं तो क्या? देखती जा भाभी, आगे क्या होता है!"

"शुभ-शुभ बोल, रामजवाया, तुम्हें मेरे सिर की कसम! अच्छा-बुरा जो भी है, सच-सच बता दे।···मिठाई जितनी माँगेगा, मैं तुम्हें दूँगी। एक सेर नहीं, तू तीन-तीन सेर ले जा।"

तभी ईशरादेई को लगा, जैसे कोई खटका हुआ है। जैसे छत के ऊपर हल्का-सा शोर हुआ है, जहाँ बच्चे और लड़कियाँ बैठी खेल रही थीं।

तभी एक लड़की भागती हुई ईशरादेई के पास आई, "चाची, चाची, डोली आ रही है!"

"किसकी डोली?" ईशरादेई के मुँह से निकला। बच्ची की बात उसकी समझ में नहीं आई थी।

"नहीं चाची, डोली आ रही है, साथ में पुरोहित जी भी हैं!"

ईशरादेई का दिल धक्-से रह गया।

यह सूचना रुक्मणी लाई थी, हरनारायण की दोहती। कल रात की भाँति इस समय भी वह हरे रंग की चुन्नी ओढ़े हुए थी, और मुँह में पान ठूँस रखा था। कल रात बारात के समय यह लड़की, अपनी छोटी-छोटी शरारतों से सभी का मन बहलाती रही थी।

"तूने ध्यान से देखा है, रुक्मो बच्ची, या ऐसे ही भागती चली आई है!" ईशरादेई उठकर खाट की पाटी पर बैठ गई, "साथ में दूल्हा भी है?"

"उन्हें तो मैंने नहीं देखा। टीले की ओर से आ रही है!"

"फिर खाली डोली लौट रही होगी। वे लोग माड़ी में पहुँच गए होंगे।"

तभी रामजवाया हाथ में मिठाई की पोटली उठाए, खड़े-खड़े बोला, "रुक्मो ठीक कह रही है भाभी! समधियों ने डोली लौटा दी है।"

ईशरादेई फटी-फटी आँखों से रामजवाया की ओर देखती रह गई। इस वाक्य को सुनकर जैसे ईशरादेई के सिर पर गाज गिरी हो।

"तू बोला क्यों नहीं? इतनी देर से मेरे सामने खड़ा है?" और व्याकुलता में छटपटाती ईशरादेई भागती हुई घर के बाहर जा पहुँची।

"मैंने कहा भी था—जीण जोगियो, समधियों के साथ तकरार न करो। बेटी की ज़िंदगी धूल में मिल जाएगी···" बुदबुदाती हुई, बदहवास वह बाहर की ओर भागी।

कुछ दृश्य होते हैं जो पहली नज़र में ही सीधा कलेजे में उतर जाते हैं। सामने उजड़ा हुआ मैदान था, एक ओर को लकड़ी का कुंदा पड़ा था और मैदान के पार, शीशम के दो पेड़ों के बीच से पालकी चली आ रही थी। वही पालकी थी, वही

कहार थे, आगे-आगे दीवानों का पुरोहित चला आ रहा था। उधर शाम के साए उतर रहे थे। ईशरादेई उसकी छाया से भी डरने लगी थी। समधियों से इतना नहीं हुआ कि पालकी के साथ दो-तीन बारातियों को ही भेज देते।

थर-थर काँपती ईशरादेई आगे बढ़ आई और नंगे पाँव ही मैदान की ओर भागने लगी। उसकी एक ही इच्छा थी कि बेटी को छाती से लगा ले।

फाटक के बाहर ही ईशरादेई ने पालकी को रोक लिया और काँपते हाथों से पर्दा उठाकर, अंदर झाँककर देखा। बेटी सचमुच अंदर गठरी बनी बैठी थी, पर अपनी माँ का चेहरा देखते ही भौंचक्की-सी रह गई। फिर दोनों हाथ पसारकर माँ से लिपट गई।

''तू यहाँ कैसे आ गई माँ ? तू यहाँ क्या कर रही है ?'' फिर हत्‌बुद्धि-सी पालकी के बाहर झाँककर बोली, ''मैं कहाँ हूँ ?''

ईशरादेई की बाँहों में सिमटी लड़की ने गहरी साँस खींची।

''क्यों बेटी, सुख है ना ?''

बेटी ने माँ के आलिंगन में से निकलते हुए फिर से माँ के चेहरे की ओर अपनी भरपूर आँखों से देखा, ''मैं कहाँ पर हूँ, माँ ? मैं घर लौट आई हूँ क्या ? मैं तो समझे बैठी थी...।''

और फिर चहक उठा, और लपककर पालकी में से निकलते हुए, अपनी सखी-सहेलियों से मिलने सीधा घर की ओर भागने लगी।

कुछ देर बाद मलिक बिरादरी के बुजुर्ग-सियाने फिर से बैठे इस नए संकट पर विचार कर रहे थे। अबकी बार ईशरादेई पहले से ही मौजूद थी, जबकि मलिक मंसाराम क्षुब्ध और परेशान अपने में खोया हुआ, इस विचार-विमर्श के प्रति उदासीन-सा बैठा था। उसे रह-रहकर अपने अपमान का ख़याल आ रहा था। अंदर से खून उबलता था पर लाचारगी की जकड़न ऐसी थी कि कुछ कहते नहीं बन पाता था। इस ढलती उम्र में दीवान धनपत ने, सारे कस्बे के सामने मुँह पर कालिख पोत दी थी।

लखमीदास और लछमीदास, अपने सिर पर पग्गड़ रखे, साथ-साथ बैठे थे।

सभी को लछमीदास पर गुस्सा था। उसी ने यह घातक परामर्श दिया था कि आगे से दीवानों के घर लड़की नहीं देंगे।

''मैंने कहा भी था, लछमीदास, वेला-वकत देखा करो। समधियों के साथ नहीं उलझते।''

''कौन उलझा था उनके साथ ? हमारा पानी उतारने आए थे, कोई अपनी बेइज्जती कहाँ तक सहे।'' लछमीदास ने क्रुद्ध होकर कहा।

''कौन है भेदिया, हरामखोर, जिसने समधियों को घर की बात बता दी ?''

तभी गली की ओर से पुरोहित आता दिखाई दिया। गली लाँघकर पंडाल की

ओर चला आ रहा था। पुरोहित अभी भी रात के बाने में था—झालरें लटकती हुई, हाथ में थैला, कंधे पर गमछा। कस्बे के चीकट मैले आदमियों में से एक। लग रहा था जैसे चीकट मैले कपड़ों पर ही उसने गुलाबी रंग का लबादा ओढ़ लिया है, और सिर पर दीवान बिरादरी की केसरी पगड़ी बाँध रखी थी।

उसे देखते ही मंसाराम का पारा चढ़ गया।

''सुन पुरोहिता, इधर सामने आ जा।'' मंसाराम ने कठिनाई से अपने को संयत करते हुए कहा।

पुरोहित हाथ जोड़कर सामने खड़ा हो गया।

''समधियों को किसने बताया है कि हमने दीवानों के घर लड़की न देने की बात की है? साफ़-साफ़ बता ब्राह्मण, नहीं तो तिल-तिलकर मरेगा, नरकों में जाएगा।''

पर ब्राह्मण विचलित नहीं हुआ। ज्यों-का-त्यों हाथ बाँधे खड़ा रहा। वह जानता था कि कस्बेवाले कुछ भी सख्त-सुस्त कह लें, पर ब्राह्मण पर हाथ उठाने का दुःसाहस कोई नहीं करेगा। वह आश्वस्त था कि ब्राह्मण पर हाथ उठानेवाला स्वयं नरक में जाता है।

''बहुत बुरा हुआ है, ग़रीबनवाज़!''

''किसने बताया है?'' मलिक मंसाराम ने चिल्लाकर कहा। चारों ओर सकता-सा छा गया।

इस पर लखमीदास ने स्थिति को सँभालने की चेष्टा करते हुए कहा, ''तुम्हारी बला से, मंसाराम, उड़ते कौवे ने बताया है, या काले चोर ने। अब क्या फ़र्क़ पड़ता है।''

''मैं तेरी जीभ खींच लूँगा पंडिता, अगर मुझे पता चला कि तुमने कहा है।''

पर पुरोहित पर इसका भी कोई असर नहीं हुआ। वैसे ही, आँखें मिचकाता खड़ा रहा।

''घर की बात थी, बाहर उन तक पहुँची कैसे?'' मलिक मंसाराम का छोटा भाई बोला।

मंसाराम ने पुरोहित की ओर देखते हुए कहा, ''पुरोहिता, बाहर जाकर बैठ। जब तेरी ज़रूरत होगी, बुला लेंगे।''

''सत बचन मलिक जी!'' पुरोहित ने कहा और अपना थैला उठाकर मुँह-ही-मुँह में कुछ बुदबुदाता हुआ बाहर निकल गया।

''इसी की करतूत होगी, और किसकी होगी।'' मंसाराम ने झल्लाकर कहा।

इस पर पग्गड़धारी लखमीदास ने मंसाराम को समझाते हुए कहा, ''इस तरह दुनिया के काम नहीं होते मंसाराम! तुम्हें जब ताव चढ़ता है तो आगा-पीछा नहीं देखते।''

मंसाराम बिफर उठा, ''वे मुझे बेइज्जत करें तो मैं चुप बना रहूँ? कर लें जो

करना है। बैठी रहेगी बेटी, अपने घर। मैं समझूँगा विधवा हो गई है।''

''हाय, हाय, हे भगवान! क्या अपशब्द मुँह से निकाल रहे हो जी!'' ईशरादेई व्याकुल हो उठी थी। अपने घरवाले को इतना दुखी और उत्तेजित देखकर उसका दिल दहल गया था।

''कर ले दीवान धनपत, जो करता है। मैं भी अपने बाप का बेटा नहीं हूँ जो इस अपमान का बदला न लूँ। जी खोलकर कर ले⋯।''

मंसाराम का गला रुँध-रुँध रहा था।

''होश से बात कर, मंसाराम! तेरी बेटी ने उसी घर में अपनी उम्र काटनी है। हम अपनी औलाद के लिए काँटे तो नहीं बो सकते।''

''मैं कहूँगा, बेटी मर गई।'' मंसाराम ने फफककर कहा, और उसके होंठ क्षोभ से काँपने लगे।

''शुभ-शुभ बोल मंसाराम, होश से बात कर। घबराने से काम नहीं चलेगा।''

पर मंसाराम दो-हत्थड़ पीटकर, फफक-फफककर रोने लगा था।

किसी बुजुर्ग को रोता देखकर हर किसी का कलेजा दहल जाता है। उधर मंसाराम बेहद थका हुआ था। बारातियों के दुर्व्यवहार के कारण वह रात-भर सो नहीं पाया था। माथे पर रेखाएँ उभर आई थीं और थकान के कारण पीठ झुक गई थी।

ईशरादेई आगे बढ़ आई। वह स्वयं अत्यंत व्याकुल थी, पर यह वक्त रोने-बिलखने का नहीं था। कुछ तो करना होगा। लड़की घर पर आ बैठी है।

''सुनो, नेकबख़्तो, बुलाओ उस मुए पुरोहित को। कुछ पता तो चले कि समधी क्या कहते हैं। बुलाओ उसे।'' फिर अपने पति का हाथ पकड़कर बोली, ''धीरज रखो जी, तुम्हें मेरे सिर की कसम। बड़ा 'औखा' वक्त सिर पर आया है। इसे तो जिस तरह भी हो, सँभालना ही है।''

पर कहते-कहते वह फिर से व्याकुल हो उठी, ''जिन्होंने मेरी बेटी का अपमान किया है, वे तिल-तिलकर मरें।'' और दुपट्टे का छोर मुँह में ठूँसकर अपना रुदन दबाने लगी।

लड़की का मामा, पंडाल से बाहर जाकर पुरोहित को बुला लाया। पुरोहित, झूलता-झुलाता, आँखें मिचमिचाता, फिर से हाथ बाँधे आकर खड़ा हो गया।

''बताओ, पुरोहित जी, समधियों ने क्या कहा है?'' ईशरादेई संयत होकर बोली, ''ठीक-ठीक बताओ, हम वैसा ही करेंगे।''

पुरोहित दोनों हाथों की उँगलियाँ नचाता हुआ बोला, ''मलकाणी जी, समधियों ने कहा है कि आज ही के लगन में दूसरा विवाह भी हो जाए।''

ईशरादेई ने सिर हिलाया और पहले से भी ज़्यादा धैर्य से बोली, ''और क्या कहा है?''

''दीवान जी कहते थे, अपने घर-बिरादरी की एक और लड़की हमें दे दो। हम दोनों बहुओं को एक साथ लेकर चले जाएँगे, पूरी मान-मर्यादा से उन्हें ले जाएँगे।''

''सत बचन,'' ईशरादेई ने कहा, और फिर हाथ जोड़कर बोली, ''अब आप पुरोहित जी, दीवान जी से जाकर कह दो कि हमें मंजूर है। वह बेशक, बारात लेकर आ जाएँ।''

पुरोहित पल-भर के लिए वहाँ ठिठका खड़ा रहा। फिर बाहर चला गया।

कुछ देर पहले ईशरादेई का कलेजा ऊपर-नीचे हो रहा था, पर अब बड़ी जल्दी ही वह सँभल गई थी। पुरोहित के चले जाने पर उसने बड़े धीरज से कहा–

''सुनो जी, समधी एक और लड़की ही माँग रहे हैं ना, और तो कुछ नहीं? मेरी लड़की को लौटा तो नहीं रहे हैं?'' फिर अपना दायाँ हाथ पसारकर समझाती हुई-सी बोली, ''एक लड़की उनके घर जा सकती है तो दूसरी भी तो जा सकती है।''

''समधी तो हमारे मुँह पर कालख पोतने पर तुले हुए हैं और तूने कह दिया, हमें मंजूर है!''

''मानोगे नहीं तो क्या करोगे? बेटी को घर पर बैठा लोगे? तुम लोगों ने खुद ही सारा बखेड़ा खड़ा किया है। अपने-आप ही फैसले करते फिरते हो। क्या यह अक्लमंदी की बात है, कि आगे हम दीवानों के घर लड़की नहीं देंगे। कौन हो तुम ऐसा कानून बनानेवाले? अब सिर पर आई है तो तुम्हारे हाथ-पाँव फूलने लगे हैं?''

फिर बड़े सहज भाव से बोली, ''मैं कहूँगी, जात-बिरादरी में से दूसरी लड़की देखकर ब्याह दो। इसमें बुरा क्या है? दूसरी लड़की भी ठिकाने ही लगेगी ना? दीवानों के घर में ही जाएगी ना? अभी कुछ भी नहीं बिगड़ा है। समधियों ने खिलवाड़ किया है। बेटी को लौटाया नहीं। गुरु महाराज की दया हुई तो सब ठीक हो जाएगा।''

''पर हमारी जग-हँसाई हो रही है भाभी, सारे कस्बे में हमारी इज्जत-आबरू मिट्टी में मिल रही है।'' मंसाराम के चचेरे भाई ने फिर से कहा, पर किसी ने हामी नहीं भरी। सभी समझ गए थे कि स्थिति को सँभालने के लिए कुछ करना होगा।

''समधियों ने यह तो नहीं कहा कि इसी घर में से दूसरी लड़की लेंगे। बिरादरी में से किसी की भी बेटी दी जा सकती है।''

''क्या कहा धनपत ने?'' मंसाराम ने अपने बड़े साले की ओर देखकर पूछा।

लड़की के मामा को समधियों के पास दहेज ले जाने के लिए भेजा गया था और दीवान धनपत के मुँह से यह चुनौती सुनकर लौटा था। पर उसे सुनकर वह इतना भौंचक रह गया था कि उसे साफ-साफ कुछ भी याद नहीं पड़ रहा था कि धनपत ने क्या कहा था, कौन-सी शर्त रखी थी।

''उसने साफ-साफ कुछ नहीं कहा। यही कहा है कि बहू को हम अपने घर तभी ले जाएँगे जब एक और लड़की ब्याहकर हमारे साथ भेजी जाएगी।''

''इसका क्या मतलब हुआ ?''

इस पर लखमीदास बड़ी स्थिरता से बोला, ''इसका सीधा मतलब है, जात-बिरादरी में से ही दूसरी लड़की। हमने भी तो जात-बिरादरी में से ही लड़की न देने का फैसला किया था ना !''

इससे मंसाराम को कुछ सांत्वना मिली। अपनी दूसरी बेटी को उसके घर में देने का मतलब होता, सिर पर से पगड़ी उतारकर धनपत के पैरों में रख देना।

इज्जत-आबरू का सवाल जब नहीं रहा तो वहाँ बैठे अनेक मलिकों के मन में व्यक्तिगत स्तर पर यह विचार भी उठा कि लड़की तो दीवानों के घर जाएगी। अगर मंसाराम की जा सकती है तो किसी और की भी तो जा सकती है। क्यों न मैं इस मौके का लाभ उठाकर अपनी बेटी के हाथ पीले कर दूँ ? यह अच्छा मौका है, खिलवाड़-खिलवाड़ में बेटी ठिकाने लग जाएगी। लेन-देन का पचड़ा भी नहीं होगा।

पर बोला कोई नहीं। हामी किसी ने नहीं भरी। इतनी जल्दी बोलना ठीक भी नहीं लगता था।

इस पर सहसा मंसाराम के चचेरे भाई को खयाल आया, ''पर दूसरा दूल्हा कौन होग ? यह भी तो सोचो। किसके घर दूसरी दुल्हन जाएगी ? दीवान, बारात में किसको दूल्हा बनाकर लाएगा ?''

सभी चौंक-से गए। बिरादरीवालों का ध्यान समस्या के इस पहलू की ओर तो गया ही नहीं था।

''धनपत का बड़ा बेटा तो रोगी है। अगर दीवान उसे दूल्हा बनाकर ले आया तो ?'' फिर अपनी भौजाई की ओर मुख़ातिब होकर बोला, ''भाभी, तुमने इतनी जल्दी हाँ क्यों कर दी। अब वे बारात में अपने रोगी बेटे को ले आए तो क्या होगा ?''

सुनते ही ईशरादेई सिर से पाँव तक काँप गई। वह मन-ही-मन सोच रही थी कि अगर दूसरा कोई मलिक परिवार अपनी लड़की देने को तैयार नहीं हुआ तो लाचार होकर वह अपनी छोटी बेटी का ब्याह भी उसी घर में कर देगी। किसी तरह अपनी बड़ी बेटी को ठिकाने तो लगा पाएगी। उसे अपने ससुराल में तो पहुँचा पाएगी। पर अपने देवर का यह वाक्य सुनकर वह थर्रा-सी गई। क्या मालूम दीवान धनपत के मन में यही कुछ रहा हो कि इस झगड़े की आड़ में अपने रोगी बेटे को ब्याह दे !

''उसे क्या रोग है ?'' ईशरादेई ने डूबती-सी आवाज़ में पूछा। उसकी आँखों के सामने अँधेरा-सा छाने लगा। अगर वह अपने रोगी बेटे के लिए हमारी ही दूसरी बेटी माँग रहा है—उसके पति को नीचा दिखाने के लिए—तो हम क्या करेंगे ? या तो

पहली को भी घर में बिठाएँ, और या दूसरी को भी कुएँ में फेंकें ? यह मैं क्या कर बैठी हूँ ?

''उसे मिरगी का दौरा पड़ता है।'' कोई बोला।

अंदर-ही-अंदर मलिकों का रुख साफ़ होने लगा। रोगी लड़के को कोई भी अपनी लड़की देने का जोखिम उठाना नहीं चाहता था। और इसके लिए बिरादरी का कोई भी आदमी, अपने तईं मजबूर भी नहीं था। इस विकट स्थिति का सामना मंसाराम को ही करना पड़ेगा। फिर करे सामना। ऊल-जलूल भी तो इसी के मुँह से निकला था। पर इस वक्त उसका हौंसला बढ़ाने की ज़रूरत थी।

''मिरगी तो बहुत गंभीर बीमारी नहीं है। बदन में ताकत आए तो अपने-आप दूर हो जाती है। यों भी, दौरा पड़ने पर, जूता सुँघाओ तो आदमी होश में आ जाता है।''

इस पर लड़की का मामा बोला, ''दीवान धनपत ने न तो यह कहा है कि उसी के घर में से दूसरा दूल्हा आएगा, न ही यह कहा है कि इसी, हमारे ही घर से दूसरी दुल्हन आएगी।''

लाला लखमीदास चुपचाप सोचता, सिर हिलाता रहा। फिर बोला, ''यह हो भी सकता है और नहीं भी हो सकता। ...पर इसे तो छोड़ो कि क्या हो सकता है, और क्या नहीं हो सकता। सीधी बात पर आओ।'' और आस-पास बैठे बिरादरी के चीदा-चीदा लोगों को संबोधन करते हुए बोला, ''अब बोलो, कौन अपनी लड़की देगा ?''

इस पर किसी ने जोड़ा, ''कोई कह रहा था कि दीवान के बेटे का इलाज चल रहा है। लाहौर के किसी हकीम से इलाज चल रहा है।''

मंसाराम यह सुनते ही झल्ला उठा, ''भाड़ में जाए हकीम !''

''सुनने तो दो मलिक जी, अगर लड़के को शफ़ा मिल रही है तो बात दूसरी है।''

अगर यही सवाल स्त्रियों के दरपेश होता तो कोई भी स्त्री रोगी युवक के साथ अपनी बेटी का विवाह करने के लिए तैयार नहीं होती। पर कुछेक मर्दों के मन में दुविधा-सी उठने लगी थी। मिरगी का रोग तो ऐसा बुरा रोग नहीं है। और फिर यहाँ तो रोग का पता पहले से चल गया है, कई बार तो रोग का पता ही बाद में चलता है। इससे ब्याह रुक तो नहीं जाते ?

लाला लखमीदास की बग़ल में बैठे एक आदमी ने उसके कान में कहा, ''किसी गरीब-गुरबा की लड़की देख लो। वह ठिकाने लग जाएगी। उसका भी भला हो जाएगा।''

''पर पता तो चले कि दूल्हा कौन होगा।''

''हमें पता करके लेना क्या है ?''

थोड़ी देर तक चुप्पी बनी रही, फिर एक आदमी बोला, ''मिरगी का रोग तो ऐसी बुरी बीमारी नहीं है। मिरगी का रोग ही है ना, कोई दिक् का रोग तो नहीं।

और फिर, यह भी सुन रहे हैं कि पहले से उसकी तंदुरुस्ती बेहतर है।''

सभी लोग चुपचाप उसकी बात सुन रहे थे।

''तुम खुद सोचो, लँगड़े-लूलों का ब्याह हो जाता है, वह तो चंगा-भला है। लड़की जाएगी तो खाते-पीते परिवार में, सुख से तो रहेगी।''

कुछ लोगों के चित्त सचमुच फिर से डाँवाँडोल होने लगे। क्या मालूम, बेटी ठिकाने लगाने का एक सुनहरी मौका हाथ से निकलता जा रहा हो। कुछ भी कहो, दीवान के मन में बुरी भावना नहीं हो सकती। यह सारी बात खिलवाड़ में हो रही है, वह खिलवाड़ ही कर रहा है। दीवान ने यह भी कहला भेजा है कि हम दूसरी दुल्हन को बड़ी मान-मर्यादा से अपने घर ले जाएँगे। ऐसी स्थिति में दीवान धनपत की नीयत पर शक नहीं करना चाहिए।

देर तक बहस होती रही, पर कोई स्पष्ट हल नहीं निकला। कोई सुझाव उठता तो फिर बहस में बिखर जाता। एक बार अर्जुनदास के मन में आया कि कह दे—मैं अपनी बेटी देने के लिए तैयार हूँ, पर फिर जोखिम के डर से चुप बना रह गया।

तभी दूर से गोला छूटने की आवाज़ आई। टीले पर से बारात चल पड़ी थी। सभी के कान खड़े हो गए। ईशरादेई चिल्लाकर बोली—

''ओ, जीण जोगियो, यहाँ कोई किसी का नहीं। मैं अपनी लड़की दूँगी। वह जिस किसी को भी दूल्हा बनाकर लाएँ, मेरी दूसरी लड़की भी हाज़िर है...!''

और बिलख-बिलखकर रोने लगी।

कुछेक झंडियाँ फटकर नीचे गिर चुकी थीं, उनकी सुतली के टुकड़े शामियाने के खंबों के साथ लटक रहे थे। अब उन्हें फिर से बाँधा-लटकाया जाने लगा। पंडाल में बिछी दरियों को, जो मुचड़ गई थीं, फिर से सीधा किया जाने लगा, बुहारा जाने लगा। पंडाल के पीछे, गत रात के भोजन की जूठन अभी तक बिखरी पड़ी थी—केले और संतरों के छिलके, दोने, जूठी पत्तलें, कुल्हड़। किसी में उन्हें साफ़ करने का उत्साह नहीं रहा था। शामियाने के नीचे एक तरह की वीरानी छाई थी। पर अब दूसरी बारात के आने की ख़बर पाकर, वातावरण में फिर से हरकत आ गई थी। लोग अपने-अपने काम में जुट गए थे, पर विवाह का उत्साह नहीं रह गया था। यह वातावरण एक प्रकार की उत्कंठा, संशय, अपमान की भावना, अविश्वास, खीज से उद्वेलित था। जैसे कोई थका हुआ घोड़ा, जो अंग-अंग में शिथिल पड़ रहा है, सहसा चाबुक खाकर फिर से दौड़ने लगता है, वैसे ही मलिक बिरादरी के मांजी फिर से काम में जुटने लगे थे। और एक विचित्र बात यह थी कि ईशरादेई, जो कुछ ही देर पहले बिलख-बिलखकर रोती रही थी, अब आँसू पोंछकर पहले से भी ज्यादा फुर्ती और मुस्तैदी के साथ दूसरी बारात और दूसरे विवाह के आयोजन में जुट गई थी।

मलिक मंसाराम की खीज अभी तक शांत नहीं हुई थी। किस बुरी घड़ी में

धनपत के घर बेटी ब्याहने का निश्चय किया था, बार-बार यही विचार उसके मस्तिष्क में घूम रहा था। वह एक मूढ़े पर निढाल-सा होकर बैठ गया था, मानो उसका मन उचट गया हो, कि जो होता है होता रहे, अब मेरे बस का कुछ नहीं रह गया है।

झूर फिर से बुलाए गए। रसद के लिए दौड़-धूप की जाने लगी। मशालोंवाले फिर से पहुँच गए थे। ऊपर से शादी की गहमागहमी फिर से नज़र आने लगी। घर के अंदर फिर से ढोलक बजने लगी थी। कस्बे की जात-बिरादरी की स्त्रियाँ फिर से जुटने लगीं। ईशरादेई कलेजे पर पत्थर रखे, सभी के साथ हँस-बोल रही थी। उसने छोटी बेटी को नहला-धुलाकर लाल रेशमी जोड़ा पहनाया, उसके हाथों पर मेहँदी लगाई और गत रात की ही भाँति उसे टिमटिमाते दिये के सामने बैठा दिया और बार-बार उसके पास बैठकर, उसकी पीठ सहलाती रही। छोटी बेटी भौंचक हिरनी की तरह सहमी, बेसुध-सी, टिमटिमाते दिये की लौ को देखे जा रही थी। साथवाली कोठरी में बड़ी बेटी, अभी भी दुल्हन के कपड़े पहने हत्बुद्धि-सी बैठी थी। दोनों बेटियों को कुछ भी समझ में नहीं आ रहा था कि क्या हो रहा है। ईशरादेई कभी एक के सिर पर हाथ फेरती और उसे हँसाने-दुलारने की चेष्टा करती, कभी दूसरी के और बार-बार मन-ही-मन बुदबुदाती—

'मालिक को जो मंजूर है, अगर मेरे करम खोटे हैं तो कोई कुछ नहीं कर सकता। पर अगर मेरे करमों में खोट नहीं, तो दोनों बेटियाँ सुख से रहेंगी।'

पर मन-ही-मन वह बड़ी बेचैन थी। रात गहराने लगी तो वह अंदर-ही-अंदर छटपटाने लगी : कैसी काली रात आई है। उसका दिल बुरी तरह से डूबने लगता, पर फिर अपनी जीभ दाँतों-तले दबाती हुई अपने को कोसने-समझाने लगती।

घर में विचित्र-सा वातावरण बन रहा था। बिरादरी की स्त्रियाँ जब ईशरादेई के सामने आतीं तो हल्की-फुल्की बातें करतीं, पर उसकी पीठ-पीछे फुस-फुस करतीं, तरह-तरह के अनुमान लगातीं, दीवान के बेटे के रोग को दुगना-तिगुना बढ़ाकर बतातीं, होंठ बिचकातीं। ईशरादेई इससे अनभिज्ञ नहीं थी। 'जो सिर पर आई है, झेल लूँगी,' वह बार-बार बुदबुदाती।

पंडाल में बच्चे फिर चहकने लगे थे। व्यस्त मांजी फिर से इधर-उधर भाग रहे थे, पर अंदर से दिल बुझे हुए थे। भले ही मलिक मंसाराम की ही बेटी खारों पर बैठेगी, पर थी तो अपमान की बात और अपमान तो समूची मलिक बिरादरी का हो रहा था। मलिक मंसाराम के सामने जाने से लोग कतराते थे। आड़े वक्त में उन्होंने उसका साथ नहीं दिया था। कोई एक भी मलिक, दीवान धनपत को समझाने तक नहीं गया था कि इस तरह का इसरार न करे। सभी को अपनी-अपनी पड़ गई थी और स्थिति का सामना करने के लिए मंसाराम को अकेला छोड़ दिया गया था। पर फिर भी बिरादरी तो आखिर बिरादरी ही है। भले ही मुँह-मुलाहिज़े के लिए रहा हो, या इसलिए कि उनका मन अंदर से उन्हें कचोट रहा था, मांजी

पहले से भी ज़्यादा मुस्तैदी और तत्परता से काम कर रहे थे।

तभी दीवानों की तरफ़ से आदमी आया। आदमी नहीं, स्वयं दीवान कुंदनलाल आया। सारे पंडाल की अच्छी तरह से नज़रसानी करने के बाद, हाथ बाँधकर मलिक मंसाराम के सामने जा खड़ा हुआ। लोग और भी ज़्यादा हैरान हुए। कुंदनलाल-जैसा बददिमाग़ आदमी, यहाँ लड़कीवालों के घर हाथ बाँधे खड़ा है!

"महाराज, दीवान जी ने कहला भेजा है कि पिछला सारा दहेज सिर-आँखों पर ले लिया है। अब और किसी दहेज़ की ज़रूरत नहीं। उन्होंने यह भी कहला भेजा है कि बारात में कुल चालीस आदमी होंगे और हमारी दर्ख्वास्त है कि समधी कोई तरद्दुद नहीं करें। बाराती टीले पर दिन-भर खाते-पीते रहे हैं, जो मिल जाएगा उसी को अमृत मानकर छक लेंगे। हम तो केवल घर की लच्छमी को लेने आ रहे हैं। उसके पाँव हमारे घर में पड़ेंगे तो हम इसी से मालामाल हो जाएँगे। उन्होंने यह भी विनती की है कि मिलनी की रस्म में भी कोई लेन-देन नहीं होगा।..."

जवाब में मंसाराम ने अपने दोनों हाथ जोड़ दिए, पर मुँह से कुछ नहीं बोला। मूढ़े पर से उठा भी नहीं। दीवान धनपत को अपनी भूल का अहसास हुआ जान पड़ता है, यह भी बहुत बड़ी बात है। कुछेक को तो अपने तईं इस बात का पछतावा भी होने लगा कि क्यों न हमने अपनी बेटी दे डाली। मलिक मंसाराम की हेठी भी न होती और हमारी बेटी भी ठिकाने लग जाती। लड़का तंदुरुस्त नहीं तो क्या हुआ। लँगड़े-लूलों के भी तो ब्याह हो जाते हैं।

पर एक बात में यह बारात भी पहली बारात-जैसी ही निकली। पहुँची यह भी देर से। आधी रात को तारा डूबनेवाला था, जब ढोल-ढमक्के की आवाज़ गंजमंडी की ओर से आने लगी। दो दिन के थके मांजी चूर-चूर हो रहे थे। उनमें हरकत तो आई, सभी अपनी-अपनी जगह मुस्तैदी से पहुँच भी गए पर मन से यही चाहते थे कि अब जैसे भी हो, यह बला टले, और वे अपने-अपने घर जाएँ।

बारात बाजे-गाजे के साथ आई। पहले-जैसी ही सज-धज के साथ। केसरी पगड़ियाँ, मशालें, नाचते-मौज मनाते नौजवान बाराती। कस्बे के लोग खिड़कियों, झरोखों, छतों पर से झाँक-झाँककर इस बारात को भी देखे जा रहे थे, मानो उन्हें इस बात की अपेक्षा हो कि अबकी बार फिर कोई नाटक खेला जानेवाला है।

पर कल की तुलना में आज बाराती अधिक संयत थे। लेकिन एक ही जगह दो पालकियाँ थीं—एक में दूल्हा बैठा था, दूसरी में दूल्हे का बाप, दीवान धनपतराय! वही अँगरखा, हाथ में गुड़गुड़ी, केसरी रंग के भारी पग्गड़ के नीचे वही छोटी-छोटी पैनी आँखें। चार मशालें उसी की पालकी को रास्ता दिखा रही थीं।

दूल्हे के सिर पर इतना बड़ा सेहरा बँधा था कि उसका चेहरा देख पाना असंभव था। सेहरे में झिलमिलाते चाँदी के तार, बदन पर रेशमी लबादा झक्-झक् कर रहे

थे। पर उसे पालकी में बैठा देखकर ही कुछ लोगों के मन का संशय पक्का हो गया कि दीवान अपने रोगी बेटे को ही दूल्हा बनाकर ले जा रहा है। सेहराबंदी के समय ही मलिकों के घर ख़बर पहुँच गई थी कि दीवान अपने रोगी बेटे को ही दूल्हा बनाकर ला रहा है। पर कस्बेवालों के लिए यह ज़्यादा अचंभे की या अनहोनी बात भी नहीं थी। अधेड़ उम्र के दुहाजू भी सेहरा बाँधे, इन्हीं गलियों में से अपनी बारात बाजे-गाजे के साथ लेकर जाते रहे थे।

अबकी बार भी दीवान कुंदनलाल सिक्कों की थैली उठाए, हर गली के मोड़ पर, पैसे-अधन्नियाँ, दूल्हे के सिर पर से वार-वारकर फेंक रहा था और कस्बे-भर के बच्चे, कुंभी, नाई-मोची, मीरासी के बच्चे छनछनाते सिक्कों पर झपट-झपट रहे थे।

भागसुद्धी आज भी गली में एक ओर खाट पर बैठी थी। कुंदनलाल ने उसे देखा, पर उसके नज़दीक नहीं गया। वह जानता था कि भागसुद्धी अनाप-शनाप बोलेगी। भागसुद्धी भी, नज़र कमजोर हो जाने के कारण उसे पहचान नहीं पाई। पर जब किसी ने कहा कि दीवान धनपत की पालकी आ रही है तो भागसुद्धी से नहीं रहा गया। वहीं बैठे-बैठे हाथ पसारकर बोली—

''वाह धनपत, वाह! कैसा अपना नाम रोशन कर रहे हो! दीवानों का नाम रोशन कर रहे हो! सारी शर्म-हया बेच खाई है!''

उसकी आवाज़ दीवान ने सुनी या नहीं सुनी, पर उसने आँख उठाकर उसकी ओर नहीं देखा, ज्यों-का-त्यों पालकी में बैठा रहा।

पंडाल के बाहर पहुँचने की देर थी। अभी बाजा बज ही रहा था और दीवान धनपत अपनी पालकी में से उतर ही रहा था कि पुरोहित ने हड़बड़ी मचा दी।

''सायत निकल जाएगी ग़रीबनवाज़, आपने देर कर दी। अब सिर्फ़ लावाँ-फेरे का वक्त रह गया है, मिलनी बाद में होती रहेगी। ग़रीबनवाज़, सीधा खारों पर पहुँचो।''

कल की ही तरह समधी हाथों में फूलमालाएँ लिए, मिलनी के लिए खड़े थे। मलिक मंसाराम बीच में खड़ा था। चेहरा पीला, हाथ काँपते हुए, माथे पर पसीना छलक आया था।

पालकी में से उतरकर बड़ा दीवान धीरे-धीरे चलता हुआ फूल-पत्तों से सजे बंदनवार के नीचे से होकर सीधा मलिक मंसाराम के सामने जा पहुँचा और मलिक मंसाराम के गले में हार डालकर उसे छाती से लगा लिया—

''मलिक हमारी इज्जत रखें, हम मलिकों की इज्जत रखेंगे। बेटियाँ सबकी सांझी होती हैं। अब हम एक-दूसरे के समधी हैं, जीना-मरना सब एक साथ होगा।''

दीवान धनपत की आवाज़ में शीरीनी घुली थी।

और उसने देर तक मलिक मंसाराम को बाँहों में बाँधे रखा, मानो उसे बरसों से

बिछुड़ा कोई सगा-संबंधी मिल गया हो।

दीवान धनपत के प्रति कुछ लोगों की आँखों में श्रद्धा उतर आई। 'खानदानी' आदमी की बात ही दूसरी होती है। अगर कल दीवान जी को गुस्सा आया था तो वह जायज़ ही था। यह भी कोई कहने की बात है कि हम आगे से लड़की नहीं देंगे। यह घर बुलाकर बेइज़्ज़ती करना नहीं है तो क्या है। कौन-सी बारात ऐसी है जिसमें नौजवान लोग ऊधम नहीं मचाते?

बाराती और मांजी, बंदनवारों से सजे फाटक के नीचे, आमने-सामने अभी खड़े हो ही रहे थे कि पुरोहित रामदास, जो सूत्रधार की भाँति बीच में खड़ा विवाह का संचालन कर रहा था, फिर से जल्दी मचाने लगा—

"तारा डूब गया तो कोई काम सिरे नहीं चढ़ पाएगा। ग़रीबनवाज़, देर हो रही है। बाराती बेशक खाना खाने बैठ जाएँ पर घर के लोग सीधे खारों पर पहुँचें। देर हो रही है।"

वह कभी दाएँ, कभी बाएँ, हाथ बाँधे बोले जा रहा था।

कुछ बाराती फाटक लाँघकर पंडाल की ओर चल दिए, जहाँ भोजन के लिए पंगत बैठनेवाली थी, जबकि कुछेक सीधे दीवान जी के पीछे-पीछे विवाह-मंडप की ओर बढ़ने लगे।

मलिक मंसाराम, जो अभी भी बुझा-बुझा महसूस कर रहा था, पीठ-पीछे हाथ बाँधे, धीरे-धीरे विवाह-मंडप की ओर अन्य मांजियों के साथ सरकता जा रहा था।

"दूल्हा महाराज को लिवा लाओ जी, देर हो रही है।" पुरोहित आग्रह कर रहा था और साथ-ही-साथ हवन-कुंड के चारों ओर धूप की बत्तियाँ जलाकर समिधाओं आदि के लिए सामग्री यथास्थान सजा रहा था।

घर के अंदर, ईशरादेई ने टिमटिमाते दिये के सामने बैठी अपनी छोटी बेटी को सहारा देकर उठाया।

"किरपा करीं महाराज," वह बुदबुदाई, "मेरी बच्ची पर अपनी मेहर की नज़र रखना।"

वरी के लाल जोड़े में लिपटी, छाती पर घूँघट काढ़े, गुड़ी-मुड़ी अपने में सिमटती बच्ची उठ खड़ी हुई।

ईशरादेई उसे थामकर धीरे-धीरे बाहर की ओर ले चली। बच्ची की पीठ पर हाथ रखा तो उसे लगा, जैसे उसके हाथ के नीचे, बच्ची के शरीर में कँपकँपी हुई है। ईशरादेई को लगा जैसे किसी अज्ञात आशंका में उसकी बेटी भी काँप उठी है। दुपट्टे का छोर मुँह में ठूँसते हुए, ईशरादेई अपनी बेटी को सहारा दिए ड्योढ़ी की ओर बढ़ने लगी। क्या मालूम इस मासूम बच्ची को भी पता चल गया हो कि किसके साथ उसका विवाह रचाया जा रहा है।

ड्योढ़ी लाँघते हुए उसका मन यह सोचकर मसोस उठा था कि अबकी बार

दूल्हा, प्रथानुसार घर की ड्योढ़ी में नहीं आया, जैसे कल आया था। आज दूल्हे को घेरकर घर की लड़कियाँ नहीं बैठी थीं, उससे छंद और सिठणियाँ सुनने की ज़िद्द नहीं की थी। आज कल-जैसी चहल-पहल और हँसी-खेल भी नहीं था। कल तो दूल्हे ने दुल्हन की बंद मुट्ठी भी खोली थी, जिसमें से उसके लिए चमचमाती सोने की अँगूठी निकली थी।

विवाह-मंडप में दूल्हा पहुँच चुका था, फूलों के गजरों से लदा। उसके मित्र और उसका भाई उसे थामकर मंडप में ले आए थे और उसे खारों पर बिठा दिया था। उसके पीछे उसके भाई का दोस्त बालमुकंद उसे हल्का-सा सहारा दिए हुए बैठ गया था।

पुरोहित हवन-कुंड में समिधाएँ जोड़ते हुए फिर चिंतित स्वर में बोला, ''दुल्हन बिटिया आ जाए जी, अब देर नहीं होनी चाहिए।'' और समिधाओं को घी में डुबो-डुबोकर सामने रखी थाली में रखने लगा।

तभी मंसाराम के घर के अंदर कोहराम-सा मच गया।

विवाह-मंडप में, दूल्हे के खारों पर बैठ जाने के बाद, लोग बड़े अधीर होकर इस इंतज़ार में थे कि सजी-धजी दुल्हन को उसकी माँ और सहेलियाँ सहारा दिए हुए मंडप में ले आएँगी, जब सहसा अंदर से चीख-पुकार सुनाई देने लगी। लोग हैरान रह गए। रामजवाया और ईशरादेई का भाई भागते हुए घर की ओर गए। विवाह-मंडप के अंदर भी खलबली-सी मच गई थी।

पता चला कि ईशरादेई ग़श खाकर गिर पड़ी है कि उसे माथे पर चोट आई है और उसके माथे में से बुरी तरह खून बह रहा है।

कुछ और लोग भागे-भागे हुए गए। ईशरादेई को सचमुच गहरी चोट आई थी। दोनों बच्चियाँ—दोनों सजी-धजी बहुएँ—अपनी माँ से लिपटी रोए जा रही थीं।

कुछ ही देर पहले, बड़े स्थिर क़दमों से ईशरादेई अपनी बेटी को सहारा दिए ड्योढ़ी के बाहर ले जा रही थी। पीछे-पीछे घर-परिवार की स्त्रियाँ गीत गाती चली आ रही थीं। पर जब ड्योढ़ी पार करके घर की दहलीज़ लाँघ रही थी तो ईशरादेई को जाने क्या हो गया, वह पछाड़ खाकर गिर पड़ी, सिर किवाड़ से टकराया और धम्म-से ज़मीन पर जा गिरी।

पर इस सारी खलबली के बावजूद पुरोहित फिर भी चिल्लाए जा रहा था, ''सायत निकली जा रही है, ग़रीबनवाज़, सायत निकली जा रही है! तारा डूब गया तो ब्याह नहीं हो पाएगा!''

फिर मलिक मंसाराम की ओर हाथ बाँधकर बोला, ''महाराज कुछ उपाय करो, सायत निकल गई तो सारी बात बिगड़ जाएगी। तारा अभी डूबा कि डूबा।''

सायत निकल जाने में सचमुच गिने-चुने क्षण ही रह गए थे, जब पुरोहित रामदास सहसा अपने आसन से उठा, कदम बढ़ाता हुआ मंडप के बाहर निकला

और झट-से आगे बढ़कर एक खेलती बच्ची को, जो कुछेक सहेलियों के साथ मंडप के किनारे खड़ी विवाह का कौतुक देखे जा रही थी, झपटकर उठा लाया और मंडप में लाकर खारों पर बिठा दिया, और उसी क्षण आसन पर बैठकर विवाह के मंत्र पढ़ने लगा !

आस-पास बैठे लोग हैरान रह गए। फिर लड़की की ओर देखते हुए उसे पहचानने की कोशिश करने लगे और वे अभी स्थिति को समझ ही नहीं पाए थे कि विवाह की विधि संपन्न होने लगी।

इस तरह दीवान धनपत के रोगी बेटे का विवाह, हरनारायण की विधवा बेटी वीराँवाली की बारह-तेरह बरस की पुत्री रुक्मणी के साथ संपन्न हुआ, जो कस्बे के इतिहास में दसियों साल तक चर्चा का विषय बना रहा।

5

कस्बे में इस विवाह की विचित्र ही प्रतिक्रिया हुई। सुन-जानकर किसी ने यह नहीं कहा कि अच्छा हुआ, या बुरा हुआ। चर्चा हर एक जगह पर थी—गली-गली में, हाट-बाज़ार में, मर्द क्या और औरतें क्या। अक्सर लोग उसे दो घरों के बीच की उठा-पठक के रूप में ही देख रहे थे।

''अच्छा हाथ खेल गया दीवान,'' चौसरबाज़ों की चौकड़ी में बांशी कह रहा था, ''एक ही दाँव में अपने पगलैट बेटे को ठिकाने लगा गया और मंसाराम को धत्ता भी बता दिया।''

''क्या ठिकाने लगा गया ? अगर मलिक मंसाराम की दूसरी बेटी ब्याहकर ले जाता तो हम मान जाते कि मलिकों को धत्ता बता गया है, पर उसके हाथ तो लगी गरीबड़े हरनारायण की दोहती। उसे क्या मिला ?''

''अरे, मंसाराम की बेटी की डोली लौटा दी, क्या यह कम है ? सारे कस्बे में उसे ज़लील किया।''

''दीवान धनपत जो न करे कम है,'' कोहली बोला, ''फनियर साँप का काटा बच जाए तो बच जाए, पर धनपत का काटा कभी नहीं बच सकता।''

''इसमें मंसाराम का अपना दोष है। क्यों चला था डींग हाँकने कि हम आगे से दीवानों को अपनी लड़की नहीं देंगे। इसमें क्या दीवानों का अपमान नहीं है ?'' कुबड़े हलवाई ने कहा जो अपनी दूकान में, पटरे पर दीवार के साथ पीठ लगाए,

बैठा था। कुबड़ा हलवाई दीवानों को बड़ी गुर्देवाली जात मानता था। एक बार डट जाएँ तो उनके सामने कोई ठहर नहीं सकता है।

''मंसाराम ऐसी धमकी दे तो क्या वह छोड़ देता? उसके नाकों चने चबवा देता, दीवानों में बड़ा दम है।''

''यह धनपत कहाँ का दीवान है?''

''पूरा नहीं तो आधा दीवान तो है। इसका बाप तो दीवान था।''

कुबड़े हलवाई को इस सारे व्यवहार में दीवान धनपत का ही पलड़ा भारी नज़र आता था, ''आफरीन है दीवान धनपत पर। मंसाराम को तो धत्ता बताया, पर फिर न दहेज माँगा, न समधियों से पैसे दिलवाए। पूरी इज़्ज़त-आबरू के साथ दोनों बहुओं को घर भी ले गया। दीवान से बढ़कर जीवटवाला दूसरा आदमी कस्बे में नहीं है।''

''इसमें कौन-सी जीवटवाली बात है? पहले अड़ंगा दिया, अड़ंगा देकर अपने पगलैट बेटे का ब्याह कर दिया!''

''क्यों, बारात खुलेआम लाया है। मिरगीवाले दूल्हे को सारे कस्बे में घुमाकर लाया है। छिपाकर तो नहीं लाया। उसने कोई चलित्तर तो नहीं किया?'' कहता हुआ कुबड़ा हलवाई पटरा छोड़कर आगे बढ़ आया। हाथ पसारकर बोला, ''उधर पुरोहित ने हरनारायण की दोहती को उठाकर खारों पर बिठा दिया। दीवान ने इसे भी कबूल कर लिया। बोलो, वह यह भी तो कह सकता था कि मलिक मंसाराम की दूसरी बेटी ही लेकर जाऊँगा, नहीं तो पहली को भी घर पर रखो। बोलो, कह सकता था कि नहीं? पर उसने ऐसा कुछ नहीं किया, आफ़रीन है, कंगाल की दोहती को अपनी बहू बनाकर ले गया।''

इस पर कोहली तुनककर बोला, ''चाल खेलकर ले गया है। धोखा देकर ले गया है। अंदर से अपने मिरगीवाले बेटे को ब्याहना चाहता था, ऊपर से तमाशा खड़ा करके ले गया है कि एक और लड़की दो, तभी दूसरी को ले जाएँगे।''

''क्या बक रहा है?'' कुबड़ा हलवाई चबूतरा छोड़कर नीचे आ गया, ''लड़के को मिरगी पड़ती है तो क्या उसका कभी ब्याह नहीं होता? अच्छे-से-अच्छे घर की लड़की उसे मिल जाती। वह तो मलिकों को सबक सिखाना चाहता था।''

''अब कस्बे में मंसाराम सिर नहीं उठा पाएगा। दीवान ने उसकी बोलती बंद कर दी है।'' बांशी ने टिप्पणी की।

''मुझसे पूछो तो दोनों की बात रह गई.'' टाट पर पालथी मारे बैठा अतरसिंह बोला, ''दीवान ने अपना पगलैट ठिकाने लगा लिया, और मंसाराम की दूसरी बेटी भी बच गई।''

इस पर बांशी ने चुटकी ली, ''सलामत रहे पुरोहित रामदास! दोनों को जिता भी गया, दोनों को हरा भी गया!'' कहता हुआ बांशी हँसने लगा, और आँख मारकर बोला, ''झट-से उठकर लड़की झपट लाया। पुरोहित का जवाब नहीं,

उसने चूज़ा भी अच्छा पकड़ा है।"

"चलो, हरनारायण की दोहती भी माड़ी में पहुँच गई, उसका भी कल्याण हो गया।" कुबड़े ने कहा।

इस पर रामजवाया, जो चबूतरे पर टाँगें लटकाए बैठा था, बोला, "कौन जानता है, मलिक मंसाराम की घरवाली सचमुच ग़श खाकर गिरी या वह भी नाटक कर रही थी!"

"वह नाटक क्यों करेगी? उसे ग़श नहीं आता तो क्या आता? एक पगलैट की बग़ल में बेटी को खारों पर बैठाने जा रही थी। कौन-सी माँ ऐसा कर सकती है?"

पर रामजवाया ने फिर भी इसरार किया, "मैं अब भी कहता हूँ, जान-बूझकर गिरी। अपनी दूसरी बेटी को बचा पाने के लिए।"

"तू अंतर्यामी है, अंदर का हाल जानता है?"

"यह सब नाटक हुआ है। और कुछ नहीं।"

कोहली रामजवाया से सहमत होते हुए बोला, "दीवान धनपत, पुरानी अदावत का बदला लेना चाहता था।"

"कौन-सी अदावत?"

"हवेली की नीलामी की, और कौन-सी। तब मंसाराम ने इसकी हेठी की थी, अब दीवान को मौका मिल गया तो उसने उसकी हेठी कर दी।"

"यार, एक बात बताओ, क्या पुरोहित ने पहले से तय कर लिया था कि हरनारायण की दोहती को उठाएगा?"

कोहली ने कहा, "सुना है कुछ दिन पहले पुरोहित हरनारायण के घर पर गया था। अब अंदर की भगवान जाने, पर सुनते हैं दो बोरे गेहूँ भी हरनारायण के घर डलवाए गए थे।"

इस पर बांशी ठहाका मारकर हँस दिया, "यह खूब रही! तुम समझते हो कि पुरोहित ने पहले से इंतज़ाम कर रखा था कि हरनारायण की दोहती आधी रात गए खारों के आस-पास खेल रही होगी, ताकि पुरोहित उसे उठाकर खारों पर बैठा सके!" बांशी ने कहा और दोनों हाथ जोड़कर माथे पर लगाए और कोहली को झुककर प्रणाम किया, "जय हो! जय हो, कोहलियो! जय हो, जय हो!"

बहस देर तक चलती रही। कस्बे में जगह-जगह ऐसी ही चर्चा चल रही थी। इस लंबी बहस के दौरान किसी एक ने भी यह नहीं कहा कि जो रात को हुआ है, बुरा हुआ है। कस्बे के जीवन में यह एक घटना मात्र ही थी—उत्तेजनापूर्ण, रोचक। जो लोग दीवान का पक्ष लेते थे, वे उसके व्यवहार में बड़प्पन देखते, रोआब देखते, जीवट देखते, दीवानों का दबदबा देखते। जो मलिक मंसाराम का पक्ष लेते वे दीवान धनपत को बुरा-भला कहते, उसके व्यवहार को सीना-ज़ोरी कहते। पर कुल मिलाकर कस्बे के अधिकांश लोगों का यही रवैया था कि बड़े लोगों की बड़ी बातें! अगर खेल-खिलवाड़ में ही सब हुआ है तो हम तुम तो ऐसे खेल भी नहीं खेल सकते।

हाँ, मौसी भागसुद्धी बिलखती-चिल्लाती रही थी कि धनपत की आँखों पर धन की चर्बी चढ़ गई है, उसकी सूझ मारी गई है, उसके दिल में दर्द मर गया है, लोगों को जलील करता फिरता है, किसी दिन भगवान के कोप का भागी बनेगा; ऐसा पटका खाएगा कि चार पुश्तें याद रखेंगी । भगवान सब देख रहे हैं, उनसे कुछ भी छिपा नहीं है । उसकी आँखों का पानी सूख गया है, पराए घर की लड़कियों का अपमान करता है··· ।

पर मौसी भागसुद्धी अपनी खाट पर बैठी चिल्लाती रही तो इससे किसी का क्या बना, या बिगड़ा । जिन्होंने सुना, उन्होंने भी अनसुना कर दिया । कान दबाकर निकल गए ।

हरनारायण ने गुटका बंद ही किया था, और कोठरी के अंदर जाने की सोच ही रहा था, जब किसी का साया चबूतरे पर डोल गया । उसने आँख उठाकर देखा तो सामने पुरोहित खड़ा था । हरनारायण को जैसे बिच्छू ने काट लिया हो । अपने-आप ही उसका बायाँ गाल काँपने लगा, और वह फिर से मूढ़े पर बैठ गया । हाथ में पकड़ा गुटका भी जैसे काँप रहा था ।

''क्या कोई कसर बाकी रह गई है जो फिर से मेरे पास आए हो ?''

हरनारायण अंदर-ही-अंदर बुरी तरह छटपटाने लगा था । उसे लगा, कहीं मूढ़े पर से गिर नहीं पड़े ।

''दीवान जी,'' पुरोहित ने उसी लहजे में हरनारायण को संबोधन किया जिस लहजे में वह कस्बे के सभी दीवानों को संबोधन किया करता था, ''होणी के आगे किसी का बस नहीं । ईशरादेई ग़श खाकर गिर नहीं पड़ती तो उसी की बेटी को खारों पर बैठना था । पर इस साहे में रुक्मो का ही साक लिखा था । बड़ा भागाँवाला साहा था, दीवान जी ! यह मानों कि रुक्मो के भाग जाग गए ।''

जिस ढंग से रुक्मो को खारों पर बिठा दिया गया था, और जबर्दस्ती कल्ले के साथ उसके लावाँ-फेरे कर दिए गए थे, उससे हरनारायण छटपटा उठा था । फूल-सी बच्ची एक रोगी के साथ बाँध दी गई थी । पर एक क्षीण-सी आशा उसके संतप्त मन को ढाँढ़स बँधाती रही थी कि क्या मालूम, किसी दैवी शक्ति का निमित्त बनकर ही पुरोहित ने ऐसा किया हो ।

''क्या इस तरह तू मेरी दोहती का ब्याह रचाना चाहता था ?'' हरनारायण ने काँपती आवाज़ में कहा ।

पुरोहित चुप बना रहा । वह अपने दोनों हाथ बाँधे, शिथिल-सी मुद्रा में खड़ा हरनारायण की ओर देखे जा रहा था । उसका यही ढंग था । पहले अगले आदमी की भड़ास निकलने दो । अंदर की भड़ास निकल जाए तो जजमान अपने-आप थक जाता है, और थककर चुप हो जाता है । बौखला ले जितना बौखलाता है । जो होना था, हो चुका है ।

''धनपत के दिल पर तो माया की चरबी चढ़ी है, पर पुरोहिता, तुझे भी दया न आई ?''

पुरोहित धीमे-धीमे सिर हिलाता रहा। झुर्रियों के जाल में से उसकी दो आँखें, दो गहरी खोहों में धँसी हुई, हरनारायण के चेहरे पर लगी रहीं।

तभी अंदर से विधवा वीराँवाली की चीखती आवाज़ सुनाई दी–

''कीड़े पड़ें, अंग-अंग में कीड़े पड़ें, जिसने मेरी बच्ची को आग में झोंका है, तिल-तिलकर मरे। ग़रीब की आह उसे लगे, उसके सारे घरवालों को लगे। ख़ाक-स्याह हो जाए। मेरी बच्ची का गला घोंटनेवाले को भगवान मारेगा।''

हरनारायण चुपचाप नीचे की ओर देखने लगा। वीराँ बोलेगी ही। उसके कलेजे में आग लगी है तो वह चुप कैसे रहेगी।

गहरे क्लेश में तो हरनारायण भी था, पर उसकी दुर्बलता उसका मुँह बंद किए हुए थी। अपनी निःसहायता के बोध ने उसके साहस को छलनी कर डाला था। किसी भी बात पर बौखलाना तक उसके बस का नहीं रह गया था।

जब से रुक्मो को, अचनचेत, खारों पर बैठाया गया था, हरनारायण की मनःस्थिति विचित्र-सी बनी रही थी। एक ओर तो बहुत बड़े दायित्व के बोझ से वह बिना हाथ-पैर हिलाए मुक्त हो गया था, दूसरी ओर भयानक तिरस्कार का भाव उसके मन को कचोटता था। हँसती-खेलती बच्ची, मिरगी के रोगी के साथ बाँध दी गई, सोचकर ही दिल डूब-डूब जाता था। पर अब, जैसे सब दरवाज़े बंद हो गए थे, किसी के किए कुछ भी नहीं हो सकता था।

लेकिन दूसरी ओर, एक दूसरा ही तर्क उसके मस्तिष्क पर प्रहार करने लगा। मंसाराम अपनी दूसरी बेटी को कल्ले के साथ ब्याहने के लिए तैयार हो गया था या नहीं ? अगर ईशरादेई बेहोश नहीं हो जाती तो उसकी बेटी के लावाँ-फेरे कल्ले के साथ हो जाते, यह भी सही है। पुरोहित ने साहा डूबता देखकर, अगर रुक्मो को पकड़कर खारों पर बैठा दिया था तो क्या उसने बुरा चेतकर ही ऐसा किया होगा ? क्या मालूम उसे यह खयाल आया हो कि जहाँ मालिक मसाराम की बेटी ब्याही जा सकती है, वहाँ हरनारायण की दोहती भी ब्याही जा सकती है ?

जैसे किसी रोगी का शरीर किसी वक्त सहसा तपने लगे, और कुछ देर बाद सहसा ठंडा पड़ने लगे, और उसके बाद फिर तपने लगे, वैसी ही स्थिति हरनारायण की हो रही थी। कस्बे की अँधेरी गलियों में जिस जीवन-परिपाटी ने जन्म लिया था, उसके अपने ही तर्क थे, अपने ही नियम थे।

अंदर से बराबर, विधवा वीराँ की चीख़ती आवाज़ आ रही थी–

''इससे कहो जी, चला जाए यहाँ से। इस द्वार पर इसका साया भी नहीं पड़े। जिसने मेरी बेटी को कुएँ में झोंका है, वह तिल-तिलकर मरे, उसे बावले कुत्ते काटें; उसे फनियर साँप डस-डस जाए···।''

वीराँ की आवाज़ सुनते ही हरनारायण का मन शंकित हो उठा। वीराँ बोले जा

रही है, ब्राह्मण को बुरा-भला कह रही है। ब्राह्मण श्राप भी दे सकता है, नरकों में भी भेज सकता है।

''बस-बस वीराँ, हो गया जो होना था, नसीब ही खोटा हो तो कोई क्या करे। नसीब अच्छा होता तो घनश्याम ही क्यों मरता। मेरी क़िस्मत ही खोटी है। तुम सब मेरे कर्मों का फल भोग रहे हो। मुझसे किसी का भला नहीं हो सकता…।'' और बोलते-बोलते हरनारायण फफक उठा।

इस घर की भाँय-भाँय करती वीरानी पुरोहित से छिपी नहीं थी। एक अँधेरी कोठरी, ऊपर एक नामछत्ती, जिसमें दिन के वक्त भी अँधेरा रहता था, बाहर एक छोटा-सा दालान, बालिश्त-भर, जहाँ हरनारायण मूढ़े पर बैठा गुटका पढ़ता रहता था।

पर पुरोहित भावुक व्यक्ति नहीं था। वह देखता सबकुछ था, जानता भी सबकुछ था। पर मानो उसके अंदर वह रग ही नहीं थी जो दर्द या खुशी या क्लेश को महसूस कर सकती है।

पिता को आत्म-प्रताड़ना करते सुनकर वीराँ ने चीखना बंद कर दिया था और बिलख-बिलखकर रोने लगी थी।

''बस-बस वीराँ, दिन ढलने पर नहीं रोते। इस समय भगवान का नाम लेते हैं, बस, चुप कर, यह वक्त भगवान का नाम लेने का है…।'' यह कहते हुए ही हरनारायण के अंदर भावना का ऐसा ज्वार उठा कि उसने पुरोहित के सामने हाथ जोड़ दिए, ''मुझे बख़्श देना! मैं गुनाहगार हूँ! मैंने पाप किए हैं। मुझ पापी को बख़्श देना। मैंने ही बच्ची को कुएँ में झोंका है…।''

अंदर वीराँ चुप हो गई थी। बूढ़े बाप को कलपता देखकर उसका रोना बंद हो गया था। वह स्वयं तो दुखी है, पर अपने बाप को दुखी करने से क्या लाभ?

कुछ देर बाद दोनों चुप हो गए थे। इस पर पुरोहित बँधे हाथ उठाकर बोला, ''दीवान जी, अब आप माड़ीवालों के समधी हो, मेरे सिर के साहिब हो…''

हरनारायण आँखें नीची किए बैठा था। पुरोहित के शब्दों में उसे व्यंग्य का भास हुआ, पर साथ-ही-साथ उनमें निहित वास्तविकता का भी बोध हुआ। वह सचमुच ही तो बड़े दीवान का समधी बन गया था।

''बड़े दीवान जी ने आपको सद्दा भेजा है।'' पुरोहित ने कहा। उसकी आवाज़ पहले से ज़्यादा ऊँची उठ गई थी। वह चाहता था कि अंदर, अँधेरे में बैठी वीराँ भी सुन ले।

''बड़े दीवान जी ने अपने समधियों और बिरादरी के कुछ गिने-चुने लोगों को बुलाया है। बृहस्पतवार को सभी माड़ी में भोजन करेंगे। आप उनके साथ पंगत में सजोगे।''

हरनारायण के शरीर में फिर एक बार कँपकँपी हुई। उसने आँखें बंद कर लीं। रुक्मो के लावाँ-फेरे हो जाने के बाद उसने मन-ही-मन निश्चय कर लिया था

कि अब कभी धनपत का मुँह नहीं देखेगा, कि माड़ी की ओर कभी क़दम तक नहीं उठाएगा।

पर अब उसकी समझ में नहीं आ रहा था कि कैसा व्यवहार करे। धनपत का मुँह न देखने का मतलब था, जान-बूझकर धनपत से दुश्मनी मोल लेना, उसे अपना शत्रु बना लेना; जबकि धनपत के किसी इशारे पर पुरोहित ने रुक्मो को खारों पर बिठा दिया हो, उसका भी उसे यकीन नहीं होता था। उसे चारों ओर भाग्य की करनी ही ज़्यादा नज़र आती थी।

जिंदगी के रास्ते सीधे नहीं होते। रुक्मो माड़ी की दीवारों के पीछे जा चुकी थी। अब बीती घड़ियाँ लौटकर नहीं आएँगी। अब हर दिन, हर घड़ी, भविष्य पर से नए-नए पर्दे उठेंगे। रुक्मो को रोगी के साथ बाँध दिया गया है। पर रुक्मो जीती है, रुक्मो को अभी जीना है। उसे हमारी उम्र लगे, वह जीती रहे, महाराज उसे सलामत रखें...।

तभी हरनारायण ने सिर ऊपर उठाया तो उसकी नज़र फिर से पुरोहित पर पड़ी। पुरोहित पहले ही की भाँति दोनों हाथ बाँधे, निश्चेष्ट-सा खड़ा था। इस साक्षात् ने हरनारायण को फिर से झकझोर दिया था, उसे फिर से मानो यथार्थ के धरातल पर पटक दिया था।

क्या धनपत मेरा अपमान करने के लिए मुझे माड़ी में बुला रहा है? या मात्र रस्म निभाने के लिए, या सरपरस्ती जताने के लिए, कि देखो, अब तुम मेरे समधी बन गए हो, तुम पर मैंने बड़ा उपकार किया है। धनपत का क्या भरोसा? मैं उसके घर न जाऊँ तो क्या मालूम वह बिगड़ उठे और रुक्मो की ज़िंदगी अज़ाब कर दे। उससे कहे, पहले अपने नाना की पगड़ी लाओ, मेरे पैरों पर रखो, फिर तुम्हें माड़ी की बहू बनाऊँगा।

ऐसा ही हरनारायण का स्वभाव बन गया था। आत्म-प्रताड़ना, क्षोभ और दीन-भावना की भँवरों में उसका मन सारा वक्त घूमता रहता, इनमें से वह निकल ही नहीं पाता था। उसकी आँखों के सामने ऐसे ही दृश्य घूमते रहते, जिनमें उसकी प्रताड़ना हो रही है, उसे अपमानित किया जा रहा है, पर फिर उसके अंदर का वैराग्य उसे सबकुछ बर्दाश्त करने की क्षमता दे देता।

"दीवान जी, साहा टलता जा रहा था। वक्त निकलता जा रहा था। उस वक्त रुक्मो बच्ची खेलती-खेलती सामने आ गई, उसे उसका भाग्य वहाँ ले आया था।"

हरनारायण चुपचाप सुन रहा था। पुरोहित ने अपना ब्रह्मास्त्र चलाया, "माड़ी में रुक्मणी राज करेगी। कल्ला, शरीर का दुबला है, पर है तो माड़ी का कुँवर, बड़े दीवान जी की आँखों का तारा है। लाहौर का हकीम उसका इलाज कर रहा है। देखते-देखते वह नौ-ब-नौ हो जाएगा।"

फिर आगे की ओर झुककर ब्राह्मण फुसफुसाकर बोला, "यों समझो दीवान जी, मलिक मंसाराम की बेटी की जगह पर रुक्मो गई है। उसको माँ को मूर्च्छा नहीं

आई होती तो ऐसा नहीं हो पाता। मानी हुई बात है। यों, आप समझो, दीवान जी, माड़ीवालों को लड़कियों की क्या कमी। दस आदमियों ने बाद में मुझसे कहा है, पुरोहित हमारा भी ध्यान रखना। यह तो रुक्मो का भाग्य अच्छा था कि उस वक्त आँखों के सामने आ गई। अच्छे-से-अच्छे घर की लड़की इसे मिल जाती। यह तो आपकी बच्ची को लेकर बड़े दीवान जी ने आपका बोझ अपने ऊपर ले लिया है।"

धीरे-धीरे हरनारायण पर पुरोहित की बातों का असर होने लगा। भाग्य बली है, हमारे-तुम्हारे बस में कुछ नहीं, हम तो निमित्त मात्र हैं। क्या मालूम पुरोहित के मन में अच्छी भावना ही रही हो। रुक्मो के सिर पर छत तो होगी, दो जून की रोटी तो खाएगी, हमारी बिसात ही क्या थी कि हम उसका ब्याह किसी खाते-पीते घर में कर पाते।

तभी पुरोहित फिर अपनी बात पर आ गया, "बड़े दीवान जी ने सद्दा भेजा है। सबसे पहले आप ही के घर आया हूँ। अगले बृहस्पत को आप माड़ी में भोजन करेंगे···।"

पुरोहित ने देखा कि बड़े दीवान का न्योता समधी तक पहुँच गया है। उसकी छोटी-छोटी, गदली आँखों ने यह भी देख लिया कि हरनारायण न्योते पर आएगा, कि वह अंदर से वैसा ही पुलक भी रहा है, जैसा रोगी के साथ बिटिया के ब्याहे जाने पर काँप रहा था।

"अच्छा, चलूँगा दीवान जी, दूसर समधी के घर भी जाना है," पुरोहित ने कहा और अपना झूलता लबादा सँभालता हुआ गली की ओर मुड़ गया।

हरनारायण अभी भी उत्तेजित था, और दुविधा में कभी मूढ़े पर स अपनी टाँगें नीचे कर लेता, कभी फिर से टाँगें मूढ़े पर चढ़ाकर बैठ जाता।

तभी वीराँवाली कोठरी में से बाहर निकलकर आई, "क्या सोच रहे हो, जी ?"

फिर, पिता के उत्तर का इंतज़ार किए बिना बोली, "समधियों के घर से न्योता आया है तो जाना तो होगा ही, और नहीं तो रुक्मो की सुध तो ले आओगे।"

वीराँ किसी दुविधा में नहीं थी। अब तो माड़ी की ऊँची दीवारों के पीछे बैठी नन्हीं रुक्मणी का हित ही सर्वोपरि था।

"मैं आज ही आपके कपड़े धो दूँगी। पूरा बाना पहनकर जाना जी ! पगड़ी को माँडी भी लगा दूँगी···," कहते-कहते वीराँ की आँखें छलछला आईं और वह कोठरी की ओर घूम गई।

माँ ने बेटी को छाती से लगाया और सहारा देकर उसे अंदर लिवा ले गई। एक ही नज़र में माँ ने बहुत कुछ देख लिया—बेटी के गले में जड़ाऊ हार है जो उसके दहेज का नहीं है। कंधों पर लाल ओढ़नी भी ससुराल की भेंट है। बेटी के शरीर से सुहाग की भीनी-भीनी गंध भी आ रही है। सब बात ठिकाने पर है। नव-विवाहिता का खोया-खोयापन भी स्वाभाविक है। माँ आश्वस्त हुई। पर अभी भी उसके अपने

मन में संशय था, जिसकी प्रतिच्छाया वह बेटी के चेहरे में खोज रही थी। क्या मालूम बड़ा दीवान अभी भी बिगड़ा हुआ हो और माड़ी में लोग बेटी के साथ टेढ़ा बोलते रहे हों। बारातवाले दिन दूल्हा उछल-उछलकर पापड़ माँगता रहा था, क्या मालूम बेटी पर हाथ उठाने लगा हो। यों, यह कोई विशेष चिंता की बात नहीं थी, मर्द औरतों पर हाथ उठाते ही रहते हैं। कई बार, हाथ उठानेवाले मर्द बाद में स्त्री के हाथ में मिट्टी के लौंदे भी बन जाते हैं। मर्द को काबू में करने का ढंग आना चाहिए। पर माँ के मन में मूल संशय कल्ले को लेकर ही था। बूढ़ा दीवान कहीं कल्ले और उसकी पत्नी को ज़्यादा अपनाने नहीं लगा हो? बूढ़ा दीवान कल्ले का ब्याह करने के लिए ही यह सारा नाटक रचेगा, इसकी भनक ईशरादेई को पड़ी तो थी, पर बहुत देर से। पर अब कल्ले के ब्याह ने ईशरादेई के मस्तिष्क में बीसियों संभावनाओं के द्वार खटखटा दिए थे। क्या मालूम कल्ला भी एक दिन स्वस्थ हो जाए, क्या मालूम कल्ले के भी कोई बच्चा-बाला हो जाए, उस हालत में माड़ी के फिर से दो-दो मालिक होंगे और तीसरा जो विलायत में बैठा है, वह भी एक दिन लौटेगा। साक पक्का करते समय तो ईशरादेई ने यही समझा था कि दीवान का मँझला बेटा ही घर-बाहर सँभालेगा, घर में उसी की चलेगी और इस तरह उसकी बेटी राज करेगी। पर ब्याह के समय जो कांड हुआ उससे तो उसके मन में तरह-तरह के संशय उठने लगे थे। ईशरादेई ने यह भी सुन रखा था कि मँझला मौज-मेला करने का बड़ा शौकीन है, पर ईशरादेई को इससे कोई खटका नहीं हुआ था। जवानी मस्तानी होती है, मौज-मेला करता है तो क्या बुरा है। रईसों का बेटा मौज-मेला नहीं करेगा तो कौन करेगा। बहुत भलेमानुस पति, अपनी स्त्री के हक में अच्छे नहीं होते। बहुत दब्बू होते हैं, फूँक-फूँककर कदम रखते हैं। अक्खड़ पति स्त्री के हक में ज़्यादा अच्छे होते हैं, बाहर से भले ही डराते-धमकाते रहें, पर तबीयत के बादशाह होते हैं। पर बेटी को अभी से सावधान कर देना ज़रूरी है। अगर यह भोली बनी रही तो क्या मालूम, रुक्मणी ही घर की मालकिन बन बैठे। बड़ी मालकिन बन बैठे। बड़ी मालकिन माड़ी में है तो, पर न होने के बराबर। घर की स्त्रियाँ तो वही करेंगी जो दीवान कहेगा।

खाट पर दोनों माँ-बेटी बैठ गईं। बार-बार बेटी को देखते-निहारते रहने के बाद माँ ने अपनी खोज-बीन शुरू कर दी—

''घर में टहलुवे कितने हैं?'' नौकर-चाकर कितने हैं?''

बेटी मुस्कराई, ''एक मिसर जी हैं, ऊँचा-लंबा आदमी। माँ, इतना लंबा, मैं क्या बताऊँ! चौके को सवेरे-शाम धोता है, किसी को अंदर नहीं घुसने देता। पाँच भाजियाँ रोज़ बनती हैं। उनके घर में छोटी-छोटी कटोरियाँ हैं, बड़ी चम-चम करती हैं।''

बेटी की ज़बान खुलने लगी थी, ''एक और टहलुवा है जो बड़े दीवान जी की चिलम भरता है, और पाँव दबाता है, और उनकी पीठ-पीछे बैठकर उन्हें पंखा

करता रहता है।"

बेटी के चेहरे पर आँखें गाड़े माँ सुने जा रही थी।

"दीवान जी को खाना तू परोसकर दिया कर।"

इस पर पुष्पा का चेहरा शर्म से लाल पड़ गया, "मुझे झेंप लगती है।"

"झेंप ? झेंप किस बात की ?"

फिर माँ, बेटी के कान के पास मुँह ले जाकर, फुसफुसाकर बोली, "तू नहीं करेगी तो वह 'कुपत्ती' करने लगेगी।"

वही ईशरादेई जो कुछ दिन पहले हाथ जोड़कर बेटी के सुख के लिए प्रार्थना करती रहती थी, अब बेटी को दूसरा ही पाठ पढ़ाने लगी थी।

पुष्पा ने आँख उठाकर माँ के चेहरे की ओर देखा। माँ वैसे ही उसके साथ बात कर रही थी, जैसे वह कभी-कभी बिरादरी की स्त्रियों के साथ किया करती थी। तब बात करते हुए माँ के होंठ टेढ़े-से हो जाते, फुसफुसाकर बात करती तो उसकी आँखें फैल जातीं, हाथ भी झटकती, तर्जनी को बार-बार ठुड्डी पर रखती, होंठ बिचकाती। कभी उसकी आँखें घूमने-सी लगतीं।

"घर की चाभियाँ किसके पास रहती हैं ? बड़े दीवान जी के पास ?"

"मैं क्या जानूँ, माँ !"

"जितनी जल्दी हो सके घर की चाभियाँ सँभाल ले। असल में तो तू ही घर की बड़ी बहू है।"

"मैं चाभियों से क्या करूँगी माँ ?"

"तू नहीं रखेगी तो उस चुड़ैल के पास चली जाएँगी।"

माँ ने बेटी की कलाई पर हाथ रखा और फिर से फुसफुसाकर बोली, "घर में घूम-फिरकर, हर चीज़ का ठौर-ठिकाना जान ले। ...अब तू दूध पीती बच्ची तो नहीं है, अब तू माड़ीवालों की बहू है। ...अभी से अपना हक़ जमा ले।"

माँ के होंठ फिर टेढ़े हुए। थोड़ी देर बाद पुष्पा ने देखा कि जब भी माँ रुक्मणी की बात करती है तो उसके होंठ टेढ़े हो जाते हैं, जब बड़े दीवान जी की बात करती है, तो फुसफुसाती है, जब जेठ जी (कल्ले) की बात करती है तो नाक चढ़ाती है और हाथ चमकाती है।

ब्याह से पहले भी माँ तरह-तरह की सीख दिया करती थी—

'नज़र नीची रखना, लड़कियाँ मुँह उघाड़कर नहीं चलतीं, सिर ढककर बैठना, आगे से जवाब नहीं देना। रोज़ सुबह-सवेरे बड़े दीवान जी और दीवाननी के सामने बारी-बारी से उनके कमरों में जाकर घूँघट काढ़े सिर निवाया करना।' पर अब माँ की सीख दूसरे प्रकार की थी। अब वह उसे एक विशेष प्रकार की चतुराई की शिक्षा देने लगी थी, जिसके लिए पुष्पा की सूझ काम नहीं कर रही थी।

पुष्पा को ब्याह के बाद, उद्भ्रांत और उद्विग्न करनेवाले झटके तो बहुत लगे थे—नए घर में जाने का अनूठा अनुभव—माड़ी के बड़े-बड़े, सूने-से कमरे, एक बड़े

कमरे के बाद दूसरा बड़ा कमरा, वह ऊँचा-लंबा रसोईघर का मिसर, और तरह-तरह के टहलुवे, माड़ी में छाई चुप्पी, शादी की गहमा-गहमी समाप्त हो जाने पर, एक-एक करके जब नाते-रिश्ते के लोग चले गए थे, तब माड़ी के बड़े-बड़े कमरे भाँय-भाँय करने लगे थे। तरह-तरह के साक्षात्, तरह-तरह की आवाज़ें वह सुनती रही थी। मस्तिष्क में ऐसी धुंध छाने लगी थी जो अभी तक छँट नहीं पाई थी।

जब उसकी बंद पालकी माड़ी के अंदर पहुँची थी... दोनों बहुओं की पालकियाँ एक साथ बाजे-गाजे के साथ माड़ी के अंदर पहुँची थीं, पर दोनों बहुओं को अलग-अलग कमरे में बैठाया गया था—और स्त्रियों के झुरमुट के बीच पालकी के पर्दे उठे थे और पुष्पा बाहर आई थी, तब भी वह घबराकर सकुचा गई थी, पर तब छनछन करते पैसे उसकी झोली में गिरने लगे थे। तब हत्बुद्धि होते हुए भी पैसों की छनछन उसे अच्छी लगी थी। फिर, एक-एक करके, अधेड़ उम्र की अनेक स्त्रियाँ उसका घूँघट उठा-उठाकर उसे देखती रही थीं और तरह-तरह की टिप्पणियाँ करती रही थीं, अपने वाक्बाण चलाती रही थीं—

"अच्छी है पर रुक्मो-जैसी नहीं। रुक्मो तो हाथ लगाओ तो मैली होती है।"

किसी ने कहा था—

"चलो, इसके निमित्त कल्ला ठिकाने लग गया। दीवान जी को उसी की फ़िक्र थी।"

फिर किसी की कर्कश आवाज सुनाई पड़ी थी—

"बड़ी अकड़ दिखाते थे, आगे से लड़कियों का रिश्ता नहीं करेंगे। थूक चाटकर लड़की भेजी है या नहीं?"

"न भेजते तो दीवान जी जूतियों में पानी पिलाते।"

ऐसे ही पहला दिन बीता था। कोई स्त्री आकर ठुड्डी पर हाथ रखती, घूँघट उठाती और अपना पीला, पोपला मुँह चलाती हुई कोई-न-कोई टिप्पणी कर जाती—

"बाप तेरा तो बड़े तेवर दिखाता था, कहाँ गए उसके तेवर?"

औरतों के जमघट में उनकी साँसों, उनके कपड़ों की बास, सभी कुछ था, और वह बेसुध-सी उनकी टिप्पणियाँ सुने जा रही थी।

दो पालकियाँ एक साथ माड़ी में आई थीं। कस्बे के बच्चे, पालकियों पर से वारकर फेंके गए सिक्कों—दमड़ियों, पाइयों, अधन्नियों—को झपट-झपटकर उठा पाने के लिए माड़ी के फाटक तक चले आए थे। रुक्मणी की पालकी के साथ-साथ कल्ला चला आ रहा था। कल्ले के दुपट्टे की 'चूक' पालकी के अंदर, रुक्मणी के पल्ले की 'चूक' के साथ बँधी थी, और वह डोलता, डगमगाता, बार-बार झोल खाता हुआ, अत्यधिक प्रसन्न चला जा रहा था। बालमुकंद कल्ले को सहारा दिए हुए था और साथ-ही-साथ, कुछ कदम चल चुकने पर, थैली में से सिक्के निकाल-निकालकर पालकी पर से 'वार' कर हवा में उछाल रहा था। कल्ला

बराबर मुस्कराए जा रहा था और उसका पीला चेहरा पसीने से तर था। आँखे अधमुँदी, केसरी पगड़ी खिसककर माथे तक को ढके हुए थी और ढीली पड़ गई थी।

कुछ ही कदम पीछे, दूसरी पालकी चली आ रही थी, मँझले की पत्नी की पालकी। पर मँझले की ओर लोग विशेष ध्यान नहीं दे रहे थे, सभी के ध्यान का केंद्र कल्ला ही था।

सबसे पीछे, बारातियों की छोटी-सी भीड़ के पीछे, बड़े दीवान जी अपनी खुली पालकी में बैठे चले आ रहे थे। चार कहार पालकी को उठाए हुए थे—दो आगे, दो पीछे। दीवान जी पूरी सजधज में थे, पर चिंतामग्न थे, किसी गहरी सोच में डूबे हुए। बड़ा आदमी भँवें सिकोड़े तो लगता है कोई गहन, सूक्ष्म विचार उसके मस्तिष्क में घूम रहा है। धनी आदमी के विचार, साधारण विचार नहीं होते। उसके चेहरे पर हिलती एक-एक मांसपेशी से बड़प्पन झलकता है। उसके गहन विचारों तक साधारण आदमी की पहुँच ही संभव नहीं होती।

फाटक पर पहुँचकर बाराती विदा लेकर अपने-अपने घरों को चले गए थे और पुरोहित के नेतृत्व में पालकियाँ माड़ी के अंदर प्रवेश कर गई थीं।

और उसके बाद बड़ी बैठक में कालीन पर बैठते ही 'मुँह दिखाई' शुरू हो गई थी, छन-छन पैसे भी झोली में गिरने लगे थे और तरह-तरह के वाक्बाण भी चलने लगे थे।

तभी किसी ने कहा था कि बड़ी दीवाननी आ रही है, और सभी स्त्रियाँ ठिठक-सी गई थीं। बड़े कमरे में चुप्पी छा गई थी, मानो उन्हें विश्वास नहीं हो रहा था कि बड़ी दीवाननी इधर भी आ सकती है। कुछ स्त्रियाँ फुसफुसाने लगी थीं। घूँघट काढ़े, नीचे कालीन पर बैठी पुष्पा भी अपना कुतूहल दबा नहीं पाई और घूँघट को तनिक खोलते हुए सिर उठाकर उसने भी उस ओर देखा था। एक बुढ़िया, लाठी पर झुकी हुई, धीरे-धीरे आगे बढ़ती आ रही थी—चौड़ा साँवला चेहरा, माथे पर झूलती सफ़ेद बालों की लट। होंठों-ही-होंठों में वह कुछ बुदबुदा रही थी।

उसके नज़दीक आ जाने पर भी अनेक स्त्रियाँ एक-दूसरी के साथ फुसफुसाकर बातें किए जा रही थीं।

"धन्नभाग, आओ दीवाननी जी, आओ, अपनी बहुओं की मुँह-दिखाई करो।" बुढ़िया के चेहरे पर कोई भाव नहीं था, केवल होंठ बुदबुदाते जा रहे थे। उसे देखकर पुष्पा सहम-सी गई थी। वह घर की मालकिन नहीं लग रही थी। लगता था जैसे किसी अँधेरी खोह में से पहली बार निकलकर आई हो।

"वह कौन थी, माँ?"

"कौन होगी, तेरी सास थी, और कौन थी। बड़ी दीवाननी थी।"

"पर वह तो न हँसती थी, न बोलती थी। वह तो मुझे लगा जैसे पागल हो।"

''तू नहीं जानती, वही बड़े दीवान की घरवाली है। पर दीवान ने उसे बसाया नहीं।''

पुष्पा की समझ में कुछ नहीं आया था।

''बड़े दीवान ने उसे छोड़ रखा था। माड़ी के अंदर दीवार खींच दी थी। दीवान जी ने उसे अलग कर दिया था। वह दीवार के एक तरफ़ रहती थी, दीवान जी, दूसरी तरफ़।'' कहते-कहते ईशरादेई को लगा जैसे यह मौका इस तरह की बातें करने का नहीं है, और वह दुलार से बोली—

''तेरे कदम माड़ी में पड़े हैं ना, इसीलिए तेरी सास इस ओर को आई होगी। तेरी झोली में क्या डाला था?''

''कुछ डाला तो था, पर मुझे मालूम नहीं क्या डाला था।''

''इस तरह काम नहीं चलेगा, पुष्पा, अब तू घर-गिरस्तीवाली है। माड़ी में आँखें खोलकर रहना।''

''वह तो बड़ी बूढ़ी थी, माँ!''

''दीवान ने तो उसे कब का छोड़ रखा था। जब दीवान को मुरब्बे मिले और उसने माड़ी पर अपना हक जमा लिया तो सबसे पहली बात उसने यही की थी कि माड़ी के अंदर दीवार खींचकर अपनी घरवाली को अलग कर दिया था...।''

कहते-कहते ईशरादेई फिर रुक गई। यह मौका ऐसी बातें करने का नहीं था, पर ईशरादेई से रहा नहीं गया। झट-से बोली, ''सुन पुष्पा, मेरी बेटी, अगर समझ-बूझकर काम करेगी, तो एक दिन माड़ी में राज करेगी, पर अगर समझ-बूझ से काम नहीं लिया, तो वह माड़ी तुम्हें खा जाएगी।'

पुष्पा उद्भ्रांत-सी अपनी माँ के चेहरे की ओर देखे जा रही थी। माँ क्या कहे जा रही है, उसकी समझ में कुछ नहीं आ रहा था।

''रुक्मणी को अपने से दूर रखना!'' माँ ने अपनी बेटी को सती-सुहागिन की पहली सीख देते हुए कहा, ''घर में धीरे-धीरे अपना अधिकार जमाना, इसी में तेरी भलाई है। रुक्मणी तो उस दो कौड़ी के हरनारायण की दोहती है। कमीन जात, वह है ही कौन? वह तो दीवान जी ने कल्ले को ठिकाने लगाना था, इसलिए पुरोहित ने उसे खारों पर बिठा दिया।''

फिर बेटी की पीठ पर हाथ रखकर बोली, ''रुक्मो तुझे मिलती है?''

पुष्पा ठिठक गई। माँ को बताए या नहीं बताए। माँ को बुरा तो नहीं लगेगा? फिर धीरे-से बोली, ''हाँ, माँ, मिलती है। मेरे कमरे में आ जाती है और हम दोनों मिलकर गेंद-गीटे खेलती रहती हैं।''

''तू भी उसके कमरे में जाती है?''

''कभी-कभी जाती हूँ, माँ!''

''गेंद-गीटे खेल लिए जितने खेलने थे,'' माँ तनिक आवेश में बोली, ''अब अपना घर सँभालो। घर-गिरस्ती की बड़ी जिम्मेदारियाँ होती हैं।'' फिर बेटी के

घुटने पर हाथ रखकर समझाने लगी, ''रुक्मो के कमरे में जाना बुरी बात नहीं है, बेशक, कभी-कभी जाया कर। हिल-मिलकर बैठो तो अंदर की बातें पता चलती हैं। लोग अपने-आप बताने लगते हैं।''

पुष्पा का मन हल्का हो गया।

''उसके साथ गेंद-गीटे भी खेल लिया करूँ?''

''खेल लिया कर। पर अपने घरवाले को नहीं बताना कि तू उससे मिलती रहती है।'' फिर शंकित-सी होकर बोली, ''तेरे घरवाले के रहते, रुक्मो कभी तेरे कमरे में आई है?''

''हाँ, माँ! जब बुलाती हूँ आ जाती है।'' फिर पुष्पा हँस पड़ी। बोली, ''कल दिन के वक्त, हम दोनों कमरे में बैठी गीटे खेल रही थीं, जब उन्होंने हँसी-हँसी में रुक्मो के सिर का पल्ला खींच दिया था।''

बेटी की पीठ पर माँ का हाथ ठिठक गया। पुष्पा ने नज़र उठाकर देखा तो माँ के होंठ टेढ़े हो रहे थे, दाँतों-तले जीभ दबा रखी थी और उसकी आँखें फैल गई थीं—

''तू अपना सर्वनाश करेगी!''

बेटी का एक-एक उत्तर सुनते हुए माँ के मस्तिष्क में नए-नए संशय उठने लगे थे। यदि अभी से ऐसा हो रहा है तो आगे क्या होगा, और जो कुछ आगे होगा उसका अनुमान लगाते हुए बेटी को सावधान करना ज़रूरी है।

''तू अपना सर्वनाश करेगी!'' माँ ने फिर से कहा और दाँतों-तले जीभ दबाए-दबाए ही देर तक सिर हिलाती रही।

पुष्पा फिर हत्बुद्धि-सी माँ के चेहरे की ओर देखने लगी। पुष्पा को माँ से डर लगने लगा था। उसकी समझ में नहीं आ रहा था कि कहाँ पर वह भूल कर रही है। विवाह की कल्पना वह चम-चम करते कपड़ों और खनखनाते गहनों में करती रही थी। आज माँ जो सीख देने चली थी, उससे उसका मस्तिष्क जड़-सा होता जा रहा था।

''घरवाले की सेवा करना। मर्द बड़े सीधे होते हैं, बुद्धू होते हैं। उन्हें सिखाना पड़ता है। नाज़-नख़रे करती रहना। नाज़-नख़रे से औरत के दस काम निकलते हैं। बूढ़े दीवान जी की भी सेवा करना।''

धीरे-धीरे माँ की बातें सुनते हुए पुष्पा एक बच्ची से गृहिणी बनती जा रही थी। उसे अपनी नई भूमिका का कुछ-कुछ भास होने लगा। माँ की सीख उसका मार्गदर्शन कर रही थी।

माँ के चेहरे की ओर देखते हुए उसे लगा कि जिस तरह बातें करते हुए माँ होंठ बिचकाती है, भेद की बातें कहते हुए जैसे फुसफुसाने लगती है, वैसे ही उसे भी करना चाहिए। जैसे माँ की आँखें फैल जाती हैं, वैसे ही उसकी आँखें भी फैल जानी चाहिए। अच्छा क्या है और बुरा क्या है, इसका ज्ञान तो पुष्पा को नहीं था, उसकी माँ की सीख ही उसके लिए परम सत्य थी।

अपनी नई भूमिका का भास पाने पर बेटी का आत्मविश्वास बढ़ने लगा था। स्वयं ही कहने लगी, ''इनके बहुत-से दोस्त हैं, संगी-साथी। वे रोज़ दोपहर को पहुँच जाते हैं। बड़ा हँसते-बोहकते हैं। उनमें से एक मुकंद है, बड़ा मोटा है,'' और कहते ही हँसने लगी, ''बड़ी 'खच्चें' मारता है !···

''पर माँ, वह दीवार के पीछे छिप जाता है और रुक्मणी के आँगन में कंकड़ फेंकता है। और यही नहीं, सभी फेंकने लगते हैं।''

माँ फिर ठिठक गई।

''तेरा घरवाला भी फेंकता है ?''

''सभी एक साथ होते हैं। पर माँ, क्या वे अच्छी बात करते हैं ?''

इस पर माँ की अनूठी प्रतिक्रिया हुई। बोली, ''करने दे जो करते हैं, छोड़, किस कंगालन की बात ले बैठी है।''

दोपहर ढलने पर जब पुष्पा माँ के घर से निकली तो वह मन-ही-मन उत्तेजित-सा महसूस करने लगी। उसे बड़े दायित्व का काम सौंपा जा रहा है। वह अब बड़ी हो गई है। अब वह घर चलाएगी, जैसे उसकी माँ चलाती है। नौकर-चाकरों को हुक्म देगी और उसे भेद के काम भी करने हैं। चाभियों का गुच्छा उसके पल्ले की चूक से लटका करेगा। रुक्मो को अपने से दूर रखेगी। सारा वक्त चौकस रहना है। दो भूमिकाएँ एक साथ निभानी हैं, ऊपर से मेल-मिलाप रखना है, हँसना-बोलना है, अंदर से भेद जानना है। घर की बाग-डोर अपने हाथ में लेनी है, पति को अपने वश में करना है। पता लगाना है कि बड़े दीवान जी किसकी ज़्यादा सुनते हैं, कौन लोग घर के अंदर आते-जाते रहते हैं। पुष्पा को बहुत बड़ा दायित्व सौंपा जा रहा है, अब से गेंद-गीटियाँ नहीं खेलना है। अब वह गेंद-गीटियों से खेलनेवाली बच्ची नहीं रह गई है।···

पुष्पा को अपनी नई ज़िम्मेदारी का बोध होने लगा था और इसके भास मात्र से ही वह अपने को स्त्री महसूस करने लगी थी।

रुक्मणी के लिए माड़ी के अंदर घूमना किसी शहर की गलियों में घूमने-जैसा था। एक गलियारा दूसरे में खुलता, जैसे एक गली, दूसरी गली में खुलती है, और जगह-जगह कोई-न-कोई अद्‌भुत चीज़ देखने को मिलती। पहले कुछ दिनों तक तो उसकी समझ में ही नहीं आया कि वह कहाँ पहुँच गई है। माँ की याद भी बहुत सताती रही। पर फिर बाल-सुलभ कुतूहल के सामने उसकी घबराहट दूर होने लगी। दो अँधेरी कोठरियोंवाले, बालिश्त-भर घर में से आई रुक्मो को माड़ी की विशालता ने पहले तो अभिभूत कर दिया, पर फिर उसका कोना-कोना देखने के लिए वह उत्सुक होने लगी। माड़ी का कोई ओर-छोर भी उसे नज़र नहीं आ रहा था। चकित हिरनी की-सी कुतूहल-भरी बड़ी-बड़ी आँखों से हर कोने में झाँकती फिर रही थी।

और आज वह माड़ी की सीढ़ियाँ चढ़ रही थी। अपने नीम पागल पति के साथ उसका निवास निचली मंज़िल पर था–दो बड़े-बड़े कमरे, सामने खुला आँगन, और आँगन में नीम का घना पेड़। घर के अंदर भी पेड़ हो सकता है, इसकी कल्पना तक उसने नहीं की थी। उसे अभी इस बात की इतनी सुध नहीं थी कि उसका विवाह एक रोगी के साथ कर दिया गया है, या यह कि कहीं पर कोई षड्यंत्र रचा गया था। जब से उसकी घबराहट दूर हुई थी, तरह-तरह की बातों के लिए उसका मन मचलने लगता था। मन में उछाह-सा उठता था कि पेड़ पर चढ़ जाए। सामने पेड़ खड़ा हो और रुक्मो उसके सामने गुमसुम बैठी रहे, यह मुमकिन नहीं था। खुलापन उसके स्वभाव में था। गलियों में भी जब खेलती थी, तो सदा भागती हुई नज़र आती थी। उसकी सहेली की माँ उसे हिरनी कहकर, तो कभी बिल्ली कहकर पुकारा करती थी। अपने घर की अँधेरी कोठरियों में भी उसे खेलने-चहकने के लिए सामान मिल जाता था। उस दो कोठरियोंवाले घर में भी, कभी किवाड़ के पीछे तो कभी खाट के नीचे छिपती फिरती थी–'मुझे ढूँढ़ लो!' और भागकर कभी एक कोने में तो कभी असबाब के संदूकों के पीछे दुबक जाती थी। 'माँ, मुझे ढूँढ़ लो!' फिर जब माँ उसे न ढूँढ़ पाने का बहाना करती तो नन्हीं रुक्मो, खिलखिलाती हुई बाहर निकल आती।

कहाँ से उसने ऐसा स्वभाव पाया था, भगवान ही जाने। घर में छाई चुप्पी और अवसाद-भरे माहौल के रहते–माँ विधवा, बिसूरनेवाली, नाना पोथी बाँचनेवाला, सहमा-डरा-सा आदमी–इतने खिले स्वभाववाली लड़की कहाँ से पहुँच गई थी।

और भाग्य की विडंबना, जिस रात दीवान धनपत पहली बारात लेकर मलिक मंसाराम के घर आया था, उस रात रुक्मो, ब्याहवाले घर में ही पहुँची हुई थी, और सहेलियों के साथ, विवाह की गहमागहमी के बीच, अपनी छोटी-छोटी शरारतें करने में मस्त थी। दूल्हा जब ससुराल की ड्योढ़ी में आ गया था तो रुक्मो भी और लड़कियों की देखा-देखी उसका रास्ता रोककर खड़ी हो गई थी।

"अंदर नहीं आने देंगे, रास्ता बंद है!"

पान की पीक उसकी ठुड्डी पर चू आई थी और हरे रंग की चुन्नी उसके सिर पर से फिसल-फिसल रही थी।

"मत आने दो, मत आने दो, पहले जूते उतारो जी, फिर अंदर आने देंगे।" वह भी कहे जा रही थी।

दीवार में खोंसी मशाल की हिलती-लहराती रोशनी लड़कियों के झुरमुट पर पड़ रही थी। हँसती-चहकतीं, रंग-बिरंगे गोटा-किनारी से सजे कपड़ों में लिपटी लड़कियाँ, दूल्हे के साथ छोटी-छोटी शरारतें करने पर तुली थीं, और नन्हीं रुक्मो उन सबमें आगे थी।

"उतारो जी उतारो, जूते।"

जब दूल्हे ने जूते उतार दिए थे तो अपनी फिसलती चुन्नी को सँभालती रुक्मो

ने लपककर जूतों का जोड़ा उठा लिया था और उसे छिपाने के लिए वहाँ से भाग गई थी।

और जब दुल्हन की छोटी बहन ने दूल्हे के आगे हाथ पसारकर कहा था, 'हमारे लिए करीचड़ी लाए हो ? हम तो चाँदी की करीचड़ी लेंगी' तो नन्हीं रुक्मो ने भी हाथ फैला दिया था, 'हमारे लिए करीचड़ी लाए हो ? दो हमें करीचड़ी !'

जो कुछ किसी के मुँह से सुना, वही दोहराने लगी थी।

जब तीनों सहेलियाँ, दुल्हन को सहारा दिए ड्योढ़ी के अंदर ले आईं और उसे दूल्हे की बग़ल में बिठा दिया तो रुक्मो, दूल्हा-दुल्हन की पीठ-पीछे पहुँच गई थी और दूल्हे की पगड़ी के शमले के साथ दुल्हन का परांदा बाँध दिया था।

और अब माड़ी की सीढ़ियाँ चढ़ती हुई वह ऊपर की मंज़िल की ओर बढ़े जा रही थी।

इतना लंबा गलियारा और असबाब से ठसाठस भरा हुआ। बरामदा सचमुच बड़ी दूर तक चला गया था और चारों ओर चुप्पी छाई थी। रुक्मो सहम-सी गई और कुछ देर तक वहीं ठिठकी खड़ी रही। पहले उसके मन में आया कि उन्हीं कदमों लौट जाए। जाने यह कौन-सी जगह है। फिर यहाँ रोशनी भी कम है, झुटपुटा-सा है। केवल दूर सामने की ओर ऊँची-ऊँची बंद खिड़कियों में लगे रंग-बिरंगे शीशे चमक रहे हैं। पर पीछे मुड़ने के बजाय धीरे-धीरे उसके कदम आगे की ओर बढ़ने लगे।

बड़े-बड़े संदूक, कहीं पर कोई तख़्त, कोई टूटा हुआ पलँग। एक जगह पर पुराने कपड़ों का ढेर, अस्त-व्यस्त तरह-तरह का पुराना सामान रखा था।

रुक्मो कुछ ही कदम आगे बढ़ी थी जब दाएँ हाथ उसे ऊंचा-सा दरवाज़ा नज़र आया, अधभिड़ा-सा। रुक्मो उसके सामने रुक गई। कुछ देर तक उसके सामने ठिठकी खड़ी रही, फिर हाथ बढ़ाकर, धीरे-से किवाड़ को पीछे की ओर धकेल दिया।

रुक्मो अंदर से डरी कि वह कहाँ पहुँच गई है। फिर क़दम बढ़ाकर दहलीज़ लाँघ गई और कमरे के अंदर जा पहुँची। फ़र्श पर बरसों की धूल-मिट्टी थी। उसने मुड़कर किवाड़ की ओर देखा, जिसे उसने धकेलकर खोल दिया था। किवाड़ के ऊपर रोशनदान में जाले-ही-जाले लगे थे। छत पर जाले, दीवारों के कोनों में जाले।

फिर वह घूमकर कमरे के अंदर झाँकने लगी। अंदर नज़र पड़ते ही जैसे उसे काठ मार गया हो। देखते ही उसका खून सूख गया और दिल धक्-धक् करने लगा। उसके सामने, थोड़ी ही दूरी पर, कमरे में छाए झुटपुटे में एक ऊँचा-लंबा आदमी खड़ा था। रुक्मो का दिल दहल गया। कमरे में फैले झुटपुटे के कारण वह उसे पहले नज़र नहीं आया था।

—यह कौन है ? मैं क्यों अंदर आ गई हूँ ? वह पीछे हट गई. और उन्हीं कदमों

लौटने को थी जब उसने पलटकर फिर एक बार उस आदमी की तरफ देखा। आदमी ज्यों-का-त्यों खड़ा था, और रुक्मो की ओर देखे जा रहा था। बिल्कुल मूर्तिवत्, न हिलता, न डुलता। बड़ी उम्र का आदमी था। सिर पर सफ़ेद पगड़ी, नीचे लंबा अँगरखा, जिसके किनारों पर बढ़िया कसीदाकारी हो रही थी। उसकी आँखें अभी भी रुक्मणी के चेहरे पर लगी थीं।

उसे हिलता-डुलता न देखकर रुक्मणी को अचंभा हुआ और तभी उसकी नज़र सुनहरे रंग के लंबे-चौड़े चौखटे पर गई, जिसके अंदर वह आदमी खड़ा था। रुक्मो ठिठक गई। तभी उसे अपनी भूल का भास हुआ—यह तो तस्वीर है, आदमक़द तस्वीर! पर लगता है सचमुच कोई आदमी खड़ा है! वह अभी भी रुक्मो की ओर देखे जा रहा था और यह समझ जाने पर भी कि वह तस्वीर है, उसके पाँव आगे की ओर नहीं उठ रहे थे।

अब तक रुक्मो की आँखें कमरे में फैले झुटपुटे की अभ्यस्त हो चुकी थीं। तस्वीर पर आँखें लगाए वह धीरे-धीरे आगे बढ़ती जा रही थी। तस्वीर थी, पर कितनी साफ़! तस्वीर में खड़े आदमी के एक-एक नक़्श—बड़ी-बड़ी आँखें, ऊपर की ओर उठी हुई मूँछें—से बड़प्पन झलकता था। क्या यह दीवान जी की तस्वीर है! पर उनके तो दाढ़ी है, लाल मेहँदी से रँगी दाढ़ी। वह तो दुबले-पतले हैं, इतने कद्दावर नहीं, जितना तस्वीर में खड़ा यह आदमी है। क्या मालूम, बहुत दिन पहले की तस्वीर हो। पर अगर बड़े दीवान जी की तस्वीर है तो यहाँ क्यों पड़ी है? कमरे में तो लगता है कि पुराना सामान ही ठसाठस भरा पड़ा है। यहाँ पर उनकी तस्वीर क्यों रखेंगे?

रुक्मो आगे बढ़ना चाहती थी, पर वह अभी भी झिझक रही थी। वह अभी तक उस आतंक से मुक्त नहीं हो पाई थी, जो तस्वीर को पहली नज़र देखने पर उसके मन में पैदा हो गया था।

यह किसी पुरखे की तस्वीर रही होगी। रुक्मो धीरे-धीरे सरकती हुई आगे बढ़ी। सिर उठाकर तस्वीर की ओर देखा तो उसे लगा जैसे उस आदमी की आँखें बराबर उसी पर लगी हैं। वह दाईं ओर को तीन-चार कदम बढ़ गई। फिर मुड़कर देखा तो वह आदमी अभी तक रुक्मो की ओर देखे जा रहा था। रुक्मो अबकी बार बाईं ओर को, चार-पाँच कदम एक साथ बढ़ गई। फिर मुड़कर देखा तो उसकी आँखें सचमुच अभी भी रुक्मो पर लगी थीं!

रुक्मो मुस्करा दी। उसका डर बहुत कुछ जाता रहा था। हाय, मैं पहले कैसे डर गई थी, उसने मन-ही-मन कहा और कमरे में आगे की ओर बढ़ने लगी।

कमरे में दाएँ हाथ एक बड़ा-सा संदूक रखा था, जिस पर कुछेक जूतों के जोड़े बिखरे पड़े थे। ज़रीदार जूते, पर उनकी ज़री काली पड़ चुकी थी। ये किसके जूते हैं? क्या इस आदमी के जूते हैं, जो इस तस्वीर में खड़ा है? उसने भी पाँवों में जरी के जूते पहन रखे हैं।

आदमक़द तस्वीर के पास नीचे फ़र्श पर एक कालीन बिछा था, घिसा-पिटा। रुक्मो को लगा, जैसे इस आदमी के पैरों के नीचे ही पड़ा-पड़ा घिस-पिट गया है।

एक और संदूक थोड़ा हटकर, पीछे की ओर रखा था। उस पर घोड़े की सवारी की 'काठी' रखी थी। रुक्मो ने सोचा, इस पर बैठकर यह आदमी घोड़े की सवारी करता रहा होगा। 'काठी' आगे से ऊँची उठी हुई थी और उसके नीचे, लाल मखमल का चारजामा बिछा था, जो 'काठी' रखने से पहले घोड़ों की पीठ पर डाला जाता है। उसी संदूक पर एक गहरे हरे रंग का चुग़ा पड़ा था, जिसकी एक बाँह नीचे की ओर लटक रही थी। चुग़े पर जगह-जगह बड़ा सुंदर ज़रदोज़ी का काम हुआ था।

एक जगह पर पुराने बही-खाते रखे थे, ढेर-का-ढेर। उसके पीछे दीवार के साथ लाल मख़मली म्यानवाली लंबी तलवार लटक रही थी।

एक जगह फ़र्श पर कपड़ों का ढेर लगा था। लगता था, जल्दी में सारा सामान जैसे-तैसे उठाकर फ़र्श पर फेंक दिया गया है। ढेर के पास हाथी दाँत की बनी एक छोटी-सी सुंदर चौकी रखी थी, जिस पर एक कटोरी, एक गंगाजली और पास में रुद्राक्ष के छोटे-छोटे मनकोंवाली एक माला रखी थी, जो चौकी पर से लटक रही थी। इनके अतिरिक्त जगह-जगह लकड़ी के तख़्त, फटे हुए गाव तकिए, पुरानी तर्ज़ के पलँग बड़े-बड़े पायोंवाले, जिन पर बड़ी सुंदर पच्चीकारी की गई थी।

रुक्मो का मन कमरे की चीज़ों में रमने लगा था। कमरे में सन्नाटा था, चारों ओर पुरानी चीज़ें जड़-सी पड़ी थीं, मानो इनमें किसी समय प्राण रहे होंगे, पर अब निष्प्राण हो चुकी हैं और किसी बीते युग की दुहाई देती हुई-सी मुँह बाए पड़ी हैं।

तभी उसे लगा, जैसे कहीं आहट हुई है।

उसने पलटकर देखा तो दीवान जी का बूढ़ा टहलुवा दरवाज़े में खड़ा था। कंधे झुके हुए, धीमे-धीमे मुस्करा रहा था।

''अच्छा, तो बहूरानी यहाँ पर बिचर रही हैं !'' उसने बड़े दुलार से कहा। बड़ी उम्र का कोई आदमी इतने दुलार के साथ पुकारेगा, उसके लिए यह नया अनुभव था। घर में तो नाना बात ही नहीं करते थे। या तो वे सारा वक्त पोथी लिए बैठे रहते, या फिर माँ को उपदेश देते रहते।

''मैं बहूरानी को कब से ढूँढ़ रहा हूँ। मैं भी कहूँ, गईं तो कहाँ गईं। होंगी तो घर में ही। माड़ी की इतनी ऊँची दीवार तो फाँदकर कहीं जा नहीं सकतीं। तोता-मैना तो नहीं कि फुर्र से उड़ जाएँ।''

फिर उसकी छोटी-छोटी आँखों में चमक-सी आई, और मुस्कराता हुआ वह आगे बढ़ आया।

''ये कौन हैं ?'' रुक्मो ने आदमक़द तस्वीर की ओर हाथ से इशारा करते हुए पूछा।

टहलुवा रुक्मो के पास आ गया। उसकी आँखें अभी भी रुक्मो के चेहरे को

जैस सहला रही थीं।

''यह बड़े मालिक की तस्वीर है। यह जो आजकल वड़े दीवान जी हैं ना, उनके ताऊ जी की तस्वीर है।''

पर रुक्मो की समझ में कुछ नहीं आया।

''इस तस्वीर को यहाँ क्यों रख छोड़ा है ? देखो तो, चारों ओर पुराना सामान रखा है।''

इस पर बूढ़े टहलुवे ने सिर हिलाया और देर तक हिलाता रहा।

''सब वक्त-वक्त की बात है, बीबी, पहले तो यही माड़ी के मालिक थे। इन्हीं के पिता ने माड़ी बनवाई थी। तस्वीर में देखो, यह जो पोस्तीन पहने हैं ना, यह काबुल की है। ऐसी पोस्तीन काबुल में पहनते हैं। बड़े मालिक काबुल में ऊँचे ओहदे पर बहुत दिन तक रहे थे। लाहौर-दरबार ने भेजा था। हम उन्हीं की नौकरी पर यहाँ आए थे। तब हम बहुत छोटे थे, तुमसे भी छोटे,'' कहता हुआ बूढ़ा टहलुवा हँस दिया, और उसकी छोटी-छोटी आँखें भी जैसे हँसने लगीं।

टहलुवा भावुक हो रहा था, मानो बहुत दिन बाद उसे मुँह खोलने का, दिल के उद्‌गार व्यक्त कर पाने का मौका मिला हो—

''आओ, तुम्हें काबुल की चीज़ें दिखाऊँ।''

और वह रुक्मणी को तस्वीर के पीछे की ओर ले गया।

''यह समावार है, पीतल की बनी है, इसमें वे लोग कहवा बनाते हैं। और यह लोहे की बनी है···।'' फिर टहलुवा बहू को समझाने लगा कि कहवा क्या चीज़ है और उसे कैसे बनाते हैं। लगता है बड़े मालिक के दिनों में वह स्वयं ही कहवा बना-बनाकर बड़े मालिक को पिलाता होगा।

फिर उसने निकट ही लपेटकर रखा एक छोटा-सा कालीन खोला, जो जगह-जगह से घिसा हुआ था और जिसके धागे निकल आए थे।

''बड़े मालिक इस पर बैठकर कहवा पीते थे। पहले यहाँ पर कोई कहवा नहीं पीता था। बड़े मालिक ही सबसे पहले पीने लगे थे। ···यह सब सामान बड़े मालिक का है,'' उसने बाहर गलियारे में रखी संदूकों और कमरे के अंदर तरह-तरह के साज़-सामान की ओर संकेत करते हुए कहा, ''पर अब तो बरसों से यहीं पर पड़ा है। सब वक्त-वक्त की बात है। हम एक-एक चीज़ को पोंछ-पोंछकर साफ़ करते थे। मजाल है जो कहीं ज़रा-सी भी धूल रह जाए। बड़े मालिक बड़े चाव से बाहर से चीज़ें लाते थे और बड़ी मालकिन को देते थे।''

बड़ी मालकिन की चर्चा सुनकर रुक्मो का कुतूहल जागा। उसके नाना माड़ी के बारे में तरह-तरह के किस्से सुनाया करते थे। रुक्मो की आँखों के सामने मानो माड़ी जाग रही थी। धूल की परत के नीचे से माड़ी में रखी पुरानी चीज़ें, एक-एक करके, मानो आँखें खोल रही थीं। कहीं दूर से आनेवाली आवाज़ों की तरह माड़ी में गूँजनेवाली पुरानी आवाज़ें, मानो फिर से सुनाई पड़ने लगी थीं।

"सब वक्त-वक्त की बात है। भंडार भरे रहें। बड़ी मालकिन हर तीज-त्योहार के दिन बहुत-सा कपड़ा-लत्ता, चीज़-बस्त ग़रीब-गुरबा में बाँट देती थी। माड़ी के बड़े फाटक के बाहर ग़रीब-गुरबा की पाँत लगी रहती थी। बड़ी नेम-धर्मवाली औरत थी।"

टहलुवे को पुराने दिन याद आ रहे थे और उसकी ज़बान खुलती जा रही थी—

"मालकिन सरोवर बनवा रही थी जब जंग छिड़ गई। अगर जंग नहीं छिड़ जाती तो आज कस्बे के लोग ताल में नहाते—सनान करते।"

टहलुवा रुक्मो को ऊँची-लंबी खिड़की के पास ले गया, जिसमें दो-तीन रंग-बिरंगे शीशे टूटे हुए थे।

"आओ तुम्हें ताल दिखाऊँ। इधर से देखो। कुछ नज़र आया?"

रुक्मो को तो कुछ भी नज़र नहीं आया। केवल माड़ी के बाहर, ऊबड़-खाबड़ ज़मीन का टुकड़ा नज़र आया, जिसमें एक लंबा-चौड़ा गड्ढा खुदा हुआ था, और किनारों पर भी ज़मीन जगह-जगह से कटी हुई थी।

"वहाँ पर तो कुछ भी नहीं है। खाली ज़मीन पड़ी है।" रुक्मो ने टूटे हुए शीशे की ख़ाली जगह में से बाहर झाँकते हुए कहा।

"यही तो ताल था, बहूरानी! गड्ढा खुदा है ना? और किनारों पर जो कटाई नज़र आती है ना, वे सीढ़ियाँ बननेवाली थीं। बन जाता तो खूब लंबा-चौड़ा सरोवर होता।···मालकिन के दिल की साध दिल ही में रह गई।"

रुक्मो के लिए किसी ताल की कल्पना करना बड़ा कठिन था। उसकी आँखों के सामने केवल एक गड्ढा था, और जगह-जगह से कटी हुई उसकी दीवार थी।

"जिस दिन जंग का ढोल बजा उस दिन यहाँ ताल पर बहुत-से राज-मजूर काम कर रहे थे। मैं भी उस दिन मिट्टी ढो रहा था, और गधे पर लाद-लादकर ढेर पर डाल रहा था। पर इधर मुनादी हुई और उधर काम ठप्प हो गया। उसके बाद वह दिन गया और यह दिन आया, यह काम पूरा हो ही नहीं पाया।"

रुक्मो समझ नहीं पा रही थी कि बूढ़ा टहलुवा उसे यह सब क्यों सुना रहा है।

"क्यों?"

"बीबी, जंग जो छिड़ गई थी। सारा समाँ ही बदल गया था। मुझे आज भी याद है, बड़े मालिक माड़ी में से निकलकर सीधे शीशमहल की ओर गए थे। उस रात कस्बे में कोई नहीं सोया। जैसी आवाज़ें धाड़ा-लोटी पड़ने पर आती हैं ना, कि आ गए, डकैत आ गए, और वे ढोल बजाते, थालियाँ खनखनाते, लूट-पाट करने के लिए घुस आते थे, आगे-आगे अपने गधे हाँकते हुए, वैसा ही समाँ यहाँ बन गया था। अँधेरी गलियों में रात-भर जयकारे गूँजते रहे थे, और लोग इधर से उधर भागते फिरे थे। मुझे सब याद है···।"

उन दिनों के बारे में रुक्मो ने भी अपने नाना के मुँह से बहुत कुछ सुन रखा था। उसके नाना स्वयं जंग में जानेवाले थे पर नानी माँ ने रोक दिया था, इसलिए नहीं

गए। उसने अनेक नाम भी सुन रखे थे—मनोहर, पिशौरी, दयाराम, लेखराज। सभी नाना के हमजोली थे। उनमें से कोई भी लौटकर नहीं आया। नाना बताते थे कि उनमें से केवल लेखराज अभी जिंदा है, पर कस्बे में वह भी लौटकर नहीं आया। रुक्मो के लिए ये सब लोग परछाइयों-जैसे थे, और अतीत केवल झुटपुटा-सा था; जिसमें ये परछाइयाँ कभी-कभी डोलती नज़र आती थीं। इस बड़े कमरे में आने पर एक अजीब-सी भावना रुक्मो के मन को कचोटने लगी थी।

''सब वक्त-वक्त की बात है···,'' टहलुवा किसी गीत की आधार पंक्ति की तरह यह वाक्य बार-बार दोहराए जा रहा था।

क्या यही पिछला ज़माना होता है! टूटे-फूटे तख़्त, पुराने कपड़े-लत्ते, दीवार पर लटकती तलवार, कालीन, साज-सामान जिस पर धूल की परतें चढ़ी हैं, जालों से अटी छतें, टूटे-अधटूटे खिड़कियों के शीशे, जिनमें कबूतर बैठकर गुटरगूँ-गुटरगूँ करते हैं। कबूतरों की बीट से भरा फ़र्श और हवा में घुटन—क्या इसी को पिछला ज़माना कहते हैं?

''ये बड़ी मालकिन के कपड़े हैं।''

एक लंबे-से संदूक का ढक्कन खोलते हुए टहलुवा बोला।

रुक्मणी ने अंदर झाँककर देखा। हल्के-पीले रंग का कुर्ता था, उसके साथ एक लंबे धागे से बँधे छोटे-छोटे चाँदी के 'बटून' थे। उसके साथ ही एक ओर को, एक फुलकारी रखी थी। लगता था अभी-अभी बड़ी मालकिन ने उसे सहेजकर संदूक में रखा हो। उसे देखकर रुक्मो को लगा, जैसे किसी यात्रा पर जाने के लिए अपना सामान बाँधा हो, और फिर स्वयं चली गई हो और सामान पीछे छूट गया हो। बड़ी मालकिन की माला तिपाई पर रखी रह गई थी। यह क्या हुआ कि बड़ी मालकिन अपनी माला भी छोड़ गई हैं—यह अटपटा-सा विचार रुक्मणी के मन में उठा। एक ओर को जूतियों का जोड़ा भी रखा था। वे लोग कौन थे, कैसे थे? धूमिल-सी आकृतियाँ उसकी कल्पना में उभरने लगीं। ऊँचे-लंबे बड़े दीवान जी, छड़ी हाथ में लिए, शीशमहल की ओर जाते हुए, चौकी पर बैठी मुँह-सिर लपेटे, माला जपती हुई बड़ी मालकिन···

''यह जो दीवान जी हैं ना,'' टहलुवा बड़े रहस्यपूर्ण ढंग से फुसफुसाकर कह रहा था, ''जो इस समय माड़ी के मालिक हैं, एक दिन बड़े मालिक ने इन्हें माड़ी में मे निकाल दिया था। बहुत दिन पहले की बात है।''

सुनकर रुक्मो की आँखें फैल गई—''क्यों?''

''बड़े लोगों की बड़ी बातें,'' टहलुवा कह रहा था, ''इनका सामान बाहर गली में फिंकवा दिया था। मैंने अपनी आँखों से देखा था।''

रुक्मो को विश्वास नहीं हुआ। क्या कोई ऐसा आदमी भी हो सकता है जो इन दीवान जी के सामान को बाहर फिंकवाने का साहस जुटा सकता हो?

''दीवान जी उनके छोटे भाई के बेटे रहे ना! अब अंदर की भगवान जाने, पर

हमने इनका सामान बाहर गली में रखा देखा था। और ये बाहर खड़े बोल रहे थे—दुबले-पतले-से थे तब ये—मैं भी दीवान नहीं हूँ जो माड़ी में लौटकर नहीं आऊँ···!''

सुनते ही रुक्मणी को भय-सा लगने लगा था। वह सिहर-सी उठी थी।

''और यह सचमुच माड़ी में लौट आए, बहूरानी, पर बहुत बरस बाद···।'' टहलुवा कहे जा रहा था, ''और जिस दिन इन्होंने माड़ी में कदम रखा, बड़े मालिक का सारा सामान उठवाकर गली में रखवा दिया। यह तो जात-बिरादरी ने मिन्नत-समाजत की, इन्हें समझाया-बुझाया, तभी यह सामान उठाकर यहाँ रखवाया गया, नहीं तो यह तो उसे गली में फेंकने जा रहे थे।''

रुक्मणी की समझ में कुछ नहीं आ रहा था, केवल एक बोझिल-सी भावना उसे अंदर-ही-अंदर दबाने-सी लगी थी।

जैसे अतीत के टुकड़े पानी की सतह पर बह-बहकर आ रहे हों। वे कहीं पर भी जुड़ नहीं पा रहे हैं, कहीं पर भी अतीत का समूचा आकार ग्रहण नहीं कर पा रहे हैं, पर बहते हुए प्रत्येक टुकड़ा कोई संकेत-सा देता हुआ आगे बढ़ जाता है। अपने में उसका कोई अर्थ नहीं है। पर ज्यों ही वह किसी व्यक्ति से जुड़ता है, किसी नाम से, किसी घटना से तो जैसे वह रूप ग्रहण कर लेता है। कुछ हैं जो बहते हुए आते हैं और वर्तमान तक पहुँचते-पहुँचते ही इस सतत प्रवाह में डूब जाते हैं।

रुक्मो के लिए इन टुकड़ों, भग्नावशेषों का क्या महत्त्व? क्या अर्थ?

इस धूल-भरे लंबे कमरे में बिखरे अतीत के टुकड़ों को टहलुवा जोड़ने, एक संदर्भ देने की चेष्टा कर रहा था। किसी आकार में उन्हें जोड़ने की कोशिश कर रहा था। कहीं धूमिल-सा आकार उभरता भी, पर फिर रुक्मो के लिए परछाईं में बदल जाता। उसकी आँखों के सामने तो केवल अतीत के बिखरे टुकड़े थे। या फिर वह धुँधलका-सा था, जिसमें कुछ लोगों की परछाइयाँ डोलती नज़र आती थीं। रुक्मो को कहीं बड़े मालिक शीशमहल की ओर जाते नज़र आते, कहीं बड़ी मालकिन चौकी के सामने बैठी जाप करती नज़र आतीं, कहीं लेखराज नाम का कोई आदमी अपने साथियों के साथ, धूल उड़ाता, जंग के मैदान की ओर जाता नज़र आता पर शीघ्र ही फिर से वे, एक-एक करके अतीत के धुँधलके में खो जाते, कहीं डूब-से जाते।

''अगर लेखराज लौट आता तो क्या मालूम आज वही इस माड़ी का मालिक होता।''

टहलुवा भावुक-सा व्यक्ति था, भावुक और वाचाल। उसके सन-से सूखे सफेद बालों और पोपले मुँह को देखते हुए रुक्मो के लिए इस बात का अंदाज़ लगा पाना कठिन था कि वह छोटी उम्र में कैसा रहा होगा। पर वह रुक्मो को पुराने किस्से सुनाने के लिए अधीर ज़ान पड़ता था, मानो उसे बहुत दिनों बाद आज किसी के साथ खुलकर बतियाने, मन के उद्गार व्यक्त करने का अवसर मिला हो।

''जिस दिन मनादी का ढोल बजा कि फिरंगी की फ़ौजें बढ़ती आ रही हैं, तो शीशमहल के बाहर भीड़ लग गई। गंज बाज़ार के बाहर लोगों की टोलियाँ रात-भर खड़ी रहीं, पच्छिम की ओर लोग आँखें गाड़े रहे कि अभी कोई हरकारा आएगा, जंग की ख़बर लाएगा। गलियों में रात-भर लोग भागते फिरे, कभी कोई ख़बर सुनाता, कभी कोई। हमने भी बहुत कुछ देखा-सुना बीबी!''

सहसा टहलुवा गाने लगा: अपनी बूढ़ी लड़खड़ाती आवाज़ में कोई पुराना गीत, जो संभवत: उन दिनों लोगों की ज़बान पर रहा होगा। रुक्मो पहले तो हैरान हुई, फिर बड़े चाव से गीत सुनने लगी।

टहलुवे का अंग-अंग जैसे नाच रहा था और वह भावुकता के आवेश में गाए जा रहा था—

''सूरा सो ही
सूरा सो ही
जो लड़े दीन के हेत, सूरा सो ही
सूरा सो ही।...''

और फिर थिरक-थिरककर, तरह-तरह के पैंतरे बदलता हुआ, कभी घूम जाता, कभी ऐसी मुद्रा में चलने लगता मानो उसके कंधे पर तलवार रखी हो, भाला रखा हो—

''पुर्जा-पुर्जा कट मरै
पुर्जा-पुर्जा कट मरै
कब्हों न छाँड़े खेत, सूरा सो ही
सूरा सो ही!...''

तभी उसकी आवाज़ ऊँची हो गई और उसकी तंग-सी छाती भी तन गई और वह हाथ ऊँचा उठाकर गाए जा रहा था—

''गगन दमामा बाजियो
गगन दमामा बाजियो
पड़ियो निशाने घाव, सूरा सो ही
सूरा सो ही!...''

गीत के अंतिम पद तक पहुँचते-पहुँचते उसकी साँस फूलने लगी थी और उसके माथे पर पसीने की बूँदें छलक आई थीं—

''सूरा सो पहचानिए
सूरा सो पहचानिए
जो लड़े दीन के हेत, सूरा सो ही
सूरा सो ही!...''

गीत समाप्त हो चुका था। टहलुवे की साँस फूल रही थी और आवाज़ फट रही थी। वह देर तक फूले साँस के बावजूद, रुक्मो की ओर देखता, मुस्कराता खड़ा रहा।

"बहूरानी, हम भी यह गीत बहुत गाते थे। उन दिनों सभी गाते थे। मनोहर, लेखराज, रामसिंह, पिशौरी, सभी गलियों में गाते फिरते थे। यही गीत गाते वे लोग लाहौर की तरफ़ निकल गए थे। उधर जहाँ से रेलगाड़ी चलती है, वहाँ पर तब स्टेशन नहीं था, उसी रास्ते से सड़क लाहौर को जाती थी, उधर से ही वे लोग चले गए थे···।"

रुक्मो की बड़ी-बड़ी आँखें टहलुवे के चेहरे पर लगी थीं। कुतूहल, उत्सुकता, आश्चर्य, सभी कुछ उसकी आँखों में था। टहलुवा कैसा आदमी है! ऐसा आदमी उसने पहले कभी नहीं देखा था। उसके अपने घर में भी और माड़ी में भी बड़ी चुप्पी छाई रहती थी, पर यहाँ पर तो यह आदमी गा रहा है, नाच रहा है। कैसा विचित्र आदमी है!

तभी रुक्मो की आँखें प्रवेश-द्वार की ओर उठ गईं। उसका पति—कल्ला—दहलीज़ पर खड़ा था। रुक्मो चौंक-सी गई और उसी क्षण उसकी ओर बढ़ आई। अस्त-व्यस्त-से कपड़े, मुँह अध-खुला, और साँस तनिक फूली हुई। उसका पति ज़रूर देर तक उसे ढूँढ़ता रहा होगा और ढूँढ़ता-खोजता ही यहाँ पहुँचा होगा। रुक्मो का दिल जाने कैसा हो आया।

कल्ला दहलीज़ पर खड़ा धीमे-धीमे मुस्करा रहा था। उसके पीले चेहरे पर पसीने की परत थी, पर उसकी आँखों में हल्की-सी चमक भी थी। मानो रुक्मो के मिल जाने पर उसकी आँखों में यह चमक आ गई हो। उसके होंठों के एक कोने में से लार बह-बहकर उसके बाएँ कंधे पर गिर रही थी।

रुक्मो उसकी ओर बढ़ गई।

खंड : 2

माड़ी की पिछली कहानी अतीत के धुँधलके में खोई हुई है । कस्बे में तरह-तरह की कहानियाँ भी माड़ी को लेकर प्रचलित हैं । जैसे-जैसे अमलदारी बदलती गई, या माड़ी के अंदर बसनेवालों का भाग्य बदलता गया, वैसे ही माड़ी की स्थिति और रूप-सज्जा भी बदलती गई ।

माड़ी करीब सौ साल पुरानी तो रही होगी । उसका ऊँचा फाटक, फाटक के ऊपर बना छोटा-सा छज्जा, और सबसे ऊपरवाली मंज़िल पर बनी छतरी, ये सब सिक्ख अमलदारी या उससे भी पहले की मुग़ल अमलदारी की देन हैं । उसकी खिड़कियों-रोशनदानों में हरे, पीले, लाल, नीले रंग के शीशे अंग्रेजों की अमलदारी के चिह्न हैं । कुछेक दरवाज़ों पर अभी भी मध्ययुगीन नक्काशी देखने को मिलती है, जबकि अधिकांश मध्ययुगीन दरवाज़ों की जगह, अंग्रेजी चलन के सपाट और सीधे दरवाज़े लगा दिए गए हैं ।

माड़ी को ध्यान में रखकर, उसमें पीढ़ी-दर-पीढ़ी बसनेवालों के बारे में सोचो तो धीरे-धीरे एक यात्रा का-सा भास होने लगता है । माड़ी में रहनेवाले लोग अपने-अपने समय में, अपने-अपने ढंग से अपनी भूमिका निभाते चले गए और फिर आँखों से ओझल होते गए । कस्बा पुराना है, मध्ययुग के घटाटोप में से निकलकर आया है, इतिहास के अनेक भग्नावशेष, स्मृतियाँ, किस्से-कहानियाँ, किंवदंतियाँ सँजोए हुए है ।

कहते हैं दीवान मथरादास नाम के एक 'कारदार' ने इस माड़ी का सबसे पहले निर्माण किया था । उन दिनों माड़ी एक साधारण-सा, एक-मंज़िला, पुश्तैनी घर थी । 'कारदार' सरकारी अधिकारी हुआ करता था, ज़मीन-जायदाद के झगड़े निबटाता था, पर कस्बे में इसी नाते उसका रख-रखाव और मान-मर्यादा भी बनी थी । हाथ का सख़ी था, और मुंसिफ़-मिज़ाज भी । कहते हैं, सिक्ख लड़ाइयों के बहुत पहले, जब इलाक़े में सूखा पड़ा था और लगता था कि सूखा दुर्भिक्ष का रूप ग्रहण कर लेगा तो दीवान मथरादास ने अपना बहुत-सा धन लगाकर, कुछ माँग-मँगाकर बाहर से अनाज खरीद-खरीदकर कस्बेवालों को राहत पहुँचाई थी । तभी उसकी पत्नी ने भी मन्नत मानी थी कि यदि दुर्भिक्ष टल गया तो वह, जन-कल्याण के लिए, घर की पुश्तैनी हवेली की खुली ज़मीन में एक ताल

(सरोवर) बनवाएगी। पर कहते हैं कि तभी कोई महामारी फूटी थी और उसमें दीवान मथरादास परलोक सिधार गया था।

दीवान मथरादास के बाद उसका बेटा, मय्यादास माड़ी का जानशीन बना था। पिता की सेवाओं को ध्यान में रखते हुए, खालसा दरबार ने उसे भी कारदार की नौकरी पर लगा दिया था। मय्यादास में अपने पिता के बहुत-से गुण पाए जाते थे, और उसके पदचिह्नों पर चलते हुए मय्यादास का सितारा शीघ्र ही चमकने लगा। उसकी ईमानदारी, कर्मठता और भलमनसाहत से प्रभावित होकर लाहौर-दरबार ने उसे पहले लाहौर में बुला लिया था, जहाँ उसकी नियुक्ति तोशाख़ाना के अधिकारी के रूप में की गई, और बाद में ऊँचे ओहदे पर उसे काबुल भेज दिया गया। तभी दीवान मय्यादास का सितारा चमका, कस्बे में ही नहीं, सारे इलाके में उसकी शोहरत फैली, धनधान्य से घर भरने लगा और माड़ी का कायाकल्प होने लगा।

माड़ी पहले इकहरी हुआ करती थी, एक-मंज़िला, अब दो-मंज़िला बना दी गई थी। ऊपर खुली छत थी पर उसमें कंगूरे बन गए थे, जैसे नवाबों की हवेलियों में बनाए जाते थे, और सबसे ऊपरवाली छत के ऐन बीचों-बीच फाटक की सीध में लाल पत्थर की छतरी बनाई गई थी। माड़ी पर परिवार की समृद्धि की छाप तो थी ही, साथ में ख़ालसा राज की चढ़ती कला की छाप भी झलकती थी। तभी माड़ी के बाहर हाथी झूलने लगा था। जब कभी दीवान मय्यादास काबुल से आता और स्थानीय राजा से मिलने शीशमहल को जाता, तो हाथी की पीठ पर सवार होकर जाता था।

दीवान मय्यादास विनम्र स्वभाव का व्यक्ति था। काबुल में ऊँचे पद पर अपनी नियुक्ति को उसने अपनी ईमानदारी का पुरस्कार मानकर, नतशिर होकर स्वीकार किया था। पर फिर भी ऊँचे ओहदे के अहसास से वह अछूता नहीं रहा था। मूँछों के कोने ऊँचे उठ गए थे, आवाज़ में दबदबा आ गया था, छाती तन गई थी, पर साथ-ही-साथ ख़ालसा दरबार के प्रति उसकी निष्ठा भी बड़ी गहरी हो गई थी। कस्बे में इधर-उधर जाता तो सदा घोड़े की पीठ पर सवार होकर। साहूकारा उसके परिवार का पुश्तैनी धंधा था, वह भी चलता रहा। गाँव में ज़मीनें थीं, उनकी देख-रेख भी चलती रही। इस सबके कारण मय्यादास को कस्बे के बड़े दीवान की उपाधि दी जाने लगी थी, बल्कि माड़ी के बढ़ते प्रभाव और हैसियत के सामने कस्बे के राजा अमीरचंद की हैसियत भी कुछ-कुछ फीकी पड़ने लगी थी।

मय्यादास की पत्नी देवकी भी बड़ी नेम-धरमवाली स्त्री थी। वह भी दोनों हाथों से दान-दक्षिणा देती रहती, उसके हाथ भी सदा जुड़े रहते। इधर-उधर दान-पुण्य करती रहती। जब कभी मय्यादास का ओहदा ऊँचा होता तो वह तीर्थ करने निकल जाती, कभी कटासराज कभी अमरनाथ। घर में सारा वक्त घुमक्कड़ साधुओं का ताँता लगा रहता। जब भी कभी कोई साधु-संत कस्बे में आकर टीले

पर धूनी रमाता कि देवकी पालकी में बैठकर उस ओर चल देती । मंदिर-गुरुद्वारा, दोनों में माथा टेकने पहुँच जाती ।

जब मय्यादास की तरक्की हुई और उसे कारदार से तोशाख़ाना की निगरानी के काम पर लगा दिया गया तो मय्यादास की पत्नी ने मन में ठान लिया कि वह ज़िंदगी रहते, अपनी सास के दिल की वह साध पूरी करके रहेगी और पुश्तैनी हवेली में ताल बनवा देगी । पर मय्यादास ज़्यादा वक्त लाहौर में रहने लगा था । ताल बनवाने का काम टलता गया । और जब लाहौर से मय्यादास सीधा काबुल पहुँचा तो उसकी पत्नी अंदर-ही-अंदर जैसे डर गई । इतना अधिक ऐश्वर्य मानो सँभाले न सँभल पाता हो । वह मन में डरने लगी थी कि कहीं इस ऐश्वर्य के कारण उसे दैव के कोप का भाजन न बनना पड़े, चुनाँचे उसने फौरन ही ताल बनवाने का काम अपनी देख-रेख में शुरू करवा दिया था । दीवान मय्यादास तो कुछ अर्सा बाद काबुल लौट गया, पर देवकी कस्बे में ही बनी रही ।

हवेली की ज़मीन में गहरा गड्ढा खोदा जाने लगा । गड्ढे के किनारों को काटकर सीढ़ियाँ बनाई जाने लगीं । चौतरफ़ा दीवार भी खींच दी गई, पर फिर सहसा सब काम ठप्प हो गया । दूर खालसा-दरबार से, अच्छी-बुरी, तरह-तरह की ख़बरें आने लगीं और ताल बनाने का काम स्थगित कर देना पड़ा । फिर दसियों साल तक अधखुदा ताल वैसा-का-वैसा ही पड़ा रहा, पर कस्बेवालों ने उसे पहले से ही माई देवकी का ताल कहना शुरू कर दिया था । अंग्रेजों की अमलदारी के समय जब हवेली नीलाम हुई तो उस ताल के चिह्न अभी पूरी तरह लुप्त नहीं हुए थे ।

इतिहास के परिप्रेक्ष्य में देखें तो कस्बे का उस समय का जीवन एक शांत द्वीप-सा लगता है, जहाँ जिंदगी का कारोबार स्थिर, लयबद्ध गति से चल रहा था । कस्बा खुशहाल नहीं था, पर भूखा भी नहीं था । फिर सहसा, सागर में जैसे तूफ़ान फट पड़ा था और उस द्वीप के समस्त जीवन पर थपेड़े पड़ने लगे थे और वह अस्त-व्यस्त होने लगा था । शायद तूफ़ान से पहले किसी भी अंचल का जीवन एकरस और लयबद्ध नज़र आता है । या, अतीत को देखने की हमारी दृष्टि में ही एक प्रकार की भावुकता आ जाती है कि बीते दिन अधिक आकर्षक नज़र आने लगते हैं । यों तो जीवन कभी भी विसंगतियों से मुक्त नहीं होता । समाज के भीतर अनेक प्रबल तत्व, परिवर्तनों के कल घुमाते रहते हैं, कभी-कभी बाहर से ऐसे प्रबल दबाव पड़ने लगते हैं कि व्यक्तिगत राग-द्वेष गौण हो जाते हैं. और उन बाहरी दबावों के अधीन जीवन का कायाकल्प होने लगता है । पर उस समय कस्बे के जीवन की इस स्थिरता के पीछे बहुत हद तक वे मूल्य और आदर्श भी थे जिन पर सिक्ख अमलदारी की स्थापना हुई थी । इंसान भले ही इंसान रहते हैं, और उनके राग-द्वेष उनके कार्यकलाप का निर्धारण करते हैं, पर साथ-ही-साथ वे ऐसे परिवेश में भी रहे होते हैं, जिसमें कुछ मूल्य और आदर्श वायुमंडल में रचे-बसे रहते हैं जो जन-जीवन को भी प्रभावित करते हैं, उन मूल्यों-आदर्शों से व्यक्तिगत

स्तर पर भी लोग प्रेरणा ग्रहण करते हैं। जिन मूल्यों और आदर्शों से अनुप्राणित, खालसा राज्य की स्थापना हुई थी, वे सत्ता और व्यवहार की चट्टानों से टकराकर भी चूर-चूर नहीं हो गए थे। बहुत-से कार्य अभी भी उनके आलोक में किए जाते थे। साधारण नागरिक के हृदय में वे अभी भी उदारता, सद्भावना, आत्म-बलिदान की भावना का संचार करते थे, और सद्व्यवहार की प्रेरणा देते थे, और मनुष्य के राग-द्वेष पर भी अंकुश लगाए रहते थे।

मय्यादास के भाग्य ने पलटा तब खाया जब काबुल में खलबली मच गई और लोग वहाँ से भागने लगे। मय्यादास के असर-रसूख़ में कमी नहीं आई थी, पर वहाँ पर भूचाल-सा उठा था और खालसा राज्य के पैर उखड़ गए थे। मय्यादास भी लौट आया। पहले लाहौर-दरबार में पहुँचा, फिर कुछ दिन के लिए, घर-परिवार की सुधि लेने के लिए कस्बे की राह ली। पर जिस दिन वह कस्बे में पहुँचा, उसी दिन उसके जवान बेटे की, केवल तीन दिन के ताप के बाद 'जूड़ी' के प्रकोप से, मत्यु हो गई। बरसात के मौसम में कभी-कभी कस्बे में 'कांग' उठती थी, मतलब कि पानी इतना जोरों से बरसता कि नदी में बाढ़ आ जाती। नदी का जल नदी के चौड़े तट को लाँघकर कस्बे की गलियों में घुस जाता। पर पानी उतर जाने पर, बहुत दिन तक कीच-ही-कीच फैला रहता और 'जूड़ी' का प्रकोप घर-घर में झाँकने लगता।

मय्यादास, अभी घोड़े पर सवार, अपने अमले-फ़ैले के साथ गंजमंडी के रास्ते चलता हुआ, काबुली दरवाजा पार करने के बाद सेठियों की गली में दाख़िल ही हुआ था कि माड़ी की ओर से आर्तनाद सुनाई पड़ने लगा था।

मय्यादास के एक ही जवान बेटा थे, जो गर पर रहकर साहूकारे का काम देखने लगा था।

मय्यादास पर गाज गिरी। इस अप्रत्याशित आघात को वह सह तो गया, पर इससे उसका दिल टूट गया। लोगों का कहना है कि महीने-भर में उसके बाल सफ़ेद पड़ने लगे। उसके चेहरे पर झुर्रियाँ उतर आईं और पीठ झुक गई। पर उसकी पत्नी अधिक शांत रही। जूड़ी के प्रकोप के दिनों में तो बेटे को बचा पाने के लिए उससे जो बन पड़ा, उसने किया। पर उसकी मृत्यु के बाद उसका आचरण सचमुच अद्वितीय रहा था। एक आँसू उसकी आँखों से नहीं फूटा, उसके होंठ सारा वक़्त सतगुर का नाम जपते रहे, कस्बे की औरतें रोती-बिलखती छातियाँ पीटती हुई आतीं, और देवकी उनके सामने चुपचाप हाथ जोड़ देती। उसके अंदर भले ही संताप और क्रंदन रहा हो, पर ऊपर से बड़ी शांत रही। बेटे के सिर को अपनी गोद में रखे वह बिना रोए-धोए या विलाप किए जाप करती रही थी। बरसों तक कस्बे में इस मृत्यु की चर्चा रही और शोक-संतप्त परिवार की भी। यहाँ तक कि यह समूचे कस्बे की सांझी स्मृति का अंग बन गई। कुछ लोगों ने ऐसी माँ को राक्षसी भी कहा, कुछ ने देवी कहा, पर सबने माना कि देवकी का चेहरा दमक रहा था, आँखें किसी विराट सत्ता के आगे झुकी हुई थीं, और होंठ बुदबुदा रहे थे, जाप करते रहे थे।

मय्यादास का एक छोटा भाई भी था—गोकुलदास, जो मय्यादास के साथ ही साहूकारे का काम देखता था। पहले लाहौर-दरबार में, और उसके बाद काबुल में नियुक्त हो जाने पर, मय्यादास के ही असर-रसूख के कारण, उसके छोटे भाई को भी लाहौर-दरबार ने 'कारदार' नियुक्त कर दिया था। इस तरह गोकुलदास भी वही काम करता जो उसका बड़ा भाई किया करता था—'माड़ी' के ही आँगन में चबूतरे पर अपनी कचहरी लगाता, और आँगन के ही एक ओर साहूकारे की पैड़ी थी, गाव-तकिया लगाकर साहूकारे का काम देखता था।

गोकुलदास के कोई बेटा नहीं हुआ, पर एक के बाद एक तीन बेटियाँ हुई थीं। बेटा हुआ, पर बाद में, और वह भी उपद्रव के बाद। शुरू-शुरू में तो इसअभाव का कोई विशेष असर नहीं पड़ा, न भाई-भाई के रिश्ते पर और न ही काम-काज पर, पर जब मय्यादास का सितारा चमका और घर धन-धान्य से भरने लगा तो उसके मन में भी बेटे की ललक जागी। और यह ललक यहाँ तक उसे परेशान करने लगी कि उसका रवैया ही बदलने लगा। यों, वह भी अपने बड़े भाई की भाँति शांत स्वभाव और विनम्र व्यक्ति था—यहाँ तक कि कस्बे में लोग दोनों भाइयों को राम-लक्षमन की जोड़ी कहते थे, पर पुत्र-लाभ की ललक ने उसके मानसिक संतुलन को बिल्कुल बिगाड़ दिया। तीसरी बेटी के जन्म के बाद वह इतना बौखलाया कि अपनी पत्नी को तीनों बेटियों के साथ उसके मायके रवाना कर दिया और फिर बरसों तक उनकी सुधि नहीं ली।

तब दोनों भाइयों की माँ ज़िंदा थी। बुढ़िया ने बेटे को बहुत समझाया कि अगर बेटा नहीं हुआ तो मैं तेरा दूसरा ब्याह रचाऊँगी। यही वह दादी माँ थी जो हर शाम गली-मुहल्ले के बच्चों को किस्से-कहानियाँ सुनाया करती थी। उसे अनगिनत कहानियाँ याद थीं और उसकी वाणी में रस था। बेटे का दूसरा ब्याह करने के लिए वह कस्बे में पूछताछ भी करती रही, पर गोकुलदास ने किसी की नहीं सुनी। और जब उसका बड़ा भाई मय्यादास लाहौर की नौकरी पर चला गया तो उसने अजीब हरकत की। कचहरी करने दौरे पर गया तो लौटते समय अपने साथ एक रखैल उठा लाया। कस्बे के लोग दंग रह गए। कोई कहता, औरत लाहौर से आई है। कोई कहता, रास्ते में, जेहलम से उठा लाया है। कस्बे में दीवान-परिवार की बड़ी मान-मर्यादा थी। मय्यादास ने भी सुना तो कटकर रह गया और उसकी नज़र नीची हो गई। तभी उसका माथा भी ठनका कि अब माड़ी और ज़मीन-जायदाद को लेकर कई उलझनें भी पैदा होंगी। पर स्वयं अपनी उपलब्धियों के कारण उसका दायित्व-भाव भी इतना बढ़ने लगा था कि घर-परिवार की समस्याएँ उसकी नज़र में गौण होती जा रही थीं। उसने सोचा, जो होगा देखा जाएगा। वह अपने में ही मगन रहा।

यह उस ज़माने की बात है जब वह अभी काबुल नहीं गया था, और नया-नया ही तोशाख़ाना में नियुक्त होकर लाहौर-दरबार में आया था।

औरत घर में आकर टिक गई। कस्बेवाले उसे लेकर, बहुत दिन तक, तरह-तरह के क़यास लगाते रहे। बहुत दिन तक तो इस बात का भी पता नहीं चला कि वह मात्र रखैल है या ब्याही हुई है।

और जिस तरह वह माड़ी में आई थी, उसी तरह एक दिन वह माड़ी में से चली भी गई। मुश्किल से वह अढ़ाई या तीन साल माड़ी में रही होगी, पर जब गई उस समय उसे गर्भ था। मय्यादास का बेटा तब छोटा ही था। माड़ी में तब रिश्ते के अनेक अन्य परिवार रहते थे, और उनके बच्चे मय्यादास के बेटे के साथ माड़ी में खेलते, घूमते फिरते थे। ये बच्चे सारा वक़्त ताक लगाए रहते कि दरवाज़ा कब खुलेगा और वे इस 'नई माँ' को कब देख पाएँगे। बच्चों को बाद में दसियों साल तक यह बात याद रही कि जब रखैल घर में आई थी तो 'चाचा' गोकुलदास सारा वक़्त अपने कमरे का दरवाज़ा अंदर से बंद किए रहता था। यह 'नई माँ', भरे-पूरे शरीरवाली स्त्री थी, आँखें भी बड़ी-बड़ी थीं, और होंठ भी मोटे-मोटे थे, गदराए-गदराए। उसके कंधों पर कभी भी पल्ला नहीं होता था और जब वह मुँह-हाथ धोती तो बार-बार अपने बालों पर पानी छिड़कती थी, जो कभी भी बच्चों की समझ में नहीं आया करता था, और मोटी-मोटी आँखों पर देर तक पानी के छींटे मारती रहती थी। वह चलती तो बहुत धीमे-धीमे, कूल्हे मटका-मटकाकर। घर के बच्चे, और कभी-कभी तो पास-पड़ोस के बच्चे भी, एक कोने में दुबके बैठे रहते और उसकी हरकतों को देखते रहते, कि कब नई माँ कमरे में से बाहर निकलेगी और लोटे में पानी ले-लेकर, फू-फू करती हुई आँखों पर छींटे मारेगी।

दीवान गोकुलदास कचहरी करता, घोड़े पर सवार होकर खेतों में भी जाता, पर जब से रखैल घर में आई थी, उसने बाहर जाना कम कर दिया था। गोकुलदास में एक और परिवर्तन भी आ गया था। जब बोलता तो बड़े दबदबे के साथ। पहले घर के नौकर-चाकरों की डाँट-फटकार करता था, अब उन्हें कभी-कभी कोड़े भी लगाने लगा था। एक बार जब घर के किसी टहलुवे ने रखैल का हुक्म बजा लाने में कोताही की तो माड़ी के आँगन में ही उसने टहलुवे को इतने कोड़े लगाए कि उसकी पीठ छलनी हो गई थी। जब वह गुस्से में होता तो उसकी आँखों में अजीब-सी चमक आ जाती। लगता जैसे उसकी आँखें किसी शिकारी उकाब की-सी हैं। किसी जगह पर उसकी आँखें टिक जातीं तो चमक के साथ-साथ उनमें एक तरह का नुकीलापन आ जाता, मानो आँखों-ही-आँखों में वह उस पर झपट पड़ेगा। ज्यों ही गोकुलदास की आँखें किसी लक्ष्य पर टिकतीं और धीरे-धीरे उस पर थम जातीं तो आँखों के रंग की झाँई बदल जाती थी। उस समय कोई छोटे दीवान साहिब को देखता तो कहता कि इसकी आँखें काँच की बनी हैं।

पर वक़्त बीतते न बीतते उसके व्यक्तित्व की एकाग्रता भंग होने लगी थी, और दबदबा भी जैसे टूटने लगा था। अब उसकी आवाज़ में दबदबा कम और

झुँझलाहट ज़्यादा सुनाई पड़ने लगी थी .

और तभी एक दिन घर के लोगों को, छोटे दीवान के कमरे के अंदर से चीत्कार सुनाई दी थी। औरत की चीख़ें। रखैल ऊँचा-ऊँचा चिल्लाए जा रही थी–

'वे लोको, मुझे बचाओ, बचाओ, लोको, मुझे मार डाला··· !"

अचानक उसी दिन बड़ा दीवान मय्यादास लाहौर से लौटा था, और अपने आँगन में बैठा, अपने परिवार के लोगों के सामने अपना सामान खुलवा रहा था।

चीत्कार माड़ी के और लोगों ने भी सुनी। कुछ लोग भागे हुए बड़े कमरे की ओर लपके, जहाँ से आवाज़ें आ रही थीं, पर कमरा खुलवाने की किसी को हिम्मत नहीं हुई।

दीवान मय्यादास पहले तो ठिठका खड़ा रहा, नौकरों-चाकरों के सामने पहले तो उसने अपने भाई का मान बनाए रखा, फिर अपनी छड़ी उठाए, सीधा कदम बढ़ाता अपने भाई के रिहायशी कमरों की ओर चला गया। परिवार के बच्चे भी पीछे-पीछे हो लिए और जो दृश्य मय्यादास ने देखा, उससे उसके रोंगटे खड़े हो गए। पहले तो मय्यादास दरवाज़े को छड़ी से ठकोरता और 'गोकुलदास, गोकुलदास ! खोलो दरवाज़ा, मैं हूँ, मय्यादास !' कहता रहा पर जब दरवाज़ा नहीं खुला और अंदर से बराबर चिल्लाने की आवाज़ें आती रहीं तो मय्यादास ने ज़ोर से एक ही बार लात जमाई और दरवाज़ा खुल गया।

रखैल कमरे के बीचों-बीच फ़र्श पर पड़ी थी और हाथ-पाँव पटक रही थी और छोटा दीवान उसकी छाती पर बैठा था। उसके हाथ में पीतल का वही लोटा था जिसमें जल ले-लेकर नई मालकिन मुँह पर छींटे मारा करती थी, और उसे वह बार-बार उसके सिर पर मार रहा था। रखैल के घने बाल बिखरे हुए थे, उसका सिर दाएँ-बाएँ झूल रहा था और वह 'बचाओ, बचाओ' चिल्लाए जा रही थी, और उसके कपड़े अस्त-व्यस्त हो रहे थे।

बड़े भाई के अचानक कमरे में आ जाने पर, गोकुलदास ने गर्दन घुमाकर उसकी ओर देखा, तो काँच की आँखें वैसे ही बड़े भाई के चेहरे पर जम गईं, जैसे बैठे-बैठे किसी लक्ष्य पर जमा जाया करती थीं। क्षण-भर के लिए तो लगा जैसे हाथ में पकड़ा लोटा वह अपने भाई पर दे मारेगा। वह असमंजस में पड़ गया। उसकी समझ में ही नहीं आया कि उसका बड़ा भाई अचानक वहाँ कैसे पहुँच गया और उसके कमरे में कैसे घुस आया। पर इस समय वह नाजुक स्थिति में था। धीरे-धीरे उसकी आँखों की क्रूर चमक मंद पड़ गई और वह लोटा हाथ में लिए ही उठ खड़ा हुआ।

बड़ा दीवान कमरे के बीचों-बीच खड़ा था। रखैल भी अपने अस्त-व्यस्त कपड़ों को सँभालती हुई उठ बैठी और हाय-हाय करती हुई, अपने सिर को दोनों हाथों में थामे, ज़ार-ज़ार रोने और विलाप करने लगी थी।

दीवान मय्यादास को सँभलते देर नहीं लगी। उसने आगे बढ़कर अपने भाई के

कंधे पर हाथ रखते हुए कहा, ''गोकुलदास, हरजाई घर में बैठाओगे तो ऐसा ही होगा। अच्छा हुआ जो वक्त रहते तुम्हें अक्ल आ गई। एक न एक दिन तो तुम्हारी आँखें खुलनी ही थीं, अब शर्मसार होने की कोई ज़रूरत नहीं है।''

छोटा दीवान कटकर रह गया। बुरी तरह से उसकी हेठी हुई थी। गोकुलदास को उस समय और तो कुछ नहीं सूझा, लोटे को फ़र्श पर रख दिया और आगे बढ़कर खूँटी पर टँगी, बँधी-बँधाई पगड़ी सिर पर रख ली, जैसे पगड़ी सिर पर रख लेने से उसकी हैसियत फिर से लौट आई हो।

इस बीच 'नई माँ' भी उठ खड़ी हुई थी। उसके उठने पर दीवान मय्यादास की नज़र उसके फूले हुए पेट पर पड़ी, और यह बात सहसा उसके मस्तिष्क में कौंध गई, मानो इस गर्भ के भावी परिणाम उसकी आँखों के सामने घूम गए। रखैल उठी। सिर पर पल्ला रखते ही उसने घूँघट काढ़ लिया और सिर थामे धीरे-धीरे चलती हुई बग़लवाले कमरे में चली गई।

रखैल उसी दिन घर छोड़ गई। कहाँ गई, किसके साथ गई, इतने बड़े घर में किसी को मालूम नहीं हुआ। उसने न तो किसी को बताया और न ही जाते समय कोई बावेला मचाया। 'माड़ीवालों' के अनुसार, जहाँ से 'डायन' आई थी, वहीं 'माड़ी के नाम पर कालख पोतकर' चली गई थी।

और उसके चले जाने के दूसरे ही दिन गोकुलदास ने अपने बड़े भाई से माड़ी का बँटवारा कर देने की माँग रखी थी। मय्यादास को गहरा धक्का तो लगा, पर उससे कुछ कहते नहीं बना और 'माड़ी' को शीघ्र ही दो हिस्सों में बाँट दिया गया था। भले ही 'माड़ी' को बड़े भाई के धन से ऊँचा उसारा गया था, पर था तो पुश्तैनी घर ही। उस पर दोनों भाइयों का हक था। इस तरह पहली बार माड़ी में ऊँची दीवारें खींच दी गई थीं।

इस घटना के लगभग बीस साल बाद—जब मय्यादास काबुल से लौट आया था, और सिक्ख राज्य तरह-तरह की भँवरों में फँस गया था, और मय्यादास अपना जवान बेटा भी खो बैठा था—एक दिन अचानक उसी रखैल (चंद्रा नाम था उसका) का बेटा कहीं से नमूदार हो गया था और जायदाद में अपना हिस्सा माँग रहा था।

उस वक़्त तक गोकुलदास को भी मरे दसेक वर्ष बीत चुके थे। कारदारी ही के दौरान एक बार दौरे पर से लौट रहा था, जब घोड़ा सरपट दौड़ने लगा। घोड़े ने शायद घर का रास्ता पहचान लिया था और बेतहाशा भाग खड़ा हुआ था। गोकुलदास से घोड़ा सँभाला नहीं गया था। वह धड़ाम से नीचे जा गिरा था और गिरते ही दम तोड गया था।

रखैल का वही बेटा, यह दीवान धनपत था, जो अब स्वयं माड़ी का बड़ा दीवान कहलाता था।

उस दिन भी जब रखैल का बेटा धनपत, मय्यादास के सामने आया तो बड़े अनूठे, रंगीले ढंग से। पीले रंग का अँगरखा, सिर पर केसरी पगड़ी, नीचे ज़री की

जूती। एक ठेले पर अपने दो बक्से लादे, स्वयं एक टट्टू पर बैठा हुआ। पीछे-पीछे दो कहार ठेला खींचते हुएं और वह सीधा माड़ी के फाटक के सामने पहुँच गया था। वह आया भी लंबे रास्ते से था--गंजमंडी के रास्ते कस्बे में दाखिल हुआ, ताकि कस्बे के लोग उसकी शख़्सियत को आँख-भरकर देख सकें, और तेली मुहल्ले की प्रदक्षिणा करता हुआ माड़ी के फाटक पर जा खड़ा हुआ था। लोगों ने ध्यान न दिया हो, ऐसा नहीं था। गंजमंडी में ही दो-तीन बच्चे उसे देखकर, कौतुक समझकर, उसके पीछे-पीछे हो लिए थे, और काबुली दरवाज़े तक पहुँचने पर उनका कुतूहल और भी बढ़ गया था।

उस समय तक किसी को मालूम नहीं था कि यह आदमी कौन है, कहाँ से आया है।

माड़ी के बाहर पहुँचकर तो उसने सबसे पहले अपनी सौतेली माँ से मिलने की ख़्वाहिश ज़ाहिर की थी। उसे रखैल ने अच्छी तरह से लिखा-पढ़ाकर भेजा जान पड़ता था। रखैल के चले जाने के कुछ अर्सा बाद मय्यादास के समझाने पर गोकुलदास ने अपनी पत्नी को मायके से बुला लिया था, और वह अपनी बेटियों को लेकर माड़ी में आकर बस गई थी। भाग्य की करनी, दो-एक साल के बाद उसकी गोद में भी बेटा आ गया था। दीवान गोकुलदास की पत्नी अभी भी वहीं पर टिकी थी। तीनों बेटियाँ अपने-अपने घर जा चुकी थीं, और सबसे छोटा बच्चा लेखराज, जो रखैल के चले जाने के लगभग पाँच साल बाद पैदा हुआ था, अब जवानी में पाँव रख रहा था और माँ के पास ही रहता था। वह अभी सोच ही रही थी कि आगंतुक से मिले या नहीं मिले, जब धनपत ने कहारों को माड़ी के अंदर सामान ले चलने का हुक्म दे दिया।

"मैं दीवान धनपत हूँ!" कहते हुए वह टट्टू पर से नीचे उतर आया और ड्योढ़ी के बाहर खड़े चौकीदार के हाथ में टट्टू की लगाम थमाते हुए सीधा माड़ी की ड्योढ़ी में दाख़िल हो गया।

दीवान मय्यादास उन दिनों ज़मीनों के दौरे पर गया हुआ था। उसकी पत्नी देवकी को पता नहीं चल पाया कि 'माड़ी' में कौन आया है और कौन गया है। यों भी जवान बेटे की मृत्यु के बाद वह अधिकाधिक 'नेम-धर्म' में ही समय बिताने लगी थी। अगर धनपत उसके सामने आ खड़ा होता, उसे पता भी चल जाता कि यह कौन है, उस खतरे को भी भाँप जाती कि वह किस इरादे को लेकर वहाँ पहुँचा है, तो भी वह उसके सामने 'माड़ी' का फाटक खोल देने से इन्कार नहीं करती। बेटे की मौत के बाद ही नहीं, बहुत पहले से ही, मानवीय रिश्तों का स्तर उसके लिए बदल चुका था।

धनपत के दीवार से इस ओर, दीवान मय्यादास के हिस्से में ही, बाहरवाली बैठक में अपना सामान टिका लिया और माड़ी के इस भाग में ही दीवान गोकुलदास के उत्तराधिकारी के रूप में व्यवहार भी करने लगा। दिन में चक्कर कस्बे का

लगाता, गंजमंडी में गुमाश्तों के साथ जा बैठता। दो-तीन दिन में ही बहुत-से लोगों को माड़ी का अपना पता भी बता आया था, और कस्बे-भर में जगह-जगह उसी की चर्चा होने लगी थी।

तब धनपत बीसेक साल का रहा होगा। पतली-पतली मूँछें, दुबला शरीर, पीला चेहरा, सिर पर बड़ा-सा पग्गड़ रखे और नीचे शोख़ पीले रंग का अँगरखा पहने वह स्वाँग बना घूमता था, और इस पर मरियल टट्टू—सोने पर सुहागा—दो ही दिन में लोग खी-खी करके हँसने और उसकी खिल्ली उड़ाने लगे थे। शीघ्र ही वह 'रंगीला' या 'रंगीला धनपत' के नाम से कस्बे में जाना जाने लगा था।

माड़ी में पहुँचने पर जब दीवान मय्यादास को पता चला कि यह उसी रखैल का बेटा है तो वह समझ गया कि ज़मीन-जायदाद को लेकर अब बखेड़ा खड़ा होगा। मय्यादास, कारदार रह चुके थे। इन मामलों के टेढ़ेपन को खूब समझते थे। जब धनपत, मय्यादास से मिलने गया तो पीला अँगरखा पहनकर और सिर पर केसरी पगड़ी रखकर। हाथ में टट्टू के हाँकनेवाली चाबुक भी उठाए हुए था।

दीवान मय्यादास ने उसे सिर से पाँवों तक देखा। वह उसे कोई मसख़रा-सा ही लगा।

''कहो बरखुरदार, तुम चंद्रा के बेटे हो?''

''मैं दीवान गोकुलदास का बेटा हूँ।''

मय्यादास ने सिर हिलाकर, उसे फिर सिर से पाँव तक देखा—

''यहाँ कैसे आना हुआ? किसी काम से आए हो?''

''अपने घर आया हूँ। दीवान धनपत, वल्द-ए-दीवान गोकुलदास...!''

मय्यादास तनिक मुस्कराए और सिर हिला दिया; और उसे फिर सिर से पाँव तक देखते रहे।

''कोई चिट्ठी-पत्री भी लाए हो?''

''हाथ कंगन को आरसी क्या। मैं खुद जो मौजूद हूँ।''

''तुम्हारी माँ कहाँ है?''

''माँ यहीं पर है। माड़ी में ही दीवार के पीछे रहती है।''

''तुम्हारी अपनी माँ? जिसने तुम्हें भेजा है?''

इस पर धनपत अपना अँगरखा झुलाता हुआ तनिक आगे बढ़ आया था, और अपनी बाईं हथेली पर टट्टू की चाबुक ठकरोरते हुए बोला—

''दीवान जी, सीधे हाथ से दोगे तो भी लूँगा, और उल्टे हाथ से दोगे तो भी लूँगा। मैं माड़ी का अपना हिस्सा छोड़नेवाला नहीं हूँ। मैं भी दीवान हूँ।''

मय्यादास चुपचाप उसकी ओर देखते हुए सिर हिलाते रहे थे। दोनों के बीच बात यहीं पर खत्म हो गई थी और ''पा लागूँ, ताऊ जी!'' कहकर वह पहले की तरह अँगरखा झुलाता हुआ बाहर निकल गया था।

अभी तक माड़ी में धनपत की उपस्थिति काँटे की चुभन से अधिक कुछ नहीं थी। मय्यादास को खटका ज़रूर था कि इसके रहते पेचीदगियाँ पैदा होंगी पर कोई

कागज़-पत्तर न रहते, कोई गवाह-सनद न रहते यह बिगाड़ कुछ नहीं सकता था। पर क्या मालूम इसके पास कोई लिखत मौजूद हो, जिसे गोकुलदास ने अपनी रखैल को दे रखा हो और वह ऐन नाके पर पेश कर दे।

उस वक़्त दीवान मय्यादास चुप रहा।

उन दिनों भी दीवान धनपत की कारगुज़ारियाँ निराली हुआ करती थीं।

कारदारी के दिनों में दीवान मय्यादास का, पोहराम नाम का, एक मुंशी हुआ करता था। तेली मुहल्ले के पीछे, कसाइयों की गली के नाके पर उसका छोटा-सा पुश्तैनी घर था। लगभग बीस साल तक वह दीवान मय्यादास के पास काम करता रहा था, पर जब मय्यादास पहले लाहौर और बाद में काबुल की नौकरी पर चला गया तो पोहराम बेकार हो गया था। बरसों बाद काबुल में गड़बड़ होने पर जब मय्यादास कस्बे में लौटकर आया, तब तक पोहराम मर-खप चुका था पर उसकी घरवाली अपनी जवान बेटी को ओट में लिए, जैसे-तैसे उसी घर में अपनी गुज़र कर रही थी। मय्यादास की पत्नी, देवकी, गाहे-बगाहे उसकी थोड़ी-बहुत मदद कर दिया करती थी। पर मुंशी पोहराम कोई पैसा छोड़कर नहीं मरा था। उसकी अधेड़ उम्र की विधवा उस समय घर बेचकर कहीं निकल जाती तो शायद उसकी बेटी भी बच जाती और उसे भी कोई दूसरा ठौर-ठिकाना मिल जाता। पर वह अपने पति के पुश्तैनी घर के साथ चिपटी रही। नतीजा यह हुआ कि मय्यादास के लौटकर आने तक उसके घर की गज़र अपनी बेटी मोतिया की कमाई से होने लगी।

यहीं पर धनपत ने एक और हरकत की। मोतिया के घर आने-जाने लगा। मोतिया की माँ भी उसे बढ़ावा देने लगी। रखैल के पेट से पैदा हुआ है, पर है तो दीवान गोकुलदास का बेटा। क्या मालूम एक दिन मोतिया भी माड़ी में जा बैठे।

तेलियों के मुहल्ले के पीछे, कुछ दूरी पर कसाइयों की गली थी। इसी गली को पार करके पीछे कस्बे के उस इलाके में जाया जाता था जहाँ कुम्मी, तेली, जुलाहे आदि रहते थे।

एक दिन धनपत को क्या सूझी कि अपना सारा दीवानी रोआब-अंदाज़ भूल बैठा और मोतिया के पीछे-पीछे हो लिया। मोतिया तेली मुहल्ले के रास्ते से कसाइयों की गली में दाखिल हुई थी।

धनपत, टट्टू पर सवार, दूसरी तरफ़ से आ रहा था। मोतिया उसकी ओर देखकर हँस दी—भले ही उसका बाना देखकर हँसी हो या अपने चुलबुलेपन के कारण—और आगे बढ़ गई। उसकी हँसी दीवान धनपत को सिर से पैर तक झकझोर गई। उसने टट्टू की लगाम मोड़ दी और मोतिया के पीछे-पीछे हो लिया। मोतिया थोड़ा आगे बढ़ गई तो धनपत ने एड़ लगाकर टट्टू की चाल तेज़ कर दी। मोतिया के कंधों पर लहराता प्याज़ी रंग का दुपट्टा मानो उसे बुला रहा हो, इशारे कर रहा हो। मोतिया ने टट्टू के खुरों की आवाज़ सुनी तो पीछे मुड़कर देखा, और देखते ही खिलखिलाकर हँस दी। इससे धनपत और भी ज़्यादा बेचैन होकर उसके पीछे हो लिया।

कुछ ही कदम आगे बढ़ने के बाद कसाइयों की दूकानें शुरू हो गई थीं, और मोतिया को गली में से गुजरते देखकर कसाइयों के चबूतरों पर बैठे कुछ लोग मोतिया पर आवाज़ें कसने लगे थे, पर मोतिया जवाब में 'दुर, फिट्टे मुँह' कहती, हँसती-इठलाती हुई कसाइयों की गली पार कर गई।

तभी एक कसाई के चबूतरे पर बैठा एक मजनू-सा आदमी उचककर चबूतरे पर से उतरा और मोतिया के पीछे-पीछे हो लिया।

''अबे, लौट आ, नूरे!'' पीछे से कसाई ने आवाज़ लगाई, ''यह माल तेरे लिए नहीं है! लौट आ!''

नूरे को यों मोतिया के पीछे लपककर जाते देखकर धनपत के शरीर पर जैसे किसी ने जलती सलाख छुआ दी हो। टट्टू की पीठ पर बैठा-बैठा ही वह अंदर से तिलमिलाने लगा।

गली के मोड़ पर पहुँचकर मोतिया ने घूमकर पीछे की ओर देखा। तब तक नूरा उसके पास पहुँच चुका था। पीछे से कसाई आवाज़ें कसते जा रहे थे।

क्षण-भर के लिए मोतिया के माथे पर सिलवट-सी उभरी, मानो उसकी पीठ-पीछे कुछ अप्रत्याशित-सा हो रहा हो, जो उसकी समझ में नहीं आ रहा हो। फिर नूरे को अपने पीछे आते देखकर बोली, ''दुर, फिट्टे मुँह! जा, माँ बुला रही है!'' और फिर टट्टू पर बैठे सूरमा की ओर देखकर हँसने लगी और गली का मोड़ मुड़ गई।

और इस घटना के दो दिन बाद धनपत मोतिया को 'माड़ी' में ले आया था।

कस्बे-भर में बात बिजली की तेज़ी से फैल गई थी। दीवान मय्यादास उन दिनों फिर किसी काम से लाहौर-दरबार में गया हुआ था। कस्बे में सभी लोग जगह-जगह इसी घटना की चर्चा कर रहे थे और अनुमान लगा रहे थे कि घर लौटने पर दीवान मय्यादास की क्या प्रतिक्रिया होगी।

इसमें ज़्यादा अनुमान लगाने की गुंजाइश नहीं थी। मय्यादास इसी धनपतवाले मामले को लेकर लाहौर में कानूनगो से सलाह-मशविरा करने गया था। लौटकर आने पर जब उसे पता चला कि धनपत पोहराम की बेटी को माड़ी में ले आया है तो उसने उसी वक़्त चार कहार बुलवाए और धनपत का सारा सामान बाहर गली में फिंकवा दिया और कोठरियों पर बड़े-बड़े ताले डलवा दिए।

कोई और होता तो कस्बा छोड़कर चला जाता, पर धनपत इस मिट्टी का नहीं बना था। गली में अपना सामान फिंकता देखता रहा और सिर हिला-हिलाकर कहता रहा—

''कोई फ़िक्र नहीं ताऊ जी, फेंक दो सामान, पर मैं भी दीवान हूँ और अपना हक़ लेकर रहूँगा।''

और फिर उन्हीं कहारों से सामान उठवाकर गंजमंडी की ओर चला गया और उसी दिन गंजमंडी में एक चौबारा लेकर रहने लगा। मोतिया को उसकी माँ घर

लौटा ले गई। इस घटना के बाद भी धनपत ने अपना ढीला अँगरखा पहनना नहीं छोड़ा, न ही किसी तरह की नदामत महसूस की। पहले की ही भाँति कस्बे की गलियों में चक्कर लगाता रहा, अपने नाम के साथ 'दीवान' का ओहदा बराबर लगाता रहा।

मोतिया के घर में उसका आना-जाना बना रहा या नहीं बना रहा, कोई नहीं जानता था पर मोतिया के घर के बाहर एक दिन नूरे की लाश पड़ी मिली थी। वह कैसे मरा, उसे किसने मारा और मोतिया के घर के बाहर ही क्यों—ये बातें कस्बे में उठीं, पर वक्त बीतने पर लोगों के जेहन से उतर गईं। मोतिया की माँ भी अपनी बेटी को साथ लेकर कस्बा छोड़ गई।

7

दादी माँ की कहानियाँ तो लेखराज हर आए दिन शाम को सुना करता था, पर एक शाम की याद उसके मानस-पटल पर गहरे अंकित हो गई थी। ढलती दोपहर के समय, काबुली दरवाज़े के बाहरवाले मैदान में वह देर तक गोलियाँ खेलता रहा था; यहाँ तक कि साए उतरने लगे थे और हवा में मक्का के भुने हुए दानों की गंध फैली हुई थी, और जाड़ों की शाम का हल्का, नीला, झीना-सा पर्दा भी हवा में छितरने लगा था। वह घर की ओर लौट रहा था, जब काबुली दरवाज़ा लाँघते समय उसकी नज़र एक घुड़सवार पर पड़ी थी, जो उसी समय काबुली दरवाज़े में दाख़िल हो रहा था। उस पर नज़र पड़ते ही लेखराज चौंक-सा गया था, मानो उस सरदार को उसने पहले कभी देखा हो, और फिर मंत्रमुग्ध-सा उसकी ओर देखता रह गया था। सालार ने नीले रंग का रेशमी बाना पहन रखा था और सिर पर केसरी रंग की दस्तार थी, कमर पर से झूलती हरे रंग की म्यान और गले में मोतियों के हार थे। लेखराज कुछ देर तक तो उसे देखता रहा था, फिर अपने घर का रास्ता छोड़ वह उसके पीछे हो लिया था। एक गली से दूसरी गली, फिर तीसरी गली। सेठियों के मुहल्ले में पहुँचकर वह दाएँ हाथवाली चौड़ी गली में चला गया था। वह गली सीधी शीशमहल को जाती थी और थोड़ी दूर जाकर दाईं ओर को घूम गई थी और कुछ-कुछ सँकरी हो गई थी। वहाँ दिन के समय भी अँधेरा रहता था। लेखराज गली के मोड़ तक उसके पीछे-पीछे चला गया था। उस सरदार के पीछे-पीछे दो आदमी, घोड़ों पर सवार चले जा रहे थे। उनके हाथ में लंबे-लंबे भाले थे और सिर

पर गोल फौजी टोपियाँ थीं। लेखराज ने समझा कि वह कोई सालार है और उसके पीछे-पीछे जानेवाले, उसके दो नायब हैं। अब वह सालार गली के झुटपुटे में खोता जा रहा था, नीला बाना आँखों से ओझल होता जा रहा था, पर अँधेरे में उसकी केसरी दस्तार झिलमिला रही थी। कुछ दूर तक घोड़ों के खुरों की टाप लेखराज के कानों पर बजती रही थी और फिर मंद पड़ते हुए गली के घटाटोप में ही जैसे खो गई थी।

कुछ देर तक लेखराज वहाँ खड़ा दूर जाते सालार को निहारता रहा था, फिर वह भागकर दूसरे रास्ते से शीशमहल के बड़े आँगन में खुलनेवाली एक चौड़ी गली के सिरे पर जा पहुँचा था, और उसकी आँखें उस सँकरी गली के मुहाने पर लग गई थीं जिसमें से सालार और उसके दोनों नायब फिर से प्रगट होनेवाले थे, ताकि वह फिर से उन्हें आँख भरकर देख सके।

जब सालार फिर से प्रगट हुआ तो ढलते सूरज का प्रकाश उसकी कलग़ी पर पड़ रहा था। लेखराज की आँखें फिर से सालार के दमकते चेहरे, गर्वीली तनी हुई छाती और मोतियों के हारों से सजे उसके लहरियाते नीले बाने पर लग गई थीं।...

बाद में, बरसों बाद भी बार-बार उस सरदार की छवि लेखराज की आँखों के सामने आती रही थी। यहाँ तक कि जंग के मैदान में जब वह जख़्मी हुआ था, और बहुत-सा खून बह जाने पर उनींदा-सा पड़ा था, तो भी अनेक अटपटे चित्रों के बीच, घोड़े पर बैठे उस सरदार की छवि उभरी थी, और उस हालत में भी वह उसे मनमोहक लगा था और मंत्रमुग्ध-सा देखता रह गया था।

कुछ चेहरे, कुछ छवियाँ, संस्कार बनकर हमारे अंदर समा जाती हैं, हमारे अंतस में रच-बस जाती हैं। उसकी कलग़ी, उसकी तनी छाती, उसकी बड़ी-बड़ी आँखें, दमकता चेहरा और हल्के नीले रंग का रेशमी जामा—जैसे दादी माँ की कहानियों के नायकों के शौर्य-साहस के साथ मिलकर, उस सालार की छवि के साथ-साथ, घूमने लगा था।

उस शाम जब वह दादी माँ की कोठरी में गया तो दादी माँ ने बताया था कि सचमुच ही कोई सालार होगा जो लाहौर-दरबार की ओर से कस्बे के राजा से मिलने आया है। पर उसकी ओर इकटक देखते हुए लेखराज को लगा था जैसे वह दादी माँ की कहानियाँ में से ही उतरकर आया हो। वह वैसा ही शाहसवार लग रहा था, जैसे दादी माँ की कहानियों के नायक हुआ करते थे।

लेखराज उन दिनों एक छोटा-सा बालक ही तो था। दादी माँ की कहानियों के प्रसंग कहीं इस अनोखे सालार के साथ जुड़ गए थे, और जुड़ते ही घुल-मिल गए थे, यहाँ तक कि बरसों बाद उनके बारे में सोचते हुए लेखराज के लिए कहना कठिन हो जाता था कि क्या सचमुच ही कोई सालार कस्बे की गलियों में आया था—नीला रेशमी बाना पहने, दमकते चेहरेवाला, जिसके गले में मोतियों के हार चमक रहे थे, या वह मात्र उसकी कल्पना थी। अतीत में बिखरे अनेक काल-खंडों के बीच की

खाइयाँ पाटते हुए, लेखराज का मन कभी एक जगह तो कभी दूसरी जगह जा अटकता था, और कोई बारीक-सा तंतु एक घटना को दूसरी घटना के साथ अथवा यथार्थ को कल्पना के साथ जोड़ता-सा प्रतीत होता था।

अक्सर शाम को, दिया-बाती के समय, दादी माँ की कोठरी में ही जमाव होता था— जब खाट पर बैठी दादी माँ के आस-पास ज़मीन पर बहुत-से बच्चे जुट जाया करते थे, और दादी माँ के हिलते जबड़े पर आँखें गाड़े, उनके होंठों में से निकलनेवाला एक-एक शब्द दत्तचित्त होकर सुना करते थे। दादी माँ के मुँह से एक-एक शब्द जैसे एक-एक चित्र बनकर निकलता था, और लेखराज की आँखों के सामने एक चित्रमाला-सी बनती जाती थी, जिसमें लेखराज की अपनी कल्पना तरह-तरह के रंग भरती रहती थी। और उन कहानियों में कुछ ऐसा था जो अदृश्य रूप से उसके दिल को उद्वेलित कर देता था।

दादी माँ सुना रही थी—

''फिर रात के अँधेरे में तीन आदमी माई गुजरी के घर में आए। एक के हाथ में चाँदी की थाली थी। उसे सफेद कपड़े से ढका हुआ था। थाली को उठाए वे धीरे-धीरे चलते हुए, अँधेरे में से निकलकर दीवार में लगी मशाल की रोशनी में, माई गुजरी के सामने आकर खड़े हो गए। तीनों चुप थे, तीनों की पलकें झुकी हुई थीं। गुरु महाराज की माँ भी चुप थी। मानो सभी जानते हों कि कपड़े के नीचे थाली में क्या रखा है। फिर उसने कपड़े को उठाया। नीचे गुरु महाराज का कटा हुआ सिर रखा था···!''

सभी बच्चे दम साधे सुन रहे थे। क्षण-भर के लिए लेखराज की मानो साँस उखड़ गई थी, और वह इकटक दादी माँ के चेहरे की ओर देखने लगा था।

दादी माँ अभी बताएगी कि गुरु महाराज का सिर वहाँ कैसे पहुँचा, और वह आदमी कौन था जो उसे थाली में रखकर लाया था। कहाँ से लाया था? गुरु महाराज का कटा हुआ सिर ले आया है, तो उनका शरीर? उनका शरीर कहाँ पर है?

''फिर? फिर दादी माँ?''

''हाँ, बेटा, आतताइयों ने पहले गुरु महाराज के तीनों साथियों को मारा, फिर उनका सिर काटकर उनकी देह के साथ सड़क पर फेंक दिया!''

''फिर?'' आतुर और अधीर बच्चे पूछ रहे थे।

''फिर क्या होना था? गुरु महाराज का धड़ और सिर, धूल-मिट्टी में लथपथ चौक में पड़े रहे। किसी में साहस नहीं था कि उनके पास जाए। ···पर भगवान की करनी, शाम होते-होते ज़ोरों की आँधी आई। आँधी भी ऐसी कि हाथ को हाथ नहीं सूझता था। इस पर पता है क्या हुआ?''···

दादी माँ जब ऐसा सवाल पूछती तो लगता, आँधी-तूफ़ान में से दादी माँ की आवाज़ आ रही है।

''वहाँ जैता नाम का एक आदमी खड़ा था। वह गुरु महाराज का भक्त था। उसने जब देखा कि ज़ोरों की आँधी आई है तो वह भागकर आँधी के बवंडर के अंदर घुस गया और झट-से गुरु महाराज का सिर उठा लाया और अपनी चादर में छिपा लिया। किसी का ध्यान उसकी ओर नहीं गया। फिर वह वहाँ से निकल आया और सीधा आनंदपुर साहिब की ओर रवाना हो गया...''

लेखराज की आँखें दादी माँ के बुदबुदाते होंठों और हिलते जबड़े पर लगी थीं, पर साथ-ही-साथ उसकी आँखें, अंधड़ में एक साँवले, मटमैले कपड़ोंवाले किसी जाट को भी देखे जा रही थीं जो आँधी के ब्यूह के बीच बड़ी तत्परता से महाराज का सिर उठाए भाग खड़ा हुआ था और अब किसी लंबी सड़क पर चलता हुआ आनंदपुर साहिब की ओर जा रहा था।

दादी माँ के मुँह से एक-एक शब्द सुनते हुए लेखराज की आँखें एक के बाद एक चित्र को देखे जा रही थीं।

''पर दादी माँ, क्या गुरु जी का धड़ वहीं पर पड़ा रहा?''

''जैते ने सिर तो उठा लिया था,'' दादी माँ सुना रही थीं, ''अब सुनो, धड़ का क्या हुआ। जैता तो गुरु महाराज का सिर लेकर वहाँ से निकल गया, पर धड़ तो वहीं पड़ा था। वहाँ, चौक के पास एक व्यापारी का घर था। लखीदास नाम था उसका। अपने घर के छज्जे पर खड़ा वह यह सारा दृश्य देख रहा था। वह भी बड़े जीवटवाला आदमी था। उसने क्या किया? उसने अपना ठेला लिया, उस पर कुछ सामान रखा और अंधड़ में ठेला खींचता हुआ उस जगह आ पहुँचा जहाँ गुरु महाराज का धड़ पड़ा था। ठेला खड़ा करके उसने गुरु महाराज का धड़ उठाया, और सामान के बीचों-बीच रखकर, ठेला खींचता हुआ अपने घर ले गया। ज़ोरों की आँधी चल ही रही थी, उसकी ओर किसी का ध्यान नहीं गया। पहरेदारों ने समझा कि कोई ठेलेवाला, सौदागरी का अपना सामान लिए ठेला खींचता चला जा रहा है।''

''फिर? फिर, दादी माँ?'' लेखराज दम साधे सुन रहा था।

''लखीदास ठेले को सीधा अपने घर ले गया। पर अब क्या करे? गुरु महाराज के शरीर को वह अपने घर पर तो नहीं रख सकता था। उसका दाहकर्म करना था, उसे कहीं पहुँचाना था। लखीदास ने क्या किया, गुरु महाराज के शरीर को घर के अंदर ले गया और अपने घर को आग लगा दी। ...इस तरह से महाराज का दाहकर्म किया!''

बच्चों को जलते घर में से, धू-धू करके उठते हुए शोले नज़र आने लगे। दादी माँ की प्रत्येक कहानी किसी शोभायात्रा के विवरण-जैसी लगा करती थी। लेखराज के कान दादी माँ के होंठों पर लगे रहते और आँखें मानो अपने सामने उस शोभायात्रा को देखे जा रही होतीं।

बच्चों के बार-बार आग्रह करने पर दादी माँ एक और कहानी—बंदा वीर

बैरागी की कहानी—सुनाने लगी—

''⋯बंदा बैरागी को पकड़कर दिल्ली ले गए। जानते हो, कैसे ले गए ? पिंजरे में बंद करके, जैसे जानवरों को ले जाते हैं। पिंजरे के आगे-आगे हाकिम के दो हज़ार सिपाही लंबी पाँतों में चल रहे थे। हर सिपाही भाला उठाए हुए था और हर भाले की नोक पर एक सिर टँगा हुआ था, वीर बैरागी के एक-एक वीर साथी का सिर। दो हज़ार सिर⋯और पिंजरे के पीछे बंदा बैरागी के सात सौ चालीस साथी, जिनके पाँवों में बेड़ियाँ पड़ी थीं, हाँककर लाए जा रहे थे⋯''

लेखराज की आँखों के सामने एक और शोभायात्रा के पट खुलने लगे थे।

दादी माँ कभी-कभी गुनगुनाने लगती, अपनी खरज आवाज़ में गाने लगती, कवित्त सुनाने लगती। और लेखराज जो उन दिनों सातेक बरस का रहा होगा, दादी माँ के और भी निकट सटकर बैठ जाता। दादी माँ के मैले दुपट्टे में से भीनी-भीनी-सी महक आती थी, सोंधी-सी, स्नेहपूर्ण। भयानक जंग के दिनों में भी उसे कई बार दादी माँ याद हो आया करती थी और साथ ही उसके कपड़ों से आनेवाली महक का भी उसे भास होने लगता था। उसे दादी माँ के साथ सटकर बैठना अच्छा लगता था। अतीत के साथ उसकी नन्हीं चेतना को जोड़नेवाला सूक्ष्म, सुनहरा तंतु—दादी माँ स्वयं भी मानो इतिहास के धुँधलके में से ही निकलकर आई हो। उसकी कहानियाँ सुनते हुए, उसी धुँधलके में घोड़े भागने लगते, लश्कर आगे बढ़ने लगते, और तरह-तरह के चित्र उभर-उभरकर प्रगट होने लगते। अतीत जाग उठता था, उसमें जीवन की धड़कन आ जाती थी। कभी-कभी दादी माँ ताली बजा-बजाकर गाने लगती थी, धीरे-धीरे। अपनी खरज आवाज़ में जब वह इस तरह गाने लगती तो लड़के समझ जाते कि शीघ्र ही कोई नया किस्सा सुनाने लगेगी।

''तो गुरु महाराज ने संगत से कहा, 'मुझे एक आदमी का सिर चाहिए।' अब सिर कौन दे ? महाराज ने फिर कहा, 'सुनो वीर जी, मुझे एक आदमी का सिर चाहिए। कौन, माई का लाल मुझे अपना सिर देगा ?' दादी माँ अपनी कहानियों में माई का लाल, माई का लाल बहुत कहती थी, ''कोई नहीं बोला। सब चुप। आस-पास पूरी संगत खड़ी थी। सब हैरान थे कि गुरु महाराज आज क्या माँगने लगे हैं। सभी गुरु के सेवक, सभी उनके साथी, पर सिर कौन दे ? पर जब तीसरी बार महाराज ने कहा, 'आज मेरी तलवार को एक सिक्ख की ज़रूरत है, है कोई माई का लाल जो मेरी इच्छा पूरी करे ?' तब सकता-सा छा गया। चारों ओर चुप्पी। तब महाराज ने क्या देखा कि भीड़ में से एक आदमी, धीरे-से आगे बढ़ता आ रहा है और आकर महाराज के सामने हाथ बाँधकर खड़ा हो गया, 'महाराज, मेरा सिर हाजिर है !' ''

सुनते हुए सभी बच्चे भाव-विह्वल हो उठे थे।

''महाराज ने उसे सिर से पाँव तक देखा, 'कौन हो तुम ? क्या नाम है तुम्हारा ?'

'' 'महाराज, मेरा नाम दयाराम है।' उस आदमी ने कहा।

'' 'कहाँ के रहनेवाले हो?'

'' 'महाराज, मैं लाहौर का रहनेवाला हूँ, खत्री जात का हूँ। मेरा सिर हाज़िर है।'

''महाराज भी उसकी ओर देखते रहे। फिर क्या किया? महाराज ने मियान में से अपनी तलवार निकाली और एक हाथ में नंगी तलवार उठाए, दूसरे हाथ से दयाराम को कलाई से पकड़े, उसे खींचते हुए अपने साथ ले गए। दूर, सामने एक टीले पर, एक तंबू गड़ा था। सभी की आँखों के सामने महाराज उसे तंबू के अंदर ले गए। सारी संगत, आँखें फाड़े उस ओर देखती रह गई कि अब क्या होनेवाला है। सभी दम साधे खड़े थे। क्या गुरु महाराज अपने ही सिंह को मौत के घाट उतार देंगे? महाराज को क्या हो गया है? महाराज ने पहले तो कभी भी ऐसा नहीं किया!

''कुछ ही देर बाद महाराज तंबू में से बाहर निकले। हाथ में नंगी तलवार थी और उस पर से टप-टप लहू बह रहा था! यह क्या? महाराज ने यह क्या कर दिया है? अपने ही साथी का सिर काट दिया है! सभी के दिल दहल उठे। वे फटी आँखों से महाराज की ओर देखे जा रहे थे। खून से सनी तलवार लिए, महाराज संगत के पास लौट आए...''

लेखराज इस कहानी से सबसे अधिक उद्वेलित हुआ था। उसका गला रुँध-रुँध जाता था। टकटकी बाँधे वह दादी माँ के चेहरे की ओर देखे जा रहा था।

''गुरु महाराज चलते हुए संगत के पास आए, और आते ही बोले, 'मुझे एक और सिर चाहिए।'

''संगत को तो जैसे काठ मार गया हो! एक सिर मिल गया तो अब एक और सिर माँग रहे हैं। कौन अपना सिर देगा—यह जानते हुए कि थोड़ी ही देर बाद उसका खून भी महाराज की नंगी तलवार पर से टपकता नज़र आएगा? गुरु महाराज को आज हो क्या गया है? इन्हें तो अपने सिक्ख जी-जान से प्यारे हुआ करते थे!''

''फिर?''

''संगत में सभी लोग आँखें फाड़े देखते रह गए, कोई बोला नहीं। फिर भीड़ में हरकत हुई। संगत में से एक आदमी चलता हुआ महाराज की ओर आ रहा था। पास पहुँचकर वह महाराज के सामने हाथ बाँधकर खड़ा हो गया, 'मैं हाजिर हूँ महाराज, मेरा सिर हाज़िर है!'

'' 'तुम कौन हो? क्या नाम है, तुम्हारा?'

'' 'महाराज, मेरा नाम धरमदास है, मैं हस्तिनापुर का रहनेवाला हूँ, जात से मैं जाट हूँ, महाराज!' और उसने महाराज के सामने अपनी गर्दन झुका दी।''

''फिर?'' बच्चों का दिल धक्-धक् कर रहा था।

''महाराज उसे भी कलाई से पकड़कर अपनी खून-सनी नंगी तलवार हाथ में

लिए, तंबू की ओर बढ़ गए।"

"फिर ? फिर दादी माँ, फिर ?" बालक लेखराज के दिल में गहरी हूक-सी उठी।

"फिर भी वही कुछ हुआ जो पहले हुआ था। थोड़ी देर बाद महाराज तंबू में से बाहर निकले। अबकी बार भी उनकी तलवार पर से लहू टपक रहा था।···संगत के पास लौटकर आते ही उन्होंने फिर से वही माँग की–'मुझे एक और सिर चाहिए!'

"सकता छा गया। महाराज कितने सिर माँगेंगे ? महाराज को आज क्या हो गया है! अपने सिंहों को अपने ही हाथ से मौत के घाट उतारते चले जाएँगे ?"

शाम के गहराते अँधेरे में दादी माँ की दो झपकती आँखें और हौले-हौले हिलता जबड़ा।

"इस पर भीड़ में से एक और आदमी निकलकर सामने आया।" सुननेवाले बच्चों की साँस धौंकनी की तरह चलने लगी।

" 'महाराज, मेरा सिर हाज़िर है।' "

"वह कौन था, दादी माँ ?"

"उसका नाम था मोहकमचंद। वह द्वारका का रहनेवाला था। महाराज उसे भी खींचकर ले गए। अबकी बार फिर लौटे, फिर एक और सिर की माँग की। अबकी बार भी खून से सनी तलवार उनके हाथ में थी।"

किसी भी बालक की समझ में कुछ नहीं आ रहा था। वैसे ही जैसे उस संगत में किसी की समझ में नहीं आ रहा था कि अपने वीर अनुयायियों को महाराज किस अपराध की सज़ा दे रहे थे। अपने ही साथियों के सिर काटते जा रहे थे!

"चौथे आदमी का नाम हिम्मत था, वह जगन्नाथपुरी का रहनेवाला था। और उसके बाद, पाँचवें का नाम साहिबचंद था और वह बीदर का रहनेवाला था···"

अबकी बार दादी माँ की अपनी आवाज़ लड़खड़ा गई थी और पलकें भीग गई थीं और वह अपने मैले दुपट्टे की चूक से अपनी आँखें पोंछ रही थी। दादी माँ को आँसू पोंछते देखकर अनेक बच्चे भी सिसकने लगे थे।

"पाँचों को मार डाला ?" लेखराज ने घबराकर पूछा। पर दादी माँ की आवाज़ में शीघ्र ही पहले-जैसी स्थिरता आ गई थी। समतल आवाज़ में बोली–

"पाँचवें आदमी को भी कलाई से पकड़कर महाराज तंबू में ले गए। पर थोड़ी देर बाद महाराज ने···" कहते-कहते दादी माँ की आवाज़ में हल्का-सा कंपन हुआ, और वह लरज़ती-सी आवाज़ में बोली–

"गुरु महाराज ने तंबू का पल्ला उठाया और बाहर निकल आए और धीरे-धीरे संगत की ओर आने लगे। उनके पीछे···उनके पीछे-पीछे पाँच आदमी चले आ रहे थे। सभी ने एक-जैसा बाना पहन रखा था। गेरवे रंग का लंबा कुर्ता, सिर पर गेरवे रंग की सधी हुई दस्तार, पाँचों के पाँचों महाराज के पीछे, सिर झुकाए चले आ रहे थे···"

''कौन थे दादी माँ ?''

''नजदीक आए तो लोगों ने उन्हें पहचान लिया। अरे, ये तो वही हैं, जिन्हें एक-एक करके महाराज तंबू में ले गए थे। दयाराम खत्री, धरमदास जाट, मोहकमचंद, हिम्मत और साहिबचंद। सभी जीते-जागते थे, सभी सिर झुकाए, महाराज के पीछे-पीछे आ रहे थे। और सभी के चेहरे पर से नूर टपक रहा था।''

तो क्या महाराज ने किसी को नहीं मारा था! सुननेवाले बच्चों ने राहत की साँस ली। एक-दूसरे की ओर देखकर मुस्कराए। कहानी में सचमुच बड़ा रस आने लगा था।

''वे सब बच गए थे, दादी माँ ?''

''तो क्या महाराज ने उन्हें मारा नहीं था ?'' दूसरे ने पूछा, ''पर महाराज की तलवार पर से खून जो टपक रहा था ?''

''महाराज ने मारने का नाटक किया था।'' एक और बच्चे ने कहा।

बच्चे एक साथ अपने-अपने प्रश्न पूछने लगे थे। दादी माँ बोली—

''महाराज उनके दिल की थाह पाना चाहते थे। उनकी परीक्षा ले रहे थे।''

तभी लेखराज के अंदर भावना का ज्वार-सा उठा था। भाव-विह्वल उसके दिल में हिलोरें-सी उठने लगी थीं। अगर महाराज ने मेरी परीक्षा ली होती, तो मैं भी ऐसा ही करता, अपना सिर हाज़िर कर देता। उसके भीतर कहीं दूर, अवचेतन में, कोई तंतु काँपने लगा था।

''फिर ? फिर दादी माँ, फिर क्या हुआ ?''

''गुरु महाराज उन्हें संगत के पास ले आए और बोले, 'ये मेरे पाँच प्यारे हैं, ये मेरे सच्चे सेवक हैं, इन्हें अपनी जान प्यारी नहीं है, यही सच्चे खालसा हैं, भगवान के सच्चे दास हैं···।' ''

उन्हीं दिनों वह सालार कस्बे में आया था—घोड़े पर सवार, अपने दो नायबों के साथ, जिसे देखकर लेखराज चौंक-सा गया था, और ज्यों ही वह काबुली दरवाजे के अंदर दाखिल हुआ था, तो लेखराज अपना खेल छोड़ उसके पीछे-पीछे हो लिया था। सिर पर केसरी रंग की दस्तार, गले में मोतियों के हार, और कमर से झूलती तलवार! लेखराज को लगा था जैसे उसने उसे कहीं देखा है। दादी माँ की कहानियों में से उतरकर वह जैसे कस्बे में आ गया था!

उस दिन ढलती दोपहर का समय था और पीली-पीली अलसाई-सी धूप चारों ओर फैली थी, जब गंजमंडी के बाहर मैदान की ओर से ढोल बजने की आवाज़ सुनाई दी थी। राह जाते लोग ठिठक गए थे। मनादी का ढोल था, और कुछ दिन से तरह-तरह की खबरें सुनने में आ रही थीं। लोग क़दम बढ़ाते हुए गंजमंडी के बड़े फाटक की ओर जाने लगे।

मनादी करनेवाला और कोई नहीं, कस्बे के मीरासी का भाई जलाल था–धारीदार कुर्ता, सिर पर लाल रंग की तुर्रेदार पगड़ी पहने हुए था। जब कभी कोई ज़रूरी मनादी करने वह निकलता तो सिर पर तुर्रेदार पगड़ी ज़रूर रखता था। उसे देखते ही लोग समझ गए थे कि कोई खास खबर देने निकला है।

''ख़लक खुदा दा, हुक्म बादशाह दा, हर ख़ास-ओ-आम को मतला किया जाता है कि फिरंगी के लश्कर सल्तनत-ए-खालसा की तरफ़ बढ़ते आ रहे हैं। कल से शीशमहल में भरती शुरू हो जाएगी।''

और ढोल पर ज़ोर से थाप देकर वह मैदान की ओर आगे बढ़ गया था।

देखते-ही-देखते कस्बे का माहौल बदल गया था। वातावरण में उत्तेजना भर गई थी। लोग भागते हुए घरों के बाहर निकल आए। गंजमंडी के बाहर का मैदान लोगों से भरने लगा। उत्कंठा और जिज्ञासा उन्हें बाहर खींचे ला रही थी। मैदान में जगह-जगह लोगों की टोलियाँ खड़ी नज़र आने लगीं। क्या हुआ है? क्या होने जा रहा है? कस्बे का माहौल उद्वेलित हो उठा था।

मनादी कर चुकने के बाद मीरासी का भाई गंजमंडी की ऊँची दीवार के साथ-साथ चलता हुआ काबुली दरवाज़े की ओर जाने लगा था। पाँच-सात बच्चे भी उसके पीछे-पीछे हो लिए थे। फिरंगी फ़ौजों ने खालसा राज पर हमला बोल दिया था। लाहौर-दरबार ने कुमक माँगी थी और शीशमहल में दूसरे दिन से भरती शुरू होनेवाली थी। वातावरण में अजीब-सी धड़कन पैदा हो गई थी। आगे क्या होगा, इसके बारे में कोई कुछ नहीं जानता था। एक तरह की धुंध-सी आँखों के सामने फैली थी।

फाटक के पास खड़ा कोई आदमी कह रहा था, ''सतलज की ओर फ़ौजें बढ़ रही हैं। यही सुनने में आया है।''

दो-तीन मलियारनें सिरों पर साग-सब्ज़ी की टोकरियाँ रखे गाँव को लौट रही थीं। मनादी का ढोल सुनकर ठिठक गई थीं। उनमें से एक बोली, ''धाड़ा-लोटी पड़ेगी, देख लेना!'' और उन्होंने गाँव की ओर अपने क़दम तेज़ कर दिए थे।

काबुली दरवाज़े के बाहर भी खड़े होकर जलाल ने मनादी की, उसी तरह फिर से ढोल पर थाप सुनाई दी और वह काबुली दरवाज़े की मेहराब लाँघकर कस्बे के अंदर बिछे गलियों के जाल में दाख़िल हो गया। धीरे-धीरे उसके ढोल की आवाज़ दूर पड़ने लगी।

लोगों की उत्कंठा बराबर बढ़ती जा रही थी। जहाँ कहीं वे किसी को कुछ कहते सुनते उसी के पास जा खड़े होते। बार-बार उनकी आँखें उस रास्ते की ओर उठ जाती थीं जो लाहौर को जाता था, कि अभी कोई हरकारा आएगा, या भागते धूल उड़ाते हुए घुड़सवार आएँगे और नई-नई सूचनाएँ देंगे। ढलती दोपहर के समय एक घुड़सवार सरपट घोड़ा दौड़ाता आया भी था, धूल-मिट्टी से अटा हुआ, जो हाथ ऊँचा उठाए चिल्ला रहा था–'जंग छिड़ गई है! जंग छिड़ गई है।' और

सीधा शीशमहल की ओर घूम गया था।

तरह-तरह की अफवाहें फैलने लगी थीं। कोई कहता कि शीशमहल के फाटक खोल दिए गए हैं और राजा साहिब से मिलने, कस्बे के रईस-साहूकार, रायज़ादे, दीवान सभी पहुँच रहे हैं। जंग की ख़बर केवल आशंका और भय को ही जन्म नहीं देती, वह वर्तमान के अंकुश भी ढीले कर देती है। दैनिक जीवन को नियमित करनेवाले बंधन भी शिथिल पड़ने लगते हैं। एक प्रकार की उन्मुक्तता का-सा भास होने लगता है। इसी कारण लोग दिन-भर बाहर मैदान में डोलते रहे थे, लाम जो छिड़ गई थी। पर साथ-ही-साथ, अंदर-ही-अंदर गहरी उत्तेजनापूर्ण भावनाएँ भी कसमसाने लगी थीं। किसी के दिल में मरदानगी और जौहर के वलवले उठ रहे थे, खालसा दरबार के लिए झूल जाने के। कुछ थे जिनके दिल में भविष्य के प्रति आशंका, अनिश्चय के भाव उठ रहे थे। एक झटके से जीवन का तारतम्य टूट गया। अब कुछ होनेवाला है, अब कुछ होकर रहेगा…एक अमूर्त, निःशब्द-सी अकुलाहट और व्यग्रता कस्बे के माहौल में आ गई थी।

कुछ ही देर बाद इस धड़कते माहौल में, मैदान में खड़े लोगों की आँखें काबुली दरवाज़े की ओर घूम गई थीं, जहाँ से दीवान मय्यादास धीर-गंभीर चाल से, हाथ में छड़ी उठाए काबुली दरवाज़े में से निकलकर बाहर आ गया था, और दीवार के साथ-साथ चलता हुआ गंजमंडी की ओर जाने लगा था। लोग समझ गए थे कि दीवान, बाहर के रास्ते शीशमहल की ओर जा रहा है। उसे देखकर ही इस बात का भास होने लगा था कि स्थिति बदल गई है, और गंभीर हो उठी है। दीवान जी, किसी गंभीर मशिवरे के लिए राजा साहिब के पास जा रहे हैं। दीवार के साथ-साथ मैदान के किनारे-किनारे चलता हुआ दीवान मय्यादास पूरे कस्बे की गरिमा का प्रतीक लग रहा था। सीधा स्तर शरीर, स्थिर गंभीर चाल, चेहरे पर बड़प्पन और दृढ़ता का भाव। कस्बे के जीवन में, लगता था, जैसे एक निर्णायक घड़ी आ गई है और उसमें दीवान मय्यादास अपनी भूमिका निभाने जा रहा है।

लगभग उसी समय जब दीवान मय्यादास बाहर के रास्ते से शीशमहल की ओर जा रहा था, कस्बे के अनेक जाने-माने व्यक्ति—दीवान, मलिक, रायज़ादे, अपने-अपने घर में से निकलकर अथवा साहूकारे व आढ़त की पैड़ी पर से उठ-उठकर शीशमहल की ओर जाने लगे थे। किसी ने भावावेश में दरबारी पोशाक पहन ली थी और कमरबंद में से झूलती तलवार लिए हुए था, कोई सीधे-सादे लिबास में ही चल दिया था। सभी के क़दम शीशमहल की ओर बढ़ रहे थे, कोई किसी गली को लाँघता हुआ, कोई किसी को। कस्बे का राजा अमीरचंद था तो मामूली-सा राजा, पर कस्बे में ख़ालसा राज्य की सत्ता का प्रतीक था। उसी पर लोगों की भावनाएँ केंद्रित होने लगी थीं। सभी महसूस कर रहे थे कि मुसीबत लाहौर-दरबार पर नहीं, समूचे राज्य पर आई है, इसलिए बरबस, उनका ध्यान राजा अमीरचंद की ओर जाने लगता था।

तभी सहसा बड़े मैदान में हँसी का फ़ौव्वारा छूटा। रंगीला दीवान धनपत अपने टट्टू पर सवार गंजमंडी की ओर से मैदान में दाख़िल हुआ था और अपने मरियल टट्टू को एड़ लगाता, उसकी पीठ पर उचकता मैदान पार करने लगा था। उसका मुँह शेख़ों के बाग़ की ओर था, जहाँ से काफ़िलोंवाला रास्ता शुरू होता था।

अपनी-अपनी टोली में खड़े बहुत-से लोग हँस दिए थे।

''सुलह करवाने जा रहा है!'' किसी ने ऊँची आवाज़ में कहा, जिस पर जगह-जगह खड़े लोग हँसने लगे थे।

मैदान में अनेक मनचले खड़े थे। बांशी, हरनारायण और रामजवाया की टोली भी वहीं पर थी। दीवान धनपत मैदान पार करता हुआ उन्हीं की ओर बढ़ता जा रहा था। मनादी के कारण वातावरण में जो तनाव पैदा हो गया था, दीवान धनपत के सामने आ जाने पर वह तनाव ढीला पड़ने लगा था, लोग हँसने-बतियाने लगे थे।

''सुलह करवाने नहीं, जंग में अपने जौहर दिखाने जा रहा है!'' कोई और बोला।

''इस टट्टू पर बैठकर भाला चलाएगा!'' नौजवानों की टोली में से आवाज़ आई।

''जंग के मैदान में भी अँगरखा पहनकर लड़ेगा!''

इस पर ठहाका हुआ।

अब तक मैदान में खड़े लगभग सभी लोगों की नज़रें, रंगीले दीवान की ओर घूम गई थीं और सभी को मानो मन-बहलाव का साधन मिल गया था।

धनपत अपनी तथाकथित दरबारी पोशाक में ही था। फीके हरे रंग की म्यानवाली तलवार टट्टू की पीठ से लग-लगकर उछल रही थी। लोगों को तफ़रीह का मौका मिल गया था।

मनचलों की टोली के पास से गुज़रा तो बांशी टोली में से निकल आया और उसके साथ-साथ भागने लगा और फिर उचककर, धनपत के पीछे टट्टू की पीठ पर चढ़ बैठा। कद्द-बुत्त से टट्टू सामान्य गधे से कुछ ही ऊँचा रहा होगा। इस पर मैदान में ठहाका उठा, लोग हँसी से लोट-पोट होने लगे।

बांशी ने अपनी दोनों बाँहें धनपत की कमर में डाल दी थीं। लोग और भी ज़्यादा हँसने लगे थे। उन्हें लगा जैसे उनकी आँखों के सामने कोई भड़ैत खेला जाने लगा है।

''उतर आ बांशी, दीवान जी को जल्दी पहुँचना है, बुलावा आया है।'' पीछे से आवाज़ आई।

धनपत की कमर में हाथ डाले बांशी को बैठा देखकर मैदान में खड़े लोग ठठाकर हँस रहे थे।

''उतर आ, उतर आ, बांशी, दीवान जी को देर हो रही है। जंग रुकी हुई है!''

मैदान के दूसरे सिर पर पहुँचकर बांशी कूदकर टट्टू से उतर गया और हँसता, खी-खी करता अपनी मंडली की ओर आने लगा।

"पर यार, यह तो बताओ, यह दीवान जा कहाँ रहा है ? कस्बे के बाहर क्यों चला गया है ?"

धनपत धूल उड़ाता मैदान पार कर गया था और आँखों से ओझल हो गया था।

इस भाँति उस दिन कस्बे से दीवान धनपत का प्रस्थान हुआ था। कुछ घड़ियाँ मन पर अपनी अलग-सी छाप छोड़ जाती हैं। यह भी एक ऐसी ही घड़ी थी जो कस्बे को याद रही और वक़्त बीतते न बीतते ऐतिहासिक महत्त्व ग्रहण कर गई थी।

शाम होते-होते कस्बे की ज़िंदगी का जैसे ढर्रा ही बदल गया था। घरों को लौटने की जैसे किसी को सुध-बुध ही नहीं रही थी। गाँवों में से भरती करने के लिए राजा जी के मुख्तार जा चुके थे। तरह-तरह की ख़बरें फैलने लगी थीं—दीवान मय्यादास ने लाहौर-दरबार को एक लाख अशर्फियाँ दी हैं, रायज़ादा मोहनलाल ने बीस हज़ार की थैली दी है, कुछ और रईसों ने भी धन दिया है।...

जबसे कस्बे में मनादी का ढोल बजा था, लेखराज भी उत्तेजित हो उठा था। ताऊ जी की पैड़ी पर से उठकर वह भी लपककर गंजमंडी के बाहर मनादी सुनने चला गया था। और एक जगह नहीं, दो-तीन जगह उसने मनादी सुनी और उद्वेलित-सा महसूस करते हुए वह अपने दोस्त मनोहरलाल से जा मिला था और फिर दोनों कभी मैदान में, तो कभी कस्बे की गलियों में चक्कर काटते रहे थे।

और दूसरे दिन सुबह-सवेरे ही दोनों मित्र, शीशमहल में जाकर अपना नाम लिखवा आए थे। न किसी से पूछा, न कहा, न सुना।

लेखराज के मन में जंग की कोई साफ़ समझ अथवा परिकल्पना रही हो, ऐसा भी नहीं था। जंग के बारे में सोचते हुए कुछ भी स्पष्टतः उसकी आँखों के सामने नहीं उभरता था, केवल दिल में उद्वेलन था, कुछ कर पाने की ललक, एक अदम्य इच्छा या फिर उसकी भावुक वृत्ति। यों लेखराज चुपचाप रहनेवाला, मितभाषी, काम से काम रखनेवाला आज्ञाकारी-सा युवक था, जो कुछ बरसों से अपने ताऊ, दीवान मय्यादास की पैड़ी पर काम करने लगा था। जब से कस्बे में तरह-तरह की ख़बरें आने लगी थीं, तभी से वह विचलित-सा महसूस करने लगा था।

जब दीवान मय्यादास को पता चला कि भतीजा भरती में अपना नाम लिखवा आया है तो उन्हें अचंभा हुआ। पैड़ी पर लेखराज ने कभी इसकी चर्चा नहीं की थी और अब बिना बताए-पूछे नाम दे आया था। मन-ही-मन दीवान मय्यादास उसकी दिलेरी और हुब्बुलवतनी की सराहना भी कर रहे थे, पर तनिक क्षुब्ध भी थे कि आवेश और भावुकतावश लड़का नाम लिखा आया है। उन्होंने उसे समझाने की भी कोशिश की—

"तू क्या लड़ेगा। तेरे मुँह पर तो अभी रोएँ भी नहीं फूटे हैं।"

लेखराज चुपचाप, नज़र नीची किए खड़ा रहा था। अपने ताऊ के सामने मुँह खोलने की उसकी हिम्मत ही नहीं हुई। मय्यादास का दिल युवक के प्रति कुछ पसीज भी उठा। उसकी पीठ पर हाथ फेरते हुए उसे समझाने लगा कि अभी तुम्हारी उम्र छोटी है, जब कुछ बड़े हो जाओगे तो मैं स्वयं, राजा जी से कहकर तुम्हें बाहर भिजवा दूँगा। पर तभी लेखराज बोल उठा था कि वह जंग में ज़रूर जाएगा। वह नाम लिखवा आया है, और अब पीछे नहीं हटेगा।

"तेरे पीछे तेरी माँ का क्या होगा? रो-रोकर अधमरी हो जाएगी। कुछ सोच-समझकर बात करते हैं।"

पर लड़के ने एक नहीं सुनी। उन्हें बुरा भी लगा कि युवक इतना ज़्यादा हठ कर रहा है। पर वह ज़्यादा कहते भी क्या, स्वयं ही तो पूरी एक लाख अशरफियाँ खालसा दरबार के लिए दे आए थे। मन-ही-मन उन्हें इस बात का गर्व भी था कि न केवल उन्होंने इतनी बड़ी रकम ख़ालसा दरबार को दी है, बल्कि उनके घर का एक युवक भी जंग में जान की बाज़ी लगाने जा रहा है।

लेखराज की माँ बहुत बिलखी, बहुत चिल्लाई। उसने भी बहुत वास्ते डाले—अपने वैधव्य के, अपने अकेलेपन के, अपने बुढ़ापे के; पर लेखराज के सिर पर तो जनून सवार था, वह अपना फ़ैसला बदलनेवाला नहीं था। दीवान जी उसे नहीं रोक पाए तो माँ क्या रोकेगी। आख़िर वह भी रो-धोकर चुप हो गई।

अगर उसे किसी ने नहीं रोका तो वह उसकी दादी माँ थी, जिसके मुँह से वह बचपन में आत्म-बलिदान की कहानियाँ सुना करता था।

अँधेरी कोठरी में खाट पर बैठी दादी माँ ने टटोल-टटोलकर लेखराज के चेहरे पर अपना हाथ फेरा था। दादी माँ की आँखों की रोशनी बहुत कम हो गई थी। अपने हड़ियल हाथों में लेखराज का मुँह लेकर, उसने लेखराज का माथा चूमा था। तब भी दादी माँ के कपड़ों में से वही पहलेवाली भीनी-भीनी गंध आ रही थी, जो उसे बचपन में आया करती थी।

"रब्ब सुख रखे, जाओ बेटा, जाओ। बाप-दादा का नाम रोशन करना। कस्बे का नाम रोशन करना। सूरमा बनकर आना।"

दादी माँ के शब्दों को सुनते हुए उसे क्षण-भर के लिए लगा था, मानो ये शब्द भी किसी कहानी के ही शब्द रहे हों जो किसी जाँबाज़ को जंग पर जाते समय उसकी माँ, उसे आशीर्वाद देती हुई कह रही हो।

बहुत कुछ था जो यौवन-सुलभ भावुकता में हो रहा था। जहाँ लेखराज किन्हीं धूमिल आदर्शों से उद्वेलित होकर अपना नाम लिखवा आया था, वहाँ उसका मित्र मनोहर, मात्र अपनी दोस्ती के नाते, लेखराज के साथ अपनी दोस्ती निभाने के लिए, अपना नाम लिखवा आया था।

"जहाँ रहेंगे, एक साथ रहेंगे। तुम चले जाओगे तो मैं पीछे अकेला क्या करूँगा। मैं भी तुम्हारे साथ चलूँगा।" मनोहर ने जवानी के अल्हड़पन में कह

दिया था।

इसे कोई अल्हड़पन कहे, मूर्खता कहे, जवानी की निष्कपट, निश्छल व्यवहार कहे, कुछ भी कहना कठिन था।

ऐसी ही भावनाओं से उद्वेलित होकर दोनों युवक उस दिन कस्बे की गलियों के चक्कर काटते रहे थे।

यह लड़का, मनोहर, बड़ा विचित्र मनमौजी तबीयत का युवक था। विचारों की दृष्टि से दोनों मित्रों में दूर-पार का भी मेल नहीं बैठता था। लेखराज गंभीर वृत्ति का था, जबकि मनोहर हँसोड़, लापरवाह तबीयत का, सारा वक़्त हँसते-चहकते रहनेवाला, और तरह-तरह की अनूठी बातें करनेवाला। बहुत दिन बाद, जंग की विकट परिस्थितियों में से गुज़रते हुए भी लेखराज को मनोहर का भरती होकर अपने साथ चले आना बड़ा अटपटा लगा करता था।

गोरा-चिट्टा, खूबसूरत जवान था मनोहर। देखकर आँखें भरती थीं, और सदा उजले, सरसराते कपड़े पहने, सारा वक़्त हँसता-चहकता रहता था।

"जेब में पैसे होने चाहिए, जो सारा वक़्त छन-छन करते रहें। जेब में हाथ डालो तो मुट्ठी-भर पैसे निकलें।" वह हिलोर में कहा करता और सारा वक़्त अपने शौक पूरे करता रहता था। ऐसे युवक का जंग के मैदान में क्या काम? बाद में लेखराज सोचा करता था: वह क्यों मेरे साथ हो लिया था? मैंने ही उसे मना क्यों नहीं कर दिया था?

दूसरे दिन जब भरती होनेवाले बीसेक युवकों के पहले जत्थे के साथ लेखराज और मनोहर भी जंग के लिए रवाना होते हुए मैदान पार कर रहे थे और जगह-जगह कस्बे के लोगों की टोलियाँ खड़ी थीं और लोगों में बड़ा जोश था और वे हाथ उठाकर उन्हें विदा कर रहे थे तो मनोहर, शीशम के पेड़ के नीचे खड़ी युवतियों की एक टोली की ओर देखकर कहने लगा था—

"लड़कियाँ बड़ी प्यारी लगती हैं, ना? मन करता है सारा वक़्त देखता रहूँ, उनकी आवाज़ सुनता रहूँ!"

सारा वक़्त उस पर एक प्रकार की मस्ती छाई रहती थी—"लड़की का आँचल लहराता है तो मेरा दिल, ऐसे फुर्र-फुर्र करने लगता है। तेरे साथ भी ऐसा ही होता है, लेखू?"

लेखराज मन-ही-मन हँस दिया था—"तू तो पागल है, जनूनी! चुपचाप चलता चल!" कभी-कभी मनोहर उसे बड़ा लिजलिजा-सा लगने लगता था, पगलाया हुआ, बेसिर-पैर की हाँकनेवाला।

पर बाद में लाहौर पहुँचने के बाद, जब जंग भयानक वास्तविकता बन गई थी, मनोहर का चेहरा पीला पड़ गया था। आँखें घुटी-घुटी, लाल-लाल और होंठ सूखे, खुले हुए, किसी प्यासे पक्षी-जैसे। और जब सचमुच झड़पें होने लगी थीं और कड़े प्रशिक्षण के बाद दोनों युवक बंदूकें उठाए, एक ही टुकड़ी में, एक छावनी से दूसरी छावनी जाने लगे थे तो मनोहर ने जैसे चुप्पी साध ली थी।

उस समय लेखराज को क्या मालूम था कि जंग उसकी आँखों के सामने से कौन-से पट खोलेगी, उसकी आँखों को क्या कुछ देखना बदा था। और यही मनोहर जो कूच करते समय उसकी बग़ल में चलता-चहकता फिरता था, एक दिन इसी की लाश को कंधों पर उठाकर वह एक खड्ड में फेंकने जा रहा होगा।

जंग के भयावह दिनों में भी मनोहर कभी-कभी अनूठी बातें कर डालता और लगता कि जंग की विकट परिस्थितियों में भी मनोहर की खिलंदरी, बेपरवाह तबीयत ने उसका साथ नहीं छोड़ा।

एक दिन किसी पहाड़ी पर, पेड़ों की घनी छाँव में उनकी फ़ौज की पाँच-छः टुकड़ियाँ छिपी बैठी थीं, और सभी फ़ौजी दम साधे, इस इंतज़ार में बैठे थे कि कब सालार का हुक्म हो और वे पहाड़ी पर से उतरें और नीचे फैले जंग के मैदान में दुश्मन पर टूट पड़ें, जब मनोहर पेड़ के नीचे से उठकर, दबे पाँव सामनेवाले पेड़ की ओर चल पड़ा था। उसे मैना का घोंसला नज़र आ गया था। वह पंजों के बल खड़ा बार-बार उस घोंसले में झाँकने लगा और देर तक झाँकते रहने के बाद लौट आया था। ''मैंने कहा, देखूँ, घोंसले में अंडे हैं या नहीं। मैना के अंडे बड़े छोटे-छोटे होते हैं, तुमने कभी देखे हैं ?'' उसने कहा था और तभी सहसा नगाड़े बज उठे थे, और सभी फ़ौजी ललकारते, हवा में तलवारें झुलाते, पहाड़ी पर से उतरने लगे थे।

कस्बे से रवाना होनेवाले दिन लेखराज सुबह-सवेरे ही घर से निकल आया था। अनायास ही उसके पाँव उस गली की ओर घूम गए थे जहाँ मोराँ रहती थी। मोराँ के साथ उसकी मँगनी की बात चल रही थी। दोनों इन्हीं गलियों में खेलकर बड़े हुए थे और मोराँ भी दादी माँ की कहानियाँ सुनने आया करती थी। गोल-मटोल मोराँ, जो बात-बेबात पर हँसने लगती थी। जंग में जाने से पहले अंदर की ही किसी प्रेरणावश लेखराज उसे देख पाने के लिए उसकी गली में चला गया था। जबसे मँगनी की बात चलने लगी थी, वे एक-दूसरे से सकुचाने लगे थे। लेखराज उस समय अठारेक साल का रहा होगा और वह बारह-तेरह की, पर कस्बा छोड़ने से पहले लेखराज ज़रूर उससे मिलना चाहता था। वह मन-ही-मन, एक-एक करके सबसे विदा ले रहा था।

मोराँ अपने घर के चबूतरे पर खड़ी थी। द्वार से आते लेखराज पर नज़र पड़ते ही वह पहले तो भागकर घर के अंदर चली गई, पर जब लेखराज घर के नज़दीक पहुँचा, तो वह हँसती हुई बाहर निकल आई। शर्म-संकोच के कारण उसके लिए ड्योढ़ी में छिपे खड़े रहना असंभव हो रहा था।

लेखराज को इस बात की अपेक्षा नहीं थी कि मोराँ यों हँसती हुई मिलेगी। वह स्वयं भावुक हो रहा था, वह समझ रहा था कि मोराँ भी भावुक होकर मिलेगी।

''तू भी लाम में लड़ेगा ?'' मोराँ ने चहककर कहा, ''यह मुँह और मसूर की दाल !'' और वह खिलखिलाकर हँस दी, ''तुमसे तो बंदूक भी नहीं उठाई जाएगी। तू क्या लड़ेगा !''

लेखराज झेंप गया था।

फिर मोराँ सहसा चुप हो गई थी और उसकी आँखें लेखराज के चेहरे पर लग गई थीं। फिर थोड़ी देर चुप रहने के बाद धीमी आवाज़ में बोली थी, "कब जाएगा? यहाँ से लाहौर जाएगा? तू क्या सचमुच चला जाएगा?"

"हाँ, लाहौर जाऊँगा। हम सब लाहौर जाएँगे। वहाँ पर, छावनी में, हमारी सिखलाई होगी, वे हमें बंदूकें देंगे, और वहाँ से हमें आगे भेजेंगे।"

"तू क्यों जाता है लेखराजा, तुझे क्या पड़ी है?" कहते हुए, सहसा ही मोराँ का स्वर बदल गया था, "मैं तेरे लिए मन्नत मानूँगी।" उसने कहा और शरमाकर चुन्नी का छोर मुँह में डाले घर के अंदर भाग गई थी।

जंग के मैदान की दुनिया दूसरी थी। यहाँ भी दिल में वलवले उठते थे। दुश्मन के साथ लोहा लेने को दिल मचलता था, मर-मिटने का-सा जनून सिर पर तारी हो जाता था।

पहली बार जब लेखराज ने हज़ारों-हज़ार सैनिकों का लश्कर देखा तो उसका दिल झूम-झूम उठा था। इतना बड़ा लश्कर भी हो सकता है! दूर क्षितिज तक उठे हुए नेज़े-भाले, हवा में लहराते रंग-बिरंगे ध्वज और झंडे, रंगारंग वस्त्रों में घड़सवार, कहीं हरे तो कहीं लाल रंग के कमरबंद और उनमें लटकती तलवारें, हवा में बजते नगाड़ों की गूँज, पैदल फ़ौज के दस्ते—दूर-दूर तक फैले हुए. मानो कोई सैलाब उठा हो जो आगे बढ़ता जा रहा हो। लेखराज भी उस विराट अभियान का एक अंग है, इस विचार से ही उसका दिल हिलोरें लेने लगता था।

एक के बाद एक, वह तीन लड़ाइयों में लड़ा था। कुछेक महीने की ही बात रही होगी, और फिर सब ख़त्म हो गया था। पर कुछेक महीनों का वह संसार, दादी माँ की कहानियों के उस संसार से कितना भिन्न साबित हुआ था।

सरदार लालसिंह की कमान में उनकी सेना सतलज नदी पार करके आई थी और दिनों-दिन चलते रहने के बाद वे लोग एक लंबे-चौड़े, सपाट मैदान में उतरे थे। फ़ौज के बड़े सालार को उसने केवल एक बार देखा था। सफ़ेद घोड़े पर सवार उसके चेहरे से नूर टपकता था, छाती तनी हुई। उसके चेहरे की छवि को देखते ही मन प्रेरणा और उछाह से भर उठता था। यह आदमी इतनी बड़ी सेना का संचालन कर रहा है, युद्ध का संचालन कर रहा है, कितना बड़ा काम है, कितनी दानिशमंदी का काम है। इसीलिए स्वयं, अपने दस्ते में कहीं दूर तैनात रहते हुए भी लेखराज की आँखें बार-बार उस जगह की ओर उठ जाया करती थीं, जहाँ उनकी फ़ौज का सालार, अपने सजे हुए सफ़ेद घोड़े पर बैठा नज़र आता था। उसे आँख-भर देख लेने से ही लेखराज में साहस, विश्वास और दृढ़ता का संचार होता था।

मध्यान्ह के समय व उस लंबे-चौड़े मैदान में पहुँचे थे। बड़ा बीहड़ मैदान था, लगभग सपाट मैदान। यहाँ कोई मोर्चा कैसे लेगा? कहीं-कहीं पर छितरी झाड़ियाँ

थीं, गिने-चुने पेड़ थे, या फिर बालू क ढूह थे। फ़ौजी किस ओट में बैठकर मोर्चा बाँधेंगे ? पर यह सब सैनिक के सोचने के लिए नहीं है, इसका निर्णय तो सेनापति ही करता है।

इसी लंबे-चौड़े मैदान के पार, लगभग मील-भर की दूरी पर फिरंगी फ़ौज छावनी डाले हुए थी। अब तक लेखराज ऐसी अनेक छावनियाँ देख चुका था। लंबे-चौड़े मैदान में, सीधी लंबी पाँतों में, ख़ेमे-ही-ख़ेमे, गुलाबी रंग के तंबू, बीच में चौड़ा रास्ता। और छावनी के सामने फिरंगी का झंडा—आड़ी-तिरछी, नीली-लाल-सफ़ेद धारियोंवाला झंडा और झंडे के नीचे चमचमाती तोप, और तोप की बग़ल में तैनात हथियारबंद सैनिक।

पर यहाँ से कुछ भी दिखाई नहीं दे रहा था। मैदान के पार, कोई हरकत नहीं थी, सब अबूझ और रहस्यमय हो रहा था। चारों ओर सकता छाया था। सैनिक जगह-जगह मोर्चे बाँध रहे थे, बालू के ढूह और उनके पीछे तोपें गाड़ी जा रही थीं। लेखराज की टुकड़ी को स्वयं कुछेक झाड़ियों के पीछे मोर्चा बाँधने के लिए भेज दिया गया था, और स्वयं लेखराज अपनी बंदूक सँभाले एक झाड़ी के पीछे जमकर बैठ गया था। कुछ फ़ौजी पेड़ों पर चढ़कर टहनियों और पत्तों की आड़ में बैठ गए थे। जहाँ जिसे जो आड़ मिली, वहीं तैनात हो गया था। कुछेक झड़पें देख चुकने पर भी लेखराज के लिए यह सब नया था।

सुनने में आया था कि पूरी-की-पूरी फ़ौज यहाँ नहीं आई थी। फ़ौज का कुछ हिस्सा, सालार के हुक्म से, पीछे छोड़ दिया गया था—इस आशय से कि दूसरी फ़ौज के बड़े सालार को कुमक की ज़रूरत पड़ सकती है, जो वहाँ से कुछ ही दूर फिरंगी के विरुद्ध एक और मोर्चा खड़ा कर रहा था।

लेखराज झाड़ी के पीछे से फिरंगी की छावनी की ओर आँख लगाए था, पर कहीं कोई हरकत नहीं थी। चारों ओर जैसे चुप्पी छाई थी। पर फिर सहसा, ख़ालसा फ़ौज की ओर से गोलाबारी की जाने लगी थी। बड़े सालार ने हुक्म दे दिया था और तोपें गोले बरसाने लगी थीं। सनसनाते गोले हवा को चीरकर जाते और दूर क्षितिज के पास जाकर फटते। दुश्मन आगे बढ़ रहा होगा, तभी सालार ने गोलाबारी का हुक्म दिया है। कुछ देर तक ऐसा ही चलता रहा था। फिर गोले बरसना बंद हो गए थे और चुप्पी छा गई थी।

यह क्या हुआ ? चुप्पी क्यों छा गई ? गोलाबारी के बाद तो फ़ौज आगे बढ़ती है। नगाड़े बजते हैं, और सैनिक ललकारते हुए आगे बढ़ते हैं, दुश्मन पर टूट पड़ते हैं। खालसा सैनिक इस चुप्पी को देखकर विचलित हो उठे थे। वे लड़ने के लिए बेताब थे, पर नगाड़ा नहीं बजा। सभी सैनिक मुड़-मुड़कर पीछे की ओर देख रहे थे कि कब हुक्म हो और वे हमला बोलें, ललकारते हुए ढूहों, झाड़ियों के पीछे से निकलें और सीधा दुश्मन पर टूट पड़ें।

पर किस पर टूट पड़ें ? वहाँ सामने तो चुप्पी छाई थी। फिरंगी फ़ौज वहाँ भर

थी भी या नहीं ?

दोपहर ढल रही थी। सारा दृश्य चित्रवत् हो रहा था। सालार किस इंतज़ार में है ? क्या कुमक का इंतज़ार है ? क्या सालार कोई नया मोर्चा बाँधने की सोच रहे हैं ? सैनिक उतावले हो रहे थे कि नगाड़ा बजे और वे आगे बढ़ें।

तभी सहसा उस पार से तोपों के गरजने की आवाज़ आने लगी थी, जैसे बीसियों तोपें एक साथ गोले बरसाने लगी हों। फिरंगी की ओर से जवाबी गोलाबारी शुरू हो गई थी। सैनिक फिर ओट में हो गए थे। हमला करने का मौका हाथ से निकल गया था। फिरंगी तोपों का जवाब खालसा फ़ौज की तोपें भी देने लगीं, पर थोड़ी ही देर बाद वे फिर चुप हो गईं। ख़ालसा फ़ौज की तोपें चुप क्यों हो गईं ? क्या फिरंगी की गोलाबारी ने हमारी तोपों का मुँह बंद कर दिया है ? यह कैसे मुमकिन हो सकता है ?

मैदान के पार जहाँ पहले कुछ भी नज़र नहीं आ रहा था, केवल क्षितिज पर फिरंगी तोपों की आग की लपटें जगह-जगह धधकती नज़र आती रही थीं, वहाँ से अब बिगुल और ढोल बजने की आवाज़ें आने लगी थीं। फिर बीसियों घुड़सवार ललकारते हुए, आगे की ओर बढ़ते हुए मैदान पार करने लगे थे, मानो ज़मीन से निकल-निकलकर आ रहे हों। फिरंगी ने हमला बोल दिया था।

सारा मैदान सहसा भयंकर रणभूमि में बदल गया था। हिनहिनाते घोड़े, ललकारते सैनिक, जख़्मी सैनिकों की कराहटें। ख़ालसा फ़ौज के घुड़सवार भी तलवारें चमकाते, ललकारते हुए आगे बढ़ने लगे थे। भयंकर मुठभेड़ें और झड़पें होने लगी थीं।

और यह सीधी झड़पें थमने में नहीं आ रही थीं। दिन ढलने लगा था, फिर भी झड़पें चलती जा रही थीं। फिरंगी फ़ौज के सैनिक ढूहों के पीछे कूद-कूदकर उतरने लगे थे, बंदूकों की जगह अब नेजों, भालों, किरचों, तलवारों से वार किए जाने लगे थे। केवल चीत्कार सुनाई देता, नारे सुनाई देते, दाग़ी जानेवाली बंदूकों और जख़्मी घोड़ों की आवाज़ें। कहीं से मशालें जल उठी थीं। मशालों की अस्थिर रोशनी में भी झड़पें जारी रहीं। रात गहराने लगी थी। तभी कहीं से युद्ध-विराम का बिगुल सुनाई पड़ा। फिरंगी युद्ध-विराम का बिगुल बजा रहे थे, फ़ौजें एक-दूसरो से अलग होने लगी थीं। धीरे-धीरे शोर थमने लगा था और बेचैन-सी चुप्पी छाने लगी थी। केवल कराहने की आवाज़ें जगह-जगह से उठती हुई देर तक आती रही थीं। मेहतरों की टोलियाँ जख़्मी सैनिकों को उठाने चली आ रही थीं। ...रात एक दुःस्वप्न-सा बन गई थी।

दूसरे दिन पौ फटने पर लेखराज बेसुध-सा इसी मैदान में आ गया था। अकारण ही वह पहले जख़्मी सैनिकों के 'बाड़े' में जा पहुँचा था, वहाँ से सीधा मैदान की ओर निकल आया था। मैदान में मृत सैनिकों की लाशें, मरे हुए घोड़े, ध्वज और झंडे और अस्त्र-शस्त्र अभी भी छितरे पड़े थे। पौ फट रही थी और चारों ओर छाई

धुंध में लेखराज ही नहीं, कुछ और लोग भी अपने किन्हीं साथियों की लाशों को पलट-पलटकर पहचानने की कोशिश कर रहे थे। एक जगह पर उसकी नज़र प्रौढ़ उम्र के किसी फिरंगी अफ़सर पर पड़ी, वह भी किसी की लाश को खोज रहा था। जगह-जगह बिखरी लाशों के बीच चलता हुआ वह केवल मृत फिरंगियों की लाशों को पलट-पलटकर देख रहा था। बोझिल शरीर का, अधगंजा आदमी था। तभी एक जगह, लेखराज के निकट ही उसने एक युवा फिरंगी की लाश को पहचान लिया था और 'माई सन ! माई सन !' कहता हुआ शव के पास, घुटने टेककर बैठ गया था। लेखराज ने ध्यान से देखा, अधगंजा फिरंगी पहले अपने बेटे के शरीर को टोह-टोहकर देखता रहा था, मानो उसे अभी भी यकीन न हुआ हो कि बेटा मर चुका है। युवक ने हाथों में 'बीन बाजा' पकड़ा हुआ था। लेखराज फौरन समझ गया था। फिरंगी की फ़ौज में बैंडबाजा बजता है, और वह धुनें बजाता हुआ जंग के मैदान के अंदर तक जा पहुँचता है, लड़ते सैनिकों के दिलों में स्फूर्ति और उत्साह भरने के लिए। यह लड़का उसी बैंड में बीन बजाता होगा। वह देर तक खडा उस अधगंजे आदमी को देखता रहा था, उसके सहलाते हाथों के नीचे वह तरुण, उसका बेटा ही रहा होगा। कभी वह बेटे के बाल सहलाता, कभी हाथ सहलाने लगता, कभी सिर झुकाए प्रार्थना के शब्द बुदबुदाने लगता और व्याकुल होकर, फफक-फफककर रोने लगता था।

इस दौरान लाशें ढोनेवाले भंगी भी पहुंच गए थे और वे तरूण फिरंगी की लाश को उठाकर ले गए। ठेले के पीछे-पीछे उसका बाप भी धीरे-धीरे जंग के मैदान के बाहर सिर झुकाए चलता जा रहा था।

सुबह का समय, जाडों की ठिठुरन और चारों ओर फैली धुंध के बावज़ूद शांत, सुहावना था। पर अत्यधिक करुणाजनक। लेखराज का दिल भी भर आया था। वातावरण में अवसाद था, हाँफता हुआ-सा अवसाद। अभी दिन का व्यापार आरंभ नहीं हुआ था। अभी बिगुल नहीं बजे थे, और नगाड़े और जंग की ललकारें शांत थीं।

चारों ओर छाई, धुंध के बावजूद इस बात का अहसास सभी को था कि मैदान के पार, फिरंगी फ़ौज विशाल, अर्द्धवृत्त की शक्ल में तैनात है, और उसकी तोपें उनकी ओर मुँह किए हुए हैं। लोग कयास लगा रहे थे कि अब क्या होगा ? क्या फिर से तोपें दाग़ी जाएँगी या फिरंगी फ़ौज कल की तरह हमारे मोर्चे पर सीधा हमला करेगी ?

तभी उड़ती हुई ख़बर लेखराज के कान में पड़ी थी कि फ़ौज के बड़े सालार युद्धस्थल पर नहीं हैं, कि वह कल शाम से ही नहीं देखे गए हैं। गत रात ही, मुठभेड़ों से थोड़ा पहले वह अपने मुकाम पर नहीं थे। उस समय रात के साए उतरने लगे थे और सभी ने समझा था कि रणभूमि के ही किसी भाग में मोर्चे का निर्देशन कर रहे होंगे। जिस समय फिरंगी सैनिकों ने हमला बोल दिया था, और

सीधी झड़पें होने लगी थीं, और उसी हल्के में सबसे ज्यादा मार-काट होने लगी थी, जिसका संचालन सालार स्वयं कर रहे थे, उस समय भी वह वहाँ पर नज़र नहीं आए थे। बरगद के पेड़ के नीचे उनका सफ़ेद घोड़ा नज़र नहीं आ रहा था। समूची सेना शंकित हो उठी थी। कहीं सालार मारे तो नहीं गए? अगर मारे गए हैं तो लड़नेवालों के हौंसले पस्त हो जाएँगे, अब फ़ौज की कमान कौन सँभालेगा? रणभूमि का चप्पा-चप्पा छान मारा गया था, पर सालार कहीं पर नहीं मिले। अब सुबह हो जाने पर भी उनका कहीं पता नहीं मिल रहा था। सैनिकों के दिल भय और शंका से भर उठे थे, परंतु इसके बावजूद, दुश्मन के साथ जूझने के सैनिकों के संकल्प में कोई शिथिलता नहीं आई थी, बल्कि संकल्प और भी ज़्यादा मजबूत हो गया था।

अभी लोग क़यास लगा ही रहे थे कि फिरंगी की तोपें आग उगलने लगीं। धुंध के बीचों-बीच, जगह-जगह तोपों के मुँह में से निकलनेवाली आग की लपटें दिखाई देने लगीं। इधर से भी जवाबी गोलाबारी शुरू हो गई। जब धुंध छँटने लगी और धुएँ के बादल छितरने लगे, तो एक विशाल अर्द्धवृत्त में फैला फिरंगी का व्यूह आँखों के सामने उभरने लगा था। धुआँधार, अनवरत गोलाबारी के बाद सहसा बिगुल बजने लगे और फिरंगी की फ़ौज बड़े वेग से आगे बढ़ने लगी थी। बंदूकें और बंदूकों पर चमचमाती किरचें, लाल बर्दी में मलबूस सैनिक ललकारते हुए भागते आ रहे थे—उठती लहरों की तरह, एक लहर के पीछे दूसरी लहर, फिर तीसरी लहर, फिर चौथी...

भीतर-ही-भीतर कहीं कुछ टूटा है जो ख़ालसा फ़ौज के पैर उखड़ने लगे हैं। पर नहीं, पैर नहीं उखड़े थे। केवल तीन भागों में बँटी फ़ौज का एक भाग, दुश्मन के हमले का दबाव सहन नहीं कर पा रहा था—यह वही मोर्चा था जिसकी कमान सीधी सालार के हाथ में रही थी।

सिक्ख फ़ौज के सैनिकों में मर-मिटने का जुनून तारी था। पर यहाँ-वहाँ कत्लेआम शुरू हो गया था। हर ढूह और झाड़ी के पीछे, मैदान के चप्पे-चप्पे पर झड़पें होने लगी थीं, और फिरंगी फ़ौज के सैनिक सदा की भाँति, लहरों की तरह—एक लहर के बाद एक—नियमित गति से आगे बढ़ते आ रहे थे।

तभी फिर से बात फैली थी कि सालार का कहीं कोई पता नहीं चल रहा। वह अपने ठिकाने पर नहीं लौटा था। आखिर सालार गया तो कहाँ गया?

फिर सहसा भगदड़ मच गई थी—'भागो, भागो!' भागते लेखराज का पाँव कभी किसी लाश से टकराता, कभी किसी झंडे से, कभी किसी तोप की जंजीर से। भागो, भागो! तोपची तोपें छोड़कर भाग रहे थे, बारूद के ढेरों के ढेर पीछे छूट रहे थे। जख़्मी सैनिक अभी भी जगह-जगह अपनी बंदूकें थामें ज़मीन पर पड़े छटपटा रहे थे! हिनहिनाते, दर्द से छटपटाते जख़्मी घोड़े, और मैदान में फैला भयंकर चीत्कार, और इसके बीच मानो एक ही शब्द बार-बार मस्तिष्क में बज रहा

था–'भागो, भागो···'

बरसों बाद जंग के दिनों को याद करते हुए एक और दुःस्वप्न-सा लेखराज की आँखों के सामने घूम जाता। नावों का पुल और उसे पार करता हुआ एक के बाद एक, सैनिकों का दस्ता। सुबह का वक़्त और धुंध और ठिठुरन। नदी में पानी की मात्रा बढ़ गई थी। कोई कह रहा था कि पीछे पहाड़ों पर जोरों की बारिश हुई है, इस कारण नदी में जल का स्तर ऊँचा हो गया है। तभी उसकी नज़र नीचे, जल-प्रवाह की ओर उठी थी और उसके पाँव ठिठक गए थे। नदी के जल में लाशें बह-बहकर नीचे की ओर आ रही थीं। एक नहीं, दो नहीं, कितनी ही लाशें। सभी सैनिकों की लाशें थीं, ख़ालसा फ़ौज के सैनिकों की लाशें। किसी के सिर की पगड़ी खुलकर गले में आ गई थी। बहती नदी ने उसके घाव धो डाले थे। नदी के जल ने सभी के घाव धो दिए थे। सिर के केश चेहरों पर छितरे थे। कहीं-कहीं चेहरे धुले हुए साफ़ नज़र आ रहे थे। कहीं पर लाश अपने-आप ही पलट गई थी। कितने ही सैनिकों की मूठ में अभी भी तलवारें जकड़ी थीं। मर जाने पर भी उनके हाथों की मूठ ढीली नहीं हुई थी।

लगभग सभी लाशें फूली हुई थीं। एक लाश सीधी, पीठ के बल बहती चली जा रही थी। लगता था जैसे मरनेवाले ने विशिष्ट मुद्रा में नीचे बह जाने का निर्णय किया हो। उसकी हरे रंग की तलवार की मूठ पर उसका हाथ अभी भी जकड़ा हुआ था। पीले साफ़े, दस्तार, रंगारंग की म्यानें, जो जैसे मरा था, वैसे ही पानी में बहने लगा था···

केवल लेखराज ही नहीं, पुल पार करते हुए अनेक सैनिक ठिठककर खड़े हो गए थे। पर पीछे से आनेवाली फ़ौज का दबाव बढ़ने लगा था और वे आगे की ओर धकेल दिए गए थे।

ये किन फौजियों की लाशें हैं ? उत्तर मिलते देर नहीं लगी थी। ये पिछली जंग में मारे गए ख़ालसा फ़ौज के सैनिकों की ही लाशें हैं। मारे जाने के बाद इनकी लाशों को नदी के प्रवाह में झोंक दिया गया था। पर किसी के पास ज़्यादा देर तक रुकने और उन मृतकों के बारे में अधिक जानकारी हासिल करने का समय नहीं था। एक ओर जंग की दुंदुभि बज रही थी और उसमें कूद जाने के लिए सैनिकों के पाँव उतावले हो रहे थे।

पर दूसरे ही दिन, जंग के मैदान में से भागते सैनिक, फिर से नावों के पुल की ओर लपक रहे थे। पुल पर पहुँचो, जैसे भी हो, पुल पर पहुँचो। पुल पार करो और अपने ख़ालसा राज्य में पहुँच जाओ।

पर पुल पार करना सैनिकों के भाग्य में बदा नहीं था। पुल पहले से ही टूट पड़ा था। नावों के पुल में से कहीं पर एक नाव निकल गई थी और बीच में ख़ला बन गया था, जिसे पार नहीं किया जा सकता था। पीछे से भागकर आते सैनिकों का दबाव

बढ़ता जा रहा था। फिर से कोहराम मच गया था। चिल्लाते, जान बचाकर पुल पर पहुँचते सैनिकों में गाँठें पड़ती जा रही थीं, न कोई पीछे लौट सकता था न आगे बढ़ सकता था। बदहवास होकर सैनिक नदी में कूद रहे थे। पर जो कूदता पानी का वेग उसे कहाँ से कहाँ ले जाता। फिरंगी फ़ौज के सैनिक पीछे पड़े हुए थे। भागते सिक्ख सैनिकों को अपनी गोलाबारी का निशाना बना रहे थे, ख़ालसा फ़ौज के सैनिक कट-कटकर गिर रहे थे। नदी का पानी उनके खून से लाल हो रहा था। भयानक चीत्कार उठ रही थी। पीछे गोलियों की बौछार और आगे से रास्ता बंद। पुल पर लाशों के ढेर लग गए थे। स्वयं लेखराज पीछे से धक्का लगने पर किसी लाश के ऊपर जा गिरा था, पर दूसरे ही क्षण, उसके शरीर से ठोकर खाकर पीछे से भागकर आता कोई सैनिक उस पर आ गिरा था। वह सैनिक तो मारा गया था, पर उसके नीचे दबा पड़ा लेखराज बच गया था।

फिर कुछ ही दिन बाद लेखराज के लिए जंग की अंतिम मुठभेड़ एक कुएँ की जगत के पास हुई थी। नज़दीक ही कहीं फिरंगी छावनी रही होगी, क्योंकि एक छोटे-से घर के ऊपर फिरंगी झंडा लहरा रहा था। कुएँ के निकट ही बड़े-बड़े पत्थरों से अटा एक मैदान था, और वहीं पत्थरों के पीछे सिक्ख फ़ौज के सैनिक छितरे हुए थे और मोर्चा बाँधे हुए थे। यहाँ भी फिरंगी फ़ौज की लहरों पर लहरें उठती हुई उनकी ओर बढ़ने लगी थीं। आ तो उन्हें देखकर ही दिल दहल जाता था। किसी जंगल में से उठकर आ रही थीं। शायद वहीं पर उनकी छावनी थी। पहले यहाँ पर भी तोपें दाग़ी जाती रही थीं, फिर सैनिक सैलाब की तरह उमड़ते हुए हमला बोलने लगे थे। उसका मित्र मनोहर कुएँ की जगत के पीछे तैनात था। जिस चट्टान के पीछे लेखराज मोर्चा बाँधे हुए था, वहाँ से कुएँ का गोल चबूतरा साफ़-साफ़ नज़र आ रहा था। अकेला मनोहर ही नहीं, तीन-चार और सैनिक भी वहीं पर मोर्चा बाँधे हुए थे। फिर चिल्लाते-दहाड़ते, फिरंगी फ़ौज के सैनिक संगीनें आगे बढ़ाए कुएँ की जगत की ओर बढ़ते जा रहे थे। लड़ाई अब बंदूकों-तोपों की न रहकर किर्चों-बर्छों और तलवारों के साथ लड़ी जाने लगी थी। मुठभेड़ें शुरू हो गई थीं। अंतिम बार जब लेखराज ने कुएँ की जगत की ओर देखा तो मनोहर खड़ा तलवार झुला रहा था। उसकी छाती लहू-लुहान हो रही थी। लेखराज ने देखा, उसकी छाती में संगीन घोंपी गई थी, इसके बावजूद उसका हाथ तलवार घुमाए जा रहा था।

बस इतना ही लेखराज देख पाया था। फिर कहीं बिगुल बजने लगे थे, ख़ालसा फ़ौज के सैनिक हथियार डालने लगे थे। फिर अपनी पीठ-पीछे लेखराज ने किसी की बंदूक के कुंदे का प्रहार महसूस किया था। सिक्ख सेना के जगह-जगह छितरे सैनिक पकड़े जा रहे थे। उसे भी हाँककर ले जाया जाने लगा था। उसकी नज़र पीठ-पीछे खड़े गोरे फ़ौजी पर पड़ी थी—पतली-पतली मूँछें, नीली, चपल आँखें, वही उसकी पीठ में बंदूक का कुंदा मार रहा था।

उसी दिन, कुंदे के उन्हीं प्रहारों के नीचे उसने कुएँ की जगत के पास ढेर हुए अपने साथियों की लाशें उठा-उठाकर खड्ड में फेंकी थीं, उसने और बंदी किए गए उसके अन्य साथियों ने। वह बेसुध-सा लाशें ढोता रहा था और ढो-ढोकर उन्हें खड्ड में फेंकता रहा था। यहाँ पर लाशों के ढेर के नीचे मनोहर की भी लाश मिली थी और उसे भी उठाकर वह खड्ड की ओर ले जाने लगा था। उसके कंधे से झूलती मनोहर की बाँह बार-बार लेखराज़ के शरीर से टकरा रही थी, मानो उसके दिल पर दस्तक दे रही थी, और बेसुध-सा लेखराज धीरे-धीरे अपने पाँव घसीटता खड्ड की ओर बढ़े जा रहा था। पर उसके दिल के अंदर कोई तीव्र भावना नहीं जागी थी। वह इतना ही जानता था कि यह मनोहर की लाश है, और लाश बोझिल है और उसकी बाँह बार-बार उसके शरीर के साथ टकरा रही है। और यह कि थोड़ी दूर आगे, उस बड़ी चट्टान के नीचे वह गहरा खड्ड है जिसमें मुझे लाश को झोंक देना है। और उसके आगे और पीछे उसी के फ़ौजी दस्ते के दो-चार और लोग भी हैं, जो कंधों पर अपने साथियों की लाशें उठाए, उन्हें खड्ड में झोंकने के लिए बढ़ते जा रहे हैं।

एक बार मनोहर की बोझिल देह के कारण लेखराज के पाँव लड़खड़ा गए थे और वह गिरने को हुआ था। तभी पीछे से गोरे फ़ौजी ने बंदूक के कुंदे से उसकी पीठ पर प्रहार किया था।

''सीधा देख!'' वह चिल्लाया था।

और लेखराज सँभल गया था और सीधा सामने की ओर देखने लग गया था। टीले के नाके पर पहुँचकर हाँफता हुआ वह कुछ देर तक खड़ा रह गया था। उसकी आँखें अपने-आप बंद हो रही थीं। फिर किसी अज्ञात आशंका से कि उसकी पीठ पर फिर से प्रहार होनेवाला है, उसने झुककर, अपने दोनों हाथ घुटनों पर रखते हुए अपना दायाँ कंधा झटक दिया था, और लाश बेतरह, किसी गठरी की तरह नीचे खड्ड में गिरने लगी थी। दूसरे क्षण, वह बड़ा हल्का महसूस करने लगा था। तभी उसकी नज़र नीचे खड्ड की ओर गई थी। खड्ड के आसपास अनगिनत गिद्ध मँडरा रहे थे। उन्हें देखकर वह ठिठक गया था। कितने ही गिद्ध जगह-जगह पत्थरों, चट्टानों, सूखे कीकर के पेड़ों पर अपनी पीली चोंचें खोले बैठे थे और अनेक अपने चौड़े डैने फैलाए, खड्ड के ऊपर हवा में चक्कर काट रहे थे। एक उड़ता, दूसरा डैने फड़फड़ाता किसी पेड़ या चट्टान पर बैठ जाता। तभी अनायास, उसकी आँखें नीचे लाशों के ढेर पर पड़ी थीं और उसमें वह अपने मित्र की लाश को पहचान पाने की कोशिश करने लगा था। पर वह उसे नज़र नहीं आई थी। तभी उसे जोरों की मतली हुई थी। नीचे से बदबू का भभूका उठा था—यह कारण रहा हो, या लाशों के छिन्न-भिन्न अंग, और उनके मुचड़े खून-सने कपड़ों को देखकर ऐसा हुआ हो; पर उसी वक़्त पीछे खड़े फिरंगी ने उसकी पीठ में बंदूक का कुंदा मारते हुए उसे लौट चलने का हुक्म दिया था, ताकि वह एक और लाश ढोकर ला

सके। इस पर वह गिरता-पड़ता घूम गया था, और उसकी मतली भी जाती रही थी।

अर्द्धचेतन-सी स्थिति में ही वह अपने आसपास के परिवेश को भी ग्रहण कर रहा था—वह पीछे सूखा नाला है, और उसके पार, सामने, टूटी-फूटी इमारत है, जिस पर फिरंगी झंडा लहरा रहा है। उसने अधमुँदी आँखों से यह भी देख लिया था कि झिलमिलाती फिरंगियों की तोप पीछे जंगल में से निकल आई है और उस टूटी-फूटी इमारत की ओर बढ़ती आ रही है। उसे लाल वर्दीवाले कुछ सिपाही धकेल रहे हैं, जैसे किसी भैंस को धकेलते हैं।

तभी उसे दीवान धनपत नज़र आया था। यहाँ पर भी वह पीले रंग का अँगरखा पहने था और सिर पर केसरी पग्गड़ रखे टूटी-फूटी इमारत के पीछे से चला आ रहा था, और फिर देखते-ही-देखते इमारत के अंदर चला गया था। सचमुच दीवान धनपत ही था। पर यहाँ क्या कर रहा है? उसके बोझिल मस्तिष्क और घुटी-घुटी आँखों के बावजूद लेखराज़ ने उसे पहचान लिया था। यह धनपत ही है। तब उसका ध्यान केवल पीले रंग के, हवा में फरफराते अँगरखे की ओर गया था, और वह उसे बड़ा अटपटा लगा था। उसके पीछे-पीछे, एक-एक करके पाँच-छः कहार पीठ पर बोरे लादे चले आ रहे थे। धनपत वास्तव में उनके आगे-आगे चलता आ रहा था।

अनायास ही लेखराज की आँखें उस पहाड़ी की ओर उठ गई थीं, जहाँ पर अब मौन छाया था, पर जहाँ से वह और उसके साथी चिंघाड़ते-ललकारते हुए, नीचे मैदान में उतरे थे। तभी उसे याद आया था कि मनोहर मारा गया है, और उसके दिल में असह्य-टीस-सी उठी थी और उसे लगा था जैसे उसके दाएँ घुटने से मनोहर की बाँह टकराई है और उसके दिल में से जैसे कुछ रिसने लगा है।

और उस रात, तारों से भरे आकाश के असीम प्रसार के नीचे लेखराज बिलख-बिलखकर रोया था।

तीन बड़ी लड़ाइयों के बाद ख़ालसा राज्य की कमर टूट गई थी। सालारों ने हथियार डाल दिए थे। फिरंगी की फ़तह हुई था। पंजाब, अंग्रेजों के कब्जे में आ गया था।

अपने बाएँ हाथ की दो अँगुलियाँ कटवाकर और दाईं टाँग में गहरा जख़्म लेकर इन लड़ाइयों के बाद, लेखराज बहुत दिन तक निरुद्देश्य घूमता, भटकता रहा था। अब वह बालक नहीं रहा था, जवान हो गया था। मसें कब की भीग चुकी थीं। आँखों में दूरी आ गई थी और उसके अंदर कहीं कुछ टूट गया था जो जुड़ नहीं पा रहा था। हार जाने के बाद भी दुनिया की गति थम नहीं गई थी। मनोहर चला गया था, क्या इस कारण वह हतोत्साह हो गया था? पर लेखराज की आँखों ने केवल मनोहर को ही नहीं, सैकड़ों को मरते देखा था, झूल-झूलकर मरते देखा था। फिर क्या था जो उसे बेचैन किए हुए था? क्या वह इसलिए उखड़ा-उखड़ा महसूस

कर रहा था कि दादी माँ की कहानियाँ, जिन्होंने उसे फौज में नाम लिखवाने के लिए उत्प्रेरित किया था, कहीं पर सही नहीं बैठ रही थीं ? या कुछ ऐसा था जो उसकी अंतरात्मा की कसौटी पर खरा नहीं उतर रहा था ? जिसके कारण न तो वह अपने घर लौट पा रहा था, न लाहौर शहर में बस पा रहा था, जहाँ फिरंगियों की सरपरस्ती में अब नई सिक्ख सरकार बन गई थी । और वह कभी कहीं, तो कभी कहीं भटकता फिर रहा था ।

दादी माँ के मुख से सुनी शौर्य और बलिदान की कहानियाँ झूठी तो नहीं पड़ गई थीं, क्योंकि इन लड़ाइयों में भी उसने साहस और शौर्य और बलिदान के अद्‌वितीय उदाहरण देखे थे—स्वयं मृतप्राय मनोहर को, मरने से पहले तलवार झुलाते देखा था—और मन-ही-मन उसने स्वीकार भी कर लिया था कि कोई भी लड़ाई मात्र हार-जीत की लड़ाई नहीं होती । हर लड़ाई मात्र शक्ति का प्रदर्शन भी नहीं होती, हर लड़ाई एक संघर्ष होता है, जिसके साथ कहीं स्वार्थ तो कहीं हित और कहीं आदर्श जुड़े होते हैं ।

जंग खत्म हो जाने के महीनों बाद, जगह-जगह भटकते, एक कस्बे से दूसरे कस्बे, एक शहर से दूसरे शहर भटकते हुए, कुछ भेद खुलने लगे थे और लेखराज का मन उन्हें स्वीकार करने से इन्कार कर रहा था । क्या यह सच है ? क्या जो कुछ वह सुन रहा है, ऐसा सचमुच हुआ था ? भेद नहीं, उन्हें सुन-सुनकर उसके जख्म खुलने लगे थे । क्या यह सच है कि सिक्ख सेना के दोनों सालार, लालसिंह और तेजसिंह, अंदर-ही-अंदर फिरंगियों से मिले हुए थे ? बार-बार सुनने में आ रहा था कि मुदकी की लड़ाई में सरदार लालसिंह जंग के मैदान में से जान-बूझकर सरक गया था । जब शाम के साए उतरने लगे थे, तो वह किसी दूसरे मोर्चे का संचालन करने नहीं गया था, वह युद्ध के खतरे से भी अपनी जान बचाने के लिए नहीं भागा था । वह सरक गया था, क्योंकि उसने अपना काम पूरा कर दिया था, फिरंगी लाट को दिया वचन निभा दिया था । सिक्ख सेना की पराजय को सुनिश्चित कर दिया था ।

इस भेद की चर्चा उसने कुछ बरस बाद एक नानबाई के मुँह से सुनी थी, जिसकी दूकान पर थका-हारा लेखराज, लंबा रास्ता तय करने के बाद सुस्ताने के लिए बैठ गया था । अधेड़ उम्र का दूकानदार सैनिकों की खिल्ली उड़ा रहा था, सभी की खिल्ली उड़ा रहा था, और जब लेखराज ने सुना तो वह बौखला उठा था और उसका मन हुआ था, बूढ़े दूकानदार को घूँसा मारकर उसका जबड़ा तोड़ दे । सैनिक का विश्वास तोड़ना आसान काम नहीं होता, क्योंकि वह अपने विश्वास के बल पर ही जंग के मैदान में सिर को हथेली पर रखकर उतरता है । पर वह चुप रह गया था । दूकानदार की बात उस संशय की पुष्टि कर रही थी, जिसे वह अनेक लोगों के मुँह से पहले भी सुन चुका था ।

अपनी घुमक्कड़ी में उसने कोई बात कहीं सुनी थी, कोई कहीं । एक जगह पर

उसने सुना था कि दूसरा सालार सरदार तेजासिंह फिरंगी की छावनी से कुछ ही दूर, पूरे छः दिन तक अपनी फ़ौज लिए, निष्क्रिय खड़ा रहा था। उसने इसलिए छावनी पर हमला नहीं किया था कि वह भी अंदर से फिरंगियों के साथ मिला हुआ था! लेखराज की आँखों के सामने अनेक दृश्य नए-नए अर्थ लेकर उभरने लगे थे। फिरंगी की छावनी में से फ़ौज निकली थी, तोपखाने और असले से लैस। उसे दूर, सामने से जाता देखकर सिक्ख सैनिक बेचैन हो उठे थे, वह उसे रोकना चाहते थे, उस पर हमला करना चाहते थे, पर सालार ने हमला करने की मनाही कर दी थी। जंग का एक स्तर वह है जिस पर सैनिक जान की बाज़ी लगाता है; अपनी कौम और अपने राजा का नाम लेकर, ललकारता हुआ रणभूमि में उतरता है। दूसरा स्तर वह है जहाँ कूटनीति अपनी चालें खेल रही होती है, जहाँ साधारण सैनिकों के दस्तों को शतरंज के मोहरे बनाया जाता है, जहाँ षड्यंत्र रचे जाते हैं। यह स्तर साधारण सैनिक की नज़र से छिपा रहता है। साधारण सैनिक की ही नज़र से क्यों, पूरी कौम की नज़र से छिपा रहता है और कभी-कभी तो इतिहास की परतों के नीचे सदा के लिए दबकर रह जाता है। एक नहीं, अनेक स्तर हैं, अनेक परतें हैं, परत-दर-परत। इतिहास की ये दबी परतें बहुत-से रहस्य छिपाए रहती हैं, अनेक रहस्यों का कभी भी उद्घाटन नहीं हो पाता।

धूल-भरी सड़कों पर अपनी टाँग के जख़्म के कारण टेढ़ा चलता, पाँव घसीटता लेखराज कुछ और ही समझे बैठा था। हम हार गए, क्योंकि फिरंगी के पास ज़्यादा मारू तोपें थीं। हम हार गए, क्योंकि हमारी व्यूह-रचना में दोष थे। पर उसे संदेह होने लगा कि वह जीते-जी कभी भी वास्तविक कारणों को नहीं जान पाएगा। वास्तविक कारणों के भेद बीसियों साल बाद, धीरे-धीरे खुलेंगे, जब फिरंगी की अमलदारी जड़ जमा चुकी होगी, जब लेखराज और उसके समय के किरदार मर-खप चुके होंगे, धूल-मिट्टी में मिल चुके होंगे, तब भेद खुलेंगे। तब पता चलेगा कि ख़ालसा फ़ौज हार गई थी, क्योंकि उसकी पीठ में छुरा घोंपा गया था। सैनिक तो मर-मिटने के लिए तैयार थे, वे तो दुश्मन पर हावी होने जा रहे थे, जब विपरीत हुक्म जारी किए गए। ऐन आड़े वक़्त में फ़ौज को पीछे हट जाने का हुक्म दिया गया। यह सालार की नासमझी नहीं थी। मैदान में छितरी लाशें इस बात की गवाह थीं कि सैनिक ख़ालसा राज्य के लिए मर-मिटने के लिए उतरा था। उसे क्या मालूम था कि अपने हज़ारों सैनिकों को मरवाने के लिए भी कोई षड्यंत्र रचा जा सकता है।

कभी-कभी, किसी पेड़ के नीचे लेटे-लेटे तो कभी राह चलते हुए, सहसा एक छवि उसकी आँखों के सामने घूम जाती—कस्बे की गलियों में घोड़े पर सवार, उस सरदार की छवि, जिसे उसने बचपन में देखा था—रेशमी नीले वस्त्र में, गले में मोतियों के हार, सिर पर दस्तार और कलग़ी। दादी माँ की कहानियों का सूरमा ... जो जंग से पहले कस्बे के राजा से मिलने आया था और जिसके पीछे-पीछे

उस आख-भरकर देख पाने के लिए लेखराज मंत्रमुग्ध-सा हो लिया था…

यह वही सालार तो नहीं था जिसके हाथ में उसकी फ़ौज की कमान थी !

हर पड़ाव पर नए-नए भेद खुल रहे थे। कहीं किसी मोर्चेबंदी का भेद खुलता, कहीं किसी के दुर्व्यवहार का।

परत-दर-परत भेद छिपे थे। फ़ौज को उस सपाट, बीहड़ मैदान में क्यों लाया गया था, जहाँ मोर्चा बाँधने के लिए न चट्टानों की आड़ थी, न किसी ऊँचे टीले की ? जहाँ केवल गिनी-चुनी झाड़ियाँ और बालू के ढूह थे। पर इसके पीछे भी योजना थी। 'यह हमारे मोर्चे का सबसे कमजोर हिस्सा होगा, साहिब बहादुर, इस पर आप आसानी से हमला बोल सकेंगे !' योजना साफ़ थी—अपनी फ़ौज की कमर तोड़ो, अपनी सेना को दुर्बल बनाओ, अपनी फौज का बारूद ज़ाया करो, ताकि तुम फिरंगी की सरपरस्ती में बननेवाली सरकार में मंत्री बन सको।

और सचमुच, मोर्चे के उसी हिस्से पर फिरंगी ने हमला बोल दिया था।

और सालार स्वयं मोर्चे पर से सरक गया था। सालार के मैदान से निकल जाने के बावजूद सिक्ख सैनिक फिरंगी फ़ौज से लोहा लेते रहे थे, कट-कटकर मरते रहे थे। आधी रात तक जंग चलती रही थी। कोई कमान न थी, कोई निर्देशन न था, बस, हाथ में तलवार थी और ज़बान पर गुरु का नाम था। लेखराज को मालूम नहीं पड़ा था कि कब भगदड़ मच गई थी, और अँधेरे में भागते हुए कहीं किसी घोड़े की लाश, तो कहीं पर कोई धधकती तोप, भागते कदमों के आड़े आती रही थी। बाद में पता चला कि इस लड़ाई में खालसा फ़ौज के आठ हज़ार सैनिक मारे गए थे। *

जिस समय सैनिक जान हथेली पर रखकर जूझ रहे थे, उस समय सिक्ख सेना के कुछ सालार नाटक खेल रहे थे।

तभी दूसरे दिन ख़ालसा फ़ौज के सैनिक तडप उठे थे, और नंगी तलवार उठाए, भागता हआ एक निहग, सालार के पास गया था कि दूसरे महाज़ पर ख़ालसा फ़ौज कट-कटकर मर रही है और हम यहाँ हाथ-पर-हाथ धरे बठ हैं।

और ऐन उस वक़्त जब सिक्ख सेना के पैर फिर से जमने लगे थे और मुमकिन था कि सिक्ख सेना फिरंगी को रौंद डालती फिर से हुक्म हुआ था कि हमला रोक दिया जाए, और फ़ौज पीछे हट जाए, दुश्मन पर पीछे से हमला किया जाएगा।

---

*बरसों, बीसियों बरस बाद स्वयं किसी फिरंगी इतिहासकार ने तथ्यों की खोज़ करके बता दिया था कि जंग से दो दिन पहले, सरदार ल.—ने अपने गुप्तचर शम्सुद्दीन के हाथ, फिरंगी मेजर लॉरेंस को पूरा-पूरा ब्योरा भेज दिया था कि हमारी फ़ौज कैसे तैनात होगी, और साहिब बहादुर, आप जब हमला करें तो दाएँ बाज़ू हमला करना, क्योंकि वहाँ कोई रोक-रुकावट नहीं होगी, वहाँ बालू के ढूह हैं और झाड़ियाँ हैं। वहाँ पर हम मजबूत मोर्चा नहीं बना पाएँगे, वह हमारे महाज़ की सबसे कमज़ोर कड़ी होगी। वहाँ हम तोपें भी खड़ी नहीं कर पाएँगे…

-- उसी महाज़ के बारे में यह अमूल्य सूचना देने के एवज़ में सरदार ल.—के एलची, शम्सुद्दीन को फिरंगी लाट ने पाँच हजार रुपए ईनाम दिए थे, और अढ़ाई हज़ार महीना की पेंशन बाँध दी थी।

दसियों साल बाद, फिरंगी इतिहासकार ने लिखा कि फिरंगी फ़ौज की तो जान पर बन आई थी, वह तो खदेड़ी जाने लगी थी ! फिरंगियों के बड़े लाट ने तो अपनी आख़िरी हिदायतें भी दे डाली थीं कि अगर कोई 'ऐसी-वैसी बात' हो जाए तो सभी गुप्त पत्र जला दिए जाएँ, आदि। अपनी निजी चीज़ों के लिए भी वह वमीयत कर गया था।

जंग की बिसात पर खेली गई चाल कामयाब हुई थी। जिस समय लेखराज खदेड़े हुए जानवर की तरह, भगदड़ में अपनी बंदूक सँभाले गिरता-पड़ता अपनी जान बचा पाने के लिए भाग रहा था, उस समय फिरंगी फौज विजय का झंडा लहराने लगी थी।

अनुभव और जानकारी के छोटे-छोटे अंश, छोटे-छोटे टुकड़े जुड़ रहे थे। लेखराज की आँखों के सामने भी एक तस्वीर-सी उभरती आ रही थी, पर उसकी रूपरेखा अधूरी रह जाती, क्योंकि उसके हृदय में अभी भी विश्वास जड़ जमाए हुए था। वह कल्पना भी नहीं कर सकता था कि सिक्ख सेना के साधारण सैनिक और उनके सालारों के हित एक-दूसरे के प्रतिकूल हो सकते हैं। जब इतिहास में से आवाज़ उठेगी तो इस काल के किरदारों में सुननेवाला शायद कोई भी बचा नहीं होगा।

"जानता है नावों के पुल पर कितने सिक्ख़ फ़ौजी मरे थे?···चार हज़ार! पुल पर लाशों के ढेर लग गए थे। और जानता है किसने वह पुल तोड़ा था? किसने पुल में से नाव निकलवा दी थी? भागते सालार ने!"

क्या लेखराज कभी यकीन कर पाएगा? वह बौख़लाकर बोला था, "मैं डंडा तेरे सिर पर मारकर तेरा भेजा निकाल दूँगा। तू समझता क्या है?"

वह लड़ाई नहीं थी, दुःस्वप्न था, भयंकर दुःस्वप्न। पर सालार ने अपने वचनानुसार फिरंगी जनरैल को अपना गुप्त संदेश भेज दिया था—

'मैंने आपका दिया वचन निभा दिया है। सिक्ख सेना अब अपने राज्य में पहुँचकर लामबंद नहीं हो पाएगी। इत्मीनान रखिए···।'

गाँव-गाँव भटकते हुए लेखराज के मन में बार-बार एक ही तस्वीर उभरकर आती थी : मनोहर की लहू-लुहान छाती में संगीन धँसी हुई और मनोहर फिर भी तलवार चलाए जा रहा था, अपना सैनिक का दायित्व निभाए जा रहा था। उसे क्या मालूम था कि ऐन उस वक़्त जब वह अपने जीवन के अंतिम क्षणों में दुश्मन से जूझ रहा था, एक सालार फिरंगी लाट के ख़ेमे में बैठा हुआ, अपनी वफ़ादारी का ईनाम पाने के लिए हाथ फैला रहा था।

"अमलदारी बदल गई है, बीबा, अमलदारी बदल गई है। अब फिरंगी के साथ समझौता हो गया है। फिरंगी ने अपनी शर्तें मनवा ली हैं, और नई सरकार बन गई है और मिस्ल लालसिंह प्रधानमंत्री और मिस्ल तेजसिंह प्रधान सेनापति बने हैं। धीरे-धीरे बोल···अमलदारी बदल गई है!"

जब लेखराज उठकर अपने रास्ते हो लिया था तो देर तक यह वाक्य उसके मस्तिष्क में बजता रहा था—'धीरे-धीरे बोल···अमलदारी बदल गई है। अमलदारी बदल गई है।'

अमलदारी बदल जाने का अर्थ होता है कि कल तक जो दुश्मन थे, वे दोस्त बन जाते हैं। कल तक जो भगोड़े थे, वे सिपहसालार बन जाते हैं। जो काला था वह

उजला लगने लगता है, और सैनिक ? सैनिक नहीं बदलता । वह केवल लड़ता है, मरता है, जान हथेली पर रखकर जंग के मैदान में उतरता है, अपने जौहर दिखाता है, क्योंकि वह अपने सालार के हुक्म पर मर-मिटने की कसम खाए होता है···

एक रात पेड़ के नीचे सोया, थका-हारा लेखराज सपना देखने लगा—किसी चट्टान के साथ लगकर मनोहर खड़ा है । उसने दोनों हाथों से अपनी छाती पर से अपने कुर्ते को हटा रखा है, और कह रहा है : 'देख तो, मैं कितना गोरा-चिट्टा हूँ !' तभी उसकी छाती लहू-लुहान हो गई है । लेखराज ने देखा, वह अपने साथियों के साथ टीले की ओर बढ़ रहा है, सालार को यह ख़बर देने के लिए कि मनोहर मारा गया है, कि उसकी छाती में गोली लगी है । पर वह चट्टान के पीछे से होकर सामने आता है तो क्या देखता है कि सालार वहाँ पर नहीं है, और उसकी जगह छोटी-छोटी फड़कती मूँछोंवाला फिरंगी खड़ा है और हाथ में पतला-सा बेंत लिए अपनी जाँघ को ठकरोरे जा रहा है । ···वह हड़बड़ाकर उठ बैठा । देर तक फटी-फटी आँखों से अँधेरे में देखता रहा । मन क्षुब्ध हो उठा था । थोड़ी देर बाद फिर से नींद के झोंके आने लगे । वह फिर से सो पाने की चेष्टा करने लगा । और कुछ देर बाद वह फिर नींद में लुढ़क गया—सपने में उसने फिर देखा कि आकाश में अपार नीलिमा छाई है, और वह उत्सुक हो उठा है । तभी उसे घोड़ों की टाप सुनाई देने लगी है, और उसका दिल धक्-धक् करने लगा है । फिर गली का मोड़ काटकर धम-धम घोड़े पर सवार कलग़ीवाला सरदार चला आ रहा है, नीला रेशमी जामा पहने हुए । सिर पर कलग़ी और गले में मोतियों के हार । नींद में लेखराज उत्सुक और अधीर हो उठा है । घोड़े की टाप और अधिक ऊँची उठने लगी है । फिर गली का मोड़ काटकर घोड़ा सामने आ गया है । अरे ! उस पर कलग़ीवाले सरदार की बजाय धनपत बैठा है, मुचड़ा हुआ अँगरखा पहने, सिर पर केसरी रंग का पगगड़ रखे, और गली में खड़े लोगों से कह रहा है—

'मैंने कहा था या नहीं ? कि अमलदारी बदल जाएगी, कि मेरी जीत होगी···मैंने कहा था या नहीं ?···'

8

धनपत टट्टू पर सवार, गंजमंडी के रास्ते कस्बे में दाख़िल हुआ । साज-सज्जा भी पहले-सी, वेश-भूषा भी पहले-सी, पर फिर भी कुछ-कुछ हुलिया बदला हुआ था । पीले अँगरखे के नीचे काला कमरबंद, हरे रंग की मखमली म्यान में लटकती

तलवार, सिर पर दीवानों की परंपरागत केसरी पगड़ी। घनी मूँछों के नीचे होंठ सदा की भाँति हिल रहे थे, कुछ बुदबुदा रहे थे। पर चेहरे पर वैसा ही भाव था, जैसा उस राजा के चेहरे पर रहा होगा जो किसी विजय-अभियान के बाद अपनी राजधानी में लौटता है।

एक गली के मोड़ पर बांशी और उसके साथियों की चौकड़ी जमी थी। बीच में चौसर की बाज़ी के लिए बिसात बिछी थी, और बांशी चाल चलने से पहले कौड़ियों को हाथ में लिए खनका रहा था।

धनपत पर नज़र पड़ते ही उसके हाथ ठिठक गए।

"आ गए! मोतियोंवाले आ गए!" उसने चहककर कहा। सभी की आँखें धनपत की ओर मुड़ गईं। क्षण-भर के लिए बांशी असमंजस में पड़ गया कि धनपत का गंभीरता से अभिवादन करे या उसकी ठिठोली करे। उसकी कारगुज़ारियों की खबर तो गाहे-बगाहे जंग के दौरान भी कस्बेवालों को मिलती रही थी। पर अब पासा पलट गया था और धनपत भी पहलेवाला दसहरे का स्वाँग नहीं रह गया था।

"आओ दीवान जी, जी आयाँ नूँ। सब मामले ठिकाने लगा आए हो?"

इस पर कुछ मनचले हँस दिए।

धनपत ने कनखियों से इस चंडाल-चौकड़ी को पहले से देख लिया था, पहचान भी लिया था, लेकिन उसने अपनी गर्दन सीधी रखी, और आँखें भी सामने की तरफ हवा में देखती रहीं। निचले तबके के लोगों को अपने से दूर ही रखना होगा।

नज़दीक आया तो बांशी उठ खड़ा हुआ और दोज़ानू होकर आदाब बजा लाने लगा—

"गुडमार्निंग! गुडमर्निंग, दीवान साहिब!"

धनपत सीधा सामने की ओर देखे जा रहा था। अमलदारी तो बेशक बदल गई थी पर टट्टू पहले-जैसा मरियल टट्टू ही था। उसे आगे बढ़ा पाने के लिए बार-बार एड़ लगानी पड़ती थी। भिनभिनाती मक्खियों को अपने पर से हटाने के लिए घोड़ा कभी दायाँ कान हिलाता, कभी पूँछ झुलाता और हर बार पूँछ झुलाने पर बूढ़े टट्टू के समूचे पिंजर में लहरिया उठता था।

"किला फ़तह हो गया दीवान जी?"

दीवान धनपत को सवाल अच्छा लगा। हल्की-सी मुस्कान फरफराती मूँछों के नीचे फैल गई।

"बहुत दिन बाद राजधानी को लौटे हैं। ··· आज किस मुहिम पर निकले हैं?"

दीवान को यह सवाल भी अच्छा लगा। लोग-बागों ने उसके अभियानों के किस्से ज़रूर सुन लिए होंगे।

"रियासत का दौरा करने निकले हैं?"

इस पर पास ही तख़्त पर से पाँव लटकाए दो आदमी बैठे हँस दिए।

''हमने सोचा शायद सीधा दरबार को जा रहे हैं।''

इस पर दीवान धनपत ने घोड़े की लगाम खींच ली—

''तेरी अक्कल मारी गई है, अब दरबार हैं कहाँ पर?''

''वही मैंने कहा, शीशमहल में तो अब दरबार लगता नहीं है, दीवान साहिब वहाँ क्योंकर जाएँगे।''

इस पर एक और मनचले ने आपत्ति की, ''दरबार न लगता हो, पर राजा साहिब तो महल में मौजूद हैं। मैंने सोचा, आप उनसे मिलने जा रहे हैं।''

''उससे कौन मिलेगा? उसे राजा कौन कहता है? उसे तो लाट साहिब अपनी खच्चर पातरी में भी नहीं रखेगा।''

लोग चुप हो गए। अमलदारी तो बदल गई थी पर पुराने अदब-क़ायदे अभी नहीं बदले थे। राजा अमीरचंद की रियासत का रंग फीका पड़ चुका था, पर वह खिल्ली उड़ाने का विषय अभीं भी नहीं बना था।

''फिर सवारी कहाँ जा रही है, ग़रीबनवाज़?'' बांशी ने दबे व्यंग्य के स्वर में कहा।

''कहा जो है, यों ही दौरे पर निकला हूँ।''

''सतबचन,'' बांशी ने जोड़ा, ''अब तो आपके सिर पर टोप होना चाहिए। किला फ़तह करके लौटे हो।''

यह सुनकर दीवान के होंठों पर सचमुच मुस्कान खेल गई। उसने दायाँ हाथ उठाकर मूँछों को हल्का-सा ताव भी दिया। पतली-सूखी गर्दन फिर से तन गई और छोटी-छोटी आँखें चमक उठीं।

''देखेंगे।'' दीवान ने कहा।

इस पर ठहाका हुआ।

दीवान ने अपने नए दरबारियों को पहली बार मुख़ातिब करने के बाद, अपने टट्टू को एड़ लगाई, पर टट्टू वहीं-का-वहीं खड़ा रहा।

दीवान तुतलाकर बोलता था। यों भी उसकी सूझ और जिह्वा में ताल-मेल नहीं बैठता था। बोलने के लिए मुँह खोलता तो या तो शब्द वक़्त पर सूझते नहीं थे, या फिर तीन-चार शब्द एक साथ सूझ जाते थे, और जीभ पर आकर गड़बड़ा जाते थे, और दीवान उन्हें तरतीब न दे पाने के कारण हकलाने लगता। जान पड़ता, जैसे शब्दों से पिंड छुड़ा पाने के लिए उन्हें जैसे-तैसे मुँह में से फेंक रहा है। इस कारण वह और भी ज़्यादा लोगों के मनोविनोद का कारण बना हुआ था।

लाम के दिनों में सुनने में आया था कि धनपत तरह-तरह की कारगुज़ारियाँ करता रहा है। पहले तो यह सुनने में आया था कि वह लापता हो गया है। छः महीने-साल तक तो उसकी ख़बर ही नहीं मिली। फिर पता चला कि दलाली करने लगा है। ऊँटों का व्यापार करने लगा है। ऊँट खरीदता है और कभी एक छावनी में, तो कभी दूसरी छावनी में बेच आता है। उसको लेकर मसख़रियाँ तभी से शुरू

हो गई थीं। कस्बे में एक मुख़्तार लौटा तो उसने सुनाया कि धनपत दो गधों पर बोरे लादे फिरंगी की छावनी की ओर जाता देखा गया है और बोरों में ऊँटों की दुमें भरी हुई थीं। सुनते ही लोग हँसी से लोट-पोट होने लगे थे। सुनने में आया कि मरे हुए ऊँटों की दुम काट-काटकर, एक-एक दुम पर दीवान एक-एक अशरफ़ी वसूल करता रहा था। बात ही इतनी बेतुकी थी कि कस्बे में लौटने से पहले ही धनपत का नाम 'दुमकटा दीवान' पड़ गया था।

बांशी ने फ़िकरा कसा, "ऊँटों की दुमें फिरंगियों की छावनी में पहुँचाते रहे हो, एक दुम अपने लिए भी रख लेते!"

इस पर चौकड़ी के लोग फिर हँस दिए।

धनपत के गालों में फुरकन-सी हुई, पर वह सुना-अनसुना करते हुए बराबर टट्टू को एड़ मारता गया। इन दो कौड़ी के लोगों से बात करना हिमाकत होगी।

"तू अपनी हैसियत तो देख, बांशी, बड़े लोगों के मुँह लग रहा है!"

धनपत ने फिर सुना-अनसुना करते हुए टट्टू को एड़ लगाई। मरियल टट्टू के शरीर पर लहरिया-सा उठा, पर वह आगे बढ़ने के बजाय गली के बीचों-बीच खड़ा हो गया। दीवान विचलित नहीं हुआ। अबकी बार उसने ज़ोर से टट्टू की पसलियों में एड़ लगाई। टट्टू के शरीर में फिर लहरिया उठा, उसने सिर भी झटका, पर आगे नहीं बढ़ा। धनपत को लगा, जैसे इन कमीनजात लोगों के सामने उसकी हेठी हो रही है। उसके घोड़े को फिर एड़ लगाई, पर आगे बढ़ने के बजाय टट्टू ने अपनी पिछली टाँगें खोल दीं और गली के बीचों-बीच लीद करने लगा।

"आफ़रीन है दीवान जी, आपने टट्टू को खूब सिखाया है!" रामजवाया ने कहा और फिर बांशी की ओर मुख़ातिब होकर बोला, "ले मज़ा बांशी, दीवान जी ने तुम्हें जवाब दे दिया है!"

इस पर बांशी ने जोड़ा, "टट्टू यहाँ पर वही कुछ कर रहा है, जो दीवान लाम पर करता रहा है।"

दीवान अभी भी सिर ऊँचा किए हुए था, मानो सामनेवाले घरों की छतों की ओर देख रहा हो और उसे कुछ मालूम न हो कि टट्टू क्या कर रहा है।

धनपत ने टट्टू को फिर एड़ लगाई और अबकी बार वह बड़ी फुर्ती से आगे बढ़ने लगा और शीघ्र ही गली का मोड़ काट गया।

गंजमंडी से निकलकर वह कोहलियों के मुहल्ले में दाख़िल हुआ। मोड़ मुड़ने पर गली कुछ चौड़ी हो गई थी। पर मोड़ मुड़ने की देर थी कि पीछे कहीं से आवाज़ आई—

"काली कुकड़ी दा चोर ई!"

कुछ मनचले हँस दिए। पिछली गली में से फिर आवाज़ आई—

"काली कुकड़ी दा चोर ई,
एह नहीं, कोई होर ई!"

(काली मुर्गी का चोर आया है, नहीं-नहीं, यह कोई दूसरा है।)

कुछ दूर जाने के बाद उसने मुड़कर देखा तो गली के अनेक अधनंगे बच्चे उसके पीछे-पीछे हो लिए थे, जो हँसते-बतियाते चले आ रहे थे। थोड़ी ही देर में दो-एक मसख़रे भी साथ में हो लिए। लोगों को भड़ैंत का-सा मज़ा आने लगा था।

क्या मालूम धनपत के मन में इस प्रकार का विचार बैठ गया हो कि अमलदारी बदल गई है, अब न सिक्खों के लाहौर-दरबार की चल सकती है, और न ही शीशमहल के बौने राजा अमीरचंद की। और जब ये दो न रहे तो फिर मेरे सिवा रह कौन जाता है।

दीवान धनपत लाम पर से कुछ दुबला होकर लौटा था। देह पिचक गई थी, जिस कारण अँगरखा, लगता, खंभे पर खोल चढ़ा हो। छाती भी अंदर को धँस गई थी। पर मूँछों में दम था। आन-बान पहले से ज़्यादा बढ़ गई थी। मरियल टट्टू पर भी बैठा महसूस कर रहा था जैसे हाथी पर बैठा है। और पीछे-पीछे हँसते, मसख़रियाँ करते बच्चे और कस्बे के मनचले... उसे लगता जैसे सचमुच ही उसकी शोभायात्रा चली जा रही है।

कहीं से कस्बे के हिजड़े गली में दूसरी ओर से चले आ रहे थे। दीवान जी का जुलूस देखकर वे भी तालियाँ बजा-बजाकर दीवान के चिरायु होने की मनौतियाँ मनाते हुए, उसके साथ हो लिए। सोया हुआ कस्बा जाग उठा था। बहुत दिन बाद हँसी-खेल का मौका मिला था। कस्बे का पहलवान महमूद, अखाड़े की मिट्टी में लथपथ, जुलूस देखकर रुक गया। नंग-धड़ंग, केवल लाल रंग की कुपीन पहने हुए, बदन से अखाड़े की मिट्टी झाड़ता हुआ खड़ा हो गया और जब 'सवारी' पास आ गई तो 'या अली!' चिल्लाकर जोर से उछला और दोनों हथेलियों से अपने पट्ठे थपथपाता हुआ, पैंतरे बदलता जुलूस के आगे-आगे जाने लगा।

बुनकर, मनियारीवाले, कपड़ा-लत्ता बेचनेवाले, सुनार, पंसारी, कारीगर, सभी अपनी-अपनी जगह दीवान धनपत की सवारी का नज़्ज़ारा देख रहे थे। देखते-ही-देखते अच्छा तमाशा खड़ा हो गया। चबूतरों पर खड़े लोग और गली के किनारे खड़े लोग इस भड़ैंत का मज़ा ले रहे थे। कभी पीछे से किलकारी भरने की आवाज़ आती, कभी कोई मुँह के सामने हाथ रखकर 'पीपनी' बजाता, पर दीवान के चेहरे पर गहरे संतोष की छाया बराबर बनी रही, मानो सोच रहा हो कि ये लोग जो 'पीपनी' बजा रहे हैं, वास्तव में मेरा स्तुतिगान ही कर रहे हैं।

चबूतरे पर खड़े एक आदमी ने दूसरे से कहा—

"दीवान सनक गया है। वह सचमुच समझता है कि उसकी सवारी जा रही है।"

कोहलियों के मुहल्ले की चौड़ी गली के दूसरे सिरे पर जुलूस पहुँच चुका था, जब दीवान ने घोड़े की लगाम मोड़ दी और उसे सीधा 'माड़ी' की ओर ले जाने लगा। तब तक मीरासी का भाई जलाल भी इस खयाल से कि थोड़ी कमाई हो

जाएगी, अपने ढोल पर थाप देता हुआ पहुँच गया था।

उस समय माड़ी पर मौन छाया था। बड़े दीवान जी—दीवान मय्यादास—रोज़ की तरह चबूतरे पर टहल रहे थे। फिरंगी की जीत के बाद कस्बे पर बहुत दिन तक अनिश्चय के साए डोलते रहे थे, पर दीवान मय्यादास की माड़ी पर तो जैसे अँधेरा छा गया था। इस लाम में मय्यादास का दिवाला पिट गया था। उसने अपनी सारी पूँजी, लाहौर-दरबार को कर्ज़ के रूप में दे दी थी। पहली पराजय के बाद जब ख़ालसा राज के लिए संकट की घड़ी आ गई थी तो उसने घर का सोना-चाँदी भी दे डाला था। पर हर लड़ाई में पासा उल्टा ही पड़ता गया था और जंग ख़त्म होते न होते एक माड़ी और हवेली को छोड़कर दीवान मय्यादास का सबकुछ डूब चुका था और छः महीने के अंदर वह मानो बुढ़ा गए थे। बदन ढीला पड़ने लगा था और कंधे झुक गए थे। पर दीवान जी अभी भी कस्बे में निकलते तो लोग उठ-उठकर उनका नतमस्तक अभिवादन करते थे। वे अभी भी बड़े मुदब्बर, बडे गंभीर और रोबीले नज़र आते थे। उनकी पुरानी वज़ह, पहले का बड़प्पन अभी भी बहुत कुछ कायम थे। सबकुछ खो बैठने पर भी उनके माथे पर शिकन नहीं आई थी।

इस हुड़दंग की आवाज़ दीवान मय्यादास के कान में भी पड़ी। जंग के दिनों में सारा वक्त ही कोई-न-कोई शोर रहा करता था, इसलिए अचंभे की कोई बात नहीं थी। पर शीघ्र ही उनकी आँखों के सामने पैंतरे बदलता महमूद पहलवान नमूदार हुआ, उसके पीछे कस्बे के हिजड़े तालियाँ बजाते-नाचते हुए। साथ में ढोल बजानेवाला जलाल।

दीवान मय्यादास ठिठककर खड़े हो गए। उन्होंने शोर तो सुना था, पर समझ नहीं पाए थे कि कैसा शोर है।

अपने मरियल टट्टू पर सवार धनपत माड़ी के बड़े फाटक के सामने, चौड़े आँगन के पार आकर खड़ा हो गया। उसके पीछे-पीछे चलकर आनेवाले छोटे-छोटे बच्चों, निठल्लों और तमाशबीनों में से भी किसी को मालूम नहीं था कि रंगीला दीवान क्या करने जा रहा है, उसका अभिप्राय क्या है।

दीवान मय्यादास ने धनपत को पहचान लिया और चबूतरे पर खड़े उसे देखते रहे। दीवान धनपत की छोटी-सी हड़ियल छाती तनी हुई थी। हाथ बार-बार मूँछों पर जा रहा था। घनी भौंहों के नीचे छोटी-छोटी, पैनी, चपल आँखें किसी शिकारी की आँखों की तरह दीवान मय्यादास पर लगी थीं।

माड़ी के सामने आकर खड़े हो जाने पर धनपत ने मीरासी के भाई को जोर-जोर से ढोल बजाने को कहा। हिजड़े भी सामने आ गए और तालियाँ बजाते और तरह-तरह के भौंडे इशारे करते हुए उसके टट्टू के सामने नाचने लगे। तभी धनपत ने अँगरखे के नीचे हाथ डालकर मट्ठी-भर रेज़गारी निकाल ली और उसे हवा में उछाल दिया। हिजड़े और अधनंगे बच्चे, दमड़ियों और पाइयों पर टूट पड़े। उन्हें यों लपकता देखकर दीवान धनपत ने एक बार और मुट्ठी-भर रेज़गारी

निकालकर हवा में उछाल दी।

दीवान मय्यादास कुछ देर तक चबूतरे पर ठिठके खड़े रहे, फिर चुपचाप अंदर चले गए।

मय्यादास के अंदर चले जाने पर धनपत ने सचमुच समझ लिया था कि दुश्मन ने पीठ मोड़ ली है, और इसे अपनी फ़तह की घड़ी मानकर ढोलची से जोर-जोर से ढोल बजाने का आग्रह करने लगा।

तभी महमूद पहलवान और मीरासी के भाई को अहसास हुआ कि कहीं कोई अनुचित-सी बात हो रही है, कि माड़ी के सामने ढोल बजवाना और हिजड़े नचवाना, बड़े दीवान को ज़लील करने के लिए किया गया था। और वे दोनों बिना कुछ कहे-सुने वहाँ से निकल गए।

"बजाओ ढोल!"

दीवान धनपत ने चिल्लाकर कहा, और थैली में से मुट्ठी-भर दमड़ियाँ और कौड़ियाँ निकालकर फिर हवा में उछाल दीं। पर ढोल नहीं बजा। केवल हिजड़े तालियाँ बजाते उसके टट्टू के सामने नाचते रहे।

थोड़ी देर बाद अपने-आप ही भीड़ बिखरने लगी।

दोपहर ढलने लगी थी, जब यह भड़ैंत खत्म हुआ, जब दीवान धनपत ने घोड़े की लगाम मोड़ी और तेलियों के मुहल्ले की ओर हो लिया। भीड़ छितरने लगी। हिजड़े, जो पहले दीवान के सिर की दुआएँ माँगते रहे थे, अब उसके हाथ से बख़्शीश न पाकर गालियाँ बकने लगे थे, और भद्दे इशारे करते हुए अपने-अपने घरों को जाने लगे थे।

अनोखा जुलूस रहा था वह। बरसों बाद उसे कस्बे के जीवन में एक ऐतिहासिक घड़ी की संज्ञा दी जाने लगी थी और कहा जाने लगा था कि इस भड़ैंत के साथ ही कस्बा उजड़ने लगा था। पहले जेहलम नदी कस्बे के बिलकुल बगल से बहा करती थी, फिर धीरे-धीरे नदी का पाट कस्बे से दूर होने लगा। धीरे-धीरे नदी के रास्ते होनेवाली कस्बे की तिजारत भी ठप्प हो गई। लोगों की यह पक्की धारणा थी कि नदी का पाट उसी दिन से दूर होने लगा था, जिस दिन कस्बे में वह भड़ैंत हुआ था। कुछ अर्सा बाद कस्बे के आसपास की ज़मीनों में से शोरा फूट निकला था, सफ़ेद चूर्ण-सा, जो घरों की दीवारों और खेतों की ज़मीन में फैलता नज़र आने लगा था। लोग समझते थे कि इसी के कारण खेतों की उपज कम होती जा रही है। इसे भी वे उस भड़ैंत का ही दुष्परिणाम मानते थे।

इस बीच चौसरबाज़ों को धनपत के जुलूस की ख़बर मिल चुकी थी, और वे तरह-तरह की टिप्पणियाँ करने लगे थे।

"सब वक़्त-वक़्त की बात है, नहीं तो किसकी हिम्मत थी कि दीवान मय्यादास को आँखें दिखाए।"

"दीवान मय्यादास का पानी उतारने गया था, उसे ज़लील करने।"

''बड़ा छिछोरा आदमी है, न जाने आगे क्या करेगा।''

''सच पूछो तो दीवान मय्यादास ने भी इसके साथ कौन-सा इंसाफ़ किया था। इसका सामान माड़ी के बाहर फिंकवा दिया।''

जब से लाम ख़त्म हुई थी और बड़ी-बड़ी तब्दीलियाँ होने लगी थीं, तभी से कस्बे के लोगों के विचारों में भी परिवर्तन आने लगा था। दीवान मय्यादास के प्रति मान-मर्यादा का भाव भी दुबलाने लगा था, उनकी छवि भी फीकी पड़ने लगी थी।

''अपनी अकड़ ही में सारा रुपया-पैसा भी ख़ालसा दरबार को दे आए, यह दिखाने के लिए कि वह बहुत बड़ा वफ़ादार है। यह जानते नहीं थे कि फिरंगी का सितारा बलंदी पर है, एक-एक रियासत का ताज उसके कदमों में गिर रहा है?''

दीवान मय्यादास की निष्ठा के प्रति भी संशय का-सा भाव उठने लगा था। जमाना बदल गया था। कस्बे की गलियों में चलते हुए अब वह छाया-से प्रतीत होते थे, किसी बीते गौरव की छाया-से। वह न तो वर्तमान के साथ कहीं जुड़ते नज़र आते थे; न भविष्य के साथ। उन्हें देखकर लगता जैसे कोई व्यक्ति किसी प्रवाह में से छिटककर बाहर फेंक दिया गया हो, और वह उत्तरोत्तर पीछे छूटता जा रहा हो। हर दिन घटनेवाली नई-नई घटनाओं में उनका कहीं कोई स्थान नहीं था।

नई अमलदारी, अपनी क़दरें-कीमतें लेकर, अपने नए किरदार, तौर-तरीके लेकर कस्बे की ओर बढ़ती आ रही थी। उसके अपने आग्रह थे, दबाव थे। पिछली अमलदारी का माहौल अभी छिन्न-भिन्न तो नहीं हुआ था, लेकिन वह नई अमलदारी को परखने की कसौटी भी नहीं रह गया था। अभी तो माहौल में उत्तेजना थी, धड़कन और जिज्ञासा भी कि नई अमलदारी किस क़रवट बैठेगी, आगे क्या होगा। और इसे भी जीवन की विडंबना ही मानिए कि जिस ओर सत्ता का पलड़ा भारी होता है, उसी ओर प्रजा की मान्यताएँ भी झुकने लगती हैं। गिने-चुने लोग ही अपनी निष्ठा अथवा अपने विवेक के बल पर अपनी दृष्टि की स्थिरता बनाए रख सकते हैं।

फिर चर्चा का रुख मय्यादास से हटकर उस सरकार की ओर चला गया जो सिक्ख-लड़ाइयों के बाद लाहौर में बनी थी, और वे दोनों सालार, तेजसिंह और लालसिंह, उसमें ऊँचे पदों पर आसीन थे। अब लोगों का रवैया उनके प्रति बदलने लगा था। जंग के दिनों में उनकी जो भूमिका रही थी, अब उसकी भी सफ़ाई दी जाने लगी थी और उन्हें बड़ा दूरशनास, चतुर और व्यवहारकुशल माना जाने लगा था—

''पूरा राज्य तो फिरंगी के हाथ में नहीं जाने दिया,'' रामजवाया बार-बार कह रहा था, ''लोग कहते हैं अंदर-ही-अंदर फिरंगियों के साथ मिले हुए थे, पर मुझसे पूछो तो उन्होंने ठीक ही किया। वे दूरशनास थे। उस वक़्त अंग्रेजों से मिलना ही सही था। यह नीति की बात है। मयाने कहते हैं—सारा जाता देख के आधा दीजै

बाँट ।'' फिर तनिक आवेश मं, तर्जनी झटकता हुआ बोला, ''पूरा राज्य तो फिरंगी के हाथ में नहीं जाने दिया ।''

और अब तो फिरंगी की चर्चा हाकिमे-वक्त के नाते की जाने लगी थी । परंपरा भी यही कहती थी कि जो भी हाकिमे-वक्त है, वही सिर का साहिब है, उसी के सामने सिर नवाओ, उसी की नमक-हलाली करो । अगर कोई कहता कि दोनों सालार खालसा राज के नाम पर कालिख पोत गए, तुम कहते हो दानिशमंद थे, तो अक्सर यही उत्तर मिलता–

''यह नीति है, मेरे भाई, नीति है । तुम्हें कैसे समझाऊँ । पराचीन से चली आ रही है ।''

''यह नीति नहीं, गद्दारी है । कभी सिपहसालार भी जंग के मैदान से भागे हैं ?''

''बस, बस, छोटा मुँह बड़ी बात । बड़ा आया फतवे देनेवाला ।'' रामजवाया बोला, ''कौन जानता है क्या हुआ और क्या नहीं हुआ । अंदर की बात कौन जानता है ।''

इस पर बांशी, जो हर बात को मसख़री में टाल देता था, अँगड़ाई लेकर पाँव पसारते हुए बोला, ''हम तो इतना जानते हैं कि वे अब हाकिमे-वक्त हैं । और कल अगर हमारा दुमकटा दीवान धनपत भी हाकिम बन गया तो वह भी हमारे सिर का साहिब होगा ।''

''वक्त-वक्त की बात है ।'' किसी ने समर्थन में कहा । इस पर रामजवाया को कस्बे का गौरवमय अतीत याद आ गया–

''वक्त-वक्त की बात है । यही वह कस्बा है जिस पर महमूद गज़नवी का नौवाँ हमला हुआ था । कहते हैं जितने हीरे-जवाहरात उसे यहाँ पर मिले थे, उन्हें वह महीनों ढोता रहा था ।''

इस पर कोहली हँसकर बोला, ''और किसी माई के लाल ने चूँ तक नहीं की ।'' फिर टाँगें पसारते हुए कहने लगा, ''इस कस्बे को इस बात का शर्फ़ हासिल है कि इसे महमूद गज़नवी ने रौंदा था ।'' और दबी आवाज़ में कोई अश्लील उपमा भी दे दी ।

रामजवाया फिर तुनक उठा, ''मेरे साथ फ़ोहशकलामी मत कर,'' वह बोला, ''इस कस्बे की तवारीख़ जानो तो कुछ पता चले । यहाँ बड़े-बड़े योद्धा हुए हैं ।''

''एक योद्धा धनपत, दूसरा योद्धा कस्बे का राजा, और कौन ? तीसरा योद्धा तू ?''

''तेरी तो मत मारी गई है । हमारे पुरखा परशुराम से लड़े थे, अब परशुराम से भी बड़ा योद्धा कोई हुआ है ?''

दूकान के तख्ते पर खड़ा कुबड़ा हलवाई रामजवाया की बात का समर्थन करते हुए बोला, ''ठीक कहता है, रामजवाया । परसराम से खत्री लड़े थे ।''

"तेरे पुरखों ने देखा होगा।" कोहली बोला।

"परसराम से ही नहीं, बाद में सिकंदरे-आज़म के साथ भी लड़े थे।" रामजवाया ने उत्साहित होकर कहा, "राजा पोरस यहीं का राजा था, और कहाँ का था?"

बांशी को विश्वास नहीं हुआ।

"पोरस भी कोई दीवान रहा होगा। क्यों रामजवाया? वह तेरा क्या लगता था?" बांशी ने हँसकर कहा, "तू यों ही इधर चूतड़ घिसाता रहता है, तेरे सिर पर तो ताज होना चाहिए!"

इस पर कोहली बोला, "कल कह रहा था, पोरस सब्बरवाल था। आज महमूद गजनवी को ले बैठा है।"

"मैं अब भी कहता हूँ, पोरस सब्बरवाल था। और सिकंदर खत्रियों की बहादुरी से इतना प्रभावित हुआ था कि यूनान लौटते समय वह अपने साथ पाँच दीवान ले गया था।"

इस पर बांशी ने टिप्पणी की, "तुम उस वक्त जीते होते रामजवाया, तो तुम्हें भी ले जाता। तुम यूनान के चिड़ियाघर में रहते। पेड़ की टहनी पर टाँगें लटकाए बैठे रहते। यूनान के लोग देखते और कहते—वह देखो, दीवान बैठा है!"

"तेरा खून ठंडा है बांशी, तेरे खून में गर्मी नहीं है।" करमचंद ने बीच में जोड़ा, "रामजवाया तो चंदरबंसी है।"

"कोहली यहाँ के सबसे पुराने निवासी हैं, दीवानों से भी पुराने।" बांशी ने जान-बूझकर छेड़खानी करते हुए कहा।

"कोहली तो लुटेरे थे," रामजवाया ने झट से तुनककर कहा, "उनका तो कोई घर-घाट ही नहीं था। उनका तो कबीला था, कोई जात थोड़े ही थी।"

"अरे, दीवान किस खेत की मूली है हमारे सामने?" कोहली बोला।

इस पर रामजवाया भी तुनक उठा। अपना हाथ कोहली की ठुड्डी की ओर पसारकर बोला, "तू अपना बूथा देख! कोहलियों को पूछता कौन है? न घर न घाट, इन्हें तो दीवानों ने यहाँ पनाह दी है।"

"तू अपना थोबड़ा देख, ओए, न मुँह न मत्था, जिन्न पहाड़ों लत्था। बारातों की जठन पर पलनेवाला। हर बारात में केसरी पग्गड़ पहनकर पहुँच जाता है।"

"तू कौन है ओए, जिन्हें माँ नहीं पहचानती वे भी अपने को खत्री कहने लगे हैं।"

कोहली ने बांशी को संबोधन करते हुए कहा—"इसे समझा लो बांशी, इसे कह दो चुप हो जाए, नहीं तो मुझसे बुरा कोई नहीं होगा।"

इस पर हलवाई तख़्ते पर से उतर आया। वह नहीं चाहता था कि उसकी दूकान के सामने दो ख़ानदानी आदमियों के बीच झगड़ा हो। रामजवाया के कंधे पर हाथ रखकर बोला—

"दीवान अपनी जगह बड़े हैं, कोहली अपनी जगह बड़े हैं। दीवान जी, आप चुप हो जाओ।"

पर कोहली अभी भी रामजवाया को घूरे जा रहा था, "बड़े आए, पोरस के जानशीन। दीवानों को सिकंदर यूनान ले गया था। उसे और तो कोई मिला नहीं ले जाने के लिए। पाँच दीवान नहीं, पाँच बनमान्स ले गया। रामजवाया को छोड़ गया बारातों की जूठन खाने के लिए!"

इस पर रामजवाया बिफरकर बोला, "कोहली लुटेरे, डाकू, बिल्ली-जैसी आँखोंवाले! साले न जाने किसकी औलाद, यहाँ आकर बस गए हैं।"

"मैं देख लूँगा तुम्हें एक दिन।"

"क्या देख लेगा ओए, तू मेरा क्या कर लेगा?"

तभी हलवाई और बांशी मामले को बिगड़ता देखकर बीच-बचाव करने लगे। बांशी रामजवाया को धकेलता हुआ चबूतरे की ओर ले गया और हलवाई ने कोहली को चौसर की दरी पर बैठा दिया।

बेशक कुछ वर्ष तक अनिश्चय डोलता रहा था कि मुमकिन है ख़ालसा राज्य फिर से करवट बदले, और फिरंगी को अपनी छाती पर से उतार फेंके! जगह-जगह झड़पें भी होती रहीं, पर फिरंगी सरकार का पंजा मजबूत ही होता गया और अंत में पंजाब पर अंग्रेजों का पूर्ण अधिकार हो गया।

फिर आए दिन नई अमलदारी अपना रूप दिखाने लगी। कस्बे के बाहर, शेखो के बाग और टीले के बीच के इलाके में 'पीली कोठी' बन गई। नए तर्ज़ की इमारत—चारों ओर बरामदा, बीच में ऊँची छत के बड़े-बड़े कमरे। यहाँ तहसीलदार बैठने लगा था और दौरे पर आनेवाला डिप्टी कमिश्नर अपनी कचहरी लगाता था।

नए-नए कानून, नए-नए बंदोबस्त बनने लगे थे। उन्हीं दिनों कस्बे में पहला अंग्रेज़ भी नमूदार हुआ—नाटे क़द-बुत्त का गोल-मटोल-सा आदमी, लाल-लाल चेहरा और सिर पर बड़ा-सा, सफ़ेद रंग का छज्जेदार टोप पहने हुए था। बच्चे-बूढ़े, सभी भागते हुए उसे देखने गए थे। कस्बे में से अकेला धनपत ही उसे मिलने गया था। बहुत-से लोगों ने उसे फिरंगी के तंबू के बाहर खड़े बार-बार फ़र्शी सलाम करते देखा था। कस्बे में बात फैल गई थी कि धनपत, फिरंगी के पास 'डाली' (तोहफ़ा) लेकर गया था, एक टोकरी में कुछ पकवान, मेवे, कस्बे की मशहूर मिठाई 'पतीसा', संदल के शरबत की दो बोतलें और कस्बे के बुनकरों द्वारा बनाई गई एक मशद्दी 'लुंगी'। फिरंगी ने बाकी सभी चीज़ें तो हँसते-हँसते रख ली थीं पर मशद्दी लुंगी को खोलकर बड़ी देर तक देखता रहा था। फिर उसे टोकरी में से निकालकर बाहर फेंक दिया था—'यह नहीं माँगटा,' उसने कहा था और उसका चेहरा पहले से भी ज़्यादा लाल हो गया था।

धनपत अभी भी बराबर टट्टू पर सवार, कस्बे की गलियों का चक्कर लगाया करता था। इसके अतिरिक्त, गंजमंडी के ही खुले आँगन में अपना 'दरबार' भी लगाने लगा था। हर शाम ज़मीन पर छिड़काव करवाकर दो-तीन मूढ़े और एक खाट बिछवा देता और गुड़ के शरबत की मटकी भरवाकर रख देता। फिर इधर-उधर आते-जाते लोगों को आग्रह करके पास बैठा लेता। इस तरह वह कस्बे के लोगों के साथ रस्म-राबता बढ़ाने लगा था। धीरे-धीरे शाम के वहाँ अनेक व्यक्ति बैठे नज़र आने लगे थे। धनपत स्वयं भी, कस्बे में जहाँ कहीं मुंडन होता, या मरना होता या भागवत की कथा होती, वहाँ पहुँच जाता था। धीरे-धीरे, कहीं-कहीं पर लोग उसका पक्ष भी लेने लगे थे–'दीवान मय्यादास ने इसका सामान उठवाकर बाहर फेंक दिया। पर धनपत ने 'सी' नहीं की। चुपचाप सामान उठवाकर ले गया। कोई और होता तो बखेड़ा खड़ा कर देता'...या...'भले ही रखैल के पेट का जाया हो, पर है तो मय्यादास के भाई का बेटा। माड़ी के दो कमरों पर इसका भी तो हक है।'

कुछ लोगों की हमदर्दी हौले-हौले धनपत के प्रति बढ़ने लगी थी।

एक बार दीवान मय्यादास छड़ी हाथ में लिए, धीरे-धीरे चलते हुए सराफ़ों की गली की ओर से चले आ रहे थे। सामने धनपत पड़ गया जो टट्टू पर सवार, दूसरी ओर से चला आ रहा था। दीवान मय्यादास ने देख तो लिया, पर अनदेखा करते हुए, नीचे ज़मीन की ओर देखते हुए, आगे बढ़ने लगे। पर जब पास पहुँचे तो धनपत ने अपना टट्टू रोक दिया और ऊपर बैठा-बैठा ही बोला–

"पा लागूँ, ताऊ जी!" उसकी आवाज़ में विनम्रता इतनी नहीं थी जितना छिपा व्यंग्य और उद्दंडता।

दीवान मय्यादास ने आँखें ऊपर उठाईं–

"राजी-खुशी हो धनपत, घर में सुख-सांद है?"

"ताऊ जी, हमारे लायक कोई कार-खिदमत हो तो बताएँ। किसी सरकारी महकमे में कुछ कहना-करना हो।"

मय्यादास कटकर रह गए। आँख उठाकर धनपत के चेहरे की ओर देखा। धनपत की घनी मूँछों में अनेक सफ़ेद बाल आ गए थे। आँखों में एक प्रकार का पैनापन था जो किसी निर्मम, व्यवहारकुशल व्यक्ति की आँखों में आ जाता है। धनपत अपनी घनी मूँछों के बीच मुस्करा रहा था।

"आजकल बड़े काम निकल रहे हैं, ताऊ जी, नई सरकार बड़े-बड़े ठेके दे रही है, कहो तो कहीं बात चलाऊँ? अफ़सरान बाला मुझ पर मेहरबान हैं।"

धनपत की आवाज़ में छिपा व्यंग्य मय्यादास को छलनी कर गया। मय्यादास मुँह से कुछ नहीं बोले, केवल धनपत का मूक अभिवादन किया और आगे बढ़ गए।

"रस्सी जल गई पर बल नहीं गया।" धनपत बुदबुदाया और टट्टू को एड़ लगा दी।

उधर, सिक्ख लड़ाइयों की याद धुँधलाने लगी थी। लेखराज का फ़ौजी दस्ता कब का टूट-फूट चुका था। हज़ारों सिक्ख सैनिक बेसहारा हो गए थे। जीती बाज़ी हार जाने पर, अब सैनिक सिर छिपाने की जगह खोज रहे थे। टुकड़ियाँ, दस्ते, फ़ौजें तो टूट गईं, पर कुछ लोगों के दिल के अरमान नहीं टूटे। सैकड़ों भटकते साथियों के साथ लेखराज भी इधर-उधर भटक रहा था। दिल में ग़म और गुस्सा अभी भी पाया जाता था जो चैन नहीं लेने देता था। मन फिरंगी के आगे घुटने टेक देने को कबूल ही नहीं कर पा रहा था।

जब फिर से झड़पें होने लगी थीं और पूरे तीन साल तक कभी एक जगह तो कभी दूसरी जगह अशांति के विस्फोट होते रहे थे, तो लेखराज उन्हीं में था। जब मुलतान की लड़ाई में फिरंगी की जीत हुई तो लेखराज मुलतान में था। जब गुजरात में सिक्ख सेना परास्त हुई तो लेखराज गुजरात की रणभूमि में था। इसी लड़ाई में उसके दाएँ हाथ की दो उँगलियाँ कट गई थीं।

फिर चुप्पी छा गई। पहले झड़पों की ख़बरें आती थीं, फिर कहीं किसी विस्फोट की, किसी झड़प या बग़ावत की ख़बर नहीं आई। ख़बरें सुनने को मिलतीं तो नई अमलदारी की, नए-नए कानूनों की।

एक दिन वह एक छोटे-से शहर के बाहर, एक ढाबे पर, कुछेक अन्य बेघर सैनिकों के साथ बैठा सूखी रोटियाँ तोड़ रहा था, जब ढाबे के लोग सहसा उठ खड़े हुए और ढाबे के बाहर सड़क पर आ गए। नवाब साहिब की सवारी जा रही थी। घोड़े, पियादे, उनके पीछे सजी-धजी नवाब साहिब की पालकी—नवाब साहिब लाहौर-दरबार की ओर जा रहे थे। अपनी फ़रमाबरदारी की हलफ़ उठाने। अब इसी में सलामती है कि नए हाकिम के साथ दोस्ती कर ली जाए। ऐसे जुलूस जगह-जगह से लाहौर की ओर बढ़ रहे थे। पूरी सजधज के साथ। केवल लेखराज और उसके गिने-चुने, ज़नूनी साथी इस वास्तविकता को कबूल करने से इन्कार कर रहे थे। एक बार लेखराज का मन हुआ भी था कि घर लौट चले, अपने लोगों की ख़ैर-ख़बर ले। मोराँ की याद भी अभी दिल में बनी हुई थी। कभी-कभी अपने घर के चबूतरे पर खड़ी आँखों के सामने आ जाती थी, "मैं तेरे लिए मन्नत मानूँगी···तू जा, जल्दी लौट आना"··· और फिर शरमाकर घर के अंदर भाग जाती थी, और लेखराज का मन जाने कैसा हो आता था। एक बार वह कस्बे की ओर चल भी पड़ा था। मियानी तक जा भी पहुँचा था, जब अपने कस्बे के दो-तीन आदमी मिल गए थे, जिनसे बातों-बातों में पता चला कि मोराँ कब की ब्याही जा चुकी है; और ब्याही ही नहीं, कब की विधवा भी हो चुकी है। उधर माँ पहले ही स्वर्ग सिधार चुकी थी। लेखराज वहीं से लौट गया था।

कस्बे में लोग लेखराज के बारे में तरह-तरह के अनुमान लगाते रहे थे। चौसरबाज़ों की टोली में अक्सर चर्चा चलती रही। कोई कहता, फिरंगी की फ़ौज में भरती हो गया है। कोई कहता, रामदासी फ़कीर बन गया है, क्योंकि अपनी

घुमक्कड़ी में वह चक रामदास का चक्कर भी लगाता रहा था। कोई कहता, उदासियों के अखाड़े में शामिल हो गया है और जगह-जगह घूम रहा है।

धीरे-धीरे लोगों के मन में उसकी याद भी धुँधलाने लगी थी।

हर आए दिन, नए-नए हुक्मनामे, नए-नए बंदोबस्त जारी होने लगे थे। कमिश्नरियाँ बनीं, ज़िले बने, तहसीलें बनीं। एक-एक तहसील पर एक-एक कानूनगो बैठाया गया। जिस दिन मालगुजारी का कानून बना, उस दिन कस्बे में बड़ी हलचल मची। कानून किसी की समझ में नहीं आया था। तहसीलदार उस दिन कस्बे में नहीं था। बहुत-से लोग—जिनमें साहूकारा करनेवाले लोग भी थे, और गली-सड़क पर चौसर खेलनेवाले लोग भी—सभी दीवान मय्यादास के पास नया कानून समझ पाने के लिए जा पहुँचे थे। नया कानून दीवान मय्यादास को भी अटपटा लगा था। जो परंपरा बाप-दादा के ज़माने से चली आ रही है, उसे तोड़ा कैसे जा सकता है। यह कानून दो दिन नहीं चलेगा।

''गाँव में पटवारी है, ना? उसका क्या काम है? वह ज़मीन के इंदराज रखता है? और वही हिसाब लगाकर बताता है कि कितनी काश्त हुई है और कितना लगान गाँववालों को देना है। ठीक है?'' दीवान मय्यादास धीरे-धीरे, समझाता हुआ-सा बताने लगा—

''यह लगान, साल में दो बार गाँव का मुखिया उगाहता था और सरकारी ख़जाने में जमा करवाता था, ठीक है?

''अब तक तो मुखिया जिंस ले लेता था, ना? अब वह जिंस नहीं लेगा, अब वह लगान की रकम नकद वसूल करेगा। एक बात। पहले तो खेत की उपज का अंदाज़ लगाकर लगान मुकर्रर कर दिया जाता था, अब पूरा हिसाब लगाकर लगान लगाया जाएगा, समझे? पहले, खेत कट जाने पर लगान दिया जाता था (लगान के रूप में जिंस दी जाती थी), अब खेत-कटाई से पहले ही लगान का भुगतान करना होगा। पहले सारा गाँव मिलकर, सांझी भुगतान करता था, अब हर हल जोतनेवाला किसान अपनी-अपनी ज़मीन का खुद भुगतान करेगा।

''सारी ज़मीन बँट जाएगी, गाँव की सांझी ज़मीन न रहकर हर काश्तकार के पास ज़मीन का अपना अलग टुकड़ा होगा। दूसरे, लगान के तौर पर वह जिंस न देकर नकद भुगतान करेगा। तीसरा, यह लगान मुकर्रर होगा। हर साल उतना ही लगान देना होगा, न कम न ज़्यादा। यह नहीं कि फ़सल अच्छी नहीं हुई तो लगान कम हो जाएगा।''

''अगर किसान भुगतान नहीं कर पाए तो?''

''तो वह साहूकार के पास से कर्ज़ ले सकता है। ब्याज पर कर्ज़ ले और भुगतान करे।''

''और अगर अगले साल भी फ़सल अच्छी नहीं हो, तो?''

''तो फिर कर्ज़ ले और भुगतान करे।''

''ब्याज कितना होगा ?''

''अब यह कौन जाने ? इसका फ़ैसला तो साहूकार करेगा कि कितने ब्याज पर कर्ज़ देता है ।''

''अगर झगड़ा हो जाए तो ? किसान कहे, कम ब्याज बनता है; साहूकार कहे, ज़्यादा बनता है, तो ?''

''तो इसका फ़ैसला अदालत करेगी । सरकार ने अदालतें भी तो खोल दी हैं ।''

मालगुज़ारी का नया कानून बना तो पीली कोठी के बाहर किसानों की भीड़ लगने लगी । पटवारी हर किसान की ज़मीन का अलग से तख़्मीना निकालकर देने लगा और पीली कोठी में नायब तहसीलदार बैठा हिसाब लगा-लगाकर लगान की रकम का तख़्मीना निकालने लगा और अपनी किताबों में नए इंदराज़ चढ़ाने लगा ।

नया कानून साहूकारों को रास आने लगा था । काश्तकार के पास नकद कहाँ ? उसके पास तो जिंस-ही-जिंस होती है । गंजमंडी में देखते-ही-देखते कितनी ही पैड़ियाँ खुल गईं । किसान आते और लगान चुका पाने के लिए नकद कर्ज़ ले जाते थे । दीवान धनपत ने भी पैड़ी खोल दी । गंजमंडी में ही कमरा किराए पर ले लिया, और कुछ दिन बाद दो कोठरियाँ साथ-साथ ले लीं । पैड़ी पर खुद तो अभी भी नहीं बैठता था—घोड़े की पीठ पर ही ज़्यादा वक्त बैठता था, पर उसने एक मुंशी को रखकर इस काम पर लगा दिया ।

नया कानून क्या बना, गंजमंडी में भीड़ लगा रहन लगा । नकद भुगतान कर पाना साधारण मुजारे के बस का न था । फिर कहीं शादी-ब्याह तो कहीं तीज-त्योहार, पैसे की ज़रूरत उसे सदा रहती थी । उधर फिरंगी ने नया कानून बनाया कि काश्तकार, अपनी ज़मीन रहन रखकर कर्ज़ उठा सकता है । इससे भी लाभ हुआ । साहूकारों ने ब्याज की दर बढ़ा दी । फिर नायब तहसीलदार, कानूनगो के साथ मेल-मिलाप बढ़ जाए तो तहसील-कचहरी में काश्तकार को बेदख़ल कराने के भी साधन निकल आते हैं । फिरंगी की हकूमत में साधारण कानूनगो का रुतबा, कारदार के रुतबे से ज़्यादा ऊँचा था । कारदार से कोई डरता तो नहीं था । कानूनगो, तहसीलदार, नायब तहसीलदार से तो किसान-मुजारे थर-थर काँपने लगे थे । लाला गोबिंदराम तो साहूकारे के साथ दूकानदारी भी करने लगा था । गोबिंदराम का गुमाश्ता मलिक मंसाराम, जेहलम से तरह-तरह का विलायती माल उठा लाता, और गोबिंदराम जहाँ कर्ज़ देता, वहाँ उधार में ही माल उठाने की भी सहूलत देता था । किसान कर्ज़ ले और उसके सामने चमचमाता विलायती माल रख दो, तो लोभ से उसकी आँखें निकल आती हैं । वह उसी वक्त कुछ-न-कुछ उठा लेता है । इस तरह विलायती माल का निकास भी होता जाता और रुपया भी ब्याज पर लगा रहता । और लाला गोबिंदराम पिछले कुछ ही सालों में पाँच बीघे ज़मीन कुर्की करवा के अपनी मिल्कियत में ले चुका था ।

फिरंगी सरकार ने और सहूलतें भी दे रखी थीं । एक तो यह कि साहूकार ब्याज

की दर, जितनी चाहे बढ़ा दे। साहूकारे में इसकी बड़ी मदद थी। मूल रकम तो लौटकर जल्दी आती नहीं, ब्याज बढ़ता जाएगा तो कुछ तो हाथ लगेगा। मूल रकम से तो ज्यादा ही वसूली होगी। दूसरे, अगर रकम मय ब्याज वसूल न हो तो साहूकार ज़मीन कुर्क कर सकता है। इन सहूलतों का पता देर से लगा, पर इससे भी साहूकारे के काम में बरकत हुई। अदालत-कचहरी में जाओ, कागज़ पेश करो, छोटा-मोटा नज़राना दो और कुर्की करवा लो।

किसान नमक कहाँ से लेगा, तेल कहाँ से लेगा, कपड़ा कहाँ से लेगा। पहले जिंस देकर जुलाहे से कपड़ा ले लेता था, अब जिंस कहाँ है देने को? अब तो पैसे का बोलबाला है, सब काम नकद पैसे के बल पर चलता है। और पैसा वह क्यों दे? इससे तो बेहतर है, साहूकार के पास से कपड़ा ले आए और धीरे-धीरे चुकता करता रहे। लाला गोबिंदराम का सितारा चमकने लगा था। साहूकारे के बल पर उसने तरह-तरह के तरीके ढूँढ़ निकाले थे। काश्तकार से वह अनाज कम दाम पर खरीद लेता और बदले में विलायती तैयार माल ऊँचे दाम पर उसी को बेच देता।

उस दिन गोबिंदराम की पैड़ी पर दीवान मय्यादास भी बैठे थे, जब एक किसान स्त्री आई। बीस सेर गेहूँ की बोरी सिर पर उठाए हुए थी। लाला गोबिंदराम ने पहले तो जिंस लेने से इन्कार कर दिया। बोला—बेचेगी तो ले लूँगा पर इसे लेकर बदले में तुम्हें भी कुछ लेना होगा। अठन्नी पंसेरी के हिसाब से गेहूँ ख़रीद लिया, जबकि मंडी में भाव ऊँचा था और विलायती छींट का कपड़ा दुगने मोल पर उसे बेच दिया। औरत चली गई तो दीवान मय्यादास से नहीं रहा गया—

"सेठ, यह तो ठगी है।"

"ठगी नहीं दीवान जी, यह व्यापार है।"

फिर लाला गोबिंदराम आवेश में बोला, "मैं कहाँ इन्कार करता हूँ। लाए पैसे और बाज़ार के भाव पर सामान ले जाए। कौन मना करता है। अब पैसे भी न दे, जिंस पलट जाए तो, भाया जी, पैसे पेड़ पर तो नहीं उगते कि मैं उसे मुफ़्त में ले जाने दूँ। दाम दे, माल ले जाए।"

दीवान मय्यादास चुप रहे, पर उन्हें गोबिंदराम के व्यवहार में एक प्रकार का टुच्चापन लगा।

दीवान मय्यादास अभी भी अपनी पिछली गरिमा के आलोक में जीते थे। कहाँ दरबार में ऊँचा दर्जा, उमरा-बुजरा के साथ उठना-बैठना, ख़ालसा-दरबार में रुतबा, मान-मर्यादा। क्या अब वह पैसे-पैसे की दूकानदारी करेंगे। किसानों से सस्ते में ख़रीदें और महँगे में बेचें? जिसने रईसी की हो वह आटा-दाल बेचने बैठ जाए, और पैसे काटे और मुनाफ़ाखोरी करे? मैंने भी साहूकारा किया है, पर राजाओं के साथ, लुंज-पुंज के साथ नहीं।

पर अंदर से कहीं दीवान मय्यादास को यह आवाज़ भी सुनाई देती कि पिछला ज़माना अब लौटनेवाला नहीं। कभी-कभी मन कचोटने भी लगता कि मैं बाहर की

दुनिया से कटता जा रहा हूँ, और लोग अपना उल्लू सीधा कर रहे हैं। पर फिर अंदर से ही यह आवाज़ भी उठती कि और लोग उल्लू सीधा करते हैं तो करें, मैं तो जिस आन से जिया हूँ उसी आन-बान से मरूँगा।

उधर धनपत का जीवन रहस्यपूर्ण होता जा रहा था। रोज़ टट्टू पर निकलता, सारे कस्बे का चक्कर लगाता, पर फिर सहसा डुबकी लगा जाता और कितने-कितने दिन तक उसका कोई अता-पता नहीं मिलता। कोई कहता, लालामूसा गया है। कोई कहता, अपनी किसी रखैल के पास गया है। उसका कारोबार क्या था, उस बारे में भी किसी को साफ़ जानकारी नहीं थी।

उन्हीं दिनों कस्बे में एक अजीब घटना घटी, जैसी पहले कभी नहीं घटी थी। बात मामूली-सी थी। कस्बे के बाहर दो चच्चाज़ात भाइयों की ज़मीनें साथ-साथ थीं। एक के दो भैंसे दूसरे की ज़मीन में घुस गए और तू-तू मैं-मैं शुरू हो गई, और फिर पूरे दो दिन तक वह हंगामा मचा कि देखनेवाले दंग रह गए। भागसुद्धी के पति. बलराम को पूरे आठ जख्म लगे। कितने ही लोग बुरी तरह से पिट गए, घायल हुए। ऐसा अनठा झगडा कस्बे में पहले कभी नहीं हुआ था कि सिर-फुटौव्वल में इतने लोग घायल हो जाएँ।

दोनों चच्चाज़ात भाइयों ने अपनी-अपनी ज़मीन को मुजारों के हाथ, काश्त पर उठा रखा था। बीच में चारे की ज़मीन पड़ती थी। झगड़ा इस बात पर हुआ कि बैसाखी सिर पर थी, और कटाई के दिन नज़दीक आते जा रहे थे। खेत लहलहा रहे थे और सिट्टा उग आया था, जब लाला गोबिंदराम की ज़मीन के दो भैंसे, चारे की ज़मीन लाँघकर उसके चच्चाज़ात भाई की ज़मीन में घुस गए और खेती में मुँह मारने लगे। उन्होंने ज्यादा नुक्सान तो नहीं किया होगा, कुछ सिट्टे पैरों के तले रौंद डाले, कुछ सिट्टों से अपनी भूख शांत की। ज़्यादा देर तक तो वे खेत में रहे भी न थे, तभी रामप्यारा की ज़मीन के मुजारे की भैंसों पर नज़र पड़ गई और वह डंडा उठाए, दूर से ही ललकारता हुआ ज़मीन की मेंड़ के पास पहुँच गया और भैंसों की पीठ पर लाठियाँ बरसाने लगा। भैंसे गोबिंदराम की ज़मीन में से गए थे। अब भगवान जाने कि गोबिंदराम के मुजारे ने उन्हें जान-बूझकर रामप्यारा के खेत में छोड़ा था या वे स्वयं वहाँ पहुँच गए थे, पर दोनों मुजारे एक-दूसरे को ललकारते हुए खेतों की मेंड पर जा पहुँचे। उस समय गोबिंदराम का कारिंदा—भागसुद्धी का युवा पति—खेतों पर गया हुआ था और अचानक उसी समय रामप्यारा का बड़ा बेटा भी अपने कुछ दोस्तों के साथ खेतों में टहलता हुआ वहाँ आ गया था। मुजारे को भैंसों की पीठ पर लट्ठ बरसाते देखकर भागसुद्धी के पति से नहीं रहा गया, और वह सीधा खेत के अंदर घुस गया और मुजारे के हाथ से लाठी छीनकर मुजारे को ही पीटने लगा। इतना ही नहीं, लाठी के साथ आस-पास खड़े अनाज के सिट्टों को भी लट्ठ मार-मारकर तोड़ने लगा।

शोर सुनकर रामप्यारा का बेटा अपने साथियों के साथ, भागता हुआ वहाँ

पहुँच गया। उसका भी खून गर्म था। उसने यह समझने की कोशिश ही नहीं की कि माजरा क्या है, सीधा बीच में कूद पड़ा। उसके साथी भी पहुँच गए और सिर-फुटौव्वल शुरू हो गया।

''एक तो चोरी और उस पर सीना-ज़ोरी !''

उसने झपटकर डंडा भागसुद्धी के पति बलराम के हाथ से छीनने की कोशिश की। भागसुद्धी का पति बलराम भी तैश में था।

लड़ाई छिड़ गई। लाला गोबिंदराम के गुमाश्ते का बेटा भागता हुआ कस्बे में गया और गली में चिल्लाने लगा कि ''बलराम चाचा को मार रहे हैं, बलराम चाचा को पीट डाला !'' चिल्लाहट सुनकर लोग बाहर निकल आए। कुछेक ने लाठियाँ उठा लीं और खेतों की ओर भागने लगे और देखते-ही-देखते हंगामा उठ खड़ा हुआ। बलराम के साथी पहुँचे तो उधर से रामप्यारा के साथी। गोबिंदराम भी और रामप्यारा भी पहुँचे। तब तक बलराम लाठी घुमा रहा था और खेत की मेंढ़ पर पैंतरे बदल रहा था। उधर रामप्यारा के बेटे के साथी लाठियाँ भाँज रहे थे। दोनों मुजारे उन्हें छुड़ाने की कोशिश कर रहे थे। कस्बे में ख़बर फैली तो लोग बिना जाने-समझे कि क्या हुआ है, या किसका दोष है, अपने-अपने संबंधी-मित्र के पक्ष में, मैदान में कूद पड़े। ऐसा खून-ख़राबा हुआ जैसा पहले कभी कस्बे में नहीं हुआ था। कस्बे के बड़े-बूढ़े हैरान थे कि कैसा जमाना बदला है कि दो पूले गेहूँ को लेकर लोग मरने-मारने पर उतर आए हैं। किसी को आशा नहीं थी कि छोटी-सी बात को लेकर एक ही परिवार के लोगों के बीच इतना वैमनस्य पैदा हो जाएगा।

शाम को जाकर कहीं गाली-गलौच और मार-पीट ख़त्म हुई और सभी लड़ाकू सूरमा हाथों में लाठियाँ उठाए—किसी के हाथ में खेत काटने की दराँती, किसी के हाथ में लाठी, किसी के हाथ में बेलचा—एक जुलूस -सा लिए कस्बे में दाख़िल हुए। एक के पीछे एक, आठ खाटों पर इस अनोखी लड़ाई के जख्मी सूरमा पड़े हुए थे। एक खाट पर बलराम भी पड़ा था, नाटा बलराम, घनी-घनेरी मूँछोंवाला नए ढंग का सूरमा। माथे पर पट्टी बँधी थी और कुरता जगह-जगह से फटा था और शरीर पर सलाटें ही सलाटें।

कुछ दिन तक कस्बे में केवल इसी झड़प की चर्चा रही। झड़प में बलराम ने सूरमा की उपाधि प्राप्त की थी।

''आ जाओ, जो हिम्मत है किसी में ! छठी का दूध याद करा दूँगा।'' वह मेंढ़ पर खड़ा ललकारता रहा था

नाटे कद का बलराम, बढ़ी हुई तोंद, बड़ी-बड़ी झंडियों की तरह लटकती मूँछें, घुटा हुआ सिर और उस पर नाचती चुटिया। बलराम अपने मालिक की ज़मीन की मेंढ़ पर ललकारता हुआ पैंतरे बदल रहा था, ''आओ सामने, कोई है माई का लाल !''

बलराम पूरे दो महीने तक पट्टियाँ बाँधे, खाट से जुड़ा रहा और भागसुद्धी

उसे हल्दी-तेल पिलाती रही।

जब बलराम ने दो महीने के बाद खाट छोड़ी—बलराम के सिर पर बर्छे का वार हुआ था और कनपटी से लेकर ठ्ड्डी तक गाल कट गया था—और लँगड़ाता हुआ, अपने घावों के निशान दिखाता, गली में उतरा तो जैसे कोई सूरमा जंग के मदान से लौट रहा हो।

"अबकी बार तो हमने छोड़ दिया। हमने सोचा, कुछ कह लो, खून तो आख़िर एक ही है, पर अगर वे हमारे साथ अब उलझे तो फिर उनका भगवान ही मालिक है!"

उधर रामप्यारा का बेटा ऐंठ रहा था :

"अबकी बार तो हमने छोड़ दिया पर अगली बार कोई भैंसे छोड़कर देखे। छठी का दूध याद करा देंगे!"

कस्बे के जीवन का रूप सचमुच बदलने लगा था। पहलेवाली बात अब नहीं रह गई थी।

9

साहिब बहादुर बरामदे में से निकल आए और आँगन पार करके सड़क के किनारे जा पहुँचे। हाथ उठाकर आँखों को ओट देते हुए, उन्होंने फिर से दूर तक नज़र दौड़ाई। सड़क सचमुच ख़ाली थी। एक भी घोड़ा या पालकी कहीं से आता नज़र नहीं आ रहा था।

साहिब का चेहरा गंभीर हो गया। मनादी करवाने में भूल हुई। शायद इतना-भर मनादी करवाना ही काफ़ी था कि सरकार इंगलिशिया के वफ़ादार फ़र्द, अपने-अपने कागज़ात लेकर साहिब की कचहरी में पहुँचें। लगता है लोग ठीक तरह से समझ नहीं पाए कि हम यहाँ क्यों आए हैं, कौन-सी सनदें देने आए हैं।

इन हिंदुस्तानियों का कोई भरोसा नहीं, कब कोई इन्हें बरगला ले।...सोचते-सोचते साहिब बहादुर सहसा हँस पड़े। बरगला ले...मैं भी तो इन्हें बरगलाने ही आया हूँ। पिछले बीस साल से हम इन्हें बरगला ही तो रहे हैं। कभी इनके हाकिमों को बरगलाओ, इनके सबसे बड़े ख़ैरख्वाह बनो, फिर इनके सालारों को बरगलाओ, और अब इनके सेठ-साहूकारों को बरगलाओ...बरगलाओ...बरगलाओ, खूब बरगलाओ...

दरख़्वास्तियों से मिलने का प्रबंध कस्बे से मील-भर की दूरी पर, सरदारों की पुरानी झलार के पास किया गया था। वहीं पर कमिश्नर बहादुर का आरज़ी दफ्तर खोला गया था। इलाके के तहसीलदार, नायब तहसीलदार, थानेदार, यहाँ तक कि नंबरदार भी दफ़्तर के आसपास सुबह से मँडरा रहे थे। कमरे में, एक लंबे-चौड़े मेज़ पर सनदों का छोटा-सा पुलिंदा रखा था। पास में सरकारी मोहर, लाल फीते, लाख आदि। एक छोटी-सी मटकी, खसखस के शर्बत से लबालब भरी, बाहर बरामदे में दरवाज़े के पास रखी थी।

कमिश्नर पैंतालीस और पचास के बीच की उम्र का रहा होगा। छोटी-छोटी नीली आँखें, जो एक जगह पर टिक नहीं पाती थीं। शरीर के अंग-अंग से चुस्ती, दृढ़ता, आत्मविश्वास झलकते थे, मानो नई अमलदारी की जड़ जमाने का दायित्व इसी ने ले रखा हो। होंठ भिंचे हुए, जिनसे उपेक्षा और दूरी का भाव झलकता था। यह ऐसा चेहरा नहीं था, खिला-खिला, जो चारों ओर सद्भावना बिखेरता-सा प्रतीत होता है, बल्कि ऐसा जिससे कर्मठता, दृढ़ता, व्यवहार-कुशलता और उपेक्षा लक्षित होती है।

बाहर बरामदे में तीन मूढ़े डलवाए गए थे। अंदर बुलाए जाने से पहले मुलाक़ाती यहीं पर बैठेंगे। पहले, साहिब की ओर से, पाँच मूढ़े डालने का हुक्म मिला था, पर फिर साहिब ने इरादा बदल लिया था। कुछ मुलाक़ातियों का खड़े रहना ज़्यादा ठीक होगा, बल्कि ज़्यादा मुनासिब भी होगा, ताकि मुलाकातियों के बीच होड़-सी बनी रहे, और इसीलिए बाकी दो मूढ़े उठवा दिए थे।

लंबे-चौड़े आँगन के दाईं ओर शीशम के विशालकाय पेड़ के नीचे फौज़ियों की एक टुकड़ी तैनात थी। फिरंगी सार्जेंट की कमान में लाल वर्दियाँ पहने आठ-दस देसी सैनिक चबूतरे पर बैठे थे। पेड़ के तने के साथ कुछेक बंदूकें रखी थीं और साथ में फिरंगियों का लाल-नीली-सफ़ेद धारियोंवाला झंडा भी टिका हुआ था।

सूरज का गोला पेड़ों के शिखरों के ऊपर उठ गया था। हवा में गर्मी बढ़ गई थी, और इधर, अभी तक किसी दर्ख़्वास्ती के आने के कोई आसार नज़र नहीं आ रहे थे। कहीं कोई अड़चन, कोई साजिश तो नहीं उठ खड़ी हुई है? कहीं कस्बे के राजा ने तो दर्ख़्वास्तियों को नहीं रोक रखा है? एक भी आदमी अभी तक क्यों नहीं पहुँचा? क्या मालूम, यहाँ अभी भी कुछ लोग अंदर-ही-अंदर, अंग्रेज़ी हुकूमत के ख़िलाफ़ हों और उसके साथ सहयोग करने से इन्कार कर रहे हों।

जब से सनदें बाँटने की मनादी हुई थी, कस्बे के लोग तरह-तरह के अटकल लगा रहे थे। ये सनदें क्या होती हैं? क्यों बाँटेंगे? सनदें क्या ज़मीन के पट्टे होते हैं, उन्हें बाँटने क्यों आएँगे? लोग अपनी-अपनी अटकलें लगा रहे थे। यह भी उनकी समझ में नहीं आ रहा था कि बड़े साहिब का दफ़्तर कस्बे से इतनी दूर क्यों खोला गया है। पीली कोठी में क्यों नहीं खोला गया। शायद फिरंगी चाहता है कि तलब लेकर आनेवाले लोग, लंबा फ़ासिला तय करके आएँ, दर्ख़्वास्ती बनकर आएँ, ताकि

लोग जान जाएँ कि साहिब की अर्दल में जा रहे हैं।

धूप तेज़ होने लगी थी। साहिब के आँगन में आ जाने पर, अंग्रेज सार्जेंट और उसकी टुकड़ी के सिपाही, सभी उठकर खड़े हो गए थे। ये लोग कुछ ही देर पहले कस्बे का चक्कर लगाकर लौटे थे। सार्जेंट को देखकर साहिब बहादुर को लड़ाई के दिन याद आ गए। शुरू-शुरू में वह भी सार्जेंट ही थे, ऐसी ही टुकडी उनके अधीन भी काम किया करती थी—बिगलची, ढोलची, झंडाबरदार आदि।

साहिब बहादुर ने फ़ौजी टुकड़ी की ओर कदम बढ़ा दिए।

सार्जेंट मुस्तैदी से छाती तानकर खड़ा हो गया।

"तमने कस्बे का चक्कर लगाया? क्या देखा?"

सार्जेंट ने उसी तरह सीधा देखते हुए जवाब दिया, "हमने सारे कस्बे का चक्कर लगाया। हमें ऐसा कुछ नज़र नहीं आया जिस पर शक किया जा सके।"

साहिब बहादुर बरामदे की ओर लौट आए। बरामदे में कदम रखते ही उन्होंने मुंशी को हुक्म दिया कि बरामदे में पाँच-सात मूढ़े और डलवा दे, ताकि किसी साहिबे-जायदाद को खड़ा नहीं रहना पड़े, और फिर पर्दा उठाकर कमरे के अंदर चले गए।

उधर शीशमहल के बडे कक्ष में कस्बे के छोटे-बडे रईस—दीवान, रायजादे मलिक आदि सचमुच इकट्ठा हुए थे, और राजा अमीरचंद के इर्द-गिर्द खड़े साहिब की कचहरी और उसमें दी जानेवाली सनदों पर ही विचार कर रहे थे। सभी रईस, दरबारी पोशाकों में सज-धजकर आए थे—घुटनों के नीचे तक लंबे अँगरखे, सिर पर रंगारंग की पगड़ियाँ, नीचे ज़र्री के जूते। किसी-किसी ने कमरबंद भी बाँध रखा था और उसमें चमचमाती मूठवाली तलवार लटक रही थी।

अपने रंगीन, पुरानी वज़ह के अँगरखों और सज-धज में स्थानीय रईसों की इस मंडली को देखते हुए लगता जैसे राजा अमीरचंद की रियासत फिर से ज़िंदा हो उठी है, और राजा के उमरा-बुज़रा मंत्रणा के लिए उसके आसपास खड़े हैं।

"मैं तो कहीं नहीं जाऊँगा!" नाटा राजा अमीरचंद तुनककर बार-बार कह रहा था, "मैं नहीं जाऊँगा। मैं क्यों जाऊँ? मैं रियासत का बादशाह! उस 'बिल्ले चितरियारे' के पास जाऊँ? ज़मीनें उसके बाप की हैं? हमारी सल्तनत में वह ज़मीनें बाँटनेवाला कौन है? बिल्ला, चितरियार, वह कैसे बाँट सकता है?..." दुबला-पतला राजा अमीरचंद, चौकी पर से टाँगें लटकाए, अपनी पतली, किकियाती आवाज़ में कहे जा रहा था।

राजा अमीरचंद की 'सल्तनत' कस्बा-ही-कस्बा रह गई थी, और उसके साथ जुड़ते सौ-एक गाँव। पुरखों से चली आ रही 'सल्तनत' धीरे-धीरे, पीढ़ी-दर-पीढ़ी सिकुड़ती चली गई थी। ग़नीमत यही थी कि फ़ौजी आक्रमणकारियों के रास्ते से हटकर थी, इस कारण अभी तक बची हुई थी, वरना कब की किसी हाकिम या नवाब की सल्तनत में खप गई होती। खालसा-दरबार ने उसे जागीरदार-राजा का

रुतबा दे रखा था।

जब सिक्खों और फिरंगियों के बीच जंग भड़कने लगी थी तो नाटे राजा अमीरचंद को यकीन था कि फिरंगियों को मुँह की खानी पड़ेगी, कि सिक्खों का राज जो मुलतान और काश्मीर और काबुल तक अपने झंडे गाड़ चुका है, इन 'बिल्ले चितरियारों' से नहीं दबेगा और फिरंगी उसके सामने धूल चाटेंगे। सिक्ख भले बदला है, पर सिक्खों की आन नहीं मरी है। उसे अभी भी विश्वास था कि एक-न-एक दिन ख़ालसा-दरबार फिर से सिर उठाएगा, तितर-बितर होती फ़ौज़ें फिर से एक झंडे के नीचे जमा होंगी और फ़िरंगियों को खदेड़ देंगी। उसकी समूची जिंदगी लाहौर-दरबार की सरपरस्ती में बीती थी और अब उसे नया सरपरस्त कबूलने में कठिनाई हो रही थी। उसे इस बात का भी क्षोभ था कि जहाँ उसकी 'सल्तनत' में बड़े-बड़े राजाओं-नवाबों ने हस्तक्षेप नहीं किया था, वहाँ यह 'बिल्ला चितरियार' बिना उससे पूछे, ज़मीन बाँटने कैसे पहुँच गया! उसकी इस सीनाज़ोरी पर वह बार-बार तिलमिला उठता था।

''हम देख लेंगे। हम किसी को भी उस 'बिल्ले चितरियार' के पास जाने की इजाज़त नहीं देंगे। ज़मीनें उसके बाप की हैं? हमसे पूछे बिना वह अंदर कैसे घुस आया?''

दीवान मूलचंद ने रायज़ादा आफ़ताब राय की ओर कनखियों से देखा। दो-एक दीवानों ने एक-दूसरे की ओर देखा और मुस्करा दिए, मानो कह रहे हों, चींटी हाथी से कह रही है, तू अंदर क्यों घुस आया?

सभी रईस खड़े राजा अमीरचंद की ओर देखे जा रहे थे। दीवान मूलचंद की नज़र दरबार-कक्ष की दीवारों पर पड़ी, जिन पर बरसों से पुताई नहीं हुई थी, दो-एक जगह पर से खरेपड़ उतर आए थे। छत पर से लटकते झाड़-फ़ानूस में से अनेक फ़ानूस गिरकर टूट चुके थे, शेष पर धूल और जाले चढ़े थे। जंग के बाद राजा जी की अपनी हालत पतली हो गई थी। 'सल्तनत' से आनेवाले गल्ले को राजा खुद अपनी आँखों के सामने तुलवाता था। राजा का बाना भी अब वह साल में एक बार, दसहरे के मौके पर पहनता था, जब वह पालकी में बैठकर कस्बे का चक्कर लगाया करता था और जब शाम के वक्त कस्बे के गिने-चुने धनी साहूकार, दरबारी जुटते थे और परंपरा को निभाते रहने के लिए चाँदी का एक-एक सिक्का नज़राने के तौर पर राजा जी के सामने रखी थाली में डाल दिया करते थे।

आसपास खड़े रईसज़ादों के मन में तरह-तरह के विचार उठ रहे थे। दीवान मय्यादास राजा अमीरचंद के निर्णय से सहमत थे। आत्मसम्मान, ग़ैरत भी कोई चीज़ है। कल तो ख़ालसा-दरबार के लिए सबकुछ होम कर दिया, आज क्या फिरंगी के सामने हाथ फैलाएँगे? जिस दरबार की सेवा में तन-मन-धन दे दिया क्या आज उसी दरबार के दुश्मनों की पैरवी करेंगे? दीवान मतीराम की सोच दूसरे प्रकार की थी। पंजाब में कूके अभी भी सिर उठाए हुए थे। अगर सिक्ख सालार

फिर से इकट्ठा होकर फिरंगियों से मोर्चा लेने की ठान लें तो ? अभी कुछ ही साल पहले बहुत बड़ा, देशव्यापी विद्रोह हुआ था। कई जगह पर फिरंगियों के पाँव उखड़ गए थे। अगर स्थिति बदल गई और सिक्खों का सितारा फिर से चमकने लगा तो क्या होगा ? कहीं लेने के देने तो नहीं पड़ जाएँगे ? राजज़ादा आफ़ताब राय भी असमंजस में था। कौन जाने फिरंगी कमिश्नर का रुख़ राजा अमीरचंद के प्रति कैसा होगा ? हमें रहना-बसना तो इसी कस्बे में है, इसी राजा की रियासत में, अंग्रेज़ तो अपना काम करके लौट जाएगा। मैं ही कस्बे में नक्कू क्यों बनूँ ? उसने चुप रहने की ठान ली। अभी तो हवा का रुख देखो। अगर और लोगों ने फिरंगी हाकिम के पास जाने का फ़ैसला किया तो हम भी चले जाएँगे। रायज़ादा आफ़ताब राय सोच भी रहा था और राजा की हाँ में हाँ मिलाता हुआ सिर भी हिलाए जा रहा था।

पर दीवान गोबिंदराम का रुख़ दूसरा था। राजा अमीरचंद की चौकी के दाएँ हाथ खड़ा गोबिंदराम पछता रहा था कि यहाँ राजा के पास वह आया ही क्यों ? सीधा फिरंगी की कचहरी में पहुँच जाना चाहिए था। अभी भी वक्त है। चुपचाप यहाँ से सरक जाऊँ, भले ही राजा कितना ही बावेला क्यों न मचाए। यह अब कहाँ का राजा रह गया है ? इसे पूछता ही कौन है, इसकी औकात ही क्या रह गई हैं ? लाहौर की अमलदारी के रहम पर जीनेवाला राजा, अमलदारी ही बदल गई तो इसकी क्या रह गई ? यह आज है तो कल नहीं होगा। अब सरकार इंगलिशिया का इकबाल बलंद हो रहा है। हिंदुस्तान-भर के राजा और नवाब उसके आगे सिर झुकाने लगे हैं। भूल हो गई। अभी से सरक चलो। और दीवान गोबिंदराम, लोगों से आँखें बचाकर, अभी भी राजा की हाँ में हाँ मिलाता हुआ, धीरे-धीरे पीछे की ओर सरकने लगा।

ऐसी ही कैफ़ियत अनेक और रईसों के मन की भी थी। सिक्खों की अमलदारी अब ख़त्म हो चुकी है। अब इसी में समझदारी है कि फिरंगी का दामन जल्दी-से-जल्दी थाम लो। यह उधेड़बुन का वक्त नहीं है, अंग्रेज अपने पैर जमा चुका है।

तभी दूर कहीं से अजीब-सी आवाज़ सुनाई दी। कान में आवाज़ पड़ने पर, एक-एक करके, सभी रईस चुप हो गए।

''यह आवाज़ क्या है ?''

दूर कहीं जैसे ढोल बजने की आवाज़ थी। यह कैसी आवाज़ है ? अनोखी-सी आवाज़ थी। धम्-धम् बड़ी नियमित गति से आनेवाली आवाज़, जैसे किसी फ़ौज के आगे बजनेवाले ढोल की आवाज़ होती है। ऐसा भी अक्सर होता रहा था। दूर कहीं से कूच करनेवाली फ़ौजें कस्बे के बाहर से गुज़रती हुई जाती थीं। किसी मुहिम पर निकलनेवाली फ़ौज के आगे बजनेवाला ढोल ऐसा ही हुआ करता था। यह ढोल किसी दंगल, कबड्डी या मनादी का ढोल नहीं था। यह आवाज़ कुछ

दूसरी तरह की थी।

''फ़िरंगियों की फ़ौज का ढोल जान पड़ता है।'' एक रईस ने कहा।

ढोल की आवाज़ सुनकर सभी के कान खड़े हो गए थे। क्या फ़िरंगी लश्कर लेकर कस्बे पर उतर आया है? ढोल की आवाज़ बराबर नज़दीक आती जा रही थी।

''क्या मालूम ख़ालसा फ़ौज हो!'' राजा अमीरचंद अपनी पतली तीखी आवाज़ में बोला। कुछ रईसों को राजा अमीरचंद का वाक्य बेतुका और हास्यास्पद लगा। ख़ालसा फ़ौज यहाँ कहाँ आएगी? पर कुछेक भ्रम में पड़ गए। राजा अमीरचंद उत्तेजित हो उठा था, और उसका चेहरा पहले से भी ज़्यादा पीला पड़ गया था।

''फ़िरंगियों की फ़ौज का ढोल ही जान पड़ता है।'' एक दीवान बोला।

''फ़िरंगियों की फ़ौज यहाँ क्यों आएगी?'' राजा अमीरचंद ने उत्तेजित होकर कहा और चौकी पर से उतरकर खड़ा हो गया।

आवाज़ सचमुच नज़दीक आ रही थी, मानो शीशमहल की ओर ही बढ़ती आ रही हो। ढोल की आवाज़ उत्तरोत्तर ऊँची होती जा रही थी और राजा के दिल पर प्रहार-सा कर रही थी, एक दहशत-सी पैदा कर रही थी। क्या किसी और जगह फ़ौजों का जुटाव हो रहा है, कोई और जंग छिड़ गई है? उन दिनों फ़िरंगी फ़ौजों की टुकड़ियाँ जगह-जगह गश्त लगाती दिखाई देने लगी थीं। सभी रईस चुप थे। दम साधे सुने जा रहे थे। क्या मालूम राजा को हिरासत में लेने के लिए फिरंगी फ़ौज की टुकड़ी भेजी गई हो। सभी जानते थे कि ग़दर के दिनों में भी राजा ने अंग्रेजों का साथ नहीं दिया था।

तभी दक्षिण की ओर से, जहाँ फ़सील का एक हिस्सा टूटकर गिर चुका था और उसी में से कस्बे में दाख़िल होने का रास्ता-सा बन गया था, चौड़ी गली का मोड़ काटकर, फिरंगी फ़ौज की एक छोटी-सी टुकड़ी नमूदार हुई। आगे-आगे साँवले रंग का एक फ़ौजी लाल वर्दी पहने, दोनों हाथों में फिरंगी झंडा उठाए चला आ रहा था—नीली, लाल और सफ़ेद, आड़ी-तिरछी धारियोंवाला बड़ा-सा झंडा, जिसका चौड़ा पर्दा हवा में बार-बार बल खाता हुआ कभी खुलता, कभी सिमट जाता था। इस लहराते झंडे को अब सभी लोग पहचानने लगे थे। कहा जाने लगा था कि जहाँ-जहाँ पर यह झंडा पहुँचता है, वहीं पर अमलदारी बदल जाती है।

राजा अमीरचंद और कस्बे के रईस, इस बीच दरबार-कक्ष में से निकलकर शीशमहल के लंबे चबूतरे पर आकर खड़े हो गए थे। दुबला, नाटा राजा अमीरचंद, सिर पर सलमा-सितारेवाली टोपी लगाए अपने दरबारियों के बीचों-बीच खड़ा था।

झंडाबरदार की बगल में एकाध क़दम पीछे, सफ़ेद वर्दी पहने एक ऊँचा-लंबा फिरंगी सार्जेंट चला जा रहा था, जिसके हाथ में पतला-सा बेंत था, और जो तनकर चलता हुआ सीधा सामने की ओर देखे जा रहा था। वही आदमी टुकड़ी का अफ़सर जान पड़ता था। उससे थोड़ा हटकर पाँचेक क़दम पीछे, एक और फिरंगी था

जिसके कंधे से बिगुल लटक रहा था। यह टुकड़ी का बिगुलची था, और इन सबके पीछे पाँच या सात बंदूकधारी, साँवले रंग के हिंदुस्तानी सिपाही चले आ रहे थे। सभी ने फिरंगी फ़ौज की लाल वर्दी पहन रखी थी।

राजा अमीरचंद टुकड़ी पर आँखें गाड़े खड़ा था। उसके दिल में हल्की-सी गुदगुदी हुई। उसने सोचा कि महल के सामने पहुँचने पर टुकड़ी रुक जाएगी और उसे सलामी देगी। उसे विश्वास था कि टुकड़ी को उसके पास भेजा गया है। और वह बेंतवाला फिरंगी, टुकड़ी का अफ़सर, उसके लिए बड़े साहिब की ओर से कोई संदेश लाया है। यह सोचकर कि सीधा सामने की ओर देखनेवाला फिरंगी कहीं भूल से आगे नहीं निकल जाए, उसका ध्यान अपनी ओर आकृष्ट करने के लिए और यह सोचकर कि शायद उसे मालूम नहीं कि राजा स्वयं चबूतरे पर खड़ा है, वह दो-एक क़दम आगे की ओर बढ़ आया। दाएँ-बाएँ खड़े दीवान और कस्बे के रईस भी फ़ौजी टुकड़ी पर आँखें लगाए हुए थे और प्रत्येक के मन में तरह-तरह के विचार उठ रहे थे।

सहसा राजा अमीरचंद के शरीर में सिहरन-सी उठी। कहीं ये लोग मुझे गिरफ़्तार करने तो नहीं आ रहे हैं—मुझे हिरासत में लेने, क्योंकि मैं ख़ालसा-दरबार के प्रति वफ़ादार रहा हूँ। इन फ़िरंगियों का कोई भरोसा नहीं। गोरा अफ़सर मेरे सामने आकर मुझे सलामी दे, बड़े साहिब की ओर से मिलने का न्योता भी दे, और अपने साथ ले जाकर काल-कोठरी में डाल दे। राजा अमीरचंद आतंकित-सा महसूस करने लगा, पर वह फिर भी बराबर अपनी जगह पर खड़ा रहा।

फ़िरंगी अफ़सर ने राजा की ओर नहीं देखा। वह सीधा-सतर सामने की ओर देखता हुआ आगे बढ़ता गया, और उसके पीछे टुकड़ी के सभी लोग, बिना मुँह मोड़े आगे बढ़ते जा रहे थे। ढोल बराबर बजता जा रहा था और उसकी लय पर टुकड़ी के कदम उठ रहे थे। थोड़ा आगे बढ़ जाने पर बिगुलची ने बिगुल बजाया। राजा अमीरचंद को लगा कि अब टुकड़ी खड़ी हो जाएगी, अब बेंतवाला अफ़सर क़दम बढ़ाता, शीशमहल के चबूतरे की ओर आने लगेगा और सामने आकर सलामी देगा।

राजा की मनःस्थिति विचित्र-सी हो रही थी। वह चाहता भी था कि सार्जेंट आकर सलामी दे, और नहीं भी चाहता था कि वह सार्जेंट के द्वारा पहचाना जाए। उत्कंठा और अविश्वास दोनों ही उसे उद्वेलित कर रहे थे। मन चाहता था कि दो क़दम और आगे बढ़ जाए, ताकि दरबारियों से अलग, अपनी विशिष्ट स्थिति में पहचाना जा सके, और उसका मन यह भी कहता था कि जाने अब क्या होनेवाला है। ये बंदूकधारी टुकड़ी मुझे आकर दबोच ले तो मैं क्या कर पाऊँगा।

पर बिगुल बज जाने पर भी टुकड़ी बराबर आगे बढ़ती गई, यहाँ तक कि सड़क के नाके तक जा पहुँची, जहाँ से रास्ता शाह हुसैन की गली की ओर घूम जाता था। अब वह सचमुच घूमकर सड़क का मोड काट रही थी। उसके पीछे धूल का

छोटा-सा गुबार उठ रहा था।

राजा को इस बात की अपेक्षा थी कि फ़िरंगी टुकड़ी उसे सलामी देगी, पर यह सलामी न पाकर वह उपेक्षित-सा महसूस करने लगा, कि फ़िरंगी ने जान-बूझकर उसका अपमान किया है, कि फ़िरंगी सरकार के प्रतिनिधि ने राजा की तौहीन की है। वह बौखला उठा और दोनों मुट्ठियाँ भींचकर काँपती-सी आवाज़ में चिल्लाया—

''मैं उस बिल्ले-चितरियारे के पास जाऊँगा ? कभी नहीं। हमारी रियासत का कोई भी रईस उसके पास नहीं जाएगा। चलो, अंदर चलो, सभी अंदर चलो।'' और पैर पटकता दीवानखाने की ओर घूम गया।

ऐन उसी वक्त दीवान गोबिंदराम तनिक हटकर एक ओर को हो गया। राजा और अन्य दरबारी दीवानख़ाने में लौट रहे थे, जब गोबिंदराम दहलीज़ पर ही ठिठका खड़ा रहा। फिर अन्य दरबारियों के अंदर चले जाने पर शीशमहल का चबूतरा लाँघ गया और तेजी से महल की बाहरी दीवार के साथ-साथ चलता हुआ शीशमहल की परिधि के बाहर निकल गया।

सवाल देशप्रेम या देशभक्ति का नहीं था। सवाल नमकहलाली का भी नहीं था, वफ़ादारी का भी नहीं था। सवाल केवल अपने हित का था। किस ओर क़दम उठाएँ कि बच भी जाएँ और कुछ प्राप्ति भी हो जाए। कस्बे के राजा का रुतबा न के बराबर था। उससे बड़े रईस-साहूकार कस्बे में बैठे थे, जिनका सीधा सरोकार सिक्ख-दरबार के साथ रहा था। कस्बे के राजा के प्रति तो केवल परंपरागत शिष्टाचार निभानेवाली बात रह गई थी। साल में एक बार पालकी या हाथी की सवारी, एक अशरफ़ी फी-कस नज़राना और बस। राजा न तीन में, न तेरह में। वह तो मात्र बीते दिनों का चिह्न मात्र रह गया था।

''उस बिल्ले-चितरियारे के पास मैं जाऊँगा ?'' राजा चिल्ला रहा था, ''अपने पुरखों के नाम पर कलंक का टीका लगवाऊँ ? कोई भी नहीं जाएगा, तुम लोग भी नहीं जाओगे। बिल्ले-चितरियारे को पता चल जाए कि यहाँ खानदानी लोग बैठे हैं, खच्चरपातरी हाँ करनेवाले नहीं बैठे हैं...''

रायज़ादा आफ़ताब राय ने दीवान गोबिंदराम को सरकते देख लिया था और बाद में चबूतरे पर से छलाँग लगाते हुए भी देख लिया था। आफ़ताब राय का धैर्य चुकने लगा। वह अपने-आप ही दरबारियों की गाँठ में से धीरे-धीरे बाहर निकलने लगा। मैं हवा का रुख़ ही देखता रहूँगा और अन्य लोग बाजी मार ले जाएँगे। दरबारियों की गाँठ में से निकलकर वह दरबार-कक्ष की दीवार के साथ जा खड़ा हुआ और धीरे-धीरे सरकता हुआ दरवाज़े तक जा पहुँचा। उसने एक नज़र दरबारियों पर दौड़ाई—सभी की पीठ उसकी ओर थी। उसने एक ही कुलाँच भरी और चबूतरा लाँघ गया, और फिर यह जा, वह जा...शीशमहल के बाहर हो गया।

कुछ लोग आपस में कानाफूसी करने लगे थे। दीवान मंगलसेन पास खड़े

मतीराम के कान में कह रहा था–

"मैं फिरंगी साहिब के पास जाना भी चाहूँ तो कैसे जा सकता हूँ। अगर उसे पता चल जाए कि मैंने सिक्ख-दरबार के लिए रकम दी थी, तो उल्टा मेरे साथ दुश्मनी करने लगेगा। मुझे तो उसके सामने कभी नहीं जाना चाहिए, क्यों?"

और मतीराम ने उसकी हाँ में हाँ मिलाते हुए कहा–

"फिरंगी सरकार की सनद लेने का मतलब होगा, फिरंगी सरकार के प्रति वफ़ादारी की हलफ़ उठाना। कुछ ही साल पहले ग़दर होकर हटा है, अगर फिर ग़दर हो गया तो? सिक्खों की अमलदारी फिर से लौट आई तो?"

दोनों स्थिति का विश्लेषण करते रहे। पर कुछ देर बाद जब मतीराम ने आँख उठाकर देखा तो दीवान मंगलसेन वहाँ पर नहीं था। हवा में जैसे छू-मंतर हो गया था। उसे यों ग़ायब होता देखकर मतीराम घबरा-सा गया। मैं कहीं भूल तो नहीं कर रहा हूँ? अगर रायज़ादा निकल गया है तो मुझे यहाँ से लड्डू लेना है? छोड़ो जी, देखा जाएगा जो होगा··· और पीछे की ओर सरकता हुआ वह भी चंपत हो गया।

लोग एक-एक करके सरक रहे थे, दरबारियों से यह छिपा न था। वफ़ादारी की भीत को भुरभुराते देर नहीं लगी। दरबारियों के बीच शीघ्र ही खलबली-सी मच गई। दरबारी राजा के सामने कोई-न-कोई बहाना बनाकर और उसे आश्वासन देकर कि वे राज्य की मान-मर्यादा बनाए रखेंगे और कभी भी फिरंगी साहिब के पास नहीं जाएँगे, राजा से विदा लेने लगे और शीशमहल की परिधि लाँघते ही सिर पर पाँव रखकर भागने लगे।

केवल मय्यादास और कुछेक अन्य रईस राजा के पास ही बने रहे। दीवान मय्यादास कम बोलते थे, पर राजा को उत्तेजित देखकर वह धीरे-धीरे कह रहे थे–

"अगर फिरंगी को ज़मीनें देना है तो दस्तूर और कायदा यही कहता है कि वह खुद कस्बे के राजा के पास आए। यहीं पर आकर कस्बे के लोगों से मिले। कस्बे के रईस पाँव घसीटते उसके पास जाएँ, उसके सामने हाथ फैलाएँ कि साहिब, थोड़ी-सी ज़मीन हमें भी इनायत कर दो, यह तो सिर पर से अपनी पगड़ी उतारकर फिरंगी के पाँव पर रख देनेवाली बात है।"

कोई बात हल्के ढंग से नहीं करनी चाहिए। हर बात आत्म-सम्मान और मान-मर्यादा के साथ करनी चाहिए, दीवान मय्यादास को इसका बड़ा पास था। जहाँ एक बार वफ़ादारी की हलफ़ उठा ली तो फिर उससे हटना क्या। हर आदमी में खुद्दारी होनी चाहिए, उसे अपनी परंपरा का, पुरखों के नाम का पास होना चाहिए। उसे कोई ऐसा काम नहीं करना चाहिए जिससे वह खुद अपनी नज़रों में गिरे।

इसके विपरीत, मलिक मक्खनलाल अपना धैर्य खोता जा रहा था। दुबला-पतला मक्खनलाल, जिस वक्त उसने दीवान मतीराम को महल का

चबूतरा लाँघते देखा था, उस वक्त से ही अपना मानसिक संतुलन खो बैठा था। देर कर दी, देर कर दी! इस वक्त तक मुझे साहिब की कचहरी में होना चाहिए था। अब मुझे ठेंगा भी नहीं मिलेगा। कुछ नहीं मिलेगा। मैं हूँ ही इस काबिल। मैं यहाँ आया ही क्यों था? इस मरियल राजा का मुँह देखने? फिरंगी की टुकड़ी सामने से गुजर गई, फ़िरंगी ने पलटकर एक बार राजा की ओर देखा तक नहीं! फिर भी यह बिल्ली आँखोंवाले चितरियार के पास नहीं जाएगा। इसकी मत्त मारी गई है।

पर इस प्रतिक्रिया के बावजूद वह वहाँ से सरक नहीं पा रहा था। उसके हाथ-पाँव फूल रहे थे। बार-बार कहता था, निकल चलूँ, पर डरता था कि गिने-चुने दरबारी उसे जाता देख लेंगे तो क्या होगा। वह बार-बार यही मन में दोहराए जा रहा था—देर कर दी, अब कुछ नहीं हो सकता, लेनेवाले ले गए, मैं मुँह ही ताकता रह जाऊँगा। मैं इसी लायक हूँ।

पर फिर जैसे भगदड़ मच गई। जिन रईसों-साहूकारों के मन में अनिश्चय डोल रहा था, वे भी राजा से आँख बचा-बचाकर बाहर निकलने लगे। मलिक सेवाराम सराफ़, जो राजा की हाँ में हाँ मिलाता रहा था और साथ में उससे अनुरोध भी करता रहा था कि फिरंगी साहिब से मिलना चाहिए, मिलने में क्या हर्ज है, कुछ पता तो चले कि फिरंगी कहता क्या है—उसने भी बोलना छोड़ दिया और धीरे-धीरे बाहर की ओर सरकने लगा।

अब इस बात का तो सवाल ही नहीं उठता था कि जाएँ या नहीं जाएँ। अब तो अधिकांश रईसों के मस्तिष्क में एक ही शब्द गूँज रहा था—पहुँचो, जितनी जल्दी हो सके, पहुँचो। पानी भी न पियो और पहुँचो, साहिब की कचहरी में पहुँचो!

गिने-चुने दरबारियों को छोड़कर बाकी सब लोग एक-एक करके निकल गए थे। कुछ लोग चुपचाप सरक गए थे, कुछ लोग राजा से अपने घर जाने की इजाज़त लेकर निकले थे, पर घर जाने के बजाय सीधा फिरंगी साहिब की कचहरी की ओर जाने लगे। कुछेक अपने-अपने घर की ओर लपके। अपने कागज़ात तो ले चलूँ। वहाँ साहिब को क्या दिखाऊँगा? वह मेरा मुँह देखकर तो सनद नहीं दे देगा। अब कागज़ात लेने जाऊँगा तो ये लोग मुझसे पहले साहिब की कचहरी में पहुँच जाएँगे। कुछ लोग सीधा भागते हुए घर गए, और वहाँ से घोड़े पर सवार हो, साहिब की कचहरी की ओर लपके। दीवान मतीराम गंज की ओर भागा कि वहाँ से पालकी पर बैठकर जाऊँगा। पालकी में जाऊँगा तो फिरंगी साहिब मुझे बड़ा रईस मानेगा।

साहिब की कचहरी को जानेवाली सड़क पर लोग घोड़े दौड़ाते उतर रहे थे। एक होड़-सी मच गई थी कि देर हो रही है। अगर देर कर दी तो हमसे पहले पहुँचनेवाला दूध पर से मलाई उतारकर ले जाएगा, हमारे हाथ कुछ नहीं लगेगा।

सड़क पर धूल के बवंडर उड़ने लगे थे। मूलराज को घोड़ा नहीं मिला तो वह कूदकर आफ़ताब राय के घोड़े पर, उसकी पीठ-पीछे चढ़ बैठा। आफ़ताब राय ने

उसे उतार देने की बहुत कोशिश की, दोनों के बीच तू-तू, मैं-मैं भी हुई, पर मूलराज काठी को पीछे से पकड़े चिपका बैठा रहा। पालकी में बैठे दीवान पीछे छूट रहे थे। रोआब-दाब तो ठीक है, पर यहाँ तो समस्या जल्दी पहुँचने की है। रईस अपनी-अपनी पालकी में से उतरकर, या तो मिन्नत-समाजत करके घोड़ेवालों की पीठ-पीछे चढ़ बैठे, पर जिन्हें नहीं बैठाया गया, वे पैदल ही कचहरी की ओर भागने लगे।

धूप तेज़ हो रहो थी। सूरज बीच आसमान में पहुँचना चाहता था। साहिब बहादुर तीसरी बार आँगन पार करके, कच्ची सड़क के किनारे खड़े कस्बे की ओर आँखें लगाए हुए थे। लंबी सड़क अभी भी खाली थी, खा़ली और सूनी। कहीं कोई ग़लती रह गई है, या कस्बे में कोई ऐसे अंसर पाए जाते हैं जो बदअमनी फैलाना चाहते हैं, जिसकी हमें ख़बर नहीं हो पाई है। अगर कोई नहीं आया तो सरकार की हेठी होगी। अगर कोई नहीं आया तो हमें फिर से इस इलाके की अच्छी तरह से जाँच करनी होगी।

देर तक सड़क के किनारे खड़े रहने के बाद वह लौटनेवाले ही थे कि दूर; बहुत दूर, उन्हें हल्का-सा धूल का गुबार नज़र आया। कुछ है, सड़क पर कोई आ रहा है। धूल का गुबार बढ़ता जा रहा था। कहीं कोई हरकत तो है। वह बड़े ध्यान से देखने लगे। लगता तो है जैसे कोई आदमी घोड़े पर चला आ रहा है, इसीलिए धूल का गुबार उठ रहा है।

सचमुच कोई आदमी घोड़े पर सवार इस ओर को चला आ रहा था। साहिब बहादुर को तसल्ली हुई। तुरही-ढोल के साथ टुकड़ी को शहर भेजने का असर हुआ जान पड़ता है। वह आश्वस्त होकर कमरे के अंदर चला गया।

धनपत आ रहा था। दुमकटा दीवान धनपत। अपने टट्टू पर सवार। लगता था जैसे अपनी सनक में बिना सोचे-समझे, जैसे बैठा था वैसे ही उठकर चला आया है।

आँगन के पार वह टट्टू की पीठ पर से उतरा। पहले तो टट्टू की लगाम एक पेड़ की टहनी के साथ बाँधने लगा, फिर कुछ सोचकर टट्टू को लगाम से खींचता, सीधा आँगन में ले आया और उसे आँगन में खुला छोड़ दिया। आँगन में हरी-भरी घास उग रही थी, जिस पर टट्टू छूटते ही मुँह मारने लगा। पसीने से तर, टट्टू की पीठ पर से धनपत ने काठी उतार दी और उसे उठाकर आँगन के बाहरवाली दीवार के साथ सटाकर रख दिया।

पर्दे के पीछे बैठा साहिब बहादुर, इस निराले आगंतुक का व्यवहार देखे जा रहा था।

धनपत अपने साथ छोटी-सी एक गठरी भी उठा लाया था, जिसे वह बग़ल में दबाए, टट्टू को चलाता आँगन में ले आया था। दीवान का अँगरखा मुचड़ा हुआ था, और उसके शरीर पर ढीला लटक रहा था, मानो उसका अपना न हो। नीचे

उसका पाजामा भी मैला और मुचडा हुआ था। जूते थे तो ज़री के, पर मटमैले और उनमें से धागे उखड़ रहे थे। केवल सिर पर रखी केसरी पगड़ी चम-चम कर रही थी।

"हुज़ूर, गुडमार्निंग!" आँगन के अंदर पहुँचते ही धनपत ने ऊँची आवाज़ में हेंक लगाई। वह आँगन के बीचों-बीच खड़ा था, अपने टट्टू से थोड़ा हटकर और बग़ल में पोटली दबाए हुए।

आँगन को खाली पाकर उसने दाएँ-बाएँ देखा। कमरे के दरवाज़े पर पर्दा टँगा था। कमरे के बाहर अर्दली खड़ा था, और बाईं ओर पेड़ के नीचे फ़ौजियों की टोली निश्चेष्ट-सी बैठी उसकी ओर देखे जा रही थी।

कमरे के बाहर अर्दली को खड़ा देखकर धनपत समझ गया कि साहिब बहादुर ज़रूर दफ़्तर के अंदर तशरीफ़-फ़र्मा होंगे। वह दो क़दम और आगे बढ़ आया, और आँगन में ऐन पर्दे के सामने खड़े होकर उसने फिर हेंक लगाई—

"साहिब बहादुर का इकबाल बलंद हो!" कहते हुए वह झुका, और झुके-झुके ही अपना दायाँ हाथ उठाकर तीन बार ऊपर-नीचे, ऊपर-नीचे हिलाता हुआ फ़र्शी सलाम बजा लाने लगा।

अंदर बैठा फिरंगी पर्दे के पीछे से उसे देखे जा रहा था। धनपत दो क़दम और आगे बढ़ आया और अर्दली से बोला, "साहिब को ख़बर करो कि ऊँटोंवाले दीवान साहिब आए हैं।"

अर्दली अभी तक बड़े अचंभे से धनपत की ओर देखे जा रहा था। साहिब से मिलने आनेवाले मुलाक़ाती ऐसे नहीं हुआ करते थे।

अभी अर्दली फैसला नहीं कर पा रहा था कि अंदर जाकर साहिब को इत्तला करे या नहीं, जब अंदर से ही आवाज़ आई—

"आने दो।"

हुक्म सुनते ही अर्दली ने धनपत को सलाम किया और पर्दा उठा दिया।

बग़ल में पोटली दबाए अपना अँगरखा झुलाता, धनपत अंदर जा पहुँचा। दहलीज़ पर उसने फिर झुककर फ़र्शी सलाम बजाया और सीधा सामने फ़र्श पर साहिब के क़दमों में बैठ गया, और पोटली अपने सामने रख ली। साहिब को फिर यह आदमी परिचित-सा लगा।

"हमने तुमको कहीं देखा है। कौन हो तुम?"

धनपत की बाँछें खिल गईं।

"हुज़ूर ने मुझे किसी छावनी में देखा होगा। ख़ादिम ने बहुत छावनियाँ छानी हैं।" और यह कहते हुए उसने हाथ बढ़ाकर अपनी पोटली खोल दी—"यही हमारे कागज़ात हैं, हुज़ूर, यही हमारी वफ़ादारी का सबूत है।"

फिरंगी हैरान-सा होकर पोटली की ओर देखे जा रहा था। फिर सहसा उसके जेहन में एक याद कौंध गई और वह ठहाका मारकर हँस पड़ा। पोटली में ऊँटों की

कटी हुई कई दुमें रखी थीं। छोटी-छोटी दुमें, जिनके एक सिरे पर काले-काले बालों का छोटा-सा गुच्छा था और पीछे सूखी, बेंत की तरह अकड़ी हुई, धूसर रंग की पूँछ।

''तो यह है वह आदमी जो जंग के दिनों में ब्रिटिश सरकार को ऊँट सप्लाई किया करता था और मरे हुए ऊँटों की पूँछ काट-काटकर नए-नए आर्डर लिया करता था।

इस आदमी के बारे में साहिब ने पहली बार तब सुना था जब एक अँधेरी रात को एक आदमी को छावनी के अंदर पकड़कर लाया गया था, जो छावनी के अंदर ही एक जीते-जागते ऊँट की पूँछ काट रहा था। ऊँट जमीन पर पड़ा सो रहा था, पर जब उसकी पूँछ पर आरी चलाई जाने लगी तो वह चिंघाड़ मारकर उठ खड़ा हुआ था, और यह आदमी वहाँ से भाग जाने की कोशिश करते हुए पकड़ा गया था। पर बाद में पता चलने पर कि यह ब्रिटिश छावनी में ऊँट जुटाता रहा है, इसे छोड़ दिया गया था।

थोड़ी देर बाद साहिब बहादुर अपनी बड़ी मेज़ के पीछे बैठे थे, और उनके सामने मूढ़े पर बैठा दीवान धनपतराय, दोनों हाथ मेज़ पर रखे अपने पुरखों का गौरवगान कर रहा था—

''राजा पोरस हमारे ख़ानदान में से था, हुजूर, वही राजा पोरस जिसने सिकंदर-ए आज़म के छक्के छुड़ा दिए थे। वह हमारी ही जात का था। सभरवाल हमारी ही जात के लोग होते हैं। बड़े जीवटवाला था पोरस सभरवाल!''

फिरंगी ने धीरे-से सिर हिलाया।

''यों हमारे पुरखों ने परसराम से भी लोहा लिया था। हुजूर ने परसराम का नाम सुना है?''

साहिब उसके चेहरे की ओर देखे जा रहा था।

''वह भी बड़ा योद्धा हुआ है, साहिब, तलवार चलाता तो बिजलियाँ फूटती थीं। परसराम से भी हमारे पुरखा लड़े थे। वह भी हम पर खुश था।''

धनपत को विश्वास था कि जहाँ वह अपनी जमीन-जायदाद का कोई प्रमाण प्रस्तुत नहीं कर सकता था, वहाँ वह कम-से-कम अपनी ऊँची जात के प्रमाण तो, एक नहीं, अनेक प्रस्तुत कर सकता था।

''महमूद गजनवी ने भी इस कस्बे पर हमला किया था, हुजूर! पर वह बहुत बाद की बात है। आपने महमूद गजनवी का नाम तो सुना होगा?''

फिर सहसा, आवेश में आकर, उसने अपनी वफ़ादारी की चर्चा करते हुए कहा—

''हम खत्री हैं साहिब, खत्री कभी नमकहराम नहीं होता। वफ़ादारी खत्री के खून में होती है, माई-बाप! हाकिम-ए-वक्त उसका परमेश्वर होता है।'' कहते हुए वह उन बड़े-बड़े दीवानों का जिक्र करने लगा जो जगह-जगह, ऊँचे ओहदों

पर रह चुके थे, काबुल, मुलतान, लाहौर···

''काबुल का दीवान तो मेरा चाचा था, हुजूर।''

इस पर फिरंगी के कान खड़े हो गए—''कौन था वह ?''

सहसा धनपत को चेत हुआ कि वह भूल कर बैठा है। काबुल के दीवान की चर्चा करना तो अपने पैर पर स्वयं कुल्हाड़ी मारना था। हकलाता हुआ बोला—

''दीवानों में भी तरह-तरह के दीवान होते हैं, हुज़ूर, पाँचों उँगलियाँ एक बराबर तो नहीं होतीं। वह ग़द्दार निकला।''

''क्या वह तुम्हारा चाचा था ?''

''हमारी ही जात का था। हमारी जात का हुआ तो चाचा ही हुआ !''

फिरंगी मुस्करा दिया।

''हम खत्री हैं हुज़ूर, इस इलाके के सबसे पुराने निवासी हैं। आपका सितारा बलंद हो। आप देखेंगे कि आपकी अमलदारी को मजबूत बनाने में हम अपनी जान की बाज़ी लगा देंगे। खत्री अपनों का भले ही न हो, मालिक का ज़रूर वफ़ादार होता है।''

फिरंगी इस सनकी आदमी की बातें सुने जा रहा था और समझ नहीं पा रहा था कि उसके प्रति कैसा व्यवहार करे। अभी तक एक ही आदमी कस्बे से आया था और वह भी सनकी। और यह आदमी ज़मीन-जायदाद का मालिक भी नहीं है, यह तो इसके मुचड़े हुए कपड़े ही बता रहे हैं। मुचड़ा हुआ अँगरखा, मैला पाजामा, और मैले बदरंग जूते। आया भी तो कौन आया। पर फिर साहिब की नज़र धनपत की पोटली पर पड़ी, जिसमें से मरे हुए ऊँटों की पूँछें झाँक रही थीं और उसकी वफ़ादारी की दुहाई दे रही थीं। वफ़ादारी की यही सनद वह अपने साथ ला पाया है। अगर इसे कुछ दे दिया तो कस्बे के उन रईसज़ादों के मुँह पर चपत पड़ेगी जो अभी तक हमारे पास नहीं पहुँचे हैं।

''कितने गाँव माँगता ?'' फिरंगी साहिब ने धनपत की बात काटते हुए कहा, जिसने कुछ कह पाने के लिए अभी मुँह खोला ही था।

''क्या, हुज़ूर ?''

साहिब का सवाल धनपत की समझ में नहीं आया। वह कहने जा रहा था कि अगर छोटा-सा ज़मीन का टुकड़ा मिल जाए तो ज़िंदगी-भर दुआएँ देगा।

''कितने गाँव माँगता ?''

''हम गाँव नहीं, हुज़ूर, हम जमीन माँगता।''

''कितने गाँव माँगता ?''

''हम गाँव नहीं, हुज़ूर, हम जमीन माँगता।'' धनपत ने फिर दोहराया। बात अभी भी उसकी समझ में नहीं आ रही थी। साहिब किस गाँव की बात कर रहा है ?

''हुज़ूर का इकबाल बलंद हो। अगर मेरी गुज़र के लिए···''

इस पर साहिब ने अपनी तर्जनी उठाकर कहा—

''एक ?''

''हुजूर !''

साहिब ने अपनी दूसरी उँगली भी साथ में उठाकर कहा–

''दो ?''...

''हुजूर !''

साहिब ने अपनी तीसरी उँगली भी साथ में उठाकर कहा–

''तीन गाँव ? हम तुमको तीन गाँव देगा।''

धनपत को बात अभी भी समझ में नहीं आ रही थी, पर अबकी बार उसने चुप रहना ही बेहतर समझा।

और फिरंगी साहिब ने मेज़ पर रखे सनदों के पुलिंदे की ओर हाथ बढ़ाया और साथ ही अपने मुंशी को आवाज़ लगाई।

बात उस वक्त भी धनपत की समझ में नहीं आई जब वह तीन गाँवों की सनद बग़ल में थामे, और दूसरी बग़ल के नीचे ऊँटों की पूँछों की पोटली उठाए साहिब बहादुर के दफ़्तर में से निकला। उसे अंदर-ही-अंदर एक प्रकार की गुदगुदी-सी होने लगी थी। तीन गाँववाली बात तो वह अभी तक नहीं समझ पाया था, पर इतना समझ गया था कि कुछ मिला जरूर है।

बात तो उसकी समझ में नहीं आई, पर आँगन में लौटकर जब वह अपने टट्टू की लगाम हाथ में लेने के लिए झुका, तो सहसा तनकर खड़ा हो गया और बरामदे में खड़े अर्दली की ओर देखकर उसे आवाज़ लगाई–

''ए अर्दली ! इधर आओ !''

अर्दली ने भी दीवान साहिब की बग़ल में सनद के काग़ज देख लिए थे। वह यह भी जानता था कि यह आदमी देर तक साहिब के पास बैठा बतियाता रहा है, और कभी-कभी अंदर से साहिब बहादुर के ठहाकों की आवाज़ सुनाई देती रही है। वह झट से आगे बढ़ आया और टट्टू की लगाम अपने हाथ में ले ली, और उसे खींचता हुआ आँगन के पार ले गया।

धनपत ने दुमों की पोटली टट्टू की ज़ीन के साथ बाँधी, सनदें अँगरखे के अंदर दबाईं, और अर्दली का हाथ पकड़कर टट्टू की पीठ पर बैठ गया। फिर कस्बे की ओर नज़र घुमाई। देर तक कस्बे की ओर देखता रहा, फिर मूँछों को ताव दिया और छाती ताने, टट्टू की पसलियों में ज़ोर से एड़ लगाई।

टट्टू उचकता हुआ कस्बे की ओर जाने लगा।

दूर, सड़क पर धूल के बवंडर उड़ रहे थे और उनके अंदर बड़ी बेचैन-सी होड़ चल रही थी। घोड़ों पर सवार कस्बे के साहूकार, दीवान, मालिक, रायज़ादे, सभी साहिब की कचहरी की ओर भागे जा रहे थे, अपने घोड़ों की पीठ पर चाबुक पर चाबुक मारते जा रहे थे।

पर अभी वे आधा रास्ता ही तय कर पाए होंगे कि उन्हें दूसरी ओर से टट्टू पर

सवार दीवान धनपत आता नज़र आया। टट्टू दुलकी चाल चल रहा था और उस पर बैठा धनपत छाती ताने हाथ में कोई कागज़ झुलाता हुआ बार-बार उचक रहा था। पास पहुँचा तो उन्होंने देखा कि वह जो कागज़ उठाए हुए था, उस पर से लाल फीते लटक रहे थे। उसे देखकर तो लोगों के दिल बैठ गए।

घोड़ों की होड़ फिर से तेज़ होने लगी।

उधर दूर, कचहरी के बाहर, फिरंगी अफ़सर बरामदे में खड़ा, दाएं हाथ से आँखों पर ओट किए सड़क की ओर देख रहा था। दूर सड़क पर उड़ते धूल के बवंडर को देखकर समझ गया कि दरख़्वास्ती चले आ रहे हैं—और घूमकर अर्दली से बोला—

"सभी मूढ़े उठा दो। इनकी कोई ज़रूरत नहीं है। सभी लोग बरामदे में खड़े रहेंगे।"

उसी दिन, दोपहर-भर आराम करने के बाद, राजा अमीरचंद अपने महल की छत पर टहल रहा था, जब उसे कस्बे के बाहर, सरदारों की झलार की ओर से सड़क पर धूल उड़ती दिखाई दी और फिर घोड़ों पर सवार बहुत-से लोग आते दिखाई दिए। राजा को अचंभा हुआ। ये कौन लोग हैं? क्या फिरंगी ने फिर से कोई दस्ता भेजा है? क्या लूट-पाट करनेवालों का कोई गिरोह चला आ रहा है?

पर कुछ ही देर में राजा अमीरचंद को धूल के बवंडरों में घुड़सवारों के अँगरखे और रंग-बिरंगी पगड़ियाँ नज़र आईं और वह सकते में आ गया। कौन हैं ये लोग? कहाँ से चले आ रहे हैं? क्या ये हमारी रियाया हैं?

सुबह का क़िस्सा राजा को भूला नहीं था, जब ढोल बजाती फिरंगी की टुकड़ी महल के सामने से बिना सलामी दिए निकल गई थी। राजा की मान-मर्यादा भी कोई चीज़ होती है। हमने ठीक ही किया जो अपनी रियासत के लोगों को फिरंगी के पास जाने से मना किया।

पर धूल उड़ाते घोड़ों को कस्बे की ओर आते देखकर उसका मन विचलित हुआ और वह सीढ़ियाँ उतरकर नीचे आ गया और सीधा दरबार-कक्ष में जाकर अपनी चौकी पर बैठ गया।

अपने ही रईस और अमीरज़ादे शीशमहल की ओर चले आ रहे थे। राजा भाँप गया कि ये अंग्रेज की अर्दल में गए होंगे। नमकहराम, अपने राजा की पीठ-पीछे उसके सामने गिड़गिड़ाए होंगे। पर फिर अपने मन को ढाँढ़स देते हुए यह भी सोचने लगा कि फिरंगी ने धता बताया होगा, जो मेरे पास लौट आए हैं। जो अपने राजा का नहीं, वह फिरंगी का भी नहीं हो सकता। फिरंगी ने यही कहा होगा, 'जाओ और पहले अपने राजा से मुख़्तारनामा लेकर आओ। मैं तुम्हारे बारे में कुछ नहीं जानता हूँ।' यही कहा होगा, इसीलिए मेरे पास दौड़े आए हैं। चले थे जमीनें माँगने, बेग़ैरत, बेशर्म! यह नहीं जानते कि हाकिम हाकिम की बात सुनता है,

इनकी कौन सुनेगा ? अब अपना-सा मुँह लेकर मेरे पास लौट रहे हैं ।

''आ जाओ, आ जाओ, अंदर आ जाओ ।'' राजा ने चौकी पर बैठे-बैठे ही हाथ हिलाकर पुकारा ।

चबूतरे पर खड़े रईस-साहूकार अंदर जाने लगे ।

''आ जाओ, आ जाओ, हम कुछ नहीं कहेंगे । हमसे पूछते तो हम पहले ही तुम्हे समझा देते । हाकिम, दूसरे हाकिम से मशविरा किए बिना कोई काम नहीं करता ।''

मुसाहिबों ने कनखियों से एक-दूसरे की ओर देखा । थोड़ा झिझके, फिर सभी अपने-अपने अँगरखे के अंदर से सफ़ेद मोटे काग़ज का गोल किया हुआ और लाल फीते से बँधा दस्तावेज़ निकाल लाए ।

''यह क्या है ?'' राजा ने खोखली-सी आवाज़ में पूछा ।

''सनद है, महाराज !''

''सनद कैसी ?''

''साहिब बहादुर ने दो गाँव बख़्शे हैं ।''

''दो गाँव ? तुम्हें दो गाँव मिले हैं ? कौन-से गाँव ?''

''सैयदपुर और नूरपुर, महाराज !''

''ये तो मेरी रियासत के गाँव हैं । वह कौन होता है, हरामजादा, हमारी रियासत बाँटनेवाला ?'' राजा ने चिल्लाकर कहा और अनेक हाथों में पकड़ी सनदों को देखकर उसके मुँह में से इतना-भर निकला—

''हैं ? क्या ?''

और बैठे-बैठे ही राजा का सिर एक ओर को लुढ़क गया और उठा हुआ हाथ बेजान होकर गिर पड़ा ।

मुरब्बे मिल जाने के बाद धनपत का कायाकल्प होने में देर नहीं लगी । पहले तीन दिन तो वह अपने टट्टू पर सवार कस्बे की गलियों में चक्कर काटता रहा और हर राह जाते को अपनी जागीर की 'सनद' दिखाता रहा । लोग सचमुच सकते में आ गए थे और समझ नहीं पा रहे थे कि क्या हो गया है और उसके साथ अब उन्हें कैसे पेश आना चाहिए । राजा अमीरचंद की मृत्यु कस्बेवालों के लिए बहुत बड़ी घटना थी, पर दुमकटे दीवान को तीन गाँव मिल जाना किसी भूचाल से कम न था । राजा की अंत्येष्टि में शामिल होते हुए भी, उमरा-बुज़रा की कोई दिलचस्पी स्वर्गीय राजा में नहीं रह गई थी । दीवान धनपत ही उनके मस्तिष्क पर छाया हुआ था । एक दिन में कस्बे का विदूषक, कस्बे का राजा बन गया था । और तो और, दीवान मय्यादास की भी समझ में नहीं आ रहा था कि धनपत के प्रति कैसा व्यवहार करें ।

धनपत को मुरब्बे मिल गए हैं, इसकी ख़बर पाते ही उनकी पहली प्रतिक्रिया तो यही हुई कि अपने-आप ही माड़ी का एक हिस्सा उसे रहने के लिए दे दें । वह

जानते थे कि सबसे पहले वह माड़ी पर ही अपना हक़ जमाएगा। अगर उस दिन धनपत को मालूम हो जाता कि दीवान मय्यादास को फिरंगी हाकिम की ओर से कुछ नहीं मिला, कि वह फिरंगी हाकिम के पास गए तक नहीं थे, तो वह निश्चय ही सीधा माड़ी पर धावा बोल देता।

दीवान मय्यादास को उन दिनों लेखराज की बार-बार याद आ रही थी। अगर इस समय लेखराज पास में होता तो माड़ी और ज़मीन-जायदाद उसके हवाले करके वह निर्शिचत हो जाते, लेखराज होता तो इस मूज़ी से भी निपट लेता। पर लेखराज नहीं लौटा था। किसी को उसका अता-पता भी मालूम नहीं था। कस्बे में लौटनेवाला इक्का-दुक्का आदमी यही ख़बर लाता कि उसे फीरोज़पुर में देखा था। कोई कहता जेहलम के निकट देखा था। एक बार किसी ने सुनी-सुनाई यह भी खंबर आकर दी थी कि लेखराज कूकों के साथ जा मिला है और फिरंगियों के ख़िलाफ जगह-जगह झड़पों में हिस्सा ले रहा है।

अबकी बार माड़ी में जाने के बजाय धनपत गंजमंडी में दीवान मय्यादास की पैड़ी पर ही, जहाँ वह बैठा करते थे, जा पहुँचा। दीवान मय्यादास को इसकी आशा नहीं थी। धनपत ने अपना टट्टू पैड़ी के सामने नीम के छोटे-से पेड़ के तने के साथ बाँधा और अँगरखा झुलाता, चाबुक हाथ में लिए सीधा पैड़ी के तख़्त पर चढ़ गया।

''पा लागूँ, ताऊ जी!'' उसने खड़े-खड़े ही कहा, ''कुछ रक़म चाहिए।''

''आओ धनपत, बैठो।''

''बैठने का वक्त नहीं है ताऊ जी, जागीर का दौरा करने जाना है। कुछ रकम चाहिए।''

दीवान मय्यादास ने सहज ढंग से पूछा, ''किसलिए रुपया दरकार है, बरखुरदार?''

धनपत छूटते ही बोला, ''माड़ी ख़रीदना है। दीवान मय्यादास की माड़ी!''

दीवान मय्यादास का चेहरा पीला पड़ गया और उनकी समझ में नहीं आया कि धनपत से क्या कहें।

''बड़ी मुबारक बात है, धनपत, ख़रीदो माड़ी, पर क्या मुझसे ही धन लेकर माड़ी खरीदोगे?''

''क्यों? आपसे नहीं तो किससे लेंगे?'' और फिर अँगरखे के अंदर हाथ डालकर, फिरंगी सरकार की सनद निकालकर, मय्यादास की आँखों के सामने झुलाते हुए बोला–

''कर्ज़ की रकम ब्याज समेत चुकता कर दूँगा। बेशक तीन में से एक 'मुरब्बा' रहन रख लो।''

मय्यादास की आँखें धनपत के चेहरे पर देर तक ठिठकी रहीं, फिर धीरे-से सिर हिलाकर बोले, ''आजकल साहूकारे में बड़ी मंदी चल रही है, बरखुरदार, मेरे पास पैसा होता तो मैं ज़रूर दे देता।''

धनपत अपने चाबुक की मूठ बाएँ हाथ की हथेली पर ठकोरतें हुए बोला, ''मैं

तो सीधे हाथ अपना हक़ माँगने आया हूँ, ताऊ जी, पर लगता है आप उसे उलटे हाथ ही देंगे।" कहता हुआ वह चबूतरे पर से उतर गया।

एक दिन यही धनपत आँखें भी दिखाएगा, और मेरी ही पैड़ी पर आकर मुझे धमकी भी देगा, मय्यादास मन मसोसकर रह गए। यह दिन भी देखना बदा था। पहली बार उन्हें महसूस हुआ कि ज़माना बदल गया है और मैं सचमुच पीछे छूट गया हूँ। लोग लपक-लपककर सनदें ले आए और मैं अपनी नमकहलाली के साथ ही चिपटा रहा। जब अमलदारी ही नहीं रही तो नमकहलाली किस बात की ? अब यही धनपत किसी भी पैड़ी पर जाएगा और सनद का फड़का दिखाकर मनचाहा कर्ज़ ले लेगा और उसके बाद सीधा मुझ पर नालिश करेगा, माड़ी में अपना हक़ माँगेगा। न जाने कौन-सी आफ़त खड़ी करे।

दीवान मय्यादास का मन विचलित हो उठा था। उनकी स्थिति एक ऐसे आदमी की-सी थी जो अपने सामने, थोड़ी ही दूरी पर, फनियर साँप को बिल में से सिर उठाते हुए देखता है, पर न तो वहाँ से भाग जाने के लिए उसके पाँव उठते हैं, और न ही साँप का सिर कुचलने की हिम्मत रह जाती है। वह केवल बाँबी में से साँप को सिर उठाते देख रहे थे, यह जानते हुए भी कि बाँबी में से निकलनेवाला साँप विशेष रूप से उन्हीं को डसने के लिए निकल रहा है।

धनपत मेरी हेठी करने के लिए आया था। अब वह ज़रूर किसी दूसरे साहूकार की पैड़ी पर जाएगा, अपनी सनद दिखाकर कर्ज़ लेगा, सारे बाज़ार में मुझे रुसवा करेगा, और फिर मेरे पास माड़ी का सौदा करने आएगा।

मय्यादास को ख़याल आया कि माड़ी तो नहीं पर हवेलीवाली ज़मीन धनपत को दी जा सकती है। इसके लिए मैं रकम भी नहीं माँगूँगा। उन्होंने अपनी बग़ल में बैठे हुए मुंशी से कहा भी कि पैड़ी के बाहर जाकर देखे कि धनपत कहाँ गया है, और अगर धनपत मिल जाए तो उसे अपने साथ लिवा लाए, पर मुंशी ने थोड़ी देर बाद लौटकर कहा कि धनपत गंजमंडी में नहीं है, न जाने पैड़ी पर से उतरकर कहाँ गया है।

धनपत के चरित्र की एक विशेषता यह भी थी कि जब किसी काम में उसकी मंशा पूरी नहीं होती तो वह अपना संतुलन खो बैठता और आपे से बाहर हो जाता था और तरह-तरह की हरकतें करने लगता था। यहाँ तक कि उन्हीं लोगों से उलझने लगता था जिन्हें वह प्रभावित करने निकला था। उसके अंदर जैसे कोई सोया हुआ जंतु जाग उठता था और वह मतवालों की तरह व्यवहार करने लगता था।

दीवान मय्यादास की पैड़ी पर से उतरते ही एक 'उलेल'-सा उसके सिर पर सवार हो गया। ये लोग अभी तक मेरी हैसियत को समझे नहीं हैं, उन्हें पता तो चले कि मैं कौन हूँ!

उसी शाम कस्बे के लोगों को पता चला कि धनपत ने गंजमंडी से निकलकर सहसा ही अपने 'मुरब्बों' का दौरा करने की ठान ली थी। कस्बे-भर में इसकी चर्चा

रही और लोग हँसी से लोट-पोट होते रहे।

पता चला कि वह गंजमंडी में से निकलकर सीधा तालियोंवाले मुहल्ले में गया। वहाँ से मनादी करनेवाले एक ढोलची को साथ में लिया और मुरब्बों की राह ली। जब वे लोग धूप में लंबा फासिला तय करके मुरब्बों में पहुँचे तो आगे-आगे ढोलची, ढोल पर थाप देता हुआ ऐलान करता जा रहा था कि 'मुरब्बों के नए मालिक दीवान धनपत राय तशरीफ़ ला रहे हैं', और इसके बाद पीछे-पीछे टट्टू पर बैठा धनपत नमूदार होता। पर बात बनी नहीं। उल्टा तमाशा-सा बनकर रह गया। धनपत के मन में ठाठ-बाठ की सदा बड़ी महत्त्वाकांक्षा रही थी। कल्पना में वह अपनी सवारी को हाथी पर सवार दीवान की शोभायात्रा के रूप में देखा करता था। पर यहाँ वह अपने नए रुतबे की सूचना दे पाने के लिए उतावला हो उठा था। वरना, अगर वह इस तरह आवेश में उठकर नहीं चल देता, और सोच-समझकर पूरी तैयारी और सज-धज के साथ अपनी ज़मीनों का दौरा करने जाता, टट्टू की जगह बढ़िया घोड़े की पीठ पर बैठता, मुचड़े हुए कपड़ों की जगह सज-सँवरकर जाता, मुसाहिबों की टोली साथ में होती; और नहीं तो चौसरबाज़ों की ही किसी टोली को साथ ले लेता तो निश्चय ही उसका बड़ा असर होता। पर यहाँ तो फिर उसकी शोभायात्रा ने भड़ैंती का रूप ले लिया था। न किसी ने झुककर सलाम किया, न किसी ने आगे बढ़कर पैर छुए। यहाँ भी कुछेक अधनंगे बच्चों को छोड़कर जो उसके साथ-साथ हो लिए थे, या गाँव की कुछेक औरतों के अलावा जो अपने दुपट्टों की ओट में से उसे देखती हुई हँसती-बतियाती रही थीं, किसी ने उसकी ओर ध्यान नहीं दिया। किसान भी अभी खेतों से नहीं लौटे थे, इसलिए भी किसी का ध्यान नए मालिक के नाते उसकी ओर नहीं गया।

अंत में धनपत अपना धैर्य खो बैठा और अपनी चाबुक निकालकर ज़ोर-ज़ोर से हवा में घुमाने लगा। पर इसका भी असर उल्टा हुआ। सरसराता चाबुक देखकर बच्चे भागते, पर वे अभी भी इसे तमाशा समझे हुए थे। भागते हुए थोड़ी दूरी पर जाकर खड़े हो जाते और तालियाँ पीटने लगते। फिर सरकते हुए उसके पास आते और जब वह फिर चाबुक झुलाता तो खी-खी करते भाग जाते।

प्रभात का झुटपुटा अभी पूरी तरह स छन नहीं पाया था, रात का अँधेरा प्रभात की पीलिमा में अभी घुल भी नहीं पाया था; केवल इक्का-दुक्का लोग ही अपने-अपने घरों से निकलकर खेतों की ओर जाने लगे थे, या कुछेक स्त्रियाँ गागर-घड़े उठाए कस्बे के कुओं पर पहुँचने लगी थीं, जब प्रभातवेला के शांत और मौन वातावरण को बेधती हुई, एक सीटी की आवाज़ सुनाई दी। ऐसी आवाज़ कस्बे में पहले कभी नहीं उठी थी। बहुत-से सुननेवालों के दिल दहल गए। पेड़ों पर बैठे पंछी भी पर फड़फड़ाकर उड़े और फिर से पेड़ों पर लौटने से पहले देर तक आकाश में चक्कर काटते रहे। सीटी की यह आवाज़ शेखों के बाग़ की ओर से आई थी और लगता था

जैसे कस्बे के समूचे इतिहास को ललकारती हुई उठी है।

यह रेलगाड़ी के इंजन की सीटी थी जो पहली बार कस्बे में प्रवेश कर रही थी। आवाज़ इतनी अप्रत्याशित भी नहीं थी। बहुत दिनों से लाला मूसा की ओर से रेल की पटरी बिछाई जाने लगी थी, जो धीरे-धीरे कस्बे की ओर सरकती आ रही थी, और कुछ ही दिन पहले शेखों के बाग़ के पीछे बने लंबे चबूतरे तक बिछ गई थी। कस्बे में रेलगाड़ी को लेकर महीनों से चर्चा चल रही थी। उत्साह, आशंका, कुतूहल, संशय—तरह-तरह की भावनाएँ और विचार उसको लेकर उठते रहे थे। साथ-ही-साथ तरह-तरह के अटकल और अनुमान भी, जिसके कारण रेलगाड़ी के प्रति और भी ज़्यादा उत्सुकता पाई जाने लगी थी।

रेलगाड़ी को लेकर कस्बे के बूढ़े-बुज़ुर्ग सबसे ज़्यादा शंकित थे—

"जहाँ-जहाँ से रेलगाड़ी गुज़रेगी, आसपास की ज़मीन जलकर राख़ हो जाएगी!" बूढ़ा लखमीदास कहता, "उसके आगे भट्टी जलती है, जो सारा वक्त दहकती आग उगलती रहती है। पेड़-पौधे भस्म नहीं होंगे तो क्या होगा?"

कुछ लोगों को शक था कि फिरंगी ज़मीनों पर कब्ज़ा करने के लिए रेल की पटरी बिछा रहे हैं—

"पटरियाँ बिछाते हैं, तो क्यों बिछाते हैं? हद्दबंदी करने के लिए। लोहे की पटरी बिछ गई तो ज़मीन पर कब्ज़ा हुआ या नहीं हुआ, कोई बोल नहीं सकेगा। फ़ौजें उतारने की ज़रूरत ही नहीं।"

किसान-जमींदार अपनी जगह शंकित थे—

"लाहौर-लायलपुर में, जहाँ रेलगाड़ी चलने लगी है, गाय-भैंसों का दूध सूखने लगा है। जहाँ-जहाँ रेल गई है, मवेशियों का दूध आधा रह गया है। मवेशी जला हुआ चारा खाएँगे तो दूध क्या देंगे। यह तो इस नस्ल की बात है, अगली नस्ल देखना!"

"तुम तो गाय-भैंस की बात करते हो, मैंने सुना है, ज़मीन की उपज भी आधी रह जाएगी। ज़मीन जल जाएगी तो उसमें पैदा क्या होगा। बड़े-छोटे सभी किसान ज़मीनों पर से भिखारी बनकर निकलेंगे।"

पर कुछ लोग थे जो रेलगाड़ी की तारीफ़ करते नहीं थकते थे। रामजवाया—जो अब मनियारी का काम करने लगा था, और विलायती माल लाने के लिए अक्सर लाहौर तक का दौरा किया करता था, रेलगाड़ी के बारे में चहक-चहककर बातें करता था। वह रेलगाड़ी में लाहौर से अमृतसर तक का छोटा-सा सफ़र तय भी कर चुका था।

"आफ़रीन है!" वह कहता, "रेलगाड़ी में बैठे खिड़की में से बाहर देखो तो लगता है पेड़ पीछे की ओर दौड़ रहे हैं! लगता है जैसे तुम हिंडोले में बैठे हो। ऊँट पर बैठते थे तो पसलियाँ दुख जाती थीं, यहाँ कोई हिचकोले नहीं, कोई ऊँच-नीच नहीं। मन आए तो ऊपर टाँगें चढ़ाकर बैठो!"

और लोग जब उत्सुकता से गाड़ी के बारे में पूछते तो रामजवाया कहता, ''गाड़ी चलती है तो उसके पहियों में से आवाज़ आती है—छिक्क् चाचा, चुक्क् चाचा !⋯खट-खट खटाखट⋯खट-खट खटाखट !''

और वह फिरंगी की दानिशमंदी का बखान करता—

''बालिश-भर चौड़ी पटरी पर गाड़ी चलती है, और कभी फिसलती नहीं, पटरी पर से उतरती नहीं !''

सब लोग अपनी-अपनी तरह से टिप्पणी करते। कुछ लोग उन काफ़िलों की चर्चा करते, जिनमें लोग एक साथ पड़ाव-पड़ाव सफ़र किया करते थे, कोई पैदल, कोई घोड़े-गधे पर सवार, कोई ऊँट पर सवार, हँसते-खेलते सफर कटता था। रास्ते में रात आई तो सराय में रुक गए, और दूसरे दिन काफ़िला फिर से आगे बढ़ने लगा।

''यहाँ पर भी काफ़िले ही चलेंगे, देख लेना,'' कोई कहता, ''रेलगाड़ी में कोई नहीं बैठेगा, देख लेना। कौन जाने, रेलगाड़ी चल रही हो और उसमें आग लग जाए, उसकी भट्टी फट जाए। रेलगाड़ी चल रही हो और पहिए पटरी पर से उतर जाएँ। क्या भरोसा है ! फिर क्या होगा ? गाड़ी उलटकर गिरेगी या नहीं ? गाड़ी में कोई नहीं बैठेगा, देख लेना।''

इसका समर्थन करते हुए कोई कहता—

''मुझे गधे की पीठ पर बैठकर पाँच दिन में लाला मूसा पहुँचना मंजूर है, पर मैं रेलगाड़ी में नहीं बैठूँगा।''

इस पर और किसी की टिप्पणी होती—

''जेहलम से एक आदमी आया था। बताया था कि जब से वहाँ रेलगाड़ी चलने लगी है, लोगों का साँस उखड़ने लगा है। लोगों को दमे की शिकायत रहने लगी है। किसी-किसी को छाती में से ज़ोर से खाँसी उठने लगी है।''

बुजुर्गों को एक और बात की भी शिकायत थी—

''भंगी, चूड़ा-चमार भी इसी गाड़ी में बैठेगा ! ऊँची जात का आदमी भी उसी में बैठेगा और रईस-साहूकार भी उसी में बैठेगा ! नेम-धरम भी कोई चीज़ है या नहीं ? साहूकार भी उसी में और उसका देनदार भी उसी में ! मोची-नाई भी उसी में ! सेठ-साहूकार की क्या रह जाएगी ? इधर वह बैठा है और उसके सामने कोई कुंभी-तेली बैठा है !''

किसी को यह बात भी अटपटी लगने लगी थी कि एक ही रफ़्तार पर चलती हुई गाड़ी सेठ-साहूकार को भी अपने ठिकाने उतनी ही देर में पहुँचाएगी, जितनी देर में भंगी-चमार को। इसमें सेठ-साहूकार की क्या रह जाएगी ? सोचनेवाली बात है।⋯जो आदमी घोड़े की सवारी करता है, वह भी उसी वक्त सरगोधा पहुँचे, और भंगी-चमार भी उसी वक्त पहुँचे। फिर तो बड़े-छोटे की तमीज़ ही नहीं रह जाएगी !

इस पर कोई तसल्ली देता हुआ कहता—

''देख लेना, रईस लोग अपने नौकर-चाकरों को गाड़ी में भेजेंगे, पर खुद नहीं चढ़ेंगे। खुद वे काफ़िलों के साथ ही जाएँगे, पालकी में बैठकर या घोड़े पर सवार होकर। वे इस छिछोरी रेलगाड़ी में पाँव भी नहीं रखेंगे।''

और आज, रेलगाड़ी का सचमुच सीटी बजाते कस्बे में पहुँच जाना, कस्बेवालों के लिए बड़ा रोमांचकारी अनुभव था।

रेल की सीटी सुनते ही जो जहाँ पर था, पहले तो थर्रा गया था, और फिर यह समझकर कि रेलगाड़ी कस्बे में पहुँच रही है, सिर पर पाँव रखकर भाग खड़ा हुआ था। दहशत, अब कुतूहल और उत्सुकता में बदल गई थी। औरतों ने अपने घड़े और गागरें कुओं की जगत पर ही छोड़ दीं और अपने तहमद और घाघरे सँभालती हुई कस्बे के बाहर जाने लगीं। खेतों में से लौटते लोगों ने अपनी दिशा बदल दी और टीले की ओर लपके। इस एक आवाज़ ने वायुमंडल को उद्वेलित कर दिया था। उस-जैसी रोमांचकारी आवाज़ पहले कभी भी कस्बे में सुनाई नहीं दी थी।

आवाज़ फिर एक बार आई। भागते लोग और ज़्यादा तेज़ी से भागने लगे—और ज़्यादा उतावले हो उठे। शीघ्र ही बहुत-से लोग टीले की ढलान चढ़ते जा रहे थे, यह सोचकर कि ऊपर से रेलगाड़ी ज़्यादा अच्छी तरह से नज़र आएगी। कुछ लोग गंजमंडी के पीछे का मैदान—जहाँ से काफ़िले रवाना हुआ करते थे—भाग-भागकर लाँघ रहे थे। कुछ लोग सीधे उस लंबे चबूतरे की ओर लपके, जहाँ उन्होंने सुन रखा था कि गाड़ी आकर रुकेगी।

दिन चढ़ आया था और प्रभात के धुँधलके में चाँदी घुलने लगी थी, कस्बे पर उजाला होने लगा था। टीले पर से, दूर-दूर तक फैले हरियावल-भरे खेत साफ़-साफ़ दिखाई देने लगे थे और कस्बे के बाहर जगह-जगह खड़े लोगों के झुरमुट भी। रंग-बिरंगी चुनरियाँ ओढ़े लड़कियाँ, काली तहमद अथवा काले रंग का घाघरा पहने कस्बे की स्त्रियाँ, सभी का दिल उत्सुकता और आशंका से धक्-धक् कर रहा था।

टीले पर खड़े लोगों को ही सबसे पहले, दूर, शेखों के बाग़ के निकट धुएँ का बादल-सा उठता दिखाई दिया था और उसी में से उन्हें कुछ हिलता नज़र आया था। फिर उस घने बादल के बीच में से काले रंग का अनोखी शक्तिवाला यान, उस धुएँ के बादल के बीच से सरकता हुआ-सा दिखाई देने लगा और लोग उसे देखकर स्तब्ध रह गए थे। उसी की पीठ पर एक ऊँचा धुआँकश लगा था, धुआँ उसी में से निकल रहा था। किसी-किसी वक्त उस धुएँ के बादल में से आग की चिंगारियाँ फटती नज़र आतीं, कभी-कभी आग की लपलपाती लट सीधी उठती दिखाई देती। लोग दम साधे उसे देखे जा रहे थे। सचमुच वह कस्बे की ओर बढ़ता आ रहा था? तभी अँधेरे की आख़िरी परत छनकर गिर गई और प्रभातवेला की उस सुरमई रोशनी में उन्हें वह 'दैत' नज़र आया जिसके चिपके मुँह से वह भयावह सीटी

निकली थी।

लोग सिमटकर एक-दूसरे के साथ सट गए और आँखें फाड़-फाड़कर उसकी ओर देखने लगे। वे दम साधे रेलगाड़ी को देख रहे थे—मानव-मस्तिष्क का एक चमत्कार, जो बिना घोड़ों के, बिना किसी के धकेले या खींचे, अपने-आप आगे बढ़ता आ रहा था। हाँ, इससे फिरंगी के बारे में उसकी दहशत, उसके पराक्रम का प्रभाव उन पर और ज़्यादा गहरा हो गया था। फिरंगी कुछ भी कर सकता है, उसे कमाल हासिल है। उसके आगे किसी के पाँव नहीं टिक सकते। कस्बे के जीवन में एक नया माहौल बनता जा रहा था—फिरंगी का माहौल, जिसमें पीली कोठी थी, रामजवाया की गठरियों में से निकलनेवाला नया-नया विलायती माल था, मंडुवा था, और अब यह रेलगाड़ी थी, फिरंगी के मस्तिष्क की एक और करामात। उसकी हर करामात चकित भी करती थी और आतंकित भी। सन् सत्तावन के दिनों में कहर ढानेवाली वह तोप भी फिरंगी के ही दिमाग़ का करिश्मा थी, जो जहाँ जाती, तहस-नहस करती जाती थी।

काला-स्याह दैत, छाती ताने आगे बढ़ता आ रहा था। छाती पर बहुत बड़ा गोलाकार तवा-सा लगा था, जैसे सैनिकों की छाती पर लगा रहता था।

अब गाड़ी मोड़ काट रही थी। टीले पर खड़े लोगों ने देखा कि रेलगाड़ी जो पहले सीधी रेखा में चली आ रही थी, अब उसमें मोड़ आ गया था। काले दैत के पीछे छः-सात डिब्बे, एक के पीछे एक, लगे थे, जो 'इंजन' के पीछे-पीछे फिसलते-से चले आ रहे थे। बड़ा मनमोहक दृश्य था। अब इंजन दैत नहीं लग रहा था, अब सारी रेलगाड़ी किसी अजगर की भाँति रेंगती हुई आगे बढ़ती आ रही थी। किसी-किसी वक्त लगता जैसे एक रंग-बिरंगा फीता अपने-आप चलता, बल खाता, बढ़ता आ रहा हो। लोग जो पहले डर गए थे, अब मंत्रमुग्ध-से उसे देखे जा रहे थे। रेलगाड़ी में उनके लिए अद्भुत आकर्षण था। कस्बे के किसी आदमी ने सपने में भी पहले ऐसी चीज़ नहीं देखी थी।

अब गाड़ी शेखों के बाग के पीछे पेड़ों के झुरमुट के बीच से आगे बढ़ती आ रही थी। यहाँ लोगों को लगा जैसे गाड़ी की गति तेज़ हो गई है, और गाड़ी फिर से सीधी हो गई है। अजगर बल खाता आगे बढ़ता आ रहा था, और लगता जैसे सभी अवरोधों को तोड़ता, रास्ते में से हटाता, ज़मीनों को रौंदता चला आ रहा है, कि उसे रोक पाने की किसी में सकत नहीं है। गोल, चपटा, गूँगा-बहरा दैत, सीधा, बिना देखे आगे बढ़ता आ रहा था। लोगों की आँखें उस पर से हटाए नहीं हट रही थीं।

टीले के निकट से गुज़रते हुए लोगों को रेलगाड़ी के गोल-गोल पहिए नज़र आए। बैलगाड़ियों के पहियों-जैसे ही, पर लोहे के बने हुए! लोहे की ही लंबी पटरी पर तिरते-से चले आ रहे थे! न गिरते थे न रुकते थे, न थमते थे; लगता जैसे किसी लय पर रेलगाड़ी आगे बढ़ती चली आ रही है!

नज़दीक आने पर छुक्-छुक् छक्-छक्, छुक्-छुक्, की आवाज़ आने लगी। उसी

समय कहीं इंजन के नीचे से, बड़े-बड़े पहियों के बीच से, सफ़ेद धुएँ के बादल निकलने लगे थे। यही फिरंगी की रेलगाड़ी थी। यही पहले लाला मूसा तक, फिर मलकवाल तक, फिर कुछ बरस बाद मियानी तक और अब मियानी से कस्बे में आई थी।

जब रेलगाड़ी नज़दीक से गुज़री तो कस्बे के लोगों को इसके इंजन में एक गोरा-चिट्टा आदमी खड़ा नज़र आया। पास ही में भट्टी की आग की लौ उसके गोरे चेहरे पर और उसके काले रंग के कपड़ों पर पड़ रही थी। उसका चेहरा लाल-लाल दमक रहा था। वह इंजन के डंडहरे के साथ कोहनी टिकाए भीड़ की ओर देखता हुआ मुस्करा रहा था। उसने आँखें उठाकर टीले पर खड़ी भीड़ की ओर देखा, फिर मुस्कराते हुए सिर पर से अपनी टोपी उतारी और हवा में लहराने लगा। मुस्कराता जाता और टोपी हिलाता जाता।

लोग बड़े खुश हुए।

''होए!...'' का शब्द बहुत-से लोगों के मुँह में से निकला और वे भी बड़े उछाह से हाथ हिला-हिलाकर उसका अभिवादन करने लगे। उनका सारा त्रास और संशय जाता रहा। कुछ लड़के तो दोनों हाथ ऊँचे उठाए, हो-हो करके नाचने लगे। कुछ लड़के किसी आवेश में, ज़मीन पर से कंकड़ उठा-उठाकर गाड़ी की ओर फेंकने लगे।

टीले पर खड़े लोग देर तक उसे ऊपर से निहारते रहे। इंजन के आगे निकल जाने पर उन्हें एक और आदमी नज़र आया। वह रेलगाड़ी के सबसे पिछले दरवाज़े में खड़ा था, उसने भी काले रंग के कपड़े पहन रखे थे, और हाथ में लाल रंग की झंडी उठाए उसे वहीं खड़ा-खड़ा हिलाए जा रहा था। वह भी फिरंगी था, उसकी चमड़ी भी सफ़ेद थी, वह भी काले रंग की टोपी पहने हुए था, पर उसने टोपी नहीं उतारी। वह लोगों को खड़े देखकर मुस्कराया भी नहीं, बल्कि सारा वक्त इंजन की ओर देखता रहा और झंडी हिलाता रहा।

गंजमंडी से थोड़ी दूरी पर, कस्बे की पुरानी दीवार से बाहर, जहाँ एक लंबा-चौड़ा चबूतरा बनाया गया था, रेलगाड़ी खड़ी हो गई।

और अब लोग लपक-लपककर गाड़ी की ओर भागने लगे थे।

रेलगाड़ी के आने से पहले, महीनों तक बहुत-से लोग रेल की पटरी बिछाने के लिए पत्थर तोड़ते रहे थे। सैकड़ों लोग इस काम में लगे हुए थे, पर किसी को भी उस समय मालूम नहीं था कि क्या होने जा रहा है।

''इंजन गाड़ी को खींचता है।'' अपनी टोली के साथ टीले पर से उतरते हुए कस्बे का मीरासी बोला-

''इंजन खींचना बंद कर दे तो गाड़ी खड़ी हो जाती है।''

''नहीं,'' बड़ी उम्र के एक आदमी ने उसकी बात काटी, ''वह आदमी जो लाल झंडी झुला रहा था, वह कोई कल दबाता है जिससे गाड़ी खड़ी हो जाती है।''

रेलगाड़ी को लेकर तरह-तरह की चर्चा होने लगी–

''सुना है तीन दिन तक गाड़ी कस्बे में रहेगी, फिर⋯लौट जाएगी।''

''लौटेगी कैसे?''

यह बड़ा टेढ़ा प्रश्न था। बहुत मग़ज़-पच्ची करने पर भी किसी की समझ में नहीं आ रहा था कि पटरी पर खड़ी गाड़ी को मोड़ेंगे कैसे?

''अगर इंजन गाड़ी को खींचता है तो वह कैसे मुड़कर फिर से गाड़ी के आगे आ लगेगा?''

''इसमें क्या मुश्किल है, बीस आदमी उसे उठाकर आगे लगा देंगे!''

''और डिब्बों को कौन मोड़ेगा? तेरा बाप?''

बहुत-से लोगों ने रेलगाड़ी को ही नहीं, फिरंगी को भी पहली बार देखा था। कुतूहल और उत्सुकता उन्हें खींचकर गाड़ी के निकट ला रही थी। तरह-तरह के लोग तरह-तरह की टिप्पणियाँ करते जा रहे थे।

कस्बे के नटखट बच्चे पहले तो सहमे-सहमे-से, दाँतों-तले अँगुलियाँ दबाए कभी इंजन को तो कभी डिब्बों को देखते रहे थे। अब सरकते-सरकते गाड़ी के पास जा पहुँचे थे और अंदर झाँकने लगे थे। नाई का बेटा उनका नेता था। बड़े अधिकार के साथ वह एक डिब्बे के पायदान पर चढ़कर खड़ा हो गया था, क्योंकि उसका बाप रेलगाड़ी की पटरी बिछाने के लिए कस्बे के बाहर पत्थर तोड़ता रहा था, और बहुत दिन तक घर नहीं लौटा था। एक बार उसने अपने बेटे के लिए लाल रंग का छींट का कुर्ता भेजा था, जिसे आज वह पहने हुए था, और इसी कारण रेलगाड़ी को अपनी रेलगाड़ी समझ रहा था, मानो उस पर उसे कोई विशेष अधिकार प्राप्त हो। उसका बाप अभी भी नहीं लौटा था, और किसी दूसरी जगह रेलगाड़ी के लिए ही पत्थर तोड़ रहा था।

गाड़ी के सामने जगह-जगह कस्बे के लोगों की टोलियाँ खड़ी थीं। एक टोली में नीम के घने पेड़ के नीचे कस्बे के समृद्ध लोग खड़े थे। सभी बड़ी उम्र के थे, सभी अँगरखे पहनकर आए थे। रेलगाड़ी के आने की खबर इन लोगों को बहुत पहले ही मिल गई थी। रेलगाड़ी किस हिकमत से चलती है, इसकी जानकारी इन लोगों को भी नहीं थी। इनके मन में भी वैसे ही ऊल-जलूल सवाल उठ रहे थे, जैसे मीरासी और उसके साथियों में मन में उठते रहे थे। पर वे धीर-गंभीर बने, बड़े मुदब्बराना अंदाज़ में, रेलगाड़ी से थोड़ा दूर हटकर खड़े थे ताकि किसी को यह गुमान न हो कि कोई ऐसी चीज़ कस्बे में आई है, जिसे वह समझ नहीं पा रहे हैं।

गोरा इंजन-चालक टेढ़ी टोपी सिर पर रखे, और कंधे पर से अपना कोट लटकाए, मुस्कराता, बार-बार गाड़ी के सामने खड़ी टोलियों की ओर देखता हुआ आँख मारता, बार-बार अपने दाएँ हाथ का अँगूठा ऊपर को उठाता हुआ, गाड़ी के साथ-साथ पीछे की ओर जा रहा था। कस्बे के मनचले लड़के सारा वक्त उसकी छोटी-छोटी नीली आँखों की ओर देख रहे थे जो बड़ी अस्थिर और चपल थीं, मानो

एक जगह पर टिक ही नहीं पाती हों।

गाड़ी के पिछले हिस्से में, एक डिब्बे में से सामान उतारा जाने लगा था और डिब्बे के सामने खड़ा रामजवाया डिब्बे में से उतरनेवाले एक-एक डिब्बे को आगे बढ़कर हाथ में थामी एक तालिका के साथ मिला रहा था।

तभी एक विचित्र-सी घटना घटी। लोगों की भीड़ ने देखा कि दाएँ हाथ, गंजमंडी की ओर से धूल-मिट्टी से अटे मैदान को लाँघता एक आदमी रेलगाड़ी की ओर चला आ रहा है। पहले तो लोग उसे पहचान नहीं पाए। वह घुटनों के नीचे तक लंबी अचकन पहने हुए था, सिर पर केसरी पगड़ी थी और ज़री की चमचमाती जूती पहने हुए था।

लोग उसे पहचानते ही हैरान रह गए। दीवान मय्यादास थे; हाथों में एक 'बिद्ध' (पोटली) भी उठाए हुए थे। दीवान जी यहाँ क्या करने आए हैं ? उनका सहसा प्रगट हो जाना कस्बे के लोगों को बड़ा अप्रत्याशित लगा। दीवान मय्यादास दुबला गए थे। मूँछें लगभग सफ़ेद हो चली थीं और पीठ तनिक झुक गई थी। कुछ बरस पहले जब फिरंगी कमिश्नर यहाँ ज़मीनें बाँटने आया था तो दीवान मय्यादास उसके पास नहीं गए थे। उन्होंने फिरंगी हाकिम के सामने हाथ फैलाने से इन्कार कर दिया था। एक विशेष प्रकार की गरिमा दीवान मय्यादास में पाई जाती थी, जिसका कस्बेवाले बड़ा मान करते थे। माली हालत पतली हो जाने पर भी, छड़ी उठाए गलियों में से धीरे-धीरे चलते हुए दीवान मय्यादास के प्रति आदरभाव अभी भी बना हुआ था।

धूल-मिट्टी के भरे मैदान को लाँघकर दीवान मय्यादास उस लंबे चबूतरे पर आ गए, जिससे लगकर रेलगाड़ी खड़ी थी।

सभी आँखें उन पर लगी थीं। दीवान साहिब नीम के पेड़ के नीचे खड़े कस्बे के रईस-साहूकारों के पास से होकर जाते हुए, सीधे बिना कुछ कहे आगे बढ़ गए, और सीधे गाड़ी के एक डिब्बे के सामने जा खड़े हुए। डिब्बे के अंदर गलमुच्छोंवाला फिरंगी साहिब बैठा था, जो कुछ देर पहले रेल-इंजन को झंडी दिखाता रहा था।

साहिब से नज़र मिलते ही दीवान मय्यादास झुक गए। झुककर ज़मीन को हाथ लगाया—मानो प्रायश्चित कर रहे हों, और फिर उस फिरंगी साहिब को पाँच बार फ़र्शी सलाम करते हुए, दाएँ हाथ को घुटनों पर, फिर छाती पर और फिर छाती से माथे पर रखते हुए उठाते-गिराते रहे। अंदर बैठा गलमुच्छोंवाला फिरंगी बड़ी-बड़ी आँखों से यह कौतुक देख रहा था। हल्की-सी विनोदपूर्ण मुस्कान उसके होंठों पर आ गई थी, और वह मुस्कराता हुआ दीवान साहिब के चेहरे की ओर देखे जा रहा था। दीवान जी की कमर इतनी ज्यादा झुकी हुई थी कि कमरबंद से लटकती तलवार का सिरा भी बार-बार जमीन के साथ टकरा रहा था।

"हुज़ूर बंदगी ! हुज़ूर का इकबाल बलंद हो··· !" कहते हुए पाँच बार फ़र्शी सलाम कर चुकने के बाद दीवान साहिब दो कदम आगे बढ़ आए और बग़ल में

दबाई 'बिद्ध' (पोटली) को निकाल लिया–

''हुजूर का इकबाल बना रहे। बंदा कस्बे के पुराने रईसों में से है, हुजूर के पास इंसाफ़ की माँग करने हाज़िर हुआ है।''

डिब्बे के अंदर बैठा गलमुच्छोंवाला फिरंगी दोनों हाथों की मोटी-मोटी उँगलियों को एक-दूसरी में खोंसे और दोनों हाथों को पेट पर रखे धीरे-धीरे सिर हिलाता हुआ मुस्करा रहा था। उसे कस्बे का यह आदमी कोई सनकी जान पड़ रहा था।

तभी, नीम के पेड़ के नीचे खड़े दीवानों की मंडली में हरक्त हुई।

कुछ ही क्षण बाद जब दीवान मय्यादास फिर से फ़र्शी सलाम बजा लाने के लिए झुके तो किसी ने उनके दाएँ कंधे पर हाथ रख दिया। दीवान मय्यादास ने हैरान होकर पीछे की ओर देखा।

धनपत खड़ा था।

''ताऊ जी, यह फिरंगी हाकिम नहीं है, यह तो रेलगाड़ी का गार्ड है। मैं आपको असली हाकिम के पास ले चलूँगा।''

दीवान मय्यादास ने आँख उठाकर देखा और उनका दिल धक्-से रह गया।

उसी दोपहर, कुबड़े हलवाई की दूकान के पास गली में चौसर की चौकड़ी जमी थी। रेलगाड़ी का मेला ख़त्म हो चुका था, कुछेक बच्चों को छोड़कर जो अभी भी रेलगाड़ी के ख़ाली डिब्बों में 'छप्पण-छोत' खेलते रहे थे, और एक डिब्बे से दूसरे डिब्बे में भागते फिरे थे। अब कस्बे के सभी लोग वैसे ही अपने-अपने घरों को लौट आए थे जैसे लोग मेले-ठेले पर से लौटते हैं। चारों ओर छुट्टी का समाँ था, और वहाँ से लौटकर भी कस्बे में जगह-जगह लोगों की टोलियाँ अपने-अपने अनुभवों की चर्चा कर रही थीं।

पर चौसरबाज़ों की बैठक में चचा दीवान मय्यादास के व्यवहार पर हो रही थी। जितना विस्मय फिरंगी की इस करामात को देखकर लोगों को हुआ था, उससे कहीं अधिक विस्मय उन्हें दीवान मय्यादास के व्यवहार को देखकर हुआ था।

''दीवान जी को यह क्या सूझी?'' बांशी कह रहा था। बांशी कस्बे के उन लोगों में से था, जिसके दिल में दीवान मय्यादास के प्रति अगाध श्रद्धा पाई जाती थी। उसे दीवान जी के व्यवहार को देखकर सबसे ज़्यादा सदमा पहुँचा था, ''जो बात ज़िंदगी-भर की कमाई डूब जाने पर उन्होंने नहीं की, हमेशा अपना सिर ऊँचा रखा, वह आज कर दी!''

''और तो जो हुआ सो हुआ, पर दीवान जिस अंग्रेज के सामने झुक-झुककर सलामें कर रहा था, वह तो रेलगाड़ी को झंडी दिखानेवाला था।''

''दीवान को मालूम नहीं होगा। उन्होंने सोचा होगा, गोरी चमड़ी का है। कोई

बड़ा हाकिम होगा।"

"जब झुकने के दिन थे तब ता तनकर खड़ा रहा," रामजवाया ने तनिक व्यंग्य से कहा, "अब उसके झुकने से कुछ नहीं होगा।"

बांशी का मन खिन्न था। धीमी आवाज़ में, बड़े फलसफ़ाना अंदाज़ में बोला—

"पहले उसका मन ही नहीं मानता था, वह क्या करता। आदमी अपने संस्कारों को नहीं छोड़ सकता। यह नमकहलाली की बात नहीं थी। यह संस्कारों की बात थी। जिस कस्बे में वह लाहौर-दरबार का कारदार रहा था, उसी कस्बे में वह फिरंगी की चापलूसी कैसे कर सकता था। यह संस्कारों की बात थी।"

अभी यह चर्चा चल ही रही थी, जब एक युवक सराफ़ों के बाजार की ओर से दौड़ता और ऊँची आवाज़ में चिल्लाता हुआ गली में दाखिल हुआ—"दीवान मय्यादास का स्वर्गवास हो गया! दीवान मय्यादास चलाणा कर गए!..."

चौसर के खिलाड़ी धक्-से रह गए। वे पूछना चाहते थे कि दीवान जी को क्या हुआ, कैसे मरे, कहाँ मरे, पर वह युवक बहुत दूर जा चुका था, और वही शब्द दोहराता हुआ गली का मोड़ काट गया था।

10

अबकी बार फिर रंगीले दीवान की सवारी निकली और उसने माड़ी का रुख़ किया। पर अबकी बार बात दूसरी थी। सजधज पहले-जैसी ही थी, टट्टू भी वही था, वही मुचड़ा हुआ अँगरखा, वही आँखों में सुरमे की लकीर, पर अब वह बहुत लोगों की नज़र में स्वाँग नहीं दिख रहा था। अब तो वह दीवान ही नज़र आने लगा था, उसका टट्टू भी कुछ लोगों को अरबी घोड़े-जैसा लगने लगा था और धनपत के पतले हड़ियल शरीर में दीवानी ठाठ और बड़प्पन झलकने लगा था। पिछली बार जब जुलूस निकला था तो उसमें हिजड़े थे, गलियों के अधनंगे बच्चे थे, पर अबकी बार तो कस्बे के कुछेक भद्रलोक भी उसके साथ-साथ हो लिए थे। वे सचमुच तीन गाँवों के स्वामी के गृहप्रवेश में भाग ले रहे थे। कुछेक तो सचमुच उसके सामान की देखभाल भी कर रहे थे, कुछेक उसके परिवार की सेवा में लगे हुए थे। अबकी बार धनपत अकेला माड़ी की ओर नहीं जा रहा था, वह अपने परिवार को भी लेता आया था। उसकी पत्नी और छोटे-छोटे तीन बेटे जो अभी तक पत्नी के मायके में

सरगोधा में टिके हुए थे, उसके साथ माड़ी में प्रवेश कर रहे थे। अबकी बार गलियों के चबूतरों पर और झरोखों के पीछे खंड़े लोग किसी विदूषक की भड़ैंत को नहीं, एक जाग़ीरदार की शोभायात्रा को देख रहे थे, और उसे माड़ी के बाहर पहुँचकर किसी को ललकारने, चुनौती देने की भी ज़रूरत नहीं पड़ी, फाटक और दरवाज़े अपने-आप ही खुलते चले गए।

माड़ी में प्रवेश करते ही दीवान धनपत ने पहला काम यह किया कि दीवान मय्यादास और पुरखों का सारा सामान उठवाकर बाहर गली में फिंकवा दिया और खुद उसी जगह खड़ा इस काम को देखता रहा जहाँ पर कभी मय्यादास खड़ा उसके सामान को फिंकवाता हुआ देख रहा था। यह तो उधर से पुरोहित आ गया और उसने धनपत को समझाया कि दीवान जी, लाखों पर आपकी कलम हो, पर जब तक माड़ी अपने नाम न करवा लें, मय्यादास का सामान बाहर न फिंकवाएँ। इससे आपको लेने के देने पड़ सकते हैं। धनपत ने अपना हाथ रोक लिया और सामान उठवाकर ऊपर की मंज़िल पर एक लंबे गलियारे और एक बड़े सुफ़े में फिंकवा दिया, ताकि उसकी नज़र से ओझल रहे।

कुछ ही दिन में दीवान धनपत अपनी कचहरी लगाने लगा। माड़ी के बाहर मुजारों-काश्तकारों की लंबी पाँत नज़र आने लगी। अंदर कचहरी में दरियाँ बिछ गईं, एक ऊँची पीठवाली कुर्सी लाल और सुनहरे रंगवाली लगा दी गई, नीचे पैर रखने के लिए पायदान आ गया, ऊँची कुर्सी के पीछे एक चोबदार खड़ा चौरी झुलाने लगा, पीछे दीवार पर फिरंगियों की मलका मुअज़्ज़मा, महारानी विक्टोरिया का बड़ा चित्र टाँग दिया गया—सिर पर ताज, कंधों पर नीले रंग का लबादा, और मलिका की सफ़ेद झिलमिलाती पोशाक। धनपत ने अपनी पोशाक को भी अपनी हैसियत के अनुकूल बना लिया—पगगड़ तो सिर पर वही केसरी रंग का था, पर उस पर उसने मोरपंख लगा लिया। गले में मोतियों के हार आ गए और उन पर—सोने में सुहागा-नकटाई भी पहनने लगा। पाँवों में ज़री की जूती आ गई। इस तरह मलिका की तस्वीर के नीचे ऊँची कुर्सी पर बैठा धनपत सचमुच महसूस करता जैसे 'सिंहासन' पर बैठा है। तभी उसके हाथ में गुड़गुड़ी भी आ गई--गुड़गुड़ी तो वह पहले से पीने लगा था, पर सिंहासन पर टाँगें ऊपर को चढ़ाए, गुड़गुड़ी पीने का अपना रोआब था। गुड़गुड़ी के कश लो और सामने खड़े मुजारे की फ़रियाद सुनो, इसका अपना ठाठ था।

जब से मुरब्बे मिले थे, धनपत की चाल-ढाल में अपने-आप ही कसाव आ गया था। अब चलता तो एक-एक क़दम मुदब्बराना ढंग से, कंधे तनिक झुके हुए, फिर रुक-रुककर, दाएँ-बाएँ देखता, मानो चारों ओर उसकी प्रजा खड़ी हो। चेहरे पर वह छोटी-सी नुकीली दाढ़ी रखने लगा, जिस पर वह अभी से ख़िजाब भी लगाने लगा था। लोगों के साथ बात करता तो लगता जैसे फरियाद सुन रहा है। आँखों में अविश्वास और संशय का नुकीलापन और बढ़ गया था, मानो, उसे न केवल और

लोगों पर ही, बल्कि अपनी स्थिति पर भी अभी तक विश्वास नहीं हो पाया हो। उसकी स्थिति उस अभिनेता के समान थी जो अभिनेता दिख पाने के लिए ज़रूरत से ज़्यादा हाथ-पाँव चलाता और मुद्राएँ बदलता रहता है। पहले उसे अपने को ख़ानदानी दीवान स्थापित करने की ललक परेशान किए रहती थी, कि लोग मुझे असली दीवान समझें, अब उसे जागीरदार के रूप में अपने को स्थापित कर पाने की ललक परेशान कर रही थी, कि मैं सचमुच का जागीरदार हूँ। दिवंगत दीवान मय्यादास को अपना दुश्मन मानते हुए भी, वह अपनी चाल-ढाल उन्हीं के अनुरूप ढालने की कोशिश कर रहा था। उन्हीं की तरह कंधे झुकाकर चलता—नीचे, ज़मीन की ओर देखते, धीरे-धीरे क़दम बढ़ाते हुए। पैदल चलता तो उन्हीं की तरह, छड़ी हाथ में लेकर, गले में दुपट्टा डालकर। पर अंदर-ही-अंदर उसे इस बात का खटका भी लगा रहता था कि बात बन नहीं पा रही है, लोग-बाग अभी भी रोआब नहीं मान रहे हैं, बल्कि पीठ-पीछे मेरी खिल्ली उड़ा रहे हैं। दीवान मय्यादास की भाव-भंगिमा में एक प्रकार का जो संतुलन पाया जाता था, उसे वह प्राप्त नहीं कर पा रहा था! इसी कारण सारा वक्त उसे धुकधुकी लगी रहती थी। पर धीरे-धीरे वह भी शांत होने लगी और धनपत माड़ी का एकछत्र दीवान बन गया। अब तो इन घटनाओं को घटे वर्षों बीत चुके हैं। अब तो पहलेवाली कोई बात रह ही नहीं गई है। अपने आप ही उसकी शख़्सीयत उभर आई है, रोआब-दाब झलकने लगा है। अतीत की यादें धुँधलाते देर नहीं लगी। कहाँ गया उसका टट्टू और मुचड़ा हुआ अँगरखा और विदूषकों का व्यवहार। अब तो वह कस्बे का बड़ा रईस बन चुका है। माड़ी के बाहर चबूतरे पर, जहाँ कभी दीवान मय्यादास टहला करता था, अब बरसों से दीवान धनपत टहल रहा है और हर राह जाता उसे झुक-झुककर अभिवादन करता है। अब तो उसकी भँवें भी हिलती हैं तो लोग हाथ जोड़ देते हैं। कस्बे-भर में उसका दबदबा है, तीन गाँवों की मिल्कियत क्या छोटी-सी बात होती है? महीने में एक बार फ़िटन में बैठकर हुजूर डिप्टी कमिश्नर से मिलने जाता है, माड़ी के अंदर ही कचहरी लगाता है, हुकूमत करता है, कस्बे में लोग बात-बात पर माड़ीवाले दीवान जी की चर्चा करते हैं; और धनपत ही वह माड़ीवाला दीवान है जिसकी वे चर्चा करते हैं। सभी उससे दबते हैं। बांशी ने तो—जो सरेआम ठिठोली किया करता था—इसकी चाकरी कर ली है, गाँवों में लगान-वसूली का काम करता है और बात-बात पर इसका हुक्म बजा लाता है। अगर कस्बे में कोई नहीं दबता तो वह मौसी भागसुद्धी नहीं दबती, जो अपनी अँधेरी कोठरी में बैठी इसकी चर्चा नाक-भौंह सिकोड़कर करती है।

पर इस सबके बावजूद धनपत के मन में अभी भी कहीं उधेड़-बुन लगी रहती है, कि कस्बेवालों ने उसे दीवान मय्यादास का दर्ज़ा दिया है या नहीं, कि कहीं अभी भी उसकी पीठ-पीछे उसकी खिल्ली तो नहीं उड़ा रहे हैं। शायद इसी कारण वह

अपनी हैसियत का दबदबा बढ़ाने के लिए अनोखी हरकतें करने लगता है। अंदर से उसे अभी भी खुतखुती लगी रहती है कि बात नहीं बनी, बात नहीं बनी।

अभी सुबह का कुहासा छितरा नहीं था। दिन चढ़ आने पर भी कोहरे के कारण हवा बोझिल हो रही थी, छिट-पुट लोग ही अभी तक गलियों में निकले थे और वे भी मुँह-सिर ढाँपे हुए। तभी पिछवाड़े से ढोल बजने की आवाज़ सुनाई देने लगी। आवाज़ जिस किसी ने सुनी वह शंकित-सा हो उठा। यह मनादी का ढोल तो नहीं है। मनादी का ढोल तो अक्सर दोपहर को बजता है, जब कस्बे में चहल-पहल होती है। यह किसी लश्कर का ढोल भी नहीं है, वह अब क्यों बजेगा? अब तो लाहौर भी फिरंगी के कब्ज़े में आ चुका है और दिल्ली भी।

अपनी कोठरी में खाट पर बैठी भागसुद्धी जाप कर रही थी जब ढोल की आवाज़ सुनकर चौंक-सी गई। 'भगवान भला करे, यह ढोल कहाँ बज रहा है?' भागसुद्धी ने कान लगाकर सुना। आवाज़ सेठियों के मुहल्ले की ओर से आ रही थी।

भागसुद्धी ने दाँतों तले होंठ दबा लिए और बैठी-बैठी सिर हिलाने लगी—'यह तो नीलामी का ढोल लगता है। सुबह-सुबह तो कोई और ढोल नहीं बजता। आवाज़ सचमुच माड़ी की ओर से आ रही है।' वह बुदबुदाई।

भागसुद्धी से नहीं रहा गया। खाट पर से उठ खड़ी हुई और आगे बढ़कर कोठरी का दरवाज़ा खोला और गली में दाएँ-बाएँ झाँकने लगी कि कहीं कोई राह जाता आदमी नज़र आ जाए, जिससे पूछे कि सुबह-सुबह ढोल क्यों बज रहा है।

तभी कोहरे के बीच किसी की धूमिल-सी काया नज़दीक आती नज़र आई। भागसुद्धी ने आँख लगाकर देखा। कोई आदमी चला आ रहा था। नज़दीक आने पर भागसुद्धी ने उसे पहचान लिया। रामजवाया था। उसे देखकर भागसुद्धी को मानो अशुभ का समर्थन मिल गया। किसी की क़िस्मत फूटे तो रामजवाया अपने घर पर क्योंकर बैठ पाएगा?

''रामजवाया, यह ढोल की आवाज़ कैसी है?''

रामजवाया तेज़-तेज़ कदम बढ़ाता गली लाँघ रहा था।

''माड़ी नीलाम हो रही है, क्या?'' भागसुद्धी ने चिंतित-सी आवाज़ में फिर पूछा।

''माड़ी नहीं, दीवान मय्यादास की हवेली नीलाम हो रही है।''

यह सुनकर उसका दिल जाने कैसा होने लगा।

''बात क्या है?'' भागसुद्धी ने ऊँची आवाज़ में पुकारा। रामजवाया आगे बढ़ता जा रहा था।

''बड़े दीवान का दिवाला जो पिट गया था। सरकार हवेली की नीलामी करने जा रही है, बाहर से हुक्म आया है।'' कहता हुआ रामजवाया गली लाँघ गया।

भागसुद्धी बुदबुदाती हुई कोठरी में लौट आई—'इसी हवेली में मय्यादास की

माँ लोगों के लिए सरोवर बनवाने जा रही थी। स्वर्गों में वासा हो उसका। सौ-सौ मेहमानों को खाना खिलाकर आप भोजन करने बैठती थी। आज वही हवेली नीलामी पर चढ़ेगी!'

ढोल की आवाज़ आसपास के मुहल्लों में भी गूँज रही थी। नीलामी का ढोल बजना कस्बेवालों के लिए अपशगुन के समान था, किसी परिवार के उजड़ जाने का सूचक।

भागसुद्धी को वह दिन याद आया जब कस्बे में लाहौर-दरबार से नायब आए थे और हवेली में ताल बनते-बनते रह गया था। खुदाई हो रही थी, सीढ़ियाँ तक काटी जा चुकी थीं, जब ताल का काम ठप्प हो गया था। ''बस, लाम ख़त्म होते ही इस पर काम फिर से शुरू कर देंगे,'' दीवान मय्यादास अपनी पत्नी को ढाँढ़स बँधाता रहा था, ''भगवान ने चाहा, तो तेरे दिल की साध पूरी होगी, तू खातिर जिमा रख।'' फिर तो ऐसी आँधियाँ चलीं कि कहाँ गई मय्यादास की घरवाली, कहाँ गया लाहौर का राज-पाट, और कहाँ गया स्वयं दीवान मय्यादास। अनेक अन्य घरों के अंदर भी इसी नीलामी की चर्चा थी। जिन गिने-चुने लोगों को अंग्रेज सरकार की ओर से मुरब्बे मिले थे—दीवान मूलराज, रायज़ादा टेकचंद, मलिक दीनानाथ आदि लगभग सभी इस उधेड़-बुन में थे कि नीलामी पर जाएँ या नहीं जाएँ। मन कहता था कि हवेली कम दामों में मिल जाएगी, चले चलो, पर फिर मन डरता भी था कि अगर दीवान धनपत से उलझ गए तो लेने के देने भी पड़ सकते हैं। वह घाघ वहाँ ज़रूर पहुँचेगा और दीवान मय्यादास को उसके मरने के बाद भी नीचा दिखाने के लिए किसी दाम पर भी हवेली खरीदना चाहेगा। उसके मुँह-लगने में नुकसान-ही-नुकसान है। पर इस उधेड़-बुन के बावजूद वे नीलामी पर पहुँचने की तैयारी भी कर रहे थे। लोकलाज अपनी जगह, पर लोकलाज की ख़ातिर अपना हित तो क़ुरबान नहीं किया जा सकता।

''भाग्य बली है!'' मूढ़े पर बैठे हरिनारायण ने वैष्णवों की-सी आवाज़ में कहा, ''एक दिन हवेली भी नीलामी पर चढ़ेगी, कौन जानता था।'' और फिर गुटका खोलकर गीता सहस्रनाम का पाठ करने लगा। हवेली के सामने नीलामी का ढोल बजना, हरिनारायण के लिए भी किसी राजा का मुकुट धूल में गिर जाने के बराबर था।

हवेली के इर्द-गिर्द लगभग आदमक़द-ऊँची छोटी ईंट की चुनी दीवार थी, जो अब जगह-जगह से टूट चुकी थी। दीवार के ऊपर जगह-जगह लाल पत्थर के मेहराब बने थे। पतली-पतली मेहराबें, जिनकी सारी-की-सारी दीवार देखने में बड़ी नाज़ुक-सी जान पड़ती थी। किसी ज़माने में वह किसी फुलवाड़ी की दीवार-जैसी लगा करती थी। किसी ज़माने में यहाँ दीवानों का अस्तबल भी हुआ करता था। चमचमाती काठीवाले घोड़े, माथे के ऊपर कलग़ी नाचती हुई, फाटक से बाहर निकला करते थे, पर अब अंदर झाँककर देखो तो ढाक, बबूल और फफूँद की झाड़ियाँ नज़र आती थीं, और गधे लोटा करते थे।

यहीं पर, टूटे हुए फाटक के सामने, एक काला-सा आदमी अधसोया-सा ज़मीन पर बैठा ढोल बजा रहा था। उसके पास एक ऊँचा-लंबा आदमी, बग़ल में काग़ज़ों का पुलिंदा दबाए खड़ा था, और दीवार के साथ रखे मूढ़े पर एक सरकारी अधिकारी बैठा बार-बार बाएँ-दाएँ देखता हुआ, भावी खरीदारों—नीलामी में बोली देनेवालों की राह देख रहा था।

रामजवाया सबसे पहले पहुँचा। साथ में बांशी को खींच लाया था। तब तक धूप निकल आई थी और कोहरा बहुत कुछ छँट चुका था। यों तो दोनों तमाशबीन ही बनकर आए थे, हवेली खरीदने की औक़ात किसी की नहीं थी, पर रामजवाया अब धनपत का ख़ैरख़्वाह बन गया था और स्वर्गीय दीवान मय्यादास की आलोचना करने लगा था, जबकि पहले दीवान मय्यादास की ही अर्दल में बना रहता था और माड़ी के ही आसपास डोलता रहता था। बांशी चला तो आया था, पर अंदर से उसका मन कचोट रहा था और धुकधुकी-सी लगी थी कि हवेली की नीलामी देखना, किसी के दुर्भाग्य का तमाशा देखना है।

उसका मन हुआ, वहाँ से हट जाए। पर यह जानने का कुतूहल कि आगे क्या होगा, धनपत कौन-सा खेल खेलेगा, उसके पैर बाँधे रहा।

फिर दो-तीन और आदमी आ गए। उनमें से एक रायज़ादा टेकचंद था, जो अपने साथ अपने दो जवान बेटों को लेता आया था। धीरे-धीरे हाज़िरी बढ़ने लगी। बहुत-से लोग कुतूहलवश ही चले आ रहे थे।

फिर माड़ी की ओर से आनेवाली अँधेरी गली में, दूर से छन-छन, घंटियाँ-घुँघरू बजने की आवाज़ सुनाई दी। लोग मुड़-मुड़कर उस ओर देखने लगे। धीरे-धीरे आवाज़ नज़दीक आती जा रही थी। तभी मोड़ मुड़ने पर लोगों को एक रंग-बिरंगी पालकी में बैठा दीवान धनपत नज़र आया। कस्बे का बड़ा जागीरदार चला आ रहा था।

धनपत पूरी सज-धज के साथ पालकी में विराजमान था। दो कहार आगे, दो कहार पीछे पालकी को कंधा दिए हुए थे, घंटियों-घुँघरुओं की आवाज़ उन्हीं से आ रही थी। कहारों के पाँवों में घुँघरू और उनके माथे पर घंटियाँ बँधी थीं। यह भी धनपत की सनक थी कि उसने ये घंटियाँ कहारों के गले में नहीं, उनके माथे पर बाँध रखी थीं। पाँवों में घुँघरू थे और माथे पर छोटी-छोटी पीतल की घंटियाँ एक पट्टी के साथ बँधी थीं। धनपत ने अपना रेशमी अँगरखा पहन रखा था और उसके नीचे नकटाई लगाए हुए था। पीले रंग का झिलमिलाता अँगरखा और सिर पर बेढब-सी केसरी रंग की पगड़ी। धनपत बन-ठनकर हवेली की नीलामी में भाग लेने आ रहा था। गले में मोतियों के हार झूल रहे थे। धनपत के लिए यह एक ऐतिहासिक घड़ी थी, उसके जीवन का एक और गौरवमय दिन, जब वह अपने तथाकथित प्रतिरोधी को चारों-खाने चित गिराने आया था, भले ही वह प्रतिरोधी स्वर्ग में बैठा हो।

पालकी हवेली की टूटी हुई दीवार के सामने आकर रुकी। पालकी के पीछे-पीछे एक लड़का, छोटे तले का एक चमचमाता मूढ़ा उठाए दौड़ता आ रहा था। पालकी रुकी तो लड़का लपककर सामने आ गया और मूढ़े को दीवार के साथ लगाकर रख दिया। दीवान धनपत पालकी में से उतरा, एक नज़र दूर माड़ी की ओर देखा, जो यहाँ से कुछ ही दूर स्थित थी और यहाँ से जिसकी मात्र छतरी ही नज़र आ रही थी, और धीरे-धीरे चलता हुआ मूढ़े पर जा बैठा।

हाँफते हुए चारों कहार, हवेली की दीवार के साथ पीठ लगाकर बैठ गए थे। ढोलची के आसपास खड़े लड़के उसे छोड़ कहारों को देखने चले आए थे, जिनके माथे पर घंटियाँ बँधी थीं—लाल रंग की पट्टी पर पीतल की छोटी-छोटी घंटियाँ।

धनपत ने अपने कहारों के माथे पर टुनटुनाती घंटियाँ इसी आशय से बँधवा दी थीं कि पालकी पर जाते समय, कस्बे के कोने-कोने तक उनकी गूँज पहुँच जाए, और स्वर्ग में बैठे दीवान मय्यादास को भी इस बात की ख़बर हो जाए कि दीवान धनपत की पालकी चार कहारों के कंधों पर कस्बे के चक्कर लगा रही है। कभी-कभी तो वह हवेली के दो-दो चक्कर लगाता। ऐसा करते हुए उसे महसूस होता जैसे वह अपने शिकार के इर्द-गिर्द मँडरा रहा है, जैसे अपने शिकार पर हमला करने से पहले बाघ उसके इर्द-गिर्द बार-बार घूमता है।

पालकी में से निकलकर दीवान धनपत मूढ़े पर बैठ गया और बैठते ही सरकारी अधिकारी को, जो नीलामी करवाने आया था, इशारे से अपनी ओर बुलाया—

"कब नीलामी शुरू करोगे?"

"बस हुज़ूर, अभी थोड़ी ही देर में। ठंड के दिन हैं, मैंने सोचा कुछ और लोग आ जाएँ।"

"मैं तो आ गया हूँ। अब नीलामी शुरू करो।"

"बोली उठाने के लिए कम-से-कम दो-तीन आदमी तो हों, कोई बोली देनेवाला तो हो।"

धनपत ने आसपास खड़े लोगों की ओर निगाह दौड़ाई। रायज़ादा टेकचंद के साथ हल्की-सी दुआ-सलाम भी हुई, और दीवान धनपत ने अपने ज़ेहन में इस बात को भी टाँक लिया कि उसका हक़ छीनने के लिए कौन-कौन लोग नीलामी पर आए हैं।

"भूलना नहीं मेरी बात," धनपत मुहर्रिर से कह रहा था, "अगर और कोई बोली देने नहीं आया तो मुकर्रर रक़म से मैं पाँच सौ ज़्यादा दूँगा।"

"आपके सामने कौन ठहरेगा, दीवान जी, हवेली आप ही की दौलत समझिए। पर कानूनी कार्यवाही तो करनी ही होगी।"

तभी अँधेरी गली की ओर से एक आदमी धीरे-धीरे चलता हुआ सामने आया। उम्र में यही चालीस-पैंतालीस का रहा होगा, पर माँडी लगी सलवार, घुटनों तक लंबा कोट और सिर पर ढीली-ढाली-सी पगड़ी। वह भी तनिक

झुककर, ज़मीन की ओर देखता हुआ चला आ रहा था। लोगों को पहचानने में देर लगी, क्योंकि इसका कस्बे के मामलों में ज़्यादा दख़ल नहीं रहा था, गंजमंडी में दूकान लेकर विलायती माल की 'एजंटी' करता था। रामजवाया को इसी ने मुहल्ले-मुहल्ले जाकर, विलायती माल की बिक्री का काम आढ़त पर दे रखा था। सुनने में आया था कि मलिक मंसाराम—यही उसका नाम था—पहले जेहलम में दूकान करता था। फिर एजेंसी मिल जाने पर, जगह-जगह जाकर विलायती माल के आढ़ती और दलाल मुकर्रर कर रहा था।

इस बीच नीलामी पर ज़्यादा लोगों को न आता देखकर सरकारी अधिकारी ने बोली उठाने के लिए आदमी भेजकर गुमाश्ते को बुला लिया था। गुमाश्ता ख़रीदारों में से नहीं, केवल बोली उठानेवालों में से था। उसके पहुँचते ही सरकारी अधिकारी ने ढोल बजानेवाले को ढोल बजाना बंद करने का हुक्म दिया, और कागज का फड़का हाथ में उठाए आगे बढ़ आया—

''अफ़सरे-आला, हुजूर डिप्टी कमिश्नर साहिब बहादुर के हुक्म से, हवेली, बर-लबे कूचा मंगतराम, रकबा चार कनाल अठारह मरले, मिल्कियत दिवालिया दीवान मय्यादास वल्द दीवान मथरादास बरोज़ जुम्मा सन्—, खुलेआम नीलाम की जाती है। जिस फ़र्द के नाम ज़मीन बेची जाएगी, उसे कुल रकम का एक चौथाई उसी वक्त नकद पेश करना होगा, और बकाया रकम दस दिन के अंदर सरकारी ख़ज़ाने में जमा करानी होगी···'' इस पर ढोल ज़ोरों से बज उठा।

''दीवानों की हवेली के लिए···'' गुमाश्ता आगे बढ़कर ऊँची आवाज़ में बोला, ''तीन हज़ार। तीन हज़ार रुपया···।''

इस पर नीलामी-अधिकारी अपनी सधी हुई आवाज़ में, जिसमें भावना का लेशमात्र नहीं था, उस अचारजी की आवाज़ की तरह, जो मृतदेह को सामने रखे मंत्र बोलता हुआ, दाह-संस्कार की रस्म निभाने लगता है, नीलामी के आँकड़े बोलने लगा था—

''तीन हज़ार एक, तीन हज़ार दो···दीवानों की हवेली के लिए, तीन हज़ार एक, तीन हज़ार दो···''

तभी मूढ़े पर बैठे-बैठे, दीवान धनपत ने तनिक आगे की ओर बढ़कर बोली देते हुए कहा, ''तीन हज़ार पाँच सौ···''

''तीन हज़ार पाँच सौ''···नीलामी-अधिकारी ने दोहराया,··· ''तीन हज़ार पाँच सो—एक। तीन हज़ार पाँच-सौ—दो!''

नीलामी-अधिकारी ने गुमाश्ते की ओर देखा जो आगे बढ़ आया था, और बोली बढ़ाने जा ही रहा था जब कूचे के पार खड़े रायज़ादा टेकचंद ने अपना हाथ उठाकर कहा—

''चार हज़ार!''

''चार हजार! चार हज़ार—एक, चार हजार—दो!'' इस पर दीवान धनपत ने

बैठे-बैठे ही आवाज़ लगाई—

''चार हज़ार पाँच सौ !''

नीलामी-अधिकारी चौकस हो गया। दीवान धनपत ने बोली बढ़ा दी थी।

''चार हज़ार पाँच सौ ! चार हज़ार पाँच सौ—एक, चार हज़ार पाँच सौ—दो !''

उसकी नज़र दीवान धनपत की ओर मुड़ी जो पैनी आँखों से उसी की ओर देखे जा रहा था, इस इंतज़ार में कि बोली यहाँ खत्म कर दी जाएगी।

आसपास खड़े लोगों की आँखें अब फिर राय़जादा टेकचंद की ओर उठ गई थीं, जिसने कुछ देर पहले बोली उठाई थी।

धनपत ने सिर उठाकर दूर माड़ी की ओर देखा। क्षण-भर के लिए उसे लगा जैसे माड़ी की छत पर दीवान मय्यादास खड़ा है और धनपत की ओर देख-देखकर मुस्करा रहा है।

''पाँच हज़ार !'' ज़ोर की आवाज़ आई। नीलामी-अधिकारी हैरान रह गया। आवाज़ धनपत की थी।

''दीवान जी, आपकी बोली ही तो साढ़े चार हज़ार की थी।''

''अब पाँच हज़ार की है।'' धनपत ने फिर ऊँची आवाज़ में कहा और नज़र उठाकर फिर माड़ी की छत की ओर देखा।

पर अबकी बार उसे दीवान मय्यादास का प्रेत नज़र नहीं आया।

''पाँच हज़ार !'' दीवान धनपत ने फिर चिल्लाकर कहा, इस आशय से कि उसकी आवाज़ जरूर दीवान मय्यादास के कानों तक पहुँच जाएगी।

''पाँच हज़ार—एक, पाँच हज़ार—दो !'' नीलामी-अधिकारी ने कहा। फिर दाएँ-बाएँ देखकर वह नीलामी ख़त्म करने के लिए 'पाँच हज़ार—तीन !' कहने ही जा रहा था जब कहीं से पतली-सी आवाज़ सुनाई दी—

''सात हज़ार !''

अब तक नीलामी का तमाशा देखने के लिए कस्बे के बहुत-से लोग हवेली के बाहर पहुँच चुके थे। यह आवाज़ सुनकर सभी चौंक गए। मुहर्रिर ने घूमकर देखा, उसे भी अचंभा हुआ था कि आवाज़ कहाँ से आई है।

आवाज़ मलिक मंसाराम की थी जो गली में एक ओर अभी तक चुपचाप खड़ा था।

हाथ की छड़ी पर झुका हुआ मंसाराम, अपनी घनी भौंहों में से सामने की ओर देखे जा रहा था।

दीवान धनपत मूढ़े पर से उठ खड़ा हुआ—

''यह आदमी कस्बे का नहीं, बाहर से आया है।''

''बोली देने का सबको हक़ है दीवान जी !'' मुहर्रिर बोला, ''जो नीलामी की शर्तें पूरी करे, उसे बोली देने का हक़ है।''

ऐसा नहीं था कि कस्बे में मलिक मंसाराम को कोई जानता न हो। मलिक

मंसाराम मूलतः कस्बे का ही रहनेवाला आदमी था, पर कइ बरस तक बाहर रहा था, जहाँ पहले ठेकेदारी और फिर कमीशन-एजंटी करता रहा था और अब साल-भर से वह गंजमंडी में दूकान लेकर उसी के ऊपर चौबारे में रहता था। वह ठेकेदार मंसाराम के नाम से जाना जाता था, पर ठेकेदारी का काम वह ज़्यादातर कस्बे के बाहर करता था। कस्बे के अंदर उसका काम आढ़त और एजंटी का ही था। कस्बे के परंपरागत जीवन से वह कुछ अलग-सा भी था, इसी कारण कस्बे के लोगों को उसका पाँच हज़ार से सीधे सात हज़ार तक बोली उठा ले जाना अप्रत्याशित-सा लगा था, और फिर वह धनपत से टक्कर ले रहा था, जिससे लोगों को और भी ज़्यादा अचंभा हुआ था।

मलिक मंसाराम आगे कुछ नहीं बोला। वह अभी भी चुपचाप छड़ी की मूठ पर झुका हुआ सामने की ओर देखे जा रहा था, इस इंतज़ार में कि अब कौन बोली देगा और आगे क्या होगा।

धनपत को इस बोली से चाबुक-सी लगी थी। कोई अनजान, बाहर का आदमी उसकी हेठी करे और वह भी माड़ी के सामने। वह अंदर-ही-अंदर तिलमिला उठा था।

''सात हज़ार पाँच सौ!'' धनपत ने तीखी आवाज़ में कहा। मुहर्रिर ने दोहराया–

''सात हज़ार पाँच सौ! बोली दीवान धनपतराय! सात हज़ार पाँच सौ–एक! सात हज़ार पाँच सौ–दो!''

''नौ हज़ार!'' मंसाराम ने खड़े-खड़े कहा।

सनसनी फैल गई। मंसाराम अभी भी निश्चेष्ट-सा, छड़ी की मूठ पर झुका खड़ा था, मानो बोली उसने नहीं, किसी और ने दी हो।

धनपत असमंजस में पड़ गया। यह कोई जुआरी कहीं से आ टपका है। क्या मालूम, मैं दस हज़ार कहूँ तो यह दो हज़ार और बढ़ा दे। या तो यह मुझे डराने के लिए बोली बढ़ाए जा रहा है, या फिर सचमुच इसके पास पैसा है। पर इस वक्त तो इसके सामने हार मान लेना सारे कस्बे के सामने अपनी रुसवाई करवाना था।

''दस हज़ार!'' धनपत ने बोली दी, पर उसकी आवाज़ में तनिक शिथिलता आ गई थी। उसने नज़र उठाकर ऊपर देखा। उसे लगा, जैसे दिवंगत दीवान मय्यादास फिर से छत पर आकर खड़ा हो गया है।

''बारह हज़ार!'' छड़ी की मूठ पर झुके मंसाराम की आवाज़ आई।

भीड़ में खड़े रामजवाया का भी दिल दहल गया। पर उसी क्षण उसने अपनी वफ़ादारी का भी तबादला कर दिया। अब धनपत का मुँह जोहने में कोई तुक नहीं रह गई है। अब कस्बे का सिरमौर मंसाराम एजेंट होगा, मंसाराम ठेकेदार! आसपास खड़े और लोग भी सकते में आ गए थे। ठेकेदार मंसाराम अभी भी पहले की तरह दोनों हाथ छड़ी की मूठ पर रखे, आगे की ओर झुका हुआ, बुत-का-बुत

अपनी जगह खड़ा था। घनी भौंहों के बीच में से उसकी छोटी-छोटी आँखें सामने की ओर देखे जा रही थीं।

धनपत को पसीना छूट गया। वह तो कस्बेवालों को दिखाने आया था कि वह माड़ी का ही नहीं, हवेली का भी मालिक है। बरसों से उस दिन की नदामत उसे अंदर-ही-अंदर सालती रही थी, उसके दिल पर डंक मारती रही थी जब मय्यादास ने उसका सामान माड़ी में से बाहर फिकवा दिया था। आज वह कस्बेवालों को दिखाने आया था कि पासा पलट चुका है। बदले की भावना, फनियर साँप के विष की तरह उसके मस्तिष्क में पनपती रही थी। पर यहाँ तो लेने-के-देने पड़ रहे थे। यह एजेंट कहाँ से टपक पड़ा? कस्बे के रईस ज़मींदारों को चुनौती देनेवाला यह विलायती माल का एजेंट!

जब से मलिक मंसाराम कस्बे में नमूदार हुआ था, तरह-तरह की चहमहगोइयाँ उसके बारे में सुनने में आ रही थीं। पहले जेहलम में था, फिर वहाँ से ठेके लेता हुआ रावलपिंडी जा पहुँचा। वहाँ 'कमसराट' का दफ़्तर बन रहा था। फिर जब रेल की पटरी बिछाई जाने लगी तो वहाँ पर भी यह ठेकेदारी करता रहा। सरगोधा में जब फिरंगी की छावनी बन रही थी तो इसे पक्की सड़क बिछाने और दो बारकें बनाने का ठेका मिला था। धीरे-धीरे ठेकेदारी में अच्छा धन कमा लेने के बाद यह विलायती माल की बिक्री के लिए विलायत के दो-तीन विक्रेताओं का नुमाइंदा बन गया था।

धनपत रईसी अँगरखा पहनकर आया था। पिछले दसियों साल से रईस बनने के सपने देखता रहा था, पर अब उसे लगा जैसे उसका अँगरखा, और रईसी, रोआब-दाब यहाँ किसी काम नहीं आनेवाला है। वह परेशान हो उठा था, और मूढ़े पर से उठकर, पीठ-पीछे दोनों हाथ बाँधे गली में ऊपर-नीचे टहलने लगा था। उसे लगा, जैसे कस्बे-भर की आँखें उस पर लगी हैं। वह स्वयं बड़े दीवान की जगह अपने को स्थापित करने आया था, पर यहाँ ऐसे चक्रव्यूह में फँस गया था कि बाहर निकलने का रास्ता नहीं मिल रहा था। धनपत का रंग पीला पड़ गया था और पसीने के कारण अँगरखा भीगने लगा था।

आसपास खड़े लोग एक तरह से मन-ही-मन खुश हो रहे थे कि जो इतनी ऐंठ के साथ स्वर्गीय दीवान को नीचा दिखाने आया था, उसे उल्टे खुद लेने-के-देने पड़ रहे हैं। पर ठेकेदार को देखकर उन्हें डर लग रहा था कि यह कैसा खूँखार आदमी है, जिसके सामने रईसों का दबदबा भी चूर-चूर हो रहा है।

धनपत की स्थिति भी जो सुधरी थी, तो फिरंगी की कृपा से। पर उसकी महत्त्वाकांक्षा फिर से अपनी पुश्तैनी हवेली में, रईसों की तरह अपने को बहाल कर पाने की ही थी। वह बड़े दीवान-जैसा ही रुतबा अपने लिए चाहता था, वही रईसी, वही शान-शौकत। फिरंगियों की तरफ़दारी उसने केवल हवा का रुख देखकर की थी। पर उसे यह मालूम नहीं था कि फिरंगियों की अमलदारी में भी पिछले

तौर-तरीके बदल जाएँगे, कि कस्बे में एक ऐसा व्यक्ति प्रगट हो जाएगा जिसका न आगा न पीछा, न नाम न धाम, न ज़मीन न जायदाद; पर जो सभी को ललकारने की हिम्मत रखता होगा।

नीलामी में गाँठ पड़ गई है, इसकी ख़बर बिजली के वेग से कस्बे-भर में फैल गई। जिसने भी सुना कि धनपत पर बन आई है, वही तमाशा देखने भागा आया। कुछेक रईस, धनी साहूकार भी पहुँच गए।

दीवान मूलराज ठेकेदार मंसाराम को जानता था। कुछ देर तक रामजवाया से नीलामी की स्थिति के बारे में जानकारी हासिल करने के बाद वह सीधा मंसाराम के पास जा पहुँचा और उसकी बग़ल में खड़ा हो गया।

''बस, लाला जी,'' दीवान मूलराज ने फुसफुसाकर कहा, ''बोली और ऊपर न चढ़ाएँ। दीवानों की आबरू का सवाल है।''

मंसाराम ज्यों-का-त्यों, पत्थर में से तराशी हुई मूर्ति की तरह, खड़ा था। मूलराज की बात सुनकर उसने भौंहें उठाईं—

''क्यों ?''

''यह दीवानों की पुश्तैनी हवेली है। आपके किस काम की ? यों तो पाँच हज़ार में भी महँगी है, टूटी-फूटी, इसमें रखा क्या है, पर आपने बोली बारह हज़ार तक चढ़ा दी है।''

''टूटी-फूटी है तो क्या हुआ महाराज, देखना, इसका वह रूप निखरेगा कि दुनिया देखेगी। यहाँ एक दिन लहर-बहर हो जाएगी। मैं यहाँ मंडुवा लगाऊँगा जो सारा साल जमा रहेगा।''

दीवान मूलराज हक्का-बक्का होकर ठेकेदार के मुँह की ओर देखने लगा।

''दीवानों की हवेली में मंडुवा लगाओगे ? यहाँ पर तो माई भागो सरोवर बनवाना चाहती थी···।''

''बनवाना चाहती होगी। मैं तो मंडुवा बनवाऊँगा। मंडुवे के लिए सौदा महँगा नहीं है,'' फिर बड़े उछाह के साथ बोला, ''यहाँ झूले-हरनौले लगेंगे, विलायती माल की दूकानें लगेंगी। बायस्कोप के खेल होंगे, जादू के खेल होंगे। देखते जाओ, यहाँ क्या होता है। लोग लाहौर को भूल जाएँगे।''

इस पर दीवान मूलराज ने धीमी आवाज़ में कहा—

''दीवानों की पुश्तैनी हवेली है। आपको तो मंडुवे के लिए और भी कई जगहें मिल जाएँगी। दीवानों के ख़ानदान की इज़्ज़त-आबरू का सवाल है।''

''इसमें इज़्ज़त-आबरू की क्या बात है दीवान जी, यह तो नीलामी हो रही है। वह भी ख़रीदने आए हैं, मैं भी ख़रीदने आया हूँ। इसमें घरेलू मामले की क्या बात है ? मुँह-मुलाहिजे की तो बात ही नहीं।''

नीलामी-अधिकारी ने फिर आवाज़ लगाई—

''बारह हज़ार—एक, बारह हज़ार—दो !''

दीवान मूलराज ने पलटकर धनपत की ओर देखा जो अभी भी पीठ-पीछे हाथ बाँधे, उत्तेजित-सा टहल रहा था । उसे देखते ही मूलराज का मन खट्टा हो गया । अपने ताऊ को नीचा दिखाने चला आया है, नीच कहीं का । हवेली खरीदनी ही थी तो अंदर-खाते ख़रीद लेता । बाप-दादा की हवेली के लिए बोली देने पहुँच गया है । दुनिया को तमाशा दिखा रहा है । इसका अँगरखा देखो, इसका चलन देखो !

''पंद्रह हज़ार !'' मंसाराम ने वहीं खड़े-खड़े पुकारकर कहा और बोली को और ऊँचा उठा दिया, मानो वह दीवानों के सिर पर एक और जूता मार रहा हो ।

सकता छा गया । सभी को एक झटका-सा लगा, मानो यह कोई मामूली नीलामी न होकर कस्बे के जीवन की निर्णायक घड़ी हो, मानो शताब्दियों से चली आ रही कोई जीवन-प्रणाली टूट रही हो । आज हवेली बिक सकती है तो कल माड़ी भी हाथों-हाथ बिक सकती है । उसे भी कोई ठेकेदार बोली देकर खरीद लेगा ।

जब मंसाराम ने बोली पंद्रह हज़ार तक चढ़ा दी तो कस्बे के दीवानों और रईसज़ादों में जैसे खलबली-सी मच गई । सभी बिखरने लगे । सभी ने पीठ फेर ली और गली के बाहर जाने लगे । सभी वहाँ से हटने लगे । धनपत भी कहीं दिखाई नहीं दे रहा था । धनपत की पालकी के कहार अभी भी वहीं पर, दीवार के साथ टेक लगाए बैठे थे । ख़ाली पालकी, ख़ाली मख़मली मूढ़ा गली के एक ओर पड़े रह गए । धनपत मुँह छिपाता वहाँ से निकल गया था ।

''पंद्रह हज़ार—एक !···पंद्रह हज़ार—दो !'' मुहर्रिर ने ऊँची आवाज़ में कहा । फिर थोड़ा-सा ठिठककर, एक नज़र चारों ओर देखकर, उसने पहले से भी ज्यादा ऊँची आवाज़ में कहा—

''पंद्रह हज़ार—तीन !'' और नीलामी की समाप्ति का ढोल बज उठा ।

रेलगाड़ी ने कस्बेवालों का मन मोह लिया था । अब तो वह कस्बे में बरसों से चल रही थी, पर हर बार जब वह छुक-छुक करती कस्बे में प्रवेश करती तो लोग स्टेशन की चहल-पहल का मज़ा ले पाने के लिए पहले से 'अस्टेशन' पर पहुँच जाते थे । और जब वापिस छूटती तो भी 'अस्टेशन' के लंबे चबूतरे पर मेला लग जाता । स्टेशन कस्बे के लोगों के लिए मनोरंजन का स्थान बन गया था । थोड़ी ही देर के लिए सही, पर यहाँ की चहल-पहल का अपना मज़ा था । रेलगाड़ी ख़ाली खड़ी होती तो लड़के उसमें छिपा-लुक्की खेलते, उसके डिब्बों में चढ़ते-उतरते रहते; गाड़ी छूटती तो कुछ मनचले अगले स्टेशन तक की सैर कर पाने के लिए बिना टिकट कटाए उस पर चढ़ बैठते । लड़कियाँ खिड़कियों से चिपकी बाहर का नज़्ज़ारा लेती चहकती रहतीं । रेलगाड़ी का गौरवगान करने के लिए अनेक गीत गाए जाने लगे थे ।

गाड़ी छूटी तो आज लड़कियों की टोली में पुलकन और उल्लास की लहर दौड़ गई । अभी तक लड़कियाँ इस रोमांचकारी अनुभव की अभ्यस्त नहीं हो पाई थीं,

कि तुम डिब्बे में बैठे हो और गाड़ी अपने-आप आगे बढ़ने लगी है और सामने खड़े पेड़ धीरे-धीरे पीछे छूट रहे हैं। गाड़ी धीरे-धीरे रफ़्तार पकड़ने लगी थी।

पेड़ों का झुरमुट आया, उसके बाद सचमुच शेखों का बाग़ आया। सभी की आँखें एक-एक चीज़ पर लगी थीं।

''वह झलार है, देखी?''

सभी लड़कियाँ खिड़कियों से चिपकी बैठी थीं।

''कहाँ? कहाँ है, झलार?''

''अब पेड़ों में खो गई है।'' सुमित्रा ऐन नीचे ज़मीन की ओर देखे जा रही थी। उसे यह देखकर अचंभा हो रहा था कि ज़मीन पीछे की ओर भागती चली जा रही है।

''नीचे मत देख, सुमित्रा, सिर घूमने लगेगा।''

गाड़ी की खट्-खट् एक लय में बजती जा रही थी—

''डिग्-डिग्, ठक्-ठक्, डिग्-डिग्, ठक्-ठक्...''

गाड़ी में से बाहर देखते जाओ, देखते जाओ, मन भरता ही नहीं था। लड़कियाँ एक-दूसरी को धकेलती हुई खिड़कियों में बैठ पाने के लिए अपनी जगह बना रही थीं।

कुछ दूरी पर, खुले मैदान में मुसाफिरों का एक टोला, काफ़िले की शक्ल में धूल उड़ाता आगे बढ़ता जा रहा था। उसमें बहुत-से लोग थे, मर्द-औरतें, साथ में लद्दू गधे, भागते कुत्ते, सामान से लदे ऊँट जिन्हें डाची हाँके लिए जा रहे थे।

उसे देखते ही लड़कियाँ ठहाका मारकर हँस दीं, ''यह काफ़िला दो दिन बाद मियानी पहुँचेगा, और हम आज ही मियानी से लौट भी आएँगी!''

गाड़ी मानो पंख फैलाए उड़ती जा रही थी।

अभी तक रेलगाड़ी सीधी चलती रही थी। पर अब खिड़की में से झाँकते हुए एक लड़की को गाड़ी का इंजन नजर आ गया और उसके पीछे बलखाते-से गाड़ी के हरे-पीले रंग के चार-पाँच डिब्बे भी नज़र आ गए। वह पुलक उठी, और फिर सभी लड़कियाँ मंत्रमुग्ध-सी मोड़ काटती गाड़ी के अगले डिब्बों की ओर देखने लगीं।

''हाय, कितना अच्छा लगता है!''

इंजन में से धुआँ निकल रहा था, और नीचे, इंजन के पहियों के साथ लगी लंबी-सी लोहे की छड़ ऊपर-नीचे, ऊपर-नीचे हो रही थी। लड़कियाँ एक-एक नई चीज़ को देखतीं तो उनके शरीर के अंदर झुरझुरी-सी उठती। पहले वे सहम-सी जातीं, आँखें फाड़े उसे देखती रहतीं, फिर सहसा चहकने लगतीं।

अब गाड़ी तेज़ रफ़्तार से आगे बढ़ने लगी थी और लड़कियाँ खिड़कियों में से हटकर डिब्बे के बीच के 'बेंचों' पर बैठ गई थीं। सुमित्रा हँसकर गाड़ी का गीत गाने लगी—

गड्डी आई, गड्डी आई
मंगोवाल दी,
बुड्ढे दी दाढ़ी विच अग्ग बाल दी

लड़कियाँ खिलखिलाकर हँस दीं । इस पर सहसा सभी लड़कियाँ मिलकर एक अन्य गीत गाने लगीं, जो कस्बे में बड़ा लोकप्रिय हो चला था–

शाबा शाबा वे फिरंगिया,
अटल होवी राज !
शाबा शाबा वे फिरंगिया
अटल होवी राज !
शाबा शाबा करमाँवालिया वे
तूँ सभणा दा सरताज !
तूँ सभणा दा सरताज !
शाबा शाबा वे···
शाबा शाबा वे···

जिस समय कस्बे की लड़कियाँ, रेलगाड़ी में बैठी ताली बजा-बजाकर अंग्रेजों का गौरवगान कर रही थीं, ऐन उसी समय सात समुंदर पार लंदन के इंडिया हाऊस में, इन्हीं रेलगाड़ियों को लेकर एक बैठक चल रही थी । इंडिया हाउस के गलियारों में बड़ी गहमागहमी थी और लोगों के बीच बड़ी उत्तेजना पाई जा रही थी ।

भारतीय रेल की स्थापना से हिस्सेदारों को बड़े लाभ की अपेक्षा थी । जो लोग हिस्से ख़रीदने में हिचकिचाते रहे थे और नहीं ख़रीद पाए थे, वे पछता रहे थे, और जिन्होंने थोड़ी-बहुत पूँजी लगाकर हिस्से ख़रीद लिए थे, वे अपनी दानिशमंदी पर फूले नहीं समा रहे थे । पर वे भी उतावले हो रहे थे कि लाभांश जल्दी-से-जल्दी उनके हाथ लगे ।

जब से प्रशासन ईस्ट इंडिया कंपनी के हाथ से निकलकर सीधा ब्रिटिश सरकार के हाथ में आया था, इंडिया हाऊस का हॉल भारत में होनेवाले क्रियाकलाप का केंद्र बन गया था। उसका ठाठ-बाट उत्तरोत्तर बढ़ रहा था। हॉल की सज-धज से ही एक साम्राज्य के गौरव और गरिमा का भास मिलता था । दीवारों पर बलूत की लकड़ी के तख़्ते लगे थे, जो फ़र्श से लेकर लगभग छः फुट की ऊँचाई तक दीवार को ढके हुए थे । सफ़ेद, चमचमाती दीवारों पर उन राजनयिकों, सैन्य अधिकारियों आदि के चित्र थे, जिन्होंने ब्रिटिश साम्राज्य का विजय-ध्वज दुनिया के कोने-कोने में फहराया था और सामनेवाली दीवार पर गरिमा और आधिपत्य और सत्ता की प्रतिमा-जैसा महारानी विक्टोरिया का भव्य चित्र टँगा हुआ था ।

सत्ता की बागडोर जब से हस्तांतरित होकर ब्रिटिश सरकार के हाथ में आई थी, सब काम सुव्यवस्थित ढंग से होने लगा था । पैसे-पैसे का हिसाब रखा जाने

लगा था। हर काम अफ़सरों की निगरानी में होने लगा था। पहले जब सभाएँ हुआ करती थीं तो बड़ा ऊधम मचता था, शोर मचता था, पर अब सारी कार्रवाई सुव्यवस्थित ढंग से की जाती। हिस्सेदारों की मीटिंगें होतीं, सब फ़ैसलों को लिखित रूप में रखा जाता। हर काम संविधान के अनुसार होने लगा था।

अब जब हिस्सेदारों की मीटिंग थी, तो इस मौके पर भी हिस्सेदार काले सूट तथा चलन के अनुसार सिर-नीचे माँडी लगी सफ़ेद चुन्नटदार कमीज़ें आदि पहनकर आए थे। लगता था, लोग बड़े अहम फ़ैसले करने के लिए जमा हुए हैं। हिस्सेदारों की मीटिंग का बड़ा महत्त्व था।

सभी लोग अवसर के अनुरूप बन-ठनकर आए थे, और हॉल में बिछी बलूत की बोझिल कुर्सियों पर विराजमान थे। बहुत-से लोग चिंतित थे कि कहीं उनका पैसा डूब नहीं जाए, क्योंकि भारत-जैसे दूर-दराज़ देश में हज़ारों मील लंबी रेल की पटरियों का ज़ाल बिछाने के लिए करोड़ों की लागत दरकार है। आमदनी जब होगी तब होगी, अभी तो सरकार केवल सब्ज़बाग़ ही बार-बार दिखा रही है? पर अब इस समय क्या होगा, हमारे हिस्सों पर कभी लाभांश मिलेगा या नहीं, मिलेगा तो कब मिलेगा, यह चिंता अधिकांश शेयर-होल्डरों को घेरे हुए थी।

मंत्री महोदय रिपोर्ट पेश करने के लिए उठ खड़े हुए। काले रंग का बढ़िया सूट, सिर पर 'विग' रखे हुए थे। छाती पर काले धागे से बँधा कमानीदार चश्मा लटक रहा था, जिसे वह पढ़ते समय आँखों से लगा लिया करते थे। पढ़ चुकने पर चश्मा अपने-आप ही गिरकर फिर से छाती पर झूलने लगता था। उनके चेहरे से आत्मविश्वास झलक रहा था। पहले से ही हौले-हौले मुस्करा रहे थे, मानो वह कोई ऐसा दायित्व निभाने आए हों जो उन्हें बड़ा प्रिय हो। अपने 'बास्टकट' की जेबों में, दाएँ-बाएँ हाथ का अँगूठा खोंसते हुए, मुस्कराते हुए, धीमी आवाज़ में बोले—

"आँकड़े प्रस्तुत करने से पहले मैं अपने ब्रिटिश नागरिकों, भारतीय रेलवे के हिस्सेदारों के सामने कुछेक तथ्य रखना चाहूँगा।..."

हॉल में बैठे लोग, गर्दन आगे बढ़ाकर, बड़े ध्यान से सुनने लगे।

"भारत बहुत बड़ा देश है, और जैसा कि आप जानते हैं, उसके एक छोर से दूसरे छोर तक, ऊपर से नीचे तक रेलों का जाल बिछाने में बहुत ख़र्च हुआ है, और अभी और होगा। पर जब इतना बड़ा काम, इतने बड़े पैमाने पर किया जाएगा तो ख़र्च तो होगा ही..."

कुछ हिस्सेदारों को खटका हुआ कि मंत्री महोदय इतने बड़े खर्च की दुहाई इसलिए दे रहे हैं कि बाद में फिर कह सकें कि मुनाफ़ा नहीं हुआ है। पहले से उन्हें इसी बात का डर था।

"ख़र्च भी होगा और फ़िज़ूलखर्ची भी होगी। और हम यह भी भली-भाँति जानते हैं कि हिंदुस्तानी लोग कामचोर होते हैं, मुस्तैदी और ईमानदारी से काम नहीं करते। यह भी, एक तरह से हमारी मजबूरी है। पर साथ ही, जितना सस्ता मज़दूर

हिंदुस्तान में मिलता है, उतना सस्ता अफ़्रीका में भी नहीं मिलता। उसे थोड़ी-सी दाल-भात मिल जाए तो वह दिन में बारह-बारह घंटे तक काम करता रह सकता है···।''

कुछ लोगों ने सिर हिलाया, पर हॉल में बैठे लोगों में खुस-फुस होने लगी—'यह लंबी तमहीद बाँध रहा है। मतलब की बात नहीं करता। ज़रूर कुछ दाल में काला है !'

तरह-तरह की चहमहगोइयाँ होने लगीं। एक हिस्सेदार सचमुच उठ खड़ा हुआ—

''मैं मंत्री महोदय से अनुरोध करूँगा कि वक़्त का ध्यान रखते हुए वह व्याख्यान देने के बजाय सीधा तथ्यों-आँकड़ों का ब्योरा दें तो बेहतर होगा···।''

इस पर मंत्री महोदय सीधे तनकर खड़े हो गए। थोड़ी देर तक जैसे बड़ी करुणापूर्ण दृष्टि से अपने श्रोताओं की ओर देखते रहे, फिर तनिक मुस्कराकर बोले—

''हिस्सेदार साहिबान यह नहीं भूलें कि अब भारत में ईस्ट इंडिया कंपनी का अधिकार नहीं है। अब अधिकार हर मैजेस्टी और उनकी सरकार का है। इसलिए जो भी काम किया जाएगा, सुनियोजित और सुव्यवस्थित ढंग से ही किया जाएगा। अब कंपनी के दिनोंवाली धाँधली नहीं चलेगी।''

यह कह चुकने के बाद वह फिर ढीले पड़ गए। फिर से हल्की-सी मुस्कान उनके चेहरे पर खेलने लगी और वह फिर दोनों अँगूठे बास्कट की जेबों में खोंसते हुए, एक क़दम आगे की ओर बढ़कर बोले—

''हिस्सेदारों को किसी बात का डर नहीं होना चाहिए। शीघ्र ही हमारी रेलगाड़ियाँ हर प्रदेश से बंदरगाहों की ओर दौड़ेंगी। कपास के इलाकों से, दक्षिण के गर्म मसाले के इलाकों से, चाय उगानेवाले इलाकों से, जहाँ से भी माल हमारे कारखानों के लिए लाभकारी हो सकता है···''

कहते हुए मंत्री महोदय उत्साहित और उत्तेजित हो उठे—

''ज़रा सोचिए, भारत में चलनेवाली रेलगाड़ियों से भारत को तो लाभ होगा ही, वे ब्रिटेन को भी मालामाल कर देंगी। कपास और कॉफी और चाय और गर्म मसाले—ये सब बुवाएँगे भी हम, उनके दाम भी हम निर्धारित करेंगे, उन्हें खरीदेंगे भी हम, और वहाँ से निर्यात भी हम करेंगे···।'' कह चुकने के बाद मंत्री महोदय ठिठके खड़े रहे, कि उनके वाक्य का श्रोताओं पर क्या असर हुआ है, फिर सिर आगे की ओर बढ़ाकर अपनी तर्जनी उठाकर बोले—

''और मैं भेद की भी एक बात बता दूँ।···आपने जो पूँजी भारतीय रेलवे में लगाई है, वह आपने भारत को कर्ज़ दिया है। इसका मतलब है कि आपके दिए हुए कर्ज़ पर आपको सूद भी मिलेगा, और शेयरों पर जो मुनाफ़ा होगा, वह अलग रहा।''

फिर एक-एक शब्द पर बल देते हुए, धीरे-धीरे बोले–

"रेलगाड़ियों के निर्माण का सारा ख़र्च भारत के नाम डाला जा रहा है। ख़र्च बेशक़ हम कर रहे हैं, पर वह वास्तव में भारत को दिया जानेवाला कर्ज़ है। भारत मूल पूँजी भी अदा करेगा और उस पर ब्याज भी देगा... यदि हमें भारत से आर्थिक लाभ उठाना है तो हमें रेलगाड़ियों का जाल ही नहीं बिछाना है, सत्ता को भी हाथ में लेना है। हम रेल की पटरियाँ भी बिछाएँगे, सड़कें भी बनाएँगे, ज़मीन को उपजाऊ बनाने के लिए नहरें भी खोदेंगे, संचार के साधनों का भी विकास करेंगे, हम यह सब काम करेंगे।" मंत्री महोदय ने एक राजनीतिक प्रचारक की भाँति ऊँची आवाज़ में कहा।

इस पर मेंचेस्टर का एक धनी व्यापारी उठ खड़ा हुआ–

"ये सब भविष्य की बातें हैं, ऐसे सब्ज़बाग़ आप हमें बहुत दिन से दिखाते आ रहे हैं। आप सीधी बात पर आइए, हमारी पूँजी की क्या स्थिति है जो हमने भारतीय रेल के निर्माण में लगा रखी है।"–

इस पर मंत्री महोदय फिर गंभीर हो गए–

"अकेले आप ही ने पूँजी नहीं लगाई है, पूँजी ब्रिटिश सरकार ने भी लगाई है, और वह निजी पूँजी से कहीं ज़्यादा है।"

"इससे हमें कुछ लेना-देना नहीं है। आप हमारी पूँजी के बारे में बताइए कि आज क्या स्थिति है?"

"अपनी पूँजी की फ़िक्र करनेवाला आदमी, बात को सही परिप्रेक्ष्य में नहीं देख सकता। ...आज से पच्चास बरस पहले लार्ड डलहौज़ी ने जो भविष्यवाणी की थी वह आज सच्ची साबित हो रही है। उन्होंने कहा था : 'रेल की पटरियाँ बिछ जाने से व्यापारिक दृष्टि से भी और सामाजिक दृष्टि से भी, भारत को जो लाभ होगा, उसकी आज हम कल्पना भी नहीं कर सकते।' उन्होंने कहा था कि इंग्लैंड के कारख़ानेदार चिल्ला-चिल्लाकर कपास की माँग कर रहे है। भारत में कपास की खेती तो होती है पर यातायात के साधन नहीं हैं। यदि यातायात के उपयुक्त साधन जुटाए जाएँ, जिससे दूर-दराज़ की घाटियों में से माल उठा-उठाकर बंदरगाहों तक पहुँचाया जा सके और वहाँ से जहाज़ों में भर-भरकर इंग्लैंड भेजा जा सके तो..." कहते-कहते मंत्री महोदय मुस्कराने लगे, "आज लार्ड डलहौज़ी की भविष्यवाणी सच्ची साबित होने लगी है।" फिर इस शंका से कि कोई आदमी बीच में बोलने के लिए उठ न खड़ा हो, उन्होंने चश्मा आँखों पर लगाया और मेज़ पर से एक कागज़ उठाकर पढ़ने लगे–

"1813 में केवल 90 लाख पाउंड कपास भारत से मँगवाई गई थी। पर बीस साल बाद 1833 में..." कहते हुए मंत्री महोदय तनिक ठिठके, ताकि श्रोताओं की उत्सुकता बढ़े, "1833 में यह बढ़कर 3 करोड़ 20 लाख पाउंड तक जा पहुँची थी!"

चश्मे के शीशों के पीछे से ही मंत्री महोदय की आँखें श्रोताओं पर लगी थीं, और वह अपने आँकड़ों का असर देख रहे थे।

''इसके ग्यारह साल बाद, यानी 1844 में…,'' वह फिर तनिक ठिठके और बड़े ड्रामाई अंदाज़ में श्रोताओं की ओर देखते रहे, फिर एक-एक शब्द पर बल देते हुए बोले–

''1844 में भारत से, 8 करोड़ 80 लाख पाउंड कपास निर्यात की गई।''

इससे हॉल में संतोष की लहर दौड़ गई। अधिकांश श्रोताओं ने सिर हिलाए, मुस्कराए, एक-दूसरे की ओर देखा और आश्वस्त महसूस करने लगे। कुछ लोग जो अभी तक यह मान रहे थे कि भारतीय रेलवे के हिस्से ख़रीदकर भूल की या जल्दबाज़ी में ख़रीद लिए, वे अब अपने को दूरअंदेश मानने लगे कि इन्हें वक्त पर सूझ गया था कि इन शेयरों से लाभ होगा।

मंत्री महोदय ने पर्चा मेज़ पर रख दिया था और संतोष से दोनों हाथ एक-दूसरे के साथ मल रहे थे और मुस्करा रहे थे, मानो निर्यात का यह सारा करिश्मा उन्होंने स्वयं कर दिखाया हो, कि वह इन्हीं के इन दो हाथों का खेल रहा हो।

''कपास से लदा एक-एक जहाज जो भारत से ब्रिटेन पहुँचता है, आप मानिए, सोने से लदा होता है। वह कपास नहीं, सफ़ेद सोना है।''

फिर उन्होंने तर्जनी ऊपर उठाई; वह एक और रहस्य का उद्घाटन करने जा रहे थे। एक-एक शब्द तौलते हुए बोले–

''ब्रिटिश सरकार की नीति यह है कि भारत को इंग्लैंड का कृषिक्षेत्र बनाया जाए। इसके लिए इतना ही काफी नहीं है कि भारत के किसान अपनी धरती की उपज हमें भेजें, यह भी ज़रूरी समझा गया है कि हमारे अपने देशवासी भारत जाएँ, और बड़ी-बड़ी ज़मीनें लेकर खुद खेती करें। चाय, कॉफी, रबर के बागान लगाएँ…''

वह फिर बड़े ड्रामाई अंदाज़ में रुके, हल्के-से मुस्कराए। फिर दोनों हाथ निकालकर, उन्हें उकाब के पंखों की तरह आगे की ओर फैलाते हुए बोले–

''जो पूँजी भारत में लगाई जा रही है, उसे इस रूप में नहीं देखा जा सकता। भारत में पूँजी नहीं लगाई जा रही है। भारत को कर्ज़ दिया जा रहा है…।''

फिर अपना स्वर धीमा करके बड़ी भेदभरी आवाज़ में बोले–

''जैसा मैंने कहा, रेलगाड़ियों के निर्माण का सारा खर्च भारत के नाम डाला जा रहा है, भारत ही मूल पूँजी भी अदा करेगा। उस पर सूद भी, और एक तरह से, आपका लाभांश भी। …यही उचित भी है।'' फिर और भी गहरी, रहस्यपूर्ण आवाज़ में बोले–

''इसमें भारत का ही हित है। भारत की ही ज़मीन पर रेलों का जाल बिछाया जा रहा है। हम एक तरह से भारत की ही उन्नति का पथ प्रशस्त कर रहे हैं।''

वक्ता की आवाज़ और गहरी हो गई थी–

''भारत के हित में जहाँ भी ख़र्च किया जाता है, वह सारी-की-सारी रकम, हिसाब में भारत के नाम डाली जाती है। जैसे अफ़गानिस्तान और चीन में जो लड़ाइयाँ लड़ी गई थीं, उन लड़ाइयों का ख़र्च भी भारत के नाम डाला गया था। इसी एक बात से आपको यकीन हो जाना चाहिए कि आपने जो रुपया लगाया है, वह सुरक्षित है, आपके रुपए को आँच नहीं आएगी। तो मित्रो, भारत के साथ हमारे संबंधों का स्वरूप बदल गया है। जब से ब्रिटिश सरकार ने प्रशासन की बागडोर सँभाली है, तबसे इन संबंधों के हर पहलू में बदलाव आया है। भारत को हम निश्चय ही अपना कृषिक्षेत्र बनाना चाहते हैं···।''

और अपनी बात को और अधिक स्पष्ट करते हुए बोले–

''जितनी ज़्यादा कपास भारत से आती है, उतनी ही बड़ी मंडी भारत में हमारे बुने हुए कपड़ों के लिए खुल रही है। आप समझे मेरा मतलब? इसी को मंडी खुलना कहते हैं।''

और वह एक अध्यापक की भाँति, सहज-सरल भाषा का प्रयोग करते हुए मानो व्यापारियों के साथ कभी-कभी स्कूली छात्रों-जैसा व्यवहार करते हुए, कहने लगे–

''इन संचार-साधनों का निर्माण करने से न केवल कच्चे माल के उत्पादन में वृद्धि होगी, बल्कि हमारे यहाँ बनाए जानेवाले कपड़े आदि के लिए भी भारत में माँग बढ़ेगी। भारत की मंडी हमारी चीज़ों के लिए खुलती चली जाएगी।''

इस पर श्रोताओं के बीच बैठा एक व्यक्ति–जो शक्ल-सूरत से व्यापारी न दिखकर कोई अध्यापक नज़र आता था, दुबला-पतला-सा व्यक्ति, जिसके उड़ते हुए बाल ही बता रहे थे कि वह व्यापारी नहीं है–अपना हाथ उठाकर खड़ा हो गया। वह वास्तव में एक अध्यापक ही था जो किसी संबंधी के कहने पर भारतीय रेलवे के कुछेक हिस्से ख़रीद बैठा था। बोला–

''अगर मैं भूल नहीं करता तो भारत में पहले से बहुत कपड़ा बनाया जाता है और तरह-तरह का बहुत बढ़िया कपड़ा बनाया जाता है। वहाँ हमारा कपड़ा बिकने के लिए जाए, इसमें क्या तुक है?''

जिस तरह एक बच्चे के अल्हड़-से सवाल को धैर्य से सुनते हुए उसका पिता मुस्कराता रहता है कि बच्चा अपनी ऊल-जलूल बात कह ले, बाद में दो-एक वाक्यों में ही उसका संशय-निवारण कर देंगे, मंत्री महोदय उसकी ओर देखते हुए मुस्कराते रहे और सहिष्णुता से सिर हिलाते रहे। फिर बोले–

''हाँ, बनाते हैं। हाथ की खड्डी पर बनाते हैं। बहुत पुराना तरीका है, सदियों से चला आ रहा है।''

फिर वह आगे बढ़ आए और तर्जनी उठाकर उसी अध्यापक की ओर हिलाते हुए बोले–

''व्यापार के अतिरिक्त हमारा एक दायित्व भी है। पुरातनपंथी भारत को

खींचकर आधुनिक युग में ले आना। जैसे बच्चे का हाथ पकड़कर उसका बाप उसे खाई पार करवाता है, वैसे ही हम भारत को उँगली से पकड़कर मध्ययुग से आधुनिक युग में ला रहे हैं। वरना आप क्या सोचते हैं, हम वहाँ रेलों का जाल क्यों बिछा रहे हैं? मशीनी कपड़ा क्यों भेज रहे हैं? नहरें क्यों खोद रहे हैं?... और फिर, यह मत भूलिए कि भारत एक पिछड़ा हुआ कृषिप्रधान देश है। वे लोग शताब्दियों से खेती ही कर रहे हैं। हम उनसे कपास और खेती की अन्य उपज लेकर उनकी खेती का ही विकास कर रहे हैं।''

इस पर अध्यापक ने फिर हाथ खड़ा कर दिया–

''यह ग़लत है कि भारत केवल कृषिप्रधान देश है। वह एक ऊँचे दर्जे का औद्योगिक देश भी है। दुनिया-भर में उसकी चीज़ें पहुँचती रही हैं। आप उसे मात्र कृषिक्षेत्र बनाए रखना चाहते हैं, यह अन्याय है।''

हॉल में सनसनी-सी फैल गई। कौन है यह सिरसिरा, जो यहाँ ऊट-पटाँग बकने लगा है? यह भारत का हितैषी कहाँ से पहुँच गया!

अध्यापक अभी भी कहे जा रहा था–

''मैं मंत्री महोदय से अनुरोध करूँगा कि वे इस संबंध में बोर्ड ऑफ ट्रेड डायरेक्टर्स के विचार हमें बताएँ। रिपोर्ट आपके पास है।''

मंत्री महोदय असमंजस में पड़ गए। लेकिन उन्होंने यही बेहतर समझा कि सहज भाव से इस प्रश्न का उत्तर दे दिया जाए–

''यह सही है कि बोर्ड ऑफ ट्रेड डायरेक्टर्स की रिपोर्ट में लार्ड विलियम बेंटिग ने बताया है कि इस व्यापारिक क्रांति से भारत के बहुत-से वर्गों को बड़ी कठिनाइयों का सामना करना पड़ रहा है। पर...'' मंत्री महोदय फिर से आश्वस्त महसूस करने लगे थे, ''जहाँ भी परिवर्तन होंगे, वहाँ पर स्थिति कुछ देर के लिए तो कठोर होगी ही।''

अध्यापक फिर से उठ खड़ा हुआ था–

''क्या यह सच है कि मुरशिदाबाद के बुनकरों के अँगूठे काट डाले गए, ताकि वे हथकरघों पर अपना बारीक कपड़ा नहीं बुन सकें, क्योंकि उनके रहते मेन्चेस्टर के हमारे माल के लिए खुली मंडी नहीं मिल सकेगी?''

हॉल में सकता छा गया। फिर कुछ ही देर बाद शोर उठ खड़ा हुआ–

''कौन है यह देशद्रोही? इसे भारतवासियों के लिए बड़ी चिंता होने लगी है।''

एक और साहिब उठकर बोले–

''ऐसे ही लोग आस्तीन के साँप होते हैं।'' फिर मंत्री महोदय को संबोधन करते हुए बोले, ''मेरा सुझाव है कि किसी प्रकार की बहस नहीं की जाए। यहाँ हम रिपोर्ट सुनने आए हैं, बहस करने नहीं आए।''

मंत्री महोदय के चेहरे पर दृढ़ता थी, ऐसी दृढ़ता जो साम्राज्य की स्थापना करनेवाले प्रत्येक निष्ठावान व्यक्ति में पाई जाती थी। साम्राज्य स्थापित करने का

काम एक महान राष्ट्रीय ध्येय था और उसके लिए जो भी कुर्बानी दी जा सके, कम है। इस ध्येय के प्रति निष्ठा के ही कारण मंत्री महोदय के दाँत भिच गए थे और नीली आँखों में काँच की-सी चमक आ गई थी। ...साम्राज्य का विस्तार एक विराट अभियान है और मुझे उसमें अपना दायित्व निभाना है, साम्राज्य के विशाल भवन का मैं भी एक स्तंभ हूँ।

'Britania rules the waves...' वह बुदबुदाए। क्षण-भर के लिए उन्हें लगा जैसे वह भी उस महान सेना के सेनानी हैं जो महाद्वीपों में, रेगिस्तानों और सागरों की लहरों पर सतत आगे बढ़ती जा रही है, और उसके आगे एक के बाद एक झंडे झुकते जा रहे हैं, विजय उनके पाँव चूम रही है। इस क्षणिक कल्पना से ही उनके रोम-रोम में स्थिरता आ गई।

फिर एक सज्जन, जो मेक्सफ़ील्ड के कारख़ानेदार थे, उठकर बोले—

''भारतीय मजदूर के साथ मेरी पूरी हमदर्दी है, पर मुझे अपने परिवार के साथ, उसके परिवार की तुलना में, ज़्यादा सहानुभूति है। यह सोचकर कि भारत के बुनकर की स्थिति अच्छी नहीं, इसलिए उसकी ख़ातिर मैं अपने परिवार की सुख-सुविधा निछावर कर दूँ, यह कोई अक्लमंदी की बात नहीं है।''

इस पर मेन्चेस्टर के कारख़ानेदार ने हाथ उठाया, और उठकर धीमी आवाज़ में बोले—

''भारत बहुत विशाल देश है। भारत के साथ तिजारत के संबंध में मुख्य सवाल यही है कि क्या भारत के लोग अपनी ज़मीन की उपज के द्वारा हमारे तैयार माल की कीमत अदा कर सकते हैं, या नहीं?''

इस प्रश्न पर संतोष प्रगट करते हुए मेज़ के पीछे खड़े मंत्री महोदय ने फिर दोनों हाथ फैला दिए और मुस्कराकर बोले—

''आपने मुझे अपनी बात ख़त्म नहीं करने दी। परंतु सदस्यों के उत्साह की मैं भूरि-भूरि प्रशंसा करता हूँ। मैं चाहता हूँ कि आप फिर आँकड़ों पर आएँ। कपास के बारे मैं बता चुका हूँ।''

थोड़ी देर पहले जो व्यवधान उठा था, वह शांत होता प्रतीत हुआ। लोग चुप हो गए, हालाँकि कुछ सदस्य टेढ़ी आँखों से दूसरी पाँत के छोर पर बैठे अध्यापक की ओर अभी भी देखे जा रहे थे।

''कपास के बारे में तो मैंने कुछ आँकड़े प्रस्तुत किए हैं। अब कुछ आँकड़ें अन्य प्रकार के कच्चे माल के बारे में भी सुन लें।

फिर मुस्कराकर, मेज़ पर से कागज़ उठाते हुए उन्होंने आँखों पर चश्मा लगाया और श्रोताओं की ओर देखकर बोले—

''मैं जानता हूँ कि कुछ लोगों की लाभांशों में ज़्यादा दिलचस्पी है, आँकड़ों में नहीं, फिर भी मुझे अपना दायित्व निभाना है।'' और नाक पर चश्मा ठीक करते हुए वह कागज़ पर से पढ़ने लगे—

"कुछ आँकड़े, भेड़ों की ऊन के बारे में सुनिए : 1833 में भारत से केवल 3700 पौंड भेड़ों की ऊन निर्यात की गई थी। लेकिन ग्यारह साल बाद, यानी 1844 में..." और मंत्री महोदय फिर ड्रामाई अंदाज़ में क्षण-भर के लिए रुक गए—"1844 में, बीस लाख सत्तर हज़ार पौंड निर्यात की गई।"

हॉल में सहसा करतल ध्वनि गूँज उठी। उल्लास की लहर दौड़ गई। ये आँकड़े निश्चय ही प्रगति के सूचक थे।

इस उत्साह को देखकर मंत्री महोदय हँस दिए। तर्जनी उठाकर लोगों को चुप हो जाने का इशारा करते हुए बोले—

"मैं किस-किस चीज़ की गणना करूँ ? असली का निर्यात 1833 में केवल दो हज़ार, एक सौ बुशल हुआ था। ग्यारह साल बाद, 1844 में..." क्षण-भर के लिए वह फिर ठिठके और फिर मुस्कराकर बोले, "ग्यारह साल बाद 1844 में, 2 लाख 37 हज़ार बुशल तक जा पहुँचा था।"

हॉल फिर से तालियों की गड़गड़ाहट से गूँज उठा। अब हर आँकड़े के बाद तालियाँ पीटी जाने लगी थीं। देर तक तालियाँ बजती रहीं। पर जब शोर थमा तो अध्यापक अपनी जगह पर फिर से उठ खड़ा हुआ—

"क्या यह सच है कि भारत से गेहूँ और चावल का निर्यात भी किया जा रहा है ?"

"आप कहना क्या चाहते हैं ?"

"मैं अपनी जानकारी के लिए केवल एक सवाल पूछ रहा हूँ।"

"आप क्या पूछना चाहते हैं ?"

"यही कि क्या अनाज का निर्यात भी भारत से किया जा रहा है ? और यदि हाँ तो कितनी मात्रा में ? एक हिस्सेदार के नाते यह सवाल पूछने का मुझे पूरा अधिकार है।"

मंत्री महोदय कुछ देर तक चुप बने रहे। वह सोच रहे थे कि पूछनेवाला आगे क्या पूछ सकता है, इसलिए उसे सही उत्तर देना चाहिए या यहीं पर दबा देना चाहिए। उन्होंने अध्यापक की ओर चुभती नज़र से देखा, फिर धीमी आवाज़ में मुस्कराकर बोले—

"आप भी ब्रिटिश नागरिक हैं, और मैं भी ब्रिटिश नागरिक हूँ। हम दोनों की दिलचस्पी अपने देश की उन्नति और विकास में है, और होनी चाहिए।"

इस पर अध्यापक छूटते ही बोला—

"देशप्रेम के अतिरिक्त मेरी दिलचस्पी न्याय में भी है, नैतिक मूल्यों में भी है। हमारा देश इसका भी दम भरता है।"

मंत्री महोदय धीमी आवाज़ में समझाते हुए-से बोले—

"भारत के साथ अपने संबंधों में हम मात्र देश के आर्थिक हितों से ही प्रेरित नहीं हैं, नैतिक मूल्यों से भी उतने ही ज़्यादा उत्प्रेरित हैं। जैसा कि मैंने अभी कहा

है, हम भारत की अर्थव्यवस्था को आधुनिक बनाना चाहते हैं। भारत को एक आधुनिक देश बनाना चाहते हैं।''

''क्या मंत्री महोदय मेरे प्रश्न का उत्तर देंगे? भारत से किस मात्रा में अनाज मँगवाया जा रहा है?''

मंत्री को ठिठकता देखकर कुछ लोगों ने अध्यापक को बैठ जाने को कहा—'बैठ जाओ! बैठ जाओ!!' की आवाज़ें आईं।

''यह अनर्गल प्रलाप है।''

''हमारा वक्त जाया किया जा रहा है।''

''कौन है यह?''

मंत्री महोदय ने सहज भाव से कहा—

''ये आँकड़े आपको किसी भी रिपोर्ट में मिल जाएँगे।''

''आप ही बता दीजिए।'' अध्यापक बोला।

''सुना दीजिए, इससे पिंड छुड़ाइए।'' कुछ आवाज़ें आईं।

मंत्री महोदय ने मेज़ पर से रिपोर्ट उठाई। कुछ देर तक पन्ने पलटते रहे, फिर स्थिर होकर पढ़ने लगे—

''भारत से मुख्यतः गेहूँ और चावल मँगवाया जाता है। आँकड़े इस प्रकार हैं—

1849 में 8 लाख 58 हज़ार पौंड दाम का अनाज
1858 में 3 करोड़ 80 लाख पौंड दाम का अनाज
1877 में 7 करोड़ 90 लाख पौंड दाम का अनाज
1901 में 9 करोड़ 30 लाख पौंड की आशा है।''

मंत्री महोदय ने तालिका पढ़ना समाप्त ही किया था कि सिरफिरा अध्यापक छूटते ही बोला—

''इस तरह पिछले 50 साल में भारत से अनाज का निर्यात लगभग 100 गुना बढ़ा है। आठ लाख पौंड से 9 करोड़ पौंड दाम तक जा पहुँचा है।...

''अब एक और छोटा-सा सवाल है। क्या मंत्री महोदय उन दुर्भिक्षों के बारे में भी आँकड़े प्रस्तुत कर देंगे, जो इसी अर्से में भारत में पड़ते रहे हैं?''

इस पर कोई चिल्लाकर बोला—

''ये सवाल किसलिए पूछे जा रहे हैं?''

कोई दूसरा आदमी चिल्लाया—

''कोई देशद्रोही हमारे बीच बैठा है! आस्तीन का साँप!''

''बैठ जाओ, बैठ जाओ। यह आदमी हिस्सेदार नहीं है, पोलिटिकल एजिटेटर है।''

''मैं मंत्री महोदय के उत्तर की प्रतीक्षा कर रहा हूँ।''

मंत्री महोदय सिर से पैर तक क्रोध से काँपने लगे थे। वह अपना संतुलन खोते

जा रहे थे। यदि मंत्री-पद पर नहीं होते तो किसी से कहकर, इस आदमी को गर्दन से पकड़कर बाहर निकलवा देते, पर वह चुप रहे। काँपते हाथ से रिपोर्ट का पन्ना पलटा और पढ़ने लगे–

''गत शताब्दी के पहले पचास वर्षों में भारत में 7 दुर्भिक्ष पड़े थे।'' फिर तनिक रुककर बोले, ''पर बाद के, पिछले पचास वर्षों में 24 दुर्भिक्ष पड़े।''

''पहले सात, और अब चौबीस!''

हॉल में फिर सकता-सा छा गया। यह बात ही ऐसी थी कि लोग चुप हो जाते। दुर्भिक्ष नाम ही मनहूस है, भयानक है। कुछ लोग मन-ही-मन मंत्री महोदय की नासमझी पर खीज रहे थे। इस सनकी आदमी को पहले ही डाँटकर बिठा देना चाहिए था। इसे ये सब आँकड़े बताने की क्या ज़रूरत थी।

''अब कृपया दुर्भिक्ष में मरनेवालों की संख्या भी बता दें।''

काँपते हाथों और क्रुद्ध तमतमाते चेहरे से, मंत्री महोदय ने पढ़कर सुनाया–

''पहले 50 सालों में पंद्रह लाख, पिछले 50 सालों में दो करोड़...''

''मुझे और कुछ नहीं कहना है।'' अध्यापक ने कहा और अपनी जगह से उठकर बाहर चला गया।

हॉल में फिर से सकता छा गया था। दो करोड़ की संख्या भले ही अंक मात्र थी, फिर भी मन और मस्तिष्क पर प्रहार किए बिना नहीं रही। लोग चुप हो गए थे। मेज़ के पीछे खड़े मंत्री महोदय अटपटा-सा महसूस कर रहे थे। कुछ सदस्य एक-दूसरे की ओर कनखियों से देखने लगे।

''इसका हमारी मीटिंग के साथ क्या संबंध है,'' मेन्चेस्टर के एक कारख़ानेदार ने बैठे-बैठे कहा, ''हम यहाँ तिजारत की बात करने आए हैं या दुर्भिक्षों की?''

मंत्री महोदय ने यह ज़रूरी समझा कि मीटिंग को इस तरह ख़त्म होने देना बहुत बड़ी भूल होगी। लोगों को लगेगा जैसे हम अपराधी हैं। अध्यापक ने पीठ फेर ली थी और धीरे-धीरे हॉल के बाहर जा रहा था। उसके बाहर निकल जाने से ही हॉल का माहौल कुछ-कुछ हल्का होने लगा। अपने दोनों हाथ एक-दूसरे के साथ मलते हुए, और पहले की तरह चहकती-सी आवाज़ में बोलने का प्रयास करते हुए वह आगे बढ़ आए और कहने लगे–

''आपको इस बात की याद दिलाना चाहता हूँ कि अभी घंटे-भर बाद आप सब हर मैजस्टी द्वारा बर्मिंघम प्रासाद में सहभोज पर आमंत्रित हैं, जिसका आयोजन देश की प्रगति और विकास के सम्मान में किया जा रहा है।''

सभी सदस्य, सचमुच यह महसूस करते हुए कि इस प्रगति और विकास में उनकी दायित्वपूर्ण भूमिका और योगदान रहा है, देशसेवा की गहरी भावना के साथ कुर्सियों पर से उठे और देर तक इस सम्मान से अभिभूत तालियाँ बजाते रहे।

और दूर, हज़ारों मील दूर, सात समंदर पार उस छोटे-से कस्बे की लड़कियाँ

भी अपनी पहली रेलयात्रा के दौरान रेल के डिब्बे में ताली बजा-बजाकर नाच रही थीं, और गाए जा रही थीं–

> शाबा शाबा वे फिरंगिया,
> अटल होवी राज !
> शाबा शाबा करमाँवालिया वे,
> तूँ सभणा दा सरताज !
> शाबा शाबा वे फिरंगिया,
> अटल होवी राज !

खंड : 3

पिछले दो दिन से लेखराज कस्बे की गलियों में किसी छाया की तरह घूम रहा था। जान-पहचान के लोग या तो बुढ़ा गए थे, या अगले जहान पहुँच चुके थे। गलियाँ पहले से भी कहीं ज़्यादा तंग और सिकुड़ी-सिकुड़ी-सी लग रही थीं। कस्बे के रंग फीके पड़ गए थे।

पर उसके कदम बरबस, कभी एक ओर को तो कभी दूसरी ओर को उठ जाते। वह कभी एक जगह तो कभी दूसरी जगह जाकर मँडराने लगता।

गंजमंडी के बाहर, थोड़ी दूरी पर एक 'पीली कोठी' बन गई थी, जहाँ फिरंगी डिप्टी कमिश्नर अपनी कचहरी लगाता था। वहाँ लोगों की भीड़ लगी थी। अमलदारी सचमुच बदल गई थी। वहाँ से चलता हुआ वह शीशमहल के बाहर जा खड़ा हुआ था और उसका दिल जाने कैसा-कैसा हो आया था। अब उस शीशमहल का केवल पिंजर सामने खड़ा था—दरवाज़े टूटे हुए, बदरंग, जगह-जगह कबूतरों के घोंसले, चमगादड़ खाली कमरों के आर-पार उड़ते हुए। यहीं, इसी चबूतरे पर कभी राजा टहला करता था, सलमे-सितारेवाली टोपी सिर पर रखे, और लंबा चोगा पहने। कस्बे के रईस-उमरा, रंग-बिरंगी पोशाक में उसे घेरे रहते थे।

शीशमहल के आसपास की ज़मीन मकानों से घिर गई थी। लगता था जैसे शीशमहल के ही ईंट-पत्थरों से लोगों ने अपने-अपने घर बना लिए हों। लेखराज को लगा, जैसे अपना घर बनाने में किसी को पत्थर की सिल कहीं लगानी होती तो शीशमहल में से उखाड़कर ले आता और कहीं लाल पत्थर की दीवार चुनवानी होती तो शीशमहल की पूरी-की-पूरी बारहदरी तोड़ लेता। जिस समय वह शीशमहल का चक्कर लगा रहा था, कस्बे के कुछ लड़के दरबार-कक्ष में पहुँच गए थे। कक्ष के बीचों-बीच खड़े होकर कोई लड़का ऊँची आवाज़ में चिल्लाया—''राजा की ड्योढ़ी!…ड्योढ़ी…ड्योढ़ी…शीशमहल…शीशमहल…शीशमहल!!'' और आवाज़ गूँजकर लौट आती। आवाज़ तीन बार सुनाई पड़ती और अंत में क्षीण होकर हवा में खो जाती। ''राजा अमीरचंद…अमीरचंद…अमीरचंद… !''

इस खेल ने लेखराज को इतना विचलित किया कि वह यहाँ से चला आया।

राजा के नाम की अनुगूँज भी अब हवा में खोती जा रही थी। गलियों में नई-नई वज़ह के लोग उसका रास्ता काटते हुए निकल जाते थे। वकील, काले रंग के कोट पहने, और नीचे सफ़ेद रंग की सलवार या कमीज़ लगाए, और वकीलों के मुंशी, बग़ल में काग़जों के पुलिंदे दबाए आ-जा रहे होते।

वही गलियाँ, वही घर, वही चेहरे, पर उनमें से कुछ था जो निकल गया था। और निकल जाने पर उन्हें निर्जीव कर गया था। क्या उसकी अपनी जवानी बीच में से निकल गई थी? या कस्बा ही सचमुच बदल गया था? दो ही दिन में लेखराज फिर से बड़ा उखड़ा-उखड़ा और बेघर-सा महसूस करने लगा था।

ऐसा नहीं था कि लेखराज पहले कभी कस्बे में नहीं आया हो। बीच-बीच में वह लौटता रहा था, पर कोई-न-कोई ऐसी बात हो जाती कि उसका मन उचट जाता और वह फिर कस्बा छोड़ जाता। पहली बार, लाम के बाद, सिक्खों की लड़ाइयों के बाद, वह लौटा था—बेहद थका हुआ, खिन्न और क्षुब्ध, पर फिर भी बड़ा उत्सुक और अधीर। मोराँ अपनी मँगेतर—से मिलने का चाव लिए। पर कस्बे में पहुँचा तो यह सुनकर कि मँगेतर अब मँगेतर नहीं रही, अन्यत्र विवाह के बाद वह अब विधवा भी बन चुकी है, उसका दिल रो-रो उठा था और वह मोराँ से मिले बिना लौट गया था। दूसरी बार जब कस्बे में रेलगाड़ी आई तो वह भी, कस्बे में आनेवाली पहली रेलगाड़ी में बैठकर आया था। तब भी वह बड़ा उत्सुक था, अपने लोगों से मिलने के लिए बड़ा अधीर; पर तब रेलवे स्टेशन पर ही एक ऐसी घटना घट गई थी कि उसका मन खट्टा हो गया था—दीवान मय्यादास दो-जानू होकर रेल के फिरंगी 'गार्ड' के सामने झुक-झुककर सलाम कर रहा था। वही मय्यादास जो कस्बे में आत्मसम्मान और मानवीय गरिमा का प्रतीक हुआ करता था और जिसने सबकुछ खो बैठने पर भी अपनी आन नहीं छोड़ी थी, उसी को इस तरह व्यवहार करते देखकर लेखराज का दिल नदामत से भर उठा था और वह उसी दिन कस्बे से लौट गया था और कूकों से जा मिला था, जो उस समय अंग्रेजों के विरुद्ध संघर्ष कर रहे थे। दिल की भी अजीब कैफ़ियत होती है, जो न सँभल पाए तो कोई क्या करे। फिर अपना-अपना स्वभाव होता है। और अबकी बार जब लेखराज कस्बे में लौटा था तो बुढ़ापे की दहलीज़ लाँघ चुकने पर। फिर भी आँखें चारों ओर घूम रही थीं, बरबस उस बदलाव को देख रही थीं जो दिल को कभी बेचैन करता, कभी हैरान करता था।

सेठियों के मुहल्ले में से निकलकर, जहाँ वह माड़ी की प्रदक्षिणा करता रहा था, कुएँ के पास खुलनेवाली गली में आ गया था, जब एक बुढ़िया ने उसका रास्ता काट दिया। उसकी ओर पहले तो उसने कोई ध्यान नहीं दिया, पर जब बुढ़िया गली पार कर गई, तो दोनों ने ही मुड़कर एक-दूसरे की ओर देखा।

''मोराँ!'' लेखराज के मुँह से निकला। बुढ़िया पहले ही ठिठकी खड़ी थी। लेखराज के दिल में अथाह उल्लास और असह्य पीड़ा, एक साथ उठे। झुर्रियों-भरे

चेहरे के ऊपर सफ़ेद बालों की लट झूल रही थी। उस चेहरे की ओर देखते हुए वह आतंकित-सा महसूस करने लगा। धीरे-धीरे इस चेहरे के पीछे उसे उस सलोनी, गोल-मटोल मोराँ के चेहरे की झाँईं-सी मिलने लगी थी। उसका साँवाला रंग, खिला-खिला चेहरा, उसकी टुनटुनाती हँसी—मोराँ हँसती तो हँसती ही जाती थी—कहाँ गई वह मोराँ? काला घाघरा पहने कस्बे की गलियों में भागती फिरती मोराँ!

''लेखराज!'' बुढ़िया ने लौटते हुए सिर ऊपर उठाकर, लेखराज के चेहरे में झाँकते हुए कहा, ''तू लेखराज है ना? लौट आया है? कहाँ था इतने दिन?'' फिर समतल-सी आवाज़ में, उसी तरह सिर उठाए बोली—

''वीराँवाली की बेटी तो दीवानों के घर चली गई। बुड्ढे पुरोहित की सारी कारिस्तानी है, तूने सुना है, ना?''

बुढ़िया के एक ही वाक्य ने अतीत के इंद्रजाल को छिन्न-भिन्न कर दिया था, ''माड़ी में खाए-पिएगी तो, पर घरवाला तो मिरगी का मारा मिला।'' फिर उसी समतल आवाज़ में बोली, ''अब रहेगा या फिर लौट जाएगा?''

और फिर बिना लेखराज के उत्तर की प्रतीक्षा किए, कमर पर हाथ रखे, गली लाँघने लगी।

क्या इस सूने-से कस्बे में भी ज़िदगी के उलझाव इतने गहरे रहे थे कि उनमें उलझी मोराँ लेखराज को लगभग भूल चुकी थी?

कस्बे से बीसों साल तक बाहर रहने के बावजूद लेखराज उसके साथ जुड़ी स्मृतियों में डूबा रहता था, पर कस्बे में रहनेवाले लोगों की ज़िदगी में से लेखराज कब का निकल चुका था। उनके लिए असंगत हो चुका था।

गली के पार पहुँचते-पहुँचते सहसा बुढ़िया हँसने लगी और मुड़कर खड़ी हो गई। उसकी हँसी में वही पुरानी टुनटुनाती गूँज सुनाई दी जिसे वह लड़कपन के दिनों में सुना करता था और जो जंग के भयावह दिनों में भी उसे लुभावनी लगा करती थी।

''लेखराजा, याद है जब टीले पर कौड़ियाँ चुना करते थे?''

बूढ़ी मोराँ कह रही थी। लगता था जैसे उसकी अपनी स्मृतियों ने उसके पाँव बाँध दिए हों।

''याद है, याद है।'' लेखराज बोला। मोराँ के ज़ेहन में अभी भी उसकी याद कहीं अटकी हुई है, जानकर लेखराज को अच्छा लगा, पर किसी पतले-से धागे पर झूलती हुई याद, किसी भी समय विस्मृति के अतल गर्त में डूब सकती है। इस वर्तमान के लिए उसकी कोई संगति नहीं रह गई है।

धीरे-धीरे बुढ़िया दूर होती जा रही थी।

लेखराज के अंदर कुछ था जो तिनके की तरह टूट गया था। उसका मन खिन्न हो उठा। यहाँ लौटकर आने में क्या तुक थी? मैं यहाँ आया ही क्यों? इस बूढ़े शहर

को देखने ? पिछली यादें—भले ही वह सलोनी, गोल-मटोल मोराँ की रही हों, या जाँघ पर हाथ मारकर अखाड़े में उतरनेवाले शिवराज की जो अब कान से बहरा हो गया था और काठ के बुत की तरह चौबारे में बैठा सामने की ओर देखता रहता था—वे केवल मेरे मस्तिष्क में जीती हैं, वहीं पर उनका अस्तित्व है, मेरे ज़ेहन के बाहर उनका कोई अस्तित्व नहीं है। वे जो थे, अब लोप हो चुके हैं। फिर, मैं यहाँ क्या ढूँढ़ने आया हूँ ? किससे मिलने आया हूँ ? इनके बिब मेरे ज़ेहन में थे तो वे ज़िंदा थे, अब तो एक-एक करके वे मुझसे छिनते जा रहे हैं, लोप होते जा रहे हैं, और मैं यहाँ उन्हें खोजने, उन्हें फिर से अपनाने चला आया हूँ। इन यादों का भी तो कोई अर्थ नहीं, इनकी कोई सार्थकता नहीं। वे केवल चलते-फिरते साए हैं, जो कभी रिझाने के लिए तो कभी रुलाने के लिए मेरे मस्तिष्क में डोलते रहते हैं। इस मोराँ के लिए मैं कब का मर चुका हूँ, जिसकी तस्वीर मैं अपने दिल में अभी तक सँजोए हुए था।

कुबड़े हलवाई की दूकान अभी भी उसी जगह पर थी, जहाँ पहले हुआ करती थी। लगता था, यहाँ पर कुछ भी नहीं बदला था, वही कड़ाहे, वही बड़े-बड़े चूल्हे, हलवाइयों के वही मैले कपड़े। केवल कुबड़ा हलवाई अब स्वयं काफी बूढ़ा गया था और दूकान के पीछे कंबल ओढ़े, दीवार के साथ लगकर बैठा था।

उसी ने सबसे पहले लेखराज को पहचाना था। देर तक लेखराज की ओर देखते रहने के बाद वहीं बैठे-बैठे हाथ पसारकर बोला था—

''लेखराज ! वाह जी वाह; लेखराज !···देखो तो कौन आया है !''

चौसर के इर्द-गिर्द बैठे चौसरबाज़ों ने भी नज़र उठाकर, गर्दन घुमाते हुए लेखराज की ओर देखा। उनमें जो अधेड़ उम्र के थे, उन्होंने फ़ौरन ही लेखराज को पहचान लिया, दो-एक नौजवान असमंजस में थे कि यह कौन आदमी है, पर उन्होंने भी लाम पर जानेवाले लेखराज का नाम सुन रखा था।

बांशी उठ खड़ा हुआ और आगे बढ़कर लेखराज से बग़लगीर होकर मिला। बांशी का शरीर ढल गया था। पेट आगे को बढ़ा हुआ था, देह बलग़मी हो गई थी।

''ओ, तू अभी ज़िंदा है ? हमने तो समझा था मर-खप गया है ! कहीं लेखराज का भूत तो मेरे सामने नहीं खड़ा है !···आ, बैठ।''

लेखराज का दिल गद्गद् हो उठा और गला भर आया। उसे पहली बार भास हुआ कि वह सचमुच अपने घर लौट आया है।

सभी ढल गए थे। केसरसिंह की मूँछ-दाढ़ी सफ़ेद पड़ गई थी और आँखों के नीचे गूमड़ उभर आए थे, पर चौसर की बिसात पर वह अभी भी वैसे ही बैठा था, जैसे पहले बैठा करता था। गुरुद्वारे के ग्रंथी की तरह, नज़र नीची किए, साधुओं-जैसी मुखमुद्रा में। अपने सफ़ेद बालों के कारण तो वह और भी ज़्यादा भला मानुस लग रहा था।

गली के पार, एक दूकान के चबूतरे पर रामजवाया टाँगें लटकाए बैठा था। दसियों साल पहले भी वह इसी तरह टाँगें लटकाकर बैठा करता था और बात-बात पर टिप्पणी किया करता था। उसके पीछे एक खुली दूकान नज़र आ रही थी, जिसके दरवाज़ों पर रंगारंग के विलायती माल के नमूने सजे थे—घासलेट से जलनेवाली लालटैन, छतरियाँ, रेशमी रूमाल, बालों में लगानेवाले रंगारंग के फीते। लगता था जैसे रामजवाया की ही दूकान है, उसी ने अब दूकान खोल ली थी।

सभी चौसरबाज़ लेखराज को घेरकर बैठ गए।

''हमारा खेल तो चौपट कर दिया, अब बता हमें, कहाँ-कहाँ पर खेह खाता रहा है।'' बांशी बोला।

''लाम बंद हुए दसियों साल बीत गए, यहाँ अमलदारी बदल गई. पर लेखराज की लाम अभी तक चल रही है।'' केसरसिंह ने जोड़ा।

''अगर माड़ी में अपना हिस्सा लेने आया है, तो बेशक यह तकलीफ नहीं करना। अब तेरे हाथ कुछ नहीं लगेगा।''

इतनी उड़ती-उड़ती खबर तो किसी-किसी को मिल गई थी कि लेखराज लौट आया है और अपनी दूर-पार की मौसेरी बहन भागसद्धी के घर में टिका हुआ है।

बातों-बातों में लेखराज ने पाया कि कस्बे के ये पुराने साथी उसे बड़ी अनुकंपा की नज़र से देख रहे हैं। उनकी नज़र में लेखराज का ज़िंदगी में कुछ बना-बनाया नहीं था। जैसा वह दसियों साल पहले कस्बे के बाहर गया था, वैसा ही लौट आया है—खाली हाथ, न घर न घाट। जिस ख़ालसा-दरबार के लिए वह लड़ने गया था, उनकी नज़रों में अब उसकी कोई अहमियत नहीं रह गई थी। अब फिरंगी का सितारा बुलंद था, और इस नई अमलदारी में भी वह अपना कुछ बना नहीं पाया था। उनकी नज़रों में लेखराज अपनी ज़िंदगी बर्बाद करके लौटा था।

''दीवान धनपत के पास जा और उसकी मुंशीगिरी कर ले। जमीन-जायदाद के किसी काम पर तुम्हें लगा देगा।'' एक बोला।

''जो बरस बीत गए, वह समझ, बट्टे-खाते गए। अब दीवान धनपत की नज़र हो गई तो आराम से उसकी ड्योढ़ी में बैठा रहेगा,'' दूसरा बोला। इस पर केसरसिंह ने जोड़ा—

''पहले उसकी आँखों का भाव देख लेना, फिर उससे बात करना। बड़ा टेढ़ा आदमी है।''

बांशी ने फिर से अपना पहलेवाला सुझाव दिया, ''ड्योढ़ी के बंदोबस्त का काम तुम्हें मिल जाए तो सबसे अच्छा। ऊपर से भी थोड़ी-बहुत आमदनी हो जाएगी। थोड़ी हकूमत भी होगी। तीन-तीन गाँव हैं, दीवान जी के पास!''

लेखराज हत्प्रभ-सा कभी बांशी तो कभी केसरसिंह के चेहरे की ओर देखे जा रहा था।

''बात तेरी समझ में नहीं आई। ''' अब धनपत पालकी में बैठता है। अब वह बड़ा जागीरदार है, कस्बे का सबसे बड़ा दीवान है।''

लेखराज ने कस्बे में धनपत का सितारा बलंद होते नहीं देखा था। उसे वही धनपत याद था जो ठिगने-से टट्टू पर बैठा कस्बे की गलियों में घूमा करता था। और जहाँ जाता लोग उसकी खिल्ली उड़ाया करते थे। बांशी ने फिर अपना सुझाव दोहराया—

''दीवान धनपत के पास चला जा, वही तुम्हें किसी काम पर लगा देगा। तेरी उम्र जगह-जगह भटकने की नहीं रह गई है।''

इस पर बांशी, दीवान धनपत की इंसाफ-पसंदी की बात करने लगा—किसी मुजारे ने तीन साल का लगान नहीं दिया था। दीवान ने उसे अपनी कचहरी में बुलाया। पहले तो उसे दस कोड़े लगवाए और यह भी कहा कि अगले साल पूरा लगान सूद समेत नहीं दिया तो जमीन से बेदख़ल कर दूँगा। पर फिर उसे साथ में दो बोरे अनाज के भी दे दिए। एक बोरा बीज के लिए, दूसरा बाल-बच्चों के खाने के लिए।

इस पर चौसरबाज़ों के बीच बहस होने लगी। उन्हीं के बीच बैठा पतली-पतली मूँछोंवाला एक नौजवान तुनककर बोला—

''इसमें इंसाफ-पसंदगी क्या हुई। उसके घर में दाना नहीं है तो वह फ़सल क्या बोएगा, और खाएगा क्या?''

''मगर दीवान ने हमदर्दी तो दिखाई ना, उसे किसान को कुछ देना तो नहीं बनता था, ना। उसे तो वसूलना बनता था।''

''सब वक्त-वक्त की बात है।'' दूकान के चबूतरे से, कंबल में लिपटा उकड़ूँ होकर बैठा बूढ़ा हलवाई बोला, ''पहले ज़मीन कुर्क तो नहीं होती थी। अब तो कुर्क हो जाती है। दो साल लगान नहीं दो, तीसरे साल ज़मीन कुर्क।''

''लगान नहीं देगा तो ज़मीन कुर्क नहीं होगी तो क्या होगा?'' रामजवाया बोला।

इस पर फिरंगी की मुंसिफ-मिज़ाजी की बात चल पड़ी। कोई भी आदमी सुनवाई के लिए कचहरी में जा सकता है। पहले ऐसा नहीं था। सब कारदार के रहम पर था, उसकी सूझ-बूझ पर, पर अब तो कानून चलता है। कानून जो कहता है, वही होता है।

पर बूढ़ा हलवाई बोले जा रहा था, ''यही बड़े दीवान जी थे, जिन्होंने अपने राजा के साथ नमकहलाली की थी! वह तो कहीं के न रहे, और जो नमकहराम निकले, उनका सितारा चमकने लगा है!''

इस पर रामजवाया, ऊँची आवाज़ में चबूतरे पर से बोला, ''सुन कुबड़े, न कोई नमकहलाल होता है, न नमकहराम। हम सब हाकिमे-वक्त का हुक्म बजा लाते हैं, सदा से ऐसा ही चलता आ रहा है।''

''अब तो सुनते हैं, दीवानों की हवेली में मंडुवा लगेगा। क्यों रामजवाया?''

''अब हवेली दीवानों की कहाँ रही? अब तो मालिक मंसाराम की है।'' रामजवाया ने उत्तर दिया।

''बनेगा मंडुवा, ज़रूर बनेगा। बहुत दिन तक काम रुका रहा है, पर अब जल्दी ही बन जाएगा। कस्बे की रौनक दूनी हो जाएगी, देख लेना।''

इस पर बांशी ने चुटकी ली, ''मलिक मंसाराम से कह, बारह मन की एक धोबन तुम्हें भी कहीं से देगा।''

इस पर ठहाका हुआ, जो रामजवाया को बुरा लगा।

''अब इस उम्र में यह धोबन का क्या करेगा?'' केसरसिंह बोला, ''मंडुवा बन जाने दे, यहाँ एक नहीं, बीसियों धोबनें पहुँच जाएँगी!''

तभी दूसरी ओर से बड़ी उम्र का एक सिख सरदार, चलता हुआ हलवाई की दूकान के सामने से गुज़रा। वह धीरे-धीरे ज़मीन पर अपनी लाठी ठकोरता जा रहा था।

''कूका है,'' बांशी ने दबी आवाज़ में कहा, ''कूका हरीसिंह।''

''राम-राम भगत जी, राम-राम साहिबो!'' कहता हुआ वह आगे बढ़ गया।

उसके चले जाने के बाद रामजवाया ने व्यंग्य से कहा, ''बाप ने मारी पिट्टूडी ते बेटा तीरंदाज़!''

पर किसी ने ध्यान नहीं दिया। इस पर रामजवाया ने फिर टिप्पणी की, ''मार लिए जो तीर कूकों ने मारने थे। फिरंगी के सामने किसी की दाल नहीं गलती। यह कूका हरीसिंह भी यहाँ छिपा बैठा है।''

इस पर लेखराज को संबोधन करते हुए बांशी बोला, ''हमने सुना था तू भी कूकों के साथ जा मिला था?''

लेखराज कुछ नहीं बोला। असह्य वेदना का एक साया-सा उसके चेहरे पर डोल गया।

''क्या सचमुच बहुत-से कूकों को तोप के मुँह के आगे बाँधकर उड़ा दिया गया था?''

''हाँ।''

''क्यों?''

''उन्होंने मलेरकोटला के नवाब के किले पर हमला बोल दिया था।''

''किसलिए?''

''किसलिए क्या! जब ग़दर की आग भड़की थी तो नवाब ने फिरंगियों की मदद की थी।''

''फिर?''

''फिर क्या, साठ से ज़्यादा कूके रहे होंगे, जिन्हें फिरंगियों ने तोप के आगे बाँधकर उड़ा दिया और बहुत-से कूकों को देस-निकाला दे दिया।''

इस पर रामजवाया ने व्यंग्य से कहा, ''और एक कूका भागकर अब कस्बे में आ गया है!''

''कूके कहते क्या थे ?'' बांशी ने पूछा।

''कूके कहते थे, फिरंगी को देश से निकालो। फिरंगी का डटकर मुकाबला करो। फिरंगी की अदालतों-कचहरियों में मत जाओ, विदेसी चीज़ को हाथ नहीं लगाओ, विदेसी कपड़ा नहीं पहनो।''

इस पर रामजवाया ने फिर अपना व्यंग्यबाण चलाया, ''कूके, कूक-कूककर चुप हो गए हैं। फिरंगी के सामने किसी की दाल नहीं गलती।''

''वे इस बात पर भी बिगड़े थे कि फिरंगियों ने महाराजा रणजीत सिंह के बेटे को ईसाई बनाकर अपने मुल्क में भेज दिया था।''

बहस फिर छिड़ गई। लेखराज ने देखा कि कस्बे के लोग इतिहास की अनिवार्यता में विश्वास रखनेवाले लोग थे। जो हुआ, उसे ऐसे ही होना था, ऐसा ही विधि का विधान था। मनुष्य का कर्तव्य उसे स्वीकार करना, विधि के अनुकूल अपने को ढालना है। इससे ज़्यादा कुछ नहीं।

बहस चलती-चलती पूरबियों पर आ गई थी। रामजवाया जो पहले व्यंग्य करता रहा था, अब खुलकर अंग्रेजों का पक्ष लेने लगा था, ''ये वही पूरबिया हैं जिनकी मदद से फिरंगी ने पंजाब जीता था। अब वही पूरबिए ग़दर के वक्त फिरंगी से उलझ गए तो क्या हम पूरबियों की मदद करते ?''

इस पर बांशी हँस पड़ा—

''यह 'हम' क्या है, रामजवाया ! जंग हो या ग़दर हो, तू तो यहीं पर सारा वक्त चूतड़ रगड़ता रहा था, यह 'हम' कौन हुए !''

केसरसिंह ने जोड़ा, ''जब से रामजवाया कमीशन-एजंट बना है, इसकी जबान खुलने लगी है। फिरंगियों का सबसे बड़ा खैरख्वाह बन गया है।''

''यह 'हम' वाली बात अच्छी रही !'' बांशी ने चुटकी ली।

''यह रामजवाया नहीं बोल रहा है, फिरंगी की मनियारी बोल रही है। एजंटी बोल रही है।'' तख्त पर उकडूँ होकर बैठे कुबड़े हलवाई ने जोड़ा।

''अरे मुझे क्या सिखाओगे ?'' रामजवाया तुनककर बोला, ''गुरु तेगबहादुर महाराज ने भविक्खाणी की थी या नहीं कि समुद्रपार से टोपीवाला सिक्ख मेरी मौत का बदला लेने आएगा। की थी या नहीं ? फिरंगी वही टोपीवाला सिक्ख है !''

बांशी ने फिर चुटकी ली, ''रामजवाया, तू तो फिरंगी का इतना बड़ा हमदर्द बनता है, पर फिरंगी ने तुम्हें तो चप्पा-भर ज़मीन भी नहीं दी।''

इस पर बिशनदास ठहाका मारकर बोला, ''इसे बारह मन की धोबन जो मिलेगी !··· इसे मनियारी मिली है। देख, इसकी दूकान तो देख, कैसी नई-ब्याही दुल्हन की तरह छम-छम कर रही है।''

और सभी लोग चूबतरे पर खुलनेवाली रामजवाया की दूकान की ओर देखने लगे थे।

लेखराज विलायती माल का नज़ारा एक ही दिन पहले, सेठियों की गली में देख

चुका था, जहाँ लेखराज कुएँ की जगत पर सुस्ताने के लिए बैठ गया था और उधर से रामजवाया, एक कहार के सिर पर विलायती माल का टोकरा और पीठ पर गट्ठर उठवाए, स्वयं हाथ में मापने का गज़ लिए, चलता हुआ गली में पहुँच गया था, और उसे देखते ही गली-कूचे की कितनी ही लड़कियाँ चहकती हुई उसके पास पहुँच गई थीं। जब रामजवाया ने टोकरे पर से कपड़ा उठाया था तो जैसे जादू की पिटारी खुल गई थी और रामजवाया एक-एक चीज़ उठाकर दिखाने लगा था : बालों में लगानेवाले रंगारंग के क्लिप, फीते, किंगरी, चमचमाते चाकू—कोई सुनहरी दस्तेवाला, कोई हरे दस्तेवाला, पीतल के ताले, आदि-आदि। विलायती माल सचमुच मन को मोह लेनेवाला था। लड़कियाँ एक-दूसरी से छीन-छीनकर उन्हें देख रही थीं।

''यह क्या है?'' एक लड़की ने हरे रंग की छोटी-सी चीज़ टोकरी में से उठाकर पूछा।

''इसे बालों में लगाते हैं, इसे 'किलिप' कहते हैं।''

''क्या कहते हैं?'' लड़की ने पूछा था और रामजवाया स्वयं झेंप गया था।

''कहते हैं तेरा सिर!''

लेखराज समझ गया था कि रामजवाया को स्वयं सभी चीज़ों के नाम मालूम नहीं थे।

एक दफ़्ती पर ऐसी ही क्लिपों की जोड़ियाँ लगी थीं। एक लड़की ने एक जोड़ी क्लिप ले लिए और झेंपते-शर्माते हुए बालों में लगा लिया।

''सिर के ऊपर दुपट्टा हुआ तो तेरे किलिप कौन देखेगा?''

''मैं दुपट्टा सिर पर से थोड़ा खिसका लूँगी!''

इस पर एक बड़ी लड़की ने दाँतों तले अपना होंठ दबाते हुए कहा, ''हैं, बेशर्म! नंगे सिर घूमेगी? तुझे शर्म नहीं आएगी?''

''बालों में फूल लगाकर लोगों को दिखाने जाएगी!'' एक अधेड़ उम्र की स्त्री ने जोड़ा, जो पास ही बैठी चरखा कात रही थी।

फिर रामजवाया ने गट्ठर खोला था, जिसमें कपड़े के थान बँधे थे। प्रत्येक थान पर तस्वीर थी, किसी पर हँसती महिला की, किसी पर वफ़ादार कुत्ते की। थानों के नीचे से रामजवाया ने बारीक मलमल की चुन्नियाँ निकाली थीं, सिर पर ओढ़नेवाली। लड़कियाँ लपक-लपककर उन्हें ओढ़ने लगीं, पर पास बैठी बड़ी उम्र की स्त्रियाँ नाक-भौंह चढ़ाने लगी थीं, क्योंकि झीनी चुन्नियों के नीचे से भी लड़कियों के सिर के बाल नज़र आते थे, और यह उनकी नज़र में बहुत बड़ी बेशर्मी थी। बड़ी उम्र की स्त्रियों में इन चुन्नियों को देखकर सनसनी-सी फैल गई थी, जबकि छोटी लड़कियाँ उन पर रीझ-रीझ गई थीं।

बांशी फिर रामजवाया से ठिठोली करने लगा था।

तभी गली में से एक और आदमी गुज़रा। बड़ी उम्र का आदमी मोटा-सा लट्ठ

उठाए हुए था। उसने भी चौसरबाज़ों का हाथ जोड़कर मूक अभिवादन किया और चुपचाप धीरे-धीरे चलता हुआ आगे बढ़ गया। चौड़े पाँयचोंवाला पाजामा, घुटनों तक का लंबा कोट, कँटीली मूँछें, तनिक झुकी हुई पीठ—इस आदमी को लेखराज नहीं पहचान पाया था। कस्बे का आदमी नहीं जान पड़ता था। इसका पहरावा भी कस्बेवाला नहीं था, चौड़े पाँयचोंवाला पाजामा पहनने का चलन कस्बे में नहीं था।

"यह आदमी यहाँ का नहीं लगता ?" लेखराज ने निकट बैठे बांशी से पूछा।

"यह यहाँ का नहीं है, सरगोधा से आया है," बांशी बोला, "मास्टर है, अपने को वानप्रस्थी कहता है। यहाँ पर लड़कियों का स्कूल खोलेगा।"

लेखराज को अचंभा हुआ—

"स्कूल कैसे ?"

"पिछले दिनों यहाँ पर दो स्कूल खुल गए हैं। एक स्कूल पादरियों ने खोला है, मिशन स्कूल। दूसरा लड़कियों का स्कूल यह वानप्रस्थी खोलने जा रहा है।"

इस पर चबूतरे पर बैठा रामजवाया बिफरकर बोला, "बूढ़ा खूसट, इसकी मत्त मारी गई है। हमारी बहू-बेटियों को बेपर्द करने आया है।" फिर बड़बड़ाता हुआ बोला, "इसकी अक्ल ठिकाने नहीं है। लड़कियों का स्कूल खोलेगा! खोलकर तो देखे।"

लेखराज को रामजवाया का गुस्सा बड़ा अटपटा-सा लगा, पर वह चुप रहा। कल रोज़, जब यही रामजवाया लड़कियों को चुन्नियाँ बेच रहा था और बड़ी उम्र की स्त्रियाँ इससे नाराज़ हो रही थीं कि ऐसी झीनी चुन्नियाँ उठा लाया है, तब तो यह उन्हें खरीदने का इसरार कर रहा था, और अब कह रहा है कि वानप्रस्थी स्कूल खोलेगा तो लड़कियाँ बेपर्द होंगी!

चौसरबाज़ों के बीच इसी स्कूल को लेकर बहस होने लगी थी, जब लेखराज वहाँ से उठ गया था।

अभी मंडुवा कस्बे के बाहर मैदान में, तेलियों के मुहल्ले के पीछे लगा था। बाद में इसे, उस हवेली में लगाया जाएगा जो कुछ बरस पहले मलिक मंसाराम ने नीलामी में ख़रीदी थी। ऐसा ही लेखराज ने सुना था। लेखराज टहलता हुआ वहाँ जा पहुँचा।

मंडुवे के बाहर, पत्थर की बुत्ती पर खड़ा एक आदमी मुँह के सामने भोंपू रखे, चिल्ला-चिल्लाकर मंडुवे के आकर्षण बता रहा था। मैदान में धूल उड़ रही थी, और कस्बे के बीसियों युवक और मनचले इधर-उधर घूम रहे थे।

"पर्दे पर रासलीला देखो! बाईस्कोप का जादू देखो! बंबई शहर का नज्ज़ारा देखो! मलिका मुअज्ज़मा का ताज देखो! बारह मन की धोबन देखो!"

मैदान की ओर से आनेवाले बच्चे, कोई सीटी बजा रहा था, किसी के हाथ में खिलौना था। खिलौने मिट्टी के नहीं बने थे, जैसे कस्बे में बनते थे। वे किसी और

चीज़ के बने थे और बड़े सुंदर थे। एक बच्चे ने हाथ में एक गाय और शेर उठा रखे थे, दोनों बड़े हल्के-फुल्के-से लग रहे थे।

लेखराज अपना कुतूहल दबा नहीं पाया और सीधा मैदान में अंदर चला गया।

यहाँ हरनौले भी थे, एक ओर को दूकानें भी थीं, पर मुख्य आकर्षण वह तंबू ही था, जिसके बाहर अंदर जानेवालों की भीड़ लगी थी।

तंबू के अंदर अँधेरा था। जगह-जगह पर काले पर्दे टँगे थे। पीछे एक पर्दे पर बड़े-बड़े चित्र दिखाए जा रहे थे। लेखराज के लिए भी यह चीज़ नई थी। तंबू के बीचों-बीच एक मेज़ पर कोई यंत्र रखा था। उसमें से एक किरण-सी निकलती थी और वह किरण सीधी पर्दे पर पड़ती थी। उसी से चित्र बनता था। बक्से के पास बैठा एक आदमी बार-बार उसके किसी पुर्ज़े को हिला-डुला रहा था, जिससे पर्दे पर का चित्र बदल जाता था। पर्दे के पास एक आदमी खड़ा था, जिसके हाथ में छड़ी थी। किसी-किसी वक्त वह छड़ी से ज़मीन को ठकोरता। ज़मीन ठकोरने पर बक्से के पास बैठा आदमी पुर्ज़े को हिलाता-डुलाता था और पर्दे पर चित्र बदल जाता था।

''यह बाल-गोपाल हैं। मक्खन चुराकर खा रहे हैं।''

बाल-गोपाल ने नीले रंग का वस्त्र पहन रखा था। काले घुँघराले बाल और बालों में मोरपंख लगा था, और गले में मोतियों की माला। दायाँ हाथ मुँह पर रखे थे, गालों पर जगह-जगह सफ़ेद चिकत्ते-से थे, यह मक्खन लगा था। पास में मिट्टी की एक हाँडी रखी थी। देखनेवाले समझ गए थे कि बाल-गोपाल उसी हाँडी में से मक्खन निकाल-निकालकर खा रहे हैं। वह मुस्करा रहे हैं, और शरारत से आँख मार रहे हैं।

चित्र को देखकर तंबू में बैठे बहुत-से लोग स्तब्ध रह गए। कुछेक ने हाथ जोड़कर सिर नवा दिए। एक आदमी भाव-विह्वल होकर ऊँची आवाज़ में बोला, ''बोल कृष्ण बलदेव की जय!''

तंबू में बैठे बहुत-से लोगों ने 'जय' कहा।

उसके बाद एक और चित्र आया। उसमें भी कृष्ण महाराज थे। वे गोपियों के साथ नाच रहे थे, जो उनके इर्द-गिर्द गोल दायरा बाँधे, हाथ में हाथ लिए खड़ी थीं। गोपियाँ रंगबिरंगे घाघरे पहने हुए थीं और नील वर्ण कृष्ण होंठों पर बाँसुरी रखे, पैर आड़े-तिरछे रखे मंद-मंद मुस्करा रहे थे। उनके कंधों पर झीना-सा दुपट्टा था, माथे पर तिलक और मोरपंख और गले में मोतियों का हार।

''बोल कृष्ण बलदेव की जय!''

फिर से जय-जयकार हुई। गोपियों के स्तन युगल, कसी हुई अँगियों में से जैसे फूटकर बाहर आना चाहते थे। लोग दत्तचित्त देखे जा रहे थे। लेखराज के सामने बैठे एक मनचले ने अपने साथी को कोहनी मारी। दूसरे ने भी हँसकर सिर झटक

दिया। इतने में फिर जयकारा हुआ—

"बोल, कृष्ण बलदेव की जय!"

इस पर बहुत-से लोग हँस दिए।

तभी बारह मन की धोबन का चित्र पर्दे पर आया। एक अधनंगी औरत, भारी-भरकम, एक तख़्त पर तकियों के सहारे पसरी हुई थी। लोग दम साधे देखने लगे। हल्का गुलाबी-गुलाबी शरीर, उसकी जाँघें मोटी-मोटी थीं, स्तन बड़े-बड़े, बाल काले और घुँघराले जो कंधों पर छितरे हुए थे। हाथ में बाँका पंखा लिए हुए थी। होंठों पर हल्की-सी मुस्कान खेल रही थी।

तंबू में बैठे लोगों की भूखी आँखें उसके अंग-अंग को टकटकी बाँधे देखे जा रही थीं। लोगों की साँस तेज़ हो गई थी। चित्र देर तक पर्दे पर ठिठका रहा।

उसके बाद दो-एक और चित्र आए—लंदन में महारानी विक्टोरिया के राजमहल का चित्र, एक चित्र बंबई नगर का, और बस, खेल ख़त्म हो गया।

मंडुवे के अधिकारी खेल शुरू होने से पहले बड़े आग्रह से लोगों को बुला रहे थे, पर अब खेल ख़त्म हो जाने पर उन्हें धक्के दे-देकर बाहर निकाल रहे थे, ताकि तंबू खाली हो और नए लोगों की भीड़ उसमें आ सके।

लेखराज बाहर निकल आया।

मंडुवे में कुछ दूरी पर एक और छोटा-सा तंबू लगा था। लेखराज टहलता हुआ उस ओर जाने लगा।

तंबू के बाहर एक लंबा पट लगा था, जिस पर उर्दू में लिखा था—

'दुनिया के दुखी इंसानो, मेरे पास आओ, मैं तुम्हें आराम दूँगा।'

लेखराज को लग रहा था, जैसे वह सचमुच किसी दूसरी दुनिया में पहुँच गया है। ऐसी चीज़ें कस्बे में पहले कहाँ थीं। न मंडुवे लगते थे, न 'बैस्कोप' के चित्र दिखाए जाते थे।

यह पादरियों का तंबू था। लेखराज ने ईसाइयों के बारे में सुन रखा था, पर उसने कभी कोई ईसाई देखा नहीं था। मंडुवे के बाहर एक आदमी, दुबला-पतला, ऊपर से नीचे तक सफ़ेद बाना पहने हुए और नीचे काले रंग के 'बूट' और कंधे पर सफ़ेद रंग का अँगोछा रखे खड़ा था और आसपास खड़े छोटे-छोटे बच्चों के साथ बतिया रहा था। कुछेक बच्चों ने पहले ही अपने छोटे-छोटे हाथों की हथेलियाँ उसकी ओर फैला रखी थीं। वह आदमी कभी मुस्कराता, कभी हाथ बढ़ाकर किसी बच्चे का सिर सहलाता, कभी तर्जनी हिला-हिलाकर बोलने लगता था। लेखराज ने देखा, एक और लंबा पट मंडुवे के दूसरी ओर लगा था—'दुनिया के भटके हुए इंसानो मुझ पर ईमान लाओ, मैं तुम्हें ज़िंदगी दूँगा।'

तभी पादरी ने बग़ल के नीचे से एक बोतल निकाली और उसका ढक्कन उतारकर, उसमें से कुछेक बताशे निकाल लाया और छोटे-छोटे बच्चों की हथेली पर एक-एक बताशा रखने लगा। बताशे लेकर बच्चे किलकारियाँ भरते वहाँ से

भाग गए।

लेखराज को देखकर पादरी उसकी ओर धीरे-धीरे बढ़ आया। फिर कंधे पर से लटके थैले में से एक छोटा-सा गुटका निकालकर लेखराज की ओर बढ़ा दिया।

"सुबह-शाम यहाँ अबादत होती है। आप भी आइए।"

लेखराज ने तंबू के अंदर झाँककर देखा—इस 'पादरी'-जैसे ही दो-तीन और पादरी, सफ़ेद बाना, काले 'बूट', कंधे पर सफ़ेद अँगोछा रखे अपने सामने खड़े एक गोरे-चिट्टे आदमी के सामने बार-बार सिर हिला रहे थे। वह फिरंगी था और उसका लिबास बिल्कुल दूसरे ढंग का था। उसके सिर पर काली चिंदिया टोपी थी, नीचे काले ही रंग का चोगा, पर गर्दन के इर्द-गिर्द सफ़ेद कपड़े की पट्टी थी। उसने आँखों पर चश्मा लगा रखा था और उसकी दाढ़ी सुनहरी-किरमिची रंग की थी। तंबू के बाहर लेखराज को खड़ा देखकर वह फिरंगी 'पादरी' मुस्कराया और उसे अंदर आ जाने का इशारा किया। लेखराज क्षण-भर के लिए वहाँ ठिठका खड़ा रहा, फिर आगे बढ़ गया।

मंडुवे के मैदान में वह अभी थोड़ा ही दूर गया होगा कि उसने एक और तंबू देखा, जो बाहर से खुला था। यहाँ पर भी अच्छी-खासी भीड़ थी। लेखराज को लगा जैसे यहाँ भी कोई खेल चल रहा हो। अनेक युवक एक लंबे-से मेज़ के पीछे पाँत बाँधे खड़े थे। उनकी पीठ लेखराज की ओर थी।

लेखराज तंबू के अंदर जा ही रहा था, जब प्रवेश-द्वार पर खड़े एक आदमी ने आगे बढ़कर एक छोटी-सी डिबिया उसके हाथ में थमा दी। लेखराज ने देखा, सफ़ेद रंग की हल्की-सी डिबिया थी, जिस पर अंग्रेजी के लाल अक्षरों में कुछ लिखा था।

"यह क्या है?"

"सिगरेट है। अंग्रेजी बीड़ी है। डिबिया में पूरे पाँच सिगरेट हैं।"

लेखराज ने डिबिया को उलट-पलटकर देखा, फिर खिसियाकर बोला, "मेरे पास पैसे नहीं हैं।"

"पैसे कौन माँगता है, भाया जी, पियो और आनंद लो!" काली-काली मूँछोंवाला वह आदमी मुस्कराया। फिर तंबू के भीतर की ओर इशारा करके बोला, "आप भी आइए और अपनी किस्मत आज़माइए।"

लेखराज अंदर बढ़ गया। यहाँ सचमुच कोई खेल चल रहा था। एक नीचे-से लंबे मेज पर बहुत-से पुतले रखे थे। रंग-बिरंगे। हर पुतले पर नंबर लिखा था, 5,9,7,3 आदि। मेज़ के ऊपर, जिसके पीछे युवकों की पाँत खड़ी थी, एक टोकरी में लकड़ी की बड़ी-बड़ी गेंदें रखी थीं। लेखराज ने देखा, एक युवक ने टोकरी में से दो गेंदें उठाईं, और निशाना बाँधकर एक गेंद सात नंबरवाले पुतले पर दे मारी। निशाना चूक गया, बाल-बाल चूक गया। इस पर उसने फिर से निशाना बाँधा, अबकी बार अपने से दूरवाले दो नंबर के पुतले पर। निशाना अचूक रहा, पुतला

गिर पड़ा। इस पर तंबूवालों के एक आदमी ने एक लंबे-से तख़्त पर से सिगरेटों की दो डिबियाँ उठाईं और उस लड़के को दे दीं।

''लो जी, यह है आपका ईनाम!''

लड़का खुश था। एक और अधन्नी देकर उसने दो और गेंद टोकरी में से उठाए और फिर से किस्मत आज़माई थी, पर नाकामयाब रहा।

''कल फिर आऊँगा,'' वह लड़का अपने साथी से कह रहा था, ''कल चार डिबियाँ जीतूँगा।''

''कल से खेल बंद। कल मुफ़्त में सिगरेट नहीं बाँटेंगे।''

''क्यों?''

''लाला मूसा में भी मैंने यही देखा था। वहाँ भी मंडुवा लगा था। पहले कुछ दिन मुफ़्त में सिगरेट बाँटते हैं, फिर नहीं बाँटते।''

लेखराज मंडुवे के बाहर, एक पीपल के पेड़ के नीचे लोगों की भीड़ देखकर रुक गया। बहुत-से लोग गोल दायरा बनाए खड़े थे और बीच में कोई अधनंगा, अंधा भिखारी बैठा हाथों में टिकटिकिया बजाता गाए जा रहा था—

'ओ घड़ियाँ ते ऐनकाँ ने ज़ोर अज पाया।
चौथे दिन हो गया दीवाला, सजणा, इन्हाँ फैशनाँ ने,
इन्हाँ फैशनाँ ने सानूँ मार दित्ता, सजणा,
इन्हाँ फ़ैशना ने···।'

ईर्द-गिर्द लोग खड़े हँस रहे थे। एक-एक कवित्त पर ज़ोर का ठहाका होता।

जब गीत समाप्त हुआ तो कहीं से आवाज़ आई—

''सूरदासा, तुमने घड़ी देखी है?''

फिर कोई बोला—

''सूरदासा, तूने ऐनक देखी है?''

जवाब में अंधे भिखारी ने हाथ बाँधकर कहा, ''नहीं, मालिको, मैंने ऐनक नहीं देखी। नहीं मालिको, मैंने घड़ी नहीं देखी।''

''देखी नहीं तो यों ही लोगों का दिवाला पिटवा रहा है!''

''सूरदास, तूने रेलगाड़ी देखी है?''

''नहीं मालिको, पर मैंने उसकी सीटी सुनी है।''

''सूरदासा, तूने फिरंगी को देखा है?''

''नहीं मालिको, मैंने नहीं देखा, पर मैंने सुना है, उसकी शक्ल बन्दर-जैसी है।''

इस पर ज़ोर का ठहाका हुआ।

पर तब मंडुवे के अंदर से कोई आदमी पहुँच गया था। लेखराज ने उसे पहचान लिया। वह रामजवाया था। उसने झट-से आगे बढ़कर, अंधे भिखारी को बाँह से

पकड़ लिया, और उसे उठाकर कस्बे की ओर जानेवाले रास्ते की ओर धकेल दिया—

"चल, अपना रास्ता पकड़।"

इस पर किसी की आवाज़ आई, "सूरदासा, तूने बंदर देखा है?"

अंधा भिखारी मसख़री की रौ में था, छूटते ही बोला, "एक बंदर ने ही तो मुझे पकड़ रखा है।"

अंधे भिखारी की पुतलियाँ झपकने लगी थीं, और हँसी में उसकी सफ़ेद बत्तीसी मानो खिल उठी थी। रामजवाया ने उसे धकेलते हुए कहा—

"बहुत बक-बक नहीं कर! चलता बन यहाँ से।"

"अच्छा मालिको, भूल-चूक माफ़!" अंधे भिखारी ने हाथ बाँधकर कहा, और लाठी टेकता धीरे-धीरे आगे बढ़ने लगा।

दूसरे दिन लेखराज माड़ी की ड्योढ़ी के सामने खड़ा था।

माड़ी चम-चम कर रही थी। बाहर की बड़ी मेहराब में लगे किवाड़, जिन पर हरा रंग पुता था, चमचमा रहे थे। शायद कुछ समय पहले विवाह के कारण सारी माड़ी को पोता गया था। जगह-जगह अभी भी सूखी हुई फूल-मालाएँ और झंडियों की लड़ियाँ लटक रही थीं। फाटक पर दरबान तैनात था। फाटक के अंदर ड्योढ़ी में एक ओर को दो घोड़े बँधे थे, और अंदर ही, दीवार के पास वह पालकी रखी थी जिस पर उसने दीवान धनपत को सवारी करते देखा था। माड़ी के बाहर, जगह-जगह लोगों की टोलियाँ बैठी थीं। वह समझ गया कि यह फ़र्याद करनेवालों, देहातियों-किसानों की टोलियाँ हैं, जो इंसाफ़ माँगने आई हैं। फाटक के बाएँ हाथ ऊँचा चबूतरा था, जो खूब लंबा था। इसी चबूतरे पर लेखराज, बचपन में अपने ताऊ को, बड़े दीवान जी को टहलते देखा करता था। धीर-गंभीर, कद्दावर, रोबीले दीवान साहिब चुपचाप टहला करते थे। चबूतरे पर ही खुलनेवाले दरवाज़े के दोनों ओर लगी खिड़कियों के ऊपर रंग-बिरंगे शीशे लगे थे। कितने ही ख़िदमतगार, मुलाज़िम ड्योढ़ी में इधर-उधर घूमते नज़र आ रहे थे। दीवान धनपत का बड़ा ठाठ था।

लेखराज की नज़र बरबस फाटक के दाईं ओर को गई। किसी ज़माने में वहाँ लोहे का एक बड़ा खूँटा ज़मीन में गड़ा रहता था, जिसके साथ हाथी बँधा रहता था। वह गोलाकार खूँटा अभी भी गड़ा था, पर अब वहाँ पर हाथी कोई नहीं था, केवल ड्योढ़ी के अंदर दो घोड़े बँधे थे—एक सफ़ेद रंग का, दूसरा कत्थई रंग का।

लेखराज ने ड्योढ़ी की ओर कदम बढ़ा दिए। फाटक के पास उसे दरबान ने रोक दिया—

"अभी कचहरी नहीं लगी है। अभी थोड़ी देर में दीवान साहिब आएँगे।"

लेखराज ठिठक गया। उसने दरबान की ओर देखा। उसके मन में फिर टीस-सी उठी। दरबान नहीं जानता कि इसी घर में उसका जन्म हुआ था, इसी के बड़े-बड़े कमरों में वह खेलकर बड़ा हुआ था। उसकी आँखें कुछ देर तक दरबान के चेहरे पर लगी रहीं, फिर वह पीछे हट गया।

''दीवान साहिब कब तशरीफ लाएँगे ?''

''अभी आते ही होंगे।''

दरबान को लगा कि यह आदमी गाँवों से आए मुजारों में से नहीं है, कोई जात-बिरादरी का ही आदमी जान पड़ता है। लगता है बाहर से आया है। अपने-आप ही कुछ ढीला पड़ गया—''आपको दीवान जी से मिलना है, तो आप कचहरी में जाकर बैठ जाइए, कचहरी अभी लगी नहीं है।'' और उसने अपना भाला पीछे की ओर सरका लिया।

क्षण-भर के लिए लेखराज खड़ा सोचता रहा कि वह अंदर जाए या नहीं जाए। फिर यही निश्चय करके कि भरी कचहरी में ही दीवान धनपत से मिलना बेहतर होगा, वह वहाँ से लौट पड़ा।

कुछ देर तक वह निष्प्रयोजन माड़ी के आसपास की गलियों में घूमता रहा। मन में फिर से उथल-पुथल मचने लगी थी। दरबान ने उसे टोका था, यह बात उसे नहीं अखरी थी, पर इससे उसे उस दूरी का भास होने लगा था जो दीवान और उसके बीच पाई जाती थी। वह दीवान के दबदबे को, उसकी प्रभुता को महसूस करने लगा था, उस आतंक को जो माड़ी के इर्द-गिर्द पाया जाने लगा था। कुछ देर तक इधर-उधर टहलते रहने के बाद जब वह लौटकर माड़ी के फाटक के पास आया तो बाहर कोई नहीं था। बाहर से आए सभी मुजारे और दरख्वास्ती अंदर जा चुके थे।

माड़ी की ड्योढ़ी लाँघकर लेखराज बड़े दालान में आ गया। यहाँ पर दीवान धनपत की कचहरी का जमाव था। हर बुधवार को दीवान कचहरी लगाता था। दाएँ हाथ, चबूतरे पर, एक ऊँची पीठवाली कुर्सी पर दीवान धनपत बैठा था। उसके सामने नीचे, ज़मीन पर बहुत-से मुजारे बैठे थे।

लेखराज ठिठका खड़ा रह गया। दीवान धनपत, स्वभावानुसार दोनों टाँगें कुर्सी के ऊपर चढ़ाए बैठा था और हाथ में गुड़गुड़ी पकड़े धीरे-धीरे कश ले रहा था। बाना वही था जो दसियों साल पहले पहना करता था। ध्यान से देखने पर लेखराज को लगा जैसे धनपत ने राजाओं के बाने की नकल की है। पग्गड़ तो सिर पर केसरी रंग का ही था, पर उस पर उसने मोरपंख लगा रखा था। अँगरखा अभी भी शोख पीले रंग का था। अँगरखे के नीचे धनपत नकटाई पहने हुए था, साथ-ही-साथ गले में मोतियों के हार भी थे। लगता, यहाँ भी वह स्वाँग रच रहा है। ऊँची कुर्सी के पीछे चोबदार चौरी झुला रहा था। पास में, बिल्कुल दरबारी अंदाज़ में, एक कारिंदा हाथ में एक दफ्ती लिए खड़ा था। वह बांशी था। बाशी को वहाँ देखकर लेखराज को धक्का-सा लगा। बांशी अब दीवान की चाकरी कर रहा

था। देह ढलक गई थी और बाल खिचड़ी हो रहे थे। लेखराज ने मुजारों की भीड़ के पीछे ही एक ओर को खड़े रहना मुनासिब समझा। अगर बात करनी होगी तो कचहरी ख़त्म होने पर दीवान से मिल लेगा।

चबूतरे के नीचे, दाएँ-बाएँ, ज़मीन पर दो तख़्त रखे थे। एक तख़्त पर दो मुनीम बड़ी-बड़ी बहियाँ खोले बैठे थे। दीवान धनपत की ऊँची कुर्सी के पीछे फिरंगियों की मलिका मुअज़्ज़मा विक्टोरिया का चित्र टँगा था।

लेखराज की नज़र फिर ऊँची कुर्सी पर गई। यह कुर्सी भी कुछ-कुछ राजसिंहासन-जैसी लगती थी। कुर्सी के आगे, पाँव रखने के लिए पायदान था, जिस पर लाल रंग का कपड़ा चढ़ा हुआ था। लेखराज अनायास ही मुस्करा दिया। दीवान धनपत ने अपनी शान-शौकत दिखाने के लिए कुर्सी तो ऊँची बनवा ली थी, पर उसका अपना क़द इतना लंबा नहीं था कि 'सिंहासन' पर बैठने पर उसके पाँव पायदान तक भी पहुँच पाएँ। पायदान ख़ासा ऊँचा था, फिर भी दीवान धनपत के पाँव पायदान तक नहीं पहुँच पाते थे। इसी कारण वह टाँगें चढ़ाए कुर्सी पर बैठा था। पायदान पर ज़री की जूतियों का जोड़ा रखा था।

तख़्त पर बैठे दोनों मुनीमों की पीठ मुजारों की ओर थी। तख़्त के सामने एक मुजारा हाथ बाँधे खड़ा था और दीवान धनपत के सामने गिड़गिड़ा रहा था—

''नहीं माई-बाप, नहीं हुज़ूर!''

दीवान ने मुँह में से गुड़गुड़ी निकाली, ''कब चुकता करेगा?'' फिर दीवान सहसा ही भौंडी जबान में चिल्लाकर बोला, ''चाढ़ो पिंज इस सूर दे पुत्तर नूँ, हरामजादा! मैं पूछता कुछ हूँ, जवाब कुछ देता है।''

लेखराज मुजारों की भीड़ के पीछे लोई ओढ़े खड़ा था। सभी मुजारे ज़मीन पर बैठे थे। दीवान की कड़कती आवाज़ को सुनकर दहशत-सी छा गई थी। लेखराज अब अंदर आया था और एक ओर को खड़ा हो गया था, तो क्षण-भर के लिए उसे लगा था जैसे दीवान धनपत की आँखें उसकी ओर उठी हैं, और उसके चेहरे पर ठिठकी रही हैं, मानो उसे पहचानने की कोशिश करती रही हों। पर फिर धनपत गुड़गुड़ी में मस्त हो गया था और सामने बैठे मुजारे के मुकद्दमे की ओर ध्यान देने लगा था।

चार हट्टे-कट्टे आदमी, जो अभी तक जाने कहाँ खड़े थे, दीवान के चिल्लाने पर सामने आ गए और किसान गिड़गिड़ाने लगा—

''रहम करो, रहम करो माई-बाप...''

दीवान धनपत ने गुड़गुड़ी की नली फिर से मुँह में डाल ली थी और निश्चिंत होकर बैठ गया था।

मुजारा अभी भी हाथ बाँधे ज़मीन पर बैठा था। उन चार आदमियों में से एक ने आगे झुककर उसे कुर्ते के गलमे से पकड़ लिया और उठाकर खड़ा कर दिया। देखते-ही-देखते दूसरे आदमी ने उसके मुँह पर घूँसा मारा, और फिर ताबड़-तोड़

तीन-चार चाँटे जड़ दिए। जाट के लिए यह सब इतनी तेज़ी से हो गया कि वह बदहवास-सा थप्पड़ और घूँसे खाए जा रहा था। उसके पाँव, एक बार जो उखड़े तो जम नहीं पाए। जबड़े पर पहला घूँसा पड़ने पर ही उसकी आँखें टेढ़ी हो गई थीं और चेहरा ज़र्द पीला पड़ गया था। तभी उसके मुँह में से जोर का बिकड़ाट निकला और वह ज़मीन पर गिरकर दीवान की ओर रेंगता हुआ बिलबिलाने लगा।

लेखराज ने दीवान धनपत की ओर देखा। वह अभी भी गुड़गुड़ी की नली कभी मुँह में डालता, कभी निकाल लेता था। लेखराज को लगा जैसे गुड़गुड़ी के कश खींचते हुए धनपत अधमुँदी आँखों से बराबर लेखराज की ओर देखे जा रहा है।

लेखराज चुपचाप पीछे की ओर सरकता हुआ कचहरी में से बाहर निकल आया।

कस्बे की गलियाँ लाँघते हुए लेखराज सोच रहा था, एक अमलदारी वह होती है जिसमें मनुष्य की अच्छी भावनाओं को बल मिलता है, प्रोत्साहन मिलता है, दर्दमंदी को, सेवाभाव को, दिल की उदारता को, सहनशीलता को, एक-दूसरे का दर्द बाँटने की भावना को। एक अन्य प्रकार की अमलदारी होती है जिसमें नोच-खसोट, घृणा-द्वेष, धन-लोलुपता को बढ़ावा मिलता है। एक में मनुष्य की उदात्त भावनाएँ विकास पाती हैं, जिसमें आपसी सद्भावना बढ़ती है। बेशक, पाँचों उँगलियाँ एक बराबर तो नहीं होतीं, स्वार्थी लोग तो हर ज़माने में पाए जाते हैं, पर समूचे वातावरण में स्वार्थ का विष नहीं घुला रहता, जनमत लोगों की दुर्भावनाओं पर अंकुश लगाए रहता है। लेखराज ने वे दिन भी देखे थे जब लोगों के दिलों में रहम के सोते सूखते नहीं जा रहे थे, जब बाँट खाने का चलन था, जब धर्मभीरु स्वभाववाले लोग किसी का बुरा चेतने, किसी का बुरा करने से अपने को रोके रखते थे···।

लेखराज हरनारायण से मिलने की बात बार-बार टालता रहा था। हरनारायण से मिलना उसके क्लेश को बढ़ाना होगा। रुकमो के विवाह की सारी दास्तान उसे भागसुद्धी ने सुना दी थी। और कस्बे में, भागसुद्धी को छोड़कर, किसी ने इस जुल्म के खिलाफ आवाज़ नहीं उठाई थी। मैं उससे मिलने गया तो हरनारायण समझेगा कि मैं उसकी दयनीय स्थिति का तमाशा देखने पहुँच गया हूँ। पर फिर, एक दिन उससे नहीं रहा गया, और उसने टीले की राह ली जहाँ, उसने सुन रखा था कि हरनारायण बैठने लगा है।

हरनारायण, बरगद के पेड़ के नीचे बैठा कुछ लिख रहा था। हरनारायण ही था, लेखराज ने पहचान लिया था। कद्द-बुत से हरनारायण पहले भी छोटा-सा ही आदमी हुआ करता था, पर अब तो मुट्टी-भर हड्डियों का पुतला नज़र आ रहा था। सफ़ेद कुर्ता, सफ़ेद पाजामा, पिचका हुआ चेहरा, लटकी हुई खस मूँछें।

लेखराज सामने जा खड़ा हुआ। हरनारायण पहले तो चौंका कि फिर दीवान धनपत की ओर से कोई जमदूत उसे यंत्रणा पहुँचाने पहुँच गया है, पर धीरे-धीरे उसके सामने लेखराज के चेहरे के नाक-नक्श खुलने लगे। जब उसने लेखराज को पहचान लिया, तब भी उसकी कोई विशेष प्रतिक्रिया नहीं हुई। लोगों के प्रति पाया जानेवाला उत्साह और स्फूर्ति और स्नेह सब कच्ची उम्र की बातें हैं, धीरे-धीरे मनुष्य अपने में खोता जाता है और दूसरों के प्रति उदासीन होने लगता है। स्फूर्ति और उत्साह दूर, पीछे छूट जाते हैं।

''आओ लेखराज, बैठो, मुझे पता चला था तुम आए हो।''

लेखराज उसके पास ही बैठ गया। उसकी नज़र उस मोटे कागज पर पड़ी जिस पर हरनारायण कुछ लिख रहा था। कोई मंत्र लिखा हुआ जान पड़ता था।

उसने देखा, बहुत-से कागज़ लकड़ी की तख़्ती पर चढ़े हैं। पास में लाल और काली स्याही की दवातें रखी हैं, और मोटी कलम से, लगता था, हरनारायण कोई लिखत उतार रहा है।

''यह क्या लिख रहे हो, हरनारायण?'' लेखराज ने कागज़ पर झुकते हुए पूछा।

''पढ़ लो।''

लेखराज ने तख़्ती को उठा लिया। कागज़ के सिरनामे पर लाल अक्षरों में लिखा था—'ओम् नमो भगवते वासदेवाय!' और नीचे, पूरे पन्ने पर कुछ मंत्र लिखे थे, जिन्हें ठीक तरह से पढ़ पाना कठिन था—

> 'धोशोष्प एव चेति मध्याम्यामृ नमः
> नित्यः सर्वगतः स्याररचलोयं सनातन
> इत्यनामि काम्याम् नमः दश्यमे पार्थ
> नू पाणि शतशोय सहस्रशः इति
> कनिष्ट काभ्याम् नमः।।...'

लेखराज को स्वयं शास्त्रों का कोई ज्ञान नहीं था, पर लगता था हरनारायण बचपन के सुने-सुनाए, रटे-रटाए श्लोक आदि ही अपने हाथ के कागज़ पर उतारे जा रहा है। शास्त्रों का ज्ञान उसे भी नहीं था।

''यह क्या लिख रहे हो, हरनारायण?''

''भगवान के नाम का जाप कर रहा हूँ। इसी में सुख है। यह लिख चुकने पर, मैंने धारणा की है, मैं गीता सहस्रनाम उतारूँगा। वह भी मुझे कंठ है।'' और वह कागज़ पर लिखे शब्द गुनगुनाने लगा—

> ''ओं नमो भगवते वासदेवाय!
> और भ्रस्य श्री भगवद्गीता माला
> मंत्रस्य।। श्री भगवान वेदव्यास ऋषि!

श्रीकृष्ण परमात्मा देवता। अशोच्यान्
अन्व शोच स्त्वम् प्रज्ञावादांश्च
भाषतेसे इति बीजम्

मुझे बहुत-सा कंठ है।''

फिर लेखराज के घटने पर हाथ रखकर गद्गद-सी आवाज़ में बोला—

''भगवान् श्रीकृष्ण के चरणों में ही सुख है, लेखराज, अपार सुख है। यहाँ बैठता हूँ तो भगवान मेरी आँखों के सामने प्रगट हो जाते हैं... मोर-मुकुट, पीतांबर, होंठों पर मीठी बाँसुरी...।''

कहते-कहते हरनारायण भाव-विह्वल हो उठा। धीरे-से चबूतरे पर से टाँगें नीचे लटका दीं और चुटकियाँ बजाते हुए, दाएँ-बाएँ झूलता हुआ गुनगुनाने लगा—

''ओम् श्री भगवते वासदेवाय!
ओम् श्री भगवते वासदेवाय।...''

भावविभोर हरनारायण की आँखें नम हो गई थीं। धीरे-धीरे वह गहरी मस्ती में आ रहा था। यही एक मंत्र दोहराते हुए होंठ काँप-काँप रहे थे, गला रुँध रहा था, और लगता जैसे हरनारायण भगवान श्रीकृष्ण की मूर्ति के सामने अपने श्रद्धा-सुमन अर्पित कर रहा है।

लेखराज चुपचाप बैठा उसकी ओर देखे जा रहा था। देर तक बेसुध-सा भक्तिभाव में डूबे रहने के बाद हरनारायण धीरे-धीरे स्थिर होने लगा। उसने आँखें पोंछी। दो-एक बार कुछ बुदबुदाया और फिर हाथ जोड दिए--

''मेरे गुनाह माफ़ करना महाराज, इस सेवक पर अपनी दयादृष्टि रखना, महाराज!''

वह बुदबुदाता रहा। फिर बैठा-बैठा शून्य में ताकने लगा। लेखराज को लगा जैसे हरनारायण को उसकी उपस्थिति का भास ही नहीं रहा।

बात चलाने के लिए लेखराज ने कहा, ''रामलाल कहाँ है? रामलाल, तुम्हारा मौसेरा भाई। उसे नहीं देखा।''

हरनारायण चौंका। सहसा जैसे किसी ने उसके मस्तिष्क पर प्रहार किया हो।

''रामलाल अब नहीं रहा,'' हरनारायण बोला, ''कचहरी से घर लौट रहा था, रास्ते में कुएँ की जगत पर दम लेने के लिए बैठा और वहीं ढेर हो गया। उसे मरे तो दस-बारह साल हो गए हैं।''

''और ताराचंद?''

हरनारायण ने वैसे ही बैठे-बैठे, हवा में ताकते हुए इस प्रश्न का भी उत्तर दे दिया, ''ताराचंद कस्बा छोड़ गया है। बाहर कहीं जाकर बस गया है।''

लेखराज को लगा, जैसे उसके सवाल पूछने पर हरनारायण की आँखों के सामने अतीत की धुंध थोड़ी देर के लिए छँट-सी जाती है, पर उत्तर दे चुकने पर

फिर से फैल जाती है और वह अपने में खो जाता है, और शून्य में ताकने लगता है।

हरनारायण का ध्यान अपनी ओर आकृष्ट कर पाने के लिए लेखराज बोला, "तुम्हें एक किस्सा सुनाऊँ, हरनारायण!" कहते हुए लेखराज सहसा हँस पड़ा, "लाम पर जाने से पहले, मैं और रामलाल खेतों में घूमने जाया करते थे। बड़ी यारी थी, हमारी।"

हरनारायण ने सिर घुमाया और लेखराज की ओर देखने लगा।

"एक दिन हम बातें कर रहे थे कि जब हम बूढ़े हो जाएँगे तो जमाना कैसा होगा। तो वही रामलाल मुझसे कहने लगा : 'चल, एक बात करें, जब तू साठ साल का होगा और मैं भी, तो हम दोनों एक ही दिन, एक ही वक्त, इस टीले पर मिलेंगे, बैसाखी के दिन, चालीस साल बाद।' और···" लेखराज धीमी आवाज़ में बोला, "चालीस साल बाद, बैसाखी के दिन जाने मैं कहाँ था और वह कहाँ था। बरसों पहले ही चलाणा कर गया।"

लेखराज ने पाया कि हरनारायण एकटक उसके चेहरे की ओर देखे जा रहा है। मानो उस चेहरे के पीछे अतीत की धुंध फिर से छँटने लगी है, और उसे युवा लेखराज के चेहरे की झलक मिलने लगी है। क्या यह मुझे पहचानने की कोशिश कर रहा है? क्या यह जान नहीं पाया कि मैं कौन हूँ। सहसा उसके मुँह से निकल गया—

"यह धनपत तो बड़ा ज़ालिम निकला। मुझे उम्मीद नहीं थी···।"

हरनाराण के चेहरे का भाव बदल गया। लगा, जैसे त्रास का साया उसके चेहरे पर डोल गया है। फिर उसका सिर एक ओर को तनिक झुक गया और वह बड़े दार्शनिक अंदाज़ में बोला, "अपने-अपने कर्म हैं लेखराज, सब कर्मों का खेल है।"···

लेखराज और हरनारायण की बातों में अभी तक कोई ताल-मेल नहीं बैठ पाया था, उखड़ा-उखड़ा-सा वार्तालाप चल रहा था। हरनारायण ने अभी तक एक बार भी नहीं पूछा था—कब आए हो, कहाँ रहे इतने दिन. अब क्या करोगे?···सारा वक्त अपने में ही खोया रहा।

टीले पर से, जहाँ वे दोनों बैठे थे, कस्बे का फैलाव नज़र आ रहा था। कस्बे से हटकर जिस ओर रेलगाड़ी जाती है, शेखों की झलार के पीछे खेतों का दूर-दूर तक फैला प्रसार नज़र आ रहा था। शेखों के बाग़ के निकट मेहराबों की लंबी कतार थी, जिनमें से अनेक टूटकर गिर चुकी थीं—किसी नवाब की आरामगाह की मेहराबें। बाएँ हाथ नीचे गंजमंडी थी, फिर नज़दीक ही काबुली दरवाज़ा जिसके दो मुनारे टूट चुके थे। पीछे, कस्बे के लगभग केंद्र में, खंडहर होला शीशमहल···

नीचे, कस्बे की ओर देखते हुए लेखराज बोला, "याद है जब काफ़िले चला करते थे?"

"याद क्यों नहीं, मैं कई बार काफ़िले के साथ जेहलम गया हूँ।"

''जमाना कितना बदल गया है···।''

हरनारायण कुछ देर के लिए चुप रहा, फिर बुदबुदाया, ''सब वक्त-वक्त की बात है···''और फिर शून्य में देखने लगा।

''रुक्मणी कैसी है ? उसकी खोज-खबर तो लेते रहते होगे ?'' लेखराज ने सहसा ही पूछ लिया।

''अपना-अपना भाग्य है, लेखराज, उसके भाग्य में सुख नहीं लिखा।''

''कभी-कभार घर पर तो आती होगी ?''

''अब वही उसका घर है। अच्छा है, बुरा है, वही उसका घर है। अपने प्रारब्ध पर किसी का ज़ोर नहीं चलता, लेखराज !''

और हरनारायण फिर कवित्त बोलने लगा। मस्तिष्क के किसी कोने में दबा यह कवित्त, विस्मृति की कोख में से जैसे छटपटाता हुआ बाहर निकल आया—

''माये पुतर जणेनिये, करम न देवें वंड
इक चढ़ेंदे घोड़ियाँ, इक टुकड़े खांदे मंग !''

(माँ, तू बेटों को तो जन्म देती है, पर उनके कर्मों पर तेरा कोई अधिकार नहीं होता। तेरा एक बेटा तो घोड़े की पीठ पर बैठता है, जबकि दूसरा टुकड़े माँगकर अपना पेट भरता है।)

''यह कवित्त माँ गाया करती थी,'' हरनारायण कह रहा था, ''माँ के मन में तब मैं ही रहा होऊँगा, माँ का सबसे छोटा बेटा जो टुकड़े माँगकर खाएगा।''··· कहते-कहते हरनारायण की आँखें डबडबा आईं और ठुड्डी काँपने लगी, पर हृदय को त्राण मिला। अपनी विनीत भावना से उसे शांति का भास हुआ। जो मेरे भाग्य में था, मुझे मिला है, इसे झोली पसारकर लूँ, मालिक की यही रज़ा है। इससे छटपटाहट नहीं होती, शांति मिलती है। स्वीकृति में ही शांति है।

''मैं दासों का दास।'' वह बुदबुदाया।

आत्मानुकंपा में हरनारायण को रस मिलता था। जब भावुक होता तो भावुकता में गहरा, और गहरा उतरता जाता, उसमें डूबता जाता, तब अपनी तुच्छता से वह संतुष्ट महसूस करता। वह फिर कवित्त गुनगुनाने लगा—

''शाऊकार करदे ने शाऊकारियाँ
साडे जे माणू ने मंगी खाणा
जीवें मंगी खाणा।···''

(धनी-साहूकार तो साहूकारा करते हैं, जबकि मेरे-जैसा मानस माँगकर खाता है···)

कभी-कभी हरनारायण को भास होता कि वह नीचे की ओर लुढ़क रहा है, ज्यादा-ही-ज्यादा लुढ़कता जा रहा है, पर इस लुढ़कने में ही उसे सुख मिलता है।

हरनारायण फिर दाएँ-बाएँ सिर झुलाकर कवित्त बोले जा रहा था—

मैं कमली दा बेड़ा पार करहीं, वे साईं
मैं कमली दा बेडा पार करीं··· ।"

लेखराज इकटक हरनारायण की ओर देख रहा था और मन-ही-मन सोच रहा था । क्या वही आदमी बैरागी बनने लगता है जो जीवन में कुछ कर नहीं पाता । क्या जीवन की विफलताएँ ही वैराग्य को जन्म देती हैं, या सचमुच कोई सूक्ष्म दृष्टि मनुष्य को बैरागी बना देती है ? या किन्हीं प्रबल शक्तियों से आक्रांत होकर मनुष्य बैरागी बन जाता है ?

लेखराज ने फिर रुक्मणी की बात चलाई, "कुछ ख़बर-अख़्बार तो मिलती रहती होगी ?"

"क्या ख़बर मिलेगी," हरनारायण ने थकी-माँदी आवाज़ में कहा, "कस्बे-भर के लुच्च-लवंड माड़ी में घुसे रहते हैं । सुना है बेचारी पर आवाज़ें कसते हैं, कंकड़ फेंकते हैं । उसकी रसोई के सामने, ऊपर बरामदे में, मूढ़े बिछाकर बैठ जाते हैं, भद्दे इशारे करते हैं··· ।"

"और दीवान धनपत ? क्या वह सब देखता रहता है !"

"जब वह घर में हो, तब नहीं करते । पर जब वह मुरब्बों पर चला जाता है—दस-दस दिन तक बाहर रहता है—तो सारी चंडाल चौकड़ी जुट जाती है ।'

"हरनारायण, तुम्हें चाहिए, दीवान धनपत तक तो यह बात पहुँचा दो । उसे पता तो चल जाए ।"

"इससे क्या लाभ ? उसके दिल में तरस होता तो क्या इस तरह से मेरे साथ वैर निकालता ?" फिर आवाज धीमी करके बोला, "धनपत ने तो अपने कल्ले को बसाने के लिए ब्याह रचाया था ना, पर अब धनपत का मँझला बेटा, धनपत के जीते-जी जमीन-जायदाद बाँटने पर तुला हुआ है ।"

"धनपत का एक और बेटा भी तो है ना, उसके तीन बेटे नहीं हैं क्या ?"

"तीसरा यहाँ पर नहीं है । वह विलायत में बैरिस्ट्री पढ़ने गया है ।" फिर हरनारायण धीरे-से बुदबुदाया—

"धनपत अपनी करनी का फल भोगेगा ।"

हरनारायण ने क्षोभ में कह तो दिया, पर फिर दाँतों तले जीभ दबाकर दोनो हाथ जोड़ दिए—"मुझे खिमा करना महाराज, मेरे मुँह से अपशब्द निकल गए ।" फिर सहज होकर बोला, "उसने तो सोचा था कि कल्ला बस जाएगा, पर हो रहा है, इसके उलट··· ।"

लेखराज उत्तेजित हो उठा, "तुम भले ही कुछ न कहो, पर मैं तो कहूँगा ।"

सुनते ही हरनारायण सिहर उठा, "तुम क्या कहोगे ? किससे कहोगे ?"

"मैं सीधा धनपत से बात करूँगा···"

हरनारायण लेखराज के मुँह की ओर देखता रह गया। क्या धनपत के सामने जाने की भी किसी आदमी में हिम्मत हो सकती है?

''अपने-अपने कर्मों का लेखा है, लेखराज, कोई कुछ नहीं कर सकता। हमारी बेटी के करम खोटे थे, मेरे करम खोटे थे, नहीं तो यह सब क्यों होता?''

पर लेखराज ने फिर दृढ़ता से कहा, ''बच्ची इधर पिस रही है, और हम हाथ-पर-हाथ रखकर बैठे रहें?''

''तू बाहर से आया है, लेखराज, तू धनपत को नहीं जानता।''

''और बेटी? रुक्मी बच्ची? वह भी कभी तुमसे मिलने नहीं आई?''

''एक बार आई थी। पर फिर मैंने उसे मना कर दिया। मैंने कहा, अब वही तेरा घर है, वहीं पर तेरा जीना, वहीं पर मरना होगा। उसके बाद नहीं आई।'' फिर तनिक सोचकर दार्शनिक भाव से कहने लगा, ''संसार में हर चीज़ का इलाज है लेखराज, पर बेटी का सुहाग उजड़ जाए तो इसका कोई इलाज नहीं। युग-युगों से यही चला आ रहा है।''

''उसकी माँ भी उससे मिलने नहीं जाती?''

''वीराँ? वीराँ, भागसुद्धी से मिल आती है। संग-सियापे में जाती है तो भागसुद्धी उसकी ख़ैर-ख़बर दे देती है।''

''एक कसाई धनपत, और दूसरा कसाई तू!'' लेखराज क्षोभ से बुदबुदाया।

हरनारायण ने सुना तो सिहर उठा। उसके गाल फिर काँपने लगे। वह बेहद दुखी हो उठा था—

''मैं आज हूँ तो कल नहीं रहूँगा, लेखराज, पर मेरे पीछे मेरी विधवा बेटी को तो दो दिन जीना है। नदी में रहते मैं मगर से वैर मोल नहीं ले सकता। ...भाग्य के आगे कोई कुछ नहीं कर सकता। किस्मत फूट जाए तो कोई क्या करे?''

लेखराज ने हरनारायण के चेहरे की ओर देखा। पिचके हुए गाल अभी भी काँप रहे थे। कांतिहीन, छोटी-छोटी डरी हुई आँखें, पीला चेहरा। सिर पर का पग्गड़ जगह-जगह से चीकट मैला, पर जिसकी तहों को बदल-बदलकर सिर पर बाँधा गया था, ताकि उन पर लगी मैल छिपी रहे।

हरनारायण सिर हिला-हिलाकर, बार-बार कहे जा रहा था, ''कोई कुछ नहीं कर सकता। भाग्य के आगे किसी का बस नहीं चलता।''

हरनारायण के चेहरे की ओर देखते हुए लेखराज सोच रहा था : क्या यह वही हरनारायण है जो लड़कपन के दिनों में हर किसी से उलझता फिरता था। जो कद्द-बुत में छोटा होने के बावजूद, हर जोख़िम के काम में सबसे आगे हुआ करता था। जो कंधे पर लट्ठ लिए घूम करता था। न जाने कब हरनारायण के अंदर कुछ चटख़ गया था कि वह धीरे-धीरे इस हालत में पहुँच गया है। क्षण-भर के लिए लेखराज को लगा जैसे इस टीले पर, बरगद के पेड़ के नीचे हरनारायण उम्र-भर बैठा रहा है, और सचमुच भाग्य के थपेड़ों को सहता रहा है, नतमस्तक,

आँखें बंद किए, और दोनों हाथ जोड़े, और थपेड़े खाते-खाते ही बूढ़ा हो गया है। और अब इसी में से अपने लिए सुख के कण बीन रहा है, इसी को उसने अपना धर्म बना लिया है। वैराग्य का दीमक हरनारायण के आत्मविश्वास को अंदर-ही-अंदर से चाट गया है। किसी के पाँव में लोट-लोट जाने की हरनारायण की भावना लेखराज को तिरस्कारपूर्ण लगती थी। मनुष्य में ऐंठ न हो, वह तो ठीक है, पर उसमें आत्मसम्मान तो हो, हरनारायण तो वह भी खो चुका था।

हरनारायण के गाल काँपने बंद हो गए थे, पर वह अभी भी दीन-हीन-सा शून्य में देखे जा रहा था। उसे देखते हुए लेखराज के अंदर फिर से बेचैनी उठी।

"मैं तेरी बात नहीं मान सकता, हरनारायण, हमें कुछ तो करना होगा। हम बच्ची को चुपचाप यातना सहते देखते तो नहीं रह सकते। मरता हुआ आदमी भी छटपटाता है, डूबता आदमी भी हाथ-पैर मारता है। बच जाए तो बच जाए, न बचे तो भी हाथ-पैर तो मारता है। जो कुछ उसके बस में है, वह तो करता है...।"

"आदमी केवल प्रार्थना कर सकता है। भगवान के चरणों में सीस नवा सकता है, और कुछ नहीं कर सकता...।"

हरनारायण भगवत्-भजन करता था, एक घटाटोप में से निकलकर दूसरे घटाटोप में खो जाता था और घंटों खोया रहता था। इसी में वह अपने को सुरक्षित महसूस करता था।

"सब कर्मों का खेल है लेखराज, सब कर्मों का खेल है।" यह वाक्य, किसी गीत की स्थायी पंक्ति की भाँति हरनारायण बार-बार दोहरा रहा था। हरनारायण अपने ज़ख़्मों पर दर्शन का मरहम लगा रहा था, भगवद्-भजन के शब्द बुदबुदाए जा रहा था, जब लेखराज चुपचाप वहाँ से उठ गया।

12

गली में दीए लगभग बुझ चुके थे। कूचों में आते-जाते लोगों के क़दमों की आहट प्रायः मंद पड़ चुकी थी। केवल किसी-किसी वक्त ही किसी राह जाते व्यक्ति की पदचाप सुनाई पड़ती और लगता, वह भी गहरे सन्नाटे पर प्रहार कर रही है।

सहसा माड़ी की ओर से शोर सुनाई देने लगा। आसपास बंद घरों में बैठे लोगों के कान खड़े हो गए। दूर गली में कोई आदमी चिल्ला रहा था। किसी मर्द की आवाज़ थी। लोगों ने ध्यान से सुना, आवाज़ माड़ी की ओर से ही आ रही थी।

गली-मुहल्ले में घरों के किवाड़ बंद हो चुके थे, केवल कहीं-कहीं किवाड़ों के छिद्रों में से टिमटिमाते दीयों की रोशनी नज़र आ रही थी और खाटों पर, लिहाफ़ों में लिपटे लोग नींद में डूब जाने से पहले, धीमी आवाज़ में बतिया रहे थे। कस्बे में आमतौर पर रात के साए उतरने पर ही चूल्हा और दीया लगभग एक साथ बुझा दिए जाते थे, और सोने से पहले घुप्प अँधेरे में ही खाटों पर पसरे लोग कुछ देर के लिए बतियाते रहते थे।

किसी आदमी की ही आवाज़ थी, ऊँची-ऊँची आवाज़ में चिल्ला रहा था। फिर किवाड़ पीटने की आवाज़ आने लगी और साथ ही ऊँचा-ऊँचा ललकारने की।

आवाज़ सचमुच माड़ी की ओर से आ रही थी।

कुछ लोग मुँह-सिर लपेटे, अपने-अपने घरों के बाहर आकर खड़े हो गए।

मुहल्ले में कुएँ के पीछेवाले घर में बुढ़िया भागसुद्धी, जो अपनी कोठरी में खाट पर बैठी मुँह-सिर लपेटे जाप कर रही थी, कुछ देर तक आवाज़ को सुनती रही, फिर सिर हिलाकर बुदबुदाई—

''यह मँझला तो एक दिन अपने भाई को मारकर ही दम लेगा। माड़ी के अंदर फिर कोई बावेला उठ खड़ा हुआ है।''

बुढ़िया भागसुद्धी ने दीवान धनपत के मँझले बेटे की आवाज़ पहचान ली थी।

ऐसी ही प्रतिक्रिया रामजवाया की भी हुई थी, जो चार घर छोड़कर, अपनी दूकान के बाहर चबूतरे पर सोया पड़ा था, और आवाज़ सुनते ही कान माड़ी की ओर लगा दिए थे।

''माड़ी की ईंट-से-ईंट बजेगी! मँझला अब बूढ़े दीवान को भी जीने नहीं देगा।''

कुछ दिनों से तरह-तरह की अफ़वाहें माड़ीवालों के बारे में सुनने में आने लगी थीं। शादी के बाद मँझला बग़ावत पर उतर आया था, उसके तेवर सारा वक्त चढ़े रहने लगे थे, वह उद्दंड हो रहा था और बाप को आँखें दिखाने लगा था। यह भी सुनने में आया था कि दीवान धनपत ने माड़ी के अंदर, फिर से एक ऊँची दीवार खींच दी है और अब दोनों बेटों के परिवार अलग-अलग रहने लगे हैं। फिर यह भी सुनने में आने लगा था कि मँझला और उसके मनचले दोस्त, रुक्मणी की जान के लिए आफ़त बने हुए हैं। आँगन के बीचों-बीच खींची गई दीवार के ऊपर चढ़ बैठते हैं, तरह-तरह की आवाज़ें कसते हैं, कल्ले को छेड़ते हैं, कंकड़ फेंकते हैं और फोहश इशारे करते हैं।

आवाज़ सुनकर सबसे पहले तो लोगों को दीवान धनपत का ही खयाल आया, कि शायद वह मर रहा है, पर अगर मर रहा होता तो इस वक्त रोना-चिल्लाना होता, भाग-दौड़ होती; यह आवाज तो झगड़ने-ललकारने की है। कस्बे में

ज़मीन-जायदाद की छीना-झपटी तो सदा लगी रहती थी, पर ये आवाज़ें कुछ दूसरी तरह की जान पड़ रही थीं ।

''अभी तक जो कुछ हो रहा था, माड़ी के अंदर हो रहा था, पर अब अंदर के झगड़े, गली-बाज़ार में निबटाए जाने लगे हैं ।'' खाट पर बैठा रामजवाया बुदबुदाया और जूते में पाँव डालने के लिए खाट पर से पैर लटका दिए । यह संभव नहीं था कि कस्बे में कहीं पर झगड़ा हो और रामजवाया घर पर बैठा रहे ।

गलियाँ लाँघती हुई चिल्लाने की आवाज़ हरनारायण ने भी सुनी और उसका दिल भी धक्-धक् करने लगा, पर उसने अपना सिर लिहाफ़ के अंदर कर लिया और मुँह-सिर लपेटकर करवट बदल ली ।

एक-एक, दो-दो करके, कुछ लोग घरों में से निकल आए और अँधेरे में चलते हुए माड़ी के पास जा पहुँचे ।

गली के मोड़ पर, जहाँ माड़ी का दाईं ओर का दरवाज़ा खुलता था, मँझला खड़ा चिल्ला रहा था । गली के पार, जहाँ किसी पीर का मज़ार था, केवल एक दीया टिमटिमा रहा था, जिसकी अस्थिर रोशनी में मज़ार के ऊपर फैले कीकर की टहनियों के साए हवा में हौले-हौले हिल रहे थे । टिमटिमाते दीये की रोशनी गली में भी पड़ रही थी ।

मँझले के हाथ में कुल्हाड़ी थी । उसके निकट ही दो आदमी और भी खड़े थे, जिन्हें अँधेरे में पहचानना कठिन था, पर जो निश्चय ही मँझले के मित्र थे ।

''मैं टाँगें चीरकर रख दूँगा, अगर घर के बाहर किसी ने क़दम रखा ।'' मँझला चिल्लाया ।

लगा जैसे वह दरवाज़े को ही संबोधन करके चिल्ला रहा है । इसी दरवाज़े के पीछे, छोटे आँगन के पार कल्ला और रुक्मणी रहते थे ।

''हम मर नहीं गए हैं । यह बेशर्मी हम बरदाश्त नहीं करेंगे । ख़ानदान की इज्ज़त हम मिट्टी में नहीं मिलने देंगे । कान खोलकर सुन लो । मैं टाँगें चीरकर रख दूँगा ।''

गली के मोड़ पर अँधेरे में खड़े लोगों की समझ में नहीं आया कि मँझला किसे ललकार रहा है । किसकी टाँगें चीर देगा, कौन-सी बेशर्मी बरदाश्त नहीं करेगा ? क्या कल्ले को ललकार रहा था ? कल्ले की टाँगें चीरने के लिए उसे रात के वक्त चिल्लाने की क्या ज़रूरत थी ?

मँझले को अपने पीछे गली के मोड़ पर लोगों के इकट्ठा होने का भास हुआ । इससे उसकी आवाज़ पहले से भी ज़्यादा ऊँची हो गई, और इसी शह में उसने कुल्हाड़ी उठाकर दरवाज़े पर दे मारी ।

''बाप-दादा के नाम पर हम कालख नहीं पोतने देंगे । कोई घर के बाहर क़दम रखकर तो देखे । मैं बोटी-बोटी काट डालूँगा, मैं टाँगें चीरकर रख दूँगा !''

और काटकर रख देने के आवेश में वह माड़ी के छोटे फाटक पर पिल पड़ा और

बार-बार कुल्हाड़ी से वार करने लगा।

मँझला अकेला नहीं था। गली के अँधेरे में, माड़ी के फाटक के पास दो-तीन हिलते साए भी नज़र आ रहे थे। उसके दोस्त—मोटा बालमुकंद और चमनलाल खड़े थे। बालमुकंद की कारस्तानियाँ कस्बे के लोगों से छिपी नहीं थीं। यह वही बालमुकंद था जो एक रात अपने घर के छज्जे से पड़ोसवाले घर के छज्जे पर कूद गया था और आँगन में सोई पड़ोसी की जवान बेटी के साथ लिपट गया था। इतना बड़ा जाँबाज़ था बालमुकंद। पर पकड़ा गया था। घरवाले तो उसकी आँतें निकाल देते तर दीवान साहिब के बेटे का जिगरी दोस्त होने के कारण मामला रफ़ा-दफ़ा कर दिया गया था। यही वह बालमुकंद था जो मँझले की शह पर माड़ी के बीचों-बीच खींची गई दीवार के ऊपर चढ बैठता था, और कल्ले के साथ बतियाने के बहाने रुक्मणी पर छोटे-छोटे कंकड़ फेंका करता था और फिकरेबाजी किया करता था।

''ओ कल्ले, सुन रहा है या नहीं ?'' मँझले ने पहले से भी ज़्यादा ऊँची आवाज़ में कल्ले को पुकारा और आगे बढ़कर ज़ोर से दरवाज़े पर लात जमा दी, ''घरवाली को सँभालकर रख। अगर कभी बाहर निकली तो मुझसे बुरा कोई नहीं होगा।''

अँधेरी गलियों में जगह-जगह दरवाज़े खुलने लगे थे और मुँह-सिर लपेटे कुछ लोग माड़ी की ओर चले आए थे, पर पीर के मज़ार से कुछ दूरी पर गाँठ बाँधे, अँधेरे में खड़े हो गए थे। रामजवाया, कनटोपा चढ़ाए और मोटी-सी चादर ओढ़े माड़ी के दरवाज़े की ओर चला आया था।

''क्या बात है, दीवान जी ? किस बात पर इतने बिगड़ रहे हो ?''

मँझले पर जनून सवार था। रामजवाया को देखकर वह और भी ज़्यादा तैश में चिल्लाया—

''कल्ले ! ओ कल्ले !! कानों में तेल डालकर सो रहा है ? अगर तेरी घरवाली ने घर के बाहर क़दम रखा तो मुझसे बुरा कोई नहीं होगा।''

और उसने आगे बढ़कर माड़ी के दरवाज़े पर कुल्हाड़ी से एक और वार किया।

रामजवाया को वहाँ खड़े-खड़े देखकर बालमुकंद को भी शह मिली। वह भी खड़े-खड़े हवा में अपना हाथ चमकाते हुए बोला—

''अपने घर की औरतों को हम बेपर्द नहीं होने देंगे। हमारी भाभी हरजाई नहीं है।''

फिर उसे भास हुआ कि कुछ दूरी पर और भी कुछ लोग अँधेरे में खड़े हैं, इस पर वह और भी ज़्यादा ऊँची आवाज़ में चिल्लाकर बोला—

''सब सुन लो। कान खोलकर सुन लो। हमारी भाभी हरजाई नहीं है।''

बालमुकंद तो कुछ-कुछ नशे में था, उसकी आवाज़ भी लड़खड़ा रही थी, पर मँझला पिए हुए नहीं था, केवल क्रोध और आवेश में आपे से बाहर हो रहा था।

"किधर है वह बूढ़ा ! सरगोधेवाला ?" मँझला चिल्लाया, "अब आए ना, मेरे सामने। पीठ-पीछे डोरे डालने आ जाते हैं। हरामी, मादर··· अगर माड़ी के पास फिर कभी नज़र आया तो टाँगें तोड़ दूँगा। आ जाते हैं···हमारी लड़कियों को बरग़लाने।"

दूर अँधेरे में खड़े लोगों में से कोई कुछ भी नहीं बोल रहा था। कोई भी कुछ कहना नहीं चाहता था। माड़ी में कोहराम उठा था, उससे कुतूहल भी जागता था और त्रास भी उठता था। सभी चुपचाप देखे-सुने जा रहे थे। बड़े घरों की बड़ी बातें, कोई क्या कहे।

"पर बात क्या है, दीवान जी ?" रामजवाया ने मँझले की कोन्ही पर हाथ रखते हुए आग्रह से पूछा।

"बात क्या है ? हमसे पूछते हो, बात क्या है ?" मँझले ने पहले की ही तरह आवेश में कहा, "हमसे क्या पूछते हो, कल्ले से पूछो।" फिर बड़ी आहत और क्षुब्ध आवाज़ में बोला, "कल्ले की घरवाली स्कूल में अपना नाम लिखवा आई है। हमारे मुँह पर कालख पोत आई है।"

सुनकर अँधेरें में खड़े जात-बिरादरी के लोग पहले से भी ज़्यादा ख़ामोश हो गए थे। कुछ दिन से, जब से सरगोधेवाले वानप्रस्थी ने स्कूल का कमरा बनवाया था, और गली-गली घूमकर चंदा उगाहता फिरा था, लड़कियों की पाठशाला की चर्चा कस्बे की बहुत-सी मंडलियों में होने लगी थी, और चर्चा में कस्बे के हर निवासी का रुख़ अलग-अलग तरह का रहा था।

"दीवानों की बहू अब मुँह उघाड़कर स्कूल जाएगी ?" बालमुकंद आवेश में चिल्लाने लगा, "हम यह बेशर्मी नहीं होने देंगे। हम मर नहीं गए हैं। हमारी बहू-बेटियों पर कोई आँख उठाकर तो देखे। मैं आँख फोड़ दूँगा।"

कहते-कहते बालमुकंद की आवाज़ फिर से लड़खड़ा गई थी और मुँह से झाग-सी निकलने लगी थी।

रामजवाया को इस बात की भनक पहले से मिल गई थी कि रुक्मणी को ही लेकर यह बावेला उठ खड़ा हुआ है। कस्बे-भर में लोग मँझले को आवारा-सा लड़का समझते थे, और उसके दोस्तों की टोली भी बड़ी मुँहज़ोर और भौंडे-से लड़कों की टोली थी। उसने यह भी सुन रखा था कि आजकल मँझला बिफरा हुआ है और बाप से जायदाद में से अपना हिस्सा माँग रहा है और उसके संगी-साथी रुक्मणी को परेशान कर रहे हैं। पर जब उसने देखा कि मामला कुछ दूसरा ही है, कि रुक्मणी स्कूल में नाम लिखवा आई है तो रामजवाया ठिठक-सा गया। उसे इस गाली-गलौच में कुछ तर्क नज़र आने लगा।

"इज़्ज़तदार घरों की बेटियाँ अब बेपर्द होंगी ?" बालकुमंद, मानो रामजवाया को संबोधन करते हुए, फिर से चिल्लाया।

केवल रामजवाया ही नहीं, अँधेरे में खड़े बहुत-से लोग भी असमंजस में पड़

गए थे। मँझला हाथ में कुल्हाड़ी उठाए, अपने ही भाई के दरवाज़े पर वार कर रहा था। उसका व्यवहार उन्हें भोंडा और भयानक लगा था। पर अंदर की बात पता चलने पर उनका ग़म और गुस्सा बहुत कुछ कम होने लगा था। मन का तनाव भी ढीला पड़ने लगा था।

''छोड़ दो, दीवान जी, आप अंदर चलो। माड़ी के बाहर आपका चिल्लाना शोभा नहीं देता।''

''छोड़ दूँ ? क्यों छोड़ दूँ ? मैं कल्ले की टाँगें तोड़ दूँगा। उस हरजाई की टाँगें तोड़ दूँगा।''

अँधेरे में खड़े लोगों के बीच भी खुस-फुस होने लगी थी, ''यह क्या हो रहा है, मौसी भागसुद्धी ?''

एक अधेड़ उम्र के आदमी ने भागसुद्धी से पूछा जो अँधेरे में खड़ी सारा कांड देख रही थी।

''गरीब की हा लगेगी तो जानेगा। इस वक्त तो दीन-दुनिया को भूले हुए है।''

''पर हरनारायण की दोहती भी कौन-सा अच्छा काम कर रही है, जो स्कूल में नाम लिखवा आई है।''

इस पर एक वयोवृद्ध ने टिप्पणी की, ''अब ख़ानदानी घरों की बहू-बेटियों के लिए यही काम बाकी रह गया है।'' फिर सिर झटककर वहाँ से चलने को हुआ।

''क्या करेगी पढ़कर ? नौकरी करेगी क्या ?''

इस पर मौसी भागसुद्धी बुदबुदाई, ''नहीं तो माड़ी के अंदर घुल-घुलकर मरेगी, और क्या करेगी।''

भागसुद्धी के उत्तर से वहाँ खड़े बहुत-से लोग हैरान रह गए–

''यह तुम कह रही हो, बुआ ?...लूलों-लँगड़ों के साथ भी तो शादियाँ होती हैं। औरत को निभानी पड़ती है। यह नहीं कि बेपर्द हो जाए।''

कल्ले के साथ अचानक मासूम बच्ची को बाँध दिया गया था, बहुत बुरी बात हुई थी, बेशक, पर अब तो वह खुद उससे भी ज़्यादा बुरी बात करने जा रही थी। उसको ज़रूर किसी ने शह दी होगी। वरना वह खुद कहाँ नाम लिखवाने जाएगी।

दर्शकों की गाँठ धीरे-धीरे ढीली पड़ने लगी। कस्बे के लोग बालमुकंद को भली-भाँति जानते थे, मँझले के स्याह-सफ़ेद को भी जानते थे, पर उनका व्यवहार भले ही बहुत बुरा रहा हो, रुक्मणी का व्यवहार उनसे भी बुरा है। बालमुकंद तो लफ़ंगा है, बुरा आदमी है पर रुक्मणी को तो समझदारी से काम करना चाहिए।

दर्शकों में खड़ी मौसी भागसुद्धी का पारा तेज़ होने लगा था। वहीं से खड़े-खड़े चिल्लाई--

''वे घनशामा ! वे बालमुकंदा ! वे ज़ालिमो, कुछ तरस खाओ। पराए घर की लड़की को अपने घर लाए हो, उसे क्यों कोह रहे हो ?''

किवाड़ के पास खड़े मँझले ने घूमकर अँधेरे में देखा। कौन है ? भागसुद्धी की आवाज़ उसने पहचान ली थी, ''कौन है ? बेबे भागसुद्धी ! यहाँ तेरा क्या काम है ?

क्यों आई है ? जा, घर जाकर सो जा। जा, चली जा, यहाँ से।''

इस पर अँधेरे में खड़े कुछ लोग मौसी को समझाने लगे, ''तुम्हें क्या पड़ी है, मौसी ? वे जानें, उनका काम !'' एक ने फुसफुसाकर कहा।

''तुम बीच में नहीं पड़ो, मौसी ! तुम इन लोगों को जानती तो हो, क्यों इनसे बैर मोल लेती हो ?'' दूसरा बोला।

''मँझला ठीक ही तो कह रहा है, मौसी ! दीवानों की बहू मुँह उघाड़कर बाहर निकले, क्या अच्छी बात है ?''

इस पर मौसी भागसुद्धी सिर हिलाकर बुदबुदाई, ''किन कसाइयों के घर आ पहुँची है, यह मासूम बच्ची !''

उसकी आँखें माड़ी की ऊँची-ऊँची दीवारों पर लगी थीं, जो अँधेरे में किसी किले की ऊँची दीवारों-जैसी लग रही थीं। इनमें से निकल पाना किसी के लिए भी कितना कठिन होता होगा। पंछी पिंजरे के सीखचों में से नहीं निकल सकता। अपने पर फड़फड़ाकर, सीखचों से ही टकरा-टकराकर लहू-लुहान हो जाता है। रुक्मणी का भी ऐसा ही हाल होगा।

''अब तो जो होना था हो गया, मौसी, अब तो अगर रुक्मणी की किस्मत में रोड़े-कंकड़ ही लिखे हैं तो उसे रोड़े-कंकड़ ही मिलेंगे, चाहे घर के अंदर रहे, या बाहर जाए।''

मँझले को लगा जैसे मुहल्ले के लोगों ने उसका समर्थन किया है, कि माड़ी की बहू का मुँह उघाड़कर स्कूल में जाना किसी को भी पसंद नहीं। इससे वह पहले से भी ज़्यादा माड़ी की नैतिक मर्यादाओं पर बल देने लगा—

''हमसे यह लच्चरपना नहीं देखा जा सकता। कस्बे में हमारे ख़ानदान की साख है, इज्जत-आबरू है। इसे हम मिट्टी में नहीं मिलने देंगे।''

मौसी भागसुद्धी से नहीं रहा गया, वहीं खड़े-खड़े बोली—

''नाले चोर ते नाले चतरा ! वाह जी वाह ! कैसा वक्त आया है। वे घनशामा ! तू सीधा क्यों नहीं कहता कि तू सारी माड़ी हड़पना चाहता है। इन्हें घर से निकालना चाहता है। इस वक्त तू कुछ भी कर सकता है। पर यह नाटक क्यों खेल रहा है ?''

इस पर मँझला चिल्लाया, ''बेमतलब की नहीं बोल, मौसी ! तुझे यहाँ किसने बुलाया है ? हमारे घर की बात है, तू कौन होती है बीच में पड़नेवाली ?''

पीले, तराशे हुए चेहरेवाली मौसी भागसुद्धी, सीधी-सतर खड़ी थी। वह कस्बे के उन गिने-चुने लोगों में से थी, जिसके दिल में माड़ी का कोई आतंक नहीं रह गया था, जो संबंधी न होते हुए भी, मामूली हैसियत की होने पर भी, दो-टूक बात कह सकती थी, किसी से डरती-झेंपती नहीं थी।

मौसी भागसुद्धी अपनी आँखों के सामने एक विकराल दृश्य देख रही थी, जिसमें भाग लेनेवाले सभी पात्र, वह कुल्हाड़ी लहराता घनश्याम, वह हिजड़ों की

तरह नाचता, उँगलियाँ नचाता बालमुकंद और अंदर लाल-लाल आँखोंवाला बूढ़ा जंतु 'बड़े दीवान जी'—सभी घिनौनी भूमिका निभा रहे थे।

''बहुत बुरा कर रहे हो घनशाम, तुमने सारी हया बेच खाई है।'' और ज़मीन पर थूककर वहाँ से चली गई।

उधर मँझला अभी भी चिल्लाए जा रहा था। अब वह किवाड़ पर से हटकर गली में आ गया था और अपनी खरज़, ऊँची आवाज़ में चिल्लाने लगा था—

''मैं सीरमें खींचकर रख दूँगा। बाप-दादा की इज्जत पर कोई कालख पोते, किसकी हिम्मत है, मैं सीरमें खींच दूँगा...''

पौ फटने लगी थी। पीर के मज़ार का दीया अभी भी टिमटिमा रहा था, पर अब उसकी लौ फीकी-सी पड़ने लगी थी। आसपास की दीवारों पर से अँधेरे की परतें झर-झरकर गिरने लगी थीं। आसपास के लोग जो मुँह-सिर लपेटे चले आए थे, अब एक-एक करके छँटते जा रहे थे। उन्हें छँटता देखकर मँझला और भी ज़्यादा ज़ोर से चिल्लाने लगा था, मानो उसे इस बात का भास होने लगा हो कि उसकी आवाज़ में वह दबदबा नहीं है जैसा दबदबा बड़े दीवान की आवाज़ में है। इस विचार से वह खिन्न होकर खोखली आवाज़ में और भी ज़्यादा ऊँचा-ऊँचा चिल्लाने लगा था।

वह फिर से कुल्हाड़ी को ऊँचा उठाए, किवाड़ पर वार करने जा रहा था जब सहसा फाटक के ऊपर, दीवार पर से एक बड़ी-सी ईंट नीचे गिरी। मँझला, जो अभी किवाड़ के निकट नहीं पहुँचा था, सकपकाकर पीछे हट गया था और आँखें उठाकर ऊपर की ओर देखने लगा। पहले तो उसे कुछ नज़र नहीं आया। माड़ी पुरानी थी और कभी-कभी अपने-आप ही किसी दीवार या फाटक या मुँडेर पर से ईंटें गिरने लगती थीं। प्रभातवेला के झुटपुटे में उसे कंगूरे तो नज़र नहीं आए कि कहाँ से सिल गिरी है, पर कंगूरों के पीछे उसे किसी की हिलती काया नज़र आई और उसके हाथ थम गए।

एक और सिल ऊपर से गिरी। अबकी बार वह सिल न होकर एक बड़ी-सी ईंट थी। और इस बार मँझले ने देखा कि फाटक के ऊपर, कंगूरों के पीछे, हाथों में एक और बड़ी सिल उठाए कल्ला, उसका पगलैट भाई, झुका हुआ था।

मँझला पीछे हट गया। बालमुकंद भी ऊपर की ओर देख रहा था, वह भी अपने-आप दो कदम पीछे हट गया।

पगलैट ने सिल नीचे की ओर फेंकी और झुककर, दो कंगूरों पर हाथ रखे हाँफने लगा। झुटपुटे में ऐसा लग रहा था जैसे कोई बनमानस फाटक के ऊपर चढ़ गया हो, और ऊपर से सिलें और ईंटें तोड़-तोड़कर नीचे फेंक रहा हो।

''नीचे उतर, कल्ले, नीचे उतर तो तेरी बहादुरी देखूँ। अपने बाप का बेटा है तो नीचे उतर!'' बालमुकंद चिल्लाया।

मँझले ने भी अपने भाई को पहचान लिया था। क्षण-भर के लिए उसे

अटपटा-सा लगा। किसी की पीठ-पीछे चिल्लाना, उसके मुँह के सामने चिल्लाने से ज़्यादा आसान होता है।

''अपनी घरवाली को सँभालकर रख, नहीं तो मुझसे बुरा कोई नहीं होगा। यह दीवानों की माड़ी है, कोई कंजरख़ाना नहीं है।''

हाँफते पगलैट ने एक और सिल कंगूरों के पीछे से उठाई। दोनों हाथों में सिल उठाए वह उसे बड़ी कठिनाई से छाती तक ऊँचा उठाकर ले गया और धम्म-से नीचे फेंक दी और फिर, कंगूरों को दोनों हाथों से पकड़कर हाँफता हुआ उन पर झुक गया।

इस पर मँझले ने पैंतरा बदला। अपना बायाँ हाथ ऊपर को उठाकर, उलाहने के-से लहजे में बोला, ''मार, और मार ! ईंटें फेंक और फोड़ दे मेरा सिर ! इससे भी बड़ी सिल उठाकर फेंक। लोगों को कैसे पता चले कि तू मेरा सगा भाई है। मार !''

आसपास खड़े लोग फिर से जुटने लगे थे, बिखरते लोगों का कुतूहल उन्हें फिर से खींच लाने लगा था।

मँझले को महसूस होने लगा था कि इस स्थिति में उसका धमकाना और किवाड़ को पीटना उसके हक़ में नहीं होगा। वह तो नीम-पागल है, पगलैट है, उसे ईंटें फेंकते देखकर लोग उसे पगलैट की हरकत समझेंगे, जबकि मँझले को चिल्लाते और दरवाज़ा तोड़ते देखकर वे उसे ही दोष देने लगेंगे। पगलैट का ईंटें फेंकना उन्हें इतना बुरा नहीं लगेगा, जितना उसका दरवाज़ा तोड़ना या कल्ले को बुरा-भला कहना।

मँझला आसपास के लोगों को संबोधन करके बोला—

'तुम लोग अपनी आँखों से देख रहे हो। तुम सब मेरे गवाह हो। मैंने इतना-भर कहा है कि ख़ानदानी घरों की बहू-बेटियों को बेपर्द नहीं होना चाहिए, और यह मुझ पर ईंटें बरसाने लगा है। मार, और मार, फोड़ दे मेरा सिर ! मेरे सिर में से लहू की धार फूटेगी तो तेरा कलेजा ठंडा होगा।''

पौ फट रही थी। पगलैट का पीला चेहरा, उसकी छितरी दाढ़ी के बीच साफ़ नज़र आने लगा था। पीला और पसीने से तर। उसकी आँखें ऐंची-तिरछी हो रही थीं।

लोग बिखरने लगे थे। जब तक रात का अँधेरा छाया रहा था, वे ओट में खड़े माड़ी की कारगुज़ारियाँ देखते रहे थे, पर अब दिन के उजाले में तमाशबीनों की तरह खड़े रहना उन्हें अटपटा लगने लगा था, जो जोख़िम से भी ख़ाली नहीं था। रामजवाया पहले ही सरककर निकल गया था।

माड़ी की दीवार के पीछे, अपने छोटे-से आँगन में रुक्मणी खड़ी थी और चुपचाप इस सारे व्यापार को देखती जा रही थी। छोटी-सी लड़की की अक्ल कितना कुछ सोच पाती होगी। उसकी आँखों के सामने भी धुँधलका ही रहा होगा। धुँधलका, जिसमें चिल्लाहटें भी थीं, धमकियाँ भी, आतंक भी, और कहीं पर अपने

छोटे-से दिमाग़ से मिलनेवाला, प्रकाश की पतली-सी रेखा-जैसा, दिशा-निर्देश भी।

माड़ी के अंदर, अपनी कोठरी में रुक्मणी का पगलैट पति अब खाट पर बैठा सामने फ़र्श पर बैठी रुक्मणी की ओर इकटक देखे जा रहा था। किवाड़ पर जब से प्रहार होने लगे थे, रुक्मणी बिलकुल चुप हो गई थी और बिना कुछ बोले, सिर नीचा किए फ़र्श की ओर देखे जा रही थी। उसके मस्तिष्क में कुछ भी साफ़ नहीं था, लगता जैसे कहीं बादल घुमड़ रहे हों। एक-एक चिल्लाहट, किवाड़ पर पड़नेवाले एक-एक प्रहार को वह उद्भ्रांत-सी सुनती जा रही थी।

उसकी आँखों के सामने बार-बार मौसी भागसुद्धी का चेहरा आ जाता था—कस्बे की एकमात्र स्त्री, जिसने उसके सिर पर हाथ रखा था।

रुक्मी को भास हुआ जैसे उसके पति की आँखें उसके चेहरे पर लगी हैं। जैसे वह टकटकी बाँधे रुक्मणी को देखे जा रहा है। रुक्मणी ने पलकें उठाईं। पगलैट सचमुच उसकी ओर देखे जा रहा था। रुक्मणी को पहली बार लगा जैसे उसके पति की आँखों में कोई भाव झलक रहा है, कोई ऐसा भाव जो मूक भी है और साथ-ही-साथ छटपटा भी रहा है। इस ओर रुक्मणी का ध्यान पहले कभी नहीं गया था। उसने कई बार पहले भी, पगलैट को अपनी ओर इकटक देखते पाया था, पर उसे इतना ही भास होता था कि दो भावशून्य आँखें उसे ताके जा रही हैं।

पर अबकी बार रुक्मणी पगलैट की आँखों में देखती रह गई। उसे उन दो आँखों में कुछ झलकता नज़र आया, गहरी सद्भावना-सा और गहरी पीड़ा-सा, मूक वेदना-सा; और उसे लगा जैसे पगलैट उससे कुछ कहना चाहता है पर कह नहीं पा रहा। पगलैट की आँखों में नमी आ गई थी, पर अभी भी उसका मुँह अधखुला था, और सिर तनिक टेढ़ा किए वह रुक्मणी की ओर देखे जा रहा था। होंठों के कोने में से बहती लार कंधे पर बराबर गिर रही थी।

पहली बार रुक्मणी को लगा जैसे पगलैट की आँखें उसे सहला रही हैं, उसके समूचे व्यक्तित्व को सहला रही हैं, और बैठे-बैठे रुक्मो को गहरी स्निग्धता का भास हुआ, अपार स्निग्धता का। जैसे अब वह निपट अकेली नहीं है, उसे जीवन में संबल मिल गया है। पगलैट की सहलाती आँखें उसके तन-बदन में किसी गहरे संतोष और उत्साह का संचार कर रही थीं।

उसने फिर से आँख उठाकर पगलैट की ओर देखा, पर अबकी बार रुक्मणी की आँखें उसकी आँखों में बँध-सी गईं। पगलैट की आँखें नम हो रही थीं।

रुक्मणी को लगा जैसे वह उसकी ओर देख भी रहा है, और नहीं भी देख रहा। जैसे वह कहना चाहता हो : यह सब मेरे कारण हो रहा है। मेरे ही कारण किवाड़ पर कुल्हाड़ी से वार हो रहे हैं, मेरे ही कारण मेरा भाई बाहर खड़ा गालियाँ बक रहा है, मैंने ही तुम्हें इस साँसत में डाला है⋯

पर रुक्मणी की प्रतिक्रिया कुछ दूसरी ही थी। उसकी सहलाती आँखों को

देखकर उसे लगा जैसे अँधेरे में रोशनी की हल्की-सी लौ छिटक गई है, जिसमें कमरे का सूनापन खो गया है, कुछ ऐसा जिसकी वह व्याख्या नहीं कर सकती। केवल महसूस कर सकती है, अपने रोम-रोम में उसका स्पंदन महसूस कर सकती है।

रुक्मणी के होंठों पर एक हल्की-सी मुस्कान खेल गई। एक कोमल, स्निग्ध-सी मुस्कान। उसे मालूम नहीं पड़ा कि कब उसने पगलैट का हाथ अपने दो नन्हें-नन्हें हाथों में ले लिया है, और कब वह उसके साथ सटकर बैठ गई है और उसके हाथ को अपने दोनों हाथों में लिए खाट की पाटी से पीठ लगाए उसके हाथों को सहलाने लगी है।

पगलैट की आँखों में आँसू छलक आए थे। जब आँसू रुक्मणी के हाथों पर गिरे तो वह व्याकुल-सी हो उठी। उसे आश्वस्त कर पाने के लिए वह क्या कहे। उसे और तो कुछ नहीं सूझा, वह घुटनों के बल उठ बैठी और अपनी चुन्नी के कोने से अपने पगलैट पति की आँखें पोंछने लगी—

''मत रोवो जी, मत रोवो, तुम क्यों रोवो ?''

रुक्मणी को लगा, जैसे उसे जीवन में अपने बचाव के लिए ढाल मिल गई है, अब वह अकेली नहीं है, निःसहाय नहीं है।

बार-बार गालियाँ बकने और किवाड़ पीटने के बाद मँझला और उसके साथी जा चुके थे। पगलैट भी कब का बड़े दरवाज़े पर से उतर आया था। अब दोनों कोठरी के अंदर बैठे, भावविह्वल, कभी हँस रहे थे, कभी रो रहे थे। रुक्मणी बार-बार उसके आँसू पोंछ रही थी और पगलैट तुतलाता हुआ बार-बार कहे जा रहा था :

''लुक्मण मेली ए !''' लुक्मण मेली ए !''

(रुक्मण मेरी है, रुक्मण मेरी है !)

कल्ले का विवाह तो दीवान धनपत ने यह सोचकर किया था कि कल्ला ठिकाने लग जाएगा, उसका घर रस-बस जाएगा, ताकि दीवान धनपत के आँखें मींच लेने के बाद उसे अपने भाइयों का मोहताज नहीं रहना पड़े। पर इसका असर मँझले पर उल्टा हुआ था। ब्याह के बाद अनेक अप्रत्याशित-सी घटनाएँ घटने लगीं। एक तो मँझले के तेवर चढ़े रहने लगे। उसे लगा जैसे उसके बाप ने कल्ले के विवाह का जो षड्यंत्र रचा था, उसमें उसे मोहरे की तरह इस्तेमाल किया गया है। ब्याह कल्ले का करना था और उसके लिए आड़ ली मँझले की। उसे इस बात का भी विश्वास होने लगा था कि बारात के साथ भोजन के समय उसे और उसके दोस्तों को बदतमीज़ी करने के लिए जानबूझकर उकसाया गया था। उसे पता चला था कि रामजवाया की शह पर मुकंद ने उसे उकसाया था—''शादी तुम्हारी हो रही है और तुम्हें ही कोई पूछता नहीं। तेरी थाली में पापड़ तक नहीं है।'' और फिर, ''यह

दुनिया रोआब-दाब की है, बेटे, बिना रोए तो माँ भी दूध नहीं देती !'' जिस पर मँझला 'पापड़-पापड़' चिल्लाने लगा था। इसमें भी शक नहीं था कि कस्बे में उसके विवाह की चर्चा पीछे पड़ गई थी, जबकि पगलैट के विवाह की चर्चा बच्चे-बच्चे की ज़बान पर थी। दीवान अभी भी मँझले के साथ बोलता तो रुखाई से, जबकि कल्ले की हर बात पर हँसता-मुस्कराता रहता था। देखने में भी कल्ले की घरवाली ज्यादा सलोनी थी, जबकि उसकी अपनी पत्नी, पुष्पा, रंग की तो गोरी थी, पर नाक-नक्श चौड़े-चपटे थे, जो उसे बहुत पसंद नहीं थे। अंदर-ही-अंदर वह सुलगने लगा था। और अब, उसके दोस्त-यार भी यह कहकर उसे उकसाने लगे थे कि अब वह बाप की ज़मीन-जायदाद का अकेला वारिस नहीं रह गया है, कि एक दिन कल्ला ही बड़ा दीवान कहलाएगा, क्योंकि वह उसका बड़ा भाई है और जिस गंभीरता से उसका इलाज चल रहा है, कोई ताज्जुब नहीं कि वह तंदुरुस्त हो जाए और उसके बच्चे-बाले भी होने लगें—यही बात सबसे ज़्यादा सालनेवाली थी। उधर, विलायत में बैठा उसका भाई भी एक दिन लौट सकता है और ज़मीन-जायदाद में अपना हिस्सा माँग सकता है।

ब्याह के, अथवा यों कहें कि ब्याहों के बाद स्थिति बिगड़ने लगी थी। घर पर आनेवाले लोग कल्ले का कुशल-समाचार ज़्यादा पूछते, उसका कम। कल्ले की पत्नी को भी ज़्यादा सराहते। शीघ्र ही मँझला स्वयं अपनी पत्नी की अवहेलना करने लगा था। एक दिन तो उसने उसे कह ही दिया था—'हमने तो तुम्हारी पालकी लौटा दी थी, फिर तुम क्यों मुँह उठाए चली आईं ?' और उसकी पत्नी कटकर रह गई थी। बात-बात पर वह बिफर उठता था। और जब से उसके दोस्तों में ज़मीन-जायदाद की विरासत की बात चलने लगी थी, वह बात-बात पर बिगड़ने लगा था। एक दिन तो उसने अपने पिता से कह भी दिया था—

''मैं अलग होना चाहता हूँ। मेरे हिस्से की ज़मीन-जायदाद बाँटकर मुझे दे दें।''

इस पर बड़ा दीवान अपनी चुभती पैनी आँखों से उसकी ओर देखता रहा था, और फिर कड़ककर बोला था, ''तुम्हें पारखती क्यों नहीं दे दूँ ? घर से ही क्यों न निकाल बाहर करूँ ? ख़बरदार, जो फिर जबानदराज़ी की, बोरिया-बिस्तर उठवाकर गली में फेंक दूँगा।''

मँझला चुप तो हो गया था, पर अंदर-ही-अंदर देर तक सुलगता रहा था। और सुलगते रहने का नतीजा यह निकला कि एक दिन उसने कल्ले को धुन दिया, और वह भी बाप की आँखों के सामने। बात कुछ नहीं थी। कल्ला आँगन में खाट पर बैठा अपनी पत्नी को निहार रहा था, जो कुछ ही दूर बैठी, घुटनों पर कोई कपड़ा रखे उस पर सिलाई कर रही थी। कल्ला जब खुश होता तो हँस-हँसकर लार बहाता था, पर जब अंदर से क्षुब्ध होता तो सिर झटकता और ज़मीन पर लाठी पटपटाता रहता। उस दिन वह केवल चुपचाप बैठा था, पर उसकी आँखें अपनी

पत्नी पर लगी थीं। मँझले को भास हुआ था कि कल्ला तो मज़े से बैठा इश्क लड़ा रहा है, और बहुत-सी ज़मीन-जायदाद भी हड़प जाएगा, जबकि उसके पल्ले एक ऐसी लड़की को जबरदस्ती बाँध दिया गया है जिसके साथ बात करते हुए भी वह भड़क उठता है।

उसी वक्त, क़िस्मत की मारी, रुक्मणी की विधवा माँ अंदर चली आई थी और उस पर नज़र पड़ते ही मँझले का पारा तेज़ हो गया था। ब्याह के बाद कभी-कभार ही रुक्मणी की माँ, अपनी बेटी से मिलने आया करती थी। दीवानों की माड़ी में पाँव रखने से वह घबराती थी, उसे बड़े दीवान से डर लगता था और बेटी के ब्याह के बाद तो उसे इस माड़ी से ही डर लगने लगा था। माड़ी की ऊँची-ऊँची दीवारें उसे किसी कारागार की दीवारों-जैसी लगती थीं। पर मोह की मारी माँ को दिन-रात बेटी की चिंता लगी रहती थी। दिन तो जैसे-तैसे कट जाता था, पर रात करवटें बदलते और भगवान से दया की भीख माँगते बीतती थीं। विवश होकर, एक दिन वह साहस बटोरकर चली आई थी। और उस रोज भाग्य की करनी, ड्योढ़ी में दाख़िल होने पर बड़ा दीवान सामने से आ गया था, और उसे देखकर दीवान ने उसका स्वागत भी किया था और दो मीठे शब्द भी बोले थे: "तुम रुक्मणी की माँ, वीराँवाली हो? आओ, आओ, ···इधर से अंदर चली जाओ। अंदर बैठी है तेरी लाडली!" और दो-एक बार उसे माड़ी में आते रहने को कहा भी था, जिससे वह बड़ी आश्वस्त होकर लौटी थी। इसके बाद उसकी झिझक जाती रही थी और वह कभी-कभार माड़ी के अंदर आने लगी थी। और चूँकि बेटी के घर माँ-बाप कभी खाली हाथ नहीं जाते, इसलिए महीना-भर जोड़-तोड़ करने के बाद, विधवा माँ, पंजीरी बनाकर लाई थी। पर उस दिन माड़ी के अंदर एक विचित्र स्थिति पनप रही थी। बड़े दीवान को तो उसका आना अच्छा लगता था, पर मँझले को ताप चढ़ जाता। उसे लगता, जैसे एक और षड्यंत्र रचा जाने लगा है, जिसमें कल्ले की पत्नी और सास, धीरे-धीरे अपना प्रभाव माड़ी में बढ़ा रही हैं। विधवा को इसका भास नहीं हुआ, वरना वह माड़ी में आना छोड़ देती। बड़ा दीवान तो रुक्मणी के साथ धीमी आवाज़ में बोलने लगा था, उसके हाथ की पकी रोटी में उसे रस मिलने लगा था, पर मँझले की बहू की बात दूसरी थी। अपनी सनक मनवा लेने के बाद भी, बड़े दीवान के मन में उसके परिवार के प्रति वैमनस्य की भावना बनी रह गई थी। उनका यह निर्णय करना ही कि हम भविष्य में दीवानों के घर लड़की नहीं देंगे, उसे सालता था। हवेली की नीलामी के समय मलिक मंसाराम ने धनपत को नीचा दिखाया था, सबके सामने पंद्रह हज़ार की बोली देकर उसका पानी उतारा था। इसका बदला लेने की खलिश बरसों तक बनी रही थी और अंत में यह विवाह रचाकर धनपत ने मलिक मंसाराम को फाँसने की ठान ली थी। शादी से हवेली भी अपने अधिकार में आ जाएगी और अगर पाँसा ठीक पड़ गया तो पगलैट बेटे का ब्याह भी उसी की बेटी के साथ करूँगा। पर ऐन आड़े वक्त में पाँसा उलटा पड गया

था और वह मंसाराम को पूरी तरह से चित्त नहीं कर पाया था। यह बात भी उसे खटकती थी। इसलिए बड़ा दीवान अभी भी उन्हें तिरस्कृत करने के मनसूबे बनाता रहता था। उनके साथ उसने लेन-देन भी बंद कर रखा था। मँझले की बहू के साथ भी वह सीधे मुँह बात नहीं करता था। कोई-न-कोई जली-कटी कह देता।

उस दिन दीवान धनपत मुरब्बों का दौरा करने गया हुआ था और मँझले और उसके दोस्तों को मनमानी करने का मौका मिल गया था। विधवा वीराँवाली थाली में पंजीरी रखे, और उसे अपने दुपट्टे की ओट में लिए, खुशी-खुशी शरमाती-मुस्कराती ड्योढ़ी के अंदर आ गई। अंदर पहुँची तो सामने मँझला खड़ा था। बेटी की ओर जाने के बजाय, वीराँवाली मँझले की ओर बढ़ गई थी और थाली पर से पल्ला हटाते हुए, थाली मँझले के सामने बढ़ा दी, "लो छोटे दीवान साहिब जी, मुँह मीठा करो।"

इस पर मँझला बिगड़ उठा, "मैले पल्ले से ढककर लाई है, बेबे, ऐसा तो भंगी-चमार भी नहीं करते। मुझे नहीं चाहिए।"

विधवा भौंचक्की-सी रह गई और थर-थर काँपने लगी। वह ऐसी झेंपी कि उससे वहाँ खड़ा नहीं हुआ गया। थर-थर काँपती वह बेटी की कोठरी की ओर बढ़ने लगी थी। पर उसे उस ओर जाना भी उचित नहीं लगा। क्षण-भर में ही वह पराई महसूस करने लगी थी और उसका गला रुँधने लगा था।

पगलैट ने उसकी ओर देखा तो खाट पर से उठ खड़ा हुआ और धीरे-धीरे उसकी ओर बढ़ने लगा। विधवा माँ उल्टे पाँव वापिस जाने को हुई। उसकी समझ में नहीं आ रहा था कि थाली को उस घर में रखे, या जैसे लाई थी, वैसे ही उसे उठाए बाहर चली आए। किंकर्तव्यविमूढ़-सी वह आँगन में डोल रही थी, जब रुक्मणी, आँगन में माँ की आहट पाकर दौड़ती हुई बाहर निकल आई और भागकर माँ से लिपट गई। पर माँ अभी भी बेहद घबराई हुई थी। उसे रुलाई आ गई और वह बिना कुछ कहे, रोती-बिलखती, थाली को वहीं पर छोड़कर, माड़ी से बाहर निकल गई।

उसी वक्त दीवान धनपत बाहर से आकर आँगन में एक ओर बने चबूतरे पर बैठा था और गुड़गुड़ी हाथ में लिए कश लेने लगा था, जबकि टहलुवा, उसके सामने ज़मीन पर बैठा उसके जूते उतार रहा था और उसकी उँगलियों की चंपी करने लगा था।

दीवान की आँखें इसी ओर लगी थीं। उसका मन चाह रहा था कि रुक्मणी की माँ उसकी ओर चली आए। मँझले ने विधवा से क्या कहा था, वह तो उसे सुनाई नहीं दिया, पर जब उसने विधवा को मुँह में दुपट्टे की चूक ठूँसे, उन्हीं क़दमों बाहर जाते देखा तो वह समझ गया कि मँझले ने ज़रूर कोई अनाप-शनाप बक दिया है।

और दूसरे क्षण उसने पाया कि मँझला कल्ले के सामने खड़ा था। कल्ला आँगन

के बीचों-बीच आ गया था और बिलबिलाती-सी आवाज़ में 'बेबे जी, लुक्मो की माँ···बेबे जी' बोले जा रहा था और फिर अपनी लाठी उठाने के लिए हाथ बढ़ा ही रहा था जब मँझले ने ज़ोर से धक्का दिया और कल्ला बिलबिलाता हुआ खाट पर जा गिरा। तभी बड़ा दीवान बौखला उठा था—

''ओ सुअर के बच्चे ! क्या कर रहा है ! अपने बड़े भाई पर हाथ उठा रहा है ?''

मँझला बाप की आवाज़ सुनकर चौंका। वह समझे बैठा था कि उसका बाप मुरब्बों पर गया हुआ है।

पर दीवान धनपत की आवाज़ का उस पर उल्टा असर हुआ। अगर उसके कान में आवाज़ नहीं पड़ती तो शायद धक्का देने के बाद वह बस कर देता, पर आवाज़ पड़ने पर वह और भी ज़्यादा झुँझला उठा और कल्ले पर पिल पड़ा और घूँसों, चाँटों और धक्कों से उसे पीटने लगा। बिलखती रुक्मणी चिल्लाए जा रही थी—

''हाय जी, यह क्या करते हो, छोडो, छोड़ो···!'' और वह अपने पति को बचा पाने के लिए दोनों के बीच जा पहुँची और मँझले का हाथ रोकने लगी।

गुस्से से काँपता दीवान चबूतरे पर से उठ खड़ा हुआ।

''ओ हरामज़ादे, ठहर, जाता कहाँ है ?'' दीवान ने कहा और लाठी हाथ में थामे नीचे उतरकर आँगन में आगे बढ़ने लगा।

उसके पहुँचते-न-पहुँचते, कल्ला खाट पर औंधा पड़ा था। उसके दाएँ गाल पर भाई की पाँचों उँगलियों के निशान थे, और रुक्मणी, बदहवास्-सी खाट की पाटी को पकड़े अपने पति और मँझले के बीच उकड़ूँ-सी खड़ी थी और 'बचाओ-बचाओ' चिल्लाए जा रही थी।

दीवान के नज़दीक आने पर मँझला कुछेक कदम पीछे हट गया था। उसकी साँस फूली हुई थी। उसने आँखें तरेरकर दीवान साहिब की ओर देखा, और हाथ झाड़ते हुए बोला, ''आज तो छोड़ दिया है पर अगली बार तेरा भुरथा नहीं बनाया तो देखना।'' और पीछे मुड़कर देखे बिना, ड्योढ़ी की ओर जाने लगा।

''ओ, हरामजादे ! ठहर इधर, जाता कहाँ है ?'' अपने पूरे दबदबे के साथ दीवान चिल्लाया।

आँगन के सिरे पर, ड्योढ़ी में दाख़िल होने से पहले, मँझले ने मुड़कर देखा और बड़बड़ाया, ''मैं समझ लूँगा। मैं सबसे समझ लूँगा।'' और ड्योढ़ी पार कर गया।

पहले तो दीवान ने सोचा कि मँझले को उसी समय पारखती दे दे, कि अब से यह मेरा बेटा नहीं है, और सारी ज़मीन-जायदाद कल्ले और उसके छोटे भाई के नाम कर दे जो उस समय विलायत में बैठा बैरिस्टरी पढ़ रहा था। पर जब वह लौटकर चबूतरे पर आया तो उसने फ़ौरन यह काम करने का इरादा छोड़ दिया। उस वक्त चोबदार और घर के दो-तीन नौकर-चाकर भागते हुए बाहर आ गए थे और कल्ले की सेवा-सुश्रूषा में लग गए थे। रुक्मणी अभी भी बेसुध-सी कराहे जा रही थी।

दीवान धनपत सोचा करता था कि दोनों बेटों का ब्याह कर देने के बाद वह निश्चिंत हो जाएगा। उसे लगने लगा था कि वह अपनी महत्त्वाकांक्षाओं की पूर्ति की परिणति तक आ पहुँचा है और बेटों का ब्याह हो जाने के बाद अपनी सभी ज़िम्मेदारियों से मुक्त होकर एक तरह से अपने दीवानी, राजसी सिंहासन पर बैठकर, गुड़गुड़ी के कश लेता हुआ, अपनी सल्तनत का जायज़ा लिया करेगा। एक तृप्ति का-सा भाव उसके तन-बदन में फैलने लगा था। अधिकार, हुक्मरानी, कस्बे में सबसे ऊँचा स्थान, उसका हुक्म बजा लानेवाले कितने ही लोग—उसने सब अपने बलबूते पर हासिल किया था।

उस रात वह जब सोने के लिए माड़ी की छत पर पहुँचा, तो पूर्णिमा की चाँदनी खिली हुई थी। बड़ा धुला-धुला समाँ था। माड़ी की लंबी-चौड़ी छत चाँदनी में नहाई थी और नदी की ओर से हवा के सहलाते हुए-से झोंके आ रहे थे। सारा दृश्य दीवान धनपत की मानसिक स्थिति के अनुरूप ही था। दीवान के अंदर भी इस समय चाँदनी-सी छिटकी थी।

छत के बीचों-बीच दीवान का पलँग बिछा था, जिस पर सफ़ेद, धुली-धुली चादर चमक रही थी। पलँग के पास तिपाई पर, उसके सिरहाने के निकट, चाँदी की वह सुराही रखी थी—शीतल जल से भरी और पास में चाँदी का ही सुंदर गिलास रखा था, जिस पर बारीक नक्काशी का बड़ा सुंदर काम हुआ था और जिसे धनपत एक बार लाहौर से लाया था। टहलुवा बिस्तर बिछाकर नीचे जा चुका था। अभी थोड़ी देर में वह लौटकर आएगा। जब बड़ा दीवान पलँग पर लेट चुका होगा, तब वह पलँग के पायँताने बैठकर दीवान जी की टाँगें दबाएगा, उस वक्त तक जब तक दीवान जी हल्के-हल्के ख़र्राटे नहीं भरने लगेंगे।

दीवान धनपत का मन नहीं हुआ कि सीधा पलँग पर जाकर लेट रहे। चारों ओर के दृश्य ने, और विशेषकर माड़ी ने उसकी आँखों को बाँध लिया था। यह माड़ी नहीं, यह तो क़िला है, मेरी सत्ता की चौकी है। सड़क की ओरवाली मुँडेर के बीचों-बीच मेहराबदार छतरी बनी थी, बड़ी शानदार। ऐसी छतरी किलों, महलों पर बनाने का चलन था। धनपत को अच्छा लगा। धीरे-धीरे चलता हुआ, दीवान धनपत उस मेहराबदार छतरी के नीचे जा खड़ा हुआ। छत पर एक छोटा-सा, दो ग़ज चौड़ा बढ़ाव था जिस पर यह छतरी बनी थी। वहाँ खड़े हो जाओ तो लगता था कि नीचे, दूर तक फैला कस्बा तुम्हारे क़दमों में बिछा है। सुंदर-सी छोटी लाल ईंटों की बनी छतरी जिसके नीचे खड़े होने पर नीचे, गली में जानेवाले लोग अपने-आप ही हाथ जोड़कर सीस नवा देंगे। मुझे यहाँ अक्सर खड़ा होना चाहिए था, अपनी प्रजा को दर्शन देते रहना चाहिए था। लोग देखते और कहते—यही दीवान धनपत है, छतरी के नीचे खड़ा, पीले रंग का अँगरखा पहने हुए, यही कस्बे का रईस है। इसी को इस माड़ी में से एक दिन निकाला गया था, पर अब देखो इसका ठाठ, यही अब माड़ी का मालिक है, कस्बे का बड़ा दीवान है। पश्चिम की ओर दूर नदी का

पाट था, सफ़ेद चाँदनी में झिलमिलाता हुआ। इस छतरी के नीचे खड़े होकर वह कस्बे के लोगों को दर्शन दे सकता था, अपने राजसी बाने में—सिर पर केसरी पगड़ी, गले में नकटाई, पीला अँगरखा, मोतियों के हार। अगर वह चाहता तो हाथ में अधिकार-चिह्न के नाते, चाँदी के ही खोल में बँधी एक छोटी-सी छड़ी भी रख सकता था, जैसी तस्वीर में मलिका मुअज़्जमा के हाथ में है। ऐसा वह अभी तक कर नहीं पाया था। तरह-तरह के बखेड़े उसे घेरे रहे थे। सहसा ही उसे भास हुआ जैसे उसकी आँखें पहली बार अपने को अपने से अलग व्यक्ति के रूप में देखने लगी हैं, जैसे वे धनपत के शरीर में से अलग होकर अब दीवान धनपत को देखे जा रही हों। इतने बरस दीवान धनपत राय बनने में निकल गए, कभी खड़ा होकर अपने को बड़े दीवान के रूप में देखने का मौका नहीं मिला। सारी उम्र उलझा ही रहा।

नीचे गली में मौन छाया था। इस मौन के कारण माड़ी का रोआब और भी ज़्यादा बढ़ गया था। वह और भी ज़्यादा हैबतनाक नजर आने लगी थी। पहले यहाँ गली में कुंजड़ बैठते थे। गाँव से साग-सब्ज़ी लाकर, उनकी पूरी कतार यहाँ पर बैठती थी—माड़ी के एक सिरे से लेकर, दूसरे सिरे तक दिन-भर चिल्ल-पों मची रहती थी। पर जिस दिन माड़ी उसके अधिकार में आई थी, और वह एक ही बार गुर्राकर बोला था कि गली साफ़ हो गई थी।

दीवान धनपत वहाँ कुछ देर तक खड़ा कस्बे के दृश्य को देखता रहा। उसके अनेक प्रतिस्पर्धी मर-खप गए थे। किसी का दीवाला पिट गया, किसी ने दूकान उठा दी। केवल साहूकारा करनेवाले बचे रहे। उन सबमें केवल मलिक मंसाराम धनी बन पाया था, वह भी विलायती माल की एजंटी के कारण। और अब वह भी मुझसे ख़म खाता है। कहाँ गया दीवान मय्यादास? काश कि वह आज ज़िंदा होता और मुझे एक नज़र देख पाता! कहाँ गया राजा अमीरचंद? कहाँ गए गोकुलदास और हरगोबिंद? काश कि उनके मरने से पहले ही मैं इस जगह पहुँच गया होता जहाँ आज पहुँचा हूँ। उन्हें भी मेरे सामने झुक-झुककर मेरा अभिवादन करना पड़ता।

कुछ देर तक वहाँ खड़ा रहने के बाद दीवान धनपत, पीठ-पीछे दोनों हाथ बाँधे, धीरे-धीरे टहलता हुआ दाएँ हाथवाली छोटी दीवार की ओर आ गया और यहाँ पहुँचकर वह ठिठक गया। उसके जीवन की सबसे बड़ी उपलब्धि तो यहीं पर थी। बरसों पहले, यहाँ खड़े होकर नीचे, माड़ी के अंदर झाँककर देखो तो दीवारों का जाल बिछा नज़र आता था। भाई-भतीजे तो दूर रहे, यहाँ पर तीन-तीन कुनबों ने अपने पाँव जमाए हुए थे। चिल्ल-पों यहाँ पर भी मची रहती थी। सब साफ़ कर दिया। सभी दीवारें तोड़ डालीं। माड़ी में से सभी घुसपैठियों को बुहारकर बाहर फेंक दिया। धनपत याद करके मुस्कराया। कभी इसी माड़ी में से निकाला गया था। मेरी ट्रंकी और गठरी और छोटी-सी बिस्तरी बाहर फिंकवा दी गई थीं। दीवान धनपत की आँखों के सामने वह दृश्य घूम गया। दीवान मय्यादास—जो उन

दिनों बड़ा दीवान कहलाता था, जैसे आज मैं कहलवाता हूँ, इसी तरह मलमल का कुर्ता और सफ़ेद पाजामा पहने वैसे ही छत पर खड़ा था जैसे आज मैं खड़ा हूँ और गली में मेरा सामान पड़ा था। कहाँ गया दीवान मय्यादास और उसके दम-ख़म?

दीवान धनपत अपनी उपलब्धियों पर मगन, एक-एक उपलब्धि का रस लेता हुआ फिर से टहलता हुआ उसी छतरी के नीचे जा पहुँचा। वह नीचे की ओर झाँककर गली में, ऐन बड़े फाटक के बाहर वह जगह देखना चाहता था जहाँ उस निर्णायक दिन, उसका सामान पड़ा था।

गली सूनी पड़ी थी। कहीं-कहीं पर चाँदनी के चकत्ते छिटके हुए थे, कहीं पर किसी दीवार का साया गली के एक भाग को बड़े रहस्यमय ढंग से ढके हुए था।

धनपत की नज़र माड़ी के पिछवाड़े उस लंबी-चौड़ी हवेली पर पड़ी जो माड़ीवालों की ही जायदाद का हिस्सा थी, तो उसका मन मसोस उठा। नीलामी में मंसाराम हवेली मार ले गया था। हवेली तो गई सो गई, नदामत अलग। शहरी व्यापारी बड़ा चतुर निकला। हवेली भी ले गया और मेरे मुँह पर कालख भी पोत गया। बोली देना बंद ही नहीं करता था। पर फिर, विजयोल्लास की लहर-सी धनपत के अंदर से उठने लगी। एक बार तो मैंने भी उसे अच्छा पटक दिया है। हाथ बाँधकर गिड़गिड़ाया, तभी उसकी बेटी को घर में लाए हैं। और उसकी बेटी आई तो साथ में हवेली भी लौट आई। इसी शर्त पर रिश्ता तय हुआ था कि मलिक मंसाराम दहेज में अपनी बेटी को वह हवेली भी देगा जो नीलामी में उसने ख़रीद ली थी।

वहाँ पर खड़े-खड़े दीवान धनपत को लगा जैसे नीचे गली में किसी आदमी का साया अँधेरे में से निकलकर, कुछ देर के लिए चाँदनी में आया है, और फिर चाँदनी के चकत्ते को लाँघकर गली की दीवार के साए में खो गया है।

धनपत को हल्का-सा झटका लगा। इस समय यहाँ पर कौन हो सकता है? संभव है माड़ी के अंदर से ही कोई आदमी बाहर निकला हो, कोई टहलुवा, कोई नौकर, मँझले का कोई दोस्त। पर इतनी रात गए, माड़ी में से कौन बाहर निकलेगा? आदमी धीरे-धीरे चल रहा था, जिसका मतलब है कि जवान आदमी नहीं था। पहनावे और चाल-ढाल से भी वह नौकर या माड़ी का टहलुवा नहीं जान पड़ता था। कौन था वह? क्या वह लेखराज तो नहीं था? लेखराज? वह यहाँ पर क्यों आएगा? पर ज़ेहन में उसका नाम आते ही दीवान धनपत को झुरझुरी-सी हुई। इस समय उसका यहाँ क्या काम?

कुछ ही दिन से, गाहे-बगाहे, लेखराज के बारे में उसे ख़बर मिलती रही थी। वह कस्बे में लौट आया है, यह ख़बर तो उसे कब की मिल चुकी थी। रामजवाया ने भी और पुरोहित ने भी तथा अनेक अन्य लोगों ने भी उसे बताया था कि लेखराज कस्बे की गलियों में घूमता देखा गया है।

इसमें शक नहीं कि जब से लेखराज कस्बे में लौटा था, धनपत थोड़ा

विचलित-सा महसूस करने लगा था। दो-एक बार उसका ध्यान आने पर, उसने अपने मन को समझाया भी था : तुम मगन रहो धनपत, लेखराज तुम्हारा कुछ नहीं बिगाड़ सकता। उसके पल्ले न धेला न दमड़ी, वह किस बूते पर तुम्हारे साथ टक्कर लेगा ? नालिश वह कर नहीं सकता। फ़र्याद लेकर भी आएगा तो मेरे पास ही आएगा। पर किसी-किसी वक़्त यह विचार शूल की तरह चुभता-सा उठता : माड़ी में उसका भी तो हक बनता है। वह दीवान मय्यादास के छोटे भाई का बेटा है। खून के हिसाब से तो वही असली जाँनशीन बनता है। अगर उसने यह मामला उठा दिया तो कस्बे में मेरी क्या रह जाएगी ? कस्बे में सभी लोग उसके नाम से परिचित हैं। सभी जानते हैं कि वह सिक्ख-लड़ाइयों में बड़ी बहादुरी और जाँनिसारी से लड़ता रहा था। जब तक कस्बे में वह नहीं आया था तब तक बात दूसरी थी, पर उसके लौट आने पर सभी जान गए होंगे कि माड़ी का असल मालिक वही है। पर कस्बे में लौटने पर भी उसने मुतालबा क्यों नहीं किया ? क्या उसमें मुतालबा करने की सकत भी है ? उसके पास रखा ही क्या है जो मुकद्दमा लड़ सके ? दो पेशियों में ही उसकी बोलती बंद कर दूँगा।

उस दिन कचहरी में, जब करीमखान मुजारे की पिटाई की गई थी तो धनपत को भास हुआ था कि किसानों की टोली के पीछे एक आदमी खड़ा था—चादर की बुक्कल लगाए, चुपचाप कचहरी की कार्रवाई देखे जा रहा था। धनपत की पैनी, छोटी-छोटी आँखों ने उसे पहचानने की कोशिश की थी, और इस बात का भास मिलते ही कि कहीं वह लेखराज तो नहीं है, धनपत अपना मानसिक संतुलन खो बैठा था। और जब करीमखान का मामला सामने आया था तो धनपत ने जानबूझकर कोड़ों से मुज़ारे की पीठ छलनी करवा दी थी, ताकि लेखराज अच्छी तरह से समझ ले और अपनी आँखों से देख ले कि दीवान धनपत के साथ टक्कर लेने का क्या नतीज़ा होगा।

पर यह कस्बे में लौट क्यों आया है ? न मालूम, रात के वक्त यही लेखराज, किन-किन लोगों के घरों में जाकर मेरे ख़िलाफ़ साज़िशें करता फिरता होगा। पर यह मेरा बिगाड़ ही क्या सकता है ? अगर मुरब्बे मिले हैं तो मुझे मिले हैं। मुरब्बे पुश्तैनी तो नहीं हैं कि उन पर किसी अन्य व्यक्ति का भी अधिकार हो। रही माड़ी, हाँ, माड़ी में इसका हिस्सा ज़रूर है या फिर हवेली में—पर हवेली तो नीलाम हो चुकी है। यह केवल माड़ी में से अपना हिस्सा माँग सकता है, वह भी कितना ? और नालिश के बिना उसे कैसे मिलेगा, और नालिश करने की सकत कहाँ से लाएगा ? धनपत फिर से निश्चिंत महसूस करने लगा था।

दीवान धनपत की नज़र फिर से नीचे गली की ओर गई, और उसे फिर से ऐसा लगा जैसे कोई आदमी, चादर की बुक्कल लगाए अँधेरे में से निकलकर गली में छिटकी चाँदनी में आया है, और फिर से अँधेरे में खो गया है।

धनपत देर तक आँखें गाड़े नीचे गली की ओर देखता रहा, जहाँ आड़े-तिरछे

मकानों के साए, चाँदनी में तरह-तरह के तिकोन और चौकोर बना रहे थे। वह इस इंतज़ार में था कि संभव है वह आदमी जो अभी अँधेरे में ग़ायब हो गया था, फिर से लौटकर, गली पार करता दिखाई दे जाए और धनपत उसे ठीक तरह से पहचान ले कि वह लेखराज है या कोई और है। पर वह नहीं लौटा। कुछ देर बाद धनपत वहाँ से हट गया और धीरे-धीरे टहलता हुआ अपने पलँग की ओर जाने लगा।

पुरोहित रामदास से प्रिश्न लगवाऊँ कि लेखराज का कस्बे में आना उसके लिए अच्छा नहीं होगा और उसे अपने मनसूबों में कामयाबी मिलेगी या नहीं मिलेगी ? पुरोहित इतना तो बता गया था कि लेखराज पिछले दिनों में किन-किन लोगों के साथ बैठता-उठता देखा गया है।

''कुछ दिन पहले तो वह मंडुवे में घूमता रहा है। आपके समधियों के मंडुवे में। उस दिन वह वहाँ से निकलकर, बाहर एक पेड़ के नीचे देर तक बैठा रहा था। निपट अकेला⋯एक दिन दोपहर को वह टीले पर गया था, ग़रीबनवाज़, हरनारायण के साथ देर तक बातें करता रहा था।⋯हरनारायण भी आपका समधी ही ठहरा !'' पुरोहित ने भेद-भरे ढंग से कहा था।

सहसा सीढ़ियाँ चढ़कर ममटी की ओर से टहलुवा हाथ में हरीकेन लैंप झुलाता छत पर आ गया था। धनपत उस समय अपने विचारों में खोया था। अचानक, आँख उठाने पर उसने छत के एक ओर ममटी की दीवार पर बड़े-बड़े साए पड़ते देखे तो वह डर-सा गया। लैंप हाथ में लिए टहलुवा इस ओर आगे बढ़ता आ रहा था। उसकी चलती टाँगों के बड़े-बड़े साए ममटी की दीवार पर पड़ रहे थे। धनपत के दिल को झटका-सा लगा, उसे यह दृश्य बड़ा घिनौना और अटपटा लगा।

''क्या है ?'' दीवान धनपत ने कड़ककर कहा।

''कुछ नहीं मालिक, मैं पाँव दबाने आया हूँ।'' टहलुवा बोला। टहलुवे को भी अचंभा हुआ कि मालिक पूछ रहे हैं कि मैं क्यों आया हूँ जब कि सोने से पहले मैं हर रोज़ मालिक के पाँव दबाता हूँ।

''नहीं, जाओ, आज तुम्हारी ज़रूरत नहीं है।''

''मालिक,'' टहलुवे ने कहा और हरीकेन लैंप ऊँचा उठाकर उसकी बत्ती नीची करते हुए कुछ दूर, ममटी की दीवार के साथ सटाकर रखा, और जिन क़दमों आया था उन्हीं क़दमों लौट गया।

पर ऐन जब वह ममटी में दाख़िल हुआ, और क्षण-भर के लिए उसकी टाँगों के लंबे-लंबे साए ममटी की दीवार पर पड़े तो उसी वक्त दीवान धनपत को लगा जैसे कोई साया, ममटी के पीछे से निकलकर टहलुवे के पीछे-पीछे ममटी के अंदर प्रवेश कर आँखों से ओझल हो गया है।

यह मेरा वहम है, और कुछ नहीं—पलँग पर से टाँगें लटकाकर बैठते हुए दीवान धनपत बुदबुदाया। संशय तो मन में जागा था, पर कुछ ही देर पहले उसे

अपने गौरव का, शिखरों को चूमती अपनी कामयाबी का भी भास हुआ था। 'एक लेखराज तो क्या, बीस लेखराज भी आ जाएँ तो मेरा कुछ नहीं बिगाड़ सकते', वह बुदबुदाया।

''ओ टहलुवे ! ओ रामरक्खा !'' सहसा दीवान धनपत ने चिल्लाकर कहा। वह इतने जोर से चिल्लाया कि उसकी आवाज़ छत पर के सन्नाटे में गूँज गई।

रामरक्खा भागता हुआ लौट आया।

''यह कौन था जो तेरे साथ अभी-अभी नीचे गया है ?''

रामरक्खा हत्प्रभ-सा दोनों हाथ बाँधे मालिक की ओर देखने लगा, ''मालिक, कौन था ? मेरे साथ तो कोई नहीं था !''

''हरामज़ादे, मैं तेरी चमड़ी उधेड़ दूँगा। मैंने खुद अपनी आँखों से देखा है। ममटी के पीछे छिपा खड़ा था और तेरे पीछे-पीछे सीढ़ियाँ उतर गया है !''

''नहीं मालिक, मेरे साथ तो कोई नहीं था।''

दीवान धनपत तनिक आश्वस्त हुआ। मुझे भ्रम हुआ होगा।

''मेरी पीठ-पीछे कोई अंदर घुसा तो मैं तेरी टाँगें तोड़ दूँगा।...''

''जी, मालिक !''

''अब इधर ही रहो, रात को इधर ही सोना।...आँखें खोलकर काम किया कर।''

दीवान धनपत ने दो-एक बार मुड़कर ममटी की ओर देखा, जो खिली चाँदनी में सचमुच बड़ी रहस्यपूर्ण लग रही थी।

धनपत धवल-श्वेत पलँग पर लेट गया और टहलुवा देर तक उसकी टाँगें दबाता रहा। बहुत देर बाद धनपत के विचलित शंकित मन को शांति मिली और वह हौले-हौले ख़र्राटे भरने लगा।

छिटकी चाँदनी में जिन उपलब्धियों के बोध से दीवान धनपत आत्मविभोर हो उठा था, गहरी तृप्ति की उस भावना को इस साए ने विक्षुब्ध कर दिया था।

13

आज सुबह जब वानप्रस्थी अपना लट्ठ पटपटाता, पाठशाला के अहाते में से निकलकर मनियारीवाले बाजार में आया तो रामजवाया पहले से चबूतरे पर बैठा था। वानप्रस्थी की आँखों ने अपने मोटे-मोटे चश्मों के पीछे से उसे देख लिया और क्षण-भर के लिए वह ठिठका भी. सुबह-सुबह इस आदमी के मुँह लगना उसे

अपशगुन के समान लगता था, पर उम्ररसीदा आदमी इतनी जल्दी नहीं दबते। जो होगा देखा जाएगा, मन-ही-मन कहता हुआ वह आगे बढ़ता चला गया।

लगभग छः महीने पहले वानप्रस्थी कस्बे में आया था। तभी से अधेड़ उम्र का यह आदमी, मोटा-सा लट्ठ हाथ में उठाए, धीरे-धीरे चलता हुआ कस्बे की गलियाँ लाँघता नजर आने लगा था।

''आज तो सवेरे-सवेरे ही दर्शन हो गए मास्टर जी! क्यों, रात को नींद नहीं आई क्या?''

और रामजवाया कुर्ते का पल्ला उठाकर तोंद खुजलाने लगा।

'हे भगवन्, मुझे सहनशक्ति दो!' वानप्रस्थी मन-ही-मन बुदबुदाया और अपने रास्ते पर चलता गया। रामजवाया के सामने से गुजरते हुए उसने स्वयं ही उसका अभिवादन किया–

''नमस्ते, रामजवाया जी!''

''यह निमस्ते क्या हुई, मास्टर? तू सीधा राम-राम या जयस्तराम नहीं कर सकता? यह निमस्ते क्या होती है?'' फिर बगल की दूकान में बैठे पंसारी से बोला, ''लाला, तू भी निमस्ते कहा कर। छोड़ दे राम-राम कहना, अब यहाँ निमस्ते चलेगी।'' फिर पीछे से पुकारते हुए वानप्रस्थी से बोला, ''स्कूल, बन गया? छत पड़ गई? हम भी पढ़ने आएँ, मास्टर, हमें भी पढ़ाएगा या सिर्फ़ लड़कियों को ही पढ़ाएगा?''

स्कूल का नाम लिए जाने पर वानप्रस्थी को अच्छा लगा! रामजवाया ने स्कूल की छत पड़ते तो देखी है, कोई बात नहीं, कर ले जितनी ठिठोली करता है, स्कूल खुल गया तो एक दिन अपने-आप ठिठोली करना बंद कर देगा। वानप्रस्थी को अपार तृप्ति का भास हुआ। वह रुक गया, एक हल्की, फरफराती-सी मुस्कान उसके होंठों पर आ गई–

''हाँ, भगवान की कृपा से बन गया है, कल छत पड़ गई है।''

कल रात सचमुच स्कूल का कमरा बनकर तैयार हो गया था। चार दीवारें, और ऊपर छत। जब मिस्त्री और मजदूर नीचे उतरे थे तो अँधेरा पड़ चुका था। वानप्रस्थी के अपने हाथ गारे से सने हुए थे और पाजामे के पाँयचे ऊपर चढ़े होने के बावजूद उस पर जगह-जगह गारे के छींटे पड़े थे। बार-बार झुककर तसला उठाने और मजदूर के सिर पर रखने के कारण पीठ दुखने लगी थी और पाँव काँपने लगे थे। वह गारे से सने हाथों से ही कमरे के सामने बिछी खाट पर बैठ गया था और देर तक कमरे को निहारता रहा था। अब कल ही इस पर सफ़ेदी कर दूँगा। वह तो मैं खुद भी कर सकता हूँ। यों पुताई न भी करूँ तो भी कोई बात नहीं, कुछ दिन बाद भी हो सकती है। कल निकलूँगा, कहीं से टाट मिल जाए, थोड़ा चंदा कहीं से और मिल जाए तो पाठ-पुस्तकें भी आ जाएँगी। पाठ-पुस्तकें न भी हुईं तो कुछ दिन ज़बानी पढ़ा लूँगा। अक्षर-बोध करा दूँगा। कमरा बन गया, यही सबसे बड़ी बात है। रात

के गहराते अँधेरे में भी कमरे पर से वानप्रस्थी की आँखें हटाए नहीं हटती थीं। वह खाट पर से उठा और अपनी छोटी-सी ट्रंकी में से खड़िया का टुकड़ा निकालकर दरवाज़े की बग़ल में, दीवार पर, बड़े-बड़े अक्षरों में लिख दिया—

'पुत्री पाठशाला।'

उसे पढ़ते हुए उसे बड़े गर्व का भास हुआ, और गहरे संतोष का ।

वह फिर खाट पर जा बैठा। टाँगों में अभी भी लरज़िश थी और हाथों पर गारे की परत धीरे-धीरे सूखने लगी थी, पर वानप्रस्थी ने मन-ही-मन धन्यवाद के शब्द बुदबुदाते हुए हाथ जोड़ दिए—

'मुझ नाचीज़ से एक काम तो हुआ।'

हरीकेन लैंप की बत्ती झपकने लगी थी। मास्टर थोड़ी देर के लिए रात को लैंप जलाता था। कस्बे में, जहाँ अभी भी कड़वे तेल के दीए जलते थे, लोग अँधेरा गहराने से पहले ही उन्हें बुझाकर, मुँह-सिर ढाँपकर सो जाते थे। लैंप बुझाने से पहले वह आँगन लाँघकर बाहर गली तक गया भी था—गली में से अपने स्कूल के कमरे को निहारने के लिए सचमुच कमरा नज़र आता है। कमरा बन गया तो स्कूल बन गया। सबसे मुश्किल काम तो यही था।

पर वानप्रस्थी की रात अच्छी नहीं बीती थी। इस मानसिक संतोष के बावजूद, और इस विश्वास के बावजूद कि अपनी कठिन यात्रा का एक पड़ाव तो उसने पार कर लिया था।

जहाँ पर 'स्कूल' का कमरा बन रहा था, वहीं पर, आँगन में ही एक ओर, फूस की छत का उसका झोंपड़ा था। झोंपड़े के बाहर मिट्टी का घड़ा रखा था। उसमें से पानी निकालकर उसने हाथ धोए, आँखों पर छींटे मारे, थोड़ा जल पिया, और फिर लट्ठ उठाकर कदम बढ़ाता हलवाई की दूकान तक जा पहुँचा। उसका मन हुआ, आज गर्म-गर्म दूध में छटाँक-भर जलेबियाँ डलवाकर खाए। हाथ जेब की ओर बढ़ा भी था, पर फिर मास्टर ने अपनी ख़्वाहिश को दबा दिया था। एक-एक पैसा कीमती है, और अपनी उपलब्धि पर इतना उछाह दिखाना भी भूल है, अहंकार है। मैं तो निमित्त मात्र हूँ, करता तो वह है। उसकी दया बनी रहे तो स्कूल चल निकलेगा। जलेबियों के थाल पर से मास्टर ने आँखें हटा ली थीं और मन-ही-मन हाथ जोड़ दिए थे।

"आज छत पड़ गई," मास्टर ने अपने-आप ही हलवाई को संबोधन करते हुए कहा, "भगवान की दया से, और आप लोगों के आशीर्वाद से एक काम तो पूरा हुआ।"

कुबड़े हलवाई की दूकान पर वानप्रस्थी के स्कूल को लेकर बहुत दिन से चर्चा चल रही थी। लोग तरह-तरह की बहसें करते थे। हलवाई के कान में तरह-तरह की बातें पड़ती रही थीं। पर यह मौका इन बुज़ुर्ग आदमी से कुछ कहने का नहीं था। यों भी हलवाई सुनता सबकुछ था, पर अपनी राय किसी बात में नहीं दिया

करता था, बहस में उलझना तो दूर की बात रही। क्योंकि दूकानदारी का एक उसूल यह भी है कि ग्राहक की बातें सुन ली जाती हैं, अपना मत प्रगट नहीं किया जाता। दूकानदार के लिए ग्राहक भगवान के अवतार से कम नहीं होता। उसकी केवल हाँ में हाँ मिलाई जाती है। पर जो काम बूढ़ा मास्टर करने जा रहा था, उसमें कुबड़े हलवाई को भी बहुत विश्वास नहीं था।

वानप्रस्थी का बहुत मन हुआ कि कुबड़े हलवाई को बताए कि अब स्कूल का कमरा बन गया है, अब रविवार के दिन वहाँ सत्संग लगाया करेगा, वहाँ हवन-प्रार्थना होगी, ईश्वर-स्तुति के भजन गाएँगे, हवन-संध्या मैं स्वयं करवाऊँगा। मुझे सब कंठ है। पर वह फिर भी चुप रहा। कहीं बचपन में उसने अपनी माँ के मुँह से सुना था कि अपने दिल की मुराद को मुँह पर लाने से मुराद पूरी नहीं होती, मुराद को 'हवा' लग जाती है।

कुबड़ा हलवाई मास्टर जी को घूँट-घूँट करके दूध पीते हुए देख रहा था। बड़ा भला आदमी है, हलवाई को लगा था। इसके माथे पर भले आदमी की चमक है। कुबड़ा कहा करता था कि मैं दूध पीते आदमी को देखकर बता सकता हूँ कि वह कैसा आदमी है। जिस ढंग से वह दूध पीता है, उसी से पता चल जाता है कि उसका मन कैसा है। मास्टर घूँट-घूँट करके दूध पी रहा था, लगता था जैसे पूजा कर रहा है।

"आज परशादे नहीं छके, मास्टर जी, दूध पी रहे हो?"

वानप्रस्थी की छोटी-छोटी आँखों में हल्की-सी चमक आई।

"आज वक़्त ही नहीं मिला। काम बहुत था। अभी थोड़ी ही देर पहले तो मिस्त्री गया है। देखो, अभी भी मेरे हाथों पर मिट्टी लगी है।" और वानप्रस्थी ने बच्चों की तरह अपना दायाँ हाथ कुबड़े हलवाई के सामने कर दिया।

"हाथ धुला दूँ?"

"धो लूँगा, धो लूँगा। घर पर धोए भी थे, पर मिट्टी उतरी नहीं। अब तो बहुत कुछ सूख भी गई है।"

हाथों पर मिट्टी लगी रहे, यह भी मास्टर को भला लग रहा था, उसके स्कूल की मिट्टी। यह इस बात का द्योतक था कि स्कूल की उसारी में उसका भी हाथ रहा है, इस यज्ञ में उसने भी आहुति डाली है।

यों, रात के भोजन में कई बार नागे हो जाते थे। जिन दिनों वानप्रस्थी चंदा उगाह रहा था, तब तो बार-बार नागे हो जाते थे, क्योंकि तब कस्बे में जहाँ भी झोली पसारने के लिए जाता, वहीं पर बहसें होने लगती थीं। कोई मूर्तिपूजा की बात चला देता, कोई व्रत-उपवास की, और वानप्रस्थी उनमें उलझ जाता था। तब उसका पारा भी चढ़ने लगता था। अक्सर बहस में से जब वह उठता तो न केवल रात पड़ चुकी होती, बल्कि उसका माथा भी तप रहा होता था, और गले में काँटे चुभ रहे होते। तब वह ठंडा पानी पीकर ही सो जाया करता था।

कुबड़े हलवाई की दूकान से थोड़ी ही दूरी पर झूर बैठता था। दो चपातियाँ और सालन दिन को, और दो चपातियाँ और दाल की कटोरी रात को वानप्रस्थी वहीं पर खाता था। और जब कभी गहरी रात गए तक भी मास्टर भोजन करने नहीं आता तो झूर अपने बेटे के हाथ यह थाली भिजवा दिया करता था।

बुढ़ापे में कोई काम हाथ में लो तो उसमें अपने-आप ही स्थिरता आ जाती है। वानप्रस्थी ने इसीलिए महीने के हिसाब से भोजन का प्रबंध कर लिया था। मनियारी बाज़ार से ही एक खाट भी खरीद लाया था और स्कूल के ही आँगन में फूस के छप्पर के नीचे डाल दी थी। सुबह उठे, खेत-पानी गए, और लौटते हुए शेखों के कुएँ पर स्नान किया, वहीं पेड़ के नीचे बैठकर संध्या-प्रार्थना की और गायत्री का जाप करते हुए वापिस पहुँच गए। पत्नी के हाथ की गर्म-गर्म रोटी और आसपास बैठे बाल-बच्चों की किलकारियाँ यहाँ नहीं थीं। पर वानप्रस्थ जो धारण किया था तो फिर पीछे मुड़कर क्या देखना। शुरू-शुरू में तो मन की चंचलता पर बस नहीं था। दिन के समय उन्हें मन में से बाहर धकेले रहो तो भी रात के वक्त, सोने से पहले, पहली करवट लेटते ही आँखों के सामने आ विराजते थे—कभी बेटी, कभी उसकी माँ। वानप्रस्थ धारण करने से पहले जब मुनीमी करने जाया करते थे तो पत्नी भोजन के डिब्बे में बाँधकर साथ में दिया करती थी। लौटते थे तो दूर से ही, दरवाज़े में खड़ी बाट जोहती नज़र आ जाया करती थी। जीवन का सुख घर-आँगन में नहीं होता, साज़-सामान में नहीं होता, जीवन का सुख घर में डोलती स्त्री की छाया में होता है, उसकी स्निग्ध उपस्थिति में।

वानप्रस्थ के कड़े कवच के नीचे भावनाएँ और इच्छाएँ अभी भी कुलबुलाती थीं, घर-परिवार के लिए मोह, नाती-पोतों के साथ एक छत के नीचे रहने का मोह, चूल्हे में जलती आग का मोह, रसोईघर की सोंधी-सोंधी महक का, घड़ी-भर बतियाने का मोह। कर्त्तव्य और निष्ठा के कवच ने बहुत कुछ मसल डाला था। अब पत्नी के हाथ की सेंकी रोटी वानप्रस्थी को लगभग भूल चुकी थी। कभी-कभी रात को गलियों में चलते हुए कहीं पर बच्चों की किलकारियाँ कान में पड़ जातीं तो क़दम अपने-आप ठिठक जाते थे और दिल भर-भर आता था। कहीं सिकती रोटी की महक आती तो साथ-ही-साथ पत्नी की चूड़ियों की खनकार भी सुनाई दे जाती। ऐसा तब होता जब वह देर-सवेर चंदा उगाहने के काम से लौट रहा होता, और पेट में दिन-भर अनाज का दाना तक न गया होता, और कुबड़ा हलवाई अपना कड़ाहा माँज रहा होता और पैर देर तक चलते रहने के कारण बोझिल हो रहे होते।

भूख-प्यास पर काबू पाना अब कठिन नहीं रह गया था। कठिन थी तो वह घड़ी—भले ही वह सोते में हो या जागते में—जब बेटी का चेहरा आँखों के सामने उभरता था। ऐसा अक्सर रात के वक्त, सोने से पहले हुआ करता था। दरवाज़े के साँकल को पकड़े हुए उसका हाथ, उसका गाढ़े का कुर्ता, उसका कुछ माँगता-सा चेहरा, आँखों के सामने प्रकट हो जाता था और वानप्रस्थी बेचैन हो जाया करता

था। उस पर से आँखें हटाए नहीं हटती थीं। दिल क्षोभ से भर उठता था, क्षोभ से और गहरी अपराध-भावना से। पर वानप्रस्थी उसे आँखों के सामने से दूर कर पाने के लिए करवट बदल लिया करता था। पर इधर यह लड़की थी कि खाट का चक्कर काटकर, दूसरी ओर उनके सामने पहुँच जाती थी। वानप्रस्थी फिर करवट बदल लेता। पर जब बार-बार करवट बदलने पर भी वह आँखों के सामने से नहीं हटती तो वानप्रस्थी उठ बैठता, खाट पर बैठ जाता, हाथ जोड़कर भगवान से क्षमा माँगता और रुँधे कंठ से गायत्री का जाप करने लगता, या खाट पर से उठकर आँगन में टहलने लगता।

''हे अंतर्यामी! मुझे इस मोह-जाल में से निकालो। हे मालिक, सब अपने-अपने घर में सुखी रहें। मुझे अपना कर्त्तव्य निभा पाने की सामर्थ्य दो। हे, कृपानिधान...'' और विडंबना ऐसी कि कभी-कभी प्रार्थना करते हुए, उसकी बंद आँखों के सामने लड़की का मूक, कुछ माँगता हुआ-सा चेहरा फिर प्रकट हो जाता और वानप्रस्थी व्याकुल होकर आँखें खोल देता। तब अपनी दुर्बलता पर उसे गहरा क्षोभ होने लगता, लज्जा का भास होने लगता। वह फिर उठकर घड़े के ठंडे जल से आँखों पर छींटे मारता, दो घूँट मुँह में डालता और खाट पर लोटने के बजाय, वहीं आँगन में टहलने लगता और देर तक टहलते और गायत्री मंत्र का जाप करते रहने के बाद जब टाँगें बोझिल हो जातीं और आँखें अपने-आप मुँदने लगतीं, तो वह खाट पर आकर पड़ जाता था। और फिर आँखों के सामने आ जाता बेटी सुमित्रा का कुम्हलाया-सा चेहरा, वैधव्य की छाया से कांतिहीन, मूक आँखों से पिता की ओर देखता हुआ।

उनकी बेटी सुमित्रा सरगोधा में ही ब्याही थी। यह उन दिनों की बात है जब रेलें बिछाई जा रही थीं। रेलों के ही काम पर उनका दामाद, सुमित्रा का युवा पति वजीराबाद तक चला गया था। फिर किसी काम से मास्टर जी को घर से बाहर जाना पड़ा था। उनकी ग़ैरहाज़री में लड़का वज़ीराबाद में बीमार पड़ गया था, और एक के बाद एक कितने ही ख़त लिखता रहा था कि मैं बहुत बीमार हूँ, यहाँ से आकर मुझे ले जाओ। घर में डाकिया ख़त दे जाता, पर पढ़नेवाला कोई नहीं था। बेटी सुमित्रा समझती कि चिट्ठी पिता जी के लिए आई है, सो, आकर पढ़ लेंगे और वह उसे ताक पर रख देती। एक के बाद एक, तीन पत्र आए। फिर उसके बाद चुप्पी छा गई, कोई पत्र नहीं आया। मास्टर जी जब बाहर से लौटे तो उनके हाथ दामाद की चिट्ठियाँ लगीं। फिर उसी दिन भागे हुए वज़ीराबाद गए, पर उस वक्त तक दामाद दूसरे जहान पहुँच चुका था और जवान बेटी विधवा हो चुकी थी।

ससुराल में उसे कोई सँभालनेवाला नहीं था। लड़की घर पर ही बनी रही और कुछ ही मुद्दत बाद बेटी को दिक् के रोग ने पकड़ लिया। उन्हीं दिनों वह दरवाज़े में खड़ी पिता की राह देखा करती थी। उसका यौवन घुलने लगा था। तभी बेटी के मुँह से एक बार निकला था कि मैंने भी दो अक्षर पढ़ लिए होते तो क्या मालूम वह

बच ही जाते। बीमारी के दिनों में उसकी यह धारणा उसके मन में और भी गहरी बैठ गई थी और बार-बार इसी आशय के शब्द उसके मुँह में से निकलने लगे थे।

बेटी को काल-प्रवाह में डूबने में बहुत दिन नहीं लगे, पर उसके ये शब्द उसके साथ नहीं डूब पाए, बल्कि उसके चले जाने के बाद मास्टर जी के मस्तिष्क में गूँजते-से रहे, उनके मस्तिष्क पर अंकित हो गए, मानो किसी जलती सलाख से अंकित किए गए हों।

और अब, सुमित्रा बेटी का चेहरा सामने आ जाने पर वह विचलित तो बहुत होते थे, पर साथ ही उनकी धारण भी और ज़्यादा मज़बूत हो जाती कि मैं जो काम करने लगा हूँ, उससे मेरी बेटी तो नहीं पढ़ पाएगी पर किसी की बेटी तो पढ़ेगी, किसी लड़की की तो भलाई होगी, मेरी मेहनत किसी के तो काम आएगी।

''मास्टर जी, कोई मुर्ग़ी हाथ लगी ?'' रामजवाया ने कहा और कनखियों से पंसारी की ओर देखकर आँख मारते हुए हँस दिया। वह अभी भी कुर्ते के नीचे हाथ डाले अपनी तोंद खुजलाए जा रहा था।

''कोई भंगन-चमारन ही ले आओ। आपके लिए क्या मुश्किल है ? आप उनसे परहेज़ थोड़ा करते हो, आप आर्यसमाजी जो हो !''

वानप्रस्थी खड़ा सुनता रहा और नीचे जमीन की ओर देखता रहा।

''आज्ञा है ? चलूँ ?'' और चुपचाप आगे बढ़ने लगा।

''कान खोलकर सुन ले, बूढ़े ! हम यहाँ पर कंजरख़ाना नहीं बनने देंगे।''

वानप्रस्थी उन्हीं क़दमों लौट पड़ा।

''लड़कियाँ दो अक्षर पढ़ जाएँगी तो यह कंजरख़ाना बन जाएगा ?'' वानप्रस्थी बोला। उसकी देह का अंग-अंग काँपने लगा, ''हमारी बेटियाँ पढ़ेंगी तो वह कंजरख़ाना बन जाएगा !'' वानप्रस्थी ने इस बार चिल्लाकर कहा। उसकी आवाज़ काँप रही थी। वानप्रस्थी इतने ज़ोर से चिल्लाया था कि राह जाते लोग खड़े हो गए थे।

रामजवाया हक्का-बक्का रह गया। उसे उम्मीद नहीं थी कि वानप्रस्थी यों बौखला उठेगा। वह भौचक्का-सा वानप्रस्थी की ओर देखने लगा। फिर तनिक खिसियाकर पहले-जैसे लहजे में ही बोलने लगा–

''जा-जा, करले मेरा जो करना है। बड़ा आया, भगत बना फिरता है, न रन्न न कन्न, न आगा न पीछा, पता नहीं कहाँ से टपक पड़ा है !'' कहते हुए उसने गर्दन फेर ली और गली की ओर देखने लगा।

राह जाते दो आदमी वानप्रस्थी को चिल्लाता देखकर खड़े हो गए। गद्दी पर बैठे पंसारी ने घूमकर पाँव चबूतरे की ओर कर लिए और वानप्रस्थी से बोला–

''जाओ जी, लाला जी, यह तो मुँहफट्ट आदमी है। आप सुबह-सुबह क्यों

इसके मुँह लगते हो। आप अपना काम देखो।''

फिर रामजवाया की ओर देखकर बोला, ''बस, रामजवाया, छोटे-बड़े का लिहाज़ किया कर। जो मुँह में आता है, बक देता है।''

रामजवाया फिर उसी अंदाज में बोला, ''बूढ़ा पगला गया है। इसके सिर पर ठंडा पानी डाल। अभी झाग उगलने लगेगा।''

इस पर पंसारी वानप्रस्थी को समझाने लगा, ''एक बात है, मास्टर जी, यह निमस्ते कहना छोड़ दो। राम-राम ठीक है। आप भी हिंदू, हम भी हिंदू। यह निमस्ते-विमस्ते यहाँ नहीं चलेगी।''

अब तक वानप्रस्थी तनिक संयत हो गया था, हालाँकि उसके गाल अभी भी थरथरा रहे थे। उन दो आदमियों से, जो चलते-चलते खड़े हो गए थे, वानप्रस्थी बोला, ''पढ़ाई क्या बुरी चीज़ है? लड़कियाँ पढ़-लिख जाएँगी तो चिट्ठी-पत्री तो पढ़ लिया करेंगी, पोथी तो पढ़ लेंगी।''

इस पर एक ने सिर हिलाया, ''बेशक, पढ़ाई क्या बुरी चीज़ है। सुना है, विलायत की मलिका मुअज़्ज़मा भी पढ़ी-लिखी है। इसमें क्या बुराई है।''

इस पर रामजवाया फिर से, पहले-जैसे ही लहजे में बोला, ''जा-जा, अपना काम देख। देख लेंगे तू कैसे स्कूल खोलता है। अच्छे घरों की लड़कियों को बेपर्द करने आया है...'' और फिर से तोंद खुजलाने लगा, ''पहले इधर अपनी बहू-बेटियों को लाओ, फिर हमारे साथ बात करना।''

गली में खड़े दो-तीन आदमियों को देखकर रामजवाया को शह मिल रही थी, ''ईसाइयों का पादरी इधर घूमता है। बच्चों को बतासे बाँटता फिरता है। तू भी बतासों की एक बोतल बग़ल में दबाकर घूमा कर, मास्टर! लोगों को समाजी बनाया कर।'' और अपने-आप खी-खी करके हँसने लगा।

इस पर पंसारी फिर से रामजवाया को समझाने लगा, ''बड़े-छोटे का लिहाज़ किया कर, रामजवाया, तूने तो शर्म-हया बेच खाई है।''

''मैंने क्या कहा है? यही ना, कि यहाँ हम कंजरख़ाना नहीं बनने देंगे।''

वानप्रस्थी का पारा फिर चढ़ने लगा था। पंसारी जलती पर तेल डालने के लिए, बीच-बचाव करने के लहजे में वानप्रस्थी को समझाने लगा—

''यों सोचा जाए मास्टर जी, तो रामजवाया कहता ठीक है। लड़कियों को पढ़ाओगे तो क्या उन्हें बेपर्द नहीं करोगे? वे भी मुँह उघाड़े सड़कों पर घूमा करेंगी। क्या उनसे नौकरियाँ करवाओगे?''

कल शाम जब छत डाली गई थी तो वानप्रस्थी का दिल बल्लियों उछलने लगा था कि अब मोर्चा जीत लिया है। कुछ ही दिन में स्कूल में गहमागहमी होने लगेगी, पर अब उसे भास हुआ कि उसके सामने तो अष्टधात की दीवार खड़ी है जो अभी तक

अदृश्य थी और जिसे लाँघ पाना कितना कष्टसाध्य होगा। जहाँ-जहाँ से वह चंदा माँगता रहा था, वहीं-वहीं पर लड़कियों के स्कूल को लेकर तरह-तरह की कटु आलोचना सुनता रहा था। पर उसे मालूम नहीं था कि अंदर-ही-अंदर स्कूल के प्रति इतना अधिक वैर-भाव पकता रहा है।

गली के बीचों-बीच खड़े वानप्रस्थी की आँखें बोझिल हो रही थीं। लाठी पर झुका हुआ वह, खड़े-खड़े ही चुपचाप रामजवाया और पंसारी की फबतियाँ सुन रहा था, मानो उस पर कोड़े बरस रहे हों। इस अनजान कस्बे में उसने पहले कभी भी इतना अकेला महसूस नहीं किया था। कितना अप्रत्याशित था यह सब ? कल रात ही वह गद्‌गद् महसूस करता हुआ यह सोच रहा था कि कुछ ही दिनों में कस्बे की कुछ लड़कियाँ स्कूल के आँगन को अपने चरणों से पवित्र करने लगेंगी, स्कूल के आँगन में मेला लग जाएगा, फुलवाड़ी खिल उठेगी। वह तो लड्डू बाँटने की बात सोच रहा था कि कुबड़े हलवाई से आग्रह करके, चंदे के बचे-खुचे पैसों से वह एक थाली लड्डू ले आएगा और बाकायदा पाठशाला-प्रवेश की रस्म अदा की जाएगी।

उसने आँखें उठाकर देखा। रामजवाया और पंसारी, वानप्रस्थी की ओर इशारे करते हुए हँस रहे थे। अत्यंत क्षुब्ध और उद्वेलित, उसने दोनों हाथ जोड़ पंसारी, रामजवाया तथा आसपास खड़े लोगों को नमस्कार किया और मुड़कर गली में आगे बढ़ने लगा।

वह कुछ ही कदम आगे बढ़ पाया होगा, जब पीछे से पीपनी बजाने की आवाज़ आई। फिर किसी ने कहा—

"जिन्हें माँ नहीं पूछती, वे यहाँ इस कस्बे में भागे आते हैं।"

वानप्रस्थी ने मुड़कर देखा। रामजवाया ने हँसते हुए अपना मुँह फेर लिया और पंसारी मुड़कर अपनी दूकान के अंदर झाँकने लगा। लोगों की गाँठ-सी गली के बीचों-बीच खड़ी थी और सभी हँसते, खी-खी करते उसकी ओर देखे जा रहे थे।

दिन-भर कस्बे में जगह-जगह दरवाज़े खटखटाने और स्कूल के, पुत्री-पाठशाला के खुल जाने की सूचना देते हुए, और तरह-तरह के उत्तर सुनने, या बिना हाँ या न का उत्तर पाए, वानप्रस्थी लाठी पटपटाता जब लौटकर आया तो साए उतर रहे थे और एक-एक पैर मन-मन का हो रहा था, और दिल में अनिश्चय डोल रहा था।

कैसी काली रात आई है, उसने खाट पर बैठते हुए मन-ही-मन कहा। वेदना भी मन में उठती है तो तीखी लहर की तरह, अंतस् को काटती हुई, जैसे कोई तेज़ नश्तर काट रहा हो। दोनों हाथ खाट की पाटी पर रखे, पाठशाला के कमरे पर आँखें लगाए, उसे अपने मोटे-मोटे चश्मों में से देखते हुए, उसका दिल अथाह वेदना और अवसाद से भर उठा था।

पर घंटे-भर बाद उसकी यह स्थिति नहीं थी। वह उसी खाट पर पालथी मारे

बैठा था और हल्की-हल्की ताली बजाते हुए भगवान की स्तुति कर रहा था, आरती कर रहा था–

'औखी वाट पहाड़ दी
किवें चढ़ सके है पिपीलका
अंध चाहे चंद्र वेखाँ, मशक हो गजड़ीलका
···तेरी महिमा, तू ही जाणे
होर सब वडियाइयाँ···
क्षुद्र जंतु आखे सोई
मन विखे जो आइयाँ···'

फिर वही हुआ जो शाम को रोज़ होता था। उसका बोझ हौले-हौले हल्का होने लगा। उसकी तन्मयता बढ़ती गई और दिल ठिकाने पर आने लगा। धीरे-धीरे उसमें जैसे बल का संचार होने लगा। उसे महसूस होने लगा जैसे वह किसी विशाल नीली झील में स्नान करने लगा है, जिसने उसे अपने आलिंगन में भर लिया है। उसके दिल का सारा दर्द जाता रहा है, दिन-भर का तिरस्कार, थकान, निराशा घुलती जा रही है।

गाते-गाते वानप्रस्थी का सिर हिलने लगा, आँखें भीग गईं, पीठ प्रार्थना में और अधिक झुक गई। गीत समाप्त हुआ तो वह गोद में दोनों हाथ जोड़े आँखें बंद किए प्रार्थना करने लगा था–

''हे ईश्वर, हे करुणानिधान, जो हमसे द्वेष करते हैं, अथवा हम जिनसे द्वेष करते हैं, भगवन, हम उन्हें आप ही के न्यायपूर्ण सामर्थ्य पर छोड़ देते हैं···हे पिता···''

जैसे ऊसर भूमि में खड़ा अकेला पेड़ धरती में से अपना रस खींच लेता है और जीवित बना रहता है, वैसे ही जीवित रह पाने के लिए वानप्रस्थी अपने लिए बल, साहस और शांति का रस खींच रहा था।

देर तक प्रार्थना के शब्द बुदबुदाते रहने के बाद वानप्रस्थी, फूस के छप्पर के नीचे एक ओर रखे अपने इकतारे को उठा लाया, और उसे कान के साथ सटाए, धीरे-धीरे अपना चहेता पद गाने लगा–

'प्रभु, मोरे अवगुन चित न धरो,
इक लोहा पूजा में राखत, इक घर बधिक परो
यह दुविधा पारस नहीं जानत, कंचन करत खरो
प्रभु मोरे अवगुन चित न धरो···'

'इक लोहा पूजा में राखत' गाते हुए उसका गला रुँधने लगा, और वह चुप हो गया। थोड़ी देर बाद, पहले से कुछ ज़्यादा सहज आवाज़ में वह फिर से वही पंक्ति

दोहराने लगा ।

आकाश में तारे निकल आए थे और जगमग-जगमग कर रहे थे । नीचे, अँधेरा गहरा गया था । जब वानप्रस्थी इन गीतों से जैसे नहाकर उठा तो मन शांत था, शांत और स्थिर, और अपना जीवन किसी यज्ञ में दी जानेवाली आहुति-जैसा लग रहा था । मात्र आहुति, पर इसी में परम सुख था, परम शांति और सामर्थ्य भी ।

कल की दिनचर्या, दौड़-धूप, खीज, क्षोभ के लिए वह फिर से तैयार हो गया था ।

तभी वानप्रस्थी ने आँख उठाकर देखा तो सामने एक युवती खड़ी थी । वानप्रस्थी हत्प्रभ-सा हो गया । यह कौन है, यह कब आ गई ? मैंने देखा ही नहीं । यह कब पाठशाला का आँगन लाँघकर उसके सामने पहुँच गई थी, उसने ध्यान ही नहीं दिया था । कहीं मैं सपना तो नहीं देख रहा हूँ ? पर नहीं, सफ़ेद कुर्ता-सलवार पहने, कंधों पर उजली ओढ़नी ओढ़े सचमुच एक युवती उसके सामने खड़ी थी ।

''कौन हो बेटी ? कहाँ से आई हो ?''

''जी, मैं स्कूल में नाम लिखवाऊँगी ।''

वानप्रस्थी को अभी भी यकीन नहीं हो रहा था कि कोई लड़की सचमुच नाम लिखवाने पहुँच गई है । आशा का ज्वार-सा उसके अंदर उठा । वह पलकें उठाए देर तक लड़की के चेहरे को देखता रहा ।

''कहाँ से आई हो बेटी ? कौन हो तुम ?''

''जी, मैं दीवानों की माड़ी से आई हूँ, मैं उनकी बहू हूँ ।''

वानप्रस्थी स्तब्ध-सा रह गया । कस्बे में घटनेवाली घटनाओं से वह अनभिज्ञ नहीं था । क्या यह वही लड़की तो नहीं जिसका विवाह दीवान के नीम पागल बेटे के साथ कर दिया गया है ? या यह कोई और लड़की है ?

वानप्रस्थी का मन उद्वेलित हो उठा; अथाह अनुकंपा, सद्भावना, सहानुभूति से भर उठा, मानो ऐसी ही लड़कियों को वह पढ़ाने आया हो । पर शीघ्र ही एक साया-सा, संशय और दुविधा का साया भी उसके मन पर डोलने लगा—

''घरवालों से पूछ लिया है बेटी ?''

इस पर रुक्मणी कुछ नहीं बोली, पलकें झुकाए ज़मीन की ओर ताकती रही, ठिठकी-सी खड़ी रही । वानप्रस्थी ने अपना प्रश्न दोहराया तो धीरे-से बोली—

''जी, मैं किससे पूछूँ ?''

वानप्रस्थी के मन को धक्का-सा लगा । उसने पुनः आँख उठाकर लड़की के चेहरे की ओर देखा । साँवला, मासूम-सा चेहरा । रुक्मणी अभी भी नीचे की ओर देखे जा रही थी । उसका उत्तर वानप्रस्थी के मन में तीर की तरह चुभ गया था । एक ही वाक्य ने लड़की की विकट स्थिति खोलकर रख दी थी । एक ज्वार-सा फिर

वानप्रस्थी के मन में उठा—लड़की लुक-छिपकर आई है, नहीं तो दीवानों की बहू गाढ़े की ओढ़नी ओढ़कर और शाम के इस गहराते अँधेरे में अकेली क्यों चली आएगी।

"बेटी, अगर तेरे घरवालों ने एतराज़ किया, तो?"

रुक्मणी की पलकें ऊपर को उठीं। उसने वानप्रस्थी के चेहरे की ओर देखा। मानो उसके मन में संशय उठने लगा हो कि जो गहरी आस लेकर वह यहाँ आई है, उसे कहीं ठुकरा तो नहीं दिया जाएगा। पर वह अपनी समतल आवाज़ में बोली, "जी, मैं पढ़ूँगी।"

रुक्मणी की पलकें बोझिल हो रही थीं—अधमुँदी-सी। चेहरा तप रहा था और तपे हुए सँवलाए चेहरे पर पसीने की हल्की-सी परत थी। आँखें अंतर्मुखी हो रही थीं। किसी-किसी वक्त जब वह अन्यमनस्क-सी हो जाती, तब उसके चेहरे पर उसके स्वभाव की कोमलता उभर आती—झिझकी-झिझकी-सी आँखें, पतले काँपते-से होंठ, साँवला गोल चेहरा।

वानप्रस्थी समझ गया कि यह निर्णय दुःख और क्लेश में छटपटाते रहने के बाद यातना की गहराइयों में से उभरकर आया है, न जाने कितने दिन तक इसके दिल को मथता रहा है, पर अब जब स्पष्ट होकर उभरा है तो बड़ा साफ़, झिलमिलाता हुआ, निर्विकार, निश्छल।

"तुम पढ़ोगी, बच्ची, तुम पढ़ोगी।" और उसने अपना हाथ रुक्मणी की पीठ पर रख दिया।

सुबह के वक़्त कस्बे के लंबे बाज़ार में अभी इक्का-दुक्का दूकानें ही खुल पाई थीं। एक सिरे पर कुबड़े हलवाई का बेटा दूध का बड़ा कड़ाहा साफ़ कर रहा था। तभी हलवाई की दूकान के पीछे की ओर कुछ दूरी पर हलचल-सी हुई। उसने मुड़कर देखा तो गली में लोग उठ-उठकर बाहर आ रहे थे, सबकी नज़रें पीछे की ओर लगी थीं। दूर, तंग गली में से निकलकर, एक लड़की चली आ रही थी। कुबड़े हलवाई के बेटे को पहचानने में देर नहीं लगी। वह पहले तो ठिठका, फिर उसके चेहरे पर लाली दौड़ गई। कड़ाहा दीवार के साथ टिकाकर वह भी खड़ा देखता रह गया।

'रुक्मणी है। दीवानों की बहू! मुँह उघाड़े बाहर निकल आई है!' वह बुदबुदाया।

कस्बे के लोगों को उस रात कांड की ख़बर मिल गई थी जब मँझला रात-भर चिल्लाता रहा था और कुल्हाड़ी से अपने बड़े भाई के आँगन का दरवाज़ा तोड़ने की कोशिश करता रहा था, उसे धमकाता-ललकारता रहा था।

कुबड़ा हलवाई भी, जैसे किसी ऐतिहासिक घटना को घटते देख रहा था।

"देख बिशन," उसने अपने बेटे को संबोधन करते हुए कहा, जो अब चबतरे

के नीचे नाली के पास खड़ा था, ''दीवानों की बहू भी बाज़ारों में निकल आई तो पीछे कौन रह गया। अब माड़ी की ईंट-से-ईंट बजेगी।''

बिशना पहले से ही पीछे गली की ओर देख रहा था। सफ़ेद कपड़ों में लिपटी सचमुच रुक्मणी ही चली आ रही थी। पर उसकी प्रतिक्रिया अपने पिता की प्रतिक्रिया से भिन्न थी—

''पर मँझले ने कौन-सा अच्छा काम किया था? कोई घर के बाहर गली में आकर अपने ही लोगों को गालियाँ देता है? वह अपने भाई को गालियाँ दे रहा था, चिल्ला रहा था। घर की इज़्ज़त तो उसने खुद बेच खाई है। वह किसी से क्या कहेगा?''

''हाँ, पर औरतों की बात दूसरी है। औरत बेपर्द हो जाए तो घर की इज़्ज़त खाक में मिल जाती है।''

कुबड़े हलवाई के मन पर माड़ीवालों के रुतबे की गहरी छाप थी। माड़ी के अंदर कुछ भी होता रहे, पर माड़ी की बहू का बाहर निकल आना बहुत बड़ी भूल थी। माड़ी की अपनी साख है, पुश्तैनी रुतबा है। भले ही वह हरनारायण की दोहती थी, पर अब तो माड़ीवालों की बहू है। कुबड़े हलवाई ने वे दिन देखे थे जब सौ-सौ आदमी रोज़ माड़ी में भोजन करते थे। पूरे-के-पूरे कड़ाहे मिठाई के बनकर जाते थे। दीवान मय्यादास के ज़माने में जात-बिरादरी का कोई आदमी बाहर से आ जाए तो भोजन किए बिना माड़ी में से जा नहीं पाता था। उसी घर की बहू आज मुँह उघाड़े बाज़ार में निकल आई है, और वह भी अपने देवर के मना करने के बावजूद।

''इसके साथ उन्होंने कौन-सी भलाई की है, पगलैट गले मढ़ दिया।'' बिशन बोला।

''तू बहुत बोला नहीं कर, बिशने, अपने काम से मतलब रखा कर।'' कुबड़ा बोला, पर फिर दोनों चुप हो गए। रुक्मणी नज़दीक आती जा रही थी।

नज़दीक ही, दूकानों के बाहर खड़े लोग भी घूमकर देखने लगे थे। बहुत-से लोग शंकित हो उठे। लड़की क्या कर रही है! इसके इस व्यवहार से बहुत बड़ा बखेड़ा उठ खड़ा होगा।

रुक्मणी ही थी। गली के बीचों-बीच सिमटी-सिमटी-सी, सफ़ेद कुर्ता, सफ़ेद ओढ़नी ओढ़े सामने की ओर सीधे देखती चली आ रही थी। अपने विचारों, मान्यताओं के बावजूद उस मासूम-सी लड़की को देखकर कुबड़े हलवाई के दिल को धक्का-सा लगा। वह हर बात में भाग्य की परछाईं देखता था। ब्याह को अभी साल-भर भी पूरा नहीं हुआ कि इसने सफ़ेद ओढ़नी ओढ़ ली है। नई ब्याही लड़कियाँ कहाँ सफ़ेद ओढ़नी ओढ़ती हैं!

उधर रामजवाया भी अपनी दूकान खोलने पहुँच गया था। अपनी दूकान के

सामने खड़े रामजवाया ने पूछा–

"क्या है ?"

"रुक्मणी आ रही है। बड़े दीवान जी की बहू !"

रामजवाया ने भी गली के सिरे की ओर देखा और सिर झटक दिया, "इस लड़की ने अच्छा तमाशा बना रखा है। दीवानों की नाक कटवाकर रहेगी। सारी शर्म-हया बेच खाई है।" और रामजवाया ने ज़मीन पर थूक दिया।

रुक्मणी नज़दीक आ गई थी। वह चुपचाप सीधा सामने की ओर देखती हुई चली आ रही थी, मानो आसपास खड़े लोगों की ओर उसका ध्यान ही नहीं जा रहा हो। उसका चेहरा तमतमा रहा था।

तभी दूर पीछे की ओर, गली के मोड़ पर, जहाँ माड़ी का पिछला फाटक खुलता था, पगलैट निकल आया था। झूमता-झामता-सा। कुबड़े हलवाई की नज़र उस पर पड़ी। हाथ में मोटी-सी लाठी उठाए हुए था। लाठी कंधे पर रखे, टेढ़ा, असंयत-सा चलता हुआ पैंतरे बदलता गली में आ पहुँचा था।

बड़ी उम्र की एक स्त्री भी, जो विपरीत दिशा में जाती हुई हलवाई की दूकान के सामने ठिठककर खड़ी हो गई थी, उसी ओर देखे जा रही थी।

"हाय, हाय, इसने सूरत क्या बना रखी है। यह तो पूरा पागल हो गया है।"

पगलैट नाचता हुआ-सा चला आ रहा था–लाठी ऊँची उठाए, जिस पर लाल रंग के दो 'फुम्मण' भी लगे थे। उसे देखकर बुढ़िया होंठों के आगे दुपट्टा रखकर हँसने लगी।

"यह देखो कैसा साँग (स्वाँग) बनकर निकला है," फिर सहसा होंठ काटकर बोली, "हाय, हाय, यह तो पूरा पागल हो गया है !"... 'बेचारा !'... फिर उसके मुँह से निकला, और उसकी आँखें भर आईं। पगलैट के हास्यास्पद व्यवहार में उसे मानो रुक्मणी के दुर्भाग्य की झलक नज़र आने लगी थी।

पगलैट पैंतरे बदलता सँकरी गली में से निकलकर खुली गली में आ गया था। और फिर नाचता हुआ, लाठी झुलाता, सीधा गली में बढ़ने लगा था।

हलवाई ने मुड़कर देखा तो पीछे, गली के मुहाने पर बहुत-से लोग, स्त्रियाँ और पुरुष इकट्ठा हो गए थे।

पगलैट कूदता, लाठी झुलाता चला आ रहा था। किसी-किसी वक्त वह गली के बीचों-बीच टाँगें चौड़ी करके खड़ा हो जाता, छाती आगे की ओर फुलाता, डंडे को ऊँचा हवा में उठाता और फिर पैंतरे बदलता, आगे की ओर बढ़ने लगता।

गली में खड़े अधिकांश लोगों के लिए, वह मनोरंजन का साधन बनने लगा था। जिस भाँति कंधे पर लट्ठ रखे, वह नंगे पाँव गली में कूदकर आ गया था, लगता था जैसे किसी मंच पर हनुमान जी उतर आए हों ! हलवाई का छोटा पोता अंदर से भागकर गली में आ गया था और पैंतरे बदलते पगलैट को देख-देखकर हँसने लगा था। उसे लग रहा था जैसे पगलैट किसी की नकल उतार रहा

है–अखाड़े में उतरनेवाले पहलवान की, तलवार भाँजते किसी सैनिक की, अथवा किसी नट की ।

पगलैट बढ़ता रहा था और अब रुक्मणी के निकट पहुँच चुका था ।

''पागल का क्या भरोसा । क्या मालूम अपनी घरवाली को ही डंडा दे मारे ।'' गली में खड़ी उस बुढ़िया स्त्री ने कहा ।

''इसे सँभालो, किसी का सिर फोड़ देगा ।'' गली के किनारे खड़े लोगों में से एक ने कहा ।

''यह क्या किसी का सिर फोड़ेगा । इसे इस बात की सुध ही नहीं कि क्या कर रहा है ।''

''यह समझता है यह भीमसेन है । गदा उठाकर निकला है !''

रुक्मणी के पास से गुज़र जाने के थोड़ी ही देर बाद पगलैट कुबड़े हलवाई की दूकान के सामने पहुँच गया था । उसकी आँखें भी अधमुँदी हो रही थीं, पीले चेहरे पर पसीने की परत, गालों पर हल्की-सी चमक आ गई थी ।

दो मनचले भीड़ में से निकलकर सामने आ गए और पगलैट को रोककर खड़े हो गए ।

''दीवान जी, यह लट्ठ मुझे दे दो । आपके किस काम का ?''

दूसरा बोला, ''दीवान जी, खानदानी आदमी नंगे पाँवों घर से बाहर नहीं निकलते । चलो, घर चलो, मेरे साथ आओ । चलो ।''

इस पर हलवाई का मनचला पोता आगे बढ़ आया और हाथ आगे बढ़ाकर पगलैट की लाठी पकड़ ली और अपनी ओर खींचने लगा । पगलैट की अधमुँदी आँखें लड़के को नहीं देख रही थीं, पर उसके हाथ डंडे को छोड़ना नहीं चाहते थे ।

''हत् ! छोड़ दे लाठी । क्या करता है ?'' कुबड़े हलवाई की कड़कती आवाज़ चबूतरे पर से आई, जिस पर लड़के ने लाठी छोड़ दी ।

आसपास की दूकानों के सामने खड़े लोग आगे बढ़ने लगे थे । उधर हलवाई की दूकान के बगल में भी तमाशबीनों की जुंडली-सी बन गई थी ।

तभी सामने से भागसुद्धी आती दिखाई दी । मंदिर से लौट रही थी । विधवा का मैला दुपट्टा ओढ़े हुए और हाथ में प्रसाद का डूना उठाए हुए थी । गली में भीड़ को देखकर पहले तो उसकी समझ में कुछ नहीं आया, पर पगलैट पर नज़र पड़ते ही वह स्थिति को समझ गई । थोड़ी दूर आगे रुक्मणी चली जा रही थी । रुक्मणी को देखकर भागसुद्धी का दिल डोल-डोल गया । इधर उसका पति नंगे पाँव, लट्ठ उठाए उसके पीछे जा रहा है । जाने इन दोनों के भाग्य में क्या लिखा है, यह सोचकर ही भागसुद्धी का गला भर आया ।

''वे जीण-जोगियो, छोड़ दो इसे । इस बदनसीब को क्यों परेशान कर रहे हो ? इसे जाने दो जहाँ जाता है ।''

''मौसी, किसी को यह लाठी मार दे, तो ?''

''इससे अपनी जान नहीं सँभाली जाती, यह किसे लाठी मारेगा ? अपने-अपने घर जाओ ।'' फिर उसकी नज़र पास खड़े रामजवाया पर पड़ी ।

''तुम भी यहाँ खड़े इस बदनसीब का तमाशा देख रहे हो !''

इस पर रामजवाया तुनककर बोला, ''समझाना है तो इसकी घरवाली को समझा, मौसी ! मुझे क्या बता रही है । वह लाडली मँह उघाड़े स्कूल जा रही है ।''

''उसकी जान साँसत में आ गई है, क्या करे, बेचारी !''

''साँसत में आ गई है तो इसका मतलब हैं, वह बेपर्द होकर बाज़ारों में घूमे ?''

भागसुद्धी की आँखें फिर से रुक्मणी के नीम पागल पति पर पड़ीं । पसीने से तर पीला चेहरा, उघड़ी हुई छाती, हड्डियों का पिंजर, मुँह पर कितने दिन की दाढ़ी । उसके सामने खड़ा हाँफ रहा था ।

भागसुद्धी बिना कुछ कहे आगे बढ़ आई, ''रहम करो, जाने दो इसे, जहाँ जाता है ।'' उसने उस लड़के को धकेलकर परे हटा दिया जो पगलैट का लट्ठ पकड़े हुए था और बुदबुदाती हुई वह एक ओर होकर खड़ी हो गई ।

उधर रुक्मणी अपने सफ़ेद कपड़ों में लिपटी, बुक्कल मारे धीरे-धीरे आगे बढ़ती जा रही थी—अपने ध्यान में खोई हुई । उसे मालूम नहीं था कि पीछे क्या तमाशा हो रहा है, और अब, जब पगलैट लट्ठ उठाए उसके पीछे भागता हुआ आने लगा था, और उसकी पीठ-पीछे शोर-सा सुनाई पड़ने लगा था—जगह-जगह लोग उठ खड़े हुए थे और कुछेक तो आवाज़ें कसने लगे थे—तो भी उसने पलटकर नहीं देखा कि यह कैसा शोर है ।

''अरी रुक्मो !···रुक जा !'' पीछे से मौसी भागसुद्धी की पुकार आई ।

पर रुक्मो ने नहीं सुना । वह बराबर आगे बढ़ती जा रही थी ।

पगलैट में कस्बेवालों पर लट्ठ चलाने की सकत तो नहीं थी, पर रुक्मणी पर लाठी चलाना तो उसके लिए कठिन नहीं था । पागल आदमी का क्या भरोसा, कुछ भी कर बैठे । भागसुद्धी घबरा गई थी । वह फिर चिल्लाई, ''रुक्मो, मेरी बच्ची, एक ओर को हो जा !''

इस पर कुबड़े हलवाई ने अपने बेटे से कहा, ''भागकर जा, बिशन, और उसके हाथ से लाठी छीन ले । जा, जल्दी ।''

बिशन अपने सने हुए हाथ अपने जाँघिए पर मलता हुआ, भाग खड़ा हुआ, पर वह अभी दूर ही था कि पगलैट रुक्मणी के पास जा पहुँचा था । टेढ़ी-मेढ़ी टाँगें अब रुक्मणी के ऐन पीछे उठ रही थीं ।

पगलैट ने दौड़ना छोड़ दिया था और लाठी कंधे पर रखे, चुपचाप पैंतरे बदलता हुआ रुक्मणी के पीछे-पीछे चलने लगा था ।

एक जगह पर, अपने पीछे आहट पाकर रुक्मो रुक गई । पगलैट पति को अपने पीछे आता देखकर उसकी आँखें फैल गईं । देर तक वह चुपचाप उसकी ओर देखती रही और जब वह नज़दीक आ गया तो चुपचाप एक ओर को हटकर खड़ी हो

गई। आसपास दूर-दूर तक खड़े लोग उसे चित्रवत् लग रहे थे। हाँफता हुआ पगलैट उसके ऐन पास आकर खड़ा हो गया। उसका माथा पसीने से तर था और वह हाँफ रहा था। पगलैट की अधमुँदी आँखें उसके चेहरे पर लगी थीं, और एक क्षीण-सी, कुछ-कुछ माँगती-सी मुस्कान उसके होंठों पर काँप रही थी। रुक्मणी को और कुछ नज़र नहीं आया। रुक्मणी का मन हुआ, अपने पल्ले से पति के माथे का पसीना पोंछ दे, पर वह चुपचाप, पलकें झुकाए, खड़ी रही और कुछ देर तक खड़ी रहने के बाद मुड़कर फिर अपनी राह जाने लगी। पगलैट कंधे पर लट्ठ रखे, फिर से उसके पीछे-पीछे हो लिया। कुछ-कुछ वैसे ही जैसे सवार के पीछे-पीछे प्यादा, लट्ठ उठाए चलता जाता है।

गली में जगह-जगह लोग खड़े थे। कुछ चबूतरों पर, कुछ गली के किनारे। हलवाई का बेटा बिशन, भागता हुआ पास तक पहुँच गया था, पर फिर स्थिति का भास पाकर चुपचाप खड़ा रह गया था।

कुबड़ा हलवाई उद्विग्न हो उठा था, ''कुछ भी कहो, बड़े घर की बहू है, माड़ी के दीवानों की बहू है, नव-विवाहिता है, कभी ऐसे भी बड़े घर की बेटियाँ बाहर निकलती हैं जग-हँसाई करवाने? लोगों को तमाशा दिखाने?''

तभी उसे रामजवाया की आवाज सुनाई दी—

''बड़ी ढीठ लड़की है, भाई! मँझले ने लाख समझाया पर यह नहीं मानी। मेरे घर की कोई लड़की ऐसा करती तो मैं सचमुच उसकी टाँगें तोड़ देता।''

कुबड़ा हलवाई चुप रहा। जहाँ उसका दिल विचलित हुआ था, वहाँ रामजवाया निश्चेष्ट बना खड़ा था। इसमें उसे लड़की की उद्दंडता और बेशर्मी ही दिखाई दे रही थी, जिससे परंपरागत मान्यताओं की अवहेलना होती थी।

''उस वानप्रस्थी का स्कूल बंद नहीं करवाया तो मेरा नाम रामजवाया नहीं। कस्बे में गंद फैलाने आया है, लड़कियों को बेपर्द करने।'' रामजवाया ने झुँझलाकर कहा।

रुक्मणी आँखों से ओझल होती जा रही थी, और गली-मुहल्ले में खड़े लोगों की टोलियाँ छँटती जा रही थीं।

पर उसी दिन ढलती दोपहर के समय जब रुक्मणी के स्कूल से लौटने का समय आया तो स्कूल के आँगन के बाहर पहले से कुछ लोग खड़े थे। कस्बे-भर में बिजली के वेग से यह ख़बर फैल गई थी कि माड़ीवालों की बहू आज मुँह उघाड़े स्कूल पहुँच गई है। कुछ लोग कुतूहलवश, कुछ आशंकावश, कुछ तमाशा देखने के लिए पहुँच गए थे। लोगों का खयाल था कि मँझला ज़रूर कोई बखेड़ा खड़ा करेगा, वह चुप नहीं बैठा रहेगा।

मँझला खुद तो वहाँ नहीं आया पर उसके साथी—बालमुकंद, चमन, और लच्छमन—पहुँचे हुए थे और पहले से ही वानप्रस्थी को बुरा-भला कहे जा रहे थे। धीरे-धीरे भीड़ इकट्ठा होने लगी थी और उसमें बड़ी उत्तेजना पाई जाने लगी थी।

स्कूल बंद हुआ। स्कूल क्या था, कुल तीन लड़कियाँ पढ़ने आई थीं—एक, रुक्मणी। दूसरी, जो सेठियों के मुहल्ले से आई थी और तीसरी, जो तेली मुहल्ले से किसी वकील के मुंशी की बेटी थी। अन्य दोनों लड़कियाँ उम्र में रुक्मणी से बहुत छोटी थीं।

स्कूल खुलने के लगभग दो-अढ़ाई घंटे बाद ही स्कूल की पढ़ाई ख़त्म हो गई थी और लोगों ने देखा कि वानप्रस्थी तीनों लड़कियों को साथ लिए स्कूल के एकमात्र कमरे में से निकला है, और आँगन पार करता हुआ गली की ओर आ रहा है।

गली में भीड़ देखकर वह ठिठक गया। उसका माथा ठनका, दाल में कुछ काला है जो यहाँ पहले से लोग खड़े हैं। वह शंकित-सा महसूस करने लगा। लड़कियों के साथ रहते वह नहीं चाहता था कि कोई झगड़ा-फसाद हो। उसे घबराहट भी हुई। करे तो क्या करे। तीनों लड़कियाँ कस्बे के अलग-थलग भागों से आई थीं। उन्हें अपने साथ लिए, कस्बे की गलियों में घुमाता हुआ वह कैसे एक-एक को उसके घर तक छोड़ने जा सकता था।

उसका मन आशंका से भर उठा। लगता है मैंने जल्दबाज़ी की है, मुझे कुछ दिन के लिए रुक्मणी को रोक देना चाहिए था। कम-से-कम कुछ दिन के लिए तो ज़रूर ही। स्कूल चल निकलता तो वह आने लगती। पर अब करे तो क्या करे? कहाँ ले जाए इन बच्चियों को? किस ओर को मुड़े?

पर तभी भीड़ को काटती हुई मौसी भागसुद्धी सामने आ गई और उसने आगे बढ़कर रुक्मणी को छाती से लगा लिया। उसके साथ पीछे लेखराज भी भीड़ में से बाहर आ गया था।

मौसी भागसुद्धी, रुक्मणी के सिर पर हाथ फेरती हुई बोली—

"आ मेरी बच्ची, चल मेरे साथ। हम दोनों तुम्हें लिवाने आए हैं।" और रुक्मणी का हाथ पकड़े उसे खींचती हुई भीड़ के बाहर ले आई और फिर तीनों, गली में माड़ी की दिशा में जाने लगे।

शेष दोनों छोटी-छोटी बच्चियाँ चहकती हुई अपने-आप ही अपने-अपने घरों की ओर भाग गईं।

वानप्रस्थी चुपचाप कुछ देर तक वहाँ खड़ा रहा, फिर स्कूल के आँगन की ओर मुड़ गया। बालमुकंद गली के बीचों-बीच खड़ा-खड़ा गुर्राता-बड़बड़ाता रहा, उसके साथी भी आँखें तरेरकर वानप्रस्थी की ओर देखते रहे, फिर वे वहाँ से हट गए। भीड़ पहले से ही छँटने लगी थी।

कस्बे में सभी उसे मौसी भागसुद्धी कहकर बुलाते थे, पर किसी विरले को ही मालूम रह गया था कि वह किसकी मौसी थी, या किसी की थी भी या नहीं। उसे लोग इतना ही जानते थे कि हड्डियों का ढाँचा यह स्त्री, सेठियों के मुहल्ले में एक

छोटी-सी भुरभुराती अँधेरी कोठरी में रहती है। जूतियाँ घसीटती जात-बिरादरी के घरों में जाती है। किसी के घर में कोई शुभ कारज हो तो उनके दस-दस काम सँवारती है, शादी-ब्याह हो तो सिट्ठणियाँ और टप्पे गाती है। रौनक लगा देती है। जब शादी-ब्याह का काम नहीं होता तो अपनी कोठरी में पड़ी रहती है, हर राह जाते का कुशल-क्षेम पूछती है, उसे असीसें देती है, घर-घर की ख़बर रखती है, और जब कोठरी में होती है तो अँधेरे में अपनी खाट पर बैठी कभी आरती करती है, कभी गाती है, कभी ताली बजा-बजाकर सिट्ठणियाँ और टप्पे गाती है—कभी टिप्पणियाँ करती है, भविष्यवाणियाँ करती है। निपट अकेली रहते हुए भी अपनी इस छोटी-सी कोठरी में उसने अपना पूरा संसार बसा रखा है। पर सभी जानते हैं कि मौसी भागसुद्धी जबान की मुँहफट्ट है, लाग-लपेट से बात नहीं करती। हमेशा चुभती बात करती है, किसी को अच्छा लगे या बुरा और किसी से ख़म नहीं खाती, डरती-झिझकती नहीं।

उस रात, बड़े मैदान की ओर खुलनेवाले काबुली फाटक का एक और मुनारा टूटकर गिरा था। उस रात धीमी-धीमी बारिश हो रही थी, और अपनी कोठरियों में सिमटे बैठे लोगों में से जिस किसी की समझ में आया था कि यह 'धम्म' का शब्द मुनारा टूटने की आवाज़ है, तो उसे झटका-सा लगा था कि कस्बे के भाग्य ने एक और करवट ली है। पर किसी ने कुछ कहा नहीं, केवल घरों में मिट्टी के दीयों की अस्थिर रोशनी में, एक-दूसरे की ओर देखा-भर था, मानो मुँह से कुछ कहना अनावश्यक हो। मुनारा टूटने की आवाज़ में लोगों को समय की पदचाप सुनाई देती है। मुनारों के नाम पर अब पुराने जमाने के दो-एक खंडहर ही तो बच रहे थे, या फिर कस्बे के इर्द-गिर्द बनी टूटी-फूटी चारदीवारी। या उस नाटे राजा अमीरचंद का शीशमहल, जिसकी ईंटें तो इतनी नहीं उखड़ी थीं पर जिसमें अब उल्लू बोलने लगे थे और असंख्य कबूतरों ने डेरा डाल रखा था।

''मुनारा गिरा है!'' भागसुद्धी बुदबुदाई, ''यह मुनारा ही गिरा है, और कुछ नहीं हो सकता।'' इसके बाद मौसी भागसुद्धी थोड़ी देर तक चुप रहने के बाद भावुकता से बदबुदाई—

''न जाने किस राजा-नवाब ने बड़ी रीझ के साथ यह फाटक बनवाया होगा!''

पर कोठरी में भागसुद्धी की यह बात सुननेवाला कोई व्यक्ति नहीं था। फिर मौसी भागसुद्धी ने चुप-चाप, दुपट्टे के नीचे अपने हाथ जोड़ दिए और कवित्त बुदबुदाने-गुनगुनाने लगी—

'बेह-बेह गई चबूतरे, कर-कर गई, नियाँ
बुल्ला आखे पादशाह, कितवल गया जहाँ।'

भागसुद्धी स्वयं अतीत के धुँधलके में से निकलकर आई थी। पचासों साल पहले भागसुद्धी दूर जेहलम से कस्बे में ब्याहकर लाई गई थी। नई-नवेली दुल्हन नदी के रास्ते कस्बे में पहुँची थी। अब तो नदी के रास्ते आनेवाली नावें कस्बे के

घाटों पर रुकती ही नहीं। नदी का पाट धीरे-धीरे कस्बे से दूर होता गया था और घाटों से हट गया था। पर भागसुद्धी को वे दिन याद थे जब नदी का लहराता पानी घाटों के साथ टकराया करता था। अपनी कोठरी में बैठी, यादों में खोई भागसुद्धी कभी-कभी उस दिन को याद करती थी जिस दिन उसने पहली बार कस्बे में कदम रखा था। रातों को बेड़े घाट पर लगते तो लोग मशालें लेकर घाट पर पहुँच जाते थे। रात-भर घाट पर गहमागहमी रहती। सुबह पौ फटने पर, बेड़ा फिर से अपने रास्ते आगे बढ़ जाता, और नाव खेनेवाले माझी गाते हुए, छप-छप चप्पू चलाते नदी के प्रवाह में अगले पड़ाव की ओर बढ़ जाते। अब तो घाटों की वह गहमागहमी ही ख़त्म हो गई थी। अब तो मल्लाहों के गीत कभी दूर से सुनाई दे जाएँ तो दे जाएँ, वह भी उनकी हल्की-सी अनुगूँज, हवा पर तैरती हुई कस्बे तक पहुँच पाती थी।

जिस रात भागसुद्धी ब्याहकर कस्बे में आई थी, उसी रात, कस्बे के निकट पहुँचने पर बेड़ा पानी में धँस गया था। नव-विवाहिता भागसुद्धी अपने पति के साथ नाव में बैठकर कस्बे में आई थी। बेड़ा रात के वक़्त ही कस्बे के निकट पहुँचा था और तट से थोड़ी ही दूरी पर, पानी छिछला होने के कारण तल में धँस गया था। बेड़े में पूरे साठ आदमी थे, और बेड़े के धँस जाने के बाद, सभी कूद-कूदकर पानी में उतरे थे, और भागसुद्धी, नन्ही-सी दुल्हन, अपने जड़ाऊ बोझिल कपड़ों में, छोटा-सा घूँघट काढ़े, नाव में खड़ी सकुचा रही थी कि पानी में कैसे कूदे, जब उसके युवा पति ने पानी में झट से छलाँग लगा दी थी और फिर आगे बढ़कर उसे बाँहों में ले लिया था और उसे उठाए-उठाए ही, छिछले जल को लाँघता घाट तक ले गया था। भागसुद्धी शर्म से पानी-पानी हो गई थी, पर उसी क्षण अपने पति पर निछावर भी हो गई थी।

यही वह आख़िरी बेड़ा था जो कस्बे तक आया था। इसके बाद कभी किसी बेड़े ने कस्बे की ओर मुँह नहीं किया।

भागसुद्धी बरसों बाद भी, जितने दिन उसका पति ज़िंदा रहा, इस बेड़े का क़िस्सा सुनाती रही थी—आसमान में चाँद खिला था और घाट पर जलती मशालों के बीच यात्रियों की चिल्ल-पौं मची थी। और उधर, नदी के झिलमिलाते जल-प्रसार में काला-सा बेड़ा, दूर और दूर होता जा रहा था और मल्लाहों के गीत की गूँज धीरे-धीरे मंद पड़ती जा रही थी।

भागसुद्धी को यह गूँज जब कभी सुनाई दे जाती तो वह अपनी अँधेरी कोठरी में बैठी-बैठी स्वयं गुनगुनाने लगती। गोद में रखे अपने हाथों से हल्की-हल्की ताल देते हुए, और कभी-कभी गाते हुए उसकी आँखें भर आतीं और गला रुँध जाता—

'किधरों आइयाँ नी बेड़ियाँ, सौदागर रांझा
किधरों आए मल्लाह, नी हीरे!
पूरबों आइयाँ नी बेड़ियाँ, सौदागर रांझा
पच्छमों आए मल्लाह, नी हीरे!'

भागसुद्धी की आँखों में यों छलकते आँसू देखकर कोई भी आदमी हैरान रह जाता। इसमें रोने की क्या बात है, क्यों भागसुद्धी के होंठ काँपने लगते हैं। बेड़ियाँ पूर्व से आईं और मल्लाह पश्चिम से आए, तो इसमें रोने की क्या बात है। लोग कहते, भागसुद्धी अकेली है, इसीलिए बीते दिनों को याद करती है। कुछ लोग कहते, इसने अच्छे दिन देखे हैं, इन्हीं घाटों पर खेलकर बड़ी हुई है, इसलिए उन्हें बार-बार याद करती है। कुछ लोग यह भी कहते कि कस्बे के जीवन का सारा अवसाद, भागसुद्धी की आत्मा के अंदर रिस-रिसकर समा गया है, कि भागसुद्धी को 'विराग' हो गया है।

उसका पति बड़ी खिलंदरी तबीयत का था। कबड्डा, दंगल का शौकीन। यारों-दोस्तों के साथ घूमने-फिरने का शौकीन, बड़ा खुशबाश और मनमौजी किस्म का युवक था। उसके साथ रहते हुए भागसुद्धी के स्वभाव में भी बड़ी उमंग-सी आ गई थी। वह दंगल करता तो यह छिप-लुककर उसका दंगल देखने पहुँच जाती। उसके दोस्त घर पर आते, खेल-कबड्डी की बातें करते, तो यह भी हँस-हँसकर उनके साथ बतियाती रहती। इसे भी सब मालूम रहता कि कस्बे में कौन-कौन पहलवानी करता है, कि वजीराबाद और सियालकोट के बड़े-बड़े मुच्छल पहलवानों को कस्बे में किस पहलवान ने ललकारा था और किसने उन्हें 'चारों खाने चित' गिराया था। बलराम रोज़ सुबह अखाड़े में जाता। शेखों के बाग़ के अंदर ही अखाड़ा था। जब लौटता तो धूप चढ़ आई होती। कुपीन पहने, नंगे बदन, जिस्म पर अखाड़े की मिट्टी के चिकत्ते लगे होते। बालों में मिट्टी, चेहरे पर मिट्टी। अपने कपड़े कंधे पर रखे, किसी सूरमा के बाँकपन के साथ गली-गली चलता हुआ, कभी अकेला, कभी दो-एक साथियों के साथ, घर लौटा करता था। घर पर भागसुद्धी हँसती हुई मिलती, ''कैसे भूत बने हो! लगता है आज रोशनलाल ने तुम्हारी अच्छी रगड़ाई की है!''

यह वही बलराम था जो कस्बे में होनेवाली उस भारी झड़प में सूरमा बनकर उभरा था, जो दो चच्चाजाद भाइयों के बीच चारे की ज़मीन को लेकर हुई थी और जब अंग्रेजों की अमलदारी के नए कानून लागू होने लगे थे।

बलराम एक साहूकार की पैड़ी पर गुमाश्ते का काम करने लगा था, और मंगलवारी उगाहा करता था। साहूकार की ज़मीन में पड़ोसी की ज़मीन के भैंसे घुस आए थे और यह पड़ोसी और कोई नहीं, उसका चच्चाजाद भाई था। बलराम अपनी नमकहलाली के कारण उसमें कूद पड़ा था। जब वह लाठी उठाकर घर से भागा था तो भागसुद्धी भी उसके पीछे-पीछे हाँफती हुई वहाँ पहुँच गई थी और उस झड़प में बलराम अपने शरीर पर आठ घाव लेकर घर लौटा था।

फिर एक अप्रत्याशित घटना घटी। जिन दो फरीकों में झगड़ा हुआ था, उनकी तो आपस में सुलह हो गई, पर बलराम-जैसे सूरमा, जो नमकहलाली के कारण लड़े थे, दुश्मन माने जाने लगे। लड़ाई में यों तो बलराम ने बहुत-से लोगों को धुन

दिया था पर एक था जिसकी खोपड़ी फट गई थी और वह दोनों फरीकैन का रिश्तेदार था। इससे दोनों की ही नज़र में बलराम लफंगा और मुजरिम नज़र आने लगा था।

और शीघ्र ही बलराम की पहले नौकरी छूटी, फिर जाने कैसे घर भी छूटा और वह अपनी पत्नी को लेकर—उनके बच्चा-बाला नहीं हुआ था—सेठियों के मुहल्ले की एक अंधी गली के एक छोटे-से मकान में पहुँच गया।

बलराम यहाँ पर भी खुश था। मस्तमौला, फिर से डंड पेलने और कुश्तियाँ लड़ने लगा। उस समय वह उम्र में छोटा ही था। मुश्किल से पच्चीस-छब्बीस वर्ष का रहा होगा।

उसकी मृत्यु के बरसों बाद भी भागसुद्धी उसी घर में बनी रही। वास्तव में गली में खुलनेवाली, सामनेवाली कोठरी में, क्योंकि पिछली दो कोठरियाँ तो कब की गिर चुकी थीं और उनका मलबा भी ढेर का ढेर, वहीं पड़ा था।

भागसुद्धी का पति इसी खाट पर, जिस पर बरसों से वह पड़ी रहती है, साँप के डसने से मरा था। साँप उसी खाट की अदवायन में कुंडली मारकर बैठा हुआ था। बलराम अपने निगोड़े साथियों के साथ कुश्ती करता रहा था और अखाड़े पर से नंगे बदन, हाथ में कुर्ता और तहमद की पोटली उठाए गली-गली चलता हुआ कोठरी में पहुँचा था। बदन पर अखाड़े की लाल मिट्टी के चिकत्ते, सिर में मिट्टी। अभी खाट पर बैठा ही था और भागसुद्धी के हाथ से लस्सी का कटोरा लेने के लिए हाथ बढ़ाया ही था, कि अदवायन में से साँप की फुंकार आई थी। कोठरी के झुटपुटे में उसने अपना फन उठा लिया था। भागसुद्धी को बरसों पहले घटी उस घटना में यह भी याद है कि उसने साँप का अधखुला मुँह देखा था, जो अंदर से लाल-लाल था और पति की जाँघ पर उसका पलटता जबड़ा भी देखा था। उसके पति के मुँह से 'हाय माँ' का शब्द एक चीख-सी बनकर निकला था, और वह जाँघ पकड़कर बेसुध-सा, अपना सिर दाएँ-बाएँ झुलाने लगा था। लंबा, काला साँप, रेंगता हुआ खाट के पाए पर से नीचे उतर गया था और कोठरी के पिछले हिस्से में जाकर छिप गया था। युवा भागसुद्धी इतनी डर गई थी कि उसकी घिग्घी बँध गई थी और वह वहीं खड़े-खड़े काँपने लगी थी। दहशत के मारे, कुरलाने के अलावा, उसके मुँह से बोल नहीं फूट रहा था। उधर बलराम का शरीर नीला पड़ने लगा था, मुँह से झाग छूटने लगी थी, और आँखें फटने लगी थीं।

उसी शाम भागसुद्धी दीवान रामलभाया की ड्योढ़ी में, अपनी ससुराल की औरतों के बीच बैठी अपने बाल नुचवा रही थी।

> ''हाय-हाय मंगली
> खा गई मंगली!
> हाय-हाय मंगली!''

छातियाँ पीटतीं, और लय-ताल में 'वैण' करती औरतें, बार-बार रुककर, आगे को झुकतीं और भागसुद्धी के बाल नोचने लगतीं। कस्बे-भर में बात फैल गई थी कि भागसुद्धी 'मंगली' थी, और 'मंगली' औरतें अपने पतियों को खा जाती हैं!

बाहर गली में दरी बिछाई गई थी, जिस पर बिरादरी के मर्द बैठे थे। वहाँ पर भी इसी बात की चर्चा थी।

''मैंने बलराम के बाप से कहा भी था कि कुंडली-जनम-पत्तरी अच्छी तरह से पढ़वा लेना, तब बेटे की सगाई करना।''

''वह कहता था, जनम-पत्तरी पढ़वा ली थी।''

''पढ़वा ली थी ? फिर पुरोहित ने गोलमाल किया होगा।'' अंदर से बराबर, लयबद्ध आवाज़ आ रही थी--

'हाय ! हाय पिटी हाय ! हाय ! मंगली ! मंगली ! खा गई ! खा गई !'

अधेड़ उम्र की स्त्रियाँ, घेरा बाँधे, कोठरी के बीचों-बीच खड़ी छातियाँ पीट रही थीं। छातियाँ पीटने के लय में अपने-आप ही एक घेरा बन गया था। उनके सफ़ेद बालों की लटें उलझकर गर्दन और माथे पर झूल रही थीं। पोपले मुँह, झुर्रियों-भरे चेहरे। हर बार जब बिरादरी की कोई स्त्री बाहर से आती तो दूर गली के सिरे पर ही छातियाँ पीटती, 'वैण' करती, और उसके अंदर आते ही छातियाँ पीटने और हाय-हाय करने की लय तेज़ हो जाती—

'गली विच धूड़ उड्डी
धूड़ उड्डी !'

कोठरी के बीचों-बीच फ़र्श पर बैठी भागसुद्धी का मस्तिष्क तो उसी समय जड़ हो गया था, जब उसने साँप के लाल-लाल मुँह को पति की जाँघ पर उलटते देखा था। पर यह त्रास दूसरी तरह का था। ये सभी स्त्रियाँ उसकी जान-पहचान की रही थीं, किसी समय से उससे गले लगकर मिला करती थीं, उसे असीसें देती रहती थीं। पर इस समय उनका बाल नोचना और उसके इर्द-गिर्द छातियाँ पीट-पीटकर विलाप करना उसे किसी भयावह स्वप्न-जैसा लग रहा था।

'मंगली खा गई
खा गई, खा गई !
रोठा पुत्त खा गई
खा गई, खा गई !
गली विच धूड़ उड्डी !
धूड़ उड्डी, धूड़ उड्डी !'

पर जैसे ज़ख्म में से खून रिस-रिसकर अपने-आप ही ज़ख्म को बंद कर देता है,

वैसे ही भागसुद्धी चेतनाशून्य हो गई थी, और सिवाय इसके कि उसकी अधमुँदी आँखों के सामने नंगे सिर, बुढ़िया स्त्रियों के साए-से डोल रहे थे, छाती पर से खुले कुर्ते, हड्डियों के पिंजरों के बीच लटकते-झूलते स्तन, पिचके-पोपले मुँह, और बिखरे सफ़ेद अथवा खिचड़ी बालों की लटें, और साँसों से बोझिल कोठरी की हवा। हर बार जब उसके बाल नोचने के लिए हाथ उसकी ओर बढ़ते तो उसकी आँखें अपने-आप ही बंद हो जातीं।

भागसुद्धी कब अपनी माँ के घर लौट गई थी, कब वह फिर से इस कोठरी में आ गई थी, कब वह जूतियाँ घसीटती, विधवाओं का मैला दुपट्टा ओढ़े, कभी एक के घर तो कभी दूसरे के घर दो जून की रोटी के लिए चौका-बर्तन करने लगी, इसी में भागसुद्धी की ज़िंदगी के दसियों साल बीत गए थे, लेकिन भागसुद्धी अंदर से टूटी नहीं थी।

और यहीं, इसी घर की कोठरी में जहाँ उसे और भी बहुत कुछ देखना बदा था—भागसुद्धी ने अपने वैधव्य के लगभग तीस साल काट डाले थे। अब तो अपनी कोठरी की दीवारों की भाँति उसका शरीर भी जर्जर होने लगा था।

भागसुद्धी की जीवन-कहानी भी अजीब है। भागसुद्धी के घर में फिर एक बार साँप निकला। भागसुद्धी उस वक़्त खाट पर लेटी हुई थी। काला, फनियर साँप, दो गज़ लंबा, कहीं कोठरी के अंदर से रेंगता हुआ निकला और दहलीज़ पार करके गली में जा पहुँचा। भागसुद्धी हड़बड़ाकर उठ बैठी। फिर दूसरे क्षण ही, उसने हाथ बाँध दिए। नाग देवता ने दर्शन दिए थे, पूरे तीस वर्ष बाद फिर दर्शन दिए थे, कैसे हौले-से, भक्तिन की खाट के पास से सटककर चले गए थे। न सिर उठाया, न फुंकार मारी। भागसुद्धी खाट पर बैठी, दोनों हाथ जोड़े जाप करने लग गई। इस बीच साँप गली के बीचों-बीच गंदे पानी की नाली को पार करके सँकरी गली के पार, कच्ची मिट्टी की दीवार के साथ-साथ धीरे-धीरे सरकता, बल खाता, आगे बढ़ने लगा। भागसुद्धी उठी और थोड़ा-सा, कटोरी-भर दूध अंदर से लेकर दहलीज़ के एक सिरे पर रख दिया।

''नाग महाराज आओ, मेरा घर पवित्तर करो!''

उस समय तो नहीं, पर जब भागसुद्धी नाग महाराज के प्रगट होने की बात अपने हमसायों को बताने चली गई, तो नाग महाराज सचमुच लौट आए थे और कटोरी में रखा थोड़ा-सा दूध पीकर भागसुद्धी की कोठरी में ही कहीं घुस गए थे।

तब से भागसुद्धी और नागराज दोनों इसी कोठरी में रहने लगे थे। यों नागराज का वास कोठरी के पिछवाड़े के खंडहर में था। उस रोज़ पहली बार खंडहर में से निकलकर, जैसे-तैसे, एक खड्ड के रास्ते, भागसुद्धी की कोठरी में पहुँच गए थे, पर जब भक्तिन ने दूध की कटोरी दहलीज़ पर रख दी तो नागराज ने अपना रास्ता बदल लिया, और तब से, भक्तिन के ही होकर रह गए थे। रोज़ खंडहर में से निकलकर कोठरी में आ जाते। कभी-कभी घंटों कोठरी में ही बने

रहते, क्योंकि कोठरी ठंडी-ठंडी थी। उन्हें हांडी-परात के पीछे दबककर लेटे रहना अच्छा लगता था। कभी भागसुद्धी की छोटी-सी संदूकची के पीछे पड़े रहते, कभी दीवार के साथ रखे बर्तनों के पीछे। भागसुद्धी रोज़, आधी कटोरी दूध दहलीज़ के कोने में रख देती। भागसुद्धी भाग्य से तो डरती थी, पर नागराज से नहीं डरती थी, या तो इसलिए कि वह उसे मुक्ति दिलाने आए थे, वैसे ही जैसे बरसों पहले उसके पति को जीवन से मुक्त करने आए थे, या अपार श्रद्धावश, जिसमें उसने तन-मन नागराज के अर्पण कर दिया था। उसे लगता, जैसे वैधव्य की भाँति नागराज को भी भाग्य ने ही उसके पास भेजा है। आँखें मूँदकर और हाथ जोड़कर उसे स्वीकारना ही उसका कर्त्तव्य था। मुहल्ले-भर में खबर फैल गई कि भागसुद्धी की कोठरी में से साँप निकला है, पर कोई लाठी लेकर उसे मारने नहीं आया। कुछ देर के लिए लोगों ने उस रास्ते से जाना छोड़ दिया। पर भागसुद्धी ने जिस भाँति हाथ जोड़ और सिर नवाकर भय से त्राण पा लिया था, उसी भाँति मुहल्ले के अन्य लोग भी त्राण पाने लगे। कस्बे में अकेला यही एक साँप तो नहीं था। आधा कस्बा खंडहर हो रहा था, और उसमें जगह-जगह साँप थे, साँप और नेवले और 'गो' और अनेक जीव-जंतु। डरने से काम नहीं चलता। भाग्य को स्वीकारने, उसे अपनाने से काम चलता है। भागसुद्धी की कोठरी से थोड़ी दूरी पर, एक जुलाहे को साँप ने डस लिया था, और उसका बदन नीला पड़ने में देर नहीं लगी थी। कस्बे के दूसरे सिरे पर झाड़-फूँक करनेवाला बाबा रोडा रहता था, पर उस तक पहुँचते-पहुँचते जुलाहा दम तोड़ गया था। साँप काटे की ख़बर सुनकर मुहल्लेवालों ने दोष जुलाहे को ही दिया था कि गली में गुजरते हुए, उसे अपना डंडा ठकोरने की क्या ज़रूरत थी? डंडा नहीं ठकोरता तो साँप कभी नहीं डसता। अब भागसुद्धी भी तो उसी कोठरी में रहती है, नाग महाराज रोज़ी आते हैं, उसे क्यों नहीं डसते!

वैधव्य की लंबी, अंतहीन यातना के बरसों में भागसुद्धी ने अनेक बार प्रार्थना की थी कि जिस साँप ने मेरे पति को काटा है, वही मुझे भी आकर काट जाए। इसीलिए जब नागराज प्रकट हुए थे तो भागसुद्धी ने उनका स्वागत ही किया था और सचमुच सोचा था कि वह उसे यातना से मुक्ति दिलाने आए हैं, कि उन्होंने अभागी की प्रार्थना सुन ली है। लगभग तीस साल बाद नागराज उसकी कोठरी में फिर प्रकट हुए हैं। वे निश्चय ही उस पर कृपा करने आए हैं, उसका निस्तारा करने, उसके भाग्य का निमित्त बनकर आए हैं। भागसुद्धी को इस बात का पूरा विश्वास था और उनके स्वागत में उसने बाँहें फैला दी थीं।

इसी तरह भागसुद्धी भय, त्रास और यातना के दसियों वर्ष बिता चुकी थी, जब एक रात उसे विचित्र-सा सपना आया। यह उन दिनों की बात है जब दीवान धनपत पूरी माड़ी का मालिक बन चुका था, और दीवान मय्यादास की हवेली को भी अपने कब्ज़े में लेने के मनसूबे बनाने लगा था। उसने देखा कि आकाश में, दूर से कोई पंछी उड़ता चला आ रहा है। दूर से ही भागसुद्धी को उसके झिलमिलाते

पंख नज़र आ गए थे। कहीं दूर से उड़ता हुआ आया जान पड़ता था, पर कस्बे में पहुँचने के बाद वह कस्बे पर ही चक्कर लगाने लगा था। बड़ा-सा पंछी, मोर-जैसी लंबी-सी पूँछ और उड़ते समय जगह-जगह से उसके पंख चमक-चमक उठते थे। सपने में भी भागसुद्धी को रोमांच हो आया। ऐसा पंछी उसने पहले कभी नहीं देखा था। उसे लगा जैसे पंछी गर्दन नीची किए, घरों के ऊपर पंख फैलाए उड़ता जा रहा है, यह देख पाने के लिए कि कहाँ पर उतरे और उसकी छोटी-छोटी पैनी आँखें एक-एक घर, एक-एक माड़ी, मंडी, बाज़ार, सभी को देख रही हैं। सारा कस्बा, चौसर की बिसात की भाँति उसकी आँखों के नीचे बिछा है।

पंछी को सपने में देखती हुई भागसुद्धी पुलकित हो उठी थी। बार-बार चमकते…झिलमिलाते पंखोंवाले पक्षी पर उसकी आँखें लगी थीं। सोए-सोए ही उसका दिल धक्-धक् करने लगा था।

"आओ महाराज, मेरी कुटिया में पधारो!"

भागसुद्धी सपने में ही बुदबुदाई, "आप गरुड़ महाराज हो ना, आओ महाराज पधारो…"

खाट पर लेटे-लेटे भागसुद्धी ने अपने दोनों हाथ फैला दिए, "आओ महाराज, पधारो महाराज!" वह बुदबुदाने लगी।

तभी उसने देखा कि पंछी के दोनों पंख और भी ज्यादा फैल गए हैं और वह ऐन भागसुद्धी के घर के ऊपर पहुँचकर स्थिर हो गया है। उसके शरीर का निचला भाग भागसुद्धी को साफ़ दिखाई दे रहा था, उसे उसके छोटे-छोटे सफ़ेद रोएँ तक नज़र आ रहे थे, कोमल, फरफराते रोएँ। हाय, ऊपर से तो महाराज के बड़े-बड़े डैने, भूरे काले, लाल, और उनमें चमकते नगीने कैसे भयावह नज़र आते थे, पर नीचे उनका शरीर कितना कोमल है! भागसुद्धी को लगा जैसे हाथ बढ़ाकर वह उन्हें छू सकती है, और उसे लगा जैसे उसे सचमुच स्पर्श करने का-सा भास हुआ है, और उसका दिल भर-भर आया।

सहसा पंछी महाराज बिजली की-सी तेज़ी के साथ, झपटकर नीचे की ओर उतरे। उनके पंख सिकुड़कर एक मोटी-सी रेखा-से जान पडे और भागसुद्धी का दिल धक्-धक् करने लगा। महाराज सचमुच मेरी कुटिया में पधार रहे हैं, उन्होंने मेरी प्रार्थना सुन ली है। पंछी ने ज़ोर से नीचे की ओर झपाटा मारा। उनकी चोंच नीचे की ओर थी। सरसराती-सी आवाज़ भागसुद्धी को सुनाई दी और दूसरे ही क्षण पंछी महाराज वापिस आकाश की ओर, ऊपर उठते जा रहे थे, और उनकी चोंच में एक लंबा, बल खाता, काला साँप झूल रहा था। पंछी ऊपर, और ऊपर उठता जा रहा था, और उसकी चोंच में दबा काला साँप, निःसहाय-सा झूलता जा रहा था।

पंछी ऊँचा उठता जा रहा था—ऊँचा, और ऊँचा; यहाँ तक कि वह एक बिंदु-सा लगने लगा था, और उसकी चोंच से लटकता साँप एक पतले धागे-सा।

भागसुद्धी को पता नहीं चला कि कब सपना समाप्त हुआ। वह सपना था भी

या नहीं था। सपना नहीं था तो क्या था। वह हाँफती हुई उठ बैठी और दोनों हाथ जोड़ दिए। क्या सचमुच गरुड़ महाराज मेरी कुटिया में पधारे थे, क्या सचमुच वह काले नाग को अपनी चोंच में पकड़कर उठा ले गए हैं?

प्रभातवेला में जब भागसुद्धी खाट पर से उठी तो वह बड़ा हल्का-हल्का महसूस कर रही थी। उसे लगा जैसे उस पर से कोई बहुत बड़ा बोझ उतर गया है। घर से निकलने पर उसने मिलनेवाली अनेक स्त्रियों से कहा भी कि गत रात गरुड़ महाराज ने उसे दर्शन दिए हैं, कि वह नीचे, उसकी कुटिया में पधारे भी थे, कि वह नागराज को मेरे घर से उठा ले गए हैं, कि उसे चोंच में दबाकर ले गए हैं। मैंने अपनी आँखों से देखा है। कुछ स्त्रियों ने तो समझा कि भागसुद्धी सनक गई है, कुछेक ने उसे सपना कहकर टाल दिया, और कुछेक ने यह भी कहा कि वह त्रिकालदर्शी पंछी था, कि ऐसा पंछी—ग्रंथों में लिखा है—हर सौ-दो सौ साल में एक बार कहीं से उड़ता हुआ आता है और फिर लोप हो जाता है।

उसी दिन से भागसुद्धी निश्चित हो गई थी। स्वयं गरुड़ महाराज नाग को उठाकर ले गए थे। उसका दिल किसी अज्ञात उछाह से भर उठा, उसके तन-बदन में एक स्फूर्ति-सी आ गई। वह घर में से बाहर निकलने लगी। बरसों से जो भागसुद्धी किसी के सामने मुँह नहीं खोल पाती थी, वही भागसुद्धी अब दबंग होकर दो-टूक बोलने लगी थी। उसमें बड़ा परिवर्तन आ गया था।

धीरे-धीरे कस्बे में भागसुद्धी की एक निश्चित भूमिका-सी बनने लगी। जैसे उस पर से कोई साया उठ गया हो। यह कैसे हो गया, कहना कठिन था। शायद वृद्धावस्था तक पहुँचते-पहुँचते दुर्भाग्य का डर अपने-आप झरने लगता है। इतनी यातना तो मिल चुकी, आगे भी मिलेगी तो यातना ही मिलेगी, फिर उससे इतना डरने का क्या प्रयोजन? पर भागसुद्धी को पूरा विश्वास था कि गरुड़ महाराज ने ही स्वयं उसकी कोठरी में पधारकर उसे अभयदान दिया है।

14

स्कूल चल निकला था। रुक्मणी के दाख़ला लेने के बाद चार और लड़कियाँ भी पढ़ने आने लगी थीं। वानप्रस्थी एक-एक की तख़्ती पर अक्षर बना-बनाकर पढ़ाता था। पहले तीन दिन उसने कुछेक अक्षर ही सिखाए थे, पर चौथे दिन, जब रुक्मणी स्कूल पहुँची तो वानप्रस्थी वहाँ पर नहीं था। पाँचों लड़कियाँ कमरे के बाहर, आँगन में डोल रही थीं, और आँगन के पार, गली में, रुक्मणी का पगलैट हर

रोज की तरह हाथ में लट्ठ उठाए खड़ा था।

थोड़ी ही देर बाद गली की ओर से किसी के चिल्लाने की आवाज़ आई कि वानप्रस्थी शेखों के बाग़ के पास घायल पड़ा है। छोटी बच्चियों की तो समझ में कुछ नहीं आया, पर रुक्मणी आंतकित-सा महसूस करने लगी। थोड़ी ही देर में, अभी लड़कियाँ आँगन में ही खड़ी थीं कि दो कहार, एक खाट को कंधों पर उठाए हुए स्कूल के आँगन में आते हुए दिखाई दिए। आगे-आगे लेखराज चला आ रहा था, और खाट के पीछे भागसुद्धी थी, जिसके हाथ में वानप्रस्थी की ऐनक थी और वह ऊँचा-ऊँचा बोलती चली आ रही थी, "कसाइयो, बाहर से आए आदमी को तुमने मारा है। तुम तिल-तिलकर मरोगे, तुम्हें ग़रीब की हा लगेगी, रामजवाया, डूब मर। दीवान धनपत, तू अपनी आँखों के सामने यह ज़ुल्म देख रहा है, तेरी ग़ैरत मारी गई है। तेरी आँख का पानी सूख गया है, बिट-बिट बैठा देख रहा है...।"

कस्बे में सनसनी फैल गई। लड़कियों के स्कूल का विरोध करना और बात है, पर एक बूढ़े परदेसी को पिटवा देना बिल्कुल दूसरी बात। लोग दौड़े आए। सभी को बुरा लगा। यह किसकी कारगुज़ारी थी, कस्बे में सभी जानते थे, पर उनका नाम मुँह पर लाने की किसी में हिम्मत नहीं थी।

वानप्रस्थी के गाल पर खून छितरा था और पाजामा जगह-जगह से फटा हुअ और मिट्टी से लथपथ था। भागसुद्धी तो उसकी सेवा-सुश्रूषा में लग गई, और लेखराज लड़कियों को उनके घर पहुँचाने चला गया। उस दिन की वारदात से लोगों का दिल दहल गया।

पर स्कूल बंद नहीं हुआ। वानप्रस्थी के स्थान पर लेखराज बच्चियों को अक्षर-बोध कराने लगा। अपने फूस के झोंपड़े में वानप्रस्थी पड़ा था, पर इधर नियमित रूप से भागसुद्धी भी पहुँच जाती, और लेखराज भी; और बच्चों की पढ़ाई चलती रही।

फिर एक दिन लेखराज सीधा दीवान धनपत की कचहरी में जा पहुँचा। सुबह का वक़्त था, इतवार का दिन। अभी फ़रियादें सुनने का काम शुरू ही हुआ था और दीवान धनपत अपने सिंहासन पर टाँगें चढ़ाए बैठा गुड़गुड़ी के कश ले रहा था, जब लेखराज ड्योढ़ी लाँघकर, सीधा धनपत के सामने, कचहरी के आँगन में जा खड़ा हुआ।

दीवान को पहचानने में देर नहीं लगी। लेखराज के इस तरह पहुँच जाने से धनपत को अचंभा भी हुआ और खटका भी। बूढ़े वानप्रस्थी के साथ जो कुछ हुआ था, उसकी जानकारी उसे थी, और वह अभी फ़ैसला नहीं कर पाया था कि उसके प्रति क्या रुख़ अपनाए। स्कूल खोलने से पहले, जिन दिनों वानप्रस्थी घर-घर जाकर चंदा उगाह रहा था, वह दीवान धनपत के पास भी आया था, पर धनपत ने कोई रुख़ नहीं किया था और उसके बाद वानप्रस्थी ने उसका द्वार खटखटाना छोड़ दिया था। फिर भी, जब स्कूल खुला, तो इसमें धनपत को अपने प्रति अवहेलना का

भास हुआ। उधर रुक्मणी, उसके बड़े बेटे की बहू, उसके बिना कुछ कहे-सुने स्कूल में नाम लिखवा आई थी, और उसी बूढ़े वानप्रस्थी की शह पर स्कूल जाने लगी थी। इसमें भी धनपत को अपने प्रति अवहेलना का भास हुआ था। इधर लेखराज, वानप्रस्थी से जा मिला था, जिससे धनपत को लगा कि लेखराज कस्बे में अपना मेल-मिलाप बढ़ाने लगा है, अपने समर्थक तैयार कर रहा है, स्कूल की आड़ लेकर अपने लिए कस्बे में ज़मीन तैयार कर रहा है, ताकि मौका मिलने पर ज़मीन-जायदाद में अपना हिस्सा लेने के लिए मुकाबला कर सके।

उधर वानप्रस्थी के पीट दिए जाने के पीछे मँझले और उसके साथियों का हाथ था, इस तथ्य से भी वह बेख़बर नहीं था। मँझला ज़्यादा-ही-ज़्यादा मुँहजोर होता जा रहा था, इसकी भी लगाम खींचना ज़रूरी था। पर सबसे बड़ी बात सरकार इंगलिशिया के रुख की थी। उन दिनों जगह-जगह स्कूल खुल रहे थे। इसी कस्बे में ईसाइयों ने लड़कों के लिए मिशन स्कूल खोला था। अगर सरकार ने वानप्रस्थी के स्कूल के प्रति एतराज़ नहीं किया, तो उसे—दीवान धनपत को भी इसका समर्थन करना होगा।

इसी तरह के विचार दीवान धनपत के मस्तिष्क में घूमते रहे थे, जब उसने लेखराज को अपने सामने खड़े पाया।

''मैं लेखराज हूँ, दीवान जी, आपसे एक विनती करने आया हूँ…।''

धनपत अभी भी उसकी ओर एकटक देखे जा रहा था। वह निश्चय नहीं कर पा रहा था कि सबके सामने वह लेखराज को पहचाने या पहचानने से इन्कार कर दे।

''मैं सिर्फ़ इतना कहने आया हूँ, कि फिर अगर इस घर में से किसी ने कोई हुज्जत-हरकत की, कोई खून-खराबा हुआ तो इसका ज़िम्मेदार वह खुद होगा। बाद में नहीं कहना कि आगाह नहीं किया था।''

दीवान धनपत, ऊँची कुर्सी पर टाँगें चढ़ाए बैठा था। लेखराज की बातें सुनते ही उसकी चपल सूझ ने झट से पैंतरा बदला और बड़ी आत्मीयता से बोला, ''लेखराजा, कब से तू कस्बे में आया हुआ है, और एक बार भी मुझे याद नहीं किया। शर्म नहीं आती? और आज आ गया, मुझे धमकी देने!'' फिर घूमकर, ऊँची आवाज में अपने मुलज़िमों से मुख़ातिब हुआ, ''लाओ ओये, कुर्सी!''

और दो चौबदार कुर्सी लाने के लिए दौड़ पड़े। पर लेखराज वहाँ रुका नहीं, केवल इतना कहकर कि स्कूल की मदद तो क्या करोगे, उल्टे एक बूढ़े आदमी की टाँगें तुड़वा दीं, वह कचहरी के बाहर हो गया।

लेखराज तो जिन क़दमों आया था, उन्हीं कदमों लौट गया, लेकिन धनपत गहरी सोच में पड़ गया। लेखराज की इस धमकी का क्या अर्थ निकाले? किसकी शह पर यहाँ आया है? बूढ़े मास्टर को लेकर मुझे धमकाने पहुँच गया है। कस्बे में अपने पाँव जमाना चाहता है, और क्या!…ताकि एक दिन मेरे ख़िलाफ नालिश कर

सके। जिस बात का खटका मुझे मन-ही-मन रहा है, वह ग़लत नहीं था।...और धनपत फिर से अपने मनसूबों में खो गया।

कस्बे में बात फैल गई कि लेखराज भरी कचहरी में दीवान धनपत को आँखें दिखा आया है, उसे धमकी दे आया है। बड़ा गुर्दा है इसका कि दीवान-जैसे आदमी को चेतावनी दे आए...लोग लेखराज के साहस और जीवन से बड़े प्रभावित हुए, भले ही लड़कियों के स्कूल को लेकर उनका कुछ भी मत रहा हो।

महीने-भर में वानप्रस्थी चलने-फिरने लायक हो गया और वह फिर से लड़कियों को पढ़ाने लगा। लेखराज अब घर-घर जाकर स्कूल के लिए चंदा उगाहता फिरता था, और भागसुद्धी सुबह से शाम तक वहीं पड़ी रहती—स्कूल का आँगन बुहारती, कमरा साफ़ करती, लड़कियों को उनके घर तक छोड़ने जाती।

स्थिति फिर से सामान्य होने लगी थी, जब एक दिन सरगोधा से पुलिस का एक थानेदार दो सिपाहियों को लेकर इस बात को तफ़तीश करने आया कि बूढ़े वानप्रस्थी पर किसने हमला किया था। थानेदार ने दीवान धनपत के मँझले बेटे को तो तलब नहीं किया, पर उसके दो साथियों—बालमुकंद और चमन को हथकड़ी लगाकर, तफ़तीश के लिए अपने साथ सरगोधा ले गया। दो दिन के बाद वे लौट भी आए, और पहले ही की तरह कस्बे में डींगें हाँकने लगे, लेकिन कस्बे के लोगों ने इससे यही नतीजा निकाला कि मँझले और उसके साथियों की धाँधली अब कस्बे में नहीं चलेगी।

इसके कुछ ही दिन बाद लोगों ने देखा—और देखकर हैरान रह गए, कि रुक्मणी पालकी में बैठकर स्कूल जाने लगी है। और वह भी दीवान धनपत की अपनी रंगदार पालकी में, जिस पर घुँघरू बँधे रहते थे। कस्बे-भर में सनसनी-सी फैल गई। किसी को आशा नहीं थी कि दीवान धनपत ऐसा क़दम उठाएगा, विशेषकर उस समय जब उसका मँझला बेटा स्कूल का और स्कूल में रुक्मणी के दाख़ले का इतना कड़ा विरोध कर रहा था। कस्बे-भर में चहमहगोइयाँ होने लगीं। कोई कहता, दीवान धनपत ने सरकार का रुख देखकर ऐसा किया है। कोई कहता, अपने बेटे को सबक सिखाने के लिए ऐसा किया है। दीवान धनपत भी उन दिनों चुप नहीं बैठा था, हर बात की सुध-बुध ले रहा था, और दो बार हुज़ूर डिप्टी कमीश्नर साहिब से मिलने सरगोधा का चक्कर भी काट आया था।

इस बात का भास धनपत को भी होने लगा था कि सरकार के रुख के बारे में निश्चित रूप से कुछ भी नहीं कहा जा सकता। किसी वक़्त भी, किसी भी बात पर वह टेढ़ा हो सकता है। धनपत ने करीमखान को पिटवाया था तो उसे डर था कि सरकार कहीं तफ़तीश नहीं करवाने लगे, पर कुछ नहीं हुआ। पर जब मँझले ने स्टेशन पर खड़ी रेलगाड़ी में से अपनी ही ज़मीन का दो बोरे अनाज उठवा लिया तो जेहलम से महकमे का इंस्पेक्टर तहकीक़ात करने पहुँच गया था और उसने दीवान

धनपत का भी बयान दर्ज़ किया था।

फिर एक रात, सरगोधा का वही थानेदार उन्हीं दो सिपाहियों को लेकर आया और भागसुद्धी के घर में से लेखराज को गिरफ़्तार करके ले गया। कहने लगा, तफ़तीश के लिए बुलाया है। कल शाम को ही लौट आएगा। भागसुद्धी ने बड़ा बावेला मचाया, बहुत-से लोग जागकर बाहर निकल आए। भागसुद्धी थानेदार को छोड़ ही नहीं रही थी। बहुत-से लोगों के समझाने के बावजूद कि मामूली काग़ज़ी कार्रवाई के लिए ही लेखराज को सरगोधा में बुलाया होगा, भागसुद्धी बिलखती-चिल्लाती रेलवे स्टेशन तक थानेदार के पीछे-पीछे गई थी। उसे डर था कि मामूली तफ़तीश के लिए उसे नहीं ले जा रहे हैं।

और भागसुद्धी का डर सही निकला। लेखराज लौटकर नहीं आया। दो दिन बीते, दो सप्ताह बीते, दो महीने बीते, दो साल बीते, पर लेखराज जो आँखों से ओझल हुआ तो फिर नज़र नहीं आया। भागसुद्धी सरगोधा गइ, जेहलम गई, लाहौर तक हो आई, पर लेखराज का कुछ पता नहीं चला। मानो कहीं अंतर्द्धान हो गया हो।

''यह धनपत की करनी है। उसी ने लेखराज को पकड़वाया है···।'' भागसुद्धी कस्बे में चिल्लाती रही।

और सचमुच यह धनपत की ही करनी थी, उसकी ज़िंदगी का शायद सबसे काला कारनामा था। डिप्टी कमिश्नर की अर्दल में जाकर उसने खुद ही कहा था—

''साहिब बहादुर, यह लेखराज वह आदमी है जो सरकार इंगलिशिया के खिलाफ़ लडता रहा है। जिस वक्त आपका खादिम, जंग के दिनों में फिरंगी फौजों को रसद पहुँचा रहा था, उस वक्त यह आदमी सिक्ख फौज में अँगरेज़ों के खिलाफ लड़ रहा था। इसी पर बस नहीं, साहिब, बाद में यह कूकों के साथ जा मिला था और बरसों तक उनके साथ रहा है और अब कस्बे में लौटकर बदअमनी फैला रहा है।''

धनपत का इतना ही बयान काफ़ी साबित हुआ था, और लेखराज कस्बे में फिर लौटकर नहीं आया। वह कस्बे में महीना-भर ही रहा होगा, या कुछ ज्यादा। उसके यों पकड़ लिए जाने पर लोगों को धक्का-सा लगा था, पर लोग चुप रहे थे। कुछ तो इसलिए कि उन्हें आशा थी कि लेखराज शीघ्र ही लौट आएगा। सरकार छोटी-मोटी तफ़तीश करेगी और उसे रिहा कर देगी। आख़िर उसका कुसूर ही क्या है, वानप्रस्थी की मदद ही तो करता था। पर वह नहीं लौटा। जिस तरह पहले बरसों तक आँखों से ओझल रहा था, अब मानो सदा के लिए आँख-ओझल हो गया था।

कुछ बरस बाद रुक्मणी ने भागसुद्धी से पूछा तो भागसुद्धी कहने लगी—''वह तो देवता पुरख था। जिस दिन तू स्कूल में आई थी, वह बेहद खुश हुआ था। कहने लगा, 'मौसी···', वह भी मुझे मौसी बुलाता था, 'इस अँधेरे कस्बे

में एक दीया जल गया है, उसकी लौ सारे कस्बे को रोशन करेगी ।' पहले दिन से ही वह वानप्रस्थी के साथ बैठने-उठने लगा था । कहता था, 'भागसुद्धी, मुझे अपना घर मिल गया है, अब मैं यहीं काम करूँगा, मास्टर का स्कूल चलाऊँगा ।' कभी-कभी वह बच्चों की तरह चहकने लगता था । वानप्रस्थी से कहता, 'मैं घर-घर जाकर तेरे लिए चंदा उगाहूँगा ।' मैंने उससे कहा, 'लेखराजा, तू स्कूल की बात कर रहा है ?' तो कहने लगा, 'नहीं मौसी, मैं नन्ही रुक्मणी की बात कर रहा हूँ ।' जिस दिन तू स्कूल में पढ़ने आई थी, उस दिन वह भागा हुआ टीले पर तेरे नाना से मिलने गया था, उसे यह कहने कि तेरी दोहती ने क्या कर दिखाया है ।"

कहाँ गया लेखराज ? कैसी विडंबना थी कि जब वह सचमुच कस्बे में बस जाना चाहता था, तो उसे यहाँ से उठा ले गए । उसके अंदर कुछ था जो उसे कचोटता रहता था । मौसी भागसुद्धी कहने लगी, "मैंने उससे एक दिन पूछा, 'लेखराज, तू ज़िंदगी-भर मारा-मारा फिरता रहा है, किसलिए ?' वह बड़ी देर तक चुप रहा । फिर बोला, 'पता नहीं मौसी !' कभी सोचता, 'लाम पर नहीं गया होता तो मेरी ज़िंदगी किसी दूसरे ढंग से बीतती ।' 'और लोग भी तो लाम पर गए थे,' मैंने पूछा तो कहने लगा, 'हाँ मौसी गए थे, और बड़ी बहादुरी से लड़ रहे थे, मनोहर तो लड़ता-लड़ता मारा गया था ।'

" 'मनोहर मर गया, क्या इसलिए तू बेचैन रहने लगा था ?"

" 'पता नहीं, मौसी !' और वह चुप हो गया । दो शब्द बोलता, फिर चुप हो जाता । लगता सारा वक़्त अपने-आपसे बातें करता रहता था, फिर अपने-आप ही कहने लगा, 'दादी माँ के मुँह से कहानियाँ नहीं सुनी होतीं, तो क्या मालूम, मैं लाम पर भी नहीं जाता ।'

" 'पर लेखराजा, कहानियाँ तो सभी सुनते हैं । कहानियाँ कौन नहीं सुनता ?"

"इस पर वह फिर चुप हो जाता । तेरे नाना के पास कभी-कभी जाया करता था । घंटों उसके साथ टीले पर बैठा रहता, पर लौटता तो कहता, 'भागसुद्धी, उस-जैसा डरा हुआ आदमी दूसरा कस्बे में नहीं है ।' मैं उससे बार-बार कहती, 'लेखराज, तू धनपत से अपना हक माँग, तू अपना हक क्यों नहीं माँगता ?' तो वह हँस देता । कहता 'मैं माड़ी में जा रहूँ मौसी, इस उम्र में ? मेरा न आगा, न पीछा ।' फिर धीरे-से कहा था, 'अब यह कस्बा ही मेरा घर है । मैं गलियों में ही खुश हूँ ?' "

मौसी की बातें सुनते हुए रुक्मणी को लगता, जैसे दुनिया से ओझल होने से पहले प्रत्येक व्यक्ति एक बिंब का-सा रूप ग्रहण कर लेता है । हाड़-मांस का पुतला तो वह बना रहता है, पर वास्तव में वह बिंब ही उसका असली रूप होता है, उसके अतीत में से, उसके समूचे जीवन में से उभरकर निकला हुआ, उसके चरित्र का बिंब । लेखराज का भी ऐसा ही बिंब उभर आया था, दसियों साल से उसके नाम से जुड़ी घटनाओं, कहानियों के प्रभाव में से जन्म लेनेवाला बिंब । दीवान धनपत

भी, दीवान मय्यादास भी। कस्बे में से अंतर्द्धान होने से पहले का—उनके चरित्र का बिंब ही गलियों में और लोगों के मस्तिष्क में भी विचरता रहता है। दीवान धनपत वह नहीं था जो कचहरी लगाता था, या घंटियोंवाली पालकी में बैठकर निकलता था, बल्कि उसके समूचे जीवन की छाया था उसका वह बिंब, जिसमें से उसका समूचा व्यक्तित्व झलकता था। समूचे जीवन के कर्म-कुकर्म, मात्र एक बिंब का ही निर्माण करते हैं, वही बिंब किसी व्यक्ति का वास्तविक रूप होता है, उसका हाड़-मांस का शरीर नहीं।

रुक्मणी के स्कूल जाने पर सबसे विचित्र प्रतिक्रिया लेखराज की हुई थी। वह सीधा, भागता हुआ टीले की ओर गया था, और हाँफता हुआ ऊपर जा पहुँचा था, "हरनारायण, तेरी दोहती ने स्कूल में नाम लिखवा लिया है!" और भाव-विह्वल-सा होकर, नीचे फैले कस्बे की ओर देखकर बोला था—

"कस्बा जी उठा है, हरनारायण, कस्बा जी उठा है! अँधेरे में दीया जल उठा है, हरनारायण!"

और देर तक नीचे फैले कस्बे की ओर देखता रहा था।

"इसमें खुश होने की क्या बात है, लेखराज! मुझसे पूछो तो रुक्मो ने अपने लिए काँटे बोए हैं। अपने लिए भी और हम सबके लिए भी।"

लेखराज ठिठका, और अवाक्-सा हरनारायण के चेहरे की ओर देखने लगा था। कोई आदमी इतना भीरु भी हो सकता है, और वह भी भगवत-भजन करनेवाला, इसकी उसे आशा नहीं थी।

"मैं आज हूँ, कल नहीं रहूँगा। किसके दर पर वह जाकर ठोकरें खाएगी?"

फिर हरनारायण ने विचित्र-सा वाक्य बोला था—

"इस उम्र में मुझे परेशान कर रही है, मुझसे अपनी जान नहीं सँभाली जाती। अपने बूढ़े नाना को दुखी करना ही उसका काम है? उसका मेरे प्रति कोई कर्त्तव्य नहीं है?"

"क्या सचमुच तुम समझते हो कि रुक्मो ने ग़लत काम किया है?"

"गलत नहीं तो क्या, लेखराज, लड़की खुद भी डूबेगी और मुझे भी डुबोएगी। माड़ीवालों के साथ क्या हम टक्कर ले सकते हैं?"

लेखराज वहाँ से खिन्न होकर लौटा था। पर इसके बावजूद, टीले की ढलान उतरते हुए रह-रहकर उसे रुक्मणी के साहस पर आश्चर्य हो रहा था, और यह विश्वास बार-बार उसे रोमांचित-सा कर रहा था कि अब पहलेवाली बात नहीं रह गई है, कि कहीं कुछ है जो जाग उठा है, जो करवट लेने लगा है।

इसके बाद जो कुछ हुआ, वह कस्बेवालों की आँखों के सामने आ गया।

लेखराज के हिरासत में लिए जाने के कुछ ही दिन बाद की बात रही होगी। धनपत

उस दिन भी कचहरी से निबटकर अपने बड़े कमरे में आकर बैठा था। टहलुवे ने उसका अँगरखा उतरवाया, पगड़ी को ठिकाने पर रखा और पैरों में से जूते निकालकर दीवान जी के पैर दबाने और अँगुलियों में से थकान निकालने लगा। दीवान धनपत ने कहा—

''पानी पिलाओ।''

इस पर टहलुवा झट से उठ खड़ा हुआ और कुछ ही देर में चाँदी के गिलास में सुराही का ठंडा जल लेकर हाज़िर हो गया था।

धनपत ने गिलास हाथ में लिया और मुँह को लगाने जा ही रहा था, जब उसे भास हुआ जैसे गिलास में से बास आ रही है।

''इसमें से तो बास आ रही है! कहाँ से लाया है?''

''मालिक!'' टहलुवे को अचंभा हुआ और तनिक डर-सा गया, ''सुराही में से मालिक, उसे शाम को ही भरा था।''

''फिर तेरे हाथ गंदे होंगे, हरामख़ोर!''

''हाथ धोकर लाया हूँ, मालिक, गिलास को भी अच्छी तरह से साफ़ कर लिया था।''

''मालिक के बच्चे! मैं जो कह रहा हूँ, बास आ रही है।'' धनपत ने कड़ककर कहा, और फिर उसने अजीब-सी हरकत की।

''अपने हाथ इधर ला!'' वह चिल्लाया। उस वक्त तक टहलुवा सचमुच काँपने लगा था।

टहलुवे के दोनों हाथ पकड़कर धनपत अपनी नाक के निकट ले गया।

''सीधे रख! हाथ हिला रहा है!''

टहलुवा किसी भाँति अपने काँपते हाथों को स्थिर कर पाया।

''नहीं मालिक, मैं हाथ धोकर पानी लाया हूँ।''

''किससे हाथ धोए थे?''

''मिट्टी से, मालिक!''

''उल्लू के पट्ठे! मैंने कहा जो है कि विलायती साबुन से हाथ धोया करो।'

''मालिक!''

टहलुवे ने गिलास धनपत के हाथ से ले लिया और भागकर ताज़ा पानी लेने चला गया। उसने फिर से हाथ धोए—अबकी बार विलायती साबुन से, फिर गिलास को अच्छी तरह से धोया, फिर नाक लगा-लगाकर सुराही में भरे जल को सूँघता रहा। उसे बदबू का भास नहीं मिला। वह फिर से पानी भरकर ले आया।

हल्की-सी गंध का भास धनपत को अभी भी हुआ, पर उसने पानी पी लिया।

टहलुवा गिलास लेकर जाने को हुआ।

''जा. चिलम भरकर ले आ।'' दीवान ने अपनी गहरी खरज आवाज़ में कहा।

टहलुवा भागा हुआ चिलम लाने चला गया। और फिर दीवान देर तक अपने पलँग पर बैठा चिलम के कश लेता रहा और टहलवा पीठ-पीछे खड़ा उसे पंखा झलता रहा था।

पलँग पर बिछी सफ़ेद चादर, दूधिया सफ़ेद पाजामा और हल्की-हल्की हवा में फरफराता मलमल का कुर्ता पहने दीवान धनपत गुड़गुड़ी के कश ले रहा था और धीरे-धीरे उस सड़ाँध-जैसी बू को भूलने लगा था, जिसका भास उसे कुछ देर पहले परेशान करता रहा था।

सोते समय दीवान धनपत बाईं करवट लेटने का आदी था। इस रात जब वह माड़ी की छत पर सोने गया तो सिरहाने पर सिर रखते ही उसने फिर महसूस किया जैसे बदबू का भभूका फिर कहीं से उठा है, और अबकी बार पहले से कहीं ज़्यादा तीखा। दीवान धनपत उठ बैठा। यह बदबू पानी से नहीं, किसी और जगह से आ रही है। पर है ज़रूर। मेरी नाक मुझे धोखा नहीं दे सकती। पलँग पर बैठा धनपत छत की मुँडेर की ओर देख रहा था, जब उसे महसूस हुआ कि मुँडेर के सिरे पर जहाँ परनाला है, वहाँ से बदबू के भभूके उठ रहे हैं। हरामज़ादे, कोई काम अपने-आप नहीं करते। कहा भी था, हर शाम परनाले में दो-तीन बाल्टियाँ पानी डाला करो! जब तक इन्हें लातें नहीं जमाओ, हरामख़ोर, जो भी कहो, कान में दबा जाते हैं।

पर कुछ ही देर में बदबू का भभूका उठना बंद हो गया था। संभवतः बहती हवा का रुख़ बदल गया था और धनपत फिर सिरहाने पर सिर रखकर, बाईं करवट लेट गया था।

पिछला कुछ समय विचलित करनेवाला रहा था, इसमें संदेह नहीं। मँझला अब आँखें दिखाने लगा था। दीवान को इसका ख़दशा पहले नहीं रहा हो, ऐसा तो नहीं था। जवानी मस्तानी होती है बेशक, पर मँझला ज़रूरत से ज़्यादा बददिमाग़ साबित होने लगा था। मेरे जीते-जी अपने बड़े भाई के साथ उलझने लगा है तो मेरे चले जाने के बाद उसके साथ कैसा सुलूक करेगा। मेरे जीते-जी कल्ला ठिकाने लग जाए, यही सोचकर मैंने कल्ले का ब्याह किया था, पर मुझे क्या मालूम था कि कल्ले के ब्याह के बाद मँझले के दिल में मेरे ही ख़िलाफ़ गुस्से की भावना बढ़ने लगेगी और वह कल्ले के प्रति ईर्ष्यालु होने लगेगा। उधर, वह तीसरा हरामख़ोर बैरिस्ट्री करने गया है, और वहीं पर बैठ गया है। लौटने का नाम नहीं लेता। धनपत के मस्तिष्क पर एक प्रकार का बोझ बढ़ने लगा था। उधर करीमखान को कोड़ो से पिटवाया। वह तो जो किया, ठीक ही किया। मुजारों को एक बार ढील दे दो तो दो पैसे के भी रवादार नहीं होते। पर उसका खून इतना बहेगा कि फ़र्श पर ताल बन जाएगा, इसकी मुझे आशा नहीं थी। मुजारे कचहरी में से चुपचाप, गुमसुम उठ-उठकर जाने लगे थे। कुछेक ने तो जाते समय बंदगी-सलाम भी नहीं किया था। यह घटना भी अंदर-ही-अंदर धनपत को कुछ दिन तक विचलित किए रही थी।

उन्हीं दिनों एक बार धनपत, पालकी पर सवार, अपने मुरब्बों पर से लौट रहा

था। लंबा फ़ासिला तय करके कस्बे के निकट पहुँचा ही था कि बदबू का वैसा ही भभूका फिर से उठा था और उसे झिंझोड़ गया था। अबकी बार वह दुर्गंध, कुछ देर के लिए तो असह्य बनी रही थी।

''कहाँ से ऐसी घिनौनी बदबू आ रही है!'' उसने छटपटाकर कहा।

पालकी को आगे और पीछे, दो-दो कहार उठाए हुए थे और पालकी के आगे-आगे बांशी चला जा रहा था। दीवान का हमजोली होने के बावजूद बांशी, मुलाज़िम होने के नाते, केवल पैदल ही आगे-आगे चल सकता था।

क्षण-भर के लिए दीवान को लगा जैसे रास्ते में किसी झाड़ी के नीचे कोई जानवर मरा पड़ा होगा और उसके शरीर में से सड़ाँध-सी उठ रही होगी। उसका सिर भन्ना उठा था।

''तेज़ चलो!'' उसने ललकारकर कहा।

कहारों ने कदम बढ़ा दिए। पालकी तेज़ चलने लगी। उसका खयाल था कि दूर निकल जाने पर किसी जानवर की सड़ती लाश बहुत पीछे छूट जाएगी और बदबू के भभूके आना बंद हो जाएँगे। पर जब बहुत-सा फ़ासिला तय कर चुकने पर भी बदबू कम नहीं हुई तो उसे शक होने लगा कि किसी कहार के शरीर में से यह दुर्गंध फूट रही है। पालकी को आगे की ओर से उठानेवाले कहार नंगे बदन थे, केवल दोनों ने लाल रंग की कोपीन पहन रखी थी और सिर पर गमछा लपेटे हुए थे।

''रुको, हरामज़ादो, रुक जाओ।'' धनपत चिल्लाया और चाबुक हवा में झुलाई।

पालकी रुक गई।

दोनों कहारों के काले-काले, धूप में सँवलाए शरीर पसीने से तर थे। एक कसैली-सी गंध निश्चय ही उनके शरीर में से उठ रही थी।

''ओ, बांशी के बच्चे!'' धनपत ने चिल्लाकर कहा।

पर बांशी को मालूम नहीं था कि पालकी रुक गई है। वह अपने ध्यान में आगे बढ़ता जा रहा था।

''ओ बांशी, सुअर के बच्चे! सुनता नहीं है?''

तभी बांशी के कानों में किसी आवाज़ की भनक-सी पड़ी और उसने पीछे मुड़कर देखा। बांशी की उम्र वही रही होगी जो धनपत की थी। पर उसकी देह गदराई हुई, बलगमी देह थी। धनपत के साथ गाँवों में जाना, इस अर्थ में उसके लिए बड़ा यातनापूर्ण हुआ करता था। लंबा फ़ासिला पैदल चलना, आगे-आगे। कभी-कभी तो धनपत उसके हाथ में छाता थमा दिया करता था कि मेरे सिर पर छाता किए रहो। पर यह इतना असह्य नहीं था। तब थोड़ा बतियाने का मौका मिल जाया करता था। पर यह जो पालकी के आगे-आगे चलना था, यह बड़ी साँसत का काम था। बांशी के पैरों में छाले पड़ जाते, प्यास से मुँह सूख जाता। मन चाहता किसी

पेड़ के तने के साथ पीठ लगाकर बैठ जाए और थोड़ा सुस्ता ले, पर इसकी इजाज़त धनपत कहाँ देनेवाला था। ऐसे मौके पर वह बड़ा क्षुब्ध होता था। जिस आदमी की लड़कपन के दिनों में ठिठोली किया करता था, उसकी अब चाकरी कर रहा था। उसी की पालकी के आगे-आगे किसी चोबदार की तरह चलना पड़ रहा था, और चिलचिलाती धूप में पैर घसीटने पड़ रहे थे।

वह पीछे लौट आया।

''क्या हुक्म है, दीवान जी! पालकी को क्यों रोक दिया है?''

''रोक दिया है, तेरा सिर! इन कहारों को उठा लाते हो तुम मेरे सिर पर, न नहाए, न धोए। इनसे बू की लपटें उठ रही हैं। हरामख़ोर आ जाते हैं परेशान करने!''

बात बांशी की समझ में नहीं आई। इस पर धनपत चिल्लाकर बोला—

''इधर आ, बांशी के बच्चे! सूँघ, इस कहार का बदन! सूँघ! सूँघ! मेरे मुँह की ओर क्या देख रहा है।⋯ सूँघो!!''

किंकर्तव्यविमूढ़-सा बांशी एक कहार की ओर बढ़ गया और अपनी नाक उसकी पीठ पर लगा दी।

''अब मालूम हुआ? यह बदबू इसी के जिस्म में से फूट रही है। सूँघ, सूँघ! हरामख़ोर! बिन नहाए पहुँच जाते हैं!''⋯

बांशी ने, जो पहले से थका-हारा, चिड़चिड़ा हो रहा था, आगे बढ़कर एक तमाचा कहार के मुँह पर दे मारा।

''नहाकर क्यों नहीं आया!'' वह चिल्लाया।

''मैं तेरे मुँह पर चाँटा क्यों नहीं मारूँ, बांशी के बच्चे! इससे बदबू बंद हो जाएगी?'' दीवान धनपत गुर्राया। दुर्गंध का भभूका अब उठना बंद हो गया था। धनपत को लगा जैसे हवा का रुख़ बदल गया है, और मरे हुए जानवर की लाश पीछे छूट गई है।

''उठाओ पालकी, अब मेरा मुँह क्या देख रहे हो?'' वह चिल्लाया।

दीवान धनपत कुछ-कुछ अस्थिर-सा महसूस करने लगा था। पहलेवाली बात नहीं रह गई थी। पहले तो कभी कोई बात उठती, तो उसमें जैसे अपने पंजे गाड़ दिया करता था। उसकी निरंकुश एकाग्रता किसी उकाब या गिद्‌ध की एकाग्रता-जैसी थी। जिस तरह कोई गिद्‌ध, कबूतर को अपने पंजों में दबोचकर उसका एक-एक पंख नोच-नोचकर अलग करता रहता है, वैसे ही धनपत की पैनी सूझ किसी केंद्र पर जम जाती तो उसके एक-एक पहलू, एक-एक अंश को अलग करके रखती जाती थी। पर अब वह बात नहीं रह गई थी। अब मन उचट-उचट जाता था। एक जगह पर स्थिर न रहकर, भटक-भटक जाता था।

दीवान धनपत अपने जीवन के एक नए चरण में, एक नई स्थिति में प्रवेश कर रहा था। बाहर की दुनिया सिमटने-सी लगी थी। चीज़ें उससे दूर होने लगी थीं।

उसकी पकड़ में शिथिलता आने लगी थी। किसी-किसी वक़्त उसके अंदर उबाल-सा उठता, एक बगूला-सा, जैसे पहले उठा करता था और वह तड़पकर कोई क़दम उठाने के लिए तैयार हो जाता था। उसका मन करता जैसे कोड़े बरसाने लगे, फ़िटन पर बैठकर उसे सरपट दौड़ाता हुआ दूर तक निकल जाए।

कुछ मुद्दत पहले, सरगोधा के अंग्रेज डिप्टी कमिश्नर की देखादेखी, उसने भी अपनी सवारी के लिए एक फ़िटन बनवा ली थी, और किसी-किसी शाम को, डिप्टी कमिश्नर की ही तरह हवाख़ोरी के लिए निकलता था, शेख़ों के बाग़ की तरफ़—घोड़ों को सरपट दौड़ाता हुआ, चाबुक को हवा में चमकाता हुआ। पर यह तब होता जब उसके अंदर ज्वाला-सी उठती, एक भभूका-सा उठता था।

इस तरह के भभूके उसके अंदर गाहे-बगाहे, जिंदगी-भर उठते रहे थे, और उनकी उत्तेजना में वह तरह-तरह की मनमानी करता रहा था। पर अब सहसा, शिथिलता-सी आने लगी। शिथिलता भी और हल्की-सी उदासीनता भी। कभी-कभी उसे ऐसा भास होता जैसे कहीं पर कोई लहर उठ रही है, जो उसकी ओर बढ़ती हुई ऊँची उठती जा रही है, और एक दिन उसे ड्बो देगी।

एक दिन दीवान धनपत पलँग पर उनींदा-सा लेटा था। बड़ी देर तक करवटें बदलते रहने के बाद उसकी पलकें भारी होने लगी थीं और वह नींद के सागर में धीरे-धीरे डूबने लगा था। तभी उसकी आँखों के सामने तैरता-सा एक चेहरा उभरा और दूसरे क्षण, दुर्गंध का वही भभूका उसे झिंझोड़ गया। नींद में उसने करीमखान को देखा था—उसके जुड़े हुए हाथ काँप रहे थे और नाक में से लहू बह रहा था। पगड़ी खुलकर उसके गले में आ गई थी। और उसी क्षण दुर्गंध का भभूका उठा था और धनपत छटपटा उठा था और उसकी आँखें खुल गई थीं। दुर्गंध का भास उसे अभी भी हो रहा था और आँखों के सामने जीर्ण-शीर्ण करीमखान का अस्पष्ट-सा चेहरा, धुँधलापन, अपूर्ण, अभी भी बना हुआ था। उसके हड़ियल चेहरे पर चार-पाँच दिन की दाढ़ी, मुँह खुला हुआ, और ख़ून के चिकत्ते उसकी मूँछों-दाढ़ी पर फैले हुए। चमकते हुए। किसी वक़्त करीमख़ान की दाढ़ी नज़र आती, ख़ून से सनी, किसी वक्त गले में लटकता अधमैली पगड़ी का शमला। एक धुँधलाता तो दूसरा साफ़ नज़र आने लगता। धीरे-धीरे चेहरा धनपत की आँखों के सामने से ओझल हो गया।

धनपत की साँस फूली हुई थी और उसकी छाती पर पसीना आ गया था—'करीमखान तो गाँव में कब का लौट चुका है। उसके ख़ून की बदबू मुझे यहाँ पर क्योंकर आने लगी? क्या मैं कहीं सनक तो नहीं गया हूँ? यह मुझे क्या हो गया है?'

वह पलँग पर से उठ खड़ा हुआ और कमरे के आर-पार टहलने लगा। करीमख़ान का चेहरा ओझल हो चुका था, पर बदबू का भास अभी भी बना हुआ था और धनपत, अपने कमरे में अकेला बदहवास-सा टहले जा रहा था।

उस दिन पहली बार वह बिलबिला उठा था। देर तक अपने कमरे में टहलते रहने के बाद वह पलँग की ओर लौटा, और बिस्तर पर औंधा होकर पड़ रहा। उसकी आँखों में नींद अभी भी नहीं थी, पर देर तक टहलते रहने के बाद पिंडलियाँ थक गई थीं और उनमें हल्का-हल्का दर्द उठने लगा था।

अपनी ख़स्ता, लाल दाढ़ी के नीचे दोनों हाथों की मुट्ठियाँ एक-दूसरे के साथ जोड़े, कुछ-कुछ वैसे ही जैसे ठिठुरते बच्चे, मुट्ठियाँ भींचे और घुटने छाती से लगाए उकड़ूँ होकर लेटे रहते हैं, वह लेटा हुआ था और सो पाने की चेष्टा कर रहा था।

''हरे रब्बा, मैनू नींदर दे। घड़ी-भर दी नींदर दे, पल-भर दी नींदर दे।''

लंबे-चौड़ पलंग पर, जिसमें हाथी दाँत के बढ़िया पाए लगे थे, उकड़ूँ लेटा हुआ धनपत बड़ा नगण्य-सा लग रहा था और बिलबिलाता हुआ नींद के लिए प्रार्थना कर रहा था। धीरे-धीरे वह ऊँ-ऊँ करने लगा, उसकी प्रार्थना ऊँ-ऊँ में बदल गई, जिससे उसे एक तरह का त्राण मिलने लगा था, उसका ध्यान बँटने लगा था। ऊँ-ऊँ की आवाज़ किसी लोरी की लय की तरह उसे धीरे-धीरे थपकियाँ-सी देने लगी थी। कुछ देर बाद उसे झपकी आई, थकी हुई आँखें मुँदने लगीं, ऊँ-ऊँ बंद हो गई। पर उस अधजगी स्थिति में, धीरे-धीरे नींद में डूबते हुए उसे लगा जैसे उसकी श्वास में से वह दुर्गंध आने लगी है। पहले हल्की-सी, इतनी तीखी नहीं कि धनपत चौंककर जाग उठे, और छटपटाकर उठ बैठे। उनींदी स्थिति में उसे महसूस हो रहा था, जैसे अंदर खींचे जानेवाले श्वास में यह दुर्गंध मिल जाती है, और यह भी कि यह गंध उसके अंदर से उठ रही है। नींद में डूबते धनपत के शरीर में हरकत हुई, एक बार उसने करवट भी बदली, दो-एक बार उसने ऊँ-ऊँ भी किया, पर न तो उसकी नींद टूटी और न ही दुर्गंध में कोई फ़र्क आया। नींद-ही-नींद में उसे लगा, जैसे यह गंध उसके टहलुवे के शरीर में से आ रही है, जो पलँग के पायँताने बैठा उसके पाँव दबा रहा है। पर उसे वहाँ से हटा देने की उसम सकत नहीं रह गई थी। थोड़ी देर पहले टहलुवा सचमुच पाँव दबाने आया था पर धनपत ने उसे चले जाने का इशारा कर दिया था। पर अब उनींदे में उसे लगा जैसे पायँताने बैठे टहलुवे के शरीर में से हल्की-हल्की गंध उठ रही है।

पर सोए-सोए ही धनपत को फिर से लगने लगा जैसे यह हल्की-हल्की बू उसके अपने श्वास में से ही आ रही है, उसके अंदर से उठ रही है, पर वह इतना थका हुआ था कि इसकी ओर उसका अधिक ध्यान नहीं जा रहा था। दो-एक बार उसके शरीर में फिर हरकत हुई, एक बार उसने करवट भी बदली, दो-एक बार फिर ऊँ-ऊँ किया, पर फिर गहरी नींद में खो गया।

कुछ दिन बाद, एक दिन जब सवेरे-सवेरे टहलुवा दीवान को गुड़गुड़ी सुलगाकर देने गया, तो दीवान दोनों टाँगें आरामकुर्सी पर चढ़ाए बैठा अपनी दाढ़ी पर हाथ फेर रहा था।

उसने गुड़गुड़ी हाथ में ले ली, रोज की तरह टहलुवे से घर-बाहर के समाचार पूछता-सुनता रहा, और बड़े आश्वस्त मन से गुड़गुड़ी के कश लेता रहा, पर जब गुड़गुड़ी टहलुवे के हाथ में देकर वह उठने को हुआ और उसका दायाँ हाथ उसकी नाक की ओर गया तो उसे अपनी उँगलियों में से सड़ाँध-जैसी बू का भास हुआ। उसने अपने दोनों हाथों की ओर देखा, फिर उन्हें उलट-पलटकर देखा। हाथ साफ़ थे, पर जब उसने उँगलियों को नाक से लगाया तो उसे फिर वैसी ही बू का भास हुआ जैसा पहले हुआ करता था।

उसके मुँह से हल्की कराहट-सी निकली। उसने उँगलियों के पपोटों को फिर नाक से लगाया। बदबू थी, उसकी नाक को साफ़ महसूस हो रहा था। उसने अपनी उँगलियों को फिर से उलट-पुलटकर देखा। अपने गले में लटकती छोटी-छोटी सिलाइयों से, जिनसे वह कान और नाखून साफ़ किया करता था, एक-एक करके दोनों हाथों के नाखून साफ़ किए। देर तक उनमें से मैल निकालता रहा। फिर चिल्लाकर टहलुवे को साबुन-पानी लाने को कहा और दोनों हाथ धोए और तौलिये से रगड़-रगड़कर पोंछ चुकने के बाद फिर से नाक को लगाए। बदबू अभी भी आ रही थी!

उसका शरीर सुन्न-सा हो गया। यह क्या बात है? क्या यह बदबू मेरे ही शरीर में से फूट-फूटकर निकल रही है?

उसके बाद तो एक ऐसा चक्कर-सा चला कि दीवान धनपत नीम पागल-सा हो उठा। बार-बार उँगलियों को नाक से लगाता, देर तक लगाए रहता, फिर छटपटाकर उन्हें अपनी आँखों के सामने ले जाकर देखने लगता। वह बार-बार अपने हाथ धोने लगा। हाथ धोने का उसे व्यसन-सा होने लगा। किसी-किसी वक़्त उसे भास होता जैसे वह गंध उसके श्वास में से आ रही है, उसके साँस में बू पड़ गई है, पर फिर—वह सोचता—अगर साँस में पड़ गई है तो हर श्वास के साथ बदबू बनी रहनी चाहिए थी, पर ऐसा तो नहीं है।

एक बार, पौ फटने पर टहलुवा दीवान के कमरे में आया तो दीवान पलँग पर उकडूँ-सा बैठा— जैसे बंदर बैठते हैं—अपने नाखूनों को बार-बार साफ कर रहा था, घुटनों के साथ रगड़-रगड़कर साफ कर रहा था, और बार-बार उन्हें अपनी नाक के साथ लगा रहा था। टहलुवे के पास पहुँच जाने पर भी उसने सिर ऊपर नहीं उठाया, और जब उठाया तो टहलुवे को लगा, जैसे दीवान जी की आँखें टेढ़ी-सी हो गई हैं।

बेशक, दीवान धनपत को अधिकार और प्रतिष्ठा के इस स्तर तक पहुँचने में बरसों लग गए थे। धीरे-धीरे सारा वक़्त उसका सितारा ऊँचा उठता गया था। पर जब बुझने पर आया तो क्षण-भर में बुझ गया।

बहुत-सी बातों का बोध सहसा उसके मन पर दबाव डालने लगा था। वानप्रस्थी मास्टर तो जो पिट गया सो पिट गया, पर जो बाहर से आया थानेदार, उसके मँझले बेटे के साथियों को तफ़तीश के लिए ले गया, और वह भी कस्बे की गलियों में से घुमाता हुआ, उसने सचमुच धनपत को विचलित कर दिया था। ऐसा करके सरकार ने मेरी तौहीन की है। मेरी प्रतिष्ठा को मिट्टी में मिला दिया है। पुलिस के अधिकारी, अंदर-खाते बेटे को डाँट-डपट लेते, बात ख़त्म हो जाती। यह तो मेरे मुँह पर, कस्बे-भर के सामने, तमाचा मारनेवाली बात है, और इससे मँझला और भी ज़्यादा बिगड़ेगा। वह तो समझेगा कि सब मेरा ही किया-कराया है। रुक्मणी को पालकी में भेजने पर भी वह झल्ला उठा है।

उस रात वह सो नहीं पाया। बदबू के भभूके उठते रहे। पहले दाईं करवट लेटने पर आया करते थे, उस रात बाईं करवट लेटने पर भी आने लगे और वह लेटे-लेटे ऊँह-ऊँह करने लगा।

''मालिक!'' टहलुवा, जो दीवान के पलँग से थोड़ा हटकर नीचे फ़र्श पर लेटा था, झट से उठ बैठा था।

धनपत को लगा जैसे उसके सिर में, माथे से थोड़ा ऊपर, दर्द उठ रहा है। सोने की कोशिश करता तो लगता जैसे सचमुच एक फोड़ा-सा उभर आया है, माथे के ऐन ऊपर, बीचों-बीच, और उसका दबाव बढ़ता जा रहा है।

''मालिक, पैर दबा दूँ? नींद नहीं आ रही है? पानी पिएँगे, मालिक?''

टहलुवे की आवाज़ सुनकर दीवान धनपत को अच्छा लगा—नहीं तो कमरे का सूनापन विकराल रूप ग्रहण करने लगा था। दिन के उजाले में लोगों के साथ उलझना भी अच्छा लगता है, पर रात के सन्नाटे में अपने एकाकीपन से जूझना बड़ा कठिन होता है, बड़ा हैबतनाक। वह कमरे में अकेला नहीं है, यह जानकर उसे ढाँढ़स मिला।

इतना तो धनपत को विश्वास था कि अगर वह किसी को बुला भेजेगा तो लोग दौड़े आएँगे, पर वह यह नहीं चाहता था कि लोग जब दौड़ते चले आएँ तो कमरे के अंदर बदबू के भभूके उठ रहे हों।

''यह बदबू कहाँ से आ रही है?'' उसने चिल्लाकर कहा।

''बदबू तो कोई नहीं, मालिक!'' टहलुवा बोला।

''झूठ बकता है! सारा कमरा बदबू से भरा है!''

उसकी अपनी नाक फटी जा रही थी और वह दाएँ-बाएँ करवटें बदल रहा था।

''पानी पिएँगे मालिक? पैर दबा दूँ?''

''उँह!'' उसका मात्र यही उत्तर था।

टहलुवा पलँग की पाटी पर बैठ गया और अपने बलिष्ठ हाथों से मालिक के पैर दबाने लगा।

धीरे-धीरे धनपत सो गया था, और रात कट गई थी, पर टहलुवा पौ फटने तक पाँव दबाता रहा था, 'मेरा क्या है, मेरे पैर दबाने से मालिक को सुख मिलता है।'

पर पौ फटने पर, जब उजाला कमरे में फैलने लगा था और टहलुवा पलँग पर से उठने ही वाला था कि वह तनिक चौंक गया। पलँग पर दीवान घुटने ऊपर को उठाए हुए, दाईं करवट उकडूँ-सा लेटा था, उसका मुँह खुला था और नाक धौंकनी की तरह चल रही थी, जब टहलुवे को बिस्तर की चादर पर दो चींटियाँ चलती नजर आईं। उसके दिल को धक्का-सा लगा। उसने आगे झुककर, एक-एक करके दोनों चींटियाँ उठाकर फेंक दीं। तभी दीवान की नींद टूटी। क्षण-भर के लिए मुँह बंद हुआ, क्षण-भर के लिए ही आँखें भी खुलीं, पर उसके फ़ौरन बाद वह फिर ग़नूदगी में डूब गया। इस बीच उसने दायाँ घुटना ऊपर को खींचा था, जिस पर टहलुवे को तीन चींटियाँ एक साथ घुटने के नीचे नज़र आई थीं। उसने फिर से सिर हिलाया, और आगे बढ़कर एक-एक करके तीनों चींटियाँ उठाकर फेंक दीं।

उस दिन दीवान कचहरी में दाखिल हुआ। ऐसी मन:स्थिति में वह अक्सर बड़ा निर्मम हो जाया करता था, जैसे कोई जंतु चाबुक खाकर उठा हो। बहुत-से मुजारे आज भी पेश होनेवाले थे। दीवानखाने के बाहर दर्ख़्वास्तियों की भीड़ लगी थी।

पर भाग्य की करनी, अभी उसने कचहरी में क़दम रखा ही था कि मँझले ने उसका रास्ता रोक लिया। मँझले के तेवर चढ़े हुए थे, और चेहरे का भाव ऐसा मानो उसे कोई परवाह नहीं हो कि वह तीन मुरब्बों के स्वामी, दीवान धनपत राय को उसकी कचहरी में रोक रहा है।

''रुक्मणी को पालकी में स्कूल भेजते हैं? तुम्हारी माँ लगती है, क्या?'' गुस्से से मँझले का चेहरा तमतमा रहा था और होंठ टेढ़े हो रहे थे।

''मैं इस माड़ी की ईंट-से-ईंट बजा दूँगा! मेरा हिस्सा दो! बाँटकर अभी दो!'' आज वह बेहद बौखलाया हुआ था।

इस वक्त तक दीवान धनपत की आँखों में खून उतर आया था, और सारा शरीर एक विचित्र उत्तेजना में तनता जा रहा था, पर वह कुछ नहीं बोला। वह कचहरी की पोशाक में था और इस समय बड़ी मंथर गति से, धीरे-धीरे चलता हुआ पद-गरिमा के अनुसार अपनी लाल कुर्सी पर बैठने जा रहा था। इसलिए मँझले के उन्मत्त व्यवहार को दरगुज़र करते हुए वह ड्योढ़ी लाँघकर कचहरी में प्रवेश कर गया था और अब तीन सीढ़ियाँ चढ़कर अपने 'सिंहासन' पर बैठनेवाला था।

पर बेटे ने आस्तीन खींचते हुए, उसके सामने आकर कहा, ''मैं क्या कह रहा हूँ? सुन नहीं रहे हो?'' और उसके होंठ और भी ज़्यादा टेढ़े हो रहे थे, ''सारा कस्बा मेरे मुँह पर थूक रहा है। तुमने जानबूझकर मेरी रुसवाई करवाई है। मैं तुमसे भी समझ लूँगा, मैं सबसे समझ लूँगा...।''

इस बीच कुछ मुजारे भी अंदर आ चुके थे। कुछेक ने मँझले को, अपने बाप की आस्तीन खींचते देख भी लिया था, और उसे चिल्लाते भी सुना था।

दीवान धनपत ने तब भी कोई उत्तर नहीं दिया और अपने रास्ते, तीन सीढ़ियों की ओर, जहाँ ऊपर चौकी पर उसका 'सिंहासन' रखा था, बढ़ने लगा।

''मैं सब हरामियों को देख लूँगा। आज ही कल्ले को लात मारकर बाहर नहीं किया तो मेरा नाम नहीं !'' और झटके से बाप की आस्तीन छोड़कर चिल्लाता हुआ कचहरी के बाहर चला गया।

इतना तो सभी कहते हैं कि दीवान तीनों सीढ़ियाँ चढ़कर अपनी ऊँची लाल कुर्सी पर बैठ गया था। उसने जूते भी उतार दिए थे और दोनों टाँगें सिंहासन के ऊपर भी चढ़ा ली थीं। फिर इशारे से अपनी कचहरी के एक कारिंदे को अपनी ओर बुलाया भी था और उसके पास आ जाने पर, अपने दाँए हाथ की तर्जनी ऊपर उठाते हुए—उसकी उँगली बुरी तरह से काँप रही थी—दीवान धनपत ने कुछ कहा भी था। पर तभी उसकी आवाज़ लड़खड़ा गई थी, और साफ़ सुनाई देने के बजाय फुसफुसाहट में बदल गई थी, और फिर उसकी नाक से टप-टप करके खून बहने लगा था। उसने कहा क्या था, या क्या कहने जा रहा था, इसके बारे में भी तरह-तरह के अनुमान लगाए गए थे। कुछ लोगों का कहना था कि उसने कहा, ''मैं अपने इस बेटे को⋯'' और कहते-कहते उसकी ज़बान लड़खड़ा गई थी। कुछ लोगों का कहना था कि उन्होंने उसे 'पारखत्ती' शब्द भी कहते सुना था।

टप-टप बहते खून की ओर शुरू-शुरू में किसी का ध्यान नहीं गया। स्वयं दीवान का भी नहीं। नाक के अंदर कोई चीज़ कुरेद-सी रही है, ऐसा महसूस करते हुए धनपत ने रूमाल निकालकर नाक को लगाया। तभी उसे खून नजर आया था और उसके देखते-ही-देखते टप-टप खून की बूँदें रूमाल पर गिरने लगी थीं और फिर धार-सी बहने लगी थी।

गिरता खून देखकर धनपत पहले तो भौंचक-सा बैठा रहा, फिर नाक पर अपना रूमाल रखे ही रखे, टाँगें नीची करके जूतों में अपने पाँव डालने लगा। वह एक सीढ़ी उतर भी आया था, पर तभी उसकी टाँगें लड़खड़ा गई थीं, और वह 'सिंहासन' की चौकी पर ही औंधा गिर पड़ा था।

इस घटना के लगभग महीने-भर बाद दोपहर का वक्त रहा होगा। पीली-पीली धूप धीरे-धीरे अपनी गरमाइश खोती जा रही थी और हवा में हल्की-सी खुनकी धीरे-धीरे बढ़ती जा रही थी। माड़ी के अंदर नई खिंची दीवार के एक ओर, दीवान धनपत ओसारे के बाहर, धूप में बिछी कुर्सी पर से टाँगें लटकाए बैठा था, और टहलुवा रामरक्खा, नीचे ज़मीन पर बैठा दीवान के पाँव दबा रहा था। नाक के रास्ते बहुत-सा खून बह जाने के कारण फ़ालिज का हमला शिथिल तो पड़ गया था, दीवान धनपत सीधे पक्षाघात से तो बच गया था, पर उसका शरीर करीब-करीब नाकारा हो गया था। चलता तो पैर घसीटकर, टहलुवे का

सहारा लेते हुए। एक टाँग की हिस मारी गई थी। बोलता तो जबान उठती ही नहीं थी, मुँह के अंदर ही लोटती रहती और वह केवल 'बै बै बै···' कर पाता। उत्तेजित होता तो दायाँ गाल बुरी तरह से काँपने लगता। बैठे-बैठे 'बै बै···' करते रोने लगता, आँखों में से झरझर आँसू गिरने लगते।

आज बहुत दिनों बाद दीवान को अपने शरीर में स्वास्थ्य के पुनः संचार का हल्का-हल्का भास होने लगा था और टहलुवे रामरक्खा की मदद से बहुत दिनों बाद वह अपनी गुड़गुड़ी पर हौले-हौले कश लेने लगा था। दिमाग़ भी, लगता था, ज़्यादा साफ़ और सचेत हो गया था। रोज़ की तरह रामरक्खा आज भी ढलती दोपहर के समय, दीवान जी को अंदर कमरे में ले जाने से पहले उनकी टाँगें दबाता रहा था। पाँव दबाने पर दीवान की एक टाँग को बड़ी राहत मिलती थी जो फ़ालिज के हमले से निःस्पंद नहीं हो पाई थी। दूसरा पाँव, लकड़ी की खपची की तरह कठोर, पतला और निर्जीव हो रहा था। उसमें कोई हिस नहीं जागती थी। हकीम ने कबूतर का 'शोरबा' पीने को कहा था, साथ में मालिश, और थोड़ा-थोड़ा चलने का अभ्यास। और यह सब करने का दायित्व रामरक्खा पर ही आ गया था।

रामरक्खा के मजबूत हाथ उसकी टाँगों में से सारी थकान खींच डालते थे। बहुत दिन बाद, आज दीवान को हल्के-हल्के सुख का भास होने लगा था, जब मँझले की चांडाल-चौकड़ी वहाँ पहुँच गई। हँसते-बतियाते, बात-बात पर खी-खी करते चारों के चारों मनचले, ड्योढ़ी के रास्ते माड़ी के अंदर आ गए। आगे-आगे बालमुकंद था। दीवान को बैठे देखकर भी वह झेंपा नहीं, न ही आगे बढ़कर पालागन किया, या हाथ जोड़े। वह किसी बात पर खी-खी करता, सीधा कूदकर उस दीवार पर चढ़ बैठा जो मँझले के हिस्से को पगलैट के हिस्से से अलग करने के लिए बनाई गई थी, और दीवार के आर-पार टाँगें लटकाए इश्किया गीत गाने लगा था—

'दंद मोतियाँ दे दाणे
दंद मोतियाँ दे
हस्सेंगी ते डुल पेन गे!···'

दोनों हाथों से अपनी जाँघ पर ताल देते हुए, बार-बार सिर झटकाते और आँखें मिचकाते वह गाए जा रहा था।

नीचे दीवार के पास दो खाटें बिछ गई थीं, एक पर मँझला और दूसरे पर बिशन और चमन बैठ गए थे। थोड़ी ही देर में अंदर से भाँग की सरदाई के कटोरे आ गए थे, जिन्हें सभी दोस्त चटख़ारे ले-लेकर पीने लगे थे।

बालमुकंद गाए जा रहा था। वह कटोरे में से सरदाई के दो घूँट भरता, फिर हाथ पसारकर पगलैट के आँगन की ओर मुँह करके, अपने दिल पर हाथ रखता, मानो इश्क के रंग में रँगा हुआ है और फिर से टप्पा गाने लगता—

'तेरे दंद गुलूबंद नी, हे जमालो
तेरे दंद गुलूबंद नी, हे जमालो !'

हाथ हवा में उठाए, दीवार पर बैठा बालमुकंद अपनी कमर को थिरकाता हुआ ताल दे रहा था और नीचे, खाटों पर बैठी मित्र-मंडली ताली बजा-बजाकर ताल देने लगी थी।

अब वह चुंबन फेंकने लगा था और अपनी दोनों बाँहें अपनी छाती से लगाए, आलिंगन का-सा अभिनय करने लगा था।

''ओ कल्ले, सुन रहा है या नहीं ?'' बालमुकंद ने पुकारा। इस पर नीचे से दोस्तों की आवाज़ आई–

''कल्ले की घरवाली तो सुन रही है !''

''ओ कल्ले !'' बालमुकंद ने पुकारा और दीवार के ऊपर से तीन-चार छोटे-छोटे कंकड़ उठाकर, नीचे, रुक्मणी की कोठरी को लक्ष्य करके मारने लगा।

इस पर दीवान धनपत का पाँव दबाते हुए टहलुवे के भी हाथ काँप गए। उसने आँख उठाकर मालिक के चेहरे की ओर देखा। दीवान धनपत का बायाँ गाल बुरी तरह से काँप रहा था, आँखों में लाली उतर आई थी, और होंठों के एक कोने से लार बह-बहकर कंधे पर गिर रही थी। सहसा धनपत के होंठ हिलने लगे, पर 'बै··· बै··· बै···' के अतिरिक्त उसके मुँह से कुछ नहीं निकल पाया और दूसरे क्षण, काँपते हाथों में से गुड़गुड़ी नीचे फ़र्श पर जा गिरी।

''आप अंदर चलो मालिक, बाहर अब सर्दी बढ़ने लगी है।'' टहलुवे ने कहा और गुड़गुड़ी को उठाकर तिपाई पर रखते हुए उठ खड़ा हुआ।

एक हाथ दीवान के घुटनों के नीचे और दूसरा हाथ गर्दन के नीचे देते हुए, टहलुवे ने दीवान को बाँहों में उठा लिया और ओसारा लाँघकर अंदर के बड़े कमरे की ओर बढ़ गया।

कुछ ही दिन बाद, दोपहर के समय धनपत अकेला अपने कमरे में पलँग पर बैठा शून्य में ताक रहा था, जब उसकी आँखों के सामने मँझले की बहू प्रकट हुई। गोरा-चिट्टा चेहरा, चटकीले कपड़े। पहले तो वह दहलीज़ पर खड़ी दाएँ-बाएँ देखती रही, फिर झट से अंदर आ गई, और मुड़कर दरवाज़ा बंद कर दिया और साँकल चढ़ा दी।

धनपत की आँखें इकटक उसकी ओर लगी थीं। लगता था जैसे वह उसे पहचानने की कोशिश कर रहा है।

जब से कस्बे में ख़बर फैली थी कि दीवान धनपत खाट से जुड़ गया है, कस्बे में चहमहगोइयाँ होने लगी थीं कि आगे क्या होगा। जिस तरह मृतप्राय शरीर की गंध पाकर चील और सियार पहुँच जाते हैं, और गिद्ध मँडराने लगते हैं, वैसे ही

नाती-संबंधी माड़ी में पहुँचने लगे थे। रिश्ते की बूढ़ी स्त्रियाँ कुशल-क्षेम पूछने आतीं, धनपत के पायँताने बैठतीं, उसके स्वास्थ्य के लिए दुआएँ माँगतीं, पर उनकी आँखें सारा वक्त उसके चेहरे पर लगी रहतीं। मँझले की सास, पुष्पा की माँ ने तो माड़ी में ही डेरा डाल दिया था और छूटते ही सारे घर का संचालन अपने हाथ में ले लिया था।

पुष्पा कमरे के बीचों-बीच आ गई थी, पर यह जानते हुए भी कि उसका ससुर, दीवान धनपत, मांस के लोथड़े के सिवा कुछ नहीं रह गया है, कि वह अब भभकी तक मारने से लाचार है, उसकी ओर नहीं देख पा रही थी, और हल्का-सा घूँघट काढ़े हुए थी। आँख उठाकर उसकी ओर सीधा देख पाना अभी भी उसके लिए असंभव हो रहा था।

कुछ देर तक तो वह कमरे के बीचों-बीच ठिठकी खड़ी रही, उसके हाथ-पाँव फूल-से रहे थे, पर माँ की यह सीख याद आने पर कि आज के ही दिन जो उठाना है उठा लो, फिर मौका हाथ नहीं लगेगा, वह सहसा सक्रिय हो उठी और सीधे धनपत के पलँग के सिरहाने जा पहुँची। फिर अपना दायाँ हाथ सिरहाने के नीचे ले जाकर बिस्तर को टटोलने लगी।

दीवान, पुष्पा का मंशा समझा या नहीं समझा, पर वह बै-बै करने लगा था। कमरे में उसकी आवाज़ गूँजने लगी थी, जिससे पुष्पा फिर डर गई।

दीवान के कमरे में, उसके पलँग के पीछे, दीवार में लोहे की आलमारी लगी थी। धनपत की नज़र पिछले कुछ दिनों से बार-बार उस ओर उठती रही थी।

पुष्पा जल्दी-से पलँग के दूसरी ओर लपककर चली गई और वहाँ पर कभी कोने में तो कभी पलँग के पायँताने, गद्‌दे के नीचे बार-बार टटोलने लगी।

अंततः वह समझ गई कि चाभियों का गुच्छा ज़रूर दीवान की बंडी की जेब में होगा, और कहीं नहीं हो सकता। कुछ देर तक तो वह ठिठकी खड़ी रही। दीवान धनपत बै-बै भी किए जा रहा था और अपने दोनों हाथ पसार-पसारकर कोई शिकायत भी कर रहा था। पुष्पा को निःसहाय दीवान बड़ा भयानक और साथ ही घृणास्पद लगा था। वह उसे यातना पहुँचाकर मन-ही-मन खुश भी थी, क्योंकि यही वह आदमी है जिसने उसके पिता का अपमान किया था।

इस भावावेश ने उसे और भी साहस दिया और वह दीवान के सिर पर जा खड़ी हुई, फिर बिना कुछ कहे-सुने, अपने दोनों हाथ एक साथ बढ़ाकर उसकी बंडी को पकड़ लिया और उसकी एक-एक जेब टटोलने लगी। दीवान धनपत असहाय बिलबिलाए जा रहा था।

चाभियों का गुच्छा बंडी की जेब में ही था, और पेश्तर इसके कि दीवान की चिल्लाहट बाहर किसी को सुनाई दे, पुष्पा लोहे की आलमारी खोलने में सफल हो गई थी और दूसरे ही क्षण, जब फटी-फटी आँखों से उसकी ओर देखता हुआ दीवान बिलबिला रहा था, पुष्पा ने भारी-भरकम पिटारी बाहर निकालकर, दीवान के ही

सामने खोल दी थी, और जगमग करते ढेरों ज़ेवर उसकी आँखों के सामने बिछ-से गए थे—बीस-बीस तोले के गोखड़ू, सात-सात लड़ियोंवाले हार, अशरफ़ियों से जड़े हार, नादिरशाही सिक्कों से जड़े हार !··· उन्हें देखते हुए पुष्पा की आँखें फैल गईं।

वह एक बार फिर आलमारी की ओर गई और उसमें से फीतों से बँधे अनेक काग़ज़ निकाल लाई। इनके लिए उसके पति ने तनबीह की थी। और फिर बड़े आराम से आलमारी को ताला लगाने के बाद, चाभियाँ फिर से दीवान धनपत की बंडी की जेब में डालकर, जेवरों की पिटारी और काग़ज़ात उठाकर वह कमरे से बाहर निकल गई थी। दीवान धनपत बिलबिलाता रह गया था।

टहलुवा जब हकीम को लेकर पहुँचा और दीवान की आरामगाह में दाख़िल हुआ तो दीवान अपने लंबे-चौड़े पलँग पर औंधा पड़ा था।

15

इन घटनाओं को बीते लगभग बीस बरस बीत चुके होंगे।

दीवान धनपत की मृत्यु के कुछ ही दिन बाद कस्बे पर 'कांग' का प्रकोप हुआ था। कस्बे के लिए 'कांग' नई चीज़ नहीं थी। पाँच-सात बरसों में एक बार ज़रूर कांग आती थी। बरसात की झड़ी लगती, और फिर नदी का जल कस्बे में घुस आता। कच्चे मकान गिरने लगते, गलियों-कूचों में दिनों-दिन पानी भरा रहता, और जब पानी उतरता तो कीच-ही-कीच। और कीच अभी सूख ही रहा होता कि जूड़ी का ताप घर-घर पर हमला बोल देता। पहले शरीर में ठिठुरन, फिर तेज़ बुख़ार, और जब बुखार उतरता तो आदमी को अधमरा करके छोड़ता।

अब की बार 'कांग' का प्रकोप पहले से भी ज़्यादा था। इसकी भी शुरुआत बरसात के पहले छींटे से ही हुई थी, जब बच्चे किलकारियाँ मारते घरों के बाहर निकल आए थे। पर बूढ़ा पुरोहित तब से ही गलियों में घूमता कहता फिरता था, "यह बारिश नहीं आई, परलो आई है। आसमान का रंग तो देखो। अपना-अपना टंबा-टीर उठाकर टीले पर चले जाओ।" पर किसी ने उसकी चेतावनी पर ध्यान नहीं दिया। उस समय भी नहीं, जब झड़ी लग गई थी और गलियों में पानी बहने लगा था, और जगह-जगह पोखर बनने लगे थे और बहते गँदले पानी पर थिगलियाँ और कचरा तैरने लगा था। कस्बे का कचरा, पुरानी शादियों की जूठन

जो अधटूटे घरों के आँगन में पड़ी सड़ती रहती है, बारिश के दबाव में बाहर निकलने लगी थी। कस्बे के मनचले, तब भी चबूतरों पर बैठे मजाक-मजाक में कहते कि चलो इसी बहाने कस्बा साफ़ हो गया। उस समय भी पुरोहित दूकान-दूकान जाकर हरमल और गिलो बटोरता रहा था। कांग के बाद जूड़ी फूटेगी और जूड़ी का एक मात्र इलाज कस्बे में गिलो को ही माना जाता था।

फिर घर गिरने लगे, छतें बैठने लगीं, लोग आक्रांत हो उठे। बुढ़िया भागसुद्धी की कोठर की दीवार भरभराकर गिर पड़ी और नीचे, खाट पर लेटी भागसुद्धी उसी के नीचे दब गई। अनेक घरों की छतों में खड्डे पड़ गए। काबुली दरवाज़े का एक और मुनारा टूटकर गिरा, जिसे लोगों ने अपशगुन तो माना ही, वे और भी डर गए कि अगर मुनारा गिर सकता है तो उनके घरों का क्या होगा। लोग भयभीत हो उठे थे। भागसुद्धी का शव बड़ी कठिनाई से बाहर निकाला गया।

फिर नदी का जल कस्बे में घुसने लगा। चारों ओर कोहराम मच गया। लोग जैसे-तैसे घरों से निकलकर, सिर पर पोटलियाँ-गठरियाँ रखे, कमर-कमर तक पानी में चलते हुए टीले की ओर, और रेलवे स्टेशन की ओर जाने लगे। कस्बे के अंदर बने रहने का मतलब था, किसी गिरती छत के नीचे ज़िंदा दफ़ना दिया जाना। घरों में कहीं तेल चुकने लगा था, कहीं पर दाना। लोग हड़बड़ाकर बाहर निकलने लगे थे, एक को दूसरे की ख़बर नहीं थी। पुरोहित का भी कहीं पता नहीं था। कुछ लोगों ने उसे अपनी गाय की रस्सी पकड़े और कंधे पर झोला लटकाए, घुटने-घुटने पानी में से बाहर जाते देखा था। पीछे-पीछे उसकी घरवाली सिर पर कनस्तर उठाए, और कंधे पर से पोटलियाँ लटकाए जैसे-तैसे चलती जा रही थी।

कांग के कारण बहुत घर गिरे, लोगों का बड़ी यातना उठानी पड़ी, बहुत-से लोग कस्बा भी छोड़ गए, पर धीरे-धीरे वहाँ जीवन की गति में फिर से स्थिरता आने लगी। टूटे घरों की फिर से मरम्मत हो गई। कहीं छाजन, कहीं बाले, कहीं पुश्ते डाले गए। कस्बे का कार्य-कलाप फिर से शुरू हो गया, फिर से नुक्कड़ों और चबूतरों पर चौसर की चौकड़ियाँ बैठने लगीं।

इन बीस बरसों में बहुत कुछ बदल भी गया था। रेलगाड़ी अब हफ्ते में एक बार आने के बजाय प्रतिदिन आने लगी थी। रेलगाड़ी के चबूतरे के पीछे स्टेशन की पूरी इमारत खड़ी हो गई थी, जिसकी छत पर चारों ओर वैसे ही छिद्र बनाए गए थे, जैसे किले की दीवारों में बनाए जाते हैं, ताकि वक्त पड़ने पर इसे क़िले की तरह इस्तेमाल किया जा सके।

कस्बे में जिला-कचहरी के अलावा अनेक अन्य सरकारी दफ़्तर खुल गए थे। सरदारों की झलार के निकट, जहाँ कभी अंग्रेज कमिश्नर ने सनदें बाँटी थीं, सरकारी अफ़सरों की कोठियाँ बन गई थीं। पूरी-की-पूरी नई बस्ती उठ आई थी, जिसमें पक्की सड़कें थीं और फिरंगी फ़ौज के सैनिक घूमते थे। कस्बे में फ़ौज की भरती का दफ़्तर खुल गया था। पादरियों का मिशन स्कूल मिडिल स्कूल की जगह

अब हाईस्कूल बन गया था, जहाँ दसवीं कक्षा तक पढ़ाई की जाने लगी थी । इधर रुक्मणीवाले स्कूल की भी पक्की इमारत बन गई थी, उसके इर्द-गिर्द ऊँची दीवार खींच दी गई थी और रुक्मणी अब उस स्कूल की 'बड़ी उस्तानी' बन गई थी। वानप्रस्थी ने चार कक्षाओं तक उसे पढ़ा दिया था, और अपने साथ सरगोधा ले जाकर प्राइमरी स्कूल का इम्तहान दिलवा दिया था ।

कस्बे के किरदार भी बदल गए थे । रामजवाया कस्बा छोड़ गया था । सुनने में आया था कि कुछ मुद्दत से वह वज़ीराबाद में कपड़े की दूकान करने लगा है । पर बरस बीतते न बीतते, कौन मरा, कौन जिया, कब मरा, कहाँ मरा, यह सब कस्बे के निवासियों की रुचि से दूर होता जा रहा था । लोग बुढ़ा-बुढ़ाकर आँखों से ओझल होते चले गए थे । कस्बे के जीवन-प्रवाह में से छिटक-छिटककर बाहर निकलते गए थे और नए जीव उनका स्थान लेते जा रहे थे । दीवान धनपत को लोग भूलने लगे थे । माड़ी में अब उसकी जगह उसका तीसरा, सबसे छोटा बेटा विराजमान था, जो विलायत में बैरिस्ट्री पढ़ने गया हुआ था, और लगभग चौदह बरस तक बाहर रहने के बाद लौटा था । लौटने के बाद कुछ ही महीनों में उसने अपने बड़े भाई—मँझले का बोरिया-बिस्तर उठवा दिया था और उसे मुरब्बों में खेती की देखभाल करने भेज दिया था—

"तुम जैसे जाहिल आदमी के लिए वही ठीक जगह है । जाओ, और खेती-बारी को सँभालो ।"

बैरिस्टर बेटे ने आते ही माड़ी में छोटा-सा इंगलिस्तान खड़ा कर दिया। विलायती रंग-ढंग का अनुसरण करते हुए, बैरे और अरदली रखे, घर की साज-सज्जा विलायती तर्ज़ पर की। बरामदे में बेल-बूटों के गमले लग गए। खिड़कियों-दरवाज़ों पर पर्दे टाँग दिए गए। अंग्रेज डिप्टी कमिश्नर की ही देखा-देखी अपनी सवारी के लिए एक नई फ़िटन बनवा ली । शाम के वक्त अब वह फ़िटन में हवाख़ोरी के लिए निकलता था, और फ़िटन में ही बैठकर ज़िला-कचहरी भी जाता था—कभी सिर पर सफ़ेद रंग की 'सोला' टोपी रखे, कभी पगड़ी लगाए और नीचे काला सूट पहने ।

दीवान धनपत की मृत्यु के कुछ ही दिन बाद रुक्मणी और पगलैट माड़ी में से निकल आए थे, और स्कूल के ही सामने, पंसारी की दूकान के ऊपर बने दो कमरों में रहने लगे थे । पगलैट अब बहुत कुछ सँभल गया था, कुछ-कुछ बोलने भी लगा था, पर उसका समूचा व्यक्तित्व अभी भी रुक्मणी के इर्द-गिर्द घूमता था । रोज़ दोपहर को जब रुक्मणी का स्कूल बंद होता तो वह अपना लट्ठ उठाए, स्कूल के फाटक के बाहर डोल रहा होता । हर बात में वह रुक्मणी का आदेश मानता था पर स्कूल के बाहर वह खड़ा नहीं होगा, यह आदेश उसे मंजूर नहीं था । रुक्मणी के जीवन में स्थिरता आ गई थी और उत्तरोत्तर उसकी सभी चिंताओं-विचारों का केंद्र उसका स्कूल बनता जा रहा था ।

वह वानप्रस्थी जी को याद करती, चाचा लेखराज और मौसी भागसुद्धी को याद करती। कभी-कभी उसे लगता कि इतनी छोटी-सी बात के लिए भला स्कूल खोलने पर भी कोई किसी की टाँगें तोड़ता है—वानप्रस्थी जी को कस्बे में अपमान सहना पड़ा था, तरह-तरह की यातनाएँ सहनी पड़ी थीं। और चाचा लेखराज? बरसों तक लाहौर की ओर से आनेवाले हर व्यक्ति से वह लेखराज़ के बारे में पूछती रही थी, पर किसी को उनका अता-पता तो क्या, नाम तक मालूम नहीं था। जिस बात के लिए लेखराज ने ज़िंदगी होम कर दी थी, उसकी पूरी जानकारी तक रुक्मणी को नहीं थी।

जब से माड़ी छोड़ी थी, रुक्मणी ने उस ओर रुख़ नहीं किया था।

कस्बे में पिछले घटनाक्रम के किरदार कब के मंच से ओझल हो गए थे, और नए किरदार प्रगट हो गए थे। उसकी माँ तो कांग के बाद जूड़ी की दबोच में आ गई थी और नाना जी टीले पर ही प्राण त्याग गए थे। इन सबको गिनने में अब कोई तुक नहीं रह गई है। जीवन की गति में कोई अंतर नहीं आया था, केवल किरदार बदलते रहे थे। मंच की रूप-सज्जा बदलती रही थी, दृश्यावली बदलती रही थी।

मलिक मंसाराम का मंडुवा माड़ी के ऐन पीछे, दीवानों की हवेली में खुल गया था। अब वहाँ पर हरनौले, 'कार्नवास' ही नहीं, एक मीना बाज़ार भी खुल गया था। मंडुवे के ऐन सामने देशी शराब का ठेका भी रामजवाया के बेटे को मिल गया था। उधर मंडुवे के बाहर लाइन लगती तो उसके सामने ठेका शराब के बाहर उससे भी लंबी लाइन लगने लगती, और आए दिन झगड़ा-फसाद भी होने लगता।

कस्बे में बहुत-से साहूकारों ने पक्के घर बनवा लिए थे, पक्के दो-मंजिला घर। किसी गली में चले जाओ तो जहाँ अनेक घर टूटे हुए नज़र आते, वहीं दो-तीन घर पक्की ईंटों के बने दीखते थे, जिन पर अक्सर 'नज़रबट्टू' भी लगा रहता था—मिट्टी की डोली के गोल तले पर आँखें और नाक और होंठ, और होंठों के बीच से लटकती लाल जीभ और सिर पर काले-काले बाल। यह 'नज़रबट्टू' साहूकार के घर को लोगों की बुरी नज़र से रोकता था।

अब गलियों में हाकिम घूमते थे—छोटे हाकिम और बड़े हाकिम, ऊँचे तर्रेवाले हाकिम और थानेदार और तहसीलदार; और सब ज़िला कचहरी लगानेवाले अंग्रेज डिप्टी कमिश्नर के मंजूरे-नजर हो पाने की कोशिश में रहते थे।

दो दिन और दो रात के अंधड़-तूफान के बाद आज आसमान साफ़ हुआ था। तीन दिन पहले ये लोग इस पड़ाव पर पहुँचे थे। छड़ीवाले बता रहे थे कि यह शेषनाग की झील है, पर उसे देख पाने का अवसर उन्हें अभी तक नहीं मिला था। केवल जल-प्रपातों का गर्जन ही सुनाई पड़ता रहा था, और वे पहाड़ों के नीचे तंग रास्तों पर चलते हुए गहरी रात गए इस पड़ाव पर पहुँचे थे। उस समय केवल काले-काले

पहाड़ और घिरते बादल ही देखने को मिले थे और थके-हारे ये लोग इस ठिकाने पर आकर यात्रियों के लिए बने एक लंबे-से मुसाफ़िरखाने में आकर टिक गए थे।

पर आज प्रातः सब शांत था और रुक्मणी मुँह-अँधेरे ही उठकर मुसाफिरखाने के बाहर आ गई थी। चारों ओर कैसी चुप्पी छाई थी, केवल दूर से आनेवाले जल-प्रपातों की गूँज को छोड़कर। सामनेवाले पहाड़ की चोटी के ऊपर, कुछेक तारे अभी भी झिलमिला रहे थे। अँधेरे की स्याही फीकी पड़ती जा रही थी। रुक्मणी मुसाफिरख़ाने की ही सीढ़ी पर बैठ गई थी और पहाड़ों का अनूठा दृश्य देखने लगी थी।

ठंडी हवा के कारण रुक्मणी को झुरझुरी-सी हुई, पर वह हँस दी–"हाय, यहाँ कितना अच्छा लगता है!" दूर कहीं किसी झील में गिरते जल-प्रपात का शोर था, गहरा, अनवरत शोर, जो अनवरत होने के कारण ही इस चुप्पी में डूबकर इसका अंग बन गया था। रुक्मणी का दिल अनजाने में ही उद्वेलित-सा महसूस करने लगा, मानो वह भी अपने दिल के बंद खोलकर इस अगाध मौन में जा मिले, इस विराट में समा जाए।

अंधकार की काली चादर की एक और परत पहाड़ी पर से उतर गई। उजाला तनिक और बढ़ गया। धीरे-धीरे, अँधेरे की परतें एक-एक करके पहाड़ी पर से झर-झरकर गिर रही थीं और पहाड़ी पर उजाला फैलने लगा था। पहाड़ी के ऊपर आकाश में तारे फीके-से पड़ने लगे। सारा परिदृश्य और अधिक स्थिर, अधिक चित्रवत् लगने लगा। कितना शांत, कितना स्वच्छ और निर्मल! वह कभी इतने विराट दृश्य को देख रही होगी, उसने कल्पना भी नहीं की थी। पहले अँधेरे में जैसे चाँदी घुलने लगी और आकाश निखरने लगा। धीरे-धीरे इस चाँदी में गुलाल घुलने लगा और पहाड़ी की चोटी ने गुलाबी चादर ओढ़ ली। कितना सुहावना है यह सब, जिसका शीतल स्पर्श उसकी आँखें, उसकी त्वचा, उसका रोम-रोम महसूस कर रहा था।

रुक्मणी के निकट ही एक छोटा-सा पौधा, हौले-हौले हिल रहा था, मानो रुक्मणी का स्वागत कर रहा हो। बहती ठंडी हवा में पौधे की टहनियाँ झुक-झुक जा रही थीं। कुछ दूरी पर खड़े देवदार के पेड़ों की टहनियाँ भी बहती हवा के झोंकों के कारण बार-बार झुक रही थीं। रुक्मणी को लगा, जैसे उसके आसपास सबकुछ किसी लय पर झूम रहा है। दूर, जल-प्रपात का शोर भी इस लय में मिल गया था, उसमें खो गया था। वानप्रस्थी जी यही तो कहा करते थे कि पेड़-पौधे झुक-झुककर भगवान को नमस्कार करते हैं, भगवान की आरती उतारते हैं। एक टहनी पर से उड़कर, दूसरी टहनी पर फुदककर जाते, चीं-चीं करते पक्षी भी, अपने कलरव से जैसे आरती उतार रहे थे।

रुक्मणी का मन हुआ, बाहर निकल जाए और घूमती-घुमाती उस झील तक जा पहुँचे जिसे वह अभी तक देख नहीं पाई थी। पर जाने से पहले उसने

मुसाफिरखाने के अंदर झाँककर देखा। बुढ़िया लछमी उठ बैठी थी और रोज़ की तरह दीवार के साथ टेक लगाए, मुँह-सिर लपेटे सुखमनी का पाठ कर रही थी। लछमी उसके स्कूल में झाड़ू-पोंछ का काम करती थी, छोटी-मोटी चपरासिन थी। रुक्मणी उसे अपने साथ ले आई थी। भागाँ और परमेशरी अभी भी सो रही थीं। अभी उनके उठने में देरी थी। परमेशरी को तो नींद प्यारी है, पड़ाव पर पहुँचते ही पसर जाती है, और ऐसी लंबी तानकर सोती है कि ढोल भी पीटते रहो तो जागती नहीं।

रुक्मणी बाहर आ गई। तभी उसे साधुओं की याद आई। वह दूसरी 'बारक' की ओर बढ़ने ही वाली थी, जब उसे याद आया कि साधु अब 'बारक' में कहाँ होंगे। वे तो वहाँ से जा चुके होंगे। तीर्थयात्रियों के टोले के साथ दो साधु भी चले आए थे। घूमते-घामते न जाने कहाँ से कस्बे में पहुँच गए थे और वहाँ से उनका काँटा ऐसा बदला कि आगे जाने के बजाय कस्बे से चलनेवाले यात्रियों के टोले में ही शामिल हो गए थे और उसी के साथ उन्होंने भी अमरनाथ स्वामी की ओर मुँह कर दिया था।

परसों सुबह जब वह उनकी 'बारक' में गई थी तो दोनों साधु दीवार के साथ पीठ लगाए बैठे थे। इनमें से एक साधु लंबे क़द का था। मितभाषी और मीठा बोलनेवाला, लेकिन उसे ठंड बहुत लगती थी। सहमा-सहमा-सा जीव। कोई कुछ देता तो ले लेता, नहीं देता तो माँगने के बजाय आसपास डोलने लगता था। उसे देखकर लछमी ने कहा था—

''साधु महाराज, ग़लत चोले में आ गए हो। यह साधुओं का चोला आपके लिए नहीं है। साधु बनने के लिए तो अक्खड़ बनना होता है।''

और लंबू साधु उसके भाव को न समझकर ताकता रहा था, फिर हाथ उठाकर आशीर्वाद देने लगा था और तब लछमी से नहीं रहा गया था। अपनी टोकरी का ढक्कन हटाकर उसने मुट्ठी-भर 'चूरमा' उसकी हथेली पर रख दिया था।

''अब हमसे तुम्हें बिट-बिट ताकते तो नहीं देखा जाता ना, लो, खाओ।''

और लछमी हँसकर, अपनी साथिनों से बोली थी—

''इसे तो ऊँट की जून में जाना चाहिए था। भूखा-प्यासा पड़ा रहे दिनों-दिन। या फिर किसी रईस के घर पैदा होता। यह साधु की जून में कैसे आ गया। कुछ माँग ही नहीं सकता।''

दूसरा साधु गठीले क़द और चौड़ी काठ का था और बड़े कड़ुवे स्वभाव का। देर तक चुप बना रहता, पर जब मुँह खोलता तो ऐसी कड़वी बात कहता कि सुननेवाला लूस-लूस जाए। डाँट-डपट करते रहना उसका स्वभाव था। पर जैसे फ़ौलाद का बना हो। जब से श्रीनगर से छड़ी चली थी तब से बिना कुछ खाए, या आराम किए, एक पड़ाव के बाद दूसरा पड़ाव लाँघता चला जा रहा था। कहीं पाव-भर दूध मिल जाता तो पी लेता, नहीं मिलता तो चुप बना रहता, गुम-सुम, मील-पर-मील

लाँघता जाता। रुक्मणी को वह सदा आगे कभी पहाड़ी पर, कभी सड़क के किसी मोड़ पर, कभी किसी टीले पर, तो कभी किसी नाले के पुल पर अपने गेरुए कपड़ों में, सधी हुई रफ़्तार से आगे बढ़ता हुआ नज़र आता—इतना चलता हुआ नहीं, जितना आँखों से ओझल होता हुआ। और रुक्मणी को सचमुच संदेह होने लगता कि वह कोई जीता-जागता प्राणी है, या कोई छाया है जो इधर पहाड़ों में भटक आई है, जो कभी एक जगह तो कभी दूसरी जगह प्रकट हो जाती है। केवल छाया ही बिना कुछ खाए-पिए चलती रह सकती है, हाड़-मांस का जीव तो बेहोश होकर गिर पड़ेगा। इस साधु का न घर न घाट, न भूख न प्यास, न कोई ठौर-ठिकाना, न कोई अपना, सभी पराए—या फिर सभी अपने और कोई भी पराया नहीं था। उसके अंदर कौन-सी लौ जल रही है जो वह घाटी-घाटी, नगर-नगर घूमता फिरता है। कैसे होते हैं ये साधु लोग ? क्या यह कोई वैरागी है ? साधु तो नगरों के इर्द-गिर्द ही चक्कर काटते रहते हैं, संसार छोड़ देने पर भी मारे-मारे, संसारी प्राणियों के इर्द-गिर्द घूमते रहते हैं, माया-मोह त्यागकर भी उनसे छुटकारा नहीं पा सकते। यह तो कोई अष्टधात का बना जीव है। उस अबूझ साधु को देखकर वह हैरान भी होती और विचलित भी।

परसों प्रातः, जब बूँदाबाँदी हो रही थी तो रुक्मणी ने झाँककर अंदर देखा था और फिर सिर पीछे कर लिया था। क्या मालूम दोनों साधु जाप कर रहे हों ? क्या मालूम किसी स्त्री का अंदर जाना उन्हें बुरा लगे।

''ऐ रुक्मणी ! इधर आओ !''

अंदर से गठीले साधु की कर्कश-सी आवाज़ आई थी। रुक्मणी ठिठक गई।

''आज अंधड़-तूफान उठेगा। आज तुम लोग यहीं पर रहो।''

''अंधड़-तूफ़ान कहाँ साधु महाराज, आज तो धूप निकलेगी। बारिश अभी से बहुत कुछ थम गई है। बाहर आकर तो देखो।'' रुक्मणी ने हँसकर कहा था।

''इधर कहीं से भेड़ का दूध मिले तो हमारे लिए भी ले लेना। हम दोनों अभी निकल जाएँगे, तुम लोग मत जाना। बोल दिया।''

''बाहर आकर देखो तो, महाराज, बादल फट रहे हैं।''

पर अंदर से कोई आवाज़ नहीं आई थी। फिर वह भेड़ का दूध खोजने दो-तीन 'बारकों' तक घूमती रही थी। कहीं से भी दूध नहीं मिला था। छड़ी ने दूर नीचे कहीं पड़ाव डाला था। वहाँ पर जाने की सोच ही रही थी कि बादल घिरने और गरजने लगे थे। और वह अभी अपनी बारक से दूर थी कि मूसलाधार बारिश होने लगी थी। और जब वह लौटी तो दोनों साधु जा चुके थे। अंधड़-तूफ़ान फटने से पहले ही दोनों साधु पड़ाव पर से चले गए थे। दिन-भर बादलों के भयावह गर्जन-तर्जन में रुक्मणी और उसकी साथिनों का ध्यान बार-बार उन साधुओं की ओर जाता रहा था। जाने इस समय कहाँ होंगे। क्या मालूम प्रकृति में विलीन हो गए हों। क्या मालूम इस मनोरथ को लेकर ही यात्रा पर निकले हों। क्या मालूम

किसी कंदरा में, किसी चट्टान की ओट में बैठे हों। लेकिन इस सर्दी में से कैसे बच पाएँगे? लंबे क़द के साधु के पास तो मात्र एक लोई थी, जिसे वह कंधे पर लिए रहता था और दूसरे के पास तो कुछ भी नहीं था।

वह कौन-सी चीज़ है जो मनुष्य को अंदर से जोड़े रखती है, जो उसे बिखरने नहीं देती, जिसके बल पर वह जीवन की राह पर अडिग चलता रहता है, जो उसे क़दम-क़दम चलने में दृढ़ता देती है।

भयंकर अंधड़ और तूफ़ान के दिन, अपनी साथिनों के साथ उस सूनी 'बारक' में बैठी रुक्मणी बार-बार यही सोच रही थी। वानप्रस्थी जी भी तो इसी मिट्टी के बने थे। अपनी धुन के पक्के थे। वह भी तो अंदर से जुड़े हुए थे। वानप्रस्थी जी का ध्यान यों भी इस यात्रा में उसे बार-बार आता रहा था। कहाँ गए वानप्रस्थी जी? दूर, पीछे कहीं छूट गए थे। उन्हें तो विदा हुए, कुछ नहीं तो बीस वर्ष हो गए होंगे। पर उनकी यादी आते ही पहले तो रुक्मो का गला भर आता, फिर अपने अंदर दृढ़ता का भास होता।

दीवार के साथ टेक लगाए बैठी रुक्मो—जो अब पैंतीस बरस की हो चली थी—वही रुक्मो जो कभी वानप्रस्थी जी के सामने उनके स्कूल की छात्रा के रूप में नाम लिखवाने गई थी, अब रुक्मणी देवी—उसी पाठशाला में अध्यापिका बन चुकी थी। वानप्रस्थी जी ने चार कक्षाएँ पढ़ा दी थीं। उस पाठशाला की चौथी कक्षा ही सर्वोच्च कक्षा थी। वानप्रस्थी जी लड़कियों के लिए इससे अधिक शिक्षा को आवश्यक भी नहीं मानते थे। चार जमातें पढ़ लिया, बहुत है, खत-पत्तर पढ़-लिख लेगी, पोथी बाँच लेगी, चिट्ठी पढ़वाने-लिखवाने के लिए किसी पर निर्भर नहीं रहेगी। उनकी बेटी सुमित्रा की याद ही क्या उनके व्यक्तित्व को जोड़े हुए थी? उसी की अकाल मृत्यु ने उनके जीवन को दिशा दी थी और उसी दिशा में वह दृढ़ क़दमों से चलते रहे थे।

दो दिन तक अंधड़ और तूफ़ान चलता रहा था। बाहर क़दम रखना तो दूर, रुक्मणी और उसकी दोनों साथिनों को इसी बात का डर लगा रहता था कि इस अंधड़-तूफ़ान में 'बारक' की छत ही कहीं न गिर पड़े, अंधड़ के थपेड़ों से कोई दीवार ही न टूट जाए।

और दीवार के साथ पीठ लगाए रुक्मणी कभी अपनी साथिनों के साथ मिलकर गीत गाने लगती, कभी टप्पे, सिट्ठणियाँ, कभी नए-नए भजन, जो वानप्रस्थी जी ने सिखाए थे। कभी तीनों बैठकर कस्बे की बातें करने लगतीं, अपने-अपने घरों की, घरवालों की, जात-बिरादरी की और जब थक जातीं तो अपनी-अपनी कंबली में मुँह-सिर लपेटकर पड़ रहतीं।

अंधड़-तूफ़ान के कारण दिल में अवसाद-सा उतरने लगा था। लगता था इतनी लंबी यात्रा पर निकल आना भूल थी। यहाँ कुछ हो-हवा जाए तो हम किसका मुँह ताकेंगी। साधु साथ में थे तो उनका सहारा बना हुआ था।

रुक्मणी का मन भी उखड़ा-उखड़ा-सा महसूस करने लगा था और मन एक बार उदास हो जाए तो बुरी बातें ही याद आती हैं, पछतावेवाली बातें। यह भी भूल थी, वह भी भूल थी। रुक्मणी कुछ भी सोचती, कुछ भी कहती, पर मन पर पीछे कहीं, एक ही बात तैर रही थी—उसका पति किस हालत में होगा। कभी एक रूप में तो कभी दूसरे रूप में, वह आँखों के सामने आकर खड़ा हो जाता था। रुक्मणी के बार-बार मना करने पर अब वह लाठी हाथ में लेकर नाचता नहीं था, वरना पहले तनिक-सी भी उत्तेजना मिलने पर वह 'हो! हो!' करता हुआ, लाठी ऊँची उठाए—गोल-गोल नाचने लगता था। जब से रुक्मणी उस्तानी बनी थी, और तब भी जब वानप्रस्थी जी के परलोक सिधार जाने पर वह स्कूल की संचालिका बना दी गई थी, उसके नीम पागल पति के व्यवहार में बड़ा अंतर आ गया था। स्कूल की आखिरी घंटी बजने पर वह घर के अंदर बैठा नहीं रह सकता था, रुक्मणी चाहे कितना भी कहे, वह घर के बाहर निकल आता था। उनका घर अब स्कूल के ऐन सामने, पंसारी की दूकान के ऊपरवाले दो कमरों में था, बरसों से अब ये दोनों यहीं पर रहते आ रहे थे। छज्जे पर भी खड़े हो जाओ तो स्कूल का सारा आँगन सामने नज़र आता था। रुक्मणी उसे आती-जाती नज़र आती रहती थी। आख़िरी घंटी बजने पर, पगलैट छज्जे पर भी खड़ा होता तो भी नीचे उतर आता। स्कूल के फाटक पर और भी बहुत लोग खड़े होते—बच्चियों को स्कूल से घर तक ले जानेवाले, किसी बच्ची का नाना, किसी के घर का नौकर, किसी की मौसी-नानी। उन्हीं के बीच बड़ी उस्तानी का पगलैट पति भी खड़ा होता। दोनों पति-पत्नी इस बात के इतने अभ्यस्त हो चुके थे कि आँगन पार कर बाहर निकलने पर रुक्मणी की आँखें बरबस पगलैट को ही खोजने लगती थीं। उसे वहाँ पर पाकर उसे झेंप भी होती और अपार सुख का भास भी होता। दोनों के बीच शारीरिक स्तर पर असमानता रहने पर भी दोनों की आत्मा एक-दूसरी में गुँथ गई थी। स्थिर, शांत परंतु किसी गहरी झील-जैसा प्यार उनके बीच पाया जाने लगा था। और उसी के कारण जीवन में सार्थकता आ गई थी, ठहराव आ गया था। इंसान का शरीर भूखा नहीं होता, भूखी तो उसकी आत्मा होती है।

इसी कारण इस समय काले कोसों दूर होने पर रुक्मणी अपने पगलैट पति के बिना, अकेली पड़ गई थी, और किसी-किसी वक्त मन-ही-मन छटपटाने लगती। दीवार के साथ पीठ लगाए, बैठे-बैठे ही उसकी आँख के कोने से गर्म-गर्म आँसू टपक जाते। पगलैट का वह रूप जब आँखों के सामने आ जाता—जब अपने छोटे-से चौबारे में वह चूल्हे के सामने बैठी रोटी सेंक रही होती और उसका पति सामने खाट के पायँताने बैठा उसे निहार रहा होता। अपनी तुतलाती ज़बान में तरह-तरह के किस्से सुनाता, हँसता, अपनी ओर से मसखरी करता। रुक्मणी जानती थी कि वह उसका मनबहलाव करने के लिए ऐसा करता है, जानता है कि वह स्कूल से थककर लौटी है, उसकी थकान उतारने के लिए वह उसका मनोरंजन कर रहा है।

वक्त बीत जाने पर पगलैट की तंदरुस्ती तो बेहतर हो गई थी, मन में भी स्थिरता आ गई थी, 'मिरगी' के दौरे भी पहले से कम पड़ते थे, पर दिमाग़ की सनक अभी भी बनी हुई थी। नीम पागलपन की स्थिति अभी भी पहले-जैसी ही थी। बोलता भी तुतलाकर था। पहले जब भी उत्तेजित हो जाता तो नाचता भी था, कपड़े भी फाड़ डालता था, गलियों में भागने लगता था, बेकाबू हो जाता था, पर अब ऐसा अक्सर नहीं होता था। छः महीने-साल में एकाध बार हो जाए तो हो जाए। उसके अंदर कहीं उसकी सूझ अपनी स्थिति को समझने लगी थी—वह जानता था कि यह रुक्मणी है, मेरा सर्वस्व, यह रुक्मणी की इच्छा है, मेरा दायित्व। यह रुक्मणी के सोने का वक्त है, यह जागने का, यह स्कूल जाने का।

बरसों-बरस इसी तरह बीत गए थे। स्कूल के आँगन के चारों ओर अब पक्की दीवार बन चुकी थी। स्कूल में एक की जगह चार-चार बड़े कमरे थे। बड़ी मास्टरनी के नाते रुक्मणी को अलग से छोटा-सा कमरा मिला हुआ था। यह कमरा वहीं पर बनाया गया था, जहाँ पर वानप्रस्थी जी का फूस का छप्पर हुआ करता था, जहाँ खाट पर बैठकर वे भजन गाया करते थे। वहीं पर अब 'हैडमास्टरनी' जी का कमरा था। स्कूल का आँगन बच्चों से भरा रहता था, बीसियों बच्चियाँ अब पढ़ने आती थीं। वानप्रस्थी जी ने ही आँगन के किनारे पर दो-तीन पेड़ रोपे थे जो कब के बड़े हो चुके थे। रुक्मणी का स्कूल उसके लिए मंदिर-समान बन गया था, क्योंकि उसके साथ वानप्रस्थी जी की पावन स्मृति जुड़ी हुई थी। तभी तो रुक्मणी गद्‌गद होकर, गोद में दोनों हाथ जोड़े कहा करती : मैंने जीवन में कितना कुछ पाया है, भगवान ने मेरी झोली भर दी है··· और उसके हृदय में अपार कृतज्ञता की तरंगें-सी उठने लगतीं।

और अब, घर से इतनी दूर, जितना अधिक वह अपनी स्थिति से जुड़ी स्मृतियों में डूबी रहती, उतनी ही अधिक सचेत होने पर छटपटाने भी लगती और मन चाहता कि भागकर अपने घर लौट जाए, भागती हुई जाए और उसकी खोज-ख़बर ले।

गरमी की छुट्टियाँ शुरू होने से कुछ पहले ही किसी बुज़ुर्ग ने यह सुझाव दिया था, "रुक्मो, लाहौर में एक अस्पताल खुला है जहाँ नीम पागल लोगों का इलाज होता है। तेरा घरवाला ठीक हो जाएगा। वहाँ अपने घरवाले को दाख़िल कर दे। दो-तीन महीने की बात है, नौ-ब-नौ आ जाएगा।"

रुक्मणी ने सुन लिया था, और उसके बाद बहुत दिन तक दुविधा में बनी रही थी कि वहाँ पर उसे भेजे या नहीं भेजे। कभी मन कहता, दाख़िल करा आऊँ। एक बार तंदरुस्त हो गया तो कितना अच्छा होगा। उम्र-भर के लिए बीमारी दूर हो जाएगी। भला-चंगा आदमी घर में रहने लगेगा। उसकी विपता कट जाएगी। यों मारा-मारा नहीं फिरेगा। उस बुज़ुर्ग ने कहा था कि अस्पताल सरकार चलाती है, पल्ले से कुछ देना नहीं पड़ता, और तेरे घरवाले का रोग तो इतना मामूली-सा है।

मामूली-सा विकार है, अस्पताल में रहेगा तो वह भी जाता रहेगा। बहुत-से लोगों की यही राय थी। गलियों में घूमनेवाला नीम पागल आदमी भी किसी दिन पूरा पागल बन जाता है। कोई लड़का कंकड़ उठाकर फेंक दे तो नीम पागल का मन उखड़ जाता है, कोई लाठी खींच दे तो वह उत्तेजित हो उठता है। यहाँ तेरे पास रहता है, बेशक, पर यहाँ इसका इलाज तो नहीं हो रहा ना। यहाँ एक बार संतुलन खो बैठे तो इसकी हालत बिगड़ जाती है। अब अगर इलाज हो सकता है तो क्यों न करवाओ।

दूसरी ओर मन में यह विचार भी उठता, अब तो सारा वक्त मैं इसकी आँखों के सामने रहती हूँ। मुझे देख-देखकर जीता है। मेरा कहा मानता है, मेरी हर बात सुनता है। वहाँ, परदेस में, जब इसकी आँखें मुझे खोजेंगी और मैं कहीं नज़र नहीं आऊँगी तो यह पहले से भी ज़्यादा बेचैन होगा। तब इसकी क्या हालत होगी। इस समय मेरे साथ तो है, अधूरी जिंदगी बिता रहा है, पर इसे कुछ सहारा तो है, इसकी ढाँढ़स तो बँधी रहती है।

'बारक' की दीवार के साथ लगकर बैठी रुक्मणी की आँखों के सामने वह दृश्य बार-बार घूम जाता जब लाहौर के पागलखाने के बाहर वह उसे छोड़ने गई थी। वह उसे बार-बार कहती थी, इशारों में समझाती थी कि तुम्हें इलाज के लिए लाई हूँ, कि मैं यहीं पर हूँ, तुम नौ-ब-नौ होकर घर लौटोगे, मैं तुम्हें अपने साथ लेकर जाऊँगी।

पर जो व्यक्ति अपने रोग को जानता हो, वह तो कुछ समझे, पर जो व्यक्ति अपने रोग को जानता ही नहीं हो, वह क्या समझेगा ? पगलैट मुँह खोले, रुक्मणी के चेहरे की ओर देखता रहा था।

पागलखाने के दरवाज़े तक पहुँचकर भी वह डाँवाँडोल हो गई थी। केवल डाक्टर ने जब अच्छी तरह से मुआइना करने के बाद, आँखों की पलकें उठा-उठाकर देखने के बाद कहा था कि तुम्हारा आदमी तंदरुस्त हो जाएगा, तभी वह अपने मन को मना पाई थी कि उसके पति की सचमुच इसी में भलाई है कि उसे यहाँ दाख़िल करवा दिया जाए। फिर दो-अढ़ाई महीने की ही तो बात है। छुट्टियाँ ख़त्म होने से पहले ही मैं इसे यहाँ से लिवा ले जाऊँगी। और उसका मन आश्वस्त हो गया था।

वह उस वक्त तक अस्पताल में ही बनी रही थी जब तक अस्पतालवालों ने उसके पति के कपड़े उतारकर उसे अस्पताल के कपडे नहीं पहना दिए, उसके सिर पर कपड़े की सफ़ेद टोपी नहीं पहना दी। उसे उस वर्दी में देखकर रुक्मो का मन कैसा हो आया था। पर अस्पतालवालों ने उससे विदा होने का मौका ही नहीं दिया था। इधर कपड़े बदले, उधर पिछले कमरे के रास्ते आँखों से ओझल भी कर दिया। और रुक्मणी वहाँ खड़ी-की-खड़ी रह गई।

और अब 'बारक' की दीवार के साथ पीठ लगाकर बैठी रुक्मणी कभी तड़प

उठती, कभी उसका मन खिल उठता कि अमरनाथ स्वामी की यात्रा के बाद वह सीधी लाहौर जाएगी, और अस्पताल के उसी द्वार में से, जिसमें वह आँखों से ओझल हुआ था, अब वह मुस्कराता, खिला-खिला चेहरा लिए, उससे बाहर आकर मिलेगा। न टेढ़ी आँखें होंगी, न मुँह से बहती लार, न बेसुध-सा चेहरा। सीधा मेरे पास आएगा और हम साथ-साथ चलते हुए कस्बे के लिए रवाना हो जाएँगे।

अमरनाथ स्वामी की यात्रा का सुझाव बुढ़िया लछमी ने ही दिया था। 'रब्ब आसरे छोड़कर चली आ। यहाँ रहेगी तो सारा वक्त घुलती रहेगी। मन बेचैन रहेगा। वहाँ चली चल। दर्शन भी करेगी, और देखने-सुनने को भी बहुत कुछ होगा। भगवान पर छोड़ दे, वही सबकी नौका पार लगाता है।'

और रुक्मणी यात्रा पर निकल आई थी। उसकी आँखों के सामने भी तो नहीं हूँ, फिर कस्बा क्या और काश्मीर की घाटी क्या। मेरी यात्रा का पुण्य भी उसे लगे, वह भला-चंगा हो जाए। और मैं तो महीने-भर में लौट भी आऊँगी। वह अस्पताल में ही तो है, डाक्टरों की निगरानी में है, अकेला तो नहीं है, गलियों में भटकता तो नहीं फिरता।

मनुष्य का मन अपने अंदर से ही त्राण भी पाता है, और अपने अंदर से ही असह्य क्लेश भी।

जितने दिन तक पड़ाव-पड़ाव छड़ी चलती रही, उसका मन अपने पति को भूले रहा। केवल रात के वक्त उसकी छवि आँखों के सामने आ जाती, पर दिन-भर की थकी रुक्मणी करवट बदलते-बदलते गहरी नींद में खो जाती थी। फिर दिन-भर तो आसपास की दुनिया से आँखें हटाए ही नहीं हटती थीं। यात्रियों की भीड़ में ही तरह-तरह के ऐसे लोग थे जिनके बारे में उसने कभी सोचा तक न था। ···लाठी टेकती एक बुढ़िया, जिसकी पीठ इतनी झुकी हुई थी कि उसकी आँखें सारा वक्त ज़मीन पर ही लगी रहतीं—हर अगले पड़ाव तक, धीरे-धीरे, पैर घसीटती पहुँच जाती, और इस आशा से पड़ रहती कि उसका स्वर्गधाम इसी पड़ाव पर होगा। पर जब नहीं मरती तो दूसरे दिन प्रातः मंत्र बुदबुदाती वह फिर उठ खड़ी होती और लाठी टेकती, अगले पड़ाव की ओर चल देती। हड्डियों का ढाँचा, पोपला मुँह। उसकी गदली आँखें ठीक तरह से आसपास की आकृतियों को पहचान भी नहीं पाती थीं, पर पिछले तीन साल से अमरनाथ की यात्रा में मरने की साध लिए, हर साल लाठी टेकती चली आ रही थी। वह दूर बंगाल की रहनेवाली थी। रुक्मणी ने बुढ़िया से एक बार पूछा भी था: 'माँ जी, चोला छोड़ने के लिए इतनी बेचैन क्यों हो? चोला तो एक दिन छूट ही जाएगा।' पर वह उसकी बात नहीं समझी थी। पिछले तीन साल से बुढ़िया, यात्रा से एक तरह से निराश होकर ही लौटती रही थी। जो पुण्य कमाने आई थी, वह अभी तक नहीं कमा पाई थी।

यदि अंधड़-तूफान में रुक्मणी 'बारक' में बंद नहीं हो जाती, तो दिन बड़े अच्छे

ढंग से कट रहे थे। पर बाहर के अंधड़-तूफ़ान ने रुकमणी को अंतर्मुखी बना दिया था। एक बार तो लेटे-लेटे उसका गला रुँध गया और वह तड़पकर उठ बैठी—मुझ पापिन को अमरनाथ की यात्रा कहाँ सुहाएगी, मैं तो तिल-तिल कर मरूँगी, मैंने ऐसा पाप किया है जिसका कोई प्रायश्चित नहीं।

लेटे-लेटे रुक्मणी ने छाती पर दोनों हाथ जोड़े और आँखें बंद करके भगवान के आगे अपनी प्रार्थना बुदबुदाने लगी—

''उसको सही-सलामत रखना, महाराज, तेरी कृपा होगी तो उसे आँच नहीं आएगी। मुझ पापिन के लौटने तक उसे अपनी छाया में रखना, महाराज, तेरी दासी बार-बार बिनती करती है··· मैं क्या कर बैठी हूँ, हे महाराज, मुझे बख़्श दो!''

'बारक' में बुआ परमेशरी, लछमी, भागाँ—तीनों आराम से, हल्के-हल्के ख़र्राटे भरती हुई सो रही थीं।

पर अब, इन तीनों दिन की भयावहता दूर हो जाने के बाद मानो दुनिया का रूप पूर्णतः बदल गया था, पहले जैसा रहा ही नहीं था। जिस समय रुक्मणी बाहर आकर 'बारक' की सीढ़ी पर बैठी थी तो इतनी निढाल हो रही थी कि उसने आँख उठाकर सामने की ओर देखा ही नहीं था, पर अब, ठंडी हवा के कारण रहा हो, या पूरी तरह जाग जाने के कारण, उसने आँखें खोली थीं। उसने पहले कभी भी ऐसा दृश्य नहीं देखा था। पहाड़ों के बीच दिन कैसे चढ़ता है, उसकी उसने कभी कल्पना भी नहीं की थी। जब वह बाहर आई थी तो बाएँ हाथवाली ऊँची पहाड़ी को अभी भी काले-काले साए ढके हुए थे और उसकी चोटी के ऊपर कुछेक तारे झिलमिला रहे थे, जबकि दाएँ हाथ, जिस ओर पहाड़ी की श्रृंखला खुलती थी, वहाँ, वातावरण में, आसमान में चाँदी घुलने लगी थी और उजाला होने लगा था। जल-प्रपात का गर्जन सारे वातावरण को मुखरित किए हुए था और ऊपर पहाड़ की तलहटी पर खड़े देवदार और चीड़ के वृक्षों में से बहती हवा साँय-साँय कर रही थी।

रुक्मणी स्तब्ध-सी सामने के दृश्य को देखे जा रही थी। जब से छड़ी के साथ चलते हुए वे पहाड़ों के बीच पहुँची थी, और बल खाते रास्तों पर चलने लगी थी, उसने हर मोड़ पर दृश्य को बदलते देखा था। नीचे बहता पहाड़ी नाला कभी चट्टानों से टकराता हुआ ऊपर को उछलता, उसकी फुहार में इंद्रधनुष के रंग झिलमिलाते, कभी उसका दूधिया नीला पानी समतल-सा बहने लगता और उसमें भँवर पड़ते नज़र आते। कभी-कभी रुक्मणी इतनी उत्साहित हो उठती कि स्वयं चट्टानों पर जा चढ़ती, और नीचे बहते पानी को देखने लगती थी, यहाँ तक कि उसे लगता कि पानी उल्टी दिशा में बहने लगा है, और ज्यादा देर तक देखती रही तो उसे चक्कर आ जाएगा। किसी-किसी मोड़ पर पहाड़ का सँकरा रास्ता सहसा खुल जाता, सामने पहाड़ की तलहटी में खुला मैदान होता, हरी-हरी घास से ढँका, और उसमें रंग-बिरंगे जंगली फूलों के अनगिनत पौधे हवा में लहलहा रहे होते। और सारी तलहटी पर भेड़ों का समूह घास चर रहा होता और एक ओर, किसी

ऊँची चट्टान के साए में भेड़ों के चरवाहे—कहीं बाप-बेटा तो कहीं सफ़ेद दाढ़ीवाला कोई बूढ़ा बैठे होते थे। कहीं-कहीं पर वह इतनी उत्साहित हो उठती कि अपना दुपट्टा कमर में बाँध लेती और नंगे सिर आगे बढ़ने लगती। उसका मन दौड़ने, उछलने-नाचने को करता था।

पर इस समय जो दृश्य उसके सामने था, उसने उसे ऐसा अभिभूत कर लिया था कि वह चुपचाप बैठी उसे निहारे जा रही थी। वह 'बारक' की सीढ़ी पर से उठकर, चुपचाप चलती, पगडंडियाँ लाँघती, अब शेषनाग की विशाल झील के सामने एक ऊँची चट्टान पर आ बैठी थी।

दाईं ओर पर्वतमाला दूर-दूर तक फैली थी। न जाने वे लोग कितने छोटे-बड़े पर्वत लाँघकर यहाँ पहुँचे थे। दूर, इन पहाड़ों के पार हज़ारों कोस दूर, एक जीव है—एक नीम पागल—जिसके साथ उसकी तार जुड़ी हुई है। क्षण-भर के लिए यह सोचकर उसे अचंभा हुआ। इतने बड़े ब्रह्मांड में यह कितना अटपटा-सा लगता है कि दूर-दूर छिटके हुए जीव भी एक-दूसरे के साथ किन्हीं अदृश्य तंतुओं से इतने गहरे में जुड़े हुए हों। मैं उसे क्यों नहीं भूल पाती। मैं इस विराट दृश्य में अपने को पूर्णरूप से क्यों नहीं खो पाती हूँ? यह कैसे हो सकता है कि वह नीम पागल जीव मेरे लिए सर्वस्व हो और यह सारा ब्रह्मांड गौण हो मन में यह विचार उठने पर उसके दिल की टीस कुछ कम हुई।

रुक्मणी बहुत पढ़ी नहीं थी। चार जमातें पढ़ना, क्या पढ़ना हुआ। पर जिस भाँति प्यासा पक्षी चोंच खोले बूँद-बूँद पानी को खोजता फिरता है, रुक्मो की जिज्ञासा उसी भाँति ज्ञान के कण बटोरती रहती थी, हर राह जाते साधु-संत की बातें दत्तचित्त होकर सुनती, चकित आँखों से उनकी ओर देखती रहती। ये लोग कितना जानते हैं, मैं तो कुछ भी नहीं जानती। उत्सुक आँखों, विश्वास, श्रद्धा और कुतूहल से भरी उसी नज़र से आज वह इस विराट ब्रह्मांड की छवि देख रही थी, जो अपना विशाल आँचल फैलाए, अपने अनबूझे रहस्यों की विशाल चादर ओढ़े उसके सामने खड़ा था, इतना गौरवमय, इतना स्पष्ट, इतना सुंदर, इतना विराट, पर फिर भी इतना अबूझ। अभिभूत-सी, वह उसे देखे जा रही थी। रुक्मणी को लगा, जैसे वह अपार सौंदर्य के दर्शन कर रही है, जो उसे अपनी ओर बुला रहा है, जो उसके दिल को मथ रहा है, पर जिस पर से वह आँखें नहीं हटा पा रही है, जिसके आकर्षण में वह सबकुछ भूलती जा रही है, अपने को खोती जा रही है।

रुक्मणी देखे जा रही थी पर उसकी पकड़ में कुछ भी नहीं आ रहा था। सामने, झील के पार, पर्वत था, पर्वत का ऊँचा ललाट, जिस पर बर्फ़ की चादर बिछी थी। चारों ओर पेड़-पौधे, हौले-हौले किसी लय पर झूम रहे थे। नीचे, दूधिया जल की झील का विस्तार था, ठाठें मारते हुए अनेक जल-प्रपात उसमें गिर रहे थे, जिससे सारा वातावरण मुखरित हो रहा था। पर साथ-ही-साथ विषम सन्नाटे का भास

भी हो रहा था, जैसे चारों ओर गहरा मौन छाया हो ! पेड़-पौधे हिल रहे थे । उसके निकट ही, चट्टान में से ही निकले हुए एक पौधे के डंठल पर एक छोटा-सा नीले रंग का फ़ल हवा में बार-बार झूम रहा था । वह कभी उसकी आँखों के सामने आ जाता, कभी छिप जाता । लगता जैसे रुक्मणी के साथ आँख-मिचौनी खेल रहा है ।

रुक्मणी के दिल में बार-बार हिलोर-सी उठती । असह्य उल्लास की हिलोर, जो अपने-आप ही असह्य वेदना में बदल जाती थी, जो दिल की गहराइयों को बार-बार मथ जाती ।

धूप तेज़ हो रही थी, पर रुक्मणी चट्टान पर अभी भी बैठी थी । यह दृश्य फिर कब देखने को मिलेगा, यही सोचकर रुक्मो तेज़ होती धूप के बावजूद बैठी रही । बुढ़िया लछमी उसे ढूँढ़ती हुई आई । ''आज छड़ी देर से चलेगी,'' उसने कहा, और फिर उसे समझाने लगी कि धूप में नहीं बैठो । अगर बैठना है तो किसी पत्थर, पेड़ की छाँह में बैठो, पर रुक्मो को गुमसुम पाकर वह लौट गई थी ।

झील पर आँखें लगाए, रुक्मो धीरे-धीरे उसमें खोती जा रही थी, जब उसे लगा जैसे उसने कुछ देखा है, जैसे झील की सतह पर कोई प्रगट हुआ था । अधमुँदी आँखों से वह देखती जा रही थी—जैसे कोई नाचती हुई-सी काया प्रगट हुई है, कमनीय, अति आकर्षक, अंग-अंग में नृत्यमान । बैठे-बैठे ही रुक्मणी की नज़र उस पर स्थिर हो गई । क्षण-भर के लिए उसे लगा जैसे वह ओझल हो गई है, पर उसके नज़र हटाने की देर थी कि वह फिर नाचती हुई प्रगट हो गई थी ।

कन्हैया थे । वही. मुकुट पर मोरपंख, होंठों पर बाँसुरी, नील वर्ण, झील की लहरों पर बसी बजा रहे थे, और थिरक-थिरककर नाच रहे थे । वैसा ही रूप जिसका बखान उसके नाना किया करते थे । पतली कमर, होंठों पर दैवी मुस्कान, रुक्मणी को देख-देखकर ही जैसे मुस्करा रहे थे, उसी को जैसे रिझाने, अपना रूप दिखाने चले आए थे । तुम चली आओ रुक्मणी, मैं तुम्हें लेने आया हूँ···मानो वह कह रहे थे । रुक्मणी को लगा जैसे झील में गिरनेवाले जल-प्रपात. बहती हवा, झूमते-झूलते पेड़-पौधे—सभी बाँसुरी की लय में बँध गए हैं । वही असीम आह्लाद और असीम वेदना उसके दिल को मथने लगे । वह स्वयं भी इसी लय में खोने लगी थी । उसका मन हुआ, वह उठ खड़ी हो और स्वयं नाचती हुई उनसे जा मिले । ब्रह्मांड के विराट नृत्य में लीन हो जाए ।

उसे लगा जैसे वह उठ खड़ी हुई है, पर झील की ओर केवल उसकी छाया बढ़ती जा रही है, वह स्वयं अभी भी ऊँची चट्टान पर ही बैठी है । धीरे-धीरे छाया पगडंडी तक जा पहुँची, छाया ने मुड़कर रुक्मणी की ओर देखा, मुस्कराई, उसकी नाक की नथ चमकी, और वह घूमकर एक बड़े पत्थर के पीछे लोप हो गई । रुक्मणी को भास हुआ जैसे उसका दुपट्टा लहराया था । उसके समूचे शरीर में भी लहरिया उठा था, और उसकी छाया सचमुच झील में कूद गई थी ।

रुक्मणी की नजर फिर झील की ओर गई । पर झील की सतह पर यह कौन

नाच रहा है ? कन्हैया ही तो हैं। नहीं, कोई नाच रहा है, पर वह कन्हैया नहीं। उसके हाथ में बाँसुरी नहीं, उसके हाथ में छोटी-सी लाठी है, जिस पर रंग-बिरंगी थिगलियाँ लटक रही हैं, छोटे-छोटे घुँघरू बज रहे हैं, जो नाच रहा है, पर उसके नाचने की लय में देवताओं का संगीत न होकर, मानव का आर्तनाद है।

यह कौन चला आया है ? कितना अटपटा नाच रहा है, पर इसके नाचने में कितना दर्द है ? यह मुझे ढूँढ़ता हुआ यहाँ तक आ पहुँचा है। मैं पापिन इसे अकेला जो छोड़ आई थी।

पर यह अपने-आप तो नहीं चला आया। मेरी प्रार्थना पर आया है। इसे तो मैंने बुलाया है। मैंने नहीं बुलाया होता तो यह कैसे चला आता। हर क्षण इसे बुलाती थी। भगवान ने मेरी प्रार्थना सुन ली है। कितना थक गया होगा। कितनी दूर से आया है। देखो तो इसका मुँह कैसे सूख रहा है, नाचते पाँव लड़खड़ाने लगे हैं, अभी गिरा कि गिरा।

रुक्मणी ने फिर उठने की कोशिश की। इसे बताऊँ तो कि मैं यहाँ पर हूँ। इसकी आँखें मुझे ही तो खोज रही हैं ! मैं यहाँ हूँ जी, इस चट्टान के ऊपर ! देख रहे हो ? रुक्मणी को लगा, जैसे उसने अपना दायाँ हाथ ऊँचा उठाया है, और उसे हिला-हिलाकर अपने पति को बुला रही है।

पर वह मेरी ओर देख क्यों नहीं रहा ? मेरी आवाज़ क्यों नहीं सुनता ? सुनो जी, मैं यहाँ पर हूँ। असह्य व्याकुलता से वह छटपटाई। तुम देखते क्यों नहीं, मैं बार-बार हाथ हिला रही हूँ। तुम किस ओर देखे जा रहे हो, जी, तुम मेरी ओर देखो...

जब लछमी, भागाँ और परमेशरी रुक्मणी को खोजती, उसे पुकारती हुई आईं तो रुक्मणी वहाँ नहीं थी। उसकी देह, ऊँची चट्टान के नीचे, गहरे खड्ड में पड़ी थी !

उसी शाम, जब लाठियाँ चल चुकने के बाद सड़क पर धूल अभी बैठ नहीं पाई थी, पुलिस के सिपाहियों ने अपने बेंत फिर से अपनी पेटियों में खोंस लिए थे, और बूटों पर से धूल पोंछते हुए सब-इंस्पेक्टर ने अपनी गारद को पाँत बनाकर खड़ा हो जाने का हुक्म दिया था, और मुज़ाहिरा करनेवाले लोग अपने पाँच जख़्मी साथियों को खाटों पर लिटाकर, या कंधों पर उठाए, वहाँ से हट गए थे; तभी, धूल के बवंडर में से हेनरी साहिब निकलते हुए दिखाई दिए थे। अपना दायाँ हाथ बार-बार मुँह के सामने झटक रहे थे, मानो धूल को अपने सामने से हटाने के लिए उसे चाँटे मार रहे हों।

हेनरी साहिब को देखकर बैरिस्टर हुकूमतराय तनिक ठिठक गया था। अफ़सर का क्या भरोसा, बिला वजह ही बिगड़ने लगे, डाँट-फटकार करने लगे।

उस वक्त दीवान अपनी माड़ी के चबूतरे पर खड़ा था। वहाँ माड़ी के सामने भी लाठी-चार्ज हुआ था, जब सड़क पर से भागते हुए लोग कूचे में आ गए थे और पुलिस लाठियाँ बरसाती उनके पीछे-पीछे आ गई थी। अभी भी घुड़सवार पुलिस के तीन सिपाही, ऊपर-नीचे गश्त कर रहे थे। मुज़ाहिरा करनेवालों ने दीवान के घर पर भी पथराव किया था, और खिड़कियों-रोशनदानों के अनेक शीशे तोड़ डाले थे। चबूतरे के नीचे गली में कंकड़-पत्थर बिखरे पड़े थे। दीवान के परामर्श देने पर ही सिटी-मैजिस्ट्रेट ने पुलिस-इंस्पेक्टर को लाठी-चार्ज करने की तनबीह की थी। हेनरी साहिब को धूल के बवंडर में से निकलकर आता देखकर दीवान हुकूमतराय को अचंभा-सा हुआ था—धूल-धप्पड़ में से सारे ज़िले का बेताज बादशाह खुद चला आ रहा है।

तभी उसे लगा जैसे डिप्टी कमिश्नर उसी की ओर चला आ रहा था। अपनी ओर आता देखकर हुकूमतराय ठिठक गया। उसकी टाँगों में हल्की-सी लरज़िश भी हुई। पर उसने सहसा फैसला कर लिया था कि बराबरी के अधिकार के साथ बात करेगा। यह अधिकार केवल उन्हीं हिंदुस्तानियों को प्राप्त होता था जो वर्षों तक स्वयं इंग्लैंड में रह चुके हों, और अंग्रेजों के साथ दोस्ताना ढंग से बात करने का अधिकार प्राप्त कर चुके हों।

दीवान हुकूमतराय असमंजस में था कि न जाने साहिब की क्या प्रतिक्रिया रही हो।

पहली बार कस्बे में जुलूस निकला था। नया डिप्टी कमिश्नर तैनात होकर आया था और दीवान हुकूमतराय ने स्थिति पर काबू पाने के लिए अंग्रेजी शासन-नीति के अनुरूप ही अपना मश्विरा दिया था। पर दीवान हुकूमतराय असमंजस में था कि न जाने साहिब की कैसी प्रतिक्रिया रही हो।

"कभी-कभी तरद्दुद की ज़रूरत रहती है, हेनरी! बुराई को शुरू में ही दबा देना चाहिए।" दीवान ने उसी दोपहर डिप्टी कमिश्नर को संबोधन करते हुए कहा था। उसी के परामर्श का असर रहा होगा कि पुलिस-इंस्पेक्टर ने लाठी-चार्ज का हुक्म दिया था और तभी पुलिस के सिपाही लाठियाँ उठाए उन पर बरस पड़े थे, जिससे जुलूस की लंबी पाँत टूट गई थी। लाठियाँ देर तक चलती रही थीं। फिर लोग भागने लगे थे, कुछ तो पेड़ों पर चढ़ गए थे, कुछ तंग गलियों में भाग गए थे और कुछ चबूतरों के नीचे, जहाँ जगह मिली थी, दबक गए थे। पर अफ़सरों का क्या भरोसा। कोई बात उल्टी-सीधी हो गई हो तो मुझ पर ही बरसने लगें।

"हैलो, हेनरी" चबूतरे पर से उतरते हुए दीवान बोला, "Seen a bit of the Indian mob, haven't you? They have no guts, I tell you. You had only to wield your baton and they were running for their lives..."

(हिंदुस्तानी भीड़ का रंग देख लिया हेनरी? इनमें गुर्दा नहीं है। डंडा उठाने की

देर थी कि सभी दुम-दबाकर भाग गए।)...कहता हुआ दीवान हँसने लगा, "Didn't I tell you?" (मैंने तुमसे कहा था, या नहीं ?)

दीवान ने सोचा, अपनी ओर से तो यही कहना चाहिए, आगे देखा जाएगा। अंग्रेज दूर-अंदेश होता है। बहुत दूर की सोचता है। क्या मालूम वह समझ रहा हो कि मेरे परामर्श से बात बिगड़ी है। कस्बेवाले अपने ज़ख़्मी साथियों को उठाकर ले गए हैं। ना मालूम शहर में कैसी फ़िज़ा पाई जाती है। मुमकिन है स्थिति और बिगड़ जाए। यदि डिप्टी कमिश्नर ने ऐसा कुछ कहा तो मैं अपनी भूल स्वीकार कर लूँगा। मैंने तो साम्राज्य के हित में ही अपना परामर्श दिया था, मुझे क्या पता था कि पुलिस इतनी बुरी तरह से लाठी-चार्ज करेगी।

डिप्टी कमिश्नर चबूतरे के पास पहुँच चुका था, और आँखें मिलने पर वह मुस्करा दिया था, और सिर हिलाता हुआ दीवान के पास आ गया था। अपनी छड़ी से दीवान का कंधा ठकोरते हुए बोला—

"You have a head over your shoulders, Diwan, I must say." (तुम समझदार आदमी हो दीवान, मुझे जानकर खुशी हुई।)

यह सुनकर पहले तो दीवान को धक्का-सा लगा, एक मीठा-सा धक्का, फिर वह भावुक हो उठा था—

"Anything for the Empire, Henry ! We both worship at the same altar !"

(अंग्रेजी साम्राज्य के लिए जान हाज़िर है हेनरी ! हम दोनों एक ही देवता की पूजा करते हैं।) उसने कहा और उसके तन-बदन में स्फूर्ति और आत्मविश्वास की एक प्रबल लहर दौड़ गई। दीवान का मन हुआ, साम्राज्य के प्रति अपनी बलिदान-भावना को और भी अधिक प्रभावशाली ढंग से व्यक्त कर सके।

और वे दोनों धीरे-धीरे चलते हुए गली में से बाहर निकल आए थे। दीवान की नज़र दाएँ-बाएँ अनेक मकानों पर पड़ रही थी। उसे भास हुआ था, जैसे अनेक आँखों के जोड़े झरोखों, खिड़कियों, अधखुले दरवाज़ों के पीछे से उसे देख रहे हों, और देख-देखकर प्रभावित हो रहे हैं कि दीवान जिस आदमी के साथ इतनी बेतकल्लुफ़ी से बतिया रहा है, वह इस ज़िले का बेताज बादशाह है।

काबुली दरवाज़े के बाहर आ जाने पर, जहाँ लाठी-चार्ज हुआ था और धूल धीरे-धीरे बैठ रही थी, दोनों रुक गए। डिप्टी कमिश्नर मुस्कराया, फिर से अपने बेंत से दीवान का कंधा ठकोरते हुए बोला :

"You will soon be a Rai Bahadur, you know. I shall recommend your name."

(तुम जल्दी ही रायबहादुर बन जाओगे। मैं तुम्हारे नाम की सिफ़ारिश करूँगा।) और सरपरस्ती के अंदाज़ में बेंत को दीवान के कंधे पर ठकोरते हुए, मुस्कराया और "See you" (फिर मिलेंगे) कहकर मैदान पार करने लगा।

दीवान अभिभूत-सा उसे देखता रहा था, फिर ऊँची आवाज़ में बोला था–

"My last drop of blood for the Empire, Henry, and you know that!"

(मेरे खून का आख़िरी कतरा भी साम्राज्य के लिए हाज़िर है हेनरी!)

पर हेनरी दूर जा चुका था।

उस दिन की बड़ी धूमिल-सी याद जोगा के मन में बनी हुई है। जोगा तब पाँच-छः बरस का बालक ही रहा होगा जब कस्बे में पहला बड़ा जुलूस निकला था। जुलूस के बिखर जाने के बाद जोगा और उसके छोटे-छोटे साथी, टहलते-चहलक़दमी करते, दीवानों की माड़ी के बाहर पहुँच गए थे और वहाँ देर तक ज़मीन पर बिखरे पत्थर और माड़ी के टूटे शीशे देखते रहे थे। दिन के वक्त बहुत-से बच्चे भी जुलूस में भाग लेने के लिए गए थे। तिलकराज 'आज़ाद' और उसके साथियों ने स्कूलों के लड़के-लड़कियों को इकट्ठा कर लिया था, और एक लंबी पाँत में खड़ा कर दिया था। पीछे बच्चों की लंबी पाँत थी, आगे बड़ी उम्र के लोगों की, पर फिर जुलूस भंग हो गया था। आगे कहीं जुलूस पर लाठियाँ बरसाई गईं थीं, जिस पर तिलकराज 'आज़ाद'–या आज़ाद चाचा–बड़ी तेज़ी से आए थे और सभी बच्चों को शेखों के बाग की ओर ले गए थे और वहाँ से सभी को अपने-अपने घर भेज दिया था। पर दोपहर होते-होते कुछ बच्चे फिर बाहर निकल आए थे और दीवान हुकूमतराय के घर के बाहर पहले तो मँडराते रहे थे और फिर गुल्ली-डंडा खेलने लगे थे।

तभी गुल्ली उड़ती हुई माड़ी की पहली मंज़िल के छज्जे पर जा गिरी थी और वहाँ जोगे को, ऊपर छतरी के नीचे, एक उल्लू बैठा नज़र आया था, और सभी बच्चे खेल छोड़कर उल्लू को देखने लगे थे।

छतरी पर ढलती दोपहर के सूरज की रोशनी पड़ रही थी, जिससे उल्लू के पंख पीले-पीले-से नज़र आ रहे थे और आँखें चमक रही थीं। गुल्ली पास में गिरने पर भी पक्षी में कोई हरकत नहीं हुई थी। उसने पंख नहीं फड़फड़ाए थे, बल्कि वहीं निश्चेष्ट-सा बैठा रहा था। उसकी पीली, बड़ी-बड़ी काँच की-सी आँखें जोगा खड़ा देखता रह गया था।

लड़कों ने उसे उड़ाने की कोशिश की। दो-एक ने कंकड़ उठाकर फेंके। जोगे के हाथ में डंडा था, उसने डंडा उठाकर 'शू-शू' किया। कुछ लड़के उछले, बाज़ू झुलाए, पर पक्षी में कोई हरकत नहीं हुई। लड़कों को संशय हुआ कि यह उल्लू न होकर, लकड़ी का बना, परिंदे की शक्ल का खिलौना ही न हो, जिसे किसी ने छतरी के नीचे दासे पर रख दिया हो। अभी भी उसकी बड़ी-बड़ी बिल्लौरी आँखें अपलक खुली थीं, मानो वह देखते हुए भी नहीं देख रही हों।

थोड़ी देर बाद, गुल्ली पाने की कोई संभावना न देखते हुए, लड़के बिखरने लगे। चबूतरे के एक सिरे पर, फाटक के पास माड़ी का एक दुबला-पतला नौकर

बैठा चिलम पी रहा था। दो-तीन लड़के उसके पास गुल्ली माँगने गए, पर उसने सिर नहीं उठाया। मैले-से चिथड़े से चिलम का निचला भाग लपेटे, मुँह टेढ़ा किए वह चिलम पर कश लेता रहा और धुएँ के बादल छोड़ता रहा। लड़के इकटक उसी को देखने लगे। तीन-चार कश खींचने के बाद उसकी आँखें लाल हो गईं। दो-एक और कश लेकर उसने चिलम को उल्टा करके बुत्ती के साथ ठकोरा और मिट्टी की बनी चिलम को अपने बास्कट के जेब में डाल लिया।

"हमारी गुल्ली ऊपर जा गिरी है, हम उठा लाएँ?" जोगे ने पूछा। पर लाल-लाल आँखोंवाले नौकर ने कोई जवाब नहीं दिया।

लड़के सहमे-से उसकी ओर देखते रहे। फिर यह सोचकर कि यह नशे में है, कहीं लपककर किसी को चाँटा ही न जड़ दे, वे वहाँ से हटने लगे।

पर जोगा वहाँ से सरकता हुआ फाटक की ओर मुड़ गया, और नौकर की पीठ-पीछे से, बिना आहट किए माड़ी के अंदर दाख़िल हो गया। वह डर रहा था, पर माड़ी को अंदर से देख पाने की ललक उसे भीतर खींच लाई थी।

ड्योढ़ी लाँघकर वह एक लंबे बरामदे में आ गया। अंदर चारों ओर चुप्पी छाई थी। बरामदे में एक बदरंग, लंबी-सा आरामकुर्सी बिछी थी। सारे घर पर सकता छाया था। उसने कान लगाकर सुना, कहीं कोई आहट नहीं थी। लगता था जैसे बरामदे के पीछे कमरे-ही-कमरे हैं, एक-दूसरे में उलझे हुए और सभी मौन साधे हैं। उसे लगा जैसे वह आगे बढ़ा तो रास्ता भूल जाएगा। बरामदे की दीवार पर किसी जानवर का बड़ा-सी सिर लगा था, जिसकी बड़ी-बड़ी आँखें, झुटपुटे में अपलक ताके जा रही थीं।

"ओ लड़के! इधर क्या देखता है?" सहसा एक कड़कती-सी आवाज़ आई और जोगा सिर से पाँव ताक काँप गया। आवाज़ बरामदे में खुलनेवाले किसी एक कमरे में से आई थी। जोगा सिर पर पाँव रखकर भागा और माड़ी के बाहर आकर ही दम लिया।

जोगे ने कई बार बैरिस्टर दीवान साहब को देखा था। भारी-भरकम-से सिर पर अंग्रेजी टोपी, नीचे काला कोट, काले रंग की ही नकटाई और नीचे सफ़ेद रंग की पतलून, और चमचमाते काले जूते। उनकी बास्कट के आर-पार सुनहरे रंग की पतली-सी ज़ंजीर एक जेब से दूसरी जेब में चली गई थी। बैरिस्टर दीवान जी मुँह में अंग्रेजी पाईप लगाकर पीते थे। पतलून की जेबों में हाथ डाले, दाँतों के बीच पाईप की नली दबाए, धुआँ छोड़ते हुए वे चबूतरे पर ऊपर-नीचे टहला करते थे। जोगे ने उन्हें कई बार देखा था। बैरिस्टर दीवान का चेहरा चौड़ा और साँवला-सा था और होंठों पर बड़ी-बड़ी मूँछें थीं। चबूतरे पर ऊपर-नीचे टहलते हुए, कभी उनका सिर नंगा होता, और कभी वे सिर पर अंग्रेजी टोपी लगाए होते। किसी-किसी दिन सफ़ेद रंग की पगड़ी भी पहना करते थे।

रात के वक्त जोगा रसोईघर में अपने परिवार के सभी सदस्यों के साथ बैठा

खाना खा रहा था, जब उसने घरवालों को उल्लू के बारे में बताया, जिसे उसने माड़ी की छत पर बैठे देखा था।

चूल्हे के पास बैठी माँ सुनते ही ठिठक गई थीं—"चुप रह। उल्लू नहीं हो सकता। बैरिस्टर दीवान की तो लाखों पर कलम है, उनकी तो ज़मीनें हैं, उनके घर पर उल्लू क्यों बैठेगा?"

जोगे की समझ में नहीं आया कि उसकी माँ क्या कहे जा रही हैं।

जोगे के पिता पास ही, दीवार के साथ पीठ लगाए चुपचाप बैठे थे। जोगे के बाएँ हाथ, जोगे की दो बहनें एक ही थाली पर झुकी खाना खा रही थीं।

"पर माँ, मैंने सचमुच देखा है। और लड़कों ने भी देखा है।"

इस पर माँ ने दाँतों तले जीभ दबाते हुए कहा, "तूने कुछ और ही देखा होगा। बैरिस्टर दीवान तो बड़ा चढ़ा-पीड़ा आदमी है। रात के वक्त शुभ-शुभ बोला कर।"

उल्लू की बात वहीं ख़त्म हो गई थी, जिस पर जोगा उस दिन के जुलूस की बात करने लगा था। उस दिन घर-घर में उस जुलूस की ही चर्चा रही होगी।

दूर तक देखने पर जुलूस की पाँतों में लहरिया-सा उठता था। बाद में भी, बड़ा हो जाने पर भी, जोगे को उस दिन के जुलूस की याद आती तो उसे लगता जैसे कोई लहर पीछे से उठी हो और समूची भीड़ को उद्वेलित कर गई हो। बार-बार उठती हो और बार-बार उद्वेलित करती हो। गंजमंडी के फाटक से लेकर पीछे, दूर शेखों के बाग तक चली गई थी। लड़कों की पाँत में चलता हुआ जोगा भी हिचकोले खाता हुआ चलता जा रहा था। पाँत में से निकलो, तभी पता चलता था कि जुलूस कितनी दूर तक चला गया है। बीच-बीच में लोगों ने कपड़े के पट्ट भी उठा रखे थे, जिन पर कुछ लिखा था। जुलूस का दूसरा सिरा दूर, धूल के बवंडर में खो गया था। वह इसी तरह एक बार पाँत में से निकल आया था और एक बुत्ती पर चढ़कर पीछे, शेखों के बाग़ की ओर देख रहा था, पर उसे कुछ भी साफ़ नज़र नहीं आ रहा था। तभी 'आज़ाद' चाचा उसकी ओर आते नज़र आए थे। ऊँचे-लंबे 'आज़ाद' चाचा सफ़ेद कुर्ता और सफ़ेद पाजामा पहने हुए थे, और उनका गोरा-चिट्टा चेहरा लाल-लाल हो रहा था। जोगे को लगा था जैसे वह उसी की ओर आ रहे हैं। वह आएँगे और उसे कंधों पर उठा लेंगे और उसके साथियों को पता चल जाएगा कि वह जोगे के 'आज़ाद' चाचा है, कि 'आज़ाद' चाचा उसके अपने हैं और उसे बहुत चाहते हैं। पर 'आज़ाद' चाचा जोगे की ओर देख ही नहीं रहे थे। वे सामने की ओर देखते हुए, तेज़-तेज़ चलते हुए पास से गज़र गए थे।

जब लंबी पाँत आगे बढ़ने लगी थी तो, 'आज़ाद' चाचा और उनके अनेक साथी दौड़-दौड़कर पाँत को सीधा बनाए रखने के लिए कभी चिल्लाते, कभी सीटियाँ बजाते, आगे-पीछे, आगे-पीछे दौड़ रहे थे। उनका मुँह लाल हो गया था। एक बार पास से गुज़रते हुए, सचमुच उन्होंने जोगे को देख लिया था और देखते ही उसे

उठाकर कंधे पर बैठा लिया था। जोगे ने देखा था कि पीछे लोगों के सिर-ही-सिर हैं। तभी उस भीड़ में उसे लहरिए का भास हुआ था। लोगों के असंख्य सिर हैं और पीछे से उठती हुई कोई लहर, आगे बढ़ती आती है।

तभी लोग भागने लगे थे। दूर कहीं घोड़ों पर बैठे सवार आ गए थे और लोग दाएँ-बाएँ, छिटक-छिटककर गलियों की ओर भागने लगे थे। 'आज़ाद' चाचा देर तक उसी ओर देखते रहे थे, फिर जोगे को उतारकर सभी बच्चों को इकट्ठा करके वे शेखों के बाग की ओर ले गए थे।

रसोईघर में बैठा जोगा, अभी भी बार-बार मुड़-मुड़कर 'आज़ाद' चाचा की ओर देख रहा था जो जोगे की बहनों के पीछे, दीवार के साथ पीठ लगाए खाना खा रहे थे।

''अब वहाँ उल्लू ही बैठेंगे, और क्या होगा ?'' 'आज़ाद' चाचा ने अपनी खरज आवाज़ में कहा।

जोगे के पिता ने भी मुड़कर उस ओर देखा था, और सिर झटककर बोले थे, ''तुम्हारे जुलूस निकालने से अंग्रेज यहाँ से चले जाएँगे ?''

इस पर 'आज़ाद' चाचा कुछ नहीं बोले थे, सरककर थोड़ा आगे आ गए थे और थाली माँ के आगे बढ़ा दी थी। जोगे की समझ में कुछ भी नहीं आया था कि पिता जी ने क्या कहा है।

उस समूचे दिन के व्यापार से वह इतना कुछ ही समझ पाया था कि कहीं पर कोई आदमी मारा गया है, क्योंकि उसके बाद 'आज़ाद' चाचा उसी की बात करने लगे थे।

''छः साल तक जेलखाने में रहा था। उसे क्यों जेलखाने में रखा था ?'' कहते हुए 'आज़ाद' चाचा की ठुड्डी काँपने लगी थी, और होंठों के सिरे टेढ़े होने लगे थे। जोगे को लगा था जैसे 'आज़ाद' चाचा को रुलाई आ जाएगी और वह फफककर रो पड़ेंगे। माँ इकटक-सी 'आज़ाद' चाचा के चेहरे की ओर देखे जा रही थीं, स्तब्ध-सी। 'आज़ाद' चाचा का बैठे-बैठे ही साँस फूलने लगा था। छोटे-छोटे साँस गले तक आते, और वहीं रुँधकर लौट जाते। तभी जोगे का दिल 'आज़ाद' चाचा के प्रति द्रवित हो उठा था। उसे जाने कैसा लगने लगा था, मानो 'आज़ाद' चाचा अंदर से बड़े व्याकुल हों। तभी वह फफककर बोले थे–

''इनका बेड़ा गरक हो, इन्होंने उसे मार डाला है।''

और 'आज़ाद' चाचा के गले से फिर एक बार दिल को झिंझोड़ देनेवाली रुलाई उठी थी, वे थाली उठाकर उठ खड़े हुए थे, और थाली को रसोईघर के सिरे पर, नाली के पास रखकर, आस्तीन से अपनी आँखें पोंछते हुए बाहर निकल गए थे।

तभी जोगे ने देखा था कि उसके सामने बैठे उसके भाई की आँखें भर आई हैं, और दोनों बहनों के चेहरे पीले पड़ गए हैं। और माँ गहरे अवसाद में डूबी, दोनों हाथों की उँगलियाँ एक-दूसरी में गूँथे, फर्श की ओर देखे जा रही हैं–

''देखो जी, आपको क्या ज़रूरत थी कुछ कहने की। उसका दिल भरा हुआ है।''

जोगे के पिता चुप रहे थे। होंठ सिकोड़े, नीचे अपनी थाली की ओर देखते रहे। फिर बोले थे—''क्या हो गया कह दिया तो? एक आदमी मर गया तो इसका यह मतलब तो नहीं कि बखेड़ा खड़ा कर दो। इसका क्या लगता था?''

''इसका कुछ नहीं लगता था पर था तो बड़ा आदमी। दूसरों के लिए अपनी जान दे गया है।''

जोगे के पिता फिर चुप हो गए थे। माँ के वाक्य ने मानो उन्हें निरुत्तर कर दिया हो। वह चुप थे, पर ऐसा नहीं लगता था कि उन पर 'आज़ाद' चाचा के सुबक उठने का कोई विशेष असर हुआ हो। उन्होंने फिर से सिर झटककर कहा—

''इस तरह से अंग्रेज यहाँ से चले जाएँगे? अंग्रेजों को निकालना खाला जी का घर समझ रखा है क्या?''

जोगे की समझ में कुछ भी नहीं आया था। केवल उसने चेहरे देखे थे। 'आज़ाद' चाचा का चेहरा—ठुड्डी काँपती हुई, गले में से रुँध-रुँधकर निकलती आवाज़, छोटे-छोटे रुलाई-भरे साँस, 'आज़ाद' चाचा के घुँघराले काले बाल। माँ का स्तब्ध-सा चेहरा, मानो वह कुछ भी जानती-समझती न हों, पर उनका दिल 'आज़ाद' चाचा के दर्द को महसूस करता हो। माँ के चेहरे से लगता था जैसे वे क्षुब्ध हैं, जैसे उन्हीं की भूल के कारण रसोईघर में यह छोटा-सा कांड हुआ हो। न वह 'आज़ाद' चाचा से पूछतीं कि बच्चों को लेकर कहाँ-कहाँ घूमते रहे हो, न यह बखेड़ा उठ खड़ा होता। जब से 'आज़ाद' चाचा ने कस्बे में जलसे करना शुरू किया था—वह एक ढोल भी ख़रीद लाए थे और कस्बे में मनादियाँ भी करवाते फिरते थे—जोगे की माँ चिंतित रहने लगी थीं। कहा करतीं—मेरे दिल में, 'हौल' पड़ता है। और जोगे की समझ में नहीं आता था कि यह 'हौल' क्या चीज़ है, और यह माँ को क्यों पड़ता है।

बरसों बाद भी जोगे को उस जुलूसवाले दिन की याद आती तो उसकी आँखों के सामने कस्बे के लोगों की भीड़ और गूँजते नारे, और इधर से उधर जाते 'आज़ाद' चाचा और उनके साथी आ जाते थे। उन दिनों—कस्बे में आए दिन ढोल बजता, काबुली दरवाज़े के बाहरवाले मैदान में जलसे होते। कभी-कभी 'आज़ाद' चाचा की टोली तड़के, सुबह-सवेरे गीत गाती हुई गलियों में घूमने लगती। जोगा उस वक्त सो रहा होता, पर गीत की आवाज़ उसे जगा देती—

> 'असाँ ते साइयाँ साडा करम कमा दे
> साडा गुलामी कोलों, देस छुड़ा दे!'

और उस जुलूस से पहले तो कस्बे-भर की गलियों में 'आज़ाद' चाचा के साथी और कितने ही अन्य लोग गा रहे थे, नारे लगा रहे थे। लगता था जैसे कस्बे की

पुरानी दीवारें हिल उठी हों।

सहसा, जोगे के पिता जोगे से बोले, ''तूने उल्लू को देखा था तो कंकड़ मारकर उसे उड़ा क्यों नहीं दिया?''

''मुझे मालूम नहीं था कि वह उल्लू है। पर मैंने कंकड़ मारे थे। और लड़कों ने भी मारे थे।''

उस पर जोगे की माँ बोली, ''कंकड़ फेंकने से क्या वह उड़ जाता?'' फिर थोड़ी देर तक चुप रहने के बाद कहने लगीं, ''उल्लू अपने-आप ही आते हैं और अपने-आप ही उड़ जाते हैं।''

उसके बाद जोगा को लगा जैसे उसके माँ-बाप बैरिस्टर दीवान की चर्चा करने लगे हैं।

''जैसी करनी, वैसी भरनी...'' माँ बुदबुदाई थीं।

जोगे के पिता गर्दन झुकाए बैठे थे, पर माँ का वाक्य उन्हें अच्छा नहीं लगा, ''कुछ सोचकर बात किया कर। तेरे बेटे ने छत पर क्या देखा है, क्या नहीं देखा है, और तू वाक उचारने लगी है।''

''मैंने ग़लत क्या कहा है? तुम भी जानते हो, सारा शहर जानता है।''

जोगे के पिता चुप रहे। माँ तनिक उत्तेजित होकर बोलीं, ''जैसा बाप वैसा बेटा। बाप ने कौन-से अच्छे काम किए थे जो यह करेगा।''

जोगे की माँ शायद ग़लत नहीं कह रही थी, नहीं तो पिता जी उन्हें चुप करा देते। एक ही बार घुड़ककर बोलते तो माँ चुप हो जाती।

फिर सहसा जोगे की माँ हँस पड़ी; खिड़-खिड़कर हँसने लगी। सभी उसके चेहरे की ओर देखने लगे। माँ को क्या हो गया है कि सहसा हँसने लगी है। पर माँ के हँसने से घर का बोझिल-सा वातावरण कुछ हल्का हो गया।

''इसका बाप ऊँटों की दुमें काट-काटकर रईस बन गया था।''

इस पर जोगे के पिता जी भी मुस्करा दिए थे।

रसोईघर में बैठे बच्चों ने एक-दूसरे की ओर देखा। माँ के मुँह से दुमकटे दीवान धनपतराय का क़िस्सा वे कई बार सुन चुके थे, जो सिक्ख-लड़ाइयों के दिनों में अंग्रेजों की छावनी में ऊँट जुटाया करता था। माँ के अनेक क़िस्से बच्चों को याद थे।

तभी झट से जोगे की बड़ी बहन बोल उठी; ''माँ, फिर उस पगलैट का क्या हुआ जिसे रुक्मणी लाहौर के पागलखाने में छोड़ आई थी?''

''हाय, बेचारा!'' जोगे की माँ के मुँह से निकला, ''रुक्मणी तो अमरनाथ की यात्रा पर गई और वहीं ख़त्म हो गई।''

''आपने रुक्मणी को कभी देखा था माँ?''

''देखा क्यों नहीं था। तब वह स्कूल की बड़ी मास्टरनी हो गई थी। एक बार वह हमारे घर पर भी आई थी, और मेरे सिर पर हाथ रखकर मेरी माँ से कहने लगी

थी—'इस बच्ची को तो मैं अपने स्कूल में ले जाऊँगी।' और देर तक दुलारती रही थी।''

जोगे को बड़ा विचित्र लग रहा था। इतनी बड़ी माँ कभी नन्हीं-सी बच्ची भी रही होगी!

जोगे की माँ कह रही थी, ''बड़ी सुंदर थी रुक्मणी! ऐसा खिला-खिला चेहरा था उसका!'' रुक्मणी की याद आ जाने पर माँ की आँखें सदा डबडबा आती थीं।

''पगलैट का क्या बना, माँ?''

''अस्पताल से भला-चंगा होकर कस्बे में लौट आया था। सचमुच उसकी सनक जाती रही थी, डाक्टरों ने उसे ठीक कर दिया था। पर जब लौटकर आया और रुक्मणी को नहीं देखा तो उसका दिमाग फिर 'ठहक' गया। फिर से बहकी-बहकी बातें करने लगा। गलियों के चक्कर लगाता, लाठी लेकर नाचने लगता, रुक्मणी के स्कूल के सामने पहले की तरह खड़ा रहता, और जब रुक्मणी दिखाई नहीं देती हो कहता—

'रुक्मण झूठी ए
सौंह गुराँ दी आखाँ
रुक्मण झूठी ए!'

''तरह-तरह के कवित्त बना-बनाकर बोलता। उसने सचमुच समझ लिया था कि रुक्मणी ने उसके साथ धोखा किया है और उसे छोड़कर कहीं चली गई है—

'रुक्मण हस के बोले
मेरे दिल दियाँ तंदाँ खोले
मैं, मोया होया जी पैना…।'''

उसे याद करते हुए मानो पगलैट का चेहरा जोगे की माँ की आँखों के सामने आ गया हो।

''लाठी के ऊपर रंग-बिरंगी थिगलियाँ लटका लेता, गलियों में कभी नाचता, कभी भागता, पैंतरे बदलता, और जब लड़कियों के स्कूल की छुट्टी का वक्त होता तो स्कूल के बाहर आकर खड़ा हो जाता। उसे मानो हर रोज़ इस बात का इंतज़ार रहता हो कि आज रुक्मणी बाहर आएगी, और जब वह नहीं आती, तो फिर चिल्लाने लगता—

'रुक्मण झूठी ए
सौंह गुराँ दी आखाँ
रुक्मण झूठी ए!'''

फिर जोगे की माँ, अपने बचपन के दिनों को याद करती हुई कहतीं, ''फिर न जाने कहाँ चला गया। कुछ लोग कहते, मियानी चला गया है, कोई कुछ कहता,

कोई कुछ··· ," फिर जोगे की माँ सिर हिलाकर बोलीं, "सब मर-खप गए, अब यहाँ कौन बैठा है।" कहते हुए जैसे जोगे की माँ को फिर माड़ीवाले याद हो आए—

"उल्लू नहीं बैठेगा उस घर पर तो क्या तोता-मैना बैठेंगी !" जोगे की माँ, जो कुछ ही देर पहले जोगे को 'शुभ-शुभ' बोलने को कह रही थीं, अब स्वयं उल्लू के माड़ी पर बैठने की चर्चा करने लगी थीं।

"उल्लू क्यों उसी घर पर आकर बैठा है, जी !" उसने मानो अपने पति को संबोधन करते हुए कहा, "किन जंगलों-बियाबानों में से उड़ता हुआ आया और आकर उसी घर पर क्यों बैठ गया है ? भरा-पूरा घर है, बैरिस्टर दीवान की बड़ी मानता है, पर अंदर से तो सड़ाँध उठती होगी। क्यों जी ? उल्लू खडंहर पर बैठता है। उसे खंडहर दिख जाता है, जो हमें-तुम्हें नहीं दिखता। ऊँचे-खड़े महल में भी उसे खंडहर दिख जाता है। उल्लू, काल का दूत होता है। उसे कुकर्मों की बू आ जाती है। यही बात है। वह त्रिकालदर्शी होता है, समय की परतों के बीच उसे दिख जाता है। वह साधारण पक्षी नहीं होता, वह तो युगों में घूमता है। जब वह उड़ता हुआ आता है तो बीसियों साल को लाँघकर आता है, और बीसियों साल आगे का फ़ासिला तय कर रहा होता है। वह कोई चोग चुगने नहीं आता··· वह तो काल का दूत बनकर आता है···"

जोगे की माँ कहे जा रही थी।

छत के ऊपर उल्लू बैठा था और छत के नीचे, माड़ी का तत्कालीन मालिक दीवान धनपत का तीसरा बेटा बैरिस्टर हुकूमतराय, दिन-भर के उत्तेजनापूर्ण कार्य-कलाप के बाद अपनी थकान उतार रहा था।

थोड़ी ही देर पहले वह डिप्टी कमिश्नर के बँगले से लौटा था। डिप्टी कमिश्नर ने उसे उसी शाम को कुछ ड्रिंक्स लेने और शहर की स्थिति पर विचार करने के लिए बुला लिया था। कुछ ही देर पहले वह फ़िटन में से उतरकर अंदर आया था। बदन पर काला सूट, और बदन के अंदर हल्की-हल्की गरमाइश, कुछ शराब की, कुछ अपनी सफलता की। अंग्रेज डिप्टी कमिश्नर के साथ जो उठे-बैठेगा, उपलब्धियाँ आए दिन उसके कदम चूमेंगी।

बैरिस्टर के नाते कस्बे में उसकी धाक थी। अब यह कस्बा पहलेवाला कस्बा नहीं रह गया था, अब तो यह ज़िले का सदर मुकाम बन गया था। अब तो इसे 'शहर' की संज्ञा दी जाने लगी थी।

शहर में कहा जाता था कि अगर किसी को कत्ल करना हो, तो पहले एक हज़ार रुपया दीवान हुकूमतराय के लिए अलग से रख ले, फिर बेधड़क होकर, बेशक दिन-दहाड़े जाकर कत्ल कर दे। उसका बाल भी बाँका नहीं होगा। मक्खन में से बाल की तरह साफ़ छूटकर निकल आएगा। शहर-भर में उसकी वैसी ही धाक थी, जैसी किसी जमाने में उसके बाप, दीवान धनपत की हुआ करती थी।

जहाँ दीवान धनपत घंटियों से सजी पालकी में ही घूमा करता था, वहाँ बैरिस्टर हुकूमतराय फ़िटन में बैठकर आता-जाता था। काला सूट, मुँह में पाईप, नुकीली मूँछें, और फ़िटन के पीछे सफ़ेद वर्दी और हरे रंग की चपरास में खड़ा चोबदार।

दीवान हुकूमतराय ने माड़ी के निचले हिस्से में अपने लिए छोटा-सा इंग्लैंड बना लिया था। कमरों की साज-सज्जा, और बैरिस्टर का रहन-सहन अंग्रेजी ढंग का था। खानसामा, सुबह के वक्त गर्म-गर्म चाय लेकर आता, और हिदायत के मुताबिक खिड़की पर से पर्दा हटा देता। बिस्तर में से उठने पर बैरिस्टर ड्रेसिंग गाऊन डाल लेता, जिसे उसने बरसों पहले ऑक्सफ़ोर्ड स्ट्रीट से ख़रीदा था, और पाईप सुलगा लेता। सोनेवाले और बैठनेवाले कमरों में अँगीठियाँ भी बनवाई गई थीं। जाड़ों में अँगीठी में आग जलाई जाती थी। शाम के वक्त जब आग की लपटें अँगीठी में से उठतीं तो दीवान अपने ड्रेसिंग गाऊन में, हाथ में व्हिस्की का गिलास थामे, अँगीठी की ओर पीठ किए वैसे ही खड़ा होता जैसे इंग्लैंड में अपने अंग्रेज सहपाठियों के साथ खड़ा हुआ करता था। घर में तीन नौकर थे—खानसामा, अर्दली, चोबदार। दिनचर्या भी उसी अंदाज़ से चलती थी। मेज़, छुरी-काँटे। शाम को केक-बिस्कुट के साथ चाय। और पैरों में सदा चमचमाते जूते।

बरामदे में कदम रखो तो गमलों में रखे फूलदार पौधों की कतारें थीं, जिनके बीचों-बीच लंबा, लाल रंग का टाट बिछा था। दीवारों पर बारहसिंघों के सिर लगे थे, एक चीते का। साथ में कुछेक फ़ोटो-चित्र टँगे थे, जिनमें अंग्रेजों के साथ दीवान साहिब को शिकार खेलते दिखाया गया था। हर कमरे में मोटे पर्दे टँगे थे, जो गर्मी-सर्दी लटके रहते। कहीं काले रंग का गोलमेज़, कहीं किरमची रंग की चौकी, मेज़, कहीं तिपाइयाँ, तरह-तरह की कुर्सियाँ—बढ़िया बलूत की लकड़ी का फ़र्नीचर था। पर फिर भी लगता, जैसे घर के अंदर हल्की-हल्की, अत्यंत बारीक-सी धूल उड़ रही है, अदृश्य-से धूल के कण हवा में तैरते-से रहते। कपड़ा लेकर दासा पोंछ दो तो दूसरे ही क्षण बारीक-सी धूल की परत दासे को फिर से ढक लेती। यह जैसे अनिवार्य हो गया था। तुम लालटेन जलाओ, चौंधियाती रोशनी कमरे में फैल जाती, पर लगता जैसे अँधेरा दरवाजों और पर्दों और कीमती फ़र्नीचर के पीछे छिप गया हो और घात लगाए खड़ा हो कि मौक़ा मिलते ही रोशनी को दबोच लेगा। और जब रोशनी बुझती तो घटाटोप अँधेरा छा जाता।

घर के अंदर भयावह चुप्पी छाई रहती। इसे तोड़ने के लिए बैरिस्टर ग्रामोफ़ोन पर रिकार्ड बजाता था, जिन्हें वह विलायत से लेता आया था। भोजन के समय और भोजन के बाद ग्रामोफ़ोन पर रिकार्ड बजते थे। वे बंद होते तो फिर से चारों ओर सन्नाटा छा जाता। लगता जैसे शोर बाहर निकल गया है और चुप्पी ने फिर से घर पर अपना अधिकार जमा लिया है।

शराब के नशे में झूमता हुआ दीवान ग्रामोफोन के पास आया। डिप्टी कमिश्नर के साथ बेशक पीता रहा था, पर घर पहुँचकर पीने को और मन चाहा।

मन में उपलब्धि का उछाह था—कस्बे-भर में अभी तक कोई 'रायबहादुर' नहीं बना था, जबकि दीवान हुकूमतराय बनने जा रहा था। गिलास हाथ में थामे झूमकर चलता हुआ, वह एक कमरे से दूसरे कमरे में जा रहा था।

रात के वक्त वह अक्सर बड़बड़ाता था। नींद में भी बड़बड़ाता और इस वक्त उछाह की हालत में भी बड़बड़ा रहा था। और जब बड़बड़ाता तो गालियाँ बकता था। कभी अंग्रेजी गालियाँ, कभी कस्बे की देसी गालियाँ जो उसने बचपन में कस्बे की गलियों में सीखी थीं। कस्बे को तो वह भूल चुका था लेकिन गालियाँ अभी भी ज़बान पर बनी हुई थीं। गाली बकते-बकते वह हँसने लगा...

गिलास को तिपाई पर रखकर, वह बड़ी बेपरवाही से पोशाक की एक-एक चीज़—नकटाई, माँडी लगी कमीज़ का कालर उतारता जाता और पटक-पटककर टेबुल पर फेंकता जाता। सुबह नौकर आएगा और एक-एक चीज़ उठा लेगा, कोई फ़र्श पर से, कोई मेज़ पर से और उन्हें तरतीब से रख देगा।

ऊँचे पलँग पर बैठा वह पतलून का पाइँचा खींच-खींचकर उतारने की कोशिश कर रहा था। विलायत में उसने देखा था कि बिना जूता उतारे भी पतलून खींचकर उतारी जा सकती है। उसके अनेक अंग्रेज सहपाठी ऐसा करते भी थे। भी दीवान, जूतों के फीते खोले बिना, जूते उतारे बिना, पतलून उतारने की कोशिश कर रहा था। और आज कुछ ज़्यादा पी लेने के कारण पतलून खींचने का कोण सही नहीं बैठ रहा था।

वह हाँफने लगा था। अगर वह नीचे, हाथ में पाइँचा लेकर खींचता तो पतलून उतर जाती, पर नशे में उसने पतलून ऊपर से उतार दी थी और अब उतरी हुई पतलून को, उल्टे दाँव, बूटों पर से खींच रहा था!

काले जूतों की एड़ी तंग मोरी के पाइँचे में फँसी हुई थी। इसे तभी निकाला जा सकता था जब पहले आराम से जूतों के फीते खोले जाते, उन्हें उतारा जाता। मगर दीवान साहिब जितना ज़्यादा खींचते, उतना ज़्यादा उनकी मर्दानगी को चुनौती मिलती, उतने ही ज़्यादा वह क्रुद्ध और हठी होते जा रहे थे।

"निकलता कैसे नहीं, मैं भी देख लूँगा! तेरी..." और फिर हाँफने लगा।

तभी उसकी नज़र आदमक़द शीशे में अपने अक्स पर पड़ी। पलँग के पायँताने ही दीवार के साथ, आदमक़द शीशा था। पतलून खींचते-खींचते दीवान के हाथ ठिठक गए। शीशे में नंगे सिर आदमी बैठा था, एक टाँग नंगी, दूसरी टाँग पर से पतलून खींच रहा था। दीवान को यकीन नहीं हुआ कि यह उसी का प्रतिबिंब है। अपने बारे में उसने ऐसी कल्पना कभी नहीं की थी, कि वह इस रूप में कभी अपने को देखेगा—पतलून उतरी हुई और सिर नंगा! पगड़ी उतर जाने पर सिर कितना छोटा-छोटा लगने लगता है। शाहदोले की चुहिया-जैसा सिर। गोल-गोल, छोटा-सा और नीचे भरा-भरा चौड़ा मुँह, और नोकदार मूँछें।

"यह क्या सूरत बना रखी है?" वह बड़बड़ाया और आगे बढ़कर खूँटी पर से

बँधी-बँधाई पगड़ी उतारकर सिर पर रख ली और फिर से आदमक़द शीशे के सामने जा खड़ा हुआ। पतलून अभी भी उतरी हुई थी और दायाँ पाइँचा जूते की एड़ी में अटका हुआ था!

अपने अक्स की ओर अपनी तर्जनी दागकर बोला–

''रायबहादुर! रायबहादुर दीवान हुकूमतराय!''' अब ठीक है। सिर पर पगड़ी रखाकर! ख़बरदार, जो पगड़ी के बिना घर में बैठा''' !'' फिर बड़े दुलार से अपने अक्स की ओर देखते हुए बोला, ''रायबहादुर''' !'' और गुढ़कता हुआ, पतलून का पाइँचा घसीटता, पलँग की ओर लौट आया।

सहसा भावी रायबहादुर को न जाने क्या सूझी, पलँग की ओर बढ़ते हुए नाचने लगा।

''खुश हो, रायबहादुर! आज तुम बड़े खुश हो! इन जुलूसवालों की मैं''' ।'' उसने मुँह में से गाली निकाली और फिर से पतलून खींचने लगा।

मोटा, स्थूल दीवान हुकूमतराय रायबहादुर बनने की हिलोर में नाचता हुआ-सा खिड़की के पास जा खड़ा हुआ। खिड़की के पर्दे को तनिक हटाकर ऊँची आवाज़ में चिल्लाया–

''मलिको! गोदामवालो! अब कहाँ हो तुम? छः पुश्तों तक भी लगे रहो तो रायबहादुर नहीं बन पाओगे!''

''साले, अपने को बड़ा ऊँचा समझते हैं।'''''

और दीवान गुढ़ककर फिर हँसने लगा। फिर खिड़की के पीछे खड़े-खड़े ही उसने तनिक रुख़ बदला और उसी तरह चिल्लाकर बोला–

''ओ हेनरी, डार्लिंग!'' और दायाँ हाथ होंठों पर रखकर उसने चूमने की-सी आवाज़ निकाली और हाथ हवा में लहरा दिया। वह डिप्टी कमिश्नर हेनरी को चुंबन फेंक रहा था।

प्रत्येक व्यक्ति की चेतना के भीतर, परतें-दर-परतें होती हैं। कुछ मालूम नहीं पड़ता कि कब किस परत पर खरोंच पड़ जाए और कोई याद कुलबुलाती हुई उभर आए। पलँग पर बैठते ही उसे लगा जैसे लाजो के शरीर की महक उसकी साँसों में आकर मिल गई है। हाय, उसी के शरीर की महक थी।

शादी के बाद जब वह माड़ी में रहने आई थी, तो उसके स्वभाव का अल्हड़पन, हुकूमतराय को बहुत भाया था। बालों को कंघी करती, पर वे फिर भी उलझे रहते। वह चलती भी तो हाथ-पाँव खुले छोड़कर, बोलती भी तो शब्दों को थोड़ा लंबा करके। इस सबमें मादकता थी। हुकूमतराय का मन होता, लाजो को बाँहों में भरते हुए इस अल्हड़पन को भी अपनी बाँहों में समेट ले, उसके शरीर की महक को भी आत्मसात् कर ले।

पर कुछ ही सालों में लाजो के शरीर की गंध कसैली पड़ चुकी थी। अल्हड़पन अब गँवारूपन नज़र आने लगा था। चेहरे की लुनाई की जगह अब लगता जैसे तेल

की परत चुपड़ी हो। वास्तव में सात साल तक पत्नी का दायित्व निभाते रहने के बाद लाजवंती के अंदर कुछ सूख भी गया था, चेहरे पर हल्की-हल्की छाइयाँ उतर आई थीं, अंगों में से भी लोच जाती रही थी और उनमें एक प्रकार की कठोरता आ गई थी। आँखों में उत्सुकता और कुतूहल के स्थान पर कातरता आ गई थी। विलायत से लौटने के बाद, कस्बे की लड़की हुकूमतराय को बड़ी सलोनी और प्यारी लगी थी, पर अब उसकी नज़रों में लाजो एक 'देसी' औरत बनकर रह गई थी, लिजलिजी और गँवारू। और रह-रहकर उसे विलायत के अपने अभिसार याद आने लगे थे। पलँग पर बैठे-बैठे जाने क्यों, नशे में खोए हुकूमतराय को फिर लाजो की याद हो आई थी—'बुरी नहीं थी!' कहीं अवचेतन की परतों में से उसकी पहली महक का हल्का-सा झोंका कहीं से उड़ता हुआ आया था, और नशे में धुत्त हुकूमतराय को सराबोर कर गया था, ''...बुरी नहीं थी!'' वह बुदबुदाया! और उसके शरीर से लिपट पाने की अदम्य इच्छा हुकूमतराय में जाग उठी। उसका पतला, छरहरा शरीर, हुकूमतराय की बाँहों में सिमट जाता था, उस पर वह महक। और वह होंठों के कोनों में सिमटी लज्जा भरी मुस्कान! मुस्कान का एक नुक्ता-सा—एक नुक्ता होंठों के एक कोने में, दूसरा, दूसरे कोने में। चूमने पर लगता, उसकी लज्जा को चूम रहा है! कोई भी दूसरी औरत उसकी बाँहों में यों सिमट नहीं जाती थी, जैसे कोई लता, पेड़ से चिपट जाती है। ...''बड़ी नाज़ुक थी!'' वह फिर बुदबुदाया। उसने लाजो से एक बार कहा था, ''मैं तुम्हें बाँहों में ऐसे भींच लूँगा कि तुम्हारी हड्डी-पसली टूट जाएगी।'' और लाजो ने आँखें उठाकर उसकी ओर देखा था और धीमे से बोली थी, ''भींच लो ना, तोड़ दो हड्डी-पसली!'' और उस दिन वह उससे और भी ज़्यादा लिपटती रही थी, और आलिंगन-पाश में बँधी बार-बार बुदबुदाती रही थी, ''तोड़ दो ना हड्डी-पसली...हैं जी, तोड़ दो ना हड्डी-पसली!''

पलँग पर बैठा एक टाँग पर पतलून चढ़ाए, दूसरी टाँग उघड़ी हुई, सिर पर पगड़ी, नशे में धुत्त हुकूमतराय को लगा जैसे लाजो का नाज़ुक-सा बदन उसके शरीर के साथ सटा हुआ है, और वह धीमी आवाज़ में बुदबुदाए जा रही है...''तोड़ दो ना हड्डी-पसली, तोड़ दो ना...!''

हुकूमतराय लड़खड़ाता हुआ पलँग पर से उठा और मेज़ पर रखी शराब की बोतल उठाई और मुँह को लगाकर कुछ घूँट और भर लिए। विलायत में ऐसे नहीं पीते। विलायत में गिलास में ढालकर पीते हैं। पर इस वक्त हुकूमतराय बेकाबू हो रहा था। इस वक्त उसे कोई देख भी नहीं रहा था।

वह फिर पलँग पर लौट आया। ''...बड़ी प्यारी थी। बड़ी प्यारी थी...मादर...,'' वह बुदबुदाया।

नशा बढ़ जाने से शरीर की छटपटाहट कुछ कम हो गई। लाजो बाँहों में नहीं थी, न ही बाँहों में भरी जा सकती थी। उसे तो मरे हुए भी बीस बरस बीत चुके थे

और वह जलकर मरी थी। पर आज भावी रायबहादुर को उसी की याद बार-बार आ रही थी। पर वास्तव में वह लाजो को कहाँ याद कर रहा था, वह तो उसके छरहरे शरीर और मादक गंध को फिर से पाना चाहता था।

लाजो उसकी छाती का बोझ बनने लगी थी, जब कस्बे में हुकूमतराय उस धनी विधवा के घर जाने लगा था। जब भी वह वहाँ से लौटता तो लाजो खिड़की के दासे पर बैठी उसकी राह देख रही होती। रात को आओ, प्रभात को आओ, एक बार किवाड़ थपथपाओ; किवाड़ झट से खुल जाता था। विधवा बड़ी चतुर थी, बड़े दाँव-पेंच जानती थी। उसकी हड्डी चौड़ी थी और कूल्हे उभरे हुए और मुँह पर रंग-रोगन। एक बार आँख का इशारा करती कि हुकूमतराय के शरीर को जैसे चिंगारी छू जाती।

हुकूमतराय सज-सँवरकर उसके पास जाता तो वह किवाड़ बंद कर देती, उसे अंदर नहीं घुसने देती और झरोखे में से उसकी दुर्गत देखती रहती। किवाड़ भेड़ देने से हुकूमतराय की कामुकता पर एक और चाबुक पड़ती, यहाँ तक कि वह रिरियाने लगता। तब कहीं तरसा-तरसाकर अंदर आने देती। कई बार देर-देर तक हुकूमतराय से अपने पाँव दबवाती रहती। एक बार तो हुकूमतराय से उसने अपने तलुवे भी चटवा लिए थे। मर्द को मेरी लत पड़ जाए तो वह कोई भी नाच नाचेगा। एक बार हुकूमतराय की पीठ पर सवार होकर उसने उससे कमरे-भर का चक्कर लगवाया था, और उसकी पीठ पर बैठी हँसती और उसे एड़ियाँ मारती रही थी।

पर जब काफी रात गए, वह कस्बे की अँधेरी गलियों में चलता हुआ अपने घर लौटता तो दूर से ही उसके कमरे में रोशनी झिलमिला रही होती। वह जानता था कि खिड़की के दासे पर बैठी लाजो उसकी राह देख रही है, और वह बौखला उठता—साली, मुझ पर पहरा दे रही है। मेरा इंतज़ार नहीं कर रही है, मुझ पर पहरा दे रही है।...

अस्तित्व उसी का होता है, जो अपमानित होने पर काट खाता है। पर यहाँ लाजो उत्तरोत्तर एक छाया-सी बनती जा रही थी और साए के रूप में ही बढ़ते अंधकार में खो गई थी, निःशब्द। भला साए का भी कोई अस्तित्व होता है?

फिर वह जल मरी थी। उसकी चीखें सुनकर पहले तो हुकूमतराय हैरान हुआ था, कुछ-कुछ घबराया भी था, पर फिर उसकी बढ़ती चीखों पर झुँझलाने भी लगा था—इतना चीखे बिना भी तो मर सकती है! दर्द के कारण नहीं चिल्ला रही है, वह तो दुनिया को सुनाने के लिए चिल्ला रही है, मुझे बदनाम करने के लिए, मेरी जग-हँसाई करवाने के लिए...

फिर भी, आज लाजो की याद उसे सता रही थी—"मादर... बड़ी प्यारी थी!" कोमल भावनाओं के लिए हुकूमतराय-जैसे व्यक्ति के जीवन में कोई स्थान नहीं था। अपने लिए उसे अपने रास्ते में से किसी को रौंदना पड़े, स्वयं किसी के तलवे चाटने पड़ें, किसी को अड़ेका देकर औंधे मुँह गिराना पड़े, सब बराबर था। पर

शराब के नशे में वासनाएँ भी कभी-कभी कोमलता ग्रहण कर लेती हैं। इसी काम-वासना में उस पर लाजो की संपूर्ण कोमलता और कमनीयता और उसकी निरीहता भी उभर आई थी। शरीर की ललक में से ही ये भावनाएँ उठी थीं और वहीं पर इन्हें डूब भी जाना था। पर इस वक्त तो लाजो ही हुकूमतराय को याद आ रही थी। न विलायत की बिट्टी, न लीज़ा, न रोज़ी। वह होती तो अपनी नाज़ुक उँगलियों से मेरे दिल की ग्रंथियाँ खोलती। उसे लगा, उसकी बाँहों में सिमटी लाजो की पतली-पतली उँगलियाँ उसके दिल की ग्रंथियाँ खोल रही हैं। हुकूमतराय को सचमुच भास होने लगा था, जैसे उसके दिल पर लाजो की उँगलियाँ चल रही हैं।

तभी हुकूमतराय को लगा जैसे कहीं खटका हुआ है। जैसे कमरे का पर्दा हिला है। मेज़ पर रखे लैंप की बत्ती भी झपकी है। शायद हवा थी। हुकूमतराय की आँखें अभी भी सिकुड़ी हुई थीं। खटका फिर हुआ था, जैसे बाहर बरामदे में कोई बिल्ली कूदी है, या कोई चूहा बिल में से निकलकर खटर-पटर कर रहा है।

हुकूमतराय को यह भी लगा जैसे बाहर बरामदे में किसी के कदमों की आहट सुनाई पड़ी है, किसी के क़दम नज़दीक आ रहे हैं। कौन हो सकता है ? कोई मुझसे मिलने आया है। कोई मुवक्किल होगा। साले, रात को भी चैन नहीं लेने देते।

हुकूमतराय अपनी पतलून को ऊपर खींच रहा था, जब उसने देखा, सामने दरवाज़े में कोई खड़ा है।

"कौन हो ? कौन हो तुम ? अंदर कैसे घुस आए हो ?"

उसके दरवाजे पर यों प्रगट हो जाने से हुकूमतराय को दहशत-सी हुई। कौन है ? कौन है यह ? मेरे पास क्यों आया है ? अपनी सिकुड़ती-फैलती आँखों से हुकूमतराय ने ध्यान से उसे देखा—आदमी ऊँचे कद-बुत का था, सिर से नंगा, चेहरे से गोरा-चिट्टा, सफ़ेद कुर्ता-पाजामा पहने हुए !

"मुवक्किल हो ? मुकद्दमा लाए हो ? यह कौन-सा वक्त है बैरिस्टर साहिब के पास आने का ? तुम्हें किसी ने रोका नहीं ?"

वह आदमी अभी भी ज्यों-का-त्यों खड़ा था। यह कौन है ! बोलता क्यों नहीं ?

खड़े-खड़े हुकूमतराय ने अपनी बाईं आँख बंद की और दाईं आँख से आगंतुक को देखता रहा। फिर हुकूमतराय ने अपनी दोनों आँखें खोल दीं।

"कौन हो तुम, बदजात, इधर क्यों आए हो ? बोलते क्यों नहीं ?"

"तुमने मुझे पहचाना नहीं, हुकूमतराय !"

"कौन हो तुम ?"

"मैं तिलकराज हूँ ! तिलकराज 'आजाद' !"

हुकूमतराय ठिठक गया। यह यहाँ पर क्यों चला आया है ? उसे अंदर किसने घुसने दिया। हेनरी साहिब को बोलकर इसे भी पकड़वाना होगा।

हुकूमतराय ने फिर गौर से उसके चेहरे की ओर देखा। गोरे चेहरे पर यहाँ-वहाँ सीतला के हल्के-हल्के दाग़ थे, ख़रता-सी मूँछें। इसे मैं जानता हूँ, यही जुलूसवालों

का सरग़ना था।

''तुम यहाँ क्या करने आए हो? यहाँ आने का तुम्हारा मकसद?''

''मैं तुमसे कहने आया हूँ कि कल फिर जुलूस निकलेगा।''

''जुलूस, कौन-सा जुलूस?''

''जिस पर तुमने लाठियाँ चलवाई हैं।''

''मैंने? मैंने क्यों? हाकिमों ने लाठी-चार्ज किया है।''

''तीरथराम मर गया है। अभी-अभी मरा है। मैं तुम्हें बताने आया हूँ।''

''कौन तीरथराम?''

''जिन लोगों पर लाठियाँ बरसाई गई थीं, उन्हीं में तीरथराम भी था।''

''तुम मेरे पास क्यों आए हो? निकल जाओ यहाँ से।''

''मैं तुमसे कहने आया हूँ कि कल फिर जुलूस निकलेगा। आगे-आगे तीरथराम की अर्थी होगी। पीछे वे जख़्मी लोग होंगे, जिन पर आज लाठियाँ चली थीं और उनके पीछे सारा कस्बा होगा।''

हुकूमतराय ने आँखें ऊपर उठाकर देखा। वह आदमी ज्यों-का-त्यों खड़ा था। वह कह रहा था—

''कल फिर लाठी-चार्ज करवाना! लाठी नहीं, गोली चलवाना। कुछ लोग आज घबराकर भागे हैं, पर कल नहीं भागेंगे।...सुना है तुम रायबहादुर बनोगे?''

''निकल जाओ यहाँ से!''

हुकूमतराय को लगा, जैसे खिड़की के पास का पर्दा हिला है। शायद बाहर कोई और लोग भी खड़े हैं, जो अंदर आना चाहते हैं। यह आदमी उन्हें अपने साथ लेता आया है। इसे मैं जानता हूँ। यही उस जुलूस का सरग़ना था, यही ढोल बजा-बजाकर शहर में मनादी करवाता है, जलसे करवाता फिरता है। आज सुबह यही जुलूस का नेता था। मुझे इस आदमी को उसी वक्त पकड़वा देना चाहिए था। पर मैं चूक गया हूँ, और यह आदमी अंदर घुस आया है, और अपने साथ बहुत-से लोगों को भी ले आया है।

हुकूमतराय को लगा जैसे फिर आहट हुई है। कहीं कोई हरकत होने लगी हैं जो उसे दिखाई नहीं दे रही है। दीवार के पीछे, बाहर गली में, घरों के पीछे। कमरे के अंदर रोशनी भी झपकी है। कुछ हिलने लगा है, बार-बार हिलने लगा है।

तभी हुकूमतराय ने आँख उठाकर दरवाज़े की ओर देखा तो वहाँ पर कोई नहीं था। तिलकराज जा चुका था। कहीं दरवाज़े के पीछे, गहन अँधेरे में खो गया था।

पर कमरे में रोशनी बराबर हिल रही थी, झपक रही थी।

दीवान हुकूमतराय अंत में पतलून उतारने में कामयाब हो गया था। पतलून को फ़र्श पर ही फेंककर, सिर पर पगड़ी पहने-पहने ही वह पलँग पर दराज़ हो गया था। सोने से पहले उसके दिल में फिर से गुदगुदी-सी हुई। वह बुदबुदाया, ''रायबहादुर...रायबहादुर!'' और करवट बदलकर नींद में खो गया।

सूरज निकल आया था और शयनकक्ष के बोझिल पर्दों के बावजूद, रोशनी छन-छनकर अंदर आने लगी थी, जब बैरिस्टर दीवान हुकूमतराय की नींद टूटी। दिन चढ़ आया था। वह आँखें खोले बीते दिन की घटनाओं को याद करने की कोशिश कर रहा था, जब उसे लगा, जैसे कस्बे में जगह-जगह से आवाज़ें उठ रही हैं, जैसे लोग घरों में से निकल-निकलकर बाहर आ रहे हैं।

लोग सचमुच फिर से जुलूस के लिए जुटने लगे थे। सारा कस्बा जुटने लगा था। बहुत-से कंठ एक साथ, दूर से गाते हुए आ रहे थे। उनकी आवाज़ कस्बे की पुरानी दीवारों के साथ टकरा-टकराकर गूँज रही थी—

'असाँ ते साइयाँ, साडा करम कमा दे,
साडा गुलामी कोलों देस छुड़ा दे!'

●●●